“LOS GOBIERNOS DEL MUNDO DEBERÍAN SABER QUE . . . EL ISLAM SERÁ VICTORIOSO EN TODOS LOS PAÍSES DEL MUNDO, Y QUE EL ISLAM Y LAS ENSEÑANZAS DEL CORÁN PREVALECERÁN EN EL MUNDO.”

AYATOLÁ RUHOLLAH JOMEINI,
ENERO DE 1979

“UNA BOMBA ES SUFICIENTE PARA DESTRUIR A ISRAEL. . . . A SU DEBIDO TIEMPO, EL MUNDO ISLÁMICO TENDRÁ UN DISPOSITIVO NUCLEAR MILITAR.”

AKBAR HASHEMI RAFSANJANI,
EX PRESIDENTE DE IRÁN,
DICIEMBRE DE 2001

EL DUODÉCIMO

IM

JOEL C. ROSENBERG

TYNDALE HOUSE PUBLISHERS, INC. CAROL STREAM, ILLINOIS

Visite la apasionante página de Tyndale en Internet: www.tyndaleespanol.com.

Visite la página de Joel Rosenberg en Internet: www.joelrosenberg.com.

TYNDALE y el logotipo de la pluma son marcas registradas de Tyndale House Publishers, Inc.

TYNDALE and Tyndale's quill logo are registered trademarks of Tyndale House Publishers, Inc.

El Duodécimo Imán

Diseño: Dean H. Renninger

Traducción al español: Mayra Urízar de Ramírez

Edición del español: Mafalda E. Novella

Originalmente publicado en inglés en 2010 como *The Twelfth Imam* por Tyndale House Publishers, Inc., con ISBN 978-1-4143-1163-0.

Library of Congress Cataloging-in-Publication Data

Rosenberg, Joel C., date.
[Twelfth Imam. Spanish]
El duodécimo Imán / Joel C. Rosenberg.
p. cm.
ISBN 978-1-4143-3471-4 (sc)
1. Intelligence officers—United States—Fiction. 2. Nuclear warfare—Prevention—Fiction. 3. Iran—Fiction. 4. Middle East—Fiction. 5. Prophecy—Islam—Fiction. I. Title.
PS3618.O832T8418 2011
813'.6—dc22 2011002217

Impreso en los Estados Unidos de América

Printed in the United States of America

17 16 15 14 13 12 11
7 6 5 4 3 2 1

A todos nuestros amigos de Irán y el Medio Oriente que anhelan ser libres.

REPARTO DE PERSONAJES

ESTADOUNIDENSES

David Shirazi (alias Reza Tabrizi)—agente de la Agencia Central de Inteligencia, Teherán

Dr. Mohammad Shirazi—padre de David Shirazi; cardiólogo

Nasreen Shirazi—madre de David y esposa de Mohammad Shirazi

Charlie Harper—funcionario político, Oficina del Servicio Exterior, Irán

Claire Harper—esposa de Charlie Harper

Marseille Harper—hija de Charlie y Claire Harper

Jack Zalinsky—agente principal de espionaje, Agencia Central de Inteligencia

Eva Fischer—oficial de campo, Agencia Central de Inteligencia

William Jackson—presidente de los Estados Unidos

IRANÍES

Ayatolá Hamid Hosseini—Líder Supremo

Ahmed Darazi—presidente de Irán

Dr. Mohammed Saddaji—físico nuclear, subdirector de la Organización de la Energía Atómica de Irán

Farah Saddaji—esposa del doctor Saddaji

Najjar Malik—físico, Organización de la Energía Atómica de Irán

Sheyda Malik—esposa de Najjar, hija del doctor Saddaji

Abdol Esfahani—subdirector de operaciones técnicas, Compañía de Telecomunicación de Irán (Telecom Irán)

Daryush Rashidi—presidente y director ejecutivo de Telecom Irán

Dr. Alireza Birjandi—preeminente erudito de escatología islámica chiíta

Ali Faridzadeh—ministro de defensa iraní

Mohsen Jazini—comandante del Cuerpo de la Guardia Revolucionaria iraní

PARTE UNO

★ ★ ★ ★ ★

1

TEHERÁN, IRÁN
4 DE NOVIEMBRE DE 1979

Charlie Harper todavía estaba a unos cuatro o cinco mil metros del complejo, pero estaba solo; aunque pudiera luchar por abrirse paso entre la creciente multitud, todavía no tenía ningún plan para rescatar a los que estaban adentro.

Podía escuchar disparos. Podía sentir el hedor acre del humo espeso y negro que se elevaba con el aire frío de la mañana. Podía sentir el calor abrasador de las fogatas mientras las banderas de Estados Unidos, las llantas y el auto volcado de alguien se incendiaban a su alrededor. Podía ver la ira en los ojos de los jóvenes —miles de ellos, tal vez decenas de miles, con barba, vociferando y gritando fuera de control— que rodeaban la embajada y amenazaban con invadir sus instalaciones. Simplemente no tenía idea de qué hacer.

Era la primera misión del joven de veintiséis años con el Departamento de Estado. Él era el funcionario político más joven en el país y no tenía experiencia de campo. Él y su bella esposa, Claire, apenas tenían un año de casados. Estaban en Teherán desde el 1 de septiembre —apenas dos meses. Ni siquiera sabía los nombres de muchos de sus colegas que estaban detrás de las paredes del complejo. No obstante, aunque cada vez temía más por su seguridad, se rehusaba a creer que personalmente estaba en peligro de muerte.

¿Cómo podría estarlo? Charles David Harper amaba Irán de una manera que tenía poco sentido para él, mucho menos para su esposa.

Al haber crecido en el lado sur de Chicago, no había conocido a nadie de Irán. Nunca antes había estado allí. Ni siquiera había estado cerca, pero de una manera inexplicable se había enamorado del pueblo persa en algún momento. Le encantaba la complejidad de esta cultura antigua y exótica. Le cautivaba el ritmo misterioso de la moderna Teherán, aunque estuviera tan llena de extremistas religiosos y secularistas militantes. Especialmente, le fascinaba la comida; *khoroshte fensejoon* era su favorita últimamente, un sabroso guisado de cordero asado, granadas y nueces, que los Shirazi, sus vecinos de al lado —que Dios los bendiga—, habían preparado para él y Claire dos veces desde que habían llegado a este puesto.

Para Charlie había sido una alegría asimilar y perfeccionar el idioma de Irán. Había aprendido rápidamente el persa cuando era estudiante universitario en Stanford. Se había ejercitado en él cuidadosamente durante su postgrado en Harvard. Cuando se unió al Departamento de Estado después de graduarse, lo habían colocado inmediatamente en la vía rápida para llegar a ser funcionario del Servicio Exterior, pasó rápidamente por un entrenamiento diplomático básico y fue enviado a Teherán para su primera misión. Se sintió emocionado en cada etapa de la trayectoria. Afortunado al usar el persa todos los días. Estimulado al haber sido lanzado a una caldera política altamente volátil. Entusiasmado al tratar de entender la dinámica de la revolución de Jomeini desde adentro. Y convencido de que mientras más rápidamente se familiarizara con los acontecimientos, más rápidamente podría ayudar con efectividad a Washington a comprender y a navegar por la enorme conmoción social y cultural que estaba desarrollándose en Irán.

Charlie estaba convencido de que los arrebatos violentos de los estudiantes eran esporádicos. Este también pasaría como una tormenta de verano, al igual que habían pasado todos los demás. Las nubes oscuras pasarían. El sol volvería a salir. Solamente tenían que ser pacientes. Como pareja. Como país.

Charlie le dio un vistazo a su reloj. Apenas eran las seis y media de la mañana. Desde que había escuchado en la radio de su departamento los reportes iniciales de los disturbios, había salido corriendo a toda velocidad casi nueve cuadras, pero ya no podía hacerlo —demasiada gente y muy poco espacio. Mientras avanzaba lentamente, podía ver los pisos superiores de la cancillería, no lejos de la Puerta Roosevelt, la entrada principal de la embajada, pero sabía que nunca lograría llegar desde este lado. Tendría que encontrar otra manera de entrar —tal vez por las oficinas del consulado en la esquina noroeste del complejo.

Falto de aire, con la camisa húmeda y pegada a su espalda, Charlie cambió de velocidad. Comenzó a tratar de moverse zizagueando entre la multitud. Su relativa juventud, su pelo oscuro y sus ojos color café —regalo de la herencia italiana de su madre— parecían ayudarlo a mezclarse un poco, aunque de repente deseó tener barba. Y una pistola.

Podía sentir que la situación se deterioraba irremediablemente. Los Marines no se veían por ningún lado. Podía ver que ya no estaban vigilando la puerta principal, ni siquiera patrullaban la cerca. Supuso que se habían retirado a defender los edificios del complejo: la cancillería, la casa del embajador, la casa del director adjunto de la misión, el consulado y la bodega (más conocida como "Mushroom Inn"), junto con varias otras oficinas y el centro de vehículos motorizados. Charlie no era militar, pero pensó que esa decisión tal vez era tácticamente sabia. Podía sentir la masa de cuerpos que avanzaba hacia adelante sin pausa. Estos estudiantes de ojos desorbitados no tardarían mucho en echar abajo la puerta.

¿Abrirían fuego los marines cuando eso finalmente sucediera? ¿Cómo podrían hacerlo? Sería un baño de sangre. Sin embargo, ¿cómo podrían no hacerlo? Muchos de los jóvenes que lo rodeaban tenían pistolas. Algunos tenían rifles. Otros ya estaban disparando al aire. ¿Qué pasaría si los estudiantes realmente abrían fuego contra los diplomáticos estadounidenses? Los marines se verían obligados a devolver los disparos. Los sucesos podrían salirse de control rápidamente.

El estruendo del gentío era ensordecedor. Un necio, encaramado en el muro del perímetro, gritaba a través de un megáfono: "¡Muerte a Estados Unidos!". La multitud frenética y enloquecida recibía cada palabra con fervor y la repetía una y otra vez, y cada vez más fuerte.

Finalmente Charlie comenzó a avanzar, y mientras se abría camino con los codos entre el gentío, no pudo sino pensar en lo feos que eran los edificios achaparrados de ladrillo de la embajada. De hecho, todo el complejo parecía una escuela pública estadounidense de los años cuarenta o cincuenta. Incluso había sido apodado *"Henderson High"* por Loy Wesley Henderson, el embajador estadounidense en Irán de 1951 a 1954. De verdad no era un logro arquitectónico. Pero no había duda de que sería una mina de oro de inteligencia para los radicales leales al Ayatolá Jomeini, si lograban ingresar antes de que los oficiales del Servicio Exterior quemaran y destruyeran todos los documentos.

Alguien agarró a Charlie desde atrás. Se volteó y se encontró mirando a los ojos inyectados en sangre de un fanático sin afeitarse, probablemente cinco años menor que él, pero doce centímetros más alto.

—*¡Tú . . . tú eres estadounidense!* —gritó el estudiante en persa.

Las cabezas se voltearon. Repentinamente Charlie se sintió rodeado. Se dio cuenta de que la mano derecha del muchacho se empuñaba. Vio los ojos perdidos del chico y, por primera vez, Charlie Harper temió por su vida.

—*Vous êtes fou. Je suis de Marseille!* —respondió con un francés perfecto; llamó loco al muchacho y afirmó ser del puerto comercial más grande de Francia.

La vehemencia de la respuesta de Charlie y el hecho de que no estaba hablando en inglés, tomó al estudiante desprevenido. Se quedó en blanco por un momento. Obviamente no hablaba francés y por una fracción de segundo pareció inseguro de cómo proceder.

Los pensamientos de Charlie se agolparon. De repente se dio cuenta de lo rápido que sería hombre muerto si estos radicales descubrían que era estadounidense. Se sintió tentado a patear al muchacho en la ingle y a salir corriendo entre la multitud. Pero ahora había por lo menos seis o siete más, igual de grandes y de furiosos.

Uno de ellos comenzó a caminar hacia él, pero justo entonces una camioneta, llena de otros jóvenes —enmascarados y gritando— saltó una vereda y llegó rápidamente a través de la multitud. El conductor presionó la bocina y la gente corrió a protegerse. La camioneta dio un frenazo para detenerse justo a la derecha de Charlie. Los jóvenes que iban atrás comenzaron a disparar las ametralladoras al aire y, entonces, cuando la multitud finalmente dejó libre un camino directo, el conductor aceleró el motor y condujo hacia la Puerta Roosevelt. La barrera de hierro forjado se convirtió en un montón arrugado, y miles de estudiantes enfurecidos vitorearon, gritaron y se metieron en las instalaciones de la embajada como si los hubieran disparado desde un cañón.

Tan pronto como lo habían agarrado, ahora Charlie se encontraba libre, ya que sus atacantes lo abandonaron y siguieron a la multitud a través del boquete en las puertas. Con el corazón desbocado y la adrenalina corriéndole por sus venas, Charlie se dio cuenta que tenía la oportunidad de escapar. Aprovechó el momento y comenzó a dirigirse en dirección opuesta, lejos de la puerta principal y hacia una calle lateral. Seguía teniendo problemas para moverse entre la turba desenfrenada, pero momentos después dio vuelta a la esquina y logró ver la entrada al consulado.

Estaba cerrada. Por un momento vaciló. ¿Debería dirigirse hacia allí? ¿Debería tratar de entrar y ayudar a quien estuviera atrapado? El personal de adentro estaba constituido mayormente de mujeres encargadas del procesamiento de visas ocho horas al día, todos los días, año tras año. No estaban entrenadas para enfrentar revoluciones. Seguramente estarían aterrorizadas. No obstante, ¿podría en realidad ayudarlas, o cabía la posibilidad de que en lugar de eso lo atraparan y lo trataran brutalmente?

Entonces, vio a dos empleadas del consulado que rápidamente salieron por una puerta lateral. Alborozado, estaba a punto de llamarlas cuando un grupo de estudiantes enmascarados y armados con rifles, llegaron corriendo por la esquina y rodearon a las dos jóvenes. Saltaron sobre ellas y comenzaron a golpearlas sin misericordia.

La ira de Charlie hervía, pero no podía hacer nada. Estaba solo. Estaba desarmado. Y, otra vez, pensó en Claire en su departamento —sola, aterrorizada, y con tres meses y medio de embarazo.

2

El recorrido de veinte minutos a casa le tomó ahora dos horas.

Abriéndose paso cuidadosamente por las calles congestionadas —y tomando deliberadamente un camino indirecto, cerciorándose constantemente de que nadie lo estuviera siguiendo— Charlie llegó finalmente al departamento 902, en la lujosa torre, con vistas espectaculares del horizonte de Teherán. Irrumpió por la puerta, la cerró rápidamente al entrar, y al escuchar todavía la radio AM en el dormitorio, se dirigió allí para encontrarse con su esposa.

—Charlie, ¿estás bien? —dijo Claire sin aliento, y saltando para abrazarlo.

—Sí —susurró él, abrazándola fuertemente—. ¿Y tú?

—He estado aterrorizada por ti —respondió ella susurrándole, y comenzó a llorar—. Pensé que ya no te volvería a ver.

—Cariño, lo siento —dijo tan tranquila y cariñosamente como pudo—. Pero estoy bien. No te preocupes. Estoy bien, sólo un poco conmocionado.

Era mentira. No estaba bien. Estaba asustado y sin saber qué hacer ahora. Pero tan culpable como se sentía por mentirle a la mujer que amaba, se preocupaba por su esposa y por la preciosa vida que crecía dentro de ella.

—¿Todavía estás sangrando? —le preguntó.

—Un poco —dijo ella—. Pero estaré bien.

Era el primer embarazo de Claire y no había sido fácil. Había sufrido muchas náuseas matinales durante los primeros dos meses y había perdido casi nueve kilos de peso de su ya pequeña constitución. Más tensión no era exactamente lo que el doctor había ordenado para ella y el bebé.

Claire dio unos suspiros profundos y trató de tranquilizarse. Luego lo abrazó más fuertemente y le habló al oído.

—Dicen que se ha desatado un enfrentamiento armado afuera del complejo; dicen que varias personas han muerto y que decenas más están heridas. ¿Es cierto?

—No sé —dijo Charlie—. Todo está tan caótico. No sabría qué creer en este momento.

Apenas acababa de decir las palabras cuando un boletín especial se oyó en la Radio Teherán.

—Tenemos en línea a una mujer que afirma tener noticias importantes acerca de la revuelta de los estudiantes en el centro —dijo el locutor—. Bien, está en el aire. ¿Cuál es su nombre?

—Soy parte de los Estudiantes Musulmanes Seguidores de la Línea del Imán.

—Sí, entiendo, pero ¿cómo se llama?

—Eso no importa. Lo que importa es nuestro movimiento.

—Bien —dijo el locutor—. ¿De dónde exactamente está llamando y qué es lo que quiere decir?

—Estoy llamando desde el interior de la Embajada de Estados Unidos.

Hubo una pausa larga e incómoda. El locutor parecía aturdido.

—¿Qué? *Del interior* de . . . eso no tiene ningún . . . repita lo que acaba de decir. ¿Es esto una broma?

—No es una broma. Hemos ocupado la Embajada de Estados Unidos, la guarida del espionaje. Hemos ocupado cada edificio. Todos los pisos. En este momento estoy sentada detrás del escritorio del embajador.

—Oiga —dijo el locutor, incrédulo—, sabemos que los estudiantes han traspasado los muros exteriores y que están protestando en las instalaciones del complejo. Hemos estado reportando esto por varias horas, pero no tenemos ningún informe de que los estudiantes hayan entrado a alguno de los edificios.

—Pues ahora lo tiene.

—Pero usted no puede estar en la oficina del embajador. Tiene que estar bromeando.

—No lo estoy.

—No le creo.

—Puedo demostrarlo.

—¿Cómo?

—Vaya al directorio telefónico y busque el número de la embajada —dijo la mujer, dándole indicaciones—. Luego marque la extensión 8209, de la oficina del embajador.

Hubo una pausa larga. Charlie volteó hacia donde estaba Claire para ver cómo estaba, pero ella no le devolvió la mirada. La tenía clavada en la radio, casi como si estuviera en trance. Un momento después, podía escucharse al locutor de la radio hojeando un directorio y luego marcando en el teléfono. Sonó, y luego . . .

—Se ha comunicado con la Embajada de Estados Unidos en Teherán —dijo la voz de una mujer, primero en inglés y después en persa—. La embajada está cerrada en este momento. El horario de atención de nuestra oficina es de 9:00 a.m. a 5:00 p.m. de domingo a jueves. El consulado está abierto para solicitudes de visa de 9:00 a.m. a 4:00 p.m. de domingo a jueves. Si sabe el número de la persona a la que está buscando . . .

Un momento después, el locutor marcó el número de la oficina del embajador y escuchó a la mujer en la línea.

—Así que es cierto —dijo atónito.

—Así es.

—Estas son noticias graves. Bueno, ¿cuál es su mensaje?

—Tengo un comunicado —dijo la joven mujer tranquilamente.

—Muy bien, proceda. Escuchémoslo.

—Comunicado Número Uno: En el nombre de Dios, el misericordioso, el compasivo . . .

Luego hizo una cita de una declaración que el Ayatolá Ruhollah Jomeini —el líder de la Revolución Islámica en Irán— había hecho apenas un día antes. ". . . a los estudiantes les incumbe expandir sus ataques enérgicamente en contra de Estados Unidos e Israel, para que Estados Unidos se vea obligado a devolver al criminal, al depuesto sha."

Luego leyó una larga declaración preparada por los estudiantes. A Charlie le llamaron la atención varias líneas.

"Nosotros, los estudiantes musulmanes, seguidores del Imán Jomeini, hemos ocupado la embajada de espionaje de Estados Unidos, como protesta en contra de las tácticas de los imperialistas y de los sionistas. Anunciamos nuestra protesta al mundo, una protesta en contra de Estados Unidos por conceder asilo y por utilizar al criminal sha, cuando tiene en sus manos la sangre de decenas de miles de mujeres y hombres de este país . . ."

—¿Dónde está la caja de herramientas? —preguntó Charlie cuando terminó el segmento de propaganda.

—¿Por qué? —preguntó Claire.

Él volvió a preguntar, haciendo caso omiso a la pregunta.

—Está en el clóset —respondió Claire—. Pero ¿para qué la necesitas?

Suavemente se apartó de ella, se dirigió hacia el clóset, sacó una caja de acero como del tamaño de una maleta de mano y comenzó a salir del dormitorio.

—¿A dónde vas? —preguntó ella, un poco fuerte y ahora con un tono de pánico en su voz.

Charlie se volteó rápidamente y le hizo señas a Claire para que bajara la voz. Luego la tomó de la mano y siguió hacia la cocina. Allí, en la pequeña sala sin ventanas, hizo a un lado una jarra de jugo de granada y varios vasos que estaban en el centro de su mesa para dos y puso encima la caja de herramientas. Marcó la combinación del seguro y abrió la caja. Era la primera vez que Claire veía lo que había adentro, y se quedó con la boca abierta cuando Charlie sacó un arma y municiones.

—Charlie, ¿qué . . . ?

—Solamente es una precaución —dijo, tratando de tranquilizarla—. Estoy seguro de que esto terminará pronto.

Ella no se veía convencida. ¿Y por qué tendría que estarlo? Claire Harper no era tonta. Tenía una maestría de Harvard y se había graduado summa cum laude de la escuela de negocios; Charlie solamente había tenido honores cum laude de Kennedy School of Government en

Harvard. Aunque Claire en ese momento estaba con permiso por enfermedad, debido a su difícil embarazo, la habían asignado para trabajar como agregada financiera de la embajada. Su persa no era tan fluido como el de Charlie, pero todos los que ellos conocían en la embajada estaban impresionados por el progreso que ella había hecho en poco tiempo. Todavía no estaba lista para dar una conferencia, pero por cierto que podía mantener una conversación. Efectivamente, ya había establecido amistad con la esposa del cardiólogo iraní que vivía en el departamento vecino —la mujer que preparaba ese guiso persa que le hacía agua la boca—; compartían recetas y estaba aprendiendo a cocinar con ella. Claire y la señora Shirazi habían hecho un pacto de hablar solamente en persa cuando estuvieran juntas. Era un desafío, pero ya estaba surtiendo efecto.

Ahora, Charlie sacó de la caja de herramientas una cajita que parecía un reloj despertador, junto con un juego de audífonos sencillos.

—¿Qué es eso? —susurró Claire.

—Es una radio.

—Ya tenemos una radio.

—Esta es distinta.

—¿Cómo?

Charlie hizo una pausa. Había secretos en su trabajo que no estaba autorizado a compartir, ni siquiera con su esposa. Pero con los sucesos moviéndose tan rápidamente, era hora de aflojar un poco las restricciones.

—Esta me deja escuchar en la frecuencia que los marines están usando dentro de la embajada.

Claire no tenía un rostro inexpresivo, y sus ojos dejaban ver los temores que surgían en su interior. No era fanática de los secretos. Él tampoco lo era. Pero el hecho simple era que su posición en el Servicio Exterior era decididamente diferente a la de ella, y esa diferencia podría mantenerlos vivos.

Charlie instaló la radio especial, se puso los audífonos y comenzó a escuchar el tráfico cruzado. Su pulso se aceleró de pronto ya que inmediatamente escuchó disparos, maldiciones y gritos.

—*Bravo Seis, este es Tango Tango; ¿cuál es su veinte?*

—Bodega principal, Tango.

—¿Cuántos?

—Tengo nueve conmigo; somos diez en total.

—¿Están bien?

—Negativo, Tango. Tengo uno con una herida de bala en la pierna. Varios con laceraciones serias en sus rostros y manos, por los vidrios destrozados.

—¿Enemigos?

—Decenas, señor.

—¿Qué están haciendo?

—Golpeando la puerta con mazas, señor. Están exigiendo que los deje entrar o . . .

—¿Puede mantener su posición, Bravo Seis?

—No sé, señor. No tenemos comida ni agua.

—¿Qué hay de los documentos?

—Los estamos destruyendo ahora, señor. Pero está tomando mucho tiempo.

De repente Charlie sintió que el color se le iba del rostro.

Claire lo vio.

—¿Qué pasa?

Solamente se quedó allí, sacudiendo su cabeza con incredulidad.

—¿Qué? ¿Qué está pasando? —dijo ella, presionándolo.

—Es que hubo una explosión masiva —susurró—. La gente está gritando. Nunca había . . .

—¿Quién? ¿Dónde?

—Rick, Phil, Cort . . . no estoy seguro quién más. Están escondidos en la bodega principal, en la cancillería. Pero creo que los estudiantes acaban de volar las puertas.

Charlie tomó los audífonos lentamente y se los entregó a su esposa, pero ella rehusó ponérselos. No tenía el entrenamiento ni el estómago para esto.

—Todo va a estar bien, ¿verdad, Charlie? —preguntó Claire—. Como en febrero. Va a ser como el asunto del día de San Valentín: breve y se acabó, ¿verdad?

Charlie no dijo nada. Algo le decía que esto no era nada parecido a los sucesos del 14 de febrero, que los funcionarios del Servicio Exterior apodaron Día de Visita de San Valentín. Sólo nueve meses antes, un grupo mucho más pequeño de estudiantes —quizás unos cuantos cientos— saltaron la cerca de la embajada, invadieron unos cuantos edificios por un par de horas, hicieron un alboroto, expusieron sus argumentos y luego se retiraron después de que el régimen de Jomeini insistió en que lo hicieran.

Claire tenía razón; el incidente del Día de San Valentín había durado poco. Todo había sucedido antes de que ellos hubieran llegado, pero era obvio que el efecto en los que toman decisiones en Washington había sido enorme. En lugar de asignar más marines e ingenieros para fortalecer y defender la Embajada de Estados Unidos —y de esta manera enviar un mensaje inequívoco de que un asalto en contra del territorio soberano de Estados Unidos en el corazón de Teherán nunca más sería tolerado— los burócratas en la Casa Blanca y en el Departamento de Estado habían entrado en pánico. Habían reducido el personal de la embajada de casi mil a apenas sesenta personas. El Pentágono había demostrado una similar falta de resolución. El número de fuerzas militares de Estados Unidos en el país había sido reducido de cerca de diez mil soldados activos a casi ninguno.

La única razón por la que Charlie había sido enviado —especialmente con lo novato que era— fue porque era uno de los pocos hombres en todo el cuerpo diplomático de Estados Unidos que hablaba el persa con fluidez. Ninguno de los tres tipos de la CIA hablaba pizca del idioma. ¿Cómo era eso posible? La noción de que hubiera personal del Departamento de Estado y de la CIA destacado en un país cuyo idioma no hablaban, le resultaba ridícula a Charlie. ¿Cómo podría un gobierno entender al otro —mucho menos construir una relación saludable, positiva y duradera— sin por lo menos poder hablar en el idioma del corazón del otro? No se podía, Charlie lo sabía, y ahora Washington estaba a punto de afrontar las consecuencias.

3

—Trae las maletas —ordenó Charlie.

Claire lo miró como si le acabara de dar una bofetada.

—Esto es una locura —respondió bruscamente, casi en un susurro—. ¿Para qué?

—Empaca una para mí y una para ti —continuó Charlie con total naturalidad—. Sólo lo básico; que queden livianas.

—Esto es ridículo —dijo ella, dirigiéndose bruscamente al fregadero y comenzando a lavar los platos del desayuno—. Yo no voy a ninguna parte.

—Diez minutos —dijo él tranquilamente—. Voy por nuestro dinero, documentos personales, por el auto y te encuentro en la entrada de atrás. —Luego salió de la cocina y se dirigió al dormitorio.

—Charles David Harper, ¿te has vuelto totalmente loco? —gritó ella detrás de él, con su voz tensa de ira—. Yo no voy a salir de aquí, y tú tampoco. No es seguro. Estaremos mejor si nos quedamos aquí.

Charlie se asomó por la esquina cuando Claire se volteó otra vez hacia el fregadero, se hizo una cola con el pelo para retirarlo de sus ojos y siguió lavando su juego de tazas de café color marrón rotuladas: *Embajada de Estados Unidos en Teherán.*

Él la volteó firmemente y con sus manos le tapó la boca.

—Nos vamos ahora. —Lo dijo tan tranquilamente como pudo, pero con una intensidad que sabía que Claire no había escuchado antes—. ¿No lo entiendes, Claire? Los secuaces de Jomeini han tomado toda la embajada. Tienen las bóvedas. Tienen los archivos. Saben quién soy y van a querer información que yo pueda darles. Ahora mismo están pasando lista de todos los empleados. Cuando se den cuenta de que no estamos, van a buscar nuestra dirección. Si ya destruyeron los archivos, van a poner una pistola en la cabeza de Liz Swift. Si ella no nos delata, van a matarla enfrente de todos los demás. Entonces van a preguntarle a Mike Metrinko. Si él no nos delata, van a matarlo. Entonces van a tomar a John Limbert y van a seguir matando gente hasta que alguien hable. No sé quién será. Pero alguien va a darles nuestra dirección y vendrán por nosotros. ¿Y qué crees que pasará después, Claire? ¿Crees que van a torturarme?

Aterrorizada, Claire tuvo un escalofrío, y sus grandes ojos café se llenaron rápidamente de lágrimas.

—No lo harán. Soy uno de los mejores ex jugadores de básquetbol de Estados Unidos, mido 1,90, hablo persa y tengo una Colt .45 en la mesa de la cocina. No, ellos no van a torturarme. Van a torturarte a ti, mi amor —dijo—, hasta que yo comience a hablar . . . y si se dan cuenta de que estás embarazada . . .

Claire estaba temblando.

—Nunca dejaría que llegue a ese punto —le aseguró Charlie, con sus ojos llenos de lágrimas—. No podría. Les diría todo. Pero, sinceramente, temo que todavía así te torturarían. Eso es con lo que nos estamos enfrentando. Lo siento, cariño, pero no hay manera de que esto termine bien. A menos que nos vayamos ahora mismo.

Hizo una pausa, luego le soltó la boca y se secó los ojos.

Claire inmediatamente lo agarró y lo sostuvo firmemente. Después de un momento ella dio un paso atrás y miró fijamente a su esposo. Había estado temblando, pero ahora parecía tranquila.

—¿Diez minutos? —preguntó.

Charlie asintió con la cabeza.

—Estaré lista —prometió.

Diez minutos después, Charlie condujo cuidadosamente su Buick Skylark por la Avenida Ferdowsi, apodada el "Paseo de Embajadas" por los diplomáticos.

Se preguntaba si otras misiones occidentales también habían sido sitiadas o sólo la de ellos.

El bulevar estaba más congestionado que nunca, pero no vio nada fuera de lo común, no había protestas ni demostraciones. No estaban quemando figuras de algún presidente o primer ministro, aunque a unas cuadras de distancia estaban incendiando unos maniquíes horrendos del presidente Carter. Era curioso. Estaban muy cerca de la turba de estudiantes, pero aquí no podía detectar ninguna clase de hostilidad. Aun así, Charlie observó que Claire se estaba poniendo ansiosa. Si iban a salir de esta ciudad, tenían que hacerlo rápidamente.

—¿A dónde iremos? —le preguntó a su esposo.

—No estoy seguro —admitió Charlie—. Aunque pudiéramos llegar al aeropuerto, nunca nos dejarían salir del país. Especialmente con los pasaportes diplomáticos de Estados Unidos.

—¿Y qué tal Turquía? —preguntó Claire con esperanzas.

—No sé —dijo suspirando—. La frontera más cercana está a cientos de kilómetros de distancia. E insisto, aunque pudiéramos llegar tan lejos sin que nos detectaran, el ejército nunca nos dejaría pasar.

—Pues no podemos andar rodando por aquí, Charlie. Es demasiado peligroso.

—Lo sé —dijo—. Solamente tenía que ver . . .

No tenía sentido terminar la oración. Claire sabía tan bien como él que no era necesario ir al Paseo de Embajadas. Los iraníes no estaban enojados con el resto de las potencias occidentales. Los británicos no habían recibido al despreciable sha Mohammad Reza Pahlavi en su país, aunque fuera "solamente" para el tratamiento médico de un anciano en su lecho de muerte. Ni los turcos, ni los alemanes. Sólo el gobierno de Estados Unidos lo había hecho. ¿Y valía la pena?

—Gira aquí —dijo Claire sin previo aviso.

Charlie siguió el consejo y giró bruscamente a la derecha en Kushk e-Mesri. Maniobró el amplio sedán de cuatro puertas por la calle lateral angosta, sabiendo que ella estaba intentando alejarlos de una vía pública principal, donde corrían un riesgo mayor de que la policía uniformada o los agentes de inteligencia sin uniforme los divisaran. Pero lo que hizo, en lugar de eso, fue dirigirlos directamente al campus de la Escuela

Tecnológica de Teherán. Fue un error inocente, sin embargo fue un error.

El campus, otro semillero de radicalismo en la capital, y sus calles adyacentes estaban llenos de estudiantes. Acababan de terminar sus oraciones del mediodía y ahora estaban cantando y marchando. Algunos estaban disparando las ametralladoras al aire. Charlie pudo percibir el mismo espíritu violento que había permeado la escena alrededor de la embajada, e inmediatamente aplicó los frenos, que rechinaron al detenerse. Puso el auto en reversa, aceleró el motor y comenzó a retroceder, pero fue obstaculizado por una furgoneta VW llena de estudiantes que venía detrás de ellos. El conductor de la VW de repente comenzó a gritar algo acerca de su auto estadounidense y seis jóvenes salieron de un salto, con palos de madera y tubos de metal.

—Ponles seguro a tus puertas, Claire —ordenó Charlie, e hizo lo mismo en su lado.

Estudiantes con los ojos desorbitados rodearon el Buick, insultando y maldiciéndolos.

—Charlie, haz algo —dijo Claire, apretando fuertemente contra el pecho su bolso, con su pasaporte y objetos de valor.

Los estudiantes comenzaron a mecer el auto de un lado a otro, tratando de voltearlo, pero era demasiado pesado.

—Charlie, por favor, ¡haz algo!

—¿Como qué? —respondió gritando, con verdadero miedo en su voz—. Si conduzco este auto para adelante o para atrás voy a atropellar a alguien. ¿Es eso lo que quieres?

Una joven, de no más de dieciséis o diecisiete años, estaba derramando algo sobre todo el auto.

—Claro que no —dijo Claire—, sólo estoy diciendo . . .

Charlie sintió el olor de gasolina. Sabía lo que vendría después.

En ese momento, Claire gritó, se inclinó y se agarró el abdomen.

—Cariño, ¿qué pasa? —preguntó Charlie.

Claire no levantó la vista. Estaba gritando de dolor.

Entonces, uno de los estudiantes tomó un tubo de metal y destrozó la ventana del asiento del pasajero. Los vidrios volaron por todos lados. La sangre corría por el rostro de Claire. Luego el estudiante la agarró y trató de sacarla del auto. Claire, enredada en su cinturón del asiento, gritó más fuerte.

Charlie también estaba gritando. Agarró a Claire del brazo, del que estaba más cerca de él, y trató de jalarla hacia el auto. Pero entonces, de reojo vio a la joven que había derramado la gasolina encender un fósforo y lanzarlo en el capó que ahora estaba empapado. Inmediatamente, el auto fue envuelto por las llamas.

El calor era insoportable. Charlie temía que el tanque lleno del Buick explotara en cualquier momento. Al ver su maletín en el suelo cerca de los pies de Claire, lo alcanzó, lo abrió y sacó la pistola.

Vio a otro estudiante que lanzó un ladrillo a su ventana posterior. Más vidrios volaron y llenaron el auto.

Charlie se volteó, apuntó y disparó al atacante, bajándolo de un solo tiro. Luego giró hacia el estudiante que estaba atacando a su esposa y le disparó dos veces en la cabeza.

Tres disparos, en tres segundos: la multitud comenzó a esparcirse. Pero las llamas alimentadas por la gasolina ahora habían llegado a la parte de atrás del Skylark y ya estaban consumiendo el asiento posterior. Charlie sabía que no tenía tiempo. Abrió de un golpe la puerta del conductor, salió de un salto, se desplazó rápidamente al lado del pasajero y retiró el cuerpo flácido de su esposa de entre las llamas colocándolo en la acera, tan lejos como le fue posible del auto que se incendiaba. Ella estaba cubierta de sangre. No sólo eran los cortes de su rostro. Algo más estaba terriblemente mal.

Charlie temía lo peor.

Se agachó al lado de la mujer que amaba, la mujer de la que se había enamorado cuando se conocieron en el juego de fútbol en Harvard Crimson. No se movía.

Los ojos de Charlie se nublaron mientras la volteaba cuidadosamente sobre su espalda, le limpiaba la sangre de la boca y le retiraba mechones de pelo castaño de los ojos. Sus manos temblaban y contuvo la respiración mientras le tomaba el pulso. Al encontrárselo se sobresaltó y sintió una dosis de adrenalina. No estaba muerta. Revisó la calle que repentinamente había quedado desierta. Todavía podía ver una gran multitud de estudiantes que hacían una manifestación en el campus. Pero estaban lejos. Todos los que estaban a su alrededor se habían ido —excepto los cuerpos de los dos a los que les había disparado. Los disparos habían asustado a los demás.

Entonces vio el VW que todavía estaba funcionando.

Levantó a su esposa en sus brazos, la cargó hacia el VW y la puso cuidadosamente en el piso de atrás. Luego saltó al asiento del conductor, aseguró las puertas, puso de un golpe en reversa el vehículo y aceleró el motor justo cuando el Skylark hacía explosión hacia el cielo.

Charlie sabía que los camiones de bomberos y las ambulancias llegarían pronto. Y también la policía.

Todavía retrocediendo, se retiró a una distancia prudencial de las ruinas llameantes de su Buick, luego se detuvo cuidadosamente, cambió la marcha, enganchó el VW en segunda velocidad y se alejó rápidamente de la escena del crimen. Ahora estaba convencido de que

Claire estaba teniendo un aborto espontáneo. Necesitaba un hospital y sabía que estaba a unas cuantas cuadras del Hospital Sayeed-ash-Shohala, uno de los mejores de la ciudad. Pero no era posible llevarla allí ahora. Ningún hospital ni clínica médica eran seguros. No podía correr el riesgo de quedar expuesto y que lo capturaran las fuerzas leales a Jomeini. Especialmente ahora que acababa de dispararles a dos estudiantes radicales. Lo colgarían o lo pondrían en frente de un pelotón de fusilamiento; cualquiera de las dos opciones serían misericordiosas en comparación a lo que le harían a su esposa.

Con pánico e impotente, Charlie condujo sin rumbo por las calles de Teherán. No tenía idea de qué hacer, ni a dónde ir. Pasó por el parque Shahr, uno de sus favoritos, donde él y Claire frecuentemente habían caminado y hecho almuerzos de picnic. Pasó por el palacio Golestan, uno de los complejos más bellos y antiguos de los monumentos históricos de la capital, que se remontaba hasta el siglo XVI. Pero toda la alegría de estar en este país exótico ahora se había acabado.

Mientras conducía, Charlie maldijo a Irán. Maldijo al Ayatolá. Maldijo la Revolución. Su esposa se estaba muriendo. Los seguidores fanáticos del imán estaban tratando de matarlo también a él. Todo lo que creía sobre la diplomacia eficaz y de "construir puentes de amistad entre las naciones del mundo" se había ido con las llamas del sedán enviado por su gobierno.

Pero entonces el nombre de Mohammad Shirazi le vino a la mente.

Charlie de inmediato trató de descartar la idea. Era una locura. El hombre podría ser su vecino, pero era iraní. Era musulmán. La esposa del hombre, Nasreen, podría ser una chef fantástica, y parecía que en realidad le tenía aprecio a Claire —hasta había cuidado a Claire con sacrificio en algunos de los peores días de sus náuseas matutinas— pero los Shirazi eran chiítas. Ahora eran enemigos.

Aun así, Mohammad era médico, un cardiólogo impresionante. Era joven, sin duda: no tenía más de treinta años, conjeturó Charlie, pero era muy respetado en la ciudad. Su clínica no estaba lejos. Charlie y Claire en realidad habían estado allí hacía apenas unas semanas, en una pequeña fiesta para celebrar la inauguración de la nueva clínica médica con tecnología de vanguardia. Tal vez debería dirigirse allí y pedir ayuda.

Era arriesgado, pero ¿qué opción tenía? Los Shirazi podrían ser su única esperanza.

Charlie dejó de presionar el acelerador, cambió de velocidad bajando la marcha hasta una velocidad más segura e hizo un giro ilegal en "U." Seis cuadras más adelante, ingresó al estacionamiento que estaba al lado de la clínica del doctor Shirazi. Vio solamente tres autos, uno de los cuales sabía que era el de su vecino. Charlie miró por su espejo retrovisor. Un camión lleno de soldados pasaba y disminuyó la velocidad. Charlie bajó la cabeza y contuvo la respiración. El camión se detuvo por un momento. Charlie ni siquiera estaba seguro de si creía en Dios, pero de todas formas, hizo una oración en silencio rogando misericordia para él, para su esposa y para la pequeña vida que estaba en su vientre. Un momento después, los soldados se fueron a toda velocidad.

Charlie respiró de alivio, detuvo el VW cerca de la puerta de atrás de la clínica y apagó el motor. Luego entró a la clínica y se encontró cara a cara con la recepcionista que tenía un velo y que claramente era devota. En la sala de espera, el televisor estaba encendido. La programación regular se había interrumpido con las noticias de los últimos sucesos en la Embajada de Estados Unidos.

—¿Puedo ayudarlo en algo? —preguntó la recepcionista en persa.

—Necesito ver al doctor Shirazi —respondió Charlie de igual manera.

—¿Tiene una cita? —preguntó ella.

—Lo siento, no —dijo tartamudeando—. Pero soy su amigo; en realidad soy su vecino. Y tengo una emergencia.

—¿Qué clase de emergencia?

Charlie no quería decírselo. No a esta mujer. No ahora. Pero no sabía qué otra cosa hacer. No había pensado en eso.

Charlie miró su reloj. Tenía que moverse rápidamente. Claire necesitaba atención médica importante y rápida antes de que la policía secreta rastreara el VW. Miró alrededor del salón. Solamente había un hombre mayor sentado en la sala de espera a su izquierda, mirando las noticias de la televisión y sacudiendo su cabeza. No parecía religioso. No se veía enojado. Tal vez Charlie podía arriesgarse, pensó. Tal vez podría . . .

Justo entonces, Charlie oyó la voz del doctor Shirazi que llamaba a su recepcionista.

—¿Quién es mi próximo paciente?

Charlie volteó la cabeza y vio a su vecino saliendo de su oficina con un gesto de sorpresa reflejado en su rostro.

—¿Charlie Harper? —dijo—. Qué placer verte, amigo mío.

El doctor saludó a Charlie con el tradicional abrazo persa y un beso en ambas mejillas.

—¿Está todo bien, Charlie? —preguntó el doctor Shirazi, mirando las manchas de sangre en su camisa y pantalones.

—Necesito hablar contigo en privado —dijo Charlie abruptamente.

El teléfono de la oficina comenzó a sonar.

—Sí, claro. ¿Es esto sangre? ¿Qué pasó?

Charlie sacudió su cabeza y bajó la voz, esperando que ni la recepcionista ni el anciano de la sala de espera pudieran escucharlo, aunque no podía evitar observar que la curiosidad de la recepcionista se intensificaba. El teléfono seguía sonando.

—No se trata de mí, doctor Shirazi. Es Claire.

—¿Qué pasó? ¿Dónde está ella?

—Está en el auto, afuera —susurró Charlie—. ¿Podrías venir un momento a verla?

El doctor Shirazi aceptó rápidamente y le dijo a su recepcionista que contestara el teléfono, tomara el mensaje y que volvería en seguida. Ella finalmente respondió el teléfono mientras los dos hombres se dirigieron rápidamente hacia la puerta.

Un momento después, Charlie vio la expresión horrorizada en el rostro del doctor Shirazi cuando abrió la puerta de la furgoneta y encontró a Claire empapada en sangre.

Charlie explicó rápidamente lo que había pasado.

—Tenemos que llevarla al hospital —dijo el doctor.

—*No* —dijo Charlie—. Eso no es posible.

—No tienes opción —dijo el doctor Shirazi.

—¿No has visto las noticias acerca de la embajada esta mañana?

—No —dijo el doctor sacudiendo la cabeza—. He estado ocupado con pacientes toda la mañana.

—Han invadido la embajada. Tienen al personal como rehenes. Quizá mataron algunos. Están buscando al resto de nosotros.

El rostro del doctor Shirazi palideció.

—Lo siento mucho, Charlie. No tenía idea. Pero tu esposa necesita una transfusión de sangre o morirá. Necesita un ginecólogo. Esa no es mi especialidad. No puedo ayudarla.

—Tienes que hacerlo —insistió Charlie—. Y luego nos iremos del país.

—Eso es imposible. Incluso si pudieras pasar por seguridad en el aeropuerto, tu esposa nunca sobreviviría el vuelo.

—Por favor, doctor Shirazi, necesito que la atiendas, en privado, sin que nadie lo sepa. Pagaré todo lo que cueste.

—Charlie, no lo entiendes. Soy cardiólogo. Tu esposa tiene un niño moribundo en su vientre. Ella también se está muriendo. No puedo . . .

Charlie agarró a su amigo por los hombros y lo miró profundamente a los ojos.

—Doctor Shirazi, escúchame. Amo a tu país. Sabes que lo amo. Una vez fue el paraíso. Pero algo malo ha sucedido, algo que ninguno de los dos entiende. Te lo digo, si a Claire y a mí nos captura este régimen, nos juzgarán y nos matarán en televisión para que todo el país y el mundo lo vean. Eso no va a ocurrir. No me importa por mí. Pero que Dios me ayude, porque no dejaré que ninguno de ellos le ponga un dedo encima a Claire. Ahora, por favor, te lo suplico como mi amigo, ayúdame. No tengo a quién más buscar.

5

Los dos hombres se miraron a los ojos.

—Tienes razón —admitió el médico finalmente—. Lo siento. Tú y Claire merecen algo mejor. Y también tu país. Este no es el Irán donde crecí. Ya ni reconozco este lugar.

La puerta de atrás se abrió. Era la recepcionista que llamaba a su jefe.

—Le pedí que tomara mis llamadas —respondió el doctor Shirazi.

—Sí, señor, pero es su esposa. Dice que es urgente.

Charlie vio el conflicto en los ojos de su amigo.

—Ve —le dijo—. Responde la llamada.

Charlie casi perdió las esperanzas, pero ¿qué más podía decir? Percibió cierta calidez y compasión en el doctor Shirazi que apreció profundamente Parecía que el doctor verdaderamente quería ayudarlo. El tiempo se acababa, pero Charlie no quería hacer nada que contrariara a su amigo.

Poco después, el doctor Shirazi volvió al VW.

—Nasreen ha estado viendo los sucesos en la televisión. Dice que tienes razón. No puedes ir a un hospital. Dice que debo llevarte allá.

—¿A dónde? —preguntó Charlie, perplejo—. ¿Dónde es *allá*?

—A la embajada.

Charlie se quedó mirando al hombre. ¿Estaba tratando de hacer una broma? Si era así, resultaba sumamente cruel, pero se veía sincero.

—¿A la embajada? —preguntó Charlie finalmente—. ¿A cuál embajada?

—A la canadiense —respondió Shirazi—. Están preparándose para evacuar a la mayoría de su personal. Están preocupados porque podrían ser los próximos.

Escucharon sirenas que se acercaban.

—¿Tu esposa trabaja para la Embajada de Canadá? —preguntó Charlie, pensando por qué nunca se había enterado de eso.

—Por supuesto —dijo el doctor—. Te lo dije.

—No, dijiste que era traductora de las Naciones Unidas.

—Sí —dijo el doctor Shirazi—. Solía trabajar para el Ministerio del Exterior en asuntos de las Naciones Unidas. Pero tiene un trabajo nuevo desde el mes pasado. Te lo dije. Estoy seguro de que te lo dije. Comenzó a hacer unos trabajos de contratos con los canadienses. Dice que hay otros estadounidenses que acaban de llegar. Están escondiéndose allí ahora. Dice que si podemos llegar en los próximos quince minutos, tendrá a la unidad médica esperando a Claire.

—¿Y luego qué? —preguntó Charlie.

—¿Qué quieres decir?

—¿Qué pasará después?

—No lo sé, amigo mío —dijo el doctor Shirazi—. Un paso a la vez.

Con mucho cuidado, Charlie y el doctor Shirazi levantaron a Claire y la trasladaron de la furgoneta VW al lujoso asiento posterior de cuero, en el amplio sedán Mercedes del doctor. Charlie entró a la furgoneta VW y siguió a Shirazi unas cuantas cuadras, a un callejón detrás de una pequeña planta que fabricaba zapatos de mujer. Allí, Charlie limpió rápidamente el interior y exterior del vehículo para borrar huellas digitales y cualquier otra evidencia de la mejor manera posible, luego abandonó la furgoneta. Ingresó al asiento posterior del auto Mercedes y sostuvo a su esposa mientras Shirazi se apresuró hacia la residencia del embajador canadiense.

Nasreen, seis oficiales de seguridad canadiense y un equipo de médicos los recibieron en la puerta posterior. Charlie tuvo que entregar su pistola, pero a todos los dejaron entrar rápidamente y Claire fue conducida de inmediato a cirugía. Charlie comenzó a seguirlos, pero le pidieron que esperara en la residencia. Los Shirazi esperaron con él. Les ofrecieron comida, pero no pudieron comer. Les ofrecieron bebidas, pero no les apeteció.

Mientras pasaban las horas tensas de soledad sin saber nada sobre la condición de Claire, otros cuatro empleados de la embajada de Estados Unidos se acercaron, se presentaron y dijeron que estaban orando por los Harper. Charlie, luchando con una mezcla debilitante de fatiga y depresión, no podía recordar haberlos conocido antes. Todos trabajaban en la sección consular, procesando visas, y habían podido escapar en los momentos iniciales del drama de la mañana y encontrar un refugio seguro con los canadienses. Charlie estaba agradecido por su amabilidad.

Cuando el sol comenzó a ponerse y las largas sombras llenaron la biblioteca del embajador, donde ellos esperaban, el doctor canadiense a cargo de la unidad médica de la embajada entró y dio las noticias. Claire se recuperaría, aunque tardaría varias semanas. Sin embargo, había perdido el bebé.

Charlie no era hombre propenso a las lágrimas. Nunca había visto llorar a su padre, y hoy era, en lo que él podía recordar, la primera vez que lloraba desde que conociera, se pusiera de novios y se casara con Claire. Pero ahora se desplomó en la silla más cercana y comenzó a sollozar. Al principio, hizo todo lo posible por atenuar el sonido de su lamento, pero no pudo evitarlo. Surgía de algún lado tan profundo dentro de su alma que superaba su vergüenza.

Los Shirazi se acercaron a Charlie, lo abrazaron y lo sostuvieron. Ellos también tenían lágrimas que corrían por sus rostros.

Charlie despertó como si hubiera tenido una pesadilla.

La habitación estaba completamente oscura. Con un breve relámpago de esperanza, extendió su mano para tocar a Claire, pero no estaba allí. Se frotó los ojos y revisó su reloj Timex. Eran las tres y media de la mañana. Era miércoles, 7 de noviembre de 1979. Entonces cruelmente cayó en cuenta. No era un sueño. Todo era dolorosamente cierto.

Habían pasado tres días desde que la pesadilla comenzara, y no tenía idea de cuánto duraría. Claire seguía en un estado de salud grave, pero estable. Había estado consciente unas pocas horas al día, y por el resto de cada día oscuro y deprimente Charlie nunca se había sentido tan solo.

Charlie sintió que se moría de hambre y al darse cuenta de que casi no había comido desde el domingo, se levantó, se puso una bata que alguien le había prestado, salió de la habitación de visitas y bajó varios pisos hacia la cocina. Se sorprendió al encontrar al embajador Taylor y a los Shirazi. Un mayordomo filipino estaba preparando sopa y unos emparedados. Aparentemente, Charlie no era el único que no podía dormir.

—Qué bueno verte, Charlie —dijo Mohammad Shirazi.

—Ven —dijo Nasreen y sacó una silla—. Siéntate aquí con nosotros.

Charlie agradeció con la cabeza y se desplomó en la silla.

El embajador canadiense se inclinó hacia Charlie.

—Te alegrará saber que he estado en contacto con tu Departamento de Estado. Estamos trabajando en planes para sacarlos a ti y a Claire hacia Estados Unidos tan pronto como ella esté lo suficientemente bien de salud.

—Gracias —dijo Charlie—. Es muy amable.

—Estamos esperando, por supuesto, que todo esto se acabe en unos cuantos días —observó el embajador.

—Eso no parece probable, ¿verdad? —preguntó Charlie.

—Por el momento, no. Pero deberías escuchar el plan que la CIA está preparando en caso de que esto dure un tiempo. Es un poco . . . endeble.

—¿Qué quiere decir? —preguntó Charlie.

En los minutos siguientes, el embajador trazó el esquema más loco que Charlie hubiera escuchado. Por la mirada en sus rostros, los Shirazi también pensaron que era una locura. Charlie no sabía si reír o llorar. Esperaba que su situación no requiriera de una solución tan ridícula. Nunca funcionaría, lo sabía. Los iraníes eran fanáticos. La policía secreta del aeropuerto nunca les creería. Pero, una vez más, se dio cuenta de que no tenía opción. Era claro que su destino no estaba en sus propias manos. Pensó que tal vez debía resignarse al hecho de que estaba demasiado cansado como para resistirse.

—Solamente tengo una petición, señor embajador —dijo Charlie finalmente.

—¿Cuál?

—Tiene que prometerme que los Shirazi también vendrán.

El embajador y los Shirazi se mostraron atónitos.

—Charlie, es muy amable de tu parte —dijo Mohammad Shirazi—, pero en realidad no creo que eso sea posible en este momento.

Charlie lo ignoró.

—Señor embajador, ellos salvaron la vida de dos estadounidenses. El régimen los matará si los dejamos aquí.

—Entiendo —dijo el embajador—. Pero no está en mis manos. Piensa en esto, Charlie. Una cosa es que tu gobierno saque a dos de sus diplomáticos del peligro. Es algo muy distinto que . . .

Pero Charlie lo interrumpió.

—Póngame al teléfono con la persona con quien está hablando en Langley —dijo firmemente—. Claire y yo no nos iremos si los Shirazi no van con nosotros. Ellos salvaron nuestra vida. Lo menos que podemos hacer es salvar la de ellos.

6

DIEZ AÑOS DESPUÉS

TEHERÁN, IRÁN
3 DE JUNIO DE 1989

Hamid Hosseini había estado al lado de su maestro durante tres décadas.

No podía soportar ver sufrir al hombre. Durante la última semana y media, había sido uno de solamente tres clérigos a los que se les permitía sentarse al lado de la cama de hospital del Ayatolá Ruhollah Mousavi Jomeini. Durante once días y sus noches sin interrumpir, Hosseini había estado sin comer, suplicándole a Alá por la recuperación de su maestro. Pero el alivio no había llegado. El cáncer seguía consumiendo al clérigo de ochenta y ocho años. Los médicos no podían contener las hemorragias internas. La hora del maestro parecía estar cerca.

Los ojos de Hosseini se llenaron de lágrimas. Él y su maestro habían compartido muchas cosas. ¡Habían logrado tanto! No podía terminar ahora. Su misión todavía no estaba completa.

Hosseini se levantó de sus oraciones y silenciosamente salió al pasillo para recomponerse. Todavía recordaba vívidamente la vez en que los dos hombres se habían conocido.

Fue en el año 1963. La popularidad de Jomeini se expandía, y no solamente entre los teólogos. La gente de Irán se estaba enamorando de este predicador feroz y radical, y también Hosseini. A veces Jomeini predicaba a multitudes de cien mil o más personas, y en junio de ese año pidió a Hosseini que fuera su invitado mientras daba un discurso importante. Hosseini aceptó con entusiasmo y esa mañana compartió el desayuno con su maestro en su casa, haciéndole miles de preguntas, llevándolo al lugar de la conferencia y sentándose a unos cuantos metros de distancia cuando comenzó el discurso.

Hosseini todavía podía recitar todo el discurso. Había quedado fascinado mientras Jomeini atacaba al sha como un "miserable infeliz" que se había aliado con los "parásitos" de Israel. Había quedado cautivado cuando Jomeini condenó a los clérigos islámicos apóstatas de todo Irán —aliados del sha— como "animales impuros." Y había quedado impresionado al escuchar a Jomeini predecir que el sha sería obligado a abandonar el país.

Aun muchos años después, Hosseini podía recordar sentirse electrizado, la oleada de emoción de la multitud. Nadie había hablado jamás del sha de esa manera. Las masas se habían vuelto locas. Estaban listas para derrocar al régimen de Pahlavi allí mismo y en ese mismo momento. Pero no era la hora. Dos días después, las fuerzas de la policía secreta del sha se movilizaron, arrestando a Jomeini y a todos los que habían estado en la plataforma. Pero eso solamente generó más simpatía y apoyo para Jomeini.

Los levantamientos en apoyo rápidamente surgieron por todo Irán, incluso en Teherán, la capital política del país, y en Qom, la capital religiosa, con su infinidad de seminarios y otras instituciones islámicas. Grandes multitudes de admiradores de Jomeini salieron a las calles gritando: *"¡Jomeini o muerte!"*. El sha impuso la ley marcial al día siguiente, pero sus fuerzas reaccionaron excesivamente, abriendo fuego contra los admiradores de Jomeini. La cuenta oficial de manifestantes muertos y heridos fue de quince mil.

Hosseini nunca había estado en la cárcel antes de eso. Nunca lo habían torturado. Ni siquiera se había imaginado un escenario semejante. Pero no lamentaba su amistad con el hombre responsable de este nuevo destino. Al contrario, consideraba un gran honor sufrir junto al gran hombre en el nombre de Alá.

Durante los diez meses siguientes, ambos permanecieron presos juntos, pero no podrían haber orquestado los sucesos de mejor manera si lo hubieran intentado. Jomeini se estaba convirtiendo en un símbolo nacional de la opresión del sha hacia los musulmanes devotos. Estaba surgiendo firmemente como el líder de la oposición islámica al sha, un papel que le sentaba perfectamente. Y Hamid Hosseini era identificado universalmente como uno de los asistentes de más confianza del Ayatolá.

El 7 de abril de 1964, Jomeini y sus colaboradores fueron liberados, y rápidamente se organizaron celebraciones importantes, particularmente en Qom, donde los seminarios cerraron durante tres días para hacer fiestas en su honor.

Sin embargo, el Ayatolá no estaba interesado en fiestas. Quería una revolución. No perdió el tiempo: usó su recién encontrada fama y apoyo popular para lanzar publicaciones nuevas, todavía más estridentes, en contra del sha. Y Hamid Hosseini estaba otra vez al lado de su maestro el 27 de octubre de 1964, cuando el imán dio un discurso en el que acusaba al sha y a su gobierno secularizado de traición, y pedía a los musulmanes chiítas de todo Irán que "fueran a ayudar al islam" atacando al régimen apóstata e infiel.

"Oh, Alá, ellos han cometido una traición en contra de este país," gritó Jomeini a una multitud de miles. "Oh, Alá, este gobierno ha cometido una traición en contra del Corán . . . no son nuestros representantes . . . los desecho . . . Oh, Alá, destruye a esos individuos que son traidores de esta tierra y traidores del islam."

El 4 de noviembre de 1964, las fuerzas del sha arrestaron al Ayatolá Jomeini otra vez y lo enviaron al exilio en Turquía. Hamid Hosseini, que ahora era un amigo cercano y asistente de confianza del imán, también fue exiliado. Pero los dos hombres no podían haber estado más contentos. Toda la gente de Irán veía a Jomeini como el principal oponente del sha y a Hosseini como su principal vocero y confidente. Ahora eran libres para seguir su causa sin miedo a represalias.

Turquía, en esa época, era el epicentro del movimiento de la reforma dentro del islam. Era el lugar donde los musulmanes adoptaban costumbres, la vestimenta, el lenguaje y hasta la democracia occidentales. Difícilmente era el campo de base apropiado para que la pequeña banda de radicales islámicos del Ayatolá tramara los siguientes pasos de su revolución. Rápidamente hicieron planes para salir de Turquía hacia Irak y llegaron a Bagdad el 6 de octubre de 1965, acompañados por el hijo de Jomeini, Mustafá.

Ahora, mientras Hamid Hosseini miraba a su maestro moribundo retorcerse de dolor en una cama de hospital, se le volvieron a llenar los ojos de lágrimas. No quería recordar a Jomeini así, con su vida que se desvanecía lentamente.

En el otoño de 1977, Hosseini había estado al lado de su maestro cuando Mustafá murió repentinamente en condiciones misteriosas. Había estado en la habitación cuando el médico forense iraquí dijo que el hijo de su maestro, de cuarenta y cinco años, había muerto de un repentino y masivo ataque al corazón, de lo cual Hosseini nunca había estado convencido. Estaba seguro de que era mucho más probable que el hijo de Jomeini hubiera sido asesinado por los agentes de la policía secreta del sha, la SAVAK.

Ahora Hosseini se había convencido de que el Ayatolá Jomeini estaba muriendo como resultado de un plan maligno. Los médicos decían que era cáncer pero, ¿lo era en realidad? Tal vez la CIA lo había envenenado. Tal vez los del Mossad. Hasta podría ser una operación conjunta. No tenía idea de cómo lo habían hecho. Pero no tenía dudas de que el Gran Satanás y el Pequeño Satanás estaban detrás de la muerte de Jomeini, y en silencio juró que ambos pagarían por su traición. Los estadounidenses y los sionistas todavía estaban tratando de sofocar la Revolución Iraní. Pero fracasarían. Hosseini juró que a sangre y fuego, fracasarían.

Entonces, Hosseini oyó un ahogo y un jadeo.

Rápidamente se volteó y volvió al lado de su maestro, luego se quedó paralizado de dolor al ver las convulsiones y los esfuerzos vehementes de los médicos y las enfermeras, tratando de detener lo inevitable. Pero tan pronto como comenzó, terminó. El ahogo se detuvo. El jadeo se detuvo. Los esfuerzos por salvarlo llegaron al final.

Todos en la habitación que se quedaron paralizados, horrorizados; casi no podían comprender lo que acababan de presenciar. El ángel de la muerte había llegado, y Hamid Hosseini comenzó a llorar.

Hosseini dirigió su rostro hacia la Meca, cayó de rodillas y oró en silencio.

Pero la oración que llegó a su corazón en ese momento fue una que lo sorprendió y lo aterrorizó. No había planificado hacerla. Simplemente se derramó de su corazón. Fue un lamento que todos los días oraba cuando era niño, pero que, hasta ese momento, nunca se habría atrevido a pensar —mucho menos a pronunciar— a mil kilómetros de distancia del Ayatolá. Era una oración que podría haberlo enviado a prisión y a las cámaras de tortura si alguien cerca de su maestro alguna vez adivinara que él la estaba elevando a Alá. Pero ahora no pudo evitarlo. En su dolor y desesperación, simplemente se convirtió en una súplica involuntaria.

Oh Señor poderoso, imploró silenciosamente, *te pido que aceleres el surgimiento de tu último depositario, el Prometido, ese ser humano perfecto y puro, el que llenará este mundo de justicia y de paz. Haznos dignos de preparar el camino para su llegada, y guíanos con tu mano justa. Anhelamos al Señor de la Época. Anhelamos al Esperado. Sin él —El Que Ha Sido Guiado Justamente— no puede haber victoria. Con él, no puede haber derrota. Enséñame tu camino, oh Señor poderoso, y úsame para preparar el camino para la llegada del Mahdi.*

7

SAMARRA, IRAK

La noticia llegó rápidamente a la ciudad iraquí de Samarra.

Mientras se corría la voz acerca de la muerte del Ayatolá Jomeini por todo el baluarte de los musulmanes chiítas, eventualmente le llegó a Najjar Malik y lo impactó como un rayo.

A Najjar, que apenas tenía diez años, por mucho tiempo su tío y su tía lo habían protegido de los sucesos nacionales y mundiales. Ellos lo habían cuidado después de la muerte de sus padres en un trágico accidente automovilístico hacía algunos años. No lo dejaban ver televisión ni escuchar la radio. No lo dejaban leer nada más que sus libros escolares. Para el pequeño Najjar, que era increíblemente brillante pero también pequeño para su edad, la vida consistía en la mezquita, la escuela y nada más. Si no estaba memorizando el Corán, estaba memorizando sus libros de texto.

Pero hoy era diferente. De repente parecía como que cada chiíta de Samarra hubiera escuchado lo que Najjar acababa de oír de una mujer que daba alaridos en el pasillo.

"¡El imán ha muerto! ¡El imán ha muerto!"

Najjar estaba demasiado abrumado como para llorar.

No podía ser cierto, tenía que ser un rumor cruel, iniciado por los sionistas o los sunitas. El Ayatolá Jomeini era más grande que la muerte. Simplemente no podía estar muerto. ¿Acaso no era el tan esperado Mahdi? ¿Acaso no era el Duodécimo Imán, el Imán Escondido? ¿Acaso no se suponía que establecería justicia y paz? ¿Cómo entonces podía estar muerto si de verdad él era el salvador del mundo islámico y de toda la humanidad?

Durante años, todos los viernes en la noche los tíos de Najjar lo hacían escuchar el último sermón grabado del Ayatolá Jomeini, que había salido clandestinamente de Irán a Irak. Entonces su tía lo arropaba en la cama, le daba un beso de buenas noches, apagaba la luz y cerraba la puerta del dormitorio. Cuando el departamento estaba tranquilo, Najjar miraba por la ventana la luz de la luna y meditaba en las palabras del Ayatolá y en su feroz insistencia de que el deber de un musulmán era hacer el yihad —la guerra santa— contra los infieles. No era exactamente un tema para sueños infantiles, pero revolvía algo muy profundo dentro del corazón de Najjar.

"Aquellos que han creído, emigrado y han luchado por la causa de Dios, pueden esperar la misericordia de Dios," decía el Ayatolá, al citar el Sura 2:218 del Corán. Los judíos y los cristianos son los que Dios ha maldecido, explicaba, diciendo que el Corán enseñaba que "serían ejecutados, crucificados, o que les cortarían las manos y los pies uno tras otro, o que serían expulsados de la tierra."

"¡Mátenlos!," insistía Jomeini, señalando el Sura 9:5, "dondequiera que los encuentren. ¡Captúrenlos! ¡Sítienlos! ¡Tiéndanles emboscadas por todas partes!"

"Al profeta y a sus seguidores se les ordena que emprendan el yihad en contra de los incrédulos y de los hipócritas y que sean severos con ellos," sostenía el Ayatolá año tras año, "porque su refugio final es el infierno."

Insistía que los infieles —citando el Sura 22— pasarán la eternidad en el fuego ardiente, "con agua caliente que se derrama sobre sus cabezas. Todo lo que está en sus cuerpos, así como sus pieles, se derretirá."

"No se metan con ellos," sostenía. "No se hagan amigos de ellos. No traten con ellos. No hagan negocios con ellos." Después de todo, le encantaba decir —citando el Sura 5:59-60— "Alá ha maldecido a los cristianos y a los judíos, y a los que ha condenado totalmente los ha convertido en monos, en cerdos y en siervos de las fuerzas del mal."

Najjar había quedado atónito con el coraje y la convicción de Jomeini. Seguramente este hombre tiene que ser el Mahdi. *¿Quién otro podría serlo?*, se había preguntado. Es cierto, admitía su tía cuando

Najjar ocasionalmente le hacía preguntas inocentes, Jomeini todavía no había logrado justicia ni paz. Tampoco había establecido un imperio islámico que transformaría el planeta. Pero todo esto, decía ella, era sólo cuestión de tiempo.

¿Y ahora qué?, pensó Najjar. Si Jomeini en realidad había muerto, ¿quién dirigiría la Revolución? ¿Quién era el verdadero mesías y cuándo vendría?

Nadie más estaba en casa, y Najjar se sentía solo y asustado. Desesperado por saber más, salió corriendo del estrecho departamento de sus tíos y bajó corriendo los diecisiete pisos, en lugar de esperar el elevador. Salió corriendo a la calle polvorienta enfrente de su desvencijado edificio, solamente para encontrarse con grandes multitudes de compañeros chiítas que también salían de sus departamentos. Al ver a un grupo de hombres mayores reunidos en una esquina cercana, al lado de un puesto de venta de frutas, fumando cigarrillos y escuchando una radio de transistores, Najjar corrió hacia ellos y escuchó.

"Radio Teherán puede confirmar ahora que el reverenciado imán, que la paz sea con él, ha muerto de un ataque al corazón," escuchó que el locutor decía en persa; la voz del hombre se entrecortaba mientras transmitía las noticias. "El Líder Supremo de la Revolución Islámica ha estado en el hospital durante los últimos once días. Sufría de hemorragias internas. Pero un vocero del gobierno ha confirmado lo que los funcionarios del hospital indicaron hace apenas unos minutos. Ruhollah Mousavi Jomeini ha muerto a la edad de ochenta y ocho años."

La mente de Najjar daba vueltas. *¿Cómo puede estar muerto el Prometido?* No era posible.

Sin más detalles para reportar, Radio Teherán transmitió extractos de los discursos de Jomeini. En uno de 1980, Jomeini declaró a sus compañeros chiítas: "Tenemos que esforzarnos por exportar nuestra Revolución a todo el mundo."

Najjar escuchó un rugido ensordecedor que surgió de alguna multitud que había estado escuchando al imán. Cerró sus ojos y se imaginó la escena y de repente deseó que sus padres nunca se hubieran ido de Irán. Entonces tal vez todavía estarían vivos. Tal vez Najjar podría haber visto al Ayatolá con sus propios ojos. Tal vez podría haber escuchado las palabras del maestro con sus propios oídos. Tal vez hasta podría haber servido a la Revolución de alguna manera insignificante.

"Los gobiernos del mundo deberían saber que . . . el islam será victorioso en todos los países del mundo, y que el islam y las enseñanzas del Corán prevalecerán en todo el mundo," gritó Jomeini en otro fragmento de la radio. Najjar sabía esa línea de memoria. Era de un sermón que el Ayatolá había dado justo después de regresar a Teherán, donde fue recibido por millones de fieles seguidores que gritaban: "*¡Ha llegado el Santo! ¡Ha llegado el Santo!*".

Desorientado por este giro en los sucesos, Najjar se retiró de la multitud de hombres y del alcance de la transmisión de radio. Había escuchado más de lo que quería. Su pequeño cuerpo temblaba. Su mugrienta camisa de algodón estaba empapada de sudor, y de repente se sintió muerto de sed. No tenía idea de dónde estaban sus tíos, pero desesperadamente no quería estar solo.

Tal vez estaban en la mezquita. Decidió que allí debía estar él también. Emprendió una loca carrera de seis cuadras, y disminuyó la velocidad solamente cuando pudo ver la puerta lateral de la mezquita al-Askari, a unos cien metros de distancia.

De repente, sin advertencia, tres adolescentes —mucho más grandes que Najjar— llegaron corriendo de los arbustos y se abalanzaron sobre él desde un lado. Enceguecido, Najjar cayó al suelo sin aire. Antes de que pudiera recuperar la respiración, los tres comenzaron a golpearlo sin misericordia. Dos empuñaron las manos y propinaron golpe tras golpe en el estómago y en el rostro de Najjar. El tercero lo pateaba repetidamente en la espalda y en la ingle. Él se retorcía del dolor, suplicándoles que se detuvieran. Sabía quiénes eran, y sabía lo que querían. Eran amigos de su primo, que le debía a uno de ellos unos dinares. Su primo se había atrasado en pagarle.

Pronto la sangre comenzó a salir de la nariz quebrada del pequeño Najjar y de su oído izquierdo. Su rostro comenzó a hincharse. Su visión era borrosa. Todos los colores comenzaron a desvanecerse. Estaba seguro de que se iba a desmayar, pero entonces escuchó una voz que gritó: "¡Basta ya!".

8

De repente, los golpes cesaron.

Najjar no se atrevió a abrir los ojos. Se preparó para el próximo golpe y se quedó en posición fetal. Después de unos momentos, escuchó que los muchachos se alejaban. ¿Por qué? ¿A dónde iban? ¿En realidad se había acabado? Se armó del valor suficiente para entreabrir un ojo, se limpió la sangre y las lágrimas, y vio que los tres bravucones estaban parados alrededor de alguien, aunque no podía decir quién era. ¿Era un padre? ¿Un policía? Najjar abrió el otro ojo. Se limpió más sangre y se esforzó para escuchar lo que decían.

—El Santo Corán dice: "Aquél a quien Dios dirige está bien dirigido" —declaró una voz autoritaria—. Pero ¿qué dice el Profeta, la paz sea con él, de los que se desvían, o de los rebeldes que se alejan de las enseñanzas de Alá? Dice: "Les congregaremos el día de la Resurrección boca abajo, ciegos, mudos, sordos. Tendrán la gehena por morada. Siempre que el fuego vaya a apagarse, se lo atizaremos."

Najjar conocía esas palabras. Su tía había hecho que memorizara Sura 17:97 en su quinto cumpleaños, y vivía en su memoria hasta hoy. Escudriñó a la multitud que se había reunido, esperando ver un rostro amigable, o por lo menos familiar. Pero no reconoció a nadie, y se preguntó si el gentío estaba allí para ver una pelea o algún castigo.

—¿Está diciendo que todos nos vamos a ir al infierno? —preguntó uno de los bravucones.

Najjar estaba sorprendido al escuchar un indicio de genuino temor en la voz temblorosa del muchacho.

—No soy yo el que lo dice —dijo el extraño con serena autoridad—.

El Corán dice: "La pesa ese día será la Verdad. Aquéllos cuyas obras pesen mucho serán los que prosperen, mientras que aquéllos cuyas obras pesen poco perderán, porque obraron impíamente con Nuestros signos."

Najjar sabía ese también. Era Sura 7:8-9.

Vio que los hombros de los adolescentes se hundieron. Sus cabezas se inclinaron. No estaba claro que los muchachos hubieran escuchado antes esos versos, pero ciertamente parecían haber comprendido el riesgo. De pronto ya no fueron tan rudos ni tan crueles. De hecho, horrorizado por la ira que podría estar esperando a sus torturadores, Najjar casi sintió pena por ellos.

Desde su niñez temprana, Najjar había temido profundamente el fuego del infierno. Estaba convencido de que la muerte de sus padres en un accidente automovilístico en un viaje de fin de semana a Bagdad, cuando apenas tenía cuatro años, era un castigo de Alá para él por sus pecados. No tenía idea de qué pecados podría haber cometido a una edad tan temprana, pero estaba dolorosamente consciente de todos los que había cometido desde entonces. No era su intención ser una persona tan terrible. Trataba de ser un siervo de Alá, piadoso y fiel. Oraba cinco veces al día. Iba a la mezquita cada vez que podía, aunque tuviera que ir solo. Ya había memorizado bastante del Corán. A menudo sus maestros lo elogiaban por su celo religioso. Pero conocía la debilidad de su propio corazón, y temía que todos sus intentos por hacer lo correcto no sirvieran para nada. ¿Era en realidad algo mejor que estos muchachos que lo habían golpeado? No, concluyó. Probablemente era peor. Seguramente Alá los había enviado para que lo castigaran, y él sabía que lo merecía.

Los tres muchachos comenzaron a alejarse de su acusador. Un poco después, se voltearon rápidamente y se fueron corriendo. Fue entonces cuando Najjar miró al que había llegado en su auxilio, y no podía creer lo que sus ojos estaban viendo. El extraño no era un hombre sino un niño, no mucho mayor que él. Seguramente no tenía más de once o doce años, y era bajo, de una constitución física pequeña. Tenía el pelo negro como el carbón, la piel aceitunada clara, una nariz puntiaguda, angular, casi regia, y una pequeña mancha negra, como un lunar, en su mejilla izquierda. No tenía ropa de calle como los demás de su tamaño y edad. Vestía una túnica negra y sandalias. Pero lo que le impactó más a Najjar fueron los ojos negros penetrantes del chico, que calaron profundamente en su alma y lo obligaron a apartar su mirada con humillación.

—No te preocupes, Najjar —dijo el niño extraño—, ya estás a salvo.

A Najjar le latió el corazón aceleradamente. ¿Cómo sabía este chico su nombre? La verdad es que nunca antes se habían visto.

—Te preguntas cómo es que sé tu nombre —dijo el chico—. Pero sé todo acerca de ti. Eres persa, no árabe. Tu primer idioma fue el persa, aunque también hablas árabe y francés con fluidez. Creciste aquí en Samarra, pero naciste en Irán, así como tus padres y tus abuelos. Para ser precisos, tu familia vivía en Esfahān.

Najjar estaba atónito. Todo era cierto. Buscó en su memoria. Tenía que conocer a este muchacho de alguna manera. Pero no podía imaginar dónde ni cuándo se habían conocido. Tenía una memoria casi fotográfica, pero no recordaba ese rostro ni esa voz en lo más mínimo.

—Eres un hijo de la Revolución —continuó el extraño—. Tu madre, Jamila, Dios bendiga su recuerdo, fue una verdadera sierva de Alá. Ella podía trazar su linaje familiar hasta el Profeta, la paz sea con él. Tu madre memorizó grandes porciones del Corán cuando tenía siete años. Se emocionó con la caída del sha y con el regreso del Ayatolá del exilio, de París a Teherán, en el profético primer día de febrero de 1979.

Najjar se dio cuenta de que esto también era cierto, pero lo asustaba.

—Aunque tenía ocho meses de embarazo de ti —continuó el muchacho—, tu madre insistió en que ella y tu padre se unieran a los millones de iraníes que trataban de ver al Ayatolá cuando su vuelo aterrizó en el Aeropuerto Internacional de Mehrabad esa mañana. Pero nunca lo lograron, ¿verdad?

Najjar sacudió su cabeza.

—Justo antes de que saliera el sol, tu madre tuvo un prematuro trabajo de parto —continuó el extraño—. Te dio a luz en un bus camino al hospital. Pesabas solamente 2,21 kilos; estuviste en una incubadora durante meses. Los médicos decían que no sobrevivirías, pero tu madre oró, ¿y qué ocurrió?

—Alá respondió sus oraciones —dijo Najjar suavemente.

—Sí, lo hizo —confirmó el extraño—. ¿Y luego qué? Tus padres te llevaron del hospital a casa, unos días antes de que los estudiantes tomaran la Embajada de Estados Unidos. Tu madre se quedó a tu lado día y noche desde entonces. Te amaba mucho, ¿verdad?

Los ojos de Najjar comenzaron a llenarse de lágrimas, y luego el extraño se le acercó y le habló casi en un susurro.

—Tu padre, descanse en paz, era una persona arriesgada.

Najjar asintió con la cabeza, de mala gana.

—Tu madre le suplicó a tu padre que no se trasladaran a Irak —continuó el extraño—. Pero él no la escuchó. Tenía buenas intenciones. Criado por mercaderes, tenía pasión por los negocios, pero le faltaba sabiduría, discernimiento. Había fracasado al exportar alfombras persas a Europa y a Canadá. Había fracasado exportando pistachos a Brasil y tuvo que pedir prestado dinero a tu tío. Siempre parecía estar en el lugar equivocado, a la hora equivocada. Y luego, convencido de que el surgimiento del Ayatolá en Irán crearía un auge en los negocios con los chiítas de Irak, los trajo aquí a Samarra a construir un negocio y hacer una fortuna. Desgraciadamente, no vio que la guerra de Irán–Irak se acercaba. Su negocio nunca despegó, y tus padres murieron el 12 de diciembre de 1983, en un accidente automovilístico en Bagdad. Y aparte de tu tía y tu tío, has estado solo desde entonces.

A Najjar se le erizó el pelo de la nuca. Su rostro empalideció. Se olvidó de la gravedad de sus heridas y se esforzó para ponerse de pie y mirar a este chico. Por varios minutos, hubo un silencio total.

Entonces, el extraño dijo su revelación final.

—Tú eres el más inteligente de tu clase, Najjar. Estás enamorado en secreto de Sheyda Saddaji, la chica que se sienta a tu lado. Te casarás con ella antes de que cumplas veinticuatro años.

—¿Cómo es que . . . ?

Najjar no pudo decir nada más. Su boca estaba tan seca como el suelo del desierto.

—Alá te ha elegido, Najjar Hamid Malik. Llegarás a ser un gran científico. Ayudarás al mundo islámico a lograr el poder final sobre los infieles, y establecerás el califato islámico. Ayudarás a facilitar la era del Prometido. Pero tienes que seguir a Alá sin vacilar. Tienes que darle tu lealtad suprema. Y entonces, si eres digno, vivirás por siempre en el paraíso.

Najjar esperaba que fuera cierto.

—Sí, serviré a Alá con todo mi corazón —dijo con todas las fuerzas y sinceridad que pudo reunir—. Me dedicaré a prepararme para el Prometido. Pero, ¿quién eres tú? ¿Eres el que . . . ?

El extraño levantó su mano, y Najjar dejó de hablar.

—Cuando sea el tiempo apropiado, me volverás a ver.

Najjar contempló esos ojos negros. Y luego, sin advertencia, el extraño se desvaneció entre la multitud.

9

SYRACUSE, NUEVA YORK
DOCE AÑOS DESPUÉS

"¡Vamos, David; llegaremos tarde!"

David Shirazi escuchó a su padre que gritaba en las gradas y se apresuró. Había estado esperando este viaje desde que tenía memoria y no tenía la intención de perderse el vuelo.

Cada otoño, su padre y algunos médicos amigos de su padre llevaban a sus hijos durante un largo fin de semana a acampar y a pescar en una isla remota de Canadá, accesible solamente por hidroavión. La regla entre los papás era que los chicos tenían que ser de los últimos tres años de secundaria o mayores. Los dos hermanos mayores de David siempre regresaban a casa llenos de historias y fotos de ellos pescando enormes luciopercas, comiendo malvaviscos alrededor de la fogata, caminando bajo las estrellas y comiendo cantidades perjudiciales de las rosquillas Tim Horton en todo el camino. El año pasado, David finalmente había llegado a la edad suficiente, pero se había contagiado con una fuerte gripe a último momento y había quedado destrozado porque sus padres no lo dejaron ir. Ahora tenía casi dieciséis años, tenía buena salud y estaba totalmente emocionado no sólo por ir sino también por perder unos cuantos días de física y cálculo.

David revisó rápidamente el contenido de su atiborrada mochila, mientras repasaba mentalmente sus planes y miraba su reloj Timex. Eran las ocho y seis minutos. Sabía que estaban programados para el vuelo de U.S. Air 4382, que salía a las 9:25 a.m. y que llegaba a Filadelfia a las 10:45. Desde allí, se trasladarían al vuelo de U.S. Air 3940, que salía a las 11:25 y llegaba a Montreal exactamente a la 1:00 de esa tarde. Sus hermanos le habían dicho que en el aeropuerto de Montreal era donde se abastecían de las donas Tim Horton.

A David le parecía ridículo volar 367 kilómetros al sur hacia Filadelfia, para luego dar la vuelta y volar 644 kilómetros al norte. Pero no había vuelos directos desde Syracuse, por lo que tenía que ser así. Aún más absurdo era que cuando llegaban a Montreal, todavía tenían que ir en tren por varias horas más hacia el norte, a un pueblecito llamado Clova, en la parte superior de Quebec. Entonces era que aparecían los hidroaviones. Pero nada de eso era importante a menos que llegaran al aeropuerto a tiempo.

De 1,82 metros de altura y creciendo finalmente como hierba después de ser tan pequeño por tanto tiempo, con el pelo rizado, negro como el carbón, ojos café enternecedores y de una complexión que siempre estaba bronceada, David podría haber parecido persa a sus padres, pero todo lo que él quería era ser un chico estadounidense normal. David y sus hermanos mayores conocían las coloridas historias de sus padres que crecieron en Irán, bajo el sha. Podían recitar el capítulo y el versículo de la saga de su papá y mamá al sobrevivir los primeros días de la Revolución de 1979, cuando se refugiaron con los Harper en la Embajada de Canadá, durante casi cuatro meses, y finalmente escaparon con la ayuda de un tipo del gobierno que se apellidaba Zalinsky. El 28 de enero de cada año, los chicos sumisamente escuchaban mientras sus padres marcaban el aniversario de su horrenda trayectoria por el aeropuerto de Teherán, de su angustiante vuelo en Swissair para salir del espacio aéreo iraní, de la historia extraordinaria de su éxodo de Teherán a Ginebra y a Toronto, de por qué finalmente habían terminado en el centro de Nueva York y de cómo se habían establecido en la muy fría y llena de nieve ciudad de Syracuse (a la que a los chicos les gustaba llamar "Cero cosa," "Siberacusa" y "Sin excusa").

Los chicos Shirazi sabían de las decisiones valientes y del viaje extraordinario que había hecho que sus vidas fueran posibles. Pero la verdad era que nada de eso en realidad le importaba a David. Sin duda estaba agradecido por su libertad. Pero no quería pensar de sí mismo como iraní o musulmán. Había nacido en Estados Unidos. Había crecido en

Estados Unidos. Soñaba con el rojo, blanco y azul. Todo lo que ahora quería hacer era adaptarse y sobresalir, así como sus hermanos.

Azad, de diecinueve años, era estudiante sobresaliente del segundo año en el programa de estudios premédicos en Cornell. Quería ser cardiólogo como su padre. También era el mejor corredor de larga distancia del equipo de atletismo y podía tocar el piano como nadie que David hubiera escuchado. Para no ser menos, Saeed, de diecisiete años, se había graduado de la escuela secundaria un año antes y ahora era un estudiante sobresaliente del primer año en Harvard, con una beca completa de natación. Si todo salía bien, Saeed planeaba ir a Wharton o a Stanford para su maestría en Administración de Empresas, a menos que la Escuela de Negocios de Harvard le diera dinero suficiente para quedarse en Cambridge.

En contraste, David se consideraba la oveja negra de la familia. Mientras sus hermanos tenían una visión de veinte-veinte, él usaba lentes. Era el único de los tres chicos que tenía frenillo dental, que todavía usaba y que lo avergonzaba todo el tiempo. Parecía que sus hermanos nunca tuvieron que batallar con el acné, pero él había luchado con eso durante años, aunque finalmente estaba comenzando a desaparecer un poco. Las chicas parecían adular a sus hermanos, pero David nunca había salido con ninguna, y aunque había unas cuantas en su clase que a él le gustaban en secreto, temía la perspectiva de tener que pedirle a alguna de ellas que fuera con él al baile del penúltimo año de secundaria. Y lo que es más, David odiaba química y economía. No podía imaginar ser doctor u hombre de negocios de mucho poder y, ciertamente, no tenía ningún interés en tocar el piano.

Sin embargo, había adquirido la brillantez de sus padres y la pasión por el atletismo de sus hermanos. David era un estudiante sobresaliente en la Escuela Secundaria Nottingham, cerca de los límites de la ciudad de Syracuse; había sacado 1570 en sus exámenes SAT y, de hecho, iba camino a graduarse dos años antes de lo programado. Era receptor titular del equipo de béisbol estudiantil, editor asistente de fotografía del periódico de la escuela, editor asistente del anuario y un genio con una cámara Nikon de 35mm y teleobjetivos. Su sueño divertía a sus padres, que tenían una mente profesional, pero era su sueño: trabajar para *Sports Illustrated*, para empezar, fotografiando el béisbol en la primavera y el fútbol en el otoño y, con el tiempo, abrirse camino para ser jefe de redacción.

Lo cual le hizo recordar . . .

David escuchó que su padre tocaba la bocina, pero se regresó y tomó la última copia de *Sports Illustrated* de la mesa de la cocina. Luego se despidió con un beso de su madre en el jardín de enfrente, se unió a sus hermanos en el asiento posterior de la camioneta Mercedes, se abrochó el cinturón, se colocó su Discman, puso a funcionar The Boss, se reclinó y procedió a leer el reportaje sobre Roger Clemens.

Estaban muy atrasados, pero David no dudaba de que su padre lo lograría. Y así fue, quince minutos después estaban estacionando en Hancock Field. Se chocaron las palmas y rieron cuando finalmente pasaron por seguridad, llegaron corriendo a la puerta y encontraron a los otros padres e hijos que iban con ellos.

David se puso el cinturón del asiento 16A, se reclinó, miró por la ventana la maravillosa mañana soleada que no era usual en una ciudad tan frecuentemente "bendecida" con cielos nublados y, finalmente, se relajó. Habían logrado llegar al vuelo. No tenía tareas. No tenía que ir a la escuela hasta el próximo miércoles. Y finalmente era "uno de los tipos." Había estado soñando con este viaje durante años, por fin estaba allí y nada podía arruinarlo.

10

AEROPUERTO INTERNACIONAL DE FILADELFIA

El padre de David se alegró enormemente cuando los vio.

David, por otro lado, inmediatamente se afligió. *¿Qué están haciendo* ellos *aquí?,* dijo gruñendo por lo bajo.

—¡Oigan! Aquí —gritó Charlie Harper desde el otro extremo de la sala de espera, agitando sus manos a través de la multitud que esperaba el siguiente vuelo.

El doctor Shirazi se dirigió hacia ellos rápidamente y le dio un fuerte abrazo a su viejo amigo.

—¡Lo lograste!

—¿Estás bromeando? —dijo Charlie riendo y le dio una palmada en la espalda—. ¡Marseille y yo no nos habríamos perdido esto por nada en el mundo!

—Sí, gracias por invitarnos, doctor Shirazi —agregó la jovencita que estaba parada al lado de Charlie.

—Pues, no hay por qué, señorita —respondió el doctor Shirazi—. Pero lo siento, no es posible que tú seas la hija de Charlie Harper.

Ella sonrió.

—Mírate, eres encantadora. ¿Cómo podrías estar emparentada con este tipo? —dijo el doctor Shirazi bromeando, y le dio una palmada en la espalda a Charlie.

—Obviamente salí a mi madre —dijo ella bromeando.

El doctor Shirazi soltó una carcajada mientras que David contraía el rostro avergonzado.

—Bueno, eso lo explica —dijo el doctor sonriéndole y le dio un abrazo—. ¿Cuántos años tienes?

—Acabo de cumplir quince en junio.

Azad le dio un codazo a David en las costillas y levantó las cejas. No fue lo suficientemente discreto para David.

Luego Saeed se inclinó hacia sus hermanos y les susurró:

—Ni lo pienses, hermano. Yo la vi primero.

David sintió la corriente de sangre en sus orejas, en su cuello y en su rostro. La joven que tenían enfrente en realidad era atractiva, con sus jeans azules desteñidos, su suéter tejido de pescador color crema y zapatos de tenis desgastados, el pelo hacia atrás, recogido con una liga elástica negra. Pero era una intrusa en un fin de semana de pesca sólo para varones, y ahora estos dos tontos estaban pescando algo más que luciopercas y percas del norte.

El doctor Shirazi sacudió la cabeza.

—¿Cuánto tiempo ha pasado desde la última vez que los vi? ¿Cinco o seis años?

—Como familia, probablemente es cierto —respondió Charlie—. Creo que ella todavía estaba en la escuela primaria la última vez que llegaste para el Día de Acción de Gracias.

El doctor Shirazi suspiró.

—Por favor, perdóname por dejar que pase tanto tiempo.

—Ay, amigo mío, no es necesario —insistió Charlie—. La vida ha sido muy activa para todos nosotros. Además, tú y yo nos hemos visto . . . ¿qué? . . . tal vez hace un año, en aquella conferencia en Nueva York, ¿verdad?

—Es cierto, pero eres demasiado amable, Charlie, de veras. Debería ir a visitarte y agradecerte cada año, y llevar a mi familia también. Tú y Claire nos salvaron, Charlie. Nasreen y yo nunca lo olvidaremos.

El padre de David, perdido en el recuerdo, de repente se dio cuenta del grupo de hombres y chicos que observaban toda esta interacción, confusos.

—Ay, perdónenme —dijo—. Necesito presentarlos. Me estoy poniendo viejo, amigos. Pero al ser el fundador y organizador de nuestro ilustre grupo, me tomé la libertad de esta sorpresa. Es un gran honor presentarles a uno de mis más queridos amigos en todo el mundo, Charlie Harper, el hombre que nos rescató a Nasreen y a mí de Irán, y a su hija, Marseille.

Mientras todos se saludaban, estrechaban las manos con ambos y se presentaban, David se rezagó en la parte posterior del grupo. Avergonzado, vio a Azad, a Saeed y a los otros chicos conversando con Marseille, tratando de parecer inofensivos y amigables, pero acercándose mucho a un coqueteo atrevido. Mientras tanto, David se encontraba luchando con diversos grados de vergüenza, ira, molestia y traición, por nombrar algunas de las emociones que colisionaban en su interior. Había sido tomado por sorpresa. Se suponía que este era un viaje para *hombres*. Siempre había sido así. Esa era la manera en que se lo habían anunciado. Eso era lo que tanto había anhelado. Y ahora su padre había echado a perder todo el asunto.

11

BAGDAD, IRAK

Najjar Malik escuchó rechinar unas llantas y se volteó para mirar.

Estaba a punto de atravesar la calle Al Rasheed, en el centro de Bagdad, y esperaba ver un gran choque automovilístico. En lugar de eso, a menos de cuarenta y cinco metros de distancia a su derecha, vio que un auto Mercedes blanco se desviaba bruscamente y que por un escaso margen no chocaba contra un camión de entrega, cuyo conductor, sin razón aparente, acababa de aplicar los frenos en medio del tránsito a la hora de mayor movimiento. Sin opción para avanzar, el conductor del Mercedes intentaba ahora retroceder, pero de repente fue bloqueado por un Citroën verde. Entonces, una minivan se detuvo rechinando las llantas, al lado del Mercedes. La puerta lateral se abrió completamente. Tres hombres enmascarados, con armas AK-47 salieron de un salto y rodearon el auto.

"*¡Salgan! ¡Salgan!,*" gritó uno de los pistoleros al hombre aterrorizado que estaba en el asiento del conductor.

Najjar sabía que tenía que correr para protegerse, pero por alguna razón sólo se quedó allí parado mirando. Pudo ver a una mujer con velo en el asiento del pasajero, supuestamente la esposa del conductor. También pudo ver a una criatura pequeña en el asiento de atrás, que gritaba de miedo.

Dos de los pistoleros comenzaron a golpear las ventanas, exigiendo que salieran. Aterrorizada, la familia accedió, con sus manos en alto; la niñita —de no más de cuatro o cinco años— lloraba más fuerte. Los pistoleros obligaron a la mujer y a la niña a colocarse boca abajo en el pavimento, mientras que golpeaban al hombre en la parte posterior de la cabeza, lo ataban rápidamente de manos y pies y lo lanzaban en la parte de atrás de la minivan.

Entonces, uno de los enmascarados apuntó su ametralladora a la niña y disparó. Los gritos de la niña cesaron inmediatamente, pero ahora la madre había comenzado a gritar por su hija muerta. El pistolero le disparó también en la nuca.

De pronto, la calle quedó silenciosa.

Cuando los pistoleros se voltearon para volver a los vehículos y escapar con su nuevo prisionero, uno de ellos miró a Najjar, y Najjar se encontró mirando al secuestrador a los ojos. Los dos se quedaron parados allí un momento, aparentemente congelados en el tiempo y el espacio. Najjar quería huir, pero no podía mover ni un músculo.

El enmascarado levantó su arma y apuntó al pecho de Najjar. Najjar trató de gritar, pero no pudo emitir ni un sonido. El hombre tiró del gatillo. Najjar cerró sus ojos. Pero no oyó nada. No sintió nada.

Abrió sus ojos y se dio cuenta que el arma no se había disparado. El hombre desbloqueó la recámara y volvió a tirar del gatillo. De nuevo, Najjar cerró sus ojos involuntariamente. Pero otra vez no oyó nada, ni sintió nada.

Cuando abrió sus ojos por segunda vez, vio que el hombre forcejeaba desesperadamente con el cargador, luego, levantando el arma por encima de su cabeza, tiró del gatillo. Esta vez el arma se disparó perfectamente. Ahora, bajó la ametralladora, apuntó hacia el rostro de Najjar y tiró del gatillo por tercera vez. Najjar instantáneamente cerró sus ojos y contuvo la respiración.

No pasó nada.

Con los ojos todavía cerrados y conteniendo la respiración, y con sus pulmones a punto de explotar, Najjar escuchó que el pistolero maldecía. También oyó a los demás terroristas gritarle para que entrara al auto y se pusieran en marcha. Un momento después, escuchó las llantas que rechinaban y, cuando finalmente abrió sus ojos, los pistoleros se habían ido.

Najjar se arrojó entre unos arbustos y comenzó a vomitar incontrolablemente. Nunca antes en su vida había tenido tanto miedo.

Se quedó tirado en el pavimento, tomándose la cabeza con sus manos y perdiendo toda noción del tiempo. No escuchó las sirenas de la ambulancia que se acercaba, no vio las luces intermitentes de los autos de la policía. No recordaba que lo hubieran llevado al hospital ni que lo hubieran tratado por un shock. Apenas recordaba que lo habían interrogado durante mucho tiempo, no solamente la policía local sino agentes del *Mukhabarat*, una de las trece agencias de inteligencia de Saddam, y sin duda la más temida. "*¿Quiénes eran los pistoleros?,*" exigían. "*¿Los habías visto antes? ¿Podrías identificarlos? ¿Qué clase de vehículo conducían? ¿Cuáles eran los números de la matrícula?*" Las preguntas eran interminables, pero Najjar no pudo ayudar demasiado. En realidad no recordaba mucho y después, esa tarde, la policía y los médicos lo dejaron ir.

Exhausto y todavía un poco desorientado, Najjar salió del hospital y vio una fila de taxis esperando afuera. El primer conductor de la fila bajó su ventana y le gritó: "¿A dónde vas? ¿Puedo ayudarte?".

Najjar tropezó al bajar las gradas de enfrente y se sentó en la parte posterior del taxi, sólo para darse cuenta de que no tenía su billetera y, por lo tanto, no tenía dinero. Peor aún, antes de que Najjar pudiera decir algo, el conductor se metió en el tráfico y Najjar se dio cuenta de que tampoco tenía idea de adónde iba.

—Te ves como si hubieras visto un espíritu malo —dijo el conductor, mirándolo por el retrovisor.

—Nada más mire el camino —dijo Najjar, más bruscamente de lo que pretendía.

—¿A dónde?

Najjar no podía pensar. Se sentía confuso, drogado. Por primera vez en su vida, no podía recordar dónde vivía —la calle, el edificio. ¿Dónde estaba su billetera? ¿Se la habían robado? ¿La había dejado en el hospital? Allí tenía su identificación, la única foto de su madre y su padre. Tenía . . .

Sin instrucciones, el piloto comenzó a dirigirse al este, al otro lado del río Tigris, hacia la ciudad de Sadr, un distrito de casi un millón de musulmanes chiítas.

¿A dónde vamos?, se preguntaba Najjar. *¿Cómo sabe el conductor a dónde llevarme?*

Diez minutos después, el piloto se detuvo enfrente de un edificio de departamentos que le parecía familiar. Así como el vecindario, y la gente.

"¿Najjar? ¿Eres tú?"

Najjar inmediatamente reconoció la voz de su tía, que le gritaba desde el otro lado del patio.

Ella corrió, lo sacó del taxi y lo besó en las dos mejillas para saludarlo. Después le pagó al conductor y, al percibir que Najjar no estaba bien, lo llevó a su departamento.

"¿Estás bien, Najjar? ¿Por qué tomaste un taxi a casa desde la universidad? ¿Por qué no tomaste el bus como siempre?"

Cuando entraron al elevador y su tía oprimió el botón para su piso, Najjar seguía impresionado por el pensamiento más extraño. *¿Cómo era que ese conductor lo había llevado a casa, si él mismo no recordaba dónde vivía?*

La tía de Najjar lo arropó en la cama y se quedó dormido toda la tarde.

12

VUELO 3940 DE U.S. AIR

Se avecinaba una tormenta a 8.500 metros sobre el lago Ontario.

—David, ¿te importaría cambiar de asiento conmigo?

Sorprendido, David Shirazi abrió sus ojos y se encontró mirando el rostro del señor Harper. Se mordió el labio para evitar decir algo que no debía y se quitó los audífonos.

—¿Perdón? —preguntó, tratando de recuperar la compostura.

—Lo siento . . . no quise molestarte —dijo el hombre mayor, con una franqueza que solamente hizo que David se molestara aún más—. Es que ahora que estamos a una altitud de crucero, me preguntaba si podría sentarme con tu padre para ponernos un poco al día. ¿Te importaría?

Claro que me importaría, pensó David. *Se supone que usted ni siquiera debería estar aquí, y ahora ¿quiere mi asiento?*

Pero David Shirazi amaba a su padre demasiado como para decirlo. En lugar de eso, se sintió culpable por pensarlo.

—Seguro, señor Harper, no hay problema —dijo entre dientes.

Harper sacudió la cabeza y se rió cuando David se quitó el cinturón y se paró en el pasillo.

—Tú y tus hermanos son más altos que tu padre ahora, ¿verdad?

David asintió con la cabeza. No quería faltarle el respeto a su padre siendo maleducado, pero ciertamente no tenía interés en una plática informal en ese momento. Le echó un vistazo a la parte posterior del Boeing 737, buscando dónde sentarse, pero no encontró nada. El vuelo estaba lleno. La lluvia se intensificaba y por las ventanas podía ver los destellos de los relámpagos que crujían a través de las gruesas nubes negras a su alrededor. Luego apareció la señal del cinturón y el copiloto les advirtió que había mal tiempo y que deberían sentarse inmediatamente.

—¿En qué asiento estaba, señor Harper? —preguntó finalmente David cuando el caballero se ponía el cinturón al lado de su padre.

—Ah sí, perdón, 23B —respondió Harper—. Justo al lado de Marseille.

Grandioso.

David se puso los audífonos, presionó el botón de *Play* y se dirigió hacia la parte posterior del avión repleto, agarrándose cuidadosamente de los respaldos de los asientos en el camino, mientras la turbulencia aumentaba. Vio a Marseille. Estaba acurrucada contra la ventana, cubierta con una manta roja de la aerolínea, con su propio juego de audífonos. David se alegró porque tenía los ojos cerrados. Tampoco estaba dispuesto a hablar de cosas sin importancia con ella. Tranquilamente tomó asiento y se colocó el cinturón, con cuidado de no hacer algún ruido que la despertara. Pero no funcionó. Marseille se volteó, se frotó los ojos y sonrió.

—Hola —dijo ella.

—Hola.

Ella se quitó los audífonos.

—Perdón por no saludar antes —dijo—. Sólo hablé con los demás. Todos han sido muy amables.

Él se encogió de hombros. ¿Qué se suponía que debía decir?

—¿Es tu primera vez? —le preguntó ella.

Hubo una pausa larga.

—¿Qué, en un avión? —preguntó con incredulidad.

—No, a Quebec, para este asunto de pescar —respondió ella.

Él asintió con la cabeza.

—Para mí también —dijo ella—, obviamente —agregó después.

Hubo otra pausa incómoda. Los truenos se oían afuera, asustando a todos.

—¡Qué tormenta!, ¿no? —dijo ella y se agarró del brazo del asiento.

—Sí.

Los dos estuvieron callados por algún tiempo, y David lentamente comenzó a relajarse. Entonces, de la nada, Marseille le hizo una pregunta.

—Oye, ¿te acuerdas cuando fuiste a nuestra casa para el Día de Acción de Gracias hace mucho tiempo?

En realidad tenía algunos recuerdos del fin de semana lluvioso de juegos de mesa y de jugar al escondite en la pequeña casa de los Harper en Cape Cod, Spring Lake, a orillas de la playa de Jersey. Hasta recordaba una foto del señor Harper y de Marseille cortando juntos el pavo, que había visto en uno de las docenas de álbumes de fotos que su madre guardaba, en orden y con etiquetas, en un estante de su sala en Syracuse. Pero no tenía ganas de admitir nada de eso ahora.

—La verdad es que no —dijo de manera poco convincente.

Marseille entendió el mensaje.

—Seis años es mucho tiempo, creo —dijo tranquilamente, luego se volteó para ver los relámpagos por la ventana.

David la vio jalar la manta y tratar de ponerse cómoda. Luego sintió una repentina punzada de culpa. Esta pobre chica solamente estaba tratando de ser amable, y él se estaba comportando como un tonto. Hasta los hermanos Mariano y los Calveto habían sido más amables con ella. Seguramente tenían otros motivos, pero a él lo habían educado para que se comportara mejor. No era culpa de Marseille estar allí. El padre de David los había invitado. Lo menos que podía hacer era ser educado.

—¿Y qué estás escuchando? —le preguntó; puso en pausa su música y se quitó los audífonos.

Ella se volteó y levantó las cejas.

—Primero, me ignoras; ¿y ahora, de repente, te interesa mi música?

—Sólo estaba preguntando. Una conversación, charla informal. Lo hacen en Nueva Jersey, ¿verdad?

Marseille lo examinó por un momento como si estuviera evaluando su sinceridad o la falta de ella. Él aprovechó el momento para examinarla también. De verdad ella era bastante bien parecida, con una belleza típicamente americana, pensó. Todavía no se había desvanecido su bronceado del verano. No usaba maquillaje ni esmalte de uñas. Tenía una cicatriz insignificante en su labio superior que casi no se le notaba.

Pero eran sus ojos —grandes, afectuosos y expresivos— los que en realidad llamaron su atención.

—Está bien, adivina —dijo finalmente.

—¿Adivinar?

—Seguro —dijo animándolo—. Pues ya sabes, conjeturar, considerar, creer, suponer; saben cómo hacer eso en el centro de Nueva York, ¿verdad?

Como lo tomó por sorpresa, David repentinamente le dio una sonrisa genuina.

—A veces —admitió—. Está bien, veamos, ¿Madonna?

Ella sacudió la cabeza.

—¿J. Lo?

Marseille puso los ojos en blanco.

—*Por favooor.*

—Mmm —dijo David—. Entonces, ¿imagino que *Lady Marmalade* también está fuera?

—¡Puf! —respondió—. ¿Parezco como alguien que escucharía a Christina Aguilera?

—No sé —dijo David—. Es remotamente posible, ¿no es cierto?

—La verdad es que no.

Hubo más truenos afuera. Cuando ella se volvió y comenzó a colocarse la manta otra vez, vio su cadena que brilló con la luz de lectura. Un par de máscaras de teatro, comedia y tragedia. *Ajá.*

—*Les Mis* —dijo precisamente cuando Marseille se ponía los audífonos otra vez.

Se quedó fría y se volteó para mirarlo otra vez.

—¿Qué dijiste?

—Ya sabes: Francia, revolucionarios, "Un Día Más" . . .

Marseille hizo una pausa y lo miró por un momento.

—Tengo razón —dijo David al ver su sorpresa—. Adiviné, ¿verdad?

Marseille agitó la cabeza.

—No —dijo suavemente—. Pero estás sorprendentemente cerca.

Entonces, en lugar de voltearse y apartarse de él, de volver a su música, a la tormenta, a sus sueños, lo sorprendió poniéndole los audífonos en sus oídos y activando la música.

Try to remember the kind of September
When life was slow and oh, so mellow.

David se sorprendió. Era la banda sonora de *The Fantasticks*, el musical más largo . . . y el favorito de su madre.

13

QUEBEC, CANADÁ

Ya era avanzada la tarde.

El sol apenas acababa de comenzar a ponerse mientras el hidroavión de Havilland seguía tomando altitud y con suavidad se inclinaba hacia el noreste. El frente de tormenta que habían encontrado después de salir de Filadelfia se había aclarado cuando aterrizaron en Montreal y tomaron el tren hacia el pueblecito de Clova. Allí, sobre la provincia de Quebec, los cielos estaban claros.

El doctor Shirazi se sentó en el asiento del copiloto del avión de hélice de un motor, apodado "Beaver" por la compañía de Havilland, con base en Canadá. Azad y Saeed se sentaron en la fila del centro. David estaba en la fila de atrás, solo, rodeado de mochilas y equipo de pesca. Hacía frío, había poco espacio y David sabía que estaría allí atrás durante casi una hora, pero lo cierto era que finalmente estaba comenzando a disfrutarlo.

El Beaver de Havilland tenía solamente una falla seria de diseño, según David. Hacía mucho ruido. Muchísimo. La vista desde la pequeña ventana era extraordinaria, pero él apenas podía oírse cuando pensaba. Sin embargo, cuando alcanzaron una altitud de crucero de 2.500 metros —remontándose sobre una aparentemente infinita alfombra de ríos y lagos azules y de exuberantes islas verdes, alejándose cada vez más de cualquier signo de civilización—, David no pudo evitar darle un ligero codazo a Azad, quien iba delante de él, y decir:

—Qué bella es, ¿verdad?

—*¿Qué?* —gritó Azad, casi sin poder oir por el estruendo del motor Pratt & Whitney de 450 caballos de fuerza.

—*Dije que es bella, ¿no es verdad?* —gritó otra vez David, inclinándose más de cerca.

Azad se rió.

—¿De qué te ríes? —preguntó David, y cruzó los brazos por cualquier comentario sarcástico que seguramente estaba por llegar.

—De ti —dijo Azad—. Eres un verdadero comediante.

—¿Por qué? Solamente estoy diciendo que . . .

—Sé lo que estás diciendo, pero olvídala. No tienes ni la más remota posibilidad.

—¿Qué?

—Con Marcy.

—¿Quién?

—La chica: Marcy.

—¿Te refieres a Marseille?

—Como sea; no es de tu tipo.

David se quedó mirándolo por un momento.

—Estaba hablando la nave, tonto.

—Como sea. Sólo mantente lejos. Estás fuera de la liga, Charlie Brown.

El aterrizaje acuático a la caída de la tarde fue ideal.

Momentos después, los otros dos de Havilland que traían al resto de su grupo aterrizaron y se deslizaron para unirse a ellos cerca de los dos muelles de madera; cuatro botes planos de motor estaban atados a todo lo largo. Había un grupo de pequeñas cabañas rústicas y desgastadas en los alrededores. El único problema era que estaban atrasados en su horario y rápidamente estaban perdiendo la luz que necesitaban para armar su campamento de base.

Larry McKenzie, gruñón, desaliñado, con el pelo atado en una cola y fumando sin parar —piloto del avión en el que había estado David y dueño de Expediciones Aéreas McKenzie, el servicio de vuelo contratado que el grupo de pesca de su padre había usado durante años—, los ayudó a descargar su equipo. Los otros dos pilotos hicieron lo mismo y también cargaron varias hieleras grandes y cajas de cartón hacia las cabañas. Estaban llenas de comida para el largo fin de semana. No había nada gourmet, solamente frutas básicas y vegetales, leche, jugo, café, mantequilla, pan, huevos y tocino, todo lo cual serviría de suplemento al plato principal de cada noche, que por supuesto sería el pescado fresco.

Cuando terminaron, McKenzie reunió al grupo en la playa y les recordó las reglas.

"No se ahoguen," gritó. "Que no los muerda una serpiente. Que no se los coma un oso. ¿Alguna pregunta?"

La mayoría era veterana en este viaje. Ninguno de ellos se veía preocupado. Sólo Marseille parecía un poco inquieta y le susurró a su padre algo que David no pudo escuchar bien.

"¿No hay preguntas?," confirmó McKenzie. "Bueno. Nos vamos."

Un momento después, él y los otros dos pilotos volvieron a sus cabinas y salieron disparados al mundo real. Estos tipos estaban ganando $750 por cabeza por dejar "clientes" en medio de la nada. Eso, y las palabras de aliento de "no se ahoguen" y ¡zas! desaparecieron. *Buen trabajo, si puedes conseguirlo*, pensó David. No era que realmente le importara. No era su dinero. Era el de su padre, y él siempre decía que esa era la razón por la que había escapado de Irán —para ser libre. Libre para pensar, libre para trabajar, libre para jugar, libre para viajar, libre para hacer cualquier cosa que quisiera sin que un tirano le controlara cada movimiento. *Amén*, pensó David. Dio un respiro profundo aspirando el fresco aire canadiense de la noche. La temperatura estaba por debajo de los 10 grados y bajaba rápidamente. Pero ellos finalmente estaban allí.

El doctor Shirazi se volteó hacia el grupo y los animó a todos a tomar su equipo y a acomodar las cabañas. Mientras tanto, le pidió a David y a Marseille que fueran a recoger tanta leña como pudieran. Internamente, David se resistió. No había venido para que lo trataran como a un niño. Pero se sintió mejor cuando vio los rostros de sus hermanos, apenas visibles en los últimos vestigios de la puesta del sol. ¿Por qué David tendría tiempo a solas con la chica?

La reacción de Marseille lo hizo volver a la realidad.

—¿Allá afuera? —preguntó—. ¿Con los osos?

—No le pongas atención al viejo McKenzie —dijo el doctor Shirazi riendo—. Ni siquiera es canadiense. Es de Poughkeepsie.

—¿Poughkeepsie?

—Se entusiasmó con las drogas y evadió el reclutamiento en la Guerra de Vietnam. Se trasladó aquí para alejarse de Nixon y obtener atención médica gratuita. Lo conocí cuando necesitaba desesperadamente una cirugía de bypass triple, más rápido de lo que el sistema aquí podía planificarla. Es un buen tipo, pero le falta un tornillo, si saben a lo que me refiero.

David miró a Marseille, mientras que Marseille miraba a su padre.

—¿Y qué tiene esto que ver con los osos? —preguntó ella.

David sonrió por la mirada perpleja que tenía en su rostro.

—Nada —dijo; le entregó una pequeña linterna y sacudió la cabeza—. Esa es la manera en que mi papá responde a una pregunta. Anda. Vamos.

David se dirigió al bosque, con una linterna más poderosa en sus manos. Marseille no quería quedarse atrás. Se cerró su chaqueta de lana North Face y lo alcanzó rápidamente.

—Pues mi papá dice que lees y escribes persa con fluidez —dijo ella.

—Sí.

—Y alemán.

No hubo respuesta.

—Y que estás estudiando árabe.

Aun sin responder.

—Sin embargo —dijo ella, mirándolo mientras caminaban—, es posible que quieras practicar un poco con tu inglés.

—Qué chistosa.

—Sólo estoy diciendo . . .

—Sí, hablo todos esos idiomas.

—¿Qué eres, un genio? —preguntó ella.

—No.

—Eso es lo que dice mi papá.

—¿Y cómo iba a saberlo tu papá? No me ha visto en seis años.

—Dice que ya entonces casi tenías esa fluidez en todos esos idiomas.

David no dijo nada. Caminaron en silencio por varios minutos.

—Entonces, ¿en qué parte del mundo estamos, pues? —preguntó Marseille finalmente, tratando otra vez de romper el hielo.

—Realmente no soportas el silencio, ¿verdad? —respondió David.

—Cállate —dijo ella riéndose y le dio un golpe en el brazo—, y responde a mi pregunta.

David fingió que le dolía, pero finalmente respondió.

—En la Reserva Gouin.

—¿La qué?

—La Reserva Gouin —o en francés, *Réservoir Gouin.*

—*Ooh la la,* estoy impresionada —dijo—. *Parlez-vous français, aussi?*

David sacudió la cabeza.

—*Je ne recuerdo mucho pas.*

Marseille se rió.

—*Je le doute.* De todas formas, qué malo.

—¿Por qué?

—Porque estamos en Quebec, y aquí hablan francés.

—Así que *sí* sabes en dónde estamos.

—Puedo leer el talón del boleto. Pero *Le Réservoir Gouin*, ¿qué es?

—¿De veras quieres saberlo?

—Solamente me gustaría escucharte poner dos o tres oraciones juntas en inglés . . . sabes, ¡sólo para saber que puedes hacerlo!

—Está bien —dijo David—. Es un grupo de cientos de lagos pequeños que contienen innumerables islas y penínsulas con formas muy irregulares, ubicadas en la porción central de la provincia canadiense de Quebec, más o menos equidistante de Ottawa, Montreal y la ciudad de Quebec. Su ribera se extiende a 5.600 kilómetros, sin contar las islas. La reserva fue creada en 1918 en los límites altos del río Saint Maurice y tiene el nombre de Jean-Lomer Gouin, que fue premier de Quebec en la época. La compañía de Agua y Energía Shawinigan llevó a cabo una construcción para facilitar el desarrollo hidroeléctrico al controlar el flujo de agua para las estaciones río abajo.

Marseille había dejado de caminar y se quedó mirando a David.

—¿Cómo es que sabes todo esto?

—Leo mucho.

—¿Y qué hiciste, memorizaste el artículo de una enciclopedia o algo así?

David encogió los hombros y rápidamente cambió de tema.

—Oye, recoge estas ramas viejas y yo recogeré aquellas —dijo—. Eso será un comienzo.

La mayor parte de la hora siguiente, recogieron leña, la acarrearon al campamento, la dejaron caer y volvieron por más, evitando a los chicos mayores. En su búsqueda, pasaron por otras cabañas que estaban más adentro, desocupadas y visiblemente fuera de uso. No estaban cerradas con llave y parecía que habían sido abandonadas. Una de ellas tenía bastantes rasguños de garras de oso en las puertas y ventanas, pero otra cabaña con techo a dos aguas estaba en muy buena forma; solamente tenía un poco de polvo. No tenían tiempo para explorar, pero este pequeño pueblo fantasma de la isla los fascinó a los dos.

Había sido un día largo y una vez que el equipo fue instalado o almacenado para después, todo el grupo estaba durmiendo a eso de las 9:00 p.m. Los cuatro días siguientes se les presentaban con la promesa de incontables percas y luciopercas. Pero los peces esperarían hasta la mañana.

14

CIUDAD DE SADR, IRAK

Najjar Malik estaba exhausto.

Incluso después de una siesta larga y una sencilla comida casera, la violencia de la mañana, la ametralladora que se trabó y el encuentro extraño con el misterioso conductor de taxi todavía lo desconcertaba.

Después de la cena, a pesar de sus protestas desganadas, los tíos de Najjar lo llevaron de compras al bazar. En cierto momento, su tía estaba regateando con un comerciante por la calidad de unos pistachos, mientras que su tío estaba sentado al otro lado de la calle, bajo la sombra, fumando una pipa de agua y conversando con los hombres mayores. Najjar vio unas botas de cuero en exhibición y deseó tener suficiente para comprarse un par. Pero todavía no había encontrado su billetera, y cuando estuvo claro que no iba a comprar nada ese día, el vendedor le dijo que se fuera.

Nerviosamente, Najjar se abrió camino con dificultad por el mercado, preguntándose todavía quién era el hombre al que habían secuestrado, quién lo habría secuestrado y por qué, y por qué habían matado a su esposa y a su hija. Las imágenes macabras estaban grabadas de forma indeleble en su mente. Quería olvidarse de todo, pero no podía. ¿Era algo político? ¿Había sido por dinero? No quería pensar en nada de eso, pero no podía pensar en otra cosa.

Entonces casi se tropezó con un mendigo que estaba sentado con las piernas entrecruzadas, apoyado contra una pared de cemento.

—Perdóneme —dijo Najjar—. No lo vi.

—No soy yo quien tiene que perdonar —dijo el mendigo, un hombre sorpresivamente joven, apenas un poco mayor que el mismo Najjar, cubierto con una sucia túnica café y sin sandalias ni zapatos. Sus sucios pies negros estaban cubiertos de ampollas supurantes—. Sólo Alá puede hacer eso, si así lo decide.

Najjar se encogió de hombros. El fervor religioso de su juventud estaba en extinción. ¿Qué le había dado realmente Alá? Tristeza. Soledad. Pobreza. Desesperación. ¿Eran estos los regalos que Alá daba a sus hijos?

—Vamos, amigo —dijo el mendigo—, se ve oprimido. Permítame decirle su futuro.

Najjar sacudió la cabeza, luego escudriñó a la multitud, buscando a sus tíos.

—¿No quiere saber su futuro? —preguntó el mendigo—. ¿O no cree que yo pueda verlo?

—Las dos cosas —Najjar mintió a medias. Quería desesperadamente saber su futuro, pero no tenía tiempo para charlatanes de callejón.

—Creo que está mintiendo —dijo el mendigo, con un tono repentinamente bajo y sobrio—. Creo que desesperadamente quiere saber su futuro. Pero cree que no tiene tiempo que perder con un charlatán de callejón.

Sorprendido, Najjar volteó la cabeza y miró al joven indigente con incredulidad.

—Está molesto por la violencia que vio en la calle esta mañana —dijo el mendigo, con su rostro enmugrecido por el polvo—. Pero todas sus preguntas serán respondidas a su tiempo.

Najjar estaba asustado. *¿Quién es esta persona? ¿Cómo puede saber mis pensamientos más íntimos?*

—¿Puedo hacerle una pregunta? —dijo el mendigo.

Najjar asintió con la cabeza.

—Si pudiera ir a cualquier parte del mundo, si pudiera viajar a cualquier parte y el dinero no le preocupara, ¿a dónde iría?

—No sé —dijo Najjar con la mirada vacía.

—Otra vez está mintiendo —dijo el mendigo—. No confía en mí. Está bien. No me conoce. Pero cuando le pregunté, inmediatamente pensó a dónde le gustaría ir, ¿verdad?

Najjar estaba avergonzado y confundido. Volvió a asentir con la cabeza.

—Escríbalo —dijo el mendigo.

—¿Dónde?

—En un pedazo de papel. No deje que yo lo vea. Pero le diré lo que escribe.

—Eso es imposible.

—Nada es imposible.

Najjar no tenía consigo un pedazo de papel, mucho menos un lapicero o un lápiz, pero regresó al bullicio del bazar y encontró a un tendero allí cerca. Él le dio un pequeño lápiz y luego vio un paquete vacío de cigarrillos en el suelo. Najjar abrió el paquete y escribió el nombre de un lugar; cuidadosamente lo ocultó del mendigo y de cualquier ojo curioso que pudiera andar por allí. Cuando terminó, metió el paquete en el bolsillo de sus jeans y miró al joven que ahora había cautivado su atención.

—Que Dios lo bendiga —dijo el mendigo.

—¿Por qué dice eso? —preguntó Najjar.

—Porque acaba de escribir el nombre de la Mezquita Jamkaran, cerca de Qom en Irán.

Najjar abrió bien los ojos.

—¿Cómo lo hace? —preguntó, con el pulso que le latía fuertemente—. ¿Cómo lo supo?

El mendigo no respondió. Su rostro no reveló ninguna expresión en absoluto. En lugar de eso, simplemente habló.

—Ahora, escriba el nombre de un líder mundial.

Nervioso, Najjar vaciló.

—¿Vivo o muerto? —preguntó.

—Decida usted —dijo el mendigo.

Najjar sacó el paquete de cigarrillos, tachó *Mezquita de Jamkaran* y escribió *Saddam Hussein*. Luego, al darse cuenta de que sería demasiado obvio, pensó por un momento, tachó *Hussein,* y en lugar de eso escribió *Fulgencio Batista.* Najjar se había enterado recientemente que Batista había sido el presidente de Cuba a finales de la década de 1950. Arrugó el paquete de cigarrillos y otra vez lo metió en su bolsillo.

—Ha elegido bien, amigo mío —dijo el mendigo.

—¿Cómo?

—Estoy conmovido.

—¿Por qué?

—Porque verdaderamente es un joven espiritual. Alá puede hacer grandes cosas con alguien como usted.

Najjar no tenía idea de qué quería decir el hombre, pero era obvio que no sabía lo que había escrito. Entonces Najjar escuchó a su tía que lo llamaba.

—Tengo que irme.

—Pero no le he dado la respuesta —dijo el mendigo.

—No creo que lo sepa.

—Pero lo sé.

—¿Entonces el nombre de quién escribí?

—Muhammad Ibn Hasan Ibn Ali —dijo el mendigo.

—*¡Ajá!* —dijo Najjar un poco decepcionado, pero decidido a que no se percibiera que casi había caído en el engaño de este hombre—. Ni siquiera se acercó. ¿Cree que sólo porque siempre he querido visitar el pozo de los deseos en Irán, donde el Duodécimo Imán apareció una vez, sería tan tonto como para escribir el nombre del Mahdi, la paz sea con él?

—En realidad —dijo el mendigo—, primero escribió el nombre de Saddam Hussein. Pero después eligió al Prometido.

Najjar estaba atónito otra vez. El hombre había acertado a medias. Pero esto también era extraño. ¿Cómo podía el mendigo saber que Najjar había escrito el nombre de Saddam Hussen al principio, pero no saber que lo había reemplazado con el nombre de Batista? Nada de esto tenía sentido.

Intranquilo, Najjar decidió que era hora de irse. Su tía lo estaba llamando otra vez y se oía bastante molesta. Sacó el paquete de cigarrillos de su bolsillo y se lo lanzó al mendigo.

—Véalo usted mismo —dijo, luego se volteó hacia su tía y gritó—: ¡Ya voy!

El mendigo atrapó el paquete arrugado, pero no lo abrió. Se lo lanzó a Najjar, aparentemente desafiándolo a reconsiderar. Un poco molesto ya, Najjar se dirigió al mendigo, se inclinó, abrió el paquete de cigarrillos y se preparó para leer el nombre de Fulgencio Batista.

Pero, para sorpresa suya, las palabras no estaban allí.

En lugar de eso, al lado del nombre tachado de Saddam Hussein estaba el nombre de Muhammad Ibn Hsan Ibn Ali, nada menos que con su propia letra.

Atónito, Najjar volvió a mirar al mendigo. Trató de decir algo, pero no le salió ninguna palabra.

El joven mendigo habló en su lugar.

—Servirá al Prometido cuando sea la hora. Todavía no está listo. Pero no tenga miedo. Todavía no ha llegado el tiempo.

Najjar, de repente, se sintió helado. Se le adormecieron los dedos. Ahora su tío estaba exigiendo que regresara a la casa con ellos. Levantó la mirada para pedirle unos cuantos minutos más a su tío. Tenía preguntas. Necesitaba respuestas. Pero cuando volteó otra vez, el mendigo se había ido.

15

RESERVA DE GOUIN, QUEBEC, CANADÁ

Para David, esto era aún mejor que las historias que le habían relatado.

Sus hermanos mayores le habían contado sus aventuras, pero no eran capaces de describir el color del cielo al amanecer, ni el sentimiento de estar tan lejos de otros seres humanos. David se sentía como un pionero e imaginaba que su grupo estaba tan lejos como alguna vez lo habían algunos los hombres. Pasó todo el primer día pegado al lado de su padre, recibiendo una presentación a las luciopercas, de cerca y por docenas. Nunca había visto un lugar tan lleno de peces, como si nadie hubiera pescado allí antes, excepto los osos negros. Su padre y él rodearon la isla en embarcaciones bajas y planas de pesca vertical, y David comenzó a aprender a manejar el sonar y a sentir un golpe mientras sostenía la vara. Los peces estaban abajo y en lo profundo del lago, pero los acarreaban a su embarcación todo el día, y se detuvieron solamente para flotar a la deriva en una pequeña bahía, mientras comían emparedados de mantequilla de maní y jalea y las últimas rosquillas que los chicos habían comprado en el aeropuerto de Montreal. El agua estaba clara, el cielo tenía un azul profundo, y hasta el más simple de los sándwiches sabía delicioso. Por supuesto, habría suficiente pescado para la cena.

David se preguntaba cómo les iba a Marseille y al señor Harper. Los dos habían decidido pasar la mañana en una caminata, con la promesa de reunirse con los pescadores a media tarde. David se encontró deseando verla y hasta trató de pensar por anticipado en alguna conversación mejor de la que había podido entablar hasta el momento. Se preguntaba si a ella siquiera le gustaba pescar, al ver que ella y su papá eran los únicos que no se habían sumado desde el principio. De cualquier manera, aunque le avergonzaba un poco pensarlo, en realidad estaba contento de que ella estuviera allí. Tal vez su padre no había hecho algo tan malo, después de todo.

Por lo tanto, David no se sintió contrariado al ver a Marseille sentada en la playa cuando la embarcación de su padre se detuvo en el muelle. Mientras los dos hombres aprovechaban la oportunidad para tomar juntos una bebida fría y recordar viejos tiempos, David tímidamente le preguntó a Marseille si le gustaría ir a caminar.

—¿Quieres enseñarme lo que ustedes descubrieron por la mañana? —Esperaba no sonar demasiado ansioso.

—Seguro —dijo ella sonriendo—. Sólo caminamos por la playa un tiempo largo y tratamos de ver si podríamos rodear toda la isla. Ni siquiera nos acercamos. ¡Este lugar es enorme!

David tomó un termo con agua y los dos se alejaron. Después de unos minutos, se dio cuenta de que estaban dirigiéndose directamente a su "pueblo fantasma."

Marseille señaló los mosquiteros desgarrados de las cabañas, y David decidió que sería mejor no hacer más bromas sobre osos. La del techo a dos aguas parecía casi en orden, entre el grupo de cabañas destartaladas, y ejerciendo juntos todo su peso al mismo tiempo, pudieron abrir la puerta de enfrente. Adentro encontraron algunas sillas con asiento de lona y un marco de cama muy básico, con un colchón viejo y delgado. David usó su sudadera para sacudir las sillas y las arrastró hacia la puerta abierta. Ambos se dejaron caer en ellas, sintiéndose muy en casa.

—¿Alguna historia de pescados de tu mañana en la reserva? —preguntó Marseille.

A él le gustó la pregunta, le gustó la manera en que ella la hizo, le gustó la manera en que lo miró, con verdadero interés.

—Fue grandioso salir con mi papá. Soy un novato con las luciopercas, pero atrapé más de las que pensé que podría.

David le preguntó por su escuela y averiguó que sus clases favoritas eran inglés, escritura creativa, historia y drama. Le preguntó acerca de sus pasatiempos y supo que tocaba el piano, solamente porque su madre quería que lo hiciera, pero también el saxofón porque le encantaba.

Corría a campo traviesa, aunque no demasiado bien; le encantaba la poesía, Shakespeare, cantar en el coro y especialmente actuar en las obras de la escuela. Estaba esperando ansiosamente que llegara la primavera porque se proponía intentar con el papel de Nellie Forbush en la producción de *South Pacific*. Su verdadero sueño era algún día hacer el papel de Cosette en *Les Mis* en Broadway, o mejor aún, en Londres o París.

—¿Y de política? —le preguntó él a ella.

—¿Qué de la política?

—¿Eres demócrata o republicana?

—No tengo idea —respondió ella.

—¿*Ninguna idea?* —le preguntó con incredulidad.

—¿Por qué debería tenerla?

—¿Acaso tus padres no fueron funcionaros del Servicio Exterior en Francia, Italia, y Suiza después de salir de Irán?

—Sí, ¿y qué?

—¿Acaso no enseña tu padre historia y política exterior de Estados Unidos en Princeton?

—Sí, ¿y qué?

—¿Acaso no fue tu madre asesora para el Departamento del Tesoro por algunos años antes de conseguir trabajo en un gran banco de inversiones en Manhattan?

—Lo fue, pero ¿cómo sabes todo eso? —preguntó Marseille.

David encogió los hombros.

—No lo sé . . . oigo cosas; las recuerdo. El punto es que tus padres están tan interesados en el mundo y en el gobierno. ¿No te influyó nada de eso?

—Supongo que no —dijo Marseille—. No soporto la política. Solamente se trata de un montón de hombres viejos que discuten y se gastan todo nuestro dinero.

David se rió. Ella estaba llena de vida y segura de sí misma y a él le gustaba eso.

—¿Crees que todo va a mejorar si los jóvenes como nosotros dejamos de prestarle atención a los problemas del mundo y no hacemos nada?

—No —admitió ella.

—Bien, ¿entonces no deberías elegir un equipo y apoyarlo?

—Tal vez —dijo finalmente y sacó una caja de Junior Mints de su mochila y se comió unas cuantas, sin ofrecerle a él—. Está bien, ¿en cuál partido debería inscribirme, republicano o demócrata?

David se volvió a reír.

—Bueno, eso no me toca a mí decirlo —dijo él, seguro de que ella iba a demostrar ser una demócrata liberal como él, pero deseando que ella llegara a su propia conclusión y no lo viera demasiado insistente—. ¿Qué te parece esto? Te haré una pequeña prueba para ver si eres liberal o conservadora. Luego decides cuál partido es mejor para ti. ¿Trato hecho?

Marseille lo pensó por un momento y le gustó.

—Trato hecho.

—Está bien, veamos. ¿Son los impuestos demasiado bajos o demasiado altos?

—Demasiado altos.

—¿Debería el gobierno gastar más o menos en educación, en servicios de salud, en el ambiente y en otras necesidades importantes?

—El gobierno gasta mucho ahora —dijo—. Creo que deberían dejar que la gente se quedara con más de lo que gana.

David continuó cautelosamente, sorprendido por sus respuestas.

—¿Debería el gobierno proteger el derecho de una mujer de decidir?

—¿Te refieres al aborto? ¡De ninguna manera! Es un bebé, David. No puedes matar a un bebé en el vientre de su madre.

David tragó saliva.

—¿No estás de acuerdo? —preguntó ella presionando.

—Pues . . .

—¿No se supone que el gobierno debe proteger la vida, la libertad y la búsqueda de la felicidad? —continuó ella—. ¡La vida es lo primero! La vida viene primero, después la decisión. Si cambias eso tienes un caos. ¿Verdad?

David estaba perplejo y decidió continuar.

—¿Y en cuanto a los derechos de los homosexuales? —preguntó.

—Bueno, no deberías tratar mal a los homosexuales, pero ellos no deberían tener derechos especiales. Después de todo, el matrimonio es una cosa bella y sagrada, entre un hombre y una mujer, ¿no te parece?

David asintió con la cabeza débilmente.

—¿*No* te parece? —dijo presionando un poco más; se metió más Junior Mints en la boca y sonrió.

—Definitivamente —insistió él—. Bello, sagrado, definitivamente.

Le hizo unas preguntas de política exterior, luego unas cuantas acerca de la política de comercio y migración. Cuando ella terminó, él se quedó sentado allí por unos minutos, tratando de procesar todo lo que acababa de escuchar.

—¿Y bien? —preguntó ella, resplandeciente con los rayos ardientes del sol que brillaban a través de la ventana—. ¿Qué soy?

David sacudió la cabeza.

—Eres conservadora en un 99,967 por ciento.

—¿De veras? —dijo, y parecía contenta por la forma en que eso sonaba—. Entonces así son los republicanos, ¿no es cierto?

David asintió con la cabeza, pero estaba alicaído. Le gustaba esta chica. Pero no podía enamorarse de una republicana, ¿o sí?

—¿Y tú también eres republicano, David?

Al oír eso, sacudió su cabeza, casi imperceptiblemente.

Marseille estaba consternada.

—¿Qué quieres decir? ¿No estás de acuerdo con todas esas cosas?

Hablaron y discutieron —educada, pero apasionadamente— mientras la tarde se les pasó sin darse cuenta. Por ser alguien que no estaba interesada en política, ¡sin duda tenía opiniones fuertes! Antes de que se dieran cuenta, el sol se había puesto completamente, y estaban discutiendo a la luz de sus linternas. David sugirió que suspendieran temporalmente su discusión política y que volvieran antes de que sus padres enviaran un grupo de búsqueda. A regañadientes, Marseille aceptó.

—Tal vez deberíamos cambiar de tema —dijo David, mientras se abrían paso entre la maleza para regresar al campamento.

—Tal vez. —Retomaron su camino rodeando un árbol caído en la oscuridad—. ¿Y tú? ¿Qué sueñas hacer algún día, aparte de ser candidato a presidente como un lunático demócrata?

—Qué chistosa —dijo David. Se detuvo por un momento—. ¿De veras quieres saber cuál es mi sueño?

Ella asintió con la cabeza, con expectación.

—Sueño . . . —vaciló y ella abrió más los ojos— con tener algunos de esos Junior Mints.

Marseille se rió.

—Sigue soñando. Estos son mi golosina preferida.

—¿De veras no vas a ofrecerme uno? —dijo—. ¿Ni siquiera uno?

—Tal vez, si de verdad me dices tu sueño.

Él sonrió.

—Está bien, trato hecho.

—Adelante —dijo Marseille—. Te escucho.

—En realidad, nunca le he dicho a nadie esto . . .

—Está bien —dijo ella—, puedes decírmelo.

Él respiró profundamente.

—Mi sueño . . .

Ella se inclinó.

—*¿Es . . . ?*

Él hizo otra pausa y dejó que el suspenso aumentara.

— . . . volver al campamento sin que un oso me coma.

Entonces, salió corriendo hacia el campamento, riéndose, con Marseille corriendo detrás de él, gritando y tratando de alcanzarlo.

16

CIUDAD DE SADR, IRAK

Najjar se acostó en la cama y cerró los ojos, pero no podía dormir . . .

Su mente volaba desenfrenada mientras estudiaba minuciosamente cada detalle del secuestro y sus encuentros con el conductor del taxi primero y después con el mendigo. Luego pensó en el niñito que lo había rescatado de una paliza con aquellos bravucones, cuando apenas tenía diez años. ¿Lo estaba llamando Alá?, se preguntaba Najjar. ¿Había mandado ángeles para protegerlo, para hablar con él? ¿Había sido de verdad elegido para conocer y servir al Prometido? Era imposible. No tenía padres, no tenía dinero ni clérigos religiosos en su familia, ningún poder político ni amigos influyentes, ninguna razón de ninguna clase para atraer la atención del Mahdi, la paz sea con él. Pero ¿cómo podía negar esta extraña cadena de eventos?

No se atrevía a preguntarle a su tía ni a su tío nada de esto. No podía confiar en ningún conocido. Pensarían que se había vuelto loco. Y tal vez así era. Pero quizás no. Tal vez Jomeini en realidad no había sido el que el mundo islámico estaba esperando, sino más bien un predecesor. Tal vez el fin de los tiempos en realidad se acercaba. Tal vez el mesías ya venía, después de todo, y pronto.

A medida que el sol comenzó a salir en el cielo oriental, Najjar agotado salió de la cama, silenciosamente abrió la puerta de su dormitorio, revisó el pasillo para ver alguna señal de movimiento y cuidadosamente entró a la sala, esperando no despertar a nadie. En el estante que estaba al lado del televisor había un puñado de libros: el Corán de la familia, por supuesto, y luego una serie de historias chiítas y libros teológicos.

Su tío, un hombre devotamente religioso, había querido ser un mulá pero abandonó sus estudios para unirse al negocio familiar. Pero hasta este día, cuando tenía un poco de dinero extra, compraba otro de los libros religiosos que le encantaba estudiar, y Najjar lo amaba por eso.

Un libro en particular, del estante más alto, era de un hombre iraní que se llamaba doctor Alireza Birjandi, uno de los eruditos chiítas más reconocidos en el mundo y experto en escatología chiíta, o teología del Tiempo Final. Su libro, *Los imanes de la historia y la venida del mesías*, era un libro clásico, posiblemente el libro definitivo acerca del tema. Contaba las historias, leyendas y controversias que rodeaban a los doce imanes, pero las historias del último —el Duodécimo— eran las que siempre habían intrigado más a Najjar.

El Duodécimo, explicaba el doctor Birjandi, no era un personaje mítico ni una construcción ficticia. Era una persona real, de carne y hueso, que había vivido en el siglo IX y que algún día resurgiría para cambiar el curso de la historia. Había nacido en Samarra, Irak, en o alrededor del año 868, su nombre era Muhammad Ibn Hasan Ibn Ali. Al igual que los once líderes musulmanes chiítas que lo antecedieron, Muhammad era descendiente directo del fundador del islam y se creía que había sido elegido divinamente para ser el guía espiritual y la autoridad humana final del pueblo musulmán.

No obstante, antes de llegar a una edad madura, para poder enseñar y aconsejar al mundo musulmán, como se creía que sería su destino, el Duodécimo Imán se había evaporado de la sociedad. Algunos decían que tenía cuatro años. Otros decían cinco o seis. Algunos creían que había caído en un pozo en Samarra, aunque su cuerpo nunca fue recuperado. Otros creían que su madre lo había colocado en el pozo para evitar que los gobernantes malvados de la época lo encontraran, lo capturaran y lo mataran —y que luego el pequeño Muhammad se había vuelto sobrenaturalmente invisible. Por eso es que algunos le decían el "Imán Escondido," creyendo que Ali no estaba muerto, sino que simplemente estaba escondido de la vista de la humanidad hasta el fin del tiempo, cuando Alá volvería a revelarlo.

Najjar pasaba cuidadosamente las páginas del libro de puntas dobladas. Cuando encontró la página que estaba buscando, su pulso se aceleró.

"'El Mahdi volverá cuando las últimas páginas de la historia sean escritas con sangre y fuego,'" leyó en voz baja. "'Será una época de caos, matanza y confusión, una época en la que los musulmanes tienen que tener fe y valor como nunca antes. Algunos dicen que todos los infieles —especialmente los cristianos y los judíos— tendrán que convertirse o serán destruidos antes de que él sea revelado e introduzca un reino caracterizado por la rectitud, la justicia y la paz. Otros dicen que los musulmanes tienen que preparar las condiciones para la destrucción de los cristianos y los judíos, pero que el mismo Mahdi completará el trabajo. Pero sepan esto, oh fieles: cuando él venga, el Prometido, traerá a Jesús consigo como su lugarteniente. Jesús ordenará a todos los infieles que todavía están de pie que se inclinen ante el Mahdi, o que mueran.'"

Najjar estaba tan emocionado que apenas podía respirar.

"'Los textos antiguos no nos dicen exactamente cómo y cuándo vendrá,'" continuó leyendo Najjar. "'Algunos creen que aparecerá primero en la Meca y conquistará todas las tierras de los imperios persa y babilonio, luego establecerá la sede de su califato global en la ciudad mesopotámica de Kufa. Otros creen que surgirá del pozo de la Mezquita de Jamkaran en Irán, y luego viajará a la Meca vía Mesopotamia. Algunos dicen que conquistará Jerusalén antes de establecer su califato. Otros creen que Jerusalén tiene que ser conquistada como un prerrequisito para su retorno. Pero aunque se desconoce mucho, los textos antiguos dejan algo muy en claro: cada musulmán tiene que estar listo para su regreso, porque vendrá con gran poder y gloria y con el juicio terrible del fuego del infierno para todos los que desobedezcan o se interpongan en su camino.'"

Najjar cerró el libro y se estremeció. Había seguido al Prometido fervientemente durante los primeros años, después de conocer a aquel niñito cuando tenía diez años. Pero con el tiempo, se había alejado de las enseñanzas del Corán y de la responsabilidad de estar preparado. Ahora se preguntaba: ¿Y si el Prometido en realidad viniera pronto? ¿Lo lanzaría al infierno? ¿Sufriría para siempre, con agua hirviendo que le derramarían en la cabeza hasta que su carne se derritiera? Tenía que cambiar su camino. Tenía que someterse. Tenía que trabajar —y trabajar duro— para recuperar la aprobación de Alá.

Su encuentro con el mendigo, concluyó Najjar, fue una señal de esperanza. Alá todavía no había terminado con él. Tal vez todavía había tiempo para llegar a ser un joven bueno y recto y ganar el favor eterno de Alá.

Pero ¿cómo?

17

RESERVA DE GOUIN, QUEBEC, CANADÁ

Era lunes en la mañana, y solamente les quedaba un día.

El magnífico aroma del café fuerte y del grueso tocino canadiense persuadió a David a salir de su profundo sueño. Se puso los lentes, salió de su cabaña a la mañana de otoño llena de vida e inhaló el aroma que pasaba por su camino. Miró alrededor del campamento, pero no vio a nadie, excepto a Marseille. Con jeans y una sudadera de letras rosadas que decían *Jersey Girl*, estaba parada cerca del fuego, cocinando unos huevos revueltos.

—¿Tienes hambre? —le preguntó.

—Me muero del hambre —dijo—. ¿Dónde están todos?

—En la Primera Iglesia de la Lucioperca.

—¿Ya están pescando?

—Son casi las diez.

David no podía creerlo. Le quitó el polvo a su reloj. Ella tenía razón. Estaba mucho más cansado de lo que se había dado cuenta. El día anterior, David había pasado otro día con su papá, alejándose más por un río que habían encontrado, y descubrieron un pequeño lago lleno de percas. Como habían pescado mucho más de lo que era posible que comieran, lanzaron la mayoría de vuelta al agua y asaron el resto en el fuego para la cena.

—¿Por qué no fuiste a pescar? —preguntó David.

Marseille se rió.

—Necesitaba mi sueño de belleza.

David lo dudaba, pero no dijo nada mientras se servía unos huevos demasiado aguados y tocino quemado en un frío plato de metal.

—Espero que te gusten —dijo ella y volvió al fuego para servirle un poco de café.

David se tragó la comida y una taza de café tan amargo que tuvo que agregarle cuatro cubos de azúcar. Cocinar evidentemente no era una de las fortalezas de Marseille. Cuando ella le sugirió que volvieran a caminar hacia la cabaña de techo a dos aguas, de la que se habían apropiado, David aceptó gustosamente. Agradeció, dejó la taza, la ayudó a apagar el fuego y la guió en el bosque.

—Mi papá dice que tu mamá es la mejor cocinera del mundo —dijo Marseille cuando comenzaron.

—¿De veras? —dijo David genuinamente sorprendido.

—Dicen que tu madre hace una clase de guiso persa que parece de otro mundo —continuó Marseille—. Mi mamá ha intentado prepararlo no sé cuantas veces. Es horrible.

—Ah, no puede ser tan malo —dijo David.

—No me malinterpretes —dijo Marseille—. Es una mamá grandiosa. La mejor. Y es brillante. Mi sueño es llegar a ser una pizca de inteligente y exitosa como ella. Pero cocinar no es exactamente uno de sus dones. Te confieso que comemos mucho afuera.

—¿De veras? —dijo David, reprimiendo una sonrisa. *De tal madre, tal hija*—. ¿Y qué más dicen tus padres de mis padres?

Marseille encogió los hombros.

—¿A qué te refieres?

—Pues vivieron juntos una experiencia muy difícil —dijo David—. Tienen que haberte contado algunas historias interesantes, tal vez algunas que pueda usar, tú sabes, para extorsionar a mis padres la próxima vez que quiera algo bueno.

David esperaba que ella se riera. En lugar de eso, Marseille de repente se quedó callada. Su sonrisa se desvaneció.

—No lo sabría.

—¿Qué quieres decir? ¿Qué pasa?

—Nada.

David estaba confundido.

—¿Qué es lo que acaba de pasar? ¿Dije algo malo?

—De veras, no es nada.

—Marseille, puedo ver que te he ofendido. Sólo que no sé cómo.

Hubo una pausa larga e incómoda y entonces ella habló.

—Es que . . . mis padres no hablan de su tiempo en Irán . . . *nunca.*

—¿Por qué no? —preguntó David cuando llegaron a una pequeña loma y divisaron la vieja cabaña.

—No sé.

—Pues, deberías tener alguna suposición.

—Tal vez es porque fue demasiado doloroso.

—No lo entiendo. ¿Qué fue tan doloroso? Solamente estuvieron allí unos meses y fueron unos héroes.

—Ellos no lo ven así.

—¿Por qué no?

—Tendrías que preguntárselo, David. Yo no sé.

—No te creo —dijo David.

—¿Estás diciendo que soy mentirosa?

—No, solamente estoy . . . —David no terminó la oración. No tenía ningún sentido.

Estuvieron callados hasta que llegaron a la cabaña y se dejaron caer en sus sillas, uno al lado del otro.

—¿Sabes la historia? —preguntó Marseille finalmente.

—¿Qué historia?

—Ya sabes, cómo es que escaparon nuestros padres.

—¿De Irán?

—Sí.

—Por supuesto, ¿y tú no? —preguntó David.

Marseille sacudió la cabeza, luego se volteó y lo miró a los ojos. —He dejado de preguntar —explicó—. Les pregunté por años, pero ellos siempre cambiaban el tema. —Hubo otra pausa larga, y luego volvió a hablar—. No es justo. Es parte de mi vida también, no solamente de ellos. Es parte de quiénes somos como familia. ¿Acaso no tengo derecho de saber?

David se sintió conmovido por su deseo de averiguar una pieza del rompecabezas del pasado de su familia. Al mismo tiempo, se sentía profundamente incómodo. No podía imaginar por qué los Harper no estaban orgullosos de lo que habían hecho. Su historia era fascinante. En realidad valía la pena compartirla con su única hija. Pero si, por cualquier razón, no querían contarle lo que había pasado, ¿en realidad debía hacerlo él?

Él la miró a los ojos y vio un dolor que no había visto antes.

—Eso realmente es entre tú y tus padres.

Tomó su mano y la jaló hacia ella, a la orilla de su silla.

—No puedo hablar con ellos —dijo—. No de esto. No de Irán.

—¿Por qué no?

—No lo sé. Simplemente no puedo. —Luego susurró—: Por favor, David, cuéntame la historia.

Él no dijo nada, pero se sintió extrañamente electrificado al estar tan cerca de ella.

—Por favor —susurró—. Realmente significaría muchísimo para mí.

David tragó con dificultad. No confiaba en sí mismo al estar solo con ella en ese momento. Una tormenta de emociones estaba surgiendo dentro de él. Necesitaba espacio: una caminata, nadar, alguna clase de cambio de ritmo y ambiente.

—No puedo, Marseille —dijo—. Quisiera poder hacerlo. Pero no me toca a mí.

Hubo un silencio largo y doloroso.

—Bien —dijo ella, lo soltó y apartó la mirada—. No importa.

—Marseille, lo siento. No estoy tratando de lastimarte; es que . . .

—Olvídalo. No es para tanto.

Él extendió su mano para tomar la de ella otra vez, pero ella la retiró. Él deseaba desesperadamente que la química de la habitación volviera a cambiar. Pero no ocurrió.

18

El resto del lunes Marseille estuvo distante y reservada.

Pasó la mayor parte de su tiempo sola, mientras que David estuvo con su padre.

Esa noche, cuando el sol comenzó a ponerse sobre las aguas cristalinas, David levantó la mirada de un libro que tenía y vio que Mike Calveto, uno de los amigos de Saeed, se dirigía hacia Marseille, que estaba parada en la playa. David no pudo escuchar lo que Mike le dijo, pero vio que trató de agarrarla por detrás y darle un beso en la oreja. ¿Qué estaba haciendo? ¿Estaba loco? Marseille se veía incómoda y un poco asustada. David se puso de pie inmediatamente y corrió hacia ella. Mike estaba avergonzado por el desaire, pero trató de disimularlo riéndose. Nadie más vio el incidente y ninguno de ellos quiso hacer el problema más grande y que se involucraran sus padres. Pero cuando Mike finalmente se fue, Marseille le pidió a David que se quedara con ella.

—¿Ya no estás enojada conmigo? —preguntó David.

—Todavía estoy enojada contigo, pero no tengo opción —respondió—. Por lo menos tú estás intentando ser un caballero.

Cuando fue claro que estaban solos, ella metió su brazo entre el brazo de él y comenzaron a caminar. Su tacto era embriagador.

—Tiene buenas intenciones —dijo David balbuceando.

—No, no las tiene —dijo Marseille.

David pensó en eso, luego admitió:

—No, tienes razón. No las tiene. —Por lo menos la fricción entre ellos parecía haber desaparecido.

Caminaron hacia el final del muelle, colgaron los pies en la orilla y hablaron hasta después que el sol se había puesto.

Ya casi había oscurecido cuando escucharon al padre de Marseille que los llamaba para cenar. A regañadientes se pararon y dieron la vuelta para dirigirse al campamento. Abruptamente Marseille se inclinó hacia delante y lo besó. Fue un instante, pero era la primera vez para David, y durante el resto de la noche todavía podía sentir sus labios suaves sobre los suyos y el calor de su cuerpo presionado contra el de él.

—*Vamos, arriba, amigo.*

David escuchó la voz amable de su padre y sintió que lo sacudían suavemente para despertarlo. Pero era temprano. Demasiado temprano —y todavía estaba oscuro y hacía frío. Un vistazo rápido a su reloj le dijo a David que apenas eran las seis de la mañana. Se volteó en su bolsa de dormir y se puso la almohada encima de la cabeza.

—Déjame dormir —dijo refunfuñando.

—Lo siento, jovencito —respondió su padre—, pero tenemos que empacar, deshacer el campamento y apurarnos para estar listos antes de que lleguen los aviones.

Dos horas más tarde ya estaban listos.

Habían barrido las cabañas. Habían lavado los platos. Habían enrollado las bolsas de dormir. Habían cubierto la fogata con arena. Todos estaban abajo en el muelle, con los bolsos empacados, esperando los hidroaviones. Habían hablado poco. Estaban demasiado adormecidos como para hablar. Pero cuando estaban seguros de que nadie los veía, David y Marseille ocasionalmente se miraban el uno al otro y sonreían, saboreando su momento en el muelle la noche anterior.

Sin embargo, la tristeza estaba comenzando a introducirse en el espíritu de David. Se había originado al darse cuenta repentinamente que su tiempo juntos durante los últimos cuatro días estaba destinado a esfumarse para siempre, como la neblina cuando sale el sol. Él vivía en Syracuse. Ella vivía en Spring Lake, un pueblecito en la ribera de

Jersey, a cientos de kilómetros de distancia. Ninguno de ellos podía conducir. ¿Cómo entonces, podrían salir juntos? David se dio cuenta de que estos probablemente serían sus últimos minutos juntos durante bastante tiempo.

El aire tranquilo y fresco de la media mañana estaba silencioso. Demasiado silencioso. Los aviones ya tendrían que haber llegado. David volvió a mirar su reloj: las 10:15 a.m. No podía creer lo rápido que se les estaba escapando el tiempo. Esto no era bueno. El tren se iría de Clova a las 11:20 a.m. Pero, ¿dónde estaban los hidroaviones?

Los papás se estaban poniendo ansiosos. Había un zumbido alrededor del campamento a medida que el murmullo en contra de Larry McKenzie y sus compañeros pilotos aumentaba. El padre de David, recordó, tenía que hacer una cirugía de corazón abierto a las diez de la mañana del día siguiente. Pero si perdían el tren a Montreal, nunca alcanzarían su vuelo a Filadelfia, ni su conexión a Syracuse.

Finalmente, uno de los padres preguntó qué pensaban los demás.

—Si perdemos este tren, ¿cuándo pasa el próximo?

—No sé —confesó otro padre—. Hemos estado haciendo esto por seis años, y nunca hemos perdido el tren.

Todas las miradas se dirigieron al doctor Shirazi.

—Estoy seguro de que todo estará bien —insistió.

—Definitivamente —dijo Charlie Harper, uniéndose a la conversación.

—Pero ¿y si no es así? —preguntó uno de los papás—. ¿Y si McKenzie no llega en los próximos dos minutos? ¿Qué pasará entonces?

—Estoy seguro de que llegarán en cualquier momento —insistió el doctor Shirazi, mientras David se estiraba para ver cualquier señal de los de Havilland en el horizonte. Pero no había nada.

David le susurró a su padre:

—Papá, ¿cuándo pasa el próximo tren?

Su padre no dijo nada. Pasaron varios minutos. David se preguntaba si su padre en realidad lo había escuchado, pero cuando vio su mandíbula apretada, supo que sí lo había escuchado.

Entonces su padre le respondió con un susurro:

—El jueves.

19

—*¿El jueves?*

David no había tenido la intención de decirlo tan fuerte, ni de decirlo. Había sido una reacción involuntaria, y el destello de ira en los ojos de su padre no ayudó para nada.

—Dime que está bromeando —dijo uno de los padres.

—Me temo que no —admitió el doctor Shirazi.

—¿El jueves? —dijo otro, maldiciendo—. ¿Cómo es posible? Tengo pacientes que están esperándome. No puedo demorarme hasta el jueves.

El pánico y la ira eran una mezcla volátil, y estos hombres se la tragaron toda. Los hombres se reunieron alrededor del doctor Shirazi, explicándole con enojo sus importantes agendas cuidadosamente elaboradas —como si hubiera algo que él pudiera hacer. David se separó del grupo. Se sentía terrible por su padre. No era su culpa. Era la de McKenzie.

¿Dónde estaban los pilotos? ¿Cómo podían dejarlos varados allí sin más? ¿Era un problema de motor? ¿Por qué no enviaban otros aviones? ¿Y qué exactamente se suponía que debían hacer? No tenían señal de teléfono celular allí, ni radios, ni teléfono satelital. No tenían manera de comunicarse con la civilización en absoluto.

La mayoría de los hombres, excepto Charlie Harper, estaba ahora amenazando con demandar a McKenzie Air Expeditions por cada centavo canadiense que tuvieran.

"¡Vamos a adueñarnos de esa compañía!," juró uno de ellos.

No obstante, las amenazas sirvieron de poco. A medida que las horas pasaban, los hidroaviones no aparecían. A eso de las dos de la tarde, todos estaban no sólo ansiosos sino también con hambre. Ya estaban cansados de comer pescado, y no había mucha comida adicional. Comieron barras de dulce que sobraban y algunas nueces y frutas secas, y trataron de resolver qué hacer. ¿Debían quedarse sentados esperando nada más, o desempacar y volver a armar su campamento?

Durante el resto del día se quedaron juntos; jugaron a los naipes, leyeron novelas o trataron de tomar una siesta y olvidarse de sus problemas. Pero cuando el sol comenzó a ponerse y la temperatura a descender y los hidroaviones no llegaban, se dieron cuenta de que no tenían opción. Los hombres y los chicos mayores desempacaron otra vez, y a David y a Marseille los enviaron a recoger más leña.

—¿Qué crees que va a pasar, David? —preguntó Marseille mientras se dirigían otra vez al bosque.

—Todo estará bien —dijo David consolándola—. El viejo McKenzie vendrá por nosotros.

—¿Y si no viene?

—Vendrá.

—Entonces, ¿por qué no ha venido?

David se detuvo, se volteó para mirarla y tomó sus manos.

—Pagamos mucho dinero para este viaje. McKenzie tiene todo el incentivo para dejarnos satisfechos. Solamente que debe haber algún problema mecánico o algo así. Pero vendrá.

—¿Estás seguro? —preguntó ella.

—Te lo prometo.

Comenzó a tronar y a rugir arriba de ellos. Confiando de que estaban solos, David se acercó a Marseille y puso sus brazos alrededor de su pequeña contextura. Ella se acercó a él y lo abrazó fuertemente. De repente, se estaban besando otra vez, y durante esos cortos momentos, todos los demás pensamientos se derritieron. A pesar del frío, él sintió calor en todo su cuerpo. Se preguntaba si ella podía sentir su corazón palpitando tan intensamente. Y entonces comenzó a llover a cántaros.

Pasó el miércoles y todavía no había aviones.

La lluvia no se detuvo. Se estaban cansando rápidamente de los juegos de cartas dentro de las cabañas húmedas. Ya era jueves, todavía gris y hacía más frío, y no llegaban los aviones. En la mayoría, el enojo se había convertido en miedo. Estaban varados en medio de la nada. Sus provisiones casi se habían acabado. Los hombres debatían si deberían usar los botes de pesca para tratar de buscar ayuda, pero lo cierto era que estaban a cientos de kilómetros del ser humano más cercano. No tenían mapas. No tenían brújulas. Tenían poco combustible, y el pensamiento de quedarse sin diesel en alguna parte de la reserva finalmente descartó esa posibilidad.

Todos estaban con los nervios de punta, y David podía decir que su papá se sentía peor cada hora. ¿Cómo era posible que papá hubiera juzgado tan mal la habilidad de McKenzie para cumplir con sus obligaciones? ¿Qué podría estar impidiendo que llegara? En seis años, nada como esto había sucedido. Seguramente sus esposas y secretarias estarían llamando a las oficinas del propietario en Clova, o a la policía o a alguien más. ¡Envíen a la Policía Montada!

Pero para David y Marseille, los días fueron un regalo. Llevaron sus mantas, música y libros a la cabaña con techo a dos aguas y se olvidaron del resto del mundo. Trataron cada tema imaginable, sorprendidos de que sus conversaciones nunca parecían agotarse.

—¿Crees en Dios? —preguntó Marseille en cierto momento.

—No sé. —Nadie se lo había preguntado antes.

—¿Y no eres musulmán? —preguntó ella.

—Sí, supongo.

—¿Supones?

—Está bien, sí, soy musulmán. Un chiita, en realidad.

—¿Un qué?

—Es una clase de musulmán —explicó—. De los de Irán.

—Entonces crees en Dios —aclaró ella.

—No sé qué es lo que creo —admitió David.

—¿Por qué no?

—Porque mi padre es ateo —explicó—, y mi madre es agnóstica.

—¿Y ellos no son musulmanes también?

—Técnicamente —dijo David—. Pero después de todo lo que vieron durante la Revolución, decidieron que el islam no podía ser cierto.

—¿Por qué no?

—No podían creer en un Dios que le ordenaría a la gente a matar, a mutilar y a torturar a tantos inocentes.

Marseille no dijo nada por varios minutos. Luego preguntó:

—¿Y qué piensas de Jesús?

David encogió los hombros.

—Creo que existió. Los musulmanes dicen que fue un profeta. Pero no sé.

—¿Crees que si oramos, Dios nos responderá y nos sacará de aquí?

Encogió los hombros y dijo que no lo sabía, pero que no creía que así fuera.

—No le haría mal a nadie, ¿verdad? —preguntó ella.

—¿Orar? —preguntó él.

—Sí.

—Creo que no —dijo poco convencido.

Pero ella no oró. En lugar de eso, se acostó en la cama y miró por la ventana. En unos cuantos minutos, se había dormido. David la cubrió con una manta para que mantuviera el calor. Se acostó al lado de ella y también se durmió.

Varias horas después, David se despertó. Marseille se volteó y lo miró. Sus ojos tenían un propósito repentino cuando lo miró a los ojos y su petición fue irresistible.

—David, necesito que me cuentes la historia de nuestros padres —le susurró—. Por favor. No digas que no.

Ahora no pudo rehusar.

Así que con detalles fascinantes, le explicó cómo la madre de Marseille había vetado por lo menos tres planes que la CIA y el Departamento de Estado habían elaborado, esquemas que —en su opinión— oscilaban de imprácticos a suicidas. Luego le explicó cómo el padre de Marseille había diseñado el plan que finalmente fue aceptado y ejecutado. A los Harper, a los Shirazi y a los demás funcionarios del Servicio Exterior les darían pasaportes canadienses falsos. Esto, sin embargo, requería de una orden secreta especial del parlamento en Ottawa, ya que el uso de pasaportes falsos para espionaje estaba expresamente prohibido por la ley canadiense. También les darían papeles falsos que los identificaban como productores de películas de Toronto, que trabajaban en una película de alto presupuesto titulada *Argo*, ubicada en el Medio Oriente, asociados con un estudio importante de Hollywood. Su historia ficticia sería que estaban en Irán buscando exteriores para filmar. La CIA establecería una compañía falsa en Los Ángeles llamada Studio Six, con oficinas de operación, líneas telefónicas y noticias en las revistas cinematográficas, anunciando pruebas de audición y otros elementos previos a la producción. Los estadounidenses y los Shirazi entonces desarrollarían más y refinarían los detalles de sus historias ficticias, las aprenderían de memoria y las ensayarían continuamente. Luego, la CIA enviaría a un agente llamado Jack Zalinsky para revisar los detalles finales y comprobar si estaban listos para cualquier interrogatorio que pudieran enfrentar. Cuando fuera el tiempo indicado, Zalinsky los llevaría al aeropuerto e intentaría que pasaran por el control de pasaportes sin que los atraparan ni los colgaran.

—¿Estás diciendo que a mi padre se le ocurrió esa idea? —preguntó Marseille cuando David terminó.

—En realidad, tu mamá ayudó bastante —respondió David.

—Eso no tiene sentido —protestó—. ¿Cómo podrían mis padres siquiera saber . . . ?

Su voz se fue apagando. El viento susurraba a través de los pinos. Una vez más, las nubes oscuras se juntaron arriba. Otra amenaza de tormenta se avecinaba, y el frío aumentaba. David miró su reloj. Tenían que volver al campamento antes de que la gente se preocupara por ellos.

Pero Marseille le pidió que no se fueran.

—Espera sólo unos minutos más —le dijo tomando su mano y presionándola suavemente—. Quiero saber el resto de la historia.

—Marseille, se hace tarde.

—Haré que valga la pena —dijo sonriendo.

—¿Cómo?

Se estiró hacia su mochila y sacó una caja de Junior Mints.

—No puedo creer que te hayan sobrado.

—Esta es la última.

—¿Y de veras vas a compartirla conmigo?

—Sólo si terminas la historia.

A David le hizo ruido el estómago. Era una oferta que no podía rechazar, y no lo hizo.

—Está bien, ahora sí nos entendemos —dijo, mientras una de las mentas se derretía en su lengua—. El día D fue establecido para el 28 de enero de 1980. Se realizaban elecciones regionales. La gente del Ayatolá Jomeini estaba tratando de mantener el control. La policía secreta tenía sus manos ocupadas asesinando a los disidentes y matando a la oposición, por lo que este tipo Zalinsky creyó que podrían aprovechar una ventana donde la policía de alguna manera podría estar distraída. Tenían pocas probabilidades, pero era lo mejor que podían hacer. Así que Zalinsky llevó al equipo al aeropuerto principal de Teherán. Iban a pasar por el control de pasaportes, y mis padres estaban completamente aterrorizados. Tus padres estaban tan frescos como una lechuga, pero mis padres, no tanto. Después de todo, no parecen canadienses exactamente, y nunca estuvieron convencidos de que el plan de tus padres fuera a funcionar. Pero tu papá y el señor Zalinsky siguieron insistiendo en que si los boletos y los pasaportes decían que eran canadienses, entonces los guardias del aeropuerto lo aceptarían. Y lo hicieron.

—Qué asombroso —dijo Marseille.

—Así que, antes de que los secuaces de Jomeini supieran qué estaba pasando, tus padres, los míos y los demás estaban ocupando sus asientos a bordo del vuelo 363 de Swissair, que se dirigía a Toronto vía Ginebra. Tan pronto como salieron del espacio aéreo de Irán, el señor Zalinsky pidió champán para todo el equipo.

—Pero mis padres no beben —dijo Marseille.

—¡Ni los míos! —dijo David—. Pero créeme, lo hicieron ese día. Por lo que he oído, se terminaron dos botellas, mientras el señor Zalinsky brindaba por ellos y les preguntaba qué iban a hacer con su nueva libertad.

—¿Y? —inisitió Marseille, escuchando atentamente cada palabra—. ¿Qué dijeron?

—Bueno —dijo David—, tus padres dijeron que iban a trabajar para el Departamento de Estado por algunos años más, que se mudarían a Nueva Jersey y comprarían una pequeña casa cerca de la playa. Tu papá dijo que quería enseñar. Tu mamá dijo que quería trabajar en la ciudad y ganar una tonelada de dinero. Y eso es exactamente lo que hicieron, ¿verdad?

Marseille asintió con la cabeza; tenía la mirada perdida.

—¿Y qué querían tus padres? —preguntó.

—Ellos sólo tenían una pregunta —dijo David.

—¿Y cuál era?

—Cuando finalmente llegaran a Estados Unidos, ¿en realidad los dejarían entrar?

Lo acababa de decir cuando la alarma del reloj de David sonó.

—Ya casi es hora de la cena —dijo, apagando la alarma—. En realidad tenemos que volver.

Pero Marseille no tenía hambre. Apretó su mano y lo atrajo hacia ella. Lo miró profundamente a los ojos, con una mirada de gratitud y deseo, que él devolvió con una intensidad similar. Ella lo besó con una pasión distinta a cualquier cosa que él hubiera imaginado. Lo besó en el cuello, en la boca, y no se detenía. Lo abrazó más fuerte quedándose sin aliento, y David sintió que perdía el control. Sabía que a donde se dirigían era incorrecto, pero no podía detenerse. No quería detenerse.

Se sintió intoxicado con su presencia, su contacto, y la habitación comenzó a girar. Ignorando todas sus precauciones, todos sus temores, y todo lo que le habían enseñado a creer, dejó gustoso y ansiosamente que Marseille lo llevara de un mundo a otro, saboreando cada momento del camino.

20

El viernes por la mañana salió el sol.

David se despertó en su cabaña, completamente solo. Su padre y sus hermanos no estaban por ninguna parte, pero no le importó. Había estado soñando con la noche anterior y lo ocurrido con Marseille, soñando hacia dónde llevaría esto. Pero de repente escuchó el sonido de un hidroavión que llegaba por el lago.

David saltó de su bolsa de dormir, se puso una sudadera y salió hacia el aire frío de la mañana. Resultó que todos los demás —incluso Marseille— ya estaban despiertos y en los muelles cuando el viejo McKenzie acuatizó su de Havilland primero, y después los otros. David corrió para estar con ellos, temeroso de que los hombres pudieran linchar a los pilotos cuando finalmente se detuvieran frente a ellos.

Pero antes de que cualquiera de ellos pudiera decir una palabra, McKenzie salió de su cabina, se deshizo en disculpas, y prometió reembolsar todo el dinero tan pronto como llegaran a Clova. Funcionó. Los hombres se mostraron agradecidos y sorprendentemente comprensivos. Lo que en realidad querían saber era qué diantres había pasado y por qué McKenzie y los demás no habían llegado el martes por la mañana, como estaba planificado. Pero nadie estaba preparado para la respuesta de McKenzie.

—Créanme, caballeros, todos estábamos vestidos y preparados para venir a recogerlos, cuando nos dijeron esa mañana que el gobierno canadiense acababa de emitir una orden cancelando los vuelos en todo el país. Y no fue solamente en Canadá. Se cancelaron todos los vuelos comerciales y civiles en toda América del Norte. Nadie podía despegar, y todos los que estaban volando tuvieron que aterrizar inmediatamente.

—¿Por qué? ¿Qué pasó? —preguntó el padre de David.

—Un grupo de terroristas secuestró cuatro aviones: dos del Aeropuerto Logan en Boston, uno de Newark International, y uno del Dulles en Washington —explicó McKenzie.

David se quedó con la boca abierta.

—Dos de los aviones se estrellaron en el World Trade Center —continuó McKenzie—. Otro colisionó directamente en el Pentágono. El cuarto cayó en un campo en Pennsylvania. Todos los que iban en los aviones murieron. Nadie sabía si había más secuestradores en otros aviones, por lo que simplemente cancelaron todo el sistema de transporte aéreo. Créanme, queríamos venir por ustedes, amigos. Pero la Fuerza Aérea amenazó con disparar a cualquier avión que estuviera en el aire sin autorización. Los únicos aviones en el cielo eran los F-15 y F-16, todos armados con misiles aire-aire y listos para la acción. Nunca antes había visto algo así. Pero, insisto, mis disculpas por lo que les ha tocado pasar. Si hubiera habido manera de recogerlos, o de avisarles, por favor, sepan que lo habríamos hecho.

El grupo se quedó allí, parado en silencio. Y luego se puso peor.

—¿Hubo heridos en las torres? —preguntó Marseille.

David observó que estaba pálida y que le temblaban las manos.

—Me temo que las torres ya no existen, señorita —respondió McKenzie.

—¿Qué quiere decir? —preguntó ella.

—Quiero decir que las torres se desplomaron no mucho después de que los aviones se estrellaron.

—¿Las dos?

—Me temo que sí —dijo McKenzie.

—¿Y hubo heridos?

—¿Está bromeando? —preguntó McKenzie—. En este momento, dicen que casi tres mil personas han muerto, pero podría haber más.

—¿Tres mil? —preguntó el padre de David.

McKenzie asintió con la cabeza.

—Hay un gran hueco en medio de Manhattan donde solían estar las torres. Hay humo que se eleva hasta donde el ojo puede ver. Todo sucedió en menos de dos horas y ¡zas! Desaparecieron, las dos.

Marseille cayó al suelo y comenzó a llorar descontroladamente. David miró al señor Harper, esperando que la consolara. Pero el padre de Marseille estaba parado allí, nada más; la sangre se le había ido del rostro.

Asustado y confundido, David cautelosamente se arrodilló al lado de Marseille y tímidamente puso su brazo alrededor de sus hombros.

—Está bien, Marseille. Estás a salvo. Todos estamos a salvo, ¿verdad? De veras, todo estará bien.

Pero Marseille no respondió. No podía hablar. Tampoco su padre. Intentaron, pero no les salían las palabras. Ella se estaba desintegrando, y su padre estaba parado allí como un zombie.

—David —dijo el doctor Shirazi suavemente, titubeando.

—¿Sí?

—Se trata de la madre de Marseille.

—¿La señora Harper? —preguntó David—. ¿Qué pasa con ella?

Los ojos de su padre se llenaron de lágrimas. Respiró profundamente y luego habló.

—Ella trabaja en un banco, David. Trabaja en la Torre Sur.

David no podía creer lo que estaba escuchando.

—¿La señora Harper trabaja *en* el World Trade Center? —preguntó finalmente.

Reticente, su padre asintió con la cabeza.

David cayó al suelo y se quedó sentado por un buen rato, sin saber qué decir.

—Tal vez pudo salir —dijo finalmente, y le temblaba el labio inferior.

21

SPRING LAKE, NUEVA JERSEY

La última vez que David vio a Marseille fue el día del funeral.

Charlie Harper simplemente no podía soportar la pérdida de Claire, que había sido su amada esposa durante veintitrés años. No tenía idea en esta circunstancia de cómo cuidarse, mucho menos a su hija única. No comía. Estaba perdiendo peso. Rara vez hablaba. Estaba clínicamente deprimido y no tomaba sus medicinas. Renunció a su trabajo, puso en venta la casa de la familia, empacó sus pertenencias y —sin poder soportar la idea de abordar un avión— llevó a Marseille en auto al otro lado del país, desde Nueva Jersey a Oregón, donde sus padres tenían una granja, cerca de Portland.

Y así de simple, Marseille Harper desapareció de la vida de David.

Aceptó un abrazo de David en la funeraria. Pero estaba tan devastada por las emociones que no podía hablar. Apenas pudo mirarlo a los ojos en el servicio funerario. Después de que ella se mudó, él le escribió cartas. No las respondió. La llamó y le dejó mensajes. Ella nunca devolvió las llamadas. Una vez, su abuelo respondió el teléfono y dijo que Marseille había salido y que lo llamaría en otro momento. Nunca lo hizo. Hasta le envió una caja de Junior Mints. Aun así no hubo respuesta. David finalmente entendió el mensaje y dejó de intentarlo.

Marseille Harper había sido su primer amor. Él le había entregado su cuerpo, su corazón y su alma, y ella le había entregado los suyos. Pero en un instante, todo había desaparecido. Los sentimientos que ella había despertado en él lo habían cambiado para siempre, pero todo había sido por nada. Ahora había perdido a Marseille, y no tenía idea de cómo recuperarla. Se lamentaba por ella, pero hizo lo mejor que pudo para no culparla. No tenía idea de cómo habría reaccionado él si su madre hubiera sido asesinada por terroristas y su padre hubiera perdido la voluntad de seguir adelante, y tal vez de vivir. Y aunque él y Marseille habían pasado una extraordinaria semana juntos, la verdad —aunque fuera dolorosa— era que había sido solamente una semana. No tenía ningún derecho sobre ella. No tenía por qué esperar que ella se mantuviera en contacto con él y era obvio que desearlo no haría que así fuera.

Silenciosamente, y solo en su habitación, o en el bus, o solo con sus pensamientos durante la hora de estudio o en su casillero, oraba por Marseille y su padre. Le suplicaba a Alá que los consolara y los sanara, y a él también. Le suplicaba a Alá que de alguna manera permitiera que Marseille encontrara un poco de paz y buenos amigos que estuvieran con ella, la animaran y la protegieran. Le pedía a Alá que permitiera que Marseille se acordara de él y respondiera sus cartas.

Pero a medida que el otoño se convertía en invierno, David comenzó a perder las esperanzas. Llegó a la conclusión de que era como si sus palabras hicieran eco en el techo de su habitación; inútiles y ridículas. Era como orar a la alfombra del piso o a la lámpara de su escritorio, y eso solamente aceleró el descenso en picada.

Sus calificaciones bajaron de solamente "A" a solamente "D." Sus padres estaban preocupados por él. También sus maestros. Pero nada de lo que sugerían parecía ayudar. La única noticia buena era que sus dos hermanos se habían ido a la universidad y no estaban allí para molestarlo.

Y por si eso no fuera suficiente, David comenzó a meterse en peleas en la escuela. Un grupo de estudiantes del último año del equipo escolar de fútbol lo llamaban constantemente "jinete de camellos" e "hijo de ramera musulmana." Se ponía como una fiera cada vez. No importaba que fuera persa y no árabe. O que su familia fuera de Irán, no de Afganistán ni Paquistán, donde se originaron los ataques del 11 de septiembre. No importaba que él y su familia fueran musulmanes chiítas, no wahhabi como Osama bin Laden, ni sunita como Mohamed Atta, el líder de los secuestradores del 11 de septiembre. Ni que el mismo David hubiera nacido y crecido en Estados Unidos y que apoyara a las fuerzas estadounidenses que luchaban en contra de al Qaeda y el Talibán, más que cualquiera en la escuela. Nada de eso importaba a los perdedores que lo atormentaban, y cada vez él daba rienda suelta a su ira.

Aunque David era menor que los que lo atormentaban, por lo menos era alto y poseía un golpe derecha matador y un temperamento cada vez más volcánico. En enero de 2002, lo castigaron seis veces y dos veces lo suspendieron brevemente por pelear en los pasillos. Cuando le rompió la nariz al mariscal de campo estrella de la escuela y le rompió el brazo al receptor en la misma pelea, el director llamó a la policía y David Shirazi fue arrestado, le tomaron sus huellas digitales y lo encerraron durante una noche, mientras esperaba comparecer ante el juez en una audiencia para fijar su fianza.

Fue una noche tranquila en el centro de detención juvenil del Condado de Onondaga, y a David lo metieron en una celda solo. Sus padres se quedaron con él hasta donde las reglas lo permitían y, aunque eran amorosos, fueron firmes. El padre de David dijo que esperaba que una noche en este lugar hiciera que David entrara en razón, y se retiraron.

Durante más de una hora, David se paseó por la celda y maldijo a cualquiera que pudiera escucharlo. En cierto momento golpeó la pared de bloque de cemento prefabricado con tanta fuerza que temió haberse roto la mano, pero rehusó pedir ayuda. Se desplomó en la cama, miró hacia el techo y comenzó a sentirse cada vez más asustado. Sabía que rápidamente estaba perdiendo nivel emocional, espiritual y hasta físico.

¿Cómo había llegado tan lejos, tan rápido? ¿Y qué se suponía que debía hacer ahora? La posibilidad de ir a la cárcel durante varios meses en realidad lo hizo sentir físicamente enfermo. Pero aunque pudiera defenderse y evitar cumplir tiempo en la cárcel, iba a ser expulsado de la escuela. Iba a tener un antecedente criminal. ¿Cómo iba a entrar a la universidad? ¿Cómo iba alguna vez a tener un trabajo decente?

Acostado allí en la celda, recordó cuánto había anticipado ir a Canadá con su padre y sus hermanos en aquel viaje de pesca. Trató de recordar cuánto había anhelado ese fin de semana y cómo se había desbarrancado peligrosamente su vida desde entonces. Se había enamorado de una chica que ni siquiera debería haber estado allí, una chica cuya madre había muerto en las torres, una chica que ahora vivía al otro lado del país, una chica que no lo amaba y que no hablaría con él y a la que aparentemente no le importaba nada, ni siquiera que él existiera.

¿Cómo había llegado a esto? Había ido a Canadá a pescar. Pero en esos pocos días, el mundo entero se había desmoronado. Un día, a nadie le importaba que su familia fuera del Medio Oriente. Ahora lo trataban como a un asesino y un terrorista. Un día, a nadie le importaba que fuera musulmán. Ahora lo trataban como si fuera parte de una célula terrorista, con cinturones de bombas suicidas colgando en su armario, listo para ser activado por Khalid Sheikh Mohammed y enviado a un centro comercial el día de Navidad, para volar en pedazos y llevarse consigo a cuanta gente fuera posible. No era cierto. Nunca había sido cierto. Pero parecía que a nadie le importaba.

David cerró los ojos y trató de olvidar los últimos meses. Trató de recordar el rostro de Marseille. Trató de recordar sus ojos, su sonrisa, la sensación de su cuerpo contra el suyo. Trató de imaginarse en aquella isla, en aquella cabaña, antes de que empezara esta pesadilla. Pero cada vez que trataba de evocar esas imágenes, todo lo que podía ver era el rostro malintencionado y demente de Osama bin Laden, devolviéndole la mirada.

David bullía con un nivel tóxico de ira que nunca antes había experimentado y que no reconocía. Pensó que no era culpa de Marseille que todo esto hubiera ocurrido. Tampoco era culpa de su padre. Todo esto era obra de Osama bin Laden, punto. Bin Laden era el líder de al Qaeda, la organización terrorista que estaba detrás de los ataques del 11 de septiembre. Bin Laden era el que había reclutado a los diecinueve secuestradores, el que había facilitado su entrenamiento, el que los había financiado y los había enviado a secuestrar los cuatro aviones estadounidenses y a convertirlos en misiles. Bin Laden era el que había asesinado a la señora Harper.

La ironía era palpable, pensó David. Aquí estaba acostado en una prisión, en tanto que Osama bin Laden deambulaba por las montañas de Kandahar o en las calles de Islamabad.

22

TEHERÁN, IRÁN
ENERO DE 2002

Hamid Hosseini todavía no podía creer su buena fortuna.

El mundo estaba con la mente fija en otras cosas, en la caza de Osama bin Laden y en la guerra en Afganistán, en una posible guerra en Irak, en el esfuerzo de los coreanos del norte por construir armas nucleares, en el alza de los precios del petróleo y en una economía global debilitada. Y todo esto era bueno, porque mantenía al mundo distraído de los desarrollos en Irán, desarrollos muy cercanos y queridos para su corazón.

A raíz de la muerte de uno de sus queridos colegas, la Asamblea de Expertos —el concilio gobernante de ochenta y seis clérigos religiosos— había nombrado ese día unánimemente a Hamid Hosseini . . . Líder Supremo de la República Islámica de Irán. Era un honor que nunca había buscado ni esperado. Sin embargo, le había llegado y ahora él, entre toda la gente, era la máxima autoridad religiosa y política del país.

Estaba seguro de que el mundo observaría poco y no recordaría mucho su transición al puesto. Poca gente sabía quién era él o siquiera le importaba. Hosseini había mantenido cuidadosamente una imagen pública algo moderada, por lo menos en el plano internacional. Pero sabía, sin sombra de duda, por qué Alá lo había elegido. Era su llamado —efectivamente era su destino— vengar la muerte de su maestro y preparar el camino para la llegada del Duodécimo Imán. Sabía que esto requería que provocara la aniquilación de Estados Unidos e Israel, el Gran y el Pequeño Satanás respectivamente. Llevaría tiempo. Requeriría de una planificación cuidadosa. Tendría que reclutar a la gente apropiada y prepararla para puestos clave de liderazgo. Pero era posible. Y estaba ansioso por empezar.

Después de un largo día de ceremonias, discursos y reuniones, llegó tarde a casa y se derrumbó en su cama, al lado de su esposa que ya estaba dormida. Estaba exhausto, pero en su mente se arremolinaban los planes que estaba formulando para confrontar a las potencias arrogantes de Occidente. Entonces, de repente, se dio cuenta del día que era, de qué aniversario era, y se encontró recordando, dieciocho años antes, el día en que se había arrodillado con sus tres hijos y había hecho una última oración con ellos.

"Oh, Señor poderoso. Te pido que aceleres el surgimiento de tu último depositario, el Prometido, ese ser humano perfecto y puro, el que llenará este mundo de justicia y de paz. Haznos dignos de preparar el camino para su llegada, y guíanos con tu mano justa. Anhelamos al Señor de la Época. Anhelamos al Esperado. Sin él —El Que Ha Sido Guiado Justamente— no puede haber victoria. Con él, no puede haber derrota. Enséñame tu senda, oh Señor poderoso, y úsame para preparar el camino para la llegada del Mahdi."

Recordó abrir sus ojos y contemplar a esos tres regalos bellos e inocentes, el orgullo de su vida.

—Vamos, niños —les dijo y abrió la puerta del auto para que entraran—. Es la hora.

—¿A dónde vamos? —preguntó Bahadur, su hijo mayor que a la edad de doce años era el más alto, y cuyo nombre significaba "valiente e intrépido."

—Vamos en una misión —respondió.

—¡Una misión! —dijo Firuz, su hijo de once años—. ¿Qué clase de misión?

—Es una misión secreta —dijo Hosseini—. Ven rápido y verás.

Mientras los dos niños mayores se metieron en el asiento de atrás, él levantó al menor, Qubad, y lo sostuvo un rato. Lo besó tres veces y recibió tres alegres besos como respuesta; finalmente puso a Qubad atrás con sus hermanos, cerró la puerta, se sentó en el asiento del conductor y encendió el motor.

Era un hermoso día de invierno, soleado, fresco pero no frío, con una suave brisa que soplaba del este. Los niños agitaron sus manos para despedirse de su madre, cuyos ojos estaban llenos de lágrimas, y pronto se fueron.

—¿Por qué está llorando *Madar*? —preguntó Qubad.

Hosseini miró por el retrovisor y vio que los dos menores también tenían lágrimas en sus ojos. Eran chicos sensibles y los amó todavía más por eso.

—Ella ya los está extrañando —dijo lo más tranquilo que pudo—. Ya la conocen.

—Ella nos ama —dijo Qubad tranquilamente.

—Sí, mucho —respondió su padre.

—Nos arropa todas las noches y nos canta las canciones de Persia —dijo el niñito.

—Nos compra granadas, las más dulces del mundo —comentó Firuz.

Entonces Bahadur también habló.

—Conoce el Corán casi tan bien como tú, *Pedar*.

—Mejor —dijo Hosseini, contento de no haberla llevado porque nunca habría sobrevivido este viaje.

Después de una hora en el camino, los niños se estaban poniendo inquietos, se molestaban unos a otros, peleaban y gritaban para que se detuvieran a comer algo. Faltaban otros treinta o cuarenta minutos y Hosseini todavía no estaba dispuesto a detenerse para comprar comida.

—¿Quién quiere hacer un juego? —preguntó Hosseini.

—*¡Nosotros! ¡Nosotros!* —gritaron los tres.

—Perfecto —dijo—. Así es como funciona. Yo diré un Sura del Corán y ustedes tienen que recitármelo exactamente. Por esto recibirán un punto. Al que tenga más puntos, *Madar* le hará un pastel especial solamente para él.

Los niños gritaron de alegría. Todos habían estado memorizando las palabras del profeta antes de aprender a leer, en la escuela y con la ayuda de su madre. Cada uno tenía que recitar un capítulo entero del Corán a su madre antes de salir a jugar todas las tardes. Y una vez, cuando los habían invitado a conocer al Ayatolá al palacio, su padre los había hecho memorizar todo el Sura 86 y la historia del Visitante Nocturno para que pudieran recitárselo a Jomeini.

—Deja que yo sea el primero; por favor, por favor; déjame ser el primero —gritó Firuz.

—No, no. Iremos en orden, del mayor al menor. ¿Están listos?

Todos lo estaban. Ya no se estaban molestando. Ya no gritaban. Hosseini tenía toda su atención ahora.

—Bueno, Bahadur, tú eres primero. Sura 4:52.

—Gracias, *Pedar* —respondió el chico—. Es uno fácil: "A los judíos y a los cristianos son a quienes Dios ha maldecido, y no encontrarás quien auxilie a quien Dios maldiga."

—Excelente, Bahadur. Tienes un punto. Ahora, Firuz.

—Estoy listo.

—Bien. ¿Puedes decirme Sura 5:33?

El rostro de Firuz se entristeció. Por un momento, se veía como que iba a entrar en pánico. Luego, de repente, su rostro se iluminó.

—Sí, *Pedar*, lo recuerdo. "Retribución de quienes hacen la guerra a Dios y a Su Enviado y se dan a corromper en la tierra: serán muertos sin piedad, o crucificados, o amputados de manos y pies opuestos, o desterrados del país."

—Muy bien, hijo mío —dijo Hosseini—. Me preocupé por un momento.

—Yo también, pero *Madar* me enseñó ese, y no quise decepcionarla.

—Ella estaría muy orgullosa. Me aseguraré de decirle que lo recordaste.

—¿Recibo un punto? —preguntó Firuz.

—Definitivamente. Es uno a uno. Y ahora le toca a Qubad.

—¡Estoy listo! —gritó Qubad con tanto entusiasmo que todos comenzaron a reírse.

—Está bien, aquí hay uno que yo te enseñé, Qubad: Sura 60:9.

—¡Ah, ah, yo lo sé! —gritó Qubad—. "A los infieles se les cortarán trajes de fuego y se les derramará en la cabeza agua muy caliente, que les consumirá las entrañas y la piel."

—No, hijo mío. Lo siento —dijo Hosseini—. ¿Qué Sura es ese, Firuz?

—Ese es 22:19-20.

—Correcto —dijo Hosseini, resplandeciente de orgullo—. Otro punto para ti.

—¡Oye, eso no es justo! —dijo Bahadur.

—*Sí, ¡no es justo!* —gritó el pequeño Qubad.

—Mi juego, mis reglas —respondió su padre—. Pero te diré algo, Qubad. Te daré otra oportunidad. ¿Cuál es el Sura 60:9?

Qubad cerró sus ojos y frunció el rostro. Pensó y pensó, pero no recordaba. Finalmente habló.

—¿"Combatid contra quienes, habiendo recibido la Escritura, no creen en Dios ni en el último Día"?

—Buen intento, Qubad —dijo Hosseini—. ¿Quién sabe dónde se encuentra ese verso?

Esta vez Bahadur gritó primero la respuesta.

—¡Es Sura 9:29, *Pedar*!

—Muy bien, hijo mío; otro punto para ti.

Bahadur estaba radiante. Qubad se veía como que iba a comenzar a llorar. Todos eran chicos muy competitivos, y a ninguno de ellos le gustaba perder, menos a Qubad.

Firuz habló entonces.

—Yo sé Sura 60:9. ¿Puedo recitarlo, *Pedar*?

—Por supuesto.

—Se trata de nuestros enemigos, judíos y cristianos y los que se llaman musulmanes, pero que no son fieles al Corán, ¿no es cierto?

—Lo es —dijo Hosseini—. Pero para recibir el punto, tienes que decir el verso.

Hubo un gran silencio.

—¿Estás seguro de que lo sabes?

—Sí, creo que sí.

—Está bien, adelante.

—"Dios prohíbe . . ." —comenzó Firuz.

—¿Prohíbe qué? —preguntó Hosseini.

—". . . prohíbe que los tomes . . . por amigos y guardianes . . ."

—Continúa.

Hubo otra larga pausa.

—No puedo —dijo Firuz—. Lo siento.

—Está bien —dijo su padre—. Bahadur, ¿puedes terminarlo?

—Sí, *Pedar*. "Dios prohíbe que los tomes por amigos y guardianes. Quienes los tomen como amigos, esos son los impíos."

—Muy impresionante, Bahadur —exclamó Hosseini—. Está bien, tienes medio punto, y Firuz tiene medio punto.

Ambos niños gritaron de alegría, pero Qubad comenzó a gimotear y a limpiarse la nariz.

—¿Y yo qué recibo, *Pedar*? —preguntó, con sus ojos rojos y húmedos.

—La oportunidad de redención —dijo Hosseini.

—¿Qué significa eso? —preguntó Qubad, batallando por no llorar frente a sus hermanos, pero a punto de perder la batalla.

—Significa que te haré tres preguntas, y si las respondes bien, adelantarás a tus hermanos.

El rostro de Qubad se iluminó.

—¿De veras?

—De veras.

—Está bien, ¡estoy listo, *Pedar*! ¡Estoy listo!

—Bien. Comencemos —dijo Hosseini—. ¿Qué dice el Ayatolá que es el "gozo más puro del islam"?

—*¡Yo lo sé! ¡Yo lo sé!* —gritó Qubad—. *"¡El gozo más puro del islam es matar y morir por Alá!"*

—Muy bien, Qubad —dijo su padre—. ¡Un punto para ti!

Qubad estaba eufórico.

—Siguiente pregunta.

—¡Sí, sí, estoy listo, *Pedar*!

—¿Qué les pasa a los que se convierten en mártires por la causa del yihad?

—¡También me sé esa! Sura 47:4-6 dice: "No dejará que se pierdan las obras de los que hayan caído por Dios. Él les dirigirá, mejorará su condición y les introducirá en el Jardín, que Él les habrá dado ya a conocer."

Hosseini y los chicos mayores vitorearon. Qubad ahora estaba radiante; sus lágrimas habían desaparecido. Estaba en la cima del mundo.

—Última pregunta. ¿Estás listo, Qubad?

—Sí, estoy listo.

—Muy bien. ¿Siente dolor un mártir cuando muere?

—¡No, no siente dolor, *Pedar*! Un mártir no sentirá el dolor de la muerte, solamente lo que se siente cuando te hincas.

Al ver el orgullo de su padre, Qubad resplandeció. Pero no había terminado.

— Sé más! Sé más! —gritó.

—Adelante, hijo mío.

—¡El derramamiento de la sangre del mártir hará que todos sus pecados sean perdonados! ¡E irá directamente al paraíso! ¡Y será adornado con joyas! ¡Y estará en los brazos de setenta y dos hermosas vírgenes! Y . . .

Qubad se detuvo. Los gritos alegres se acabaron. Una mirada confundida apareció en el rostro del niñito. Inclinó su cabeza a un lado.

—¿Qué pasa, Qubad? —preguntó su padre.

Hubo una larga pausa.

Entonces Qubad preguntó:

—¿Qué es una virgen, padre?

Hosseini sonrió.

—Eso, hombrecito, es una lección para otro día. ¿Quién está listo para comer?

—*¡Nosotros! ¡Nosotros!* —gritaron.

Ya estaban lejos de los límites de la ciudad de Teherán, y se dirigían al suroeste por la Carretera 9, hacia la ciudad santa de Qom. Hosseini se detuvo en un puesto al lado del camino y les compró a los niños pan y fruta, junto con unas barras de dulce, como obsequios especiales. Luego siguieron en el auto, hablando y cantando en el camino.

Cuando se detuvieron en un camino lateral en las afueras de Qom, Bahadur preguntó.

—¿A dónde vamos, padre?

—A una base del ejército —respondió Hosseini.

—¿De veras? —preguntó Qubad, con los ojos muy abiertos y con chocolate en todo el rostro—. ¿Por qué?

—Ya verás.

Pronto llegaron a un puesto de revisión militar. Dos guardias fuertemente armados ordenaron que el auto se detuviera. Hosseini les mostró sus papeles. Miraron adentro del auto, vieron a los chicos y les hicieron señas con las manos para que entraran.

Cuando los niños comenzaron a ver tanques, transportadores de personal armado y soldados con armas haciendo prácticas, se emocionaron más. Los helicópteros pasaban sobre sus cabezas. En los alrededores podían oír soldados entrenando en el campo de tiro. Un momento después, se estacionaron junto a un campo donde cientos de niños se estaban reuniendo y formando filas.

"Ya estamos aquí," dijo Hosseini.

Hosseini sacó a los chicos del auto, los acompañó a una mesa plegable donde escribió sus nombres en un registro, los besó a cada uno en las dos mejillas y les dijo que se unieran a los demás en el campo y que hicieran lo que les dijeran.

Sumisos, obedecieron a su padre y corrieron hacia el campo, dispuestos a saber de qué se trataba este misterio emocionante. Fue entonces que los soldados comenzaron a pasar unas llaves rojas de plástico; cada una colgaba de una cuerda, una por niño hasta que todos tuvieron la suya. Entonces el oficial de mando de la base se presentó y les dijo a los niños que se colgaran las llaves en el cuello.

"Esto, queridos niños de Persia," gritó por los altoparlantes, "es su llave al paraíso."

23

De repente Hosseini despertó de su sueño.

A su lado, en la cama, su esposa estaba llorando. Miró el reloj en la mesita de noche. Eran casi las dos de la mañana.

Cada año, durante dieciocho años, había aguantado lo mismo. Cada año soñaba con ese día especial con sus niños y disfrutaba los recuerdos. Cada año, se despertaba en la madrugada para consolar a la esposa de su juventud y sostenerla en sus brazos. Y cada año se resentía con ella por eso.

—Eran buenos chicos —dijo ella llorando—. No merecían morir.

—Sí, eran buenos chicos —respondió él suavemente—. Por eso es que merecían el honor de la muerte.

—No tenías derecho a enviarlos.

—Tenía todo el derecho. Es más, tenía la responsabilidad. No tenía opción

—Sí la tenías.

—No la tenía, ni tú tampoco.

—¿Cómo puedes decir eso cada año?

—¿Cómo puedes *tú*? —le reclamó, con la paciencia que se le agotaba—. ¿Quieres quemarte en el fuego del infierno?

Ella sacudió la cabeza mientras las lágrimas seguían rodando por sus mejillas.

—Entonces deja de ser tan tonta —dijo y la abrazó fuertemente—. No eran nuestros para que nos quedáramos con ellos. Eran de Alá. Él nos los dio. Nosotros los devolvimos.

Al oír eso ella se apartó de él y saltó de la cama, gritando histéricamente.

—¿Devolverlos? *¿Devolverlos?* ¡Tú los enviaste a los campos minados,

Hamid! ¡Eran niños! Bahadur. Firuz. Qubad. Eran *mis* hijos, no solamente tuyos. ¡Los enviaste a caminar por los campos minados! Los enviaste para que estallaran en mil pedazos. ¿Para qué? Para que despejaran el camino a nuestros tanques y soldados para matar iraquíes. Ese *no* es el trabajo de un niño. ¡Me das vergüenza! *¡Vergüenza!*

Hosseini salió de la cama de un salto. Su corazón estaba acelerado. Su rostro estaba rojo. Furioso, se dirigió hacia su esposa y le dio una bofetada que la arrojó al suelo.

—*¡Mujer perversa!* —rugió—. Yo estoy *orgulloso* de mis hijos. Son mártires. Son *shaheeds*. Honro su memoria. Pero tú los deshonras. Los deshonras con este llanto. Llorar por ellos es no creer. *¡Eres una infiel!*

Hosseini comenzó a darle golpes sin misericordia, pero ella no cedió.

—*¿Infiel?* —gritó mientras los golpes le caían encima—. ¿Yo soy una infiel? ¡Tú enviaste al pequeño Qubad a Irak a pararse en un campo minado! Te maldigo, Hamid. Tenía diez años. Todo lo que me queda de él es un pedazo de esa llave de plástico y un mechón de su pelo. ¿Y qué tengo de Bahadur? ¿O de Firuz? Si esto es el islam, no quiero nada de eso. Tú y el Ayatolá compraron medio millón de llaves. Están *dementes*, todos ustedes. Esta es *tu* religión, no la mía. Te *odio*. *¡Los odio a todos ustedes que practican este mal!*

Los ojos de Hosseini se desorbitaron. Atónito momentáneamente por las palabras de su esposa, de repente dejó de golpearla. Sólo la miró, tratando de comprender el cambio inesperado. Ella nunca lo había apoyado con esta decisión. Desde el primer día. Cada año lloraba. Cada año él la consolaba. Pero ya habían pasado dieciocho años. Era suficiente. Ahora había ido demasiado lejos.

Mientras ella lloraba en el suelo, con el rostro sangrando e hinchado, Hosseini caminó hacia su cómoda, abrió la gaveta superior y sacó el revólver revestido de níquel que su padre le había regalado cuando cumplió trece años. Sabía que estaba cargado. Siempre estaba cargado. Quitó el seguro, dio vuelta al tambor y apuntó hacia su esposa. Al escuchar el tambor girando, su esposa volteó la cabeza y lo miró directamente a los ojos. Estaba temblando. A él no le importó. Ella ya no era musulmana. Ya no era su esposa. Levantó el revólver, apuntó a su rostro y jaló del gatillo.

El ruido hizo eco en su modesta casa, y pronto varios guardaespaldas entraron corriendo, con sus armas desenfundadas, listos para proteger a su maestro con sus vidas. Quedaron pasmados al ver a la esposa del Líder Supremo en el suelo, en un charco de su propia sangre. Hosseini no necesitaba dar explicaciones. Por cierto, no a sus guardias. Simplemente les dio instrucciones para que limpiaran todo y enterraran el cuerpo. Luego volvió a guardar el revólver en la gaveta de la cómoda, se lavó las manos, el rostro y caminó por el pasillo a una de sus habitaciones de huéspedes. Se acostó en la cama donde se quedó profundamente dormido.

Nunca había dormido tan pacíficamente y, mientras dormía, soñó con el día en que el Duodécimo Imán finalmente vendría y lo reuniría con sus hijos.

24

BAGDAD, IRAK
FEBRERO DE 2002

"Disculpe, ¿es usted Najjar Malik?"

Sorprendido por haber escuchado que su nombre se susurraba en el salón central de lectura de la biblioteca de la Universidad de Bagdad, Najjar levantó la vista de uno de sus libros y se encontró mirando a los ojos de un hombre moreno, mayor, con un traje oscuro. Najjar no pudo ubicar el rostro ni la voz. Cautelosamente, admitió que, en efecto, él era Najjar Malik.

—Tiene una visita —susurró el hombre.

Estaba llamando la atención de varios estudiantes que estaban leyendo a su alrededor y Najjar repentinamente se sintió incómodo.

—¿Quién?

—No le puedo decir —dijo el hombre—. Pero venga conmigo. Lo llevaré donde está él.

Najjar miró su reloj. Tenía su próxima clase en quince minutos.

—No se preocupe —dijo el hombre—. Solamente tardará un momento. Está allá afuera.

—¿De qué se trata?

—No le puedo decir. Pero me dijo que le dijera que 'valdrá la pena para usted.'

Najjar sinceramente lo dudaba. No tenía el tiempo ni el interés para una búsqueda inútil. Estaba en buen ritmo para terminar su tesis doctoral, catorce meses antes que sus colegas de la misma edad. No iba al cine. No salía con amigos. No salía con chicas. Aparte de la biblioteca, el laboratorio y su departamento, el único otro lugar al que iba era a la mezquita, para orar cada mañana antes del amanecer.

No obstante, algo en esta persona hizo que Najjar accediera. Con curiosidad, recogió sus libros, los metió rápidamente en su mochila y salió por la puerta posterior de la biblioteca, siguiendo al hombre hacia un sedán negro que estaba en el estacionamiento. El desconocido rápidamente abrió la puerta de atrás e hizo señas con la cabeza a Najjar para que entrara. El contraste entre la levemente iluminada biblioteca y la deslumbrante luz del sol de un bellísimo día de mediados de febrero le ocasionó a Najjar una ceguera momentánea. Como entrecerró los ojos mientras se adaptaba a la luz, no pudo ver inmediatamente a nadie en el asiento posterior del sedán, y algo en su interior le hizo ser cauteloso. Sin embargo, nuevamente, por alguna razón que no podía explicar, se sintió extrañamente impulsado a seguir las instrucciones del hombre. Una vez adentro, la puerta se cerró detrás de él y escuchó una voz que reconoció, una voz del pasado.

—Buenas tardes, Najjar —dijo la voz—. Qué alegría volver a verte.

—¿Doctor Saddaji? —respondió Najjar, casi sin creer lo que veían sus ojos—. ¿En realidad es usted?

—Ha pasado mucho tiempo, ¿verdad?

—Mucho tiempo, en efecto, señor.

El corazón de Najjar se aceleró, tanto con terror como con emoción. ¿Era en realidad Mohammed Saddaji, el famoso científico y padre de Sheyda, la novia que Najjar había tenido en su niñez? Pero los Saddaji se habían ido de Irak hacía años; ¿cómo podía estar de vuelta después de tanto tiempo? ¿Estaba Sheyda con él? ¿Y la señora Saddaji? ¿Cómo podrían estarlo? ¿No los matarían a todos?

—¿A qué le debo este honor, señor? No supe nada de su familia desde que se trasladaron a Irán.

—Nadie puede saber que estoy aquí . . . nadie —susurró el doctor Saddaji—. No tengo que decirte que estoy en un serio peligro y que ahora tú también lo estás, ¿verdad? Hay muchos que quisieran verme colgado . . . o peor.

Najjar tragó saliva.

—Lo entiendo.

—Te matarán si cualquiera se entera que tú y yo hemos estado en comunicación —dijo el doctor Saddaji muy despacio—. Entiendes esto, ¿verdad?

—Sí, señor —respondió Najjar—. No se lo diré a nadie. Tiene mi palabra.

—Eso es suficiente para mí —dijo el doctor Saddaji—. Sheyda siempre ha hablado muy bien de ti, Najjar. Su madre y yo siempre te hemos considerado un buen chico, confiable y sincero.

—Gracias, señor —dijo Najjar, y casi no podía creer que estaba escuchando otra vez el nombre de ella, después de tanto tiempo.

—Tus padres te educaron bien. La muerte de ellos me dejó apesadumbrado.

—De nuevo, gracias, señor. Es muy amable.

—No tengo mucho tiempo. He vuelto exclusivamente por una razón.

—Sí, señor.

—Yo soy persa, Najjar. Tú lo sabes.

—Sí.

—No soy árabe, *Alá me libre.*

—Sí, señor, lo sé.

—Soy chiita, y estoy orgulloso de serlo. Lo sabes, ¿verdad?

—Lo sé.

—Sabes por qué me fui de Irak, ¿verdad?

El joven pensó que lo sabía, pero tal vez era mejor no decir nada.

—Fue porque no podía soportar ver que los dones que Alá me ha dado fueran usados para ayudar a . . . cierta gente en esta ciudad.

Najjar sabía que el doctor Saddaji no se atrevía a hablar mal de Saddam. No directamente. Ni siquiera aquí, en la privacidad de su auto. Ahora no. Nadie se atrevía a hablar mal de Saddam, pero menos lo haría uno de los mejores científicos nucleares de Irak. O más bien, ex científico nuclear. El corazón de Najjar latía más rápidamente, y a pesar del aire acondicionado que salía de los ventiladores del sedán, podía sentir que el sudor comenzaba a correrle por la espalda.

Para Najjar todavía era sorprendente que el gobierno hubiera permitido al doctor Saddaji estudiar física nuclear en la Universidad de

Bagdad, mucho menos graduarse y menos aún enseñar y hacer investigaciones, dado su linaje iraní y el intenso odio histórico entre persas y árabes. Sin embargo, Saddam y sus hijos sedientos de sangre desesperadamente habían querido construir la primera Bomba Islámica. Sus razones eran simples. Querían destruir a los sionistas. Querían extorsionar a sus vecinos. Querían frenar a los estadounidenses, dominar el Medio Oriente y, con el tiempo, reconstruir el imperio babilónico. Saddam había querido tanto la Bomba que había estado dispuesto a darle a este hombre un grado de libertad y rienda suelta que nunca le habría otorgado a ningún otro iraní en la década de 1980, mientras la guerra mortal entre Irak e Irán retumbaba durante casi ocho sanguinarios años.

Sin duda alguna, el doctor Saddaji era el científico nuclear más brillante que Irak hubiera producido jamás. Su éxito le había proporcionado a Najjar la inspiración para seguir sus pasos, obteniendo su maestría y doctorado en física nuclear. El hombre casi había reconstruido por sí mismo el programa nuclear de Irak, después de que los israelitas destruyeron el reactor Osirak durante los ataques aéreos de 1981.

No obstante, diez años después, cuando estalló la primera Guerra del Golfo en enero de 1991 y los estadounidenses invadieron el sur de Irak y aplastaron a las fuerzas de la galardonada Guardia Republicana de Saddam, el doctor Saddaji había aprovechado la oportunidad que el caos y la confusión de los ataques aéreos estadounidenses en Bagdad le proporcionaron. Él y su familia huyeron de la capital, cruzaron la frontera hacia Irán y pidieron asilo político en Teherán. Corrió el rumor de que cuando Saddam se enteró que los Saddaji habían desertado —precisamente a Irán— emitió órdenes de que cada persona que tuviera el apellido de Saddaji en el país fuera asesinada, por la remota posibilidad de que estuvieran emparentados con "el traidor."

Ahora, el legendario científico nuclear estaba de regreso en Bagdad, a pesar del enorme riesgo que corría su vida. Pero, ¿por qué? Najjar miró a los ojos al hombre mayor, buscando pistas. No vio temor en esos ojos. Solamente sabiduría. Experiencia. Y algo más. Hubo una pausa larga. Entonces . . .

—Estoy aquí porque Sheyda me pidió que viniera —dijo finalmente el doctor Saddaji—. Todos los días, desde que nos fuimos de Irak, ella ha orado fielmente para que Alá te conserve a salvo, puro y bien. Y en años recientes le ha pedido a Alá que le conceda el favor de permitir que se case contigo.

Najjar estaba atónito. Se le formó un bulto en la garganta. Sus manos temblaban.

—¿Y es por eso que usted ha arriesgado su vida para venir a Bagdad?

—Sí.

—¿Para buscarme?

—Sí.

—¿Para llevarme a Irán?

—Ninguna otra cosa podría haberme persuadido —dijo el doctor Saddaji—. Estoy aquí para pedirte que te cases con mi única hija, y que te unas a mí en un proyecto que verdaderamente le traerá paz y prosperidad al Medio Oriente y a todo el mundo.

Najjar de repente recordó las palabras del chico misterioso en Samarra cuando era niño. *"Estás enamorado en secreto de Sheyda Saddaji . . . te casarás con ella antes de que cumplas veinticuatro años."* ¿Era esto real? ¿De verdad podría estar pasando esto?

—Quiero que trabajes como mi asistente —dijo el doctor Saddaji, al ver que Najjar vacilaba—. Ahora soy el director adjunto de la Agencia de Energía Atómica de Irán. Estamos construyendo el sistema más impresionante de energía nuclear civil en el mundo. Seremos el primer país verdaderamente independiente en cuanto a energía. No tendremos que depender del petróleo ni de la gasolina. Estaremos a la vanguardia en el mundo en cuanto a eficiencia e innovación en el uso de energía. Cambiaremos el curso de la historia. Y al hacerlo, prepararemos el camino para la llegada del Prometido. Yo apreciaría tu ayuda enormemente, Najjar. Entiendo que te has convertido en un físico de primera calidad. Esto sería una gran bendición para mí y mi trabajo. Pero lo más importante es que mi hija te ama y no ha dejado de molestarme hasta que le prometí que te encontraría y que te pediría que fueras parte de nuestra familia. Así que, eso es todo. Pero tienes que decidir rápidamente. Porque no estoy a salvo aquí, y ahora tú tampoco.

El conductor aceleró el motor y, en ese momento, Najjar se dio cuenta de que el doctor Saddaji quería una respuesta inmediata. No mañana. No una semana ni un mes después. En ese preciso momento. El doctor Saddaji quería que Najjar dejara atrás todo lo que conocía. A su tía y su tío. Su tesis y los honores que vendrían al terminar su título académico. Todas las posibilidades de un buen trabajo y un futuro seguro dentro del incipiente y altamente secreto programa nuclear iraquí. Todo por una mujer y la oportunidad de "cambiar el curso de la historia," lo que fuera que eso implicara exactamente.

—Sí —dijo Najjar finalmente, sorprendiéndose a sí mismo por la fuerza de su convicción—. No puedo imaginar nada que me encantara tanto como casarme con Sheyda y trabajar para usted.

El doctor Saddaji resplandeció.

—Entonces, ¿qué estamos esperando? —dijo—. Que comience la aventura.

25

SYRACUSE, NUEVA YORK
MARZO DE 2002

"Arriba y a espabilarte, Shirazi. ¡Tienes visita!"

David escuchó las palabras pero no tenía ganas de abrir sus ojos, mucho menos de salir de la cama. Le había dado una gastroenteritis. Había pasado mucho de las últimas noches vomitando a más no poder. Pero el guardia seguía golpeando su cachiporra en las barras de acero, y sólo para que dejara de hacerlo, David se volteó, se puso los lentes, puso sus pies en el piso frío de cerámica y se pasó las manos por el pelo, que desesperadamente necesitaba un corte. Era el décimo tercer día de una sentencia de catorce en un centro juvenil.

Un día más en el infierno, se dijo a sí mismo.

Sus padres lo visitaban todos los días, cada vez que los veía parecían mayores y con más canas. Su padre dijo que estaba ocupándose de que lo aceptaran en una academia privada de varones en Alabama, donde podría intentar recuperar su educación y volver a poner en orden su vida. David sabía que debería estar agradecido, pero no lo estaba.

David se puso rápidamente el overol anaranjado sobre sus calzoncillos y se colocó las zapatillas blancas que le habían dado. Cuando el guardia ordenó que su celda se abriera electrónicamente, llevaron a David por una serie de pasillos a una pequeña sala de reunión, no lejos de la oficina del director. Había esperado ver a sus padres, a su abogado, o a ambos. En lugar de eso, encontró con un caballero mayor, que andaba alrededor de los sesenta años, que hojeaba una revista y estaba inquieto como si necesitara un cigarrillo desesperadamente.

Cuando David entró al salón, el hombre se puso de pie y le sonrió cálidamente. Lucía una barba gris, anteojos con marco negro y un traje verde que no era de su talla. No era alguien que David hubiera visto antes, pero inmediatamente tuvo la impresión de que el hombre lo conocía de algún lugar.

—Quince minutos —dijo el guardia.

Cuando el guardia salió de la habitación y cerró la puerta, el hombre estrechó firmemente la mano de David y sugirió que ambos se sentaran.

—Por mucho tiempo he estado esperando verte otra vez, David —comenzó.

—¿Nos conocemos? —preguntó David.

—Llegaremos a eso en un minuto. Me he enterado de que eres un chico bastante brillante.

—A pesar de eso . . . estoy aquí —dijo David mirando sus zapatillas.

—Cometiste un error, David. No eres el primer chico que le sacude el excremento a un par de tontos que se lo merecían. Y sospecho que no serás el último.

David levantó la cabeza otra vez. ¿Quién era este tipo?

—En realidad, no lo merecían —confesó David, sospechando que podría ser alguien de la oficina del fiscal que estaba investigándolo.

—Claro que sí —dijo el hombre—. ¿Acaso uno no dijo que eras un cabeza de trapo?

—Aun así, no debí golpearlos —respondió David, recordando que todas sus conversaciones estaban siendo monitoreadas y grabadas.

—Muy bien —dijo el hombre—. Pero claramente sabes cómo conducirte. He visto tu archivo. Ganaste todas las peleas en las que estuviste en Nottingham, incluso cuando te superaban en número.

—No es exactamente algo que pondría en un currículum vitae.

—Bueno, eso depende, hijo.

—¿De qué?

—De la clase de trabajo que estés solicitando.

Entonces el hombre deslizó una revista sobre la mesa hacia David. Era una edición reciente de *U.S. News & World Report*. Señaló un título que decía: "No Es la CIA de Tu Padre." Confuso, David miró el título, luego miró al hombre a los ojos. El hombre hizo señas con la cabeza para que David comenzara a leer.

Cautelosamente, David tomó la revista y la ojeó.

> La CIA está creciendo —y rápidamente. Para defender a Estados Unidos de sus enemigos y atrapar a los terroristas y otros tipos malos en todo el mundo, la agencia de espionaje más importante de la nación está pasando por el crecimiento más rápido desde su inicio, hace casi sesenta años . . . la CIA está emprendiendo una campaña publicitaria a lo largo de la nación, esperando atraer a una nueva generación de espías. Para ver su nuevo mensaje a la juventud, revise los anuncios rock-and-roll de reclutamiento de la agencia en Internet . . . los avances en las salas de cine y los pósters en los aeropuertos tientan a los aventureros con puestos en el Servicio Clandestino Nacional —el nombre más reciente de la legendaria dirección de operaciones de la agencia, que recluta espías, roba secretos y lleva a cabo operaciones encubiertas.

De repente, el hombre le quitó la revista a David.

—Oiga, ¿qué . . . ?

No obstante, el hombre rápidamente interrumpió a David antes de que pudiera terminar su oración.

—Termínalo.

—¿Terminar qué?

—Termina el artículo.

—Está loco! No tuve tiempo.

—Estás mintiendo. Ahora, dame el resto del artículo. Palabra por palabra. Sé que puedes hacerlo. Sé todo acerca de ti, David. Sé que has llegado a niveles de genio en las pruebas. Sé que tenías un promedio de 4,0 antes de que Claire Harper muriera y su única hija, Marseille, se mudara a Portland con su papá.

A David se le erizó el vello de los brazos.

—Tienes memoria fotográfica —continuó el hombre—. Apenas tienes dieciséis años, pero se supone que te graduarás antes, dos años antes, en junio. Sacaste 1570 en los SAT. Las ligas Ivy estaban en tu futuro, antes de que comenzaras a desmoronarte. Allí realmente es donde tú y yo debíamos habernos encontrado, unos años después de esto. Pero tu pequeña salida hacia la autodestrucción me hizo intervenir antes de lo que había planificado. Ahora, déjate de tonterías y recítame el resto del artículo, hijo. Antes de que salga de aquí un hombre muy decepcionado.

El salón quedó en silencio por lo menos durante un minuto, aparte del zumbido de las lámparas fluorescentes arriba de ellos. David se quedó mirando al hombre por un momento, luego miró la revista arrugada en la mano del hombre. Entonces cerró los ojos, se recostó en su silla y comenzó a recitar de memoria.

"Es un grupo impresionante, entre los más diversos y más experimentados que la CIA hubiera contratado. Las edades varían de veinte a sesenta y cinco. Más de la mitad pasaron bastante tiempo en el extranjero, y uno de cada seis es veterano militar. De diversos trasfondos tal como ciencia forestal, finanzas e ingeniería industrial. Y son un grupo con un muy buen nivel cultural. Representan escuelas que van desde Oregon State, UCLA y la University of Denver, hasta la U.S. Naval Academy, Princeton y Duquesne. La mitad de los nuevos reclutas tiene una maestría o un doctorado. Y si quieres trabajar para el cuerpo analítico de la CIA, la dirección de inteligencia, será mejor que mantengas altas tus calificaciones: el promedio es un respetable 3,7."

—Así que, ¿para qué estoy aquí? —preguntó el hombre—. Sencillo, para reclutarte.

—¿Usted quiere que trabaje en la CIA? —preguntó David.

—Exactamente.

—¿Y está buscando unos cuantos ex convictos? —dijo David sarcásticamente.

—No te halagues, hijo. Dos semanas en este Holiday Inn difícilmente califica como un tiempo difícil. Para la mayoría de la gente, un récord criminal —incluso un récord juvenil— la descalificaría. Pero en tu caso particular, no.

—¿Mi caso *particular*?

—Hablas el persa, el alemán y el francés con fluidez. Puedes hablar en árabe y sospecho que lo perfeccionarás rápidamente una vez te lo propongas. Ya mides 1,80. En unos cuantos años medirás 1,88 o 1,91. Sabes cómo conducirte. Podrías ser valioso.

—¿Valioso para qué? —preguntó David.

—¿De veras quieres saberlo?

David encogió los hombros.

El hombre también encogió los hombros y se levantó para irse.

—No, espere —dijo David y se levantó de un salto—. De verdad quiero saberlo. ¿Para qué sería valioso?

El hombre miró otra vez a David.

—Los que aparentan no me sirven de nada.

—No estoy aparentando.

—Entonces te lo diré —para buscar a bin Laden hasta dar con él.

David lo miró fijamente.

—Está bromeando.

—No.

—¿Quiere que *yo* lo ayude a buscar a Osama bin Laden?

—En realidad —dijo el hombre—, quiero que nos traigas su cabeza en una caja.

26

David estaba estupefacto.

Tenía que admitir que estaba electrizado por la oportunidad. Odiaba a bin Laden. El hombre había destruido la vida de Marseille y, como resultado, casi destruido la vida de David. Quería tanto la venganza que podía saborearla. Pero por muy atractivo que fuera esto, toda la conversación todavía no tenía sentido.

—¿Por qué yo? —preguntó David—. Apenas tengo dieciséis años.

—Eso hará que las cosas sean un poco más complicadas.

—¿Qué quiere decir?

—Quiero decir que generalmente recluto estudiantes universitarios. Pero con tu comportamiento de los últimos meses, me preocupé de que no lograras llegar a la universidad. Y he estado siguiendo tu historia demasiado de cerca como para que termine en decepción para los dos. Así que, como lo he dicho, tuve que intervenir antes de lo que había pensado. La buena noticia es que nadie en realidad sabe quién eres. No estás en el mapa. No tienes identidad. Acaban de expulsarte de la escuela. Tus padres te aman, pero no saben qué hacer contigo. Están a punto de enviarte a un internado por el resto del semestre. Tus amigos no esperan volver a verte. Es un tiempo perfecto para ponerte a bordo, para comenzar a construirte una historia ficticia, y en unos años, estarás listo . . .

—Espere un minuto —interrumpió David—. Tengo que preguntar . . . ¿Cómo exactamente es que sabe tanto de mí?

—Soy amigo de tus padres.

—¿Desde cuándo?

—Desde antes que nacieras.

—¿Quién es usted?

—Mi nombre es Jack —dijo el hombre, y finalmente puso sus cartas sobre la mesa.

—¿Jack? —dijo David— ¿Como Jack Zalinsky?

Zalinsky asintió con la cabeza.

—¿Como el Jack Zalinsky que rescató a mis padres de Teherán?

Zalinsky asintió con la cabeza otra vez.

—¿Entonces mis padres lo enviaron aquí?

Zalinsky se rió mientras el guardia abrió la puerta electrónicamente.

—De ninguna manera. De hecho, ellos me matarían si supieran que estuve aquí. Y esto nunca funcionará si ellos se enteran, David. No puedes decirles nunca que nos hemos conocido ni a dónde estoy a punto de llevarte. No si quieres que te infiltremos en la red de al Qaeda y que captures un blanco de alto valor. Sería demasiado arriesgado para ti y para ellos. Esto tiene que ser confidencial, o se acaba. ¿Entendido?

El salón quedó en silencio otra vez por un momento.

—Cuente conmigo —dijo David finalmente.

—Bien —dijo Zalinsky.

—¿Y qué hago ahora?

—Deja que tus padres te saquen de aquí mañana. Vete a casa con ellos. Sé un buen chico. Déjalos que te lleven a la escuela de Alabama. Me aseguraré de que te acepten. Luego, termina el año con calificaciones sobresalientes en todo, sin meterte en más peleas. Ponte en forma. Y cuando sea hora, iré por ti.

—¿Y entonces qué?

—Entonces veremos si tienes lo que necesitamos.

Y entonces, Jack Zalinsky se fue.

27

David trabajó arduamente y estudió duro.

Pero la física y la trigonometría no eran su pasión. Tampoco lo era hacer amigos nuevos. En cada momento libre, David se encerraba en su habitación y estudiaba la vida de Osama bin Laden. Encargó libros en Amazon. Estudió con detenimiento cada historia de revista o periódico que pudiera encontrar en la biblioteca de la escuela. Comenzó a mirar *C-SPAN* y el *History Channel* en el poco tiempo libre que la escuela nueva le dejaba, y con el tiempo comenzó a surgir un perfil.

Lo que más lo sorprendió fue enterarse de que bin Laden no encajaba en la imagen convencional de un terrorista. No era joven. No era pobre, desposeído, tonto ni inculto. Tampoco venía de una familia violenta o criminal, mucho menos de una fanatizada con el yihad, o la "guerra santa." David descubrió que Osama había nacido a finales de 1957 o a principios de 1958 —nadie parecía saberlo con seguridad— y que era el décimo séptimo de por lo menos cincuenta y cuatro hijos. Su padre, Mohammed bin Laden, era un saudita adinerado que había fundado una de las compañías de construcción más grandes del Medio Oriente. Su madre, Alia Ghanem, era una mujer siria de origen palestino que conoció a Mohammed en Jerusalén, cuando él estaba haciendo trabajos de renovación en la Cúpula de la Roca. David quedó estupefacto al enterarse que Alia solamente tenía catorce años cuando se casó con Mohammed, y no era su única esposa —ni una de tres, ni siquiera de diez. Era una de las *veintidós* esposas que el hombre tuvo en distintas épocas, a lo largo de los años.

Cuando Osama tenía solamente cuatro o cinco años, sus padres se divorciaron y el niñito y su madre fueron obligados a mudarse. El joven Osama era ahora efectivamente un hijo único, que estaba siendo criado por una madre sola en la rígida cultura misógina y fundamentalista de Arabia Saudita.

Entonces ocurrió una tragedia. No mucho después del divorcio, el padre de Osama murió en un accidente aéreo. Años después, Salem, el hermano de Osama también moriría en un terrible accidente aéreo. David se preguntaba si había sido entonces que la idea de los aviones y la muerte, y el tormento que estos podían ocasionar, se habían plantado en el corazón de Osama.

En junio de 1967, cuando se acercaba a su décimo cumpleaños, Osama vio, junto con el resto del mundo árabe, cómo el pequeño estado de Israel devastó a las fuerzas militares de Egipto, Siria y Jordania en solamente seis días. Emocionalmente sacudido, Osama se preguntaba si Alá estaba dándole la espalda a las fuerzas árabes.

Según pudo determinar David, basado en sus estudios profundos, la primera vez que Osama bin Laden escuchó una respuesta que tuvo sentido para él fue en 1972. Durante su primer año de la secundaria, Osama conoció a un maestro de gimnasia que resultó ser miembro de la Hermandad Musulmana, el grupo islámico yihadista fundado en Egipto, en la década de 1920, por un carismático y radical clérigo sunita llamado Hassan al-Banna. El maestro de gimnasia le explicó a bin Laden que los musulmanes le habían dado la espalda a Alá al aceptar a los impíos soviéticos. A cambio, Alá les estaba dando la espalda a los musulmanes. La apostasía estaba arruinando al pueblo musulmán. Solamente si se purificaban, se volvían santos y seguían completamente las enseñanzas del Corán, y lanzaban un genuino yihad en contra de los judíos y los cristianos podrían alguna vez recuperar el favor de Alá y la gloria que alguna vez habían tenido.

Cuando bin Laden se acercaba a su décimosexto cumpleaños en 1973, experimentó un enorme y repentino crecimiento y alcanzó los 1,98 de altura para sus apenas 73 kilos. El futuro joven yihadista se sintió atónito y horrorizado de nuevo al ver a los musulmanes de Egipto y Siria derrotados decisivamente por los judíos de Israel, durante la guerra de Yom Kippur. Ahora el argumento de la Hermandad Musulmana tenía mucho más sentido: los musulmanes estaban siendo humillados por los israelitas porque habían dejado el camino. Se habían olvidado del camino de los profetas. ¿Cómo podrían recuperar la gloria que alguna vez había sido suya si no volvían a las enseñanzas del Corán con todas sus fuerzas?

Frecuentemente David se quedaba despierto en la noche, absorbido por los relatos de la vida de bin Laden. Quería conocer a este hombre por dentro y por fuera. Quería poder reconocer su voz en una multitud. Quería poder reconocerlo de un vistazo. Quería poder pensar como él, hablar como él, moverse como él. David creía que era la única manera posible de penetrar al Qaeda y ser llevado al círculo íntimo, que a la vez era la única manera de entregar a este monstruo a la justicia. Lo que una y otra vez sorprendía a David era lo joven que bin Laden había sido cuando comenzó a tomar sus decisiones.

David se dio cuenta de que bin Laden apenas tenía dieciséis años cuando se unió a la Hermandad Musulmana y comenzó a leer las obras recopiladas del autor radical sunita Sayyid Qutb. Solamente tenía diecisiete años cuando se casó, por primera vez, con una musulmana devota de catorce años y prima suya, de Siria. Lo que es más, bin Laden apenas tenía veintitantos años cuando el Ayatolá Jomeini llevó su Revolución Islámica a la victoria en Irán, en 1979, un evento que electrificó a los radicales sunitas que no estaban de acuerdo con la teología chiíta de Jomeini, aunque les encantaban sus tácticas y envidiaban sus logros.

David se dio cuenta de que durante esos años formativos, bin Laden había luchado con preguntas difíciles. ¿Por qué había nacido? ¿Cuál era el significado de la vida? ¿Tenía razón su padre —se trataba la vida de construir imperios, hacer fortunas y de casarse con tantas mujeres como fuera posible? ¿O había algo más? ¿Y si un hombre nacía no para agradarse a sí mismo, sino para agradar a Alá? ¿Y si el camino a la vida eterna y la felicidad no estaba en una vida cómoda sino en una vida de yihad?

David despreciaba cada decisión que bin Laden había tomado. Pero a la tierna edad de dieciséis años, David estaba comenzando a entender por qué había tomado esas decisiones. Y eso comenzó a hacer que las suyas fueran mucho más fáciles.

28

MONTGOMERY, ALABAMA
JUNIO DE 2002

Zalinsky se puso al lado de David cuando caminaba por Main Street.

—Entra —le dijo a su joven protegido.

Contento de ver a Zalinsky, David accedió inmediatamente.

—¿A dónde vamos?

—Pronto lo averiguarás.

David sabía que Zalinsky lo había estado siguiendo de cerca. Solamente unos días después de que David se había inscrito en la academia privada de varones en Alabama, para obtener su diploma de secundaria, encontró un programa instalado en su computadora portátil que le permitía a Zalinsky leer todos sus correos electrónicos entrantes y salientes, y las conversaciones de mensajes instantáneos, y rastrear todo el uso de Internet. Sabía que el agente había intervenido su teléfono celular y, sin duda, tenía a alguien que grababa sus llamadas y que escuchaba muchas de ellas, especialmente las de sus padres y sus hermanos. Hasta sabía que un joven espía se había inscrito en la misma academia, como un estudiante transferido, que iba a las mismas clases de David, y que hablaba con la misma gente.

A David no le importaba que lo controlaran. Zalinsky no estaba solamente cuidando la espalda de David y asegurándose de que no volviera a meterse en problemas. Cuidadosamente monitoreaba la habilidad de David de mantener un secreto. ¿Comunicaría a alguien —a cualquiera— sus planes con Zalinsky? ¿Estaría alardeando con alguien de que podría unirse a la CIA? ¿Era de alguna manera un riesgo para la seguridad? El hecho de que el veterano de la Agencia finalmente volviera a hacer contacto tenía que significar que estaba suficientemente convencido de que David Shirazi podía mantener la boca cerrada.

Pronto se detuvieron en el Aeropuerto Regional Montgomery, unas instalaciones de aviación para uso militar, comercial y privado. David había entrado y salido del aeropuerto varias veces, generalmente en un vuelo de *U.S. Airways Express*. Pero Zalinsky no se dirigió al sector comercial. Más bien, estacionó su Audi plateado al lado de un Cessna 560 Citation V, un impecable avión de negocios que podía llevar cómodamente a ocho pasajeros. Unos minutos después, estaban en el aire, solamente los dos y los dos pilotos de la CIA. David todavía no tenía idea de a dónde iban, pero en realidad no le importaba. Se sintió aliviado al ver que Jack Zalinsky era un hombre de palabra y que estaba dispuesto a comenzar.

—Primero que nada, felicitaciones por la graduación —dijo Zalinsky cuando el piloto quitó la señal de los cinturones.

—Gracias.

—Eres el candidato más joven de la historia de la Agencia. ¿Todavía quieres entrar?

—Absolutamente.

—Bien. Tu evaluación de seguridad ha terminado. Fue un poco desafiante terminarla sin dejar que tu familia y amigos supieran qué nos proponíamos. Le dije a mi equipo que hiciera preguntas como si estuvieras solicitando trabajo en el Banco Sun Trust.

—¿Y funcionó?

—A las mil maravillas. —Zalinsky sacó una carpeta negra de su portafolios, la abrió y la puso en una pequeña mesa de conferencias en la parte de atrás del avión. Adentro había un montón de documentos falsos.

David tomó el primero del montón: un certificado de nacimiento.

—¿Reza Tabrizi?

—Ese será tu alias —explicó Zalinsky—. En persa, *reza* significa "consentir o aceptar."

—Sé lo que significa —respondió David.

—Claro que lo sabes. Bueno, de todas formas, serás un ciudadano alemán. Tus padres se trasladaron de Teherán a Munich en 1975 y se hicieron ciudadanos. En 1984, se trasladaron a Edmonton, Alberta. Tú naciste y creciste en Canadá. Tu papá trabajaba en la industria de arenas bituminosas, pero él y tu madre murieron en un accidente aéreo, un poco antes de que te graduaras de la secundaria. No tienes hermanos. Tus abuelos murieron cuando eras joven. Nunca sentiste que encajabas en la vida en Canadá. Así que, después de que tus padres murieron, te trasladaste a Alemania. Anduviste de aquí para allá: Bonn, Berlín y finalmente Munich, de donde eran tus padres.

David estudió el expediente que Zalinsky había preparado sobre su nueva identidad.

—Mi equipo preparó un pasaporte alemán para ti. Cuando seas mayor, te ayudaremos a sacar una licencia de conducir alemana, tarjetas de crédito europeas, un departamento, un auto y así sucesivamente.

—¿Qué clase? —preguntó David.

—¿Qué clase de qué?

—¿Qué clase de auto?

—Como nos gusta decir en el Medio Oriente, haremos estallar ese puente cuando lleguemos allí —respondió Zalinsky—. Pero escucha, ya has sido aceptado en una universidad en Alemania con esta identidad. Queremos que te dediques a sacar un título en ciencias de la computación en la Universidad de Munich; allí le dicen Ludwig-Maximilians-University de Munich, o LMU. Tendrás que perfeccionar tu fluidez en árabe. Cuando termines, queremos que hagas una maestría de negocios para completar la identidad. Pagaremos todo, así que no te preocupes por el costo.

—Eso tardará años —protestó David.

—Exactamente —dijo Zalinsky asintiendo—. Cuando llegues a Munich, te unirás a una mezquita, una chiíta, obviamente, dados tus antecedentes. Queremos que llegues a ser parte de la comunidad chiíta de allí. Tienes que parecer un musulmán activo, desenvuelto en las costumbres y tradiciones del islam chiíta. Mientras tanto, también comenzarás a recibir entrenamiento en artes marciales en la universidad. En los veranos, te tendremos haciendo "prácticas" en el extranjero. Eso es lo que tus amigos y maestros oirán. En realidad te estarás entrenando con nosotros en alguna de nuestras instalaciones. Cuando hayas terminado y nosotros pensemos que estás listo, te ubicaremos en un trabajo con una compañía que hace negocios en Paquistán y Afganistán. Tendrás una identidad perfecta para viajar dentro y fuera de Asia central. Entonces, si todavía no lo han atrapado, comenzarás a ir en busca de Osama bin Laden. Hay un solo inconveniente.

—¿Cuál es? —preguntó David.

—No puedes, bajo ninguna circunstancia, decirles a tus padres, hermanos, a nadie, nada de esto. Pongo especial énfasis en este punto.

—¿Y si lo hago? —David preguntó.

—Irás directo a la cárcel —explicó Zalinsky con un tono indiferente—. Ya has firmado alrededor de una docena de formularios de confidencialidad. Créeme, tomamos este asunto muy en serio.

—No tiene que preocuparse por mí —le aseguró David—. Pero ¿qué les digo a mis padres que estoy haciendo?

—Diles que vas a una universidad en París —dijo Zalinsky—. Ya has solicitado y te han aceptado. Te dieron una beca completa. Ya te hemos alquilado un departamento cerca del campus y te conseguimos un apartado postal y un teléfono celular de una compañía francesa. Se ha pensado en todo. Está en ese folder. Incluso hay folletos y otros materiales que puedes darle a tus padres.

David miró página tras página de los detalles.

—¿Y qué pasó con ese trabajo en el *Sun Trust* en Montgomery? —David sonrió—. ¿El que supuestamente solicité y del que me están haciendo una revisión de antecedentes? ¿Qué le digo a mis padres y hermanos en cuanto a eso?

—Diles que no te lo dieron.

—¿Y por qué no me lo dieron?

Zalinsky levantó sus cejas.

—No les dan trabajos bancarios a chicos con antecedentes delictivos.

El hombre había pensado en todo, y por esto David estaba profundamente agradecido. Por primera vez, se dio cuenta de lo cerca que su vida había estado de descarrilarse y eso lo asustó. ¿Quién sabe dónde hubiera acabado sin la intervención de Zalinsky? Sin embargo, ahora tenía una misión. Tenía un propósito. Finalmente supo para qué había nacido. Tenía una causa por la cual vivir, y morir.

Aun así, en ese momento en que debería haberse sentido confortado, no podía evitar pensar en Marseille. ¿Dónde estaba? ¿Qué iba a hacer ese verano? Todavía le faltaban dos años de secundaria. ¿Estaría bien? Todavía la extrañaba terriblemente. ¿Lo extrañaba ella?

PARTE DOS

★ ★ ★ ★ ★

29

ARLINGTON, VIRGINIA

Un sedán negro se detuvo poco antes del amanecer.

—Vámonos.

Buenos días para ti también, Jack.

—¿Qué te parece un poco de café? —preguntó David en cambio, todavía afectado por la diferencia horaria, después de una noche sin dormir en el vuelo desde Munich.

—No tenemos tiempo —respondió Zalinsky con una impaciencia inusual.

David encogió los hombros, suspiró en el aire helado de una mañana de febrero e hizo lo que se le dijo. Zalinsky era viejo, estaba cansado y se suponía que debería haberse jubilado hacía mucho tiempo. No era un hombre con quien perder el tiempo. Ciertamente hoy no. David miró el Starbucks que rápidamente se encogía en el espejo lateral, mientras los dos salían de Arlington hacia George Washington Memorial Boulevard, camino al cuartel general de la Agencia Central de Inteligencia en Langley, Virginia.

Hubo silencio en el auto por unos minutos. David miraba los chapiteles cubiertos de nieve en el campus de Georgetown University y el hielo en el río Potomac, y pensó en todo lo que había pasado en los años antes de que hubiera sido enviado a Alemania y a Paquistán, y en algunos de los sucesos extraños que habían estado ocurriendo en el Medio Oriente, incluso en días recientes.

—¿Viste esa noticia de la matanza de cristianos en Yemen? —preguntó David.

Zalinsky no respondió.

—Algún líder de una secta simplemente entró en una iglesia en Aden, sacó una ametralladora y mató como a cuarenta personas —dijo David, mirando hacia el congelado Potomac—. El tipo afirmó que estaba preparando el camino para la llegada del mesías islámico o algo así.

—¿No fueron asesinados un montón de sacerdotes y obispos en Yemen antes de la Navidad? —agregó David después de estar un rato en silencio.

Zalinsky no dijo nada.

—Es extraño, ¿verdad? Es decir, sé que no es mi país de enfoque, pero solamente lo comento, ¿entiendes?

A Zalinsky no le interesaba. En lugar de eso, dejó caer una bomba.

—Mira, David, te voy a sacar.

—¿Perdón? —respondió David, tomado por sorpresa.

—Me escuchaste —respondió Zalinsky—. Estoy reasignándote.

David esperó oír la frase más importante. Nunca llegó.

—¿A qué? —preguntó.

—Lo sabrás en un momento.

—¿Por qué?

—No puedo decirlo.

—Bueno, ¿por cuánto tiempo?

—En realidad no puedo decirlo.

David consideró brevemente la posibilidad de que su gestor y mentor estuviera bromeando. Pero eso era imposible. El hombre nunca había hecho una broma. Ni una vez en todos los años desde la primera vez que se reunieron. Ni una sola vez mientras David estaba en la universidad. Ni sola una vez cuando David asistía a las instalaciones ultrasecretas de entrenamiento de la Agencia en la zona rural de Virginia, conocidas como "La Granja." Ni una sola vez —según seis fuentes distintas que David había "entrevistado"— en los treinta y nueve años que Zalinsky había trabajado para la CIA. El hombre era una película andante de Bergman.

—¿Y qué pasará con Karachi? —preguntó David.

—Olvídate de Karachi.

—Jack, no puedes hablar en serio. Estamos progresando. Estamos obteniendo resultados.

—Lo sé.

—Karachi está funcionando. Alguien tiene que regresar.

—Alguien lo hará. Pero tú no.

El pulso de David se aceleró. Zalinsky estaba mal de la cabeza. Si el hombre no estuviera conduciendo, David se habría sentido muy tentado a agarrarlo de la solapa y hacerlo entrar en razón. Durante los últimos años desde que había salido al campo, a David le habían dado algunas de las asignaciones más sencillas que pudiera haber imaginado. Asistente del asistente del asistente adjunto de cualquiera, por todo un año en la nueva Embajada de Estados Unidos en Bagdad. El que lleva café al agregado de economía de la Embajada de Estados Unidos en el Cairo. Enlace de comunicaciones e inteligencia en Bahrain para un equipo de marines, asignado a proteger los barcos de la Marina de Estados Unidos que entran y salen del Golfo Pérsico. Esto, por lo menos, había sonado bien en el papel, pero eran largas horas de aburrimiento, mezcladas con horas aún más largas de trivialidades y menudencias. David se había quejado con Zalinsky de que no lo habían reclutado para esto. Se suponía que debía estar buscando a Osama bin Laden, no siendo niñera de destructores y rastreadores de minas.

Finalmente, Zalinsky se había ablandado y lo había asignado a un proyecto en el que se buscaban agentes de al Qaeda. Así que durante los últimos seis meses, David había sido asignado a Karachi, Paquistán, para reclutar técnicos jóvenes en Mobilink —la compañía de telecomunicaciones más grande de Paquistán— para hacer un poco de "negocio secundario" con Munich Digital Systems, o MDS, la compañía tecnológica para la que ahora aparentemente trabajaba David. Él les pagaba bien a estos chicos. Muy bien, discretamente. Y de vez en cuando daba pequeñas fiestas en su habitación del hotel. Les compraba alcohol. Les presentaba mujeres "amigables." De la clase que ellos probablemente no encontrarían en la mezquita de su vecindario. Agregaba un poco de animación a sus vidas anodinas.

A cambio, David les pedía que escarbaran dentro de los servidores de Mobilink y que sacaran números telefónicos e información de cuentas de futuros clientes, potencialmente lucrativos para su trabajo de consultoría. Mientras más información le proveyeran, MDS obtendría más negocios y él les podría pagar más comisiones a estos tipos. O eso era lo que les decía. Sin saberlo, estos chicos en realidad le estaban proporcionando números telefónicos y datos de facturación de terroristas, mensajeros y financistas de al Qaeda y del Talibán, que operaban a lo largo de la frontera de Afganistán con Paquistán.

Los técnicos paquistaníes no tenían idea de que David fuera estadounidense. Pensaban que era alemán. No tenían idea de que estuviera trabajando en MDS para encubrir su verdadera identidad como agente de la CIA. No tenían idea que estaban vinculados en espionaje. Solamente sabían que David tenía veintitantos años, como ellos. Pensaban que era un adicto a la tecnología como ellos. Y sabían que él tenía acceso a mucho dinero en efectivo y que le gustaba compartirlo generosamente con sus amigos.

Hasta aquí todo estaba bien. Durante los últimos meses, los esfuerzos de David habían llevado a la captura o asesinato de nueve objetivos de alto valor. Día tras día, David estaba seguro de que se acercaban más a bin Laden. Toda la operación había sido idea de Zalinsky y, hasta ahora, Zalinsky le había dado a David muchas razones para creer que estaba emocionado con los resultados. ¿Por qué, entonces, suspender ahora, especialmente cuando se estaban acercando tanto a su objetivo final?

Diez minutos después, los dos hombres llegaron a la sede central de la CIA.

Pasaron por el perímetro de seguridad, estacionaron en el subterráneo, pasaron por seguridad interna y entraron al elevador. Zalinsky todavía había dicho poco —apenas un “buenos días” a los guardias— y David se estaba molestando. Se suponía que los dos iban a desayunar juntos, que se pondrían al día con las noticias, que comentarían algunos chismes del campo y que se prepararían para un día duro de reuniones de presupuesto y papeleo abrumador. En lugar de eso, Zalinsky estaba amenazando con sacar a David de un proyecto que a él le encantaba, sin ninguna razón aparente y luego le daba el tratamiento del silencio. Parecía poco profesional e injusto.

Pero cuando Zalinsky presionó el botón del séptimo piso en lugar del sexto, David se puso tenso. La división del Medio Oriente —su división— era una suite de oficinas en el sexto piso. El director de inteligencia central y el personal superior trabajaba un piso más arriba. David nunca había estado allí, pero ahora se dirigía a ese lugar.

Se abrió la puerta del elevador. Zalinsky giró a la izquierda. David lo seguía de cerca. Por el corredor, entraron a un salón de conferencias de alta tecnología donde los recibió un hombre calvo de unos cincuenta y tantos años, que se presentó como Tom Murray.

David nunca antes había visto a Murray, pero ciertamente había oído de él. Todos en la Agencia sabían de él. El director adjunto de operaciones era una leyenda en los servicios clandestinos. En marzo de 2003, dirigió la captura en Paquistán de KSM —Khalid Sheikh Mohammed— la mano derecha de Osama bin Laden y el arquitecto de los ataques del 11 de septiembre. Fue Murray, trabajando conjuntamente con los servicios secretos británicos en el verano de 2006, el que planificó la penetración y desmembramiento de una célula de al Qaeda en Inglaterra, que estaba a punto de secuestrar diez *jumbo jet* transatlánticos que iban de Londres a Estados Unidos y de cometer lo que un funcionario de Scotland Yard describió públicamente como un "asesinato en masa a escala inimaginable." Y en lo que a David concernía, fue Murray el que convenció al presidente William Jackson de comenzar a usar los aviones radio controlados Predator para sacar del medio a líderes claves de al Qaeda y del Talibán escondidos en aldeas, a lo largo de la frontera Paquistán–Afganistán, cuando la información derivada de la propia penetración de David en las bases de datos de Mobilink comprobó ser verificable.

"Mucho gusto en conocerlo finalmente, agente Shirazi," dijo Murray, y estrechó la mano de David afectuosamente. "Me he enterado de muchas cosas buenas de usted. Aquí Jack habla muy bien de usted. Por favor, siéntese."

David sonrió, agradeció al director adjunto de operaciones, y se sentó al lado del inexpresivo Zalinsky. Se oyó que alguien llamó a la puerta. Murray presionó un botón en el brazo de su silla, que electrónicamente quitó el seguro de la entrada. Entró una rubia atractiva de casi treinta años; llevaba puesto un traje negro clásico, una blusa aguamarina de seda, zapatos bajos de charol negro y un collar de perlas un poco ensombrecido por la identificación de la Agencia que colgaba de su cuello.

—Perdón por llegar tarde, señor —dijo con un leve acento europeo que la delató ante David como del norte de Alemania o quizás Polonia—. Mi vuelo acaba de llegar.

—Está bien, agente Fischer —respondió Murray—. Estamos comenzando. Ya conoces a Jack Zalinsky.

—Sí. Qué bueno verte de nuevo, Jack —dijo, con una sonrisa afectuosa y genuina.

Mientras los dos se estrechaban la mano, David no pudo evitar observar que estaba usando un tono pálido de esmalte de uñas rosado, pero no tenía anillo de bodas ni de compromiso.

—Y él es el agente David Shirazi —dijo Murray—, una colega, agente secreto extraoficial.

La última frase tomó desprevenido a David. No tenía la impresión de que esta mujer fuera una agente secreto extraoficial. Tal vez una analista, pero ¿trabajo secreto? Difícilmente era de la clase que pasaría desapercibida. David trató de no mostrar su sorpresa cuando estrechó su mano y por primera vez se dio cuenta de lo azul que eran sus ojos, detrás de sus lentes de marca.

—Reza Tabrizi, qué gusto conocerte en persona —dijo y le guiñó el ojo amigablemente.

David se quedó helado. Solamente un puñado de personas sabía su alias. ¿Cómo lo sabía ella?

—Está bien, David —le aseguró Murray—. Eva es una agente de primera categoría y en realidad ayudó a desarrollar tu historia ficticia con Jack, hace varios años. Ha estado vigilándote desde entonces.

—¿Ah, sí?

—Sí —dijo ella con confianza, puso su organizador de cuero en el escritorio, luego miró a David a los ojos y describió su alias de memoria—. Reza Tabrizi. Veinticinco años. Tus padres eran ciudadanos de Irán, ambos nacieron en Teherán. Tú naciste y creciste en Canadá en un pequeño pueblo en las afueras de Edmonton, Alberta. Tu padre trabajaba en la industria de la arena bituminosa. Tu madre tenía una pequeña tienda de costura. Tus padres murieron en un accidente aéreo, antes de que te graduaras de la secundaria. No tienes hermanos. Pocos amigos cercanos. Eres un genio de la computación, pero un poco solitario. No tienes página de Facebook, ni MySpace, ni Twitter. Después de que tus padres murieron, no querías quedarte en Canadá. Decidiste ir a Alemania a la universidad. Tienes un título en ciencias de la computación de la Ludwig-Maximilians-University de Munich. Ahora trabajas para una compañía alemana que crece rápidamente, Munich Digital Systems. Ellos desarrollan e instalan software de vanguardia para teléfonos celulares y compañías de teléfonos satelitales. Eres un representante de ventas relativamente nuevo, pero de éxito. Los ejecutivos de la compañía no tienen idea de que en realidad eres estadounidense. Por supuesto no saben que trabajas para la CIA, y te despedirían inmediatamente si alguna vez lo llegaran a saber.

Eva se detuvo por un momento y preguntó.

—¿Cómo lo estoy haciendo?

—Estoy impresionado —admitió David—. Por favor, sigue.

Ella sonrió.

—Tienes pasaporte alemán. Tienes una cuenta numerada en Suiza, a donde enviamos tus fondos. Tienes unas instalaciones de almacenaje en Munich, donde guardas armas, documentos falsos, equipo de comunicación y otras cosas esenciales. Desde agosto has estado trabajando mayormente con Mobilink en Paquistán, desarrollando tu experiencia de campo, trabajando con tus contactos, estableciendo tu identidad ficticia, acumulando algunas millas de viajero frecuente, abatiendo a algunos cuantos tipos malos y, probablemente, divirtiéndote un poco en el camino.

Se detuvo y levantó sus cejas.

—¿Me equivoco?

David reprimió una sonrisa.

—Sin comentarios.

—Es suficiente —dijo el director adjunto de operaciones—. Por favor siéntense, todos.

David se preguntaba cuándo iba a saber siquiera una fracción de Eva Fischer, así como ella acababa de recitar de corrido sobre él, pero supuso que este no era el momento apropiado para preguntar. Había asuntos más importantes en la mesa, como la idea loca que alguien tenía de sacarlo del proyecto Karachi, cuando empezaba a dar frutos. ¿Sería obra de Zalinsky o de Murray? ¿Y para qué?

30

SEDE PRINCIPAL DE LA CIA
LANGLEY, VIRGINIA

—Irás a Irán —dijo Murray.

La frase quedó colgando en el aire por unos momentos.

David Shirazi miró a Murray con incredulidad, luego a Zalinsky, y otra vez a Murray.

—¿Cuándo?

—En setenta y dos horas —dijo Murray—. Tu nombre clave es *Zephyr*.

¿El dios del viento occidental? Tenían que estar bromeando.

—¿Cuál es la misión?

—Jack y Eva te proporcionarán todos los detalles —explicó Murray—. Pero la versión corta es esta: necesitamos que penetres en los niveles más altos del régimen iraní, que reclutes agentes y entregues información sólida y procesable que pueda ayudarnos a hundir, o por lo menos a retardar el programa de armas nucleares de Irán. Actualmente estamos colocando equipos de agentes secretos extraoficiales en todo el país, preparados para sabotear instalaciones, interceptar embarques, y para cualquier otra cosa. Lo que no tenemos es alguien "dentro" que nos entregue blancos difíciles.

David trató de procesar lo que su jefe estaba diciendo, pero era algo tan radicalmente diferente de lo que había estado haciendo, que no podía imaginar que funcionara. Seguro, su familia era iraní, pero él nunca había puesto un pie en el país. Sí, hablaba persa, pero también lo hablaban otras ochenta millones de personas en el mundo. Y lo que es más, acababa de pasar los últimos años estudiando paquistaní y afgano, y a los líderes, las organizaciones y las costumbres de al Qaeda. Era cada vez más un experto en esos asuntos y, por lo tanto, cada vez más valioso en una agencia de inteligencia que todavía no había atrapado a bin Laden en estos años después del 11 de septiembre. En cuanto a Irán, no entendía nada de la política persa, tampoco le importaba mucho.

—Lo siento, señor —dijo David después de unos momentos más de reflexión—. No fue para eso que me convocaron.

—¿Cómo? —dijo Murray, visiblemente contrariado a discutir el tema.

—Señor, con todo el respeto que se merece, me reclutaron para buscar a Osama bin Laden y para traerle pruebas de su muerte —dijo David al funcionario número dos de la Agencia, con una firmeza de convicción que lo sorprendió hasta a él mismo—. Para eso me entrenaron. Eso es lo que finalmente tengo la oportunidad de hacer. Eso es lo que quiero hacer. Nací para hacer eso. Estoy seguro de que usted tiene sus razones y le estoy agradecido por considerarme, pero no estoy interesado en cambiar de asignación. Tiene a la persona equivocada. Es así de sencillo.

La mirada en el rostro de Tom Murray lo decía todo. Estaba molesto.

—Agente Shirazi, en realidad no podría importarme menos para qué cree usted que esta Agencia lo reclutó —explicó con los dientes apretados—. Nosotros lo compramos. Lo entrenamos. Lo poseemos. Punto. ¿Entendido?

David pensó que no era el momento adecuado para discutir.

—Sí, señor.

—¿Está seguro en cuanto a eso?

—Sí, señor.

—Bien. —Murray se levantó, estiró sus piernas y caminó hacia una ventana que daba a unos bosques nevados—. Osama bin Laden todavía es una amenaza seria para este país y nuestros aliados. No me malinterprete, sí quiero su cabeza en una bandeja, y esta Agencia lo hará bajo mi gestión. Pero mientras que esta administración está públicamente enfocada en Afganistán y Paquistán, el director y yo creemos que la amenaza más seria para nuestra seguridad nacional y la de nuestros aliados en el Medio Oriente, al momento, es Irán. Sabemos que los iraníes están enriqueciendo uranio rápidamente. Sabemos que están planificando usar ese uranio para construir armas nucleares. Sabemos que el tiempo se acaba. Y si no evitamos que los iraníes sigan construyendo la Bomba Islámica, ¿tiene alguna idea de lo que va a suceder?

David respiró profundamente y miró a Zalinsky, que todavía tenía el rostro de piedra; luego volvió a mirar a Murray.

—Bien, Shirazi —dijo Murray presionando—. ¿La tiene?

David cambió de posición en su asiento.

—Bueno, señor, diría que los mulás probablemente van a tratar de reconstruir el imperio persa bajo la protección de una sombrilla nuclear —se aventuró a decir—. Y creo que tratarán de extorsionar a los sauditas y a los iraquíes para que lleven a cabo sus órdenes.

—¿O? —preguntó Murray.

—O Irán tratará de subir el precio del petróleo a niveles sin precedentes y dejar a Occidente en la bancarrota.

—¿O?

—Creo que, ¡uf!, bueno . . . Irán podría tratar de dar un arma nuclear pequeña y táctica a al Qaeda, Hezbolá, Hamas, Yihad Islámico o a alguna otra organización terrorista que podría tratar de meterla en Tel Aviv o Haifa y eliminar a una ciudad israelita.

—¿O?

A David no le gustó hacia donde se dirigía.

—¿El peor de los casos? Irán podría intentar lanzar una descarga de misiles balísticos, equipados con ojivas nucleares, sobre Siria, Irak y Jordania y las principales ciudades de Israel, para "borrar la entidad sionista de la faz de la tierra" como han prometido hacerlo durante años.

Murray asintió con la cabeza, pero preguntó una vez más.

—¿O?

Esta vez, David no supo qué decir.

—Lo siento, señor, ¿no es eso ya lo suficientemente malo?

—Lo es —dijo Murray—. Pero aparte del hecho de que la creación de la Bomba Persa obligará a los estados árabes a una competencia de armas nucleares para conseguir también la Bomba, todavía está pasando por alto un escenario catastrófico.

—¿Y cuál es, señor?

Murray levantó un control remoto de la mesa de conferencias y presionó un botón.

—El escenario más inmediato, y posiblemente el más probable, es que Irán nunca obtendrá la Bomba. —Todas las miradas se dirigieron a la exhibición digital—. En lugar de eso, los israelíes, que esperan más que nada poder neutralizar la amenaza nuclear iraní antes de que los ayatolás puedan verdaderamente destruir su país, lanzarán un ataque masivo preventivo. —En la pantalla, los misiles de repente volaban en todas direcciones por todo el Medio Oriente, al atacar primero Israel seguido de la reacción de Irán, Siria, Hezbolá y Hamas.

Ni un solo país de la región quedó sin ser afectado. La simulada respuesta iraní al primer ataque israelí mostró ataques con misiles persas en contra de cada ciudad importante israelí, pero también en contra de campos de petróleo, refinerías e instalaciones de embarque en toda Arabia Saudita, Kuwait y los Emiratos Árabes en el Golfo. Al mismo tiempo, los misiles iraníes caían en ciudades y bases militares de Irak y Afganistán. Mientras tanto, Israel estaba siendo atacado no solamente por cientos de misiles iraníes, sino también por miles de misiles, cohetes y morteros de Siria, Líbano y Gaza. Con los misiles israelíes y aviones de caza que contraatacaban, era claro que toda la región se iba a incendiar.

Murray presionó otro botón, aumentando el rango del mapa digital, y David vio relámpagos en ciudades por toda Europa, así como en el Medio Oriente. Estos, explicó el director adjunto de operaciones, representaban a los terroristas suicidas que estaban siendo desatados en masa. Entonces David observó una serie de contadores digitales en la esquina inferior derecha de la pantalla, que calculaba víctimas de todo el conflicto. David se dio cuenta de que cientos de miles de civiles inocentes morirían: judíos, musulmanes y cristianos. Millones más quedarían heridos o se quedarían sin hogar por la devastación. Y no solamente el Medio Oriente y Europa se verían afectados, también Estados Unidos. Era casi imposible imaginar células terroristas que no fueran activadas, para atacar a los estadounidenses y canadienses con una tempestad de actos terroristas.

Mientras que David todavía estaba enfocado en la proyección de la cantidad de víctimas, Zalinsky evidentemente pensó que era hora de ampliar la perspectiva del joven.

—Tan malo como sería el número de víctimas, no quedaría limitado a muerte y heridas —explicó—. Los analistas económicos de la dirección de inteligencia me dicen que esperarían que los precios del petróleo se dispararan.

—¿Qué tan alto? —preguntó David.

—Nadie lo sabe en realidad, ¿doscientos dólares por barril? ¿Trescientos dólares por barril? Tal vez más.

Ese aumento dramático en los precios del petróleo —de la noche a la mañana, y también un alza sostenida por meses y posiblemente durante años— podría hundir a una economía global ya bastante debilitada. El alza de los precios del petróleo dispararía rápidamente la hiperinflación, supuso David. La disparada de los precios enviaría el costo de muchos productos fuera del alcance de los pobres y de la clase media baja. Millones se verían empujados a la pobreza. La gente dejaría de gastar en casi todo menos en comida y artículos básicos, lo cual ocasionaría enormes fracasos comerciales. Decenas de millones de personas pronto quedarían sin trabajo. Con la caída de los dominós, se generaría una depresión global. Y esto, por supuesto, sería asumiendo que el conflicto simplemente fuera una guerra convencional, no una que se transformara en nuclear. David no estaba convencido de que esa fuera una suposición segura, pero no se le pasó por alto el punto.

Miró a Eva. Por el momento, ella estaba mirando hacia abajo, tomando notas, pero claramente no estaba reaccionando ante todo esto con mucha emoción. Asumiendo que fuera una persona pensante, sensible y racional, eso podría significar solamente una cosa: ya había oído antes esta información. Ya había pasado por los distintos escenarios y los había procesado detalladamente.

Entonces se percató de algo. No iba a ir solo a Irán; Eva iría con él. Ella no era una analista de la Agencia. Era una agente secreto extraoficial. Zalinsky había dicho que ella había ayudado a construir algunas de las historias ficticias de David en el pasado, pero si simplemente estaba ayudando a que el diseño de su nueva asignación avanzara, ¿por qué Murray y Zalinsky la habrían traído a la reunión? No había otra razón más que los dos se conocieran antes de embarcarse en una misión que a ambos podría costarles la vida.

David volvió a mirar las imágenes que parpadeaban en la pantalla y, en ese instante, supo que su sueño de matar a Osama bin Laden y de vengar la muerte de la mamá de Marseille Harper se evaporaba frente a sus ojos. Pero para sorpresa suya, no estaba enojado ni deprimido. Más bien, se encontró inesperadamente entusiasmado. Su país lo necesitaba. Él era uno de los pocos estadounidenses persas en los servicios clandestinos de la CIA. Hablaba persa como un nativo. Tendría una historia ficticia hermética. Todavía no sabía exactamente cómo iba a usarlo Murray, pero pronto lo sabría. El punto principal estaba claro. Se iría a Irán. Su misión era detener a los ayatolás antes de que pusieran sus manos en la Bomba. Antes de que los israelíes tomaran el asunto en sus manos. Antes de Armagedón. Mejor aún, iba con una chica bella e inteligente a la que ansiaba conocer más. Todo eso, y se iría dentro de setenta y dos horas.

El teléfono sonó.

El director adjunto de operaciones contestó y luego se volteó hacia donde estaban los demás.

—Otra masacre en Yemen; necesito responder esto. Jack, confío en que tú y Eva pueden seguir desde aquí —dijo.

Zalinsky asintió con la cabeza y tranquilamente hizo señas a David y a Eva para que recogieran sus papeles y lo siguieran abajo, a la División del Cercano Oriente.

31

De regreso en el sexto piso, se registraron en un salón de conferencias. Zalinsky encargó comida china y los tres se encerraron por el resto del día. Sólo entonces Zalinsky les entregó a David y a Eva un grueso libro de instrucciones sobre la misión que tenían por delante.

"Memorícenlo, los dos," dijo Zalinsky cuando finalmente se habían instalado. "Estoy seguro de que ya te habrás dado cuenta, David, de que Eva también va a ir. Su personaje ficticio será el de directora de proyectos de MDS. En realidad, también estará dirigiendo la operación de la Agencia en el campo y se reportará directamente conmigo. Su nombre en clave es *Themis.*"

¿La diosa griega de la ley y el orden divinos? David llegó a la conclusión de que ella iba a ser intolerable.

Sin embargo, Zalinsky no le dio tiempo a David de pensar en las implicaciones. Fue directamente al punto central.

—El tiempo apremia. No puedo hacer suficiente énfasis en esto. He hablado con los mejores analistas de Irán en el departamento de inteligencia de la Agencia. La mayoría cree que Teherán podría tener armas nucleares funcionales en dos o tres años. Algunos dicen que tardarán más tiempo. Pero el problema es que los israelíes no confían en nuestro análisis. Les preocupa que pudiéramos cometer otro catastrófico error de juicio.

—Te refieres a 1998, India y Paquistán —dijo David.

Zalinsky asintió con la cabeza.

—Sabíamos que los dos países habían estado durante décadas compitiendo por construir la Bomba, pero nos tomaron completamente por sorpresa cuando ambos hicieron pruebas con armas nucleares con pocos días de diferencia. No teníamos idea de que habían llegado a la meta y que habían construido docenas de armas nucleares, hasta que fue demasiado tarde para hacer algo al respecto. Y ese solamente es un ejemplo. La Agencia no tenía idea de que los soviéticos estuvieran tan cerca de probar su primera arma nuclear en 1949, hasta que la prueba en realidad ocurrió. Y no te olvides de Saddam Hussein en 1981; no nos dimos cuenta de lo cerca que estaba de construir armas nucleares hasta que los israelíes eliminaron el reactor nuclear Osirak, antes de que se calentara.

—Y luego Irak, otra vez en 2003 —dijo Eva, uniéndose a la conversación.

Es cierto, pensó David. Posiblemente el error más desastroso de la Agencia, hasta ahora, era haber convencido al presidente George W. Bush de que Irak tenía grandes y peligrosos arsenales de armas de destrucción masiva, y que demostrarlo a la comunidad internacional sería, con la infame expresión del director de inteligencia central de la época, "pan comido." Sin duda, algunas armas de destrucción masiva se encontraron en Irak después de la liberación del país por parte de Estados Unidos y las fuerzas de coalición. Pero las armas que se descubrieron no eran el tipo ni la cantidad de ADM que Estados Unidos y el mundo habían esperado encontrar. Tampoco eran el tipo y la cantidad sobre las cuales la CIA había advertido. Como resultado, la credibilidad de la CIA y de sus agencias hermanas en el gobierno estadounidense se había dañado tanto que todavía no estaba recuperada por completo.

—Así que el problema —concluyó Zalinsky—, es que ahora tenemos que ser muy cuidadosos al evaluar el potencial de las ADM de las naciones enemigas, incluso de Irán. Los analistas del departamento de inteligencia de la CIA tienen mucho miedo de cometer errores y de que se les acuse de exagerar. Así que tienen mucho cuidado al hablar de los riesgos en sus evaluaciones escritas y orales. Nadie quiere sonar demasiado preocupado en que Irán obtenga la Bomba, por temor a ser visto como que está incitando al presidente a otra guerra.

—Permíteme dejar esto en claro —dijo David—. Los israelíes creen que lo echamos a perder en el pasado al no darnos cuenta de lo cerca que

Saddam, India, Paquistán y los demás estaban de obtener la Bomba. Y los israelíes creen que hace algunos años hicimos un juicio equivocado al pensar que Saddam estaba más cerca de construir la Bomba y de almacenar ADM de lo que en realidad estaba. Entonces, cuando nuestros mejores analistas dicen que Irán todavía está a varios años de distancia de obtener la Bomba, ¿los israelíes creen que estamos fumando crack?

—Sólo digamos que no rebosan de confianza —dijo Zalinsky—. Pero es aún peor que eso.

—¿Cuánto peor?

—Hace algunas semanas, cuando estabas en Karachi, David; y tú, Eva, estabas en Dubai, almorcé en Jerusalén con el mejor espía que Israel tiene en el Mossad. Me dijo: Mira, el mundo ya sabe que Irán está construyendo instalaciones nucleares. El mundo ya sabe que están preparando científicos nucleares y enriqueciendo uranio a un ritmo vertiginoso, y que están construyendo misiles balísticos que pueden llegar no solamente a Israel sino también a Europa. El mundo ya sabe que el liderazgo iraní repetidamente amenaza con aniquilar a la civilización judeo-cristiana y borrar a Israel y a Estados Unidos del mapa. Así que, ¿por qué no toma el mundo una acción decisiva para evitar que Irán obtenga la Bomba? ¿Por qué Estados Unidos no está construyendo una coalición para invadir Irán y cambiar este régimen fanático? Dijo que el mundo fue a la guerra con Irak en 2003 con mucho menos evidencia. Le dije simplemente que no hay apetito, ni dinero, en Estados Unidos, ni en Europa, ni en ningún otro lado para otra guerra en el Medio Oriente. Por lo que preguntó: ¿No tiene Israel, entonces, no sólo el derecho legal sino la responsabilidad moral de ir a la guerra con Irán ahora, si el mundo simplemente se va a quedar con los brazos cruzados sin hacer nada?

—Entiendo su punto —dijo David—. Pero dado el hecho de que una guerra entre Israel e Irán podría incendiar la región e impactar seriamente la economía global, ¿en realidad queremos que Israel decida por sí solo el destino de la región y del mundo?

—No, no queremos —dijo Zalinsky—. Y eso es lo que yo le dije. Por eso el secretario de defensa está en camino a Tel Aviv ahora mismo, para advertir a los israelíes que no tomen el asunto en sus propias manos.

Por eso es que el presidente Jackson ha tenido no menos de tres conversaciones telefónicas con el primer ministro Neftalí en el último mes, instándolo a que nos deje intensificar esfuerzos secretos en lugar de arrastrar al mundo a una guerra que nadie quiere. Lo que nos trae a los tres a este salón. La semana pasada, el presidente firmó una directiva de inteligencia altamente confidencial. Autoriza a la CIA "a utilizar todos los medios necesarios para desestabilizar y, si es necesario, destruir armas nucleares iraníes, para prevenir el estallido de otra guerra catastrófica en el Medio Oriente."

Zalinsky abrió su portafolios, sacó una copia de la directiva y la puso sobre la mesa para que David y Eva la leyeran.

—¿Cuánto tiempo cree el Mossad que dispone antes de que Irán obtenga un arma nuclear en condiciones de funcionar? —preguntó Eva, mientras David leía el documento de una página.

Zalinsky tomó la directiva confidencial y la volvió a meter en su portafolios, luego respondió la pregunta.

—Están convencidos de que Irán tendrá la Bomba para finales del año . . . y una ojiva en condiciones de funcionar a finales del próximo año.

David se puso tenso. Aunque los israelíes se hubieran equivocado, aunque estuvieran siendo demasiado pesimistas, su evaluación podría significar solamente una cosa: si Estados Unidos no hacía nada, los israelíes iban a lanzar un enorme ataque en contra de Irán, y pronto.

32

Era ya pasada la medianoche cuando Zalinsky dejó que se fueran.

Habían pasado casi catorce horas estudiando detenidamente el libro de instrucciones y hablando de los varios aspectos de la misión. Ya era 12 de febrero. Les dijo que se volverían a reunir en un refugio en Dubai en la noche del lunes 14 de febrero. Allí tendrían varios días más de información antes de enviarlos. Mientras tanto, Zalinsky sugirió que se perdieran el fin de semana —en el Caribe, en Cancún, en Cozumel, o en algún lugar que no comenzara con *C*; en realidad no le importaba.

"Diviértanse," les ordenó. "Despejen su mente. Respiren aire fresco. Podría ser su último descanso por algún tiempo."

Inmediatamente, Eva comenzó a enviar mensajes de texto a alguien para hacer planes. David se preguntaba si tenía novio o prometido y se sorprendió por la punzada de decepción que sintió. Después de todo, acababan de conocerse. Pero se despidió y salió del edificio sin hacer ninguna pregunta. No quería parecer demasiado directo ni demasiado interesado tan rápidamente. Pensó que a su debido tiempo averiguaría a dónde había ido y con quién. Él y Eva estaban a punto de pasar juntos bastante tiempo. No había razón para dar un paso en falso en la puerta de entrada.

Cuando salió del edificio principal de la CIA y se dirigió hacia el estacionamiento para recoger el automóvil que la Agencia le había rentado para el fin de semana —un Chevy Impala— vio un millón de diamantes que resplandecían en el impresionante lienzo negro que tenía arriba. Respiró en el aire frío, tranquilo y sin nubes de la noche y trató de disfrutar la belleza y el silencio. La posibilidad de la misión que tenía por delante le dio energías, pero al mismo tiempo, de repente se sintió solo en el mundo. No tenía novia. No tenía un mejor amigo. Apenas había tenido amigos con quienes salir aparte de Zalinsky y sus amigos rentados de Mobilink en Karachi. Trató de pensar en la última vez que en realidad había sido feliz, y eso inevitablemente lo llevó a pensar en su tiempo con Marseille en Canadá, antes del 11 de septiembre. Antes de las guerras en Afganistán e Irak. Antes de unirse a la CIA. Hacía tanto tiempo, y los recuerdos eran dolorosos. Trató de pensar en otra cosa.

Se dio cuenta de que no tenía a dónde ir, más que a casa. Rara vez estaba en Estados Unidos y en realidad no se había mantenido en contacto con nadie aquí, aparte de sus padres. Sus hermanos tenían poco interés en su vida en el extranjero. Claro que lo habrían tenido, si él les hubiera dicho que trabajaba para el Servicio Nacional Clandestino de la CIA. Que había estado buscando en los escalones más altos de los líderes de al Qaeda para que los asesinaran. Que ahora estaba en una misión para penetrar en el círculo más íntimo que rodeaba al presidente Ahmed Darazi y al Líder Supremo de Irán, el Gran Ayatolá Hamid Hosseini.

Sin embargo, no podía decirles nada de eso sin ir a la cárcel. Así que, incluso con su familia, permanecía con su personalidad ficticia, que dirigía su propio negocio de consultoría en computación en Munich. Y la falta de interés de Azad y Saeed tenía un lado positivo. Evitaba que David tuviera que mentirles mucho.

Por otro lado, sus padres eran otra historia. El trabajo y la vida personal de David les importaba mucho, y su curiosidad había hecho las cosas notablemente más complejas. Por un lado, producía punzadas de culpabilidad cada vez que les decía cualquier cosa y no la verdad. Su madre, en particular, constantemente lo bombardeaba con preguntas. Ella quería que llamara más, que escribiera más, que llegara a casa para Navidad (aunque nunca habían celebrado las fiestas cristianas cuando él estaba creciendo). Su padre era casi igual de persistente y le pedía que por lo menos llegara a casa para el viaje anual de pesca a Canadá. Pero no había nada que David quisiera menos que volver a aquella isla y a los recuerdos de Marseille.

Siempre tenía múltiples excusas. Viajes de negocios, conferencias, clientes nuevos, clientes antiguos, problemas de facturación, la lista continuaba. Odiaba la confidencialidad, el engaño y la distancia, pero no veía otra salida. Sin embargo, cada vez más se preocupaba de que si no iba pronto a casa, sus padres cumplirían sus amenazas de volar a Munich un día y "caerle de visita." Como David en realidad no vivía en Munich —su departamento, teléfono y apartado postal de allí simplemente estaban para mantener su historia ficticia— eso sería un desastre.

Llegó a la conclusión de que era hora de ir a casa. Por lo que sacó el Impala y se dirigió al norte.

Condujo toda la noche.

Llegó a Syracuse menos de siete horas después, se detuvo en la entrada de la casa de sus padres —metida en una pequeña calle sin salida de East Genesee Street— y finalmente apagó el motor. Mientras caía un poco de nieve, miró el hogar de su niñez. Sabía que tenía que entrar. Podía ver que las luces comenzaban a encenderse adentro. Pudo imaginar a su madre con su bata y pantuflas, preparando té y pan tostado para su padre y cantando suavemente melodías persas con el canal de recetas de cocina encendido.

Pero David no estaba preparado para volverse doméstico todavía. Su cuerpo podría estar en casa, pero su cabeza todavía estaba en Langley, nadando entre números.

- 5.000—número en millas de redes de cable de fibra óptica en Irán en el año 2000.
- 48.000—número en millas de redes de cable de fibra óptica allí en 2008.
- 4.000.000—número de teléfonos celulares en Irán en 2004.
- 43.000.000—número de teléfonos celulares allí en 2008.
- 54.000.000—número de teléfonos celulares allí ahora.
- 70.000.000—número combinado de iraníes en el país y en el exilio.
- 100.000.000—número de mensajes SMS que se envían diariamente en Irán.

- 200.000.000—número de mensajes de texto que se enviarán diariamente en Irán en los próximos doce a dieciocho meses.
- $9,2 mil millones—ingreso producido por la Compañía de Telecomunicación de Irán, o Telecom Irán, en 2009.
- $12,4 mil millones—ingreso proyectado para Telecom Irán en 2014.

Zalinsky creía que ese crecimiento explosivo en el campo de las telecomunicaciones iraníes le daba a la Agencia una ventana única de oportunidad. El régimen de Teherán estaba invirtiendo mucho en modernizar y expandir sus redes civiles de comunicación. Simultáneamente, estaba invirtiendo agresivamente en una vía paralela para crear un robusto sistema militar de comunicaciones.

Mientras Irán trataba febrilmente de convertirse en una potencia nuclear regional —y pronto en una potencia mundial— el Líder Supremo quería que su país tuviera lo último en tecnología moderna para redes de voz y datos en todos los sectores de la sociedad, pero especialmente para el sistema militar de comando y control. Para llegar allí lo más rápidamente posible, los iraníes estaban estableciendo contactos sin precedentes con compañías tecnológicas europeas, ofreciéndoles contratos de billones de dólares para actualizar el hardware y el software de Irán y conseguir la asistencia técnica necesaria.

Zalinsky había explicado que Telecom Irán recientemente había firmado un enorme contrato con Nokia Siemens Networks que requería que toda clase de ingenieros y otros expertos de NSN entraran a Irán, que hicieran mejoras concretas de telecomunicaciones y que entrenaran a sus colegas iraníes. NSN, a cambio, había contratado a Munich Digital Systems para construir gran parte de la infraestructura necesaria. Como la CIA ya tenía agentes, incluyendo a David, integrados en MDS, esto había creado —prácticamente de la noche a la mañana— la oportunidad de colocar gente en la zona, de ubicar agentes que hablaban persa dentro de Telecom Irán, la madre nodriza de la iniciativa de modernización.

Zalinsky le había mostrado a David una historia del *Wall Street Journal* informando que el régimen iraní estaba buscando, con la ayuda de NSN y MDS, desarrollar "uno de los mecanismos más sofisticados del mundo para controlar y censurar Internet, permitiéndole examinar el contenido de las comunicaciones privadas en línea a escala masiva." Esta iniciativa iba mucho más allá de bloquear el acceso a sitios Internet o de suprimir las conexiones de Internet: le permitía a las autoridades no solamente bloquear las comunicaciones sino obtener —y a veces alterar— información sobre personas.

David recordó otro titular intrigante de la sección de negocios del *New York Times*: "La Guardia Revolucionaria compra participación mayoritaria de capital en Telecom Irán." Sabía que esa historia había llegado a la reunión diaria presidencial informativa sobre inteligencia. El corazón de David todavía se aceleraba al recordar el texto del artículo en su mente mientras consideraba sus implicaciones en vista del trato NSN/MDS.

La transacción esencialmente dejó al sector de telecomunicaciones de Irán bajo el control de la élite de las fuerzas militares. El artículo explicaba que la compra permitiría a la Guardia "interrumpir las redes telefónicas" e "impedir la organización de la oposición" en tiempos de crisis.

El último párrafo de la historia intrigó más a David. Destacaba que la Guardia Revolucionaria Iraní esencialmente estaba "libre de cualquier supervisión estatal" y que solamente "daba cuentas al Líder Supremo, quien tenía la palabra final en todos los asuntos de estado en Irán."

Si la historia del *Times* era acertada, entonces Zalinsky tenía razón. Si la CIA podía penetrar en el círculo más íntimo que administraba Telecom Irán, tal vez sí tendrían la oportunidad de penetrar en el círculo íntimo que dirigía la Guardia Revolucionaria. Ya fuera que esa pista pudiera llevar a David a la oficina del Líder Supremo para que lo colgaran o le dispararan en el rostro, ese era un interrogante, en el mejor de los casos. No obstante, mientras David miraba cómo la nieve se pegaba en su parabrisas, imaginó la posibilidad de interceptar las llamadas telefónicas privadas del Líder Supremo de Irán y las llamadas de su personal más cercano y sus asesores. ¿Qué pasaría si Langley en realidad pudiera leer el correo electrónico y los mensajes de texto de los líderes supremos de Irán? ¿Qué ocurriría si pudieran seguir los mensajes que entran y salen de las computadoras y de los teléfonos de las instalaciones nucleares clandestinas de Irán? La sola idea lo hizo desear ya el ingreso a Irán. Estaba ansioso por empezar. Tenían que moverse rápidamente, antes de que los israelíes atacaran.

De repente, hubo un golpecito en la ventana del asiento del acompañante. Era su padre, parado allí en el frío helado, en sus pijamas, y con la edición matutina del sábado del *Post-Standard* en su mano, mirándolo con incredulidad.

"¿David? ¿Eres tú?"

33

HAMADÁN, IRÁN

Najjar Malik se despertó al escuchar que su hija bebé lloraba.

Dio un quejido, se volteó y le susurró a su esposa: "Está bien, princesa. Iré por ella y te la traeré."

Pero mientras abría los ojos y se los frotaba para quitarse el sueño, Najjar se dio cuenta de que Sheyda no estaba a su lado. Miró el reloj despertador. Apenas eran las 4:39 a.m. Todavía tenía casi una hora antes de levantarse para las oraciones de la mañana. Aun así, salió de la cama y se fue a buscar al amor de su vida, y la encontró amamantando a su bebé.

—¿Estás bien? —le preguntó bostezando.

—Sí —respondió Sheyda, sonriéndole y con un afecto y una autenticidad de los que él nunca se cansaba—. Vuelve a la cama. Necesitas descansar.

Najjar le sonrió también. Podría tener diez hijos más con ella, pensó, aunque todos fueran niñas.

De repente, alguien llamó fuertemente a la puerta de su departamento en el alto edificio.

"¿Quién podría ser a esta hora?," dijo Najjar molesto.

Para su asombro, dos soldados de la Guardia Revolucionaria, con ametralladoras, estaban parados en el pasillo.

—¿Qué significa esto? —exigió en un susurro, tratando de no despertar a todo el piso.

—El director dice que debe venir inmediatamente —dijo el más grande de los dos, aparentemente un coronel.

—¿El doctor Saddaji los envió? —preguntó Najjar—. ¿Por qué no llamó, simplemente? —Después de todo, el hombre era no solamente el director de la agencia de energía atómica de Irán, sino también su suegro.

—No sé —dijo el coronel—. Solamente dijo que era urgente.

—Está bien. Llegaré en una hora.

—Lo siento, señor. El director nos dijo que lo lleváramos con nosotros. Tenemos un auto esperando abajo.

Najjar se volteó para mirar a Sheyda, quien se había cubierto con una frazada.

"Ve," dijo ella. "Sabes que mi padre nunca enviaría por ti si no fuera importante."

Ella tenía razón, y Najjar la amó aún más por su apoyo. Cerró la puerta y dejó a los soldados en el pasillo. Luego se vistió, se cepilló los dientes, se echó un poco de agua en el rostro, tomó su portafolios y corrió a la puerta. Solamente se detuvo para darle un beso a Sheyda.

En el camino, pasaron por decenas de mezquitas, y Najjar sintió una fuerte necesidad de orar. No tenía idea de lo que le esperaba en el día. Pero nunca lo habían llamado tan temprano en la mañana, y su ansiedad por lo que venía aumentaba cada minuto.

Mientras se acercaba el amanecer, Najjar finalmente escuchó el llamado al *Fajr*, u oración del amanecer, que provenía de los altavoces de uno de los muchos minaretes que adornaban la línea del horizonte de Hamadán. Como era su ritual cinco veces al día desde que era un niño pequeño en Irak, obedientemente miraba hacia la Meca, levantaba sus manos hasta la altura de sus oídos y recitaba el *Shahada* —testimonio de fe— declarando que atestiguaba que no había ninguno digno de adoración excepto Alá y que creía, con todo su corazón, que Mahoma era el siervo y mensajero de Alá. Luego colocaba una mano en su pecho y la otra encima de la primera y oraba: "En el nombre de Alá, el Más Benigno, el Más Misericordioso. Alabado sea Alá, el Dios de los Mundos. El Más Benigno. El Más Misericordioso. El Señor del Día del Juicio. Sólo a ti adoramos. Sólo a ti pedimos ayuda. Muéstranos el camino recto, el camino de los que has favorecido, no de los que se ganan tu ira ni de los que se desvían. Amén."

Mientras seguía recitando porciones del Corán, inclinándose hacia la Meca de la mejor manera que podía desde el asiento de atrás, y seguía con sus oraciones de la mañana, Najjar se dio cuenta de que sus ansiedades no se disipaban, sino que se multiplicaban. Desesperadamente quería que Alá le hablara; quería verlo, contemplar su belleza y llegar completamente a su presencia. Quería que Alá le concediera gracia y sabiduría y completa seguridad de que estaba haciendo la voluntad de Alá y agradándolo en todo. Pero no sentía paz. No sentía alegría. Cuando terminó, se sintió más alejado de Alá que cuando había comenzado.

Una hora después, Najjar estaba parado en medio de una bodega tenebrosa y vacía. El piso de concreto estaba frío y húmedo, como si lo acabaran de regar con una manguera. A varios metros estaba un hombre sentado y atado a una silla, con sus manos y pies encadenados. La boca del hombre estaba amordazada, pero no tenía tapados los ojos, y Najjar pudo ver terror en ellos. Era evidente que lo habían golpeado severamente. Su rostro estaba magullado e hinchado, y la sangre corría por sus mejillas.

Najjar pensó que había algo vagamente familiar en él.

—¿Quién es?

—Se suponía que nunca lo conocerían —respondió el doctor Saddaji, no solamente a Najjar sino a la docena de otros científicos que estaban de pie alrededor de ellos—. Pero sucesos fuera de nuestro control han forzado el asunto.

Najjar vio que su suegro miraba al hombre, que en silencio suplicaba por su vida. Pero no había nada en la voz del doctor Saddaji ni en su lenguaje corporal que sugiriera que habría misericordia. En efecto, Najjar nunca lo había visto tan frío, tan oscuro, tan lleno de odio.

"Caballeros, observen a este hombre y recuérdenlo bien," dijo el doctor Saddaji. "Es un árabe, un iraquí, y un traidor."

Najjar estaba atónito. Una cosa era ser de Irak. Él lo era y también el doctor Saddaji, junto con varios otros. Pero no eran árabes. Todos eran persas.

¿Cómo puede haber un árabe en nuestro medio? ¿Quién lo permitió y por qué?

Estas instalaciones de investigación eran ultra secretas, estaban enterradas muy dentro de la montaña Alvand, la cumbre más alta de la región. Del medio millón de personas de los alrededores, incluyendo

Hamadán —una de las ciudades más antiguas de Irán— ni una sola era árabe. Menos de una décima parte de uno por ciento de ellas sabía de la existencia de estas instalaciones, mucho menos que el futuro del programa de energía nuclear civil se estaba diseñando y desarrollando aquí. *¿Qué pudo haberle ocurrido a alguien para permitir que ingresara un enemigo en el campamento?*

Como si adivinara, el doctor Saddaji asumió la responsabilidad.

"Caballeros, seré sincero. Yo recluté a este hombre. Era un colega en la Universidad de Bagdad, una de las mentes más brillantes de nuestra generación, un genio absoluto en el campo de UD3. No era uno de los nuestros, es verdad. Pero necesitábamos su experiencia. Pensé que podía confiar en él. Con la bendición del Líder Supremo, le hice una oferta que no pudo rechazar. Pero cometí un error. Nos vendió. Ahora tiene que pagar por eso."

Las palabras de Saddaji generaron más preguntas que respuestas, por lo menos para Najjar. *¿UD3?* ¿Por qué Saddaji necesitaría un experto en el uso de uranio deuterio? Hasta un físico joven como él sabía que el UD3 no tenía usos civiles. ¿Se había vuelto completamente loco el doctor Saddaji? ¿Qué pasaría si la Agencia Internacional de Energía Atómica se enteraba que había un experto en UD3 —uno de Irak— en instalaciones nucleares que la AIEA ni siquiera sabía que existían? ¿Por qué arriesgarse tanto cuando los ojos de la comunidad internacional estaban fijos en el programa nuclear iraní?

Sin embargo, antes de que Najjar pudiera hacer alguna de estas preguntas, el doctor Saddaji continuó describiendo lo que este hombre había hecho para traicionarlos a todos. Explicó que el hombre había sido descubierto haciendo dos llamadas no autorizadas a Europa.

"Afirma que tiene una novia en Francia," dijo Saddaji con desdén. "Afirma que no tenía idea de que su novia fuera agente del Mossad."

Najjar no podía creer lo que estaba escuchando. Nunca antes había conocido a un hombre tan cuidadoso, tan minucioso, tan meticuloso con todo —y especialmente con la seguridad— como su suegro. Quienquiera que fuera esta persona que estaba sentada ante ellos, su traición era espantosa. Pero ¿qué esperaba su suegro? ¿No podía haberlo anticipado? Había algo que no tenía sentido.

Pero este "juicio" —si podía llamársele así— de repente terminó, tan rápidamente como había comenzado. No se invitó a nadie a hacerle preguntas al acusado o a Saddaji. Un verdugo entró entonces a la bodega, llevando una espada excesivamente adornada, que parecía tener varios siglos de antigüedad. Su rostro estaba cubierto con un pasamontañas negro. Un momento después, la cabeza del traidor estaba rodando por el suelo de la bodega. Najjar se sintió intensamente enfermo, pero se había aclarado el punto: todas las traiciones, reales o imaginarias, serían castigadas severamente.

34

SYRACUSE, NUEVA YORK

El fin de semana fue agridulce.

Comenzó el sábado por la mañana con un desayuno de panqueques y mentiras. David no podía decirles a sus padres la verdad de por qué estaba en el país. En lugar de eso, les dijo que había pasado por una serie de reuniones de negocio increíblemente aburridas en Chicago. Después mintió acerca de a dónde se dirigía, y les dijo que volaría a Frankfurt, luego conduciría a Wiesbaden para más reuniones. Mintió en cuanto a si llegaría para el Día de la Madre. "Seguro," dijo, y luego se maldijo silenciosamente durante el resto del día. No tenía manera de saber dónde estaría o qué podría estar haciendo en tres meses. No era justo ilusionar a sus padres. Pero no sabía qué otra cosa hacer, y se sintió mal.

El engaño era fundamental en su vida en la CIA. Pero eso no lo hacía más fácil, y la conciencia desasosegada, la ansiedad creciente por la misión que tenía por delante y una notable falta de sueño después de conducir toda la noche desde Washington se combinaron y resultaron en depresión. David trató de dormir unas cuantas horas en su antigua habitación después del desayuno, pero no dejaba de moverse y dar vueltas. Finalmente se rindió y se unió a su padre para esquiar durante la tarde a través de los 9 hoyos del campo de Golf de Drumlins Country Club.

Esa noche, durante la cena con sus padres en su restaurante italiano favorito en Erie Boulevard, David preguntó por sus hermanos.

Solamente estaba tratando de ser amable, pero la misma pregunta hizo que su madre contrajera el rostro.

Su padre le dijo que Azad estaba prosperando como cardiólogo en Filadelfia, y sí, los rumores eran verdaderos: él y su esposa estaban esperando su primer hijo. Pero nunca los visitaban; nunca los llamaban; casi no enviaban correos electrónicos. Cuando el bebé naciera, los Shirazi planificaban ir a visitar a Azad y a su esposa, pero sinceramente no estaban seguros por cuánto tiempo serían bienvenidos.

Mientras tanto, Saeed no daba señales de establecerse. Estaba saliendo con una bailarina —¿o era una violoncelista? De cualquier manera, estaba saliendo con otra chica —*siempre* otra chica— en Manhattan. Todavía parecía estar casado con su trabajo en Merrill Lynch y estaba convencido de que iba en camino a ganarse su primer millón. Pero no, no había venido a casa en mucho tiempo, y no, no había ido a pescar con su padre en años. No hacía mucho, los Shirazi habían visitado a Saeed durante un fin de semana largo, pero Saeed se pasó la mayor parte del fin de semana en la oficina y había dedicado poco tiempo a sus padres, que habían regresado a Syracuse con el corazón destrozado.

Después de la cena, David trató de cambiar de tema. Hablar de la familia no les estaba haciendo nada bien, por lo que sugirió que rentaran una de las películas de El Señor de los Anillos y que la vieran juntos. Su madre nunca la había visto e insistió en hacer palomitas de maíz, en sacar unas mantas y en pedirle a su esposo que hiciera una fogata en la chimenea. Todos se pusieron cómodos en el salón familiar para ver *El retorno del rey*, pero en los primeros minutos, la madre de David se quedó dormida. Media hora después, su padre también se durmió. David no se molestó en ver el resto, aunque era una de sus películas favoritas. En lugar de eso, apagó el televisor, subió a su habitación y navegó por Internet para ver los últimos titulares de Irán y el Medio Oriente.

Varios le llamaron la atención.

El PM israelí Neftalí dice en Dachau que el mundo debe detener a Irán, o él lo hará

El ministro de defensa israelí dice que alguien debe atacar las instalaciones nucleares de Irán "antes de que sea demasiado tarde"

El presidente Jackson advierte en contra del ataque israelí a las instalaciones nucleares de Irán

El consejo de seguridad de la O.N.U. considera un nuevo ciclo de sanciones para Irán

El presidente iraní Darazi advierte a Israel que "tiene los días contados" si los sionistas atacan

El estómago de David se revolvió junto con sus pensamientos. Exhausto, finalmente se fue a la cama, pero no podía dormir. Como a las cuatro de la mañana, recibió un correo electrónico de Eva, cuyo asunto decía: "¿Estás despierto?". Lo abrió ansiosamente, esperando que fuera personal. No lo era.

EF: Algo está en marcha en Yemen

Tenía razón, por supuesto. Recordó la llamada telefónica que el director adjunto Murray había recibido en su oficina. Pero ¿por qué era importante a las 4:00 a.m.? Eva incluía el vínculo de una historia reciente de *Agence France-Press* que había encontrado en Internet. David lo abrió y rápidamente recorrió el artículo.

"Antes de que el Duodécimo Imán aparezca en la tierra para establecer su reino global, veremos una serie de señales," dijo el doctor Alireza Birjandi, autor de *Los imanes en la historia y la llegada del mesías*, en una conferencia, un viernes en Qom, patrocinada por el Bright Future Institute. "La primera señal es el surgimiento de un luchador de Yemen, llamado Yamani. Él atacará a los enemigos del islam, y al hacerlo ayudará a preparar el camino para el fin del tiempo."

> Birjandi, considerado ampliamente el principal experto en escatología chiíta, no quiso comentar si los recientes ataques en contra de los cristianos en Yemen representaban el cumplimiento de esa señal. Pero otros eruditos que se reunieron para esta conferencia de tres días especularon que, de hecho, este podría ser el caso.

> El *Bright Future Institute* es un centro de estudios teológicos establecido en la ciudad de Qom en 2004, por eruditos chiítas para estudiar mahdismo en profundidad y preparar a los chiítas para el regreso del mesías islámico, conocido como el Mahdi, el Imán Escondido, o el Duodécimo Imán.

Intrigado, David envió un mensaje de texto al teléfono de Eva.

DS: no sé q pensar d esto.

Un momento después, Eva respondió.

EF: yo tmp

DS: ¿sabes algo d birjandi?

EF: no puedo dcir q sí

DS: yo tmp . . . estoy en amazon ahora . . . encargando su libro

EF: buena idea . . . buscaré el *Bright Future Institute*

DS: gracias–comparemos notas el lun . . . ¿cómo estás? ¿dónde estás?

EF: estoy bien . . . gracias x preguntar . . . estoy c/mis padres y hnas en berlín . . . ¿y tú? ¿surfeando en cancún? ¿asoleándote en san juan?

David sonrió al responder.

DS: jaja–eso quisiera. visito a mis padres en syracuse . . . pero estoy ansioso x comenzar

EF: yo tmb . . . te veo pronto–estaré esperando . . . ¿q tal Starbucks en DXB?

El cerebro de David, que no había dormido, tardó un momento en descifrar lo último, hasta que se dio cuenta de que ella estaba sugiriendo que fueran a Starbucks cuando llegaran a Dubai. Tecleó un mensaje final.

DS: Sí–TVF–CYF

Te veo pronto. Cambio y fuera.

Volvió a conectar su teléfono al cargador y terminó de encargar el libro del doctor Birjandi en línea, y dirigió el pedido hacia su departamento en Munich. Luego cerró su computadora portátil, se volvió a acostar en la oscuridad y miró por la ventana la luz de la luna que caía en el patio de atrás, cubierto de nieve.

Así que Eva no estaba con un novio el fin de semana. Interesante. No significaba que no tuviera novio, por supuesto. Pero si lo tenía, no había decidido pasar el fin de semana con él. En lugar de eso estaba con su familia. Y estaba pensando en él. Le gustó eso, y en la intimidad de la habitación de su niñez, admitió —aunque fuera sólo para sí mismo— que Eva le parecía un poco más que interesante, en contra de su mejor juicio.

No había salido mucho con chicas en la universidad, y para nada desde entonces, en parte porque la mayoría de las chicas alemanas que conocía eran demasiado bruscas para su gusto y porque —a pesar de su pasaporte falsificado— en realidad no era alemán. No le gustaba el *sauerkraut*. No podía soportar el *Wiener schnitzel*. Apenas podía tragar con esfuerzo el pastel de chocolate alemán. Pero algo en Eva era distinto. Pensó que quizás finalmente ya era hora de liberarse del control que Marseille tenía sobre él.

35

Todos se levantaron tarde y se juntaron para un desayuno-almuerzo.

Fue entonces cuando su madre elevó sus súplicas. Mientras comían waffles belgas hechos en casa y jugo de naranja recién preparado, le imploró a David que dejara sus viajes internacionales, que consiguiera un trabajo con Carrier o Lockheed Martin, con Bristol-Myers Squibb o con cualquier otra compañía sólida en el centro de Nueva York, que buscara a una buena chica de Syracuse con quien casarse, que buscara una bonita casa familiar en Manlius o Fayetteville, o DeWitt —no demasiado lejos— y que finalmente construyera una vida real en donde ellos pudieran verlo y pudieran ser una familia.

"Por favor, Davood," le suplicó su madre. "Eres mi hijo menor y siento que te estoy perdiendo."

David no la había escuchado usar su nombre persa —*Davood*— desde su niñez. El saber que se iría en unas cuantas horas y que tal vez nunca volvería lo hizo sentir todavía peor.

El padre de David no fue tan directo, pero fue muy claro en que él, también, quería que su hijo se tranquilizara y se estableciera. David ciertamente entendía por qué. Sus padres rápidamente se estaban acercando a la edad de la jubilación. El torbellino de criar a tres hijos de alto octanaje se había terminado. La casa estaba vacía. Nadie estaba alrededor para romper alguna lámpara o golpear una ventana —o la del vecino— con una pelota de béisbol. Ya nadie necesitaba que lo llevaran al hospital por unos puntos de sutura. Una caja de cereal en su casa ahora duraba un mes, no un día. Solamente tenían que comprar un litro de leche a la semana, no cuatro galones. Todo era distinto. Estaban solos. David prometió comunicarse más y en privado juró mejorar.

Precisamente entonces, el teléfono de David vibró. Otro mensaje de texto lo estaba esperando. Eva Fischer iba camino a Dubai. Zalinsky también. Tenían noticias de última hora, por lo que ella escribió: "NT," *no tardes*.

El pulso de David se aceleró. Era hora de entrar al juego. Se disculpó con sus padres y revisó en su BlackBerry el estado de sus vuelos. A pesar de una enorme tormenta de nieve que se dirigía por el lago Ontario desde Canadá al caer la noche, parecía que todos los vuelos estaban en horario. Tenía reserva en el vuelo 5447 de Delta que salía del Aeropuerto Hancock de Syracuse a las 5:33 p.m. y que llegaría a Atlanta a las 8:06 p.m. Eso lo sacaría del centro de Nueva York antes de lo peor de la tormenta, y para ese vuelo, estaría viajando bajo su nombre verdadero. Sin embargo, ya en Atlanta planeaba usar su pasaporte alemán y su alias —Reza Tabrizi— y tomar el vuelo 8 de Delta. Ese saldría a las 11:20 p.m. y llegaría a la ciudad más grande de los Emiratos Árabes Unidos a las 9:25 p.m. de la noche siguiente.

David miró su reloj, luego se disculpó de nuevo con sus padres y les dijo que era hora de irse. Allí fue cuando su madre le explicó la razón que impulsaba su petición.

—¿Davood? —dijo, con los ojos llenos de lágrimas.

—¿Sí, mamá?

—Cariño, no hay manera fácil de decir esto, así que solamente voy a decirlo. Me han diagnosticado cáncer de estómago en la etapa III. No queríamos que ustedes se preocuparan por mí, pero el que llegaras tan inesperadamente parece un regalo. Así que quería que lo supieras.

La noticia dejó atónito a David. Mientras la escuchaba describir los síntomas que había estado experimentando en las semanas recientes, las diversas pruebas que los médicos estaban haciendo y el agresivo plan de tratamiento que estaban recomendando, y sus temores de morir, toda la culpa de David rápidamente entró en acción. Con desesperación quería quedarse, escuchar, cuidar de sus padres mientras se dirigían a esta terrible tormenta. Pero tenía que irse.

Le suplicaron que reprogramara su vuelo, que llamara a su jefe, que explicara la situación. Pero no podía. Pudo ver el dolor y la profunda desilusión en los ojos de su madre en particular, y se apesadumbró por ella. Su excusa de tener que irse sonaba tan poco convincente bajo las circunstancias, pero no importaba cuánto quisiera, no podía decirles la verdad.

Cuando David se paró en las gradas de enfrente del hogar de su niñez, con una nevada que aumentaba, y dio un abrazo de despedida a sus padres, Nasreen Shirazi comenzó a llorar.

—Mamá, por favor no —dijo David, con su maleta en la mano y el auto encendido.

—No puedo evitarlo —dijo en persa, sollozando—. Te amo, Davood.

—Yo también te amo, mamá.

—¿Te acuerdas cuando solía llevarte de la mano a la parada del bus cuando eras un niñito?

—Mamá, de veras.

—¿Te acuerdas cuando venías corriendo a casa todos los días con una mochila llena de notas y papeles y regalos para mí? ¿Te acuerdas cuando no podías esperar para decirme todo lo que habías hecho en el día?

—Mamá, todo va a estar bien —le aseguró—. Papá conoce a los mejores médicos del mundo. Ellos te cuidarán bien. Y yo voy a buscar la manera de volver pronto a visitarte y alegrarte. Pero si no me voy en este segundo, voy a perder mi avión. Y de veras tengo que irme.

—Está bien —dijo ella—. Vete. ¿Quién soy yo para ponerme en tu camino?

David se sintió peor que nunca. La besó en la mejilla, le dio un abrazo a su padre y ya estaba en su auto cuando de repente su madre comenzó a gritarle.

"David, David . . . ¡espera! Antes que te vayas, se me olvidó completamente . . . ¡tengo algo para ti!"

Se volteó y corrió a la casa. David miró a su padre para que lo ayudara, pero el doctor Shirazi simplemente se encogió de hombros indicando que no sabía lo que su esposa iba a hacer. Pasaron dos minutos. Luego tres. Y después cinco. David miró su reloj. Tamborileaba el tablero con sus dedos. Se obligó a no acelerar el motor ni a tocar la bocina, pero por dentro ya no aguantaba más. Finalmente su madre volvió corriendo al auto y sin aliento le entregó una bolsa de plástico de la tienda Wegmans.

—¿Qué es esto? —preguntó.

—Algo de correspondencia para ti —dijo, y le dio el último beso por la ventana abierta, mientras la nieve comenzaba a caer más fuertemente—. Siempre se me olvida enviártela.

—Gracias, creo —dijo y puso el Impala en retroceso para salir lentamente—. ¿Algo interesante?

—Probablemente no —dijo ella—. Excepto una, tal vez.

—¿De veras? ¿De quién?

—No sé exactamente —dijo ella—. Pero el sello postal decía Portland.

HAMADÁN, IRÁN

Najjar se despertó en medio de la noche con un sudor frío.

No podía respirar, perseguido otra noche más por el rostro del hombre que había visto decapitar como espía sionista. Su querida esposa Sheyda lo abrazó; se había despertado asustada, sin duda, por sus constantes pesadillas, sacudidas y gemidos.

"¿Qué pasa, mi amor?," susurró con una ternura que típicamente lo tranquilizaba y consolaba.

Ahora ni su voz consoladora, ni el suave tacto de sus brazos que lo rodeaban eran suficientes. Najjar no tenía idea de qué decir. No podía decirle que su padre era un carnicero. Él mismo no podía creerlo totalmente. Y lo que era más, tenía que guardar silencio. Todo lo que pasaba en esas instalaciones —*todo*— era altamente confidencial. No estaba autorizado para decir nada a nadie de lo que había pasado allí. Si lo descubrían violando la seguridad, incluso con la hija del director de las instalaciones, temía que terminaría en la célebre Prisión Evin de Irán. Y sabía que eso sería una sentencia misericordiosa. Dos llamadas telefónicas no autorizadas ya le habían costado la vida a un hombre.

Pero no era solamente la imagen grotesca de la espada del verdugo rebanando la cabeza del hombre, ni el enorme flujo de sangre lo que amenazaba a Najjar con no poder volver a dormir en paz y sin culpa. Era que al hombre no se le había hecho un juicio justo en la corte. Era el hecho de que ni Najjar ni sus colegas habían visto una pizca de pruebas en contra del hombre. Este hombre era un compañero musulmán y, aun así, no se le había mostrado misericordia. Peor aún, ahora Najjar sabía por qué el hombre le había parecido conocido.

En su última pesadilla, Najjar se había dado cuenta de repente que este era el hombre que había visto secuestrar en Bagdad, años atrás, el hombre a cuya familia había visto asesinar al estilo de una ejecución en la calle Al Rasheed.

36

SYRACUSE, NUEVA YORK

David se estacionó en el Aeropuerto Hancock y entró corriendo a la terminal.

Estaba intrigado por la carta de Portland y el momento extraño en que llegó, pero eso tendría que esperar. David estaba devastado con la noticia del cáncer de su madre. No podía imaginar que su madre no estuviera más para él. Ni podía imaginar a su padre viviendo solo. Se lamentó por todos los años que había perdido sin pasar tiempo con ellos: veranos, cumpleaños, días festivos. Ahora ya habían pasado y no podría recuperarlos.

Primero lo primero, llamó a una florería local y encargó dos docenas de rosas amarillas —las favoritas de su madre— para que las llevaran a la casa con una nota pidiéndole perdón por no poder quedarse más tiempo. Luego, envió rápidamente un correo electrónico a la asistente administrativa de Zalinsky, informándole que dejaría el auto de la Agencia en el aeropuerto de Syracuse. Después registró sus maletas, obtuvo su pase de abordaje y pasó por seguridad, justo a tiempo para tomar el vuelo hacia Atlanta.

Finalmente, sentado en el avión, estabilizó su respiración y sacó la carta del portafolios. Pero el temor lo sobrecogió y la volvió a guardar sin abrirla. *Ni siquiera podría ser de ella*, pensó. Y aunque lo fuera, no podría ser amigable. Mil situaciones pasaron por su mente, y David no estaba seguro de estar preparado para cualquiera de ellas.

Ya en Atlanta, rápidamente identificó al Agente Secreto Extraoficial que lo estaba esperando. En un intercambio furtivo relámpago, cerca de una tienda de periódicos en la terminal nacional, David recibió un teléfono sofisticado Nokia N95. Momentos después, aplastó la tarjeta SIM de su teléfono actual y la desechó en un basurero cerca del área de restaurantes. Unos minutos después de eso, desechó su BlackBerry en un basurero del baño de hombres.

Ahora que su compañía, Munich Digital Systems, estaba trabajando con Nokia Siemens Networks, tenía que hacer su papel y cargar las herramientas del negocio. El N95 era lo último en tecnología 3G que funcionaba más como un iPhone que como un BlackBerry. Sin embargo, el N95 que ahora tenía en sus manos no era uno normal. Era más bien una versión especial que tenía varias características instaladas por los técnicos de Langley.

Primero, una función exclusiva GPS permitía a Zalinsky y a la Agencia rastrear la ubicación de David en tiempo real, sin que nadie pudiera detectar que ese rastreo se estaba llevando a cabo.

Segundo, el teléfono estaba cargado con los nombres e información de contacto de gente que se esperaría que David conociera en su papel de consultor. Más importante aún, cualquier nombre nuevo, número y direcciones de correo electrónico que él agregara a su directorio de contactos serían instantánea y clandestinamente cargados en las computadoras centrales de Langley y de la Agencia de Seguridad Nacional. Esto alertaría a ambas agencias para piratear y comenzar a monitorear esos números telefónicos y direcciones de correo electrónico, como blancos nuevos de alta prioridad.

Tercero, y quizás lo más importante, mientras que el teléfono típicamente funcionaba en frecuencias normales, permitiendo que las agencias de inteligencia extranjeras escucharan sus llamadas y de esta manera recibieran desinformación, un sistema exclusivo de codificación podía ser activado para permitir al usuario hacer llamadas seguras a Langley o a otros agentes en el campo. Esto era solamente para casos raros y emergencias extremas, porque una vez que se activaba el software, los que monitoreaban las llamadas de David inmediatamente sabrían que se había "puesto seguro," arriesgando potencialmente su personalidad ficticia como consultor de MDS.

Mientras se dirigía al vestíbulo "T," David navegó en Internet, tratando de familiarizarse con el teléfono. Mientras lo hacía, se cruzó con la última diatriba del Ayatolá Hosseini, el Líder Supremo de Irán, dada en un discurso en Teherán, en una conferencia de líderes terroristas de Hezbolá, de Hamas y del Yihad Islámico.

> "Les guste o no, el régimen sionista se dirige a la aniquilación. El régimen sionista es un árbol podrido y seco que será eliminado por una tormenta. Y esto es solamente el comienzo. Ahora, el tiempo para la caída del poder satánico de Estados Unidos ha llegado, y la cuenta regresiva para la aniquilación del imperio de poder y riqueza ha comenzado. Prepárense para un mundo sin Estados Unidos."

Tal vez debería llevar a casa la cabeza de *este* tipo en una caja, pensó David. Por lo menos sabían dónde encontrarlo.

Al llegar al vestíbulo "T," David finalmente miró su itinerario.

Por primera vez se dio cuenta de que en su próximo vuelo a Dubai tenía un asiento en el medio, en clase económica, en un vuelo de catorce horas. Pensó que eso no estaba bien. Se enfocó en un ascenso a clase ejecutiva. Esperó hasta tener un momento a solas con la atractiva joven del mostrador de Delta, Yasmeen, y le preguntó si podría hacer algo para compadecerse de él. Cualquier cosa sería mejor que un asiento en el medio.

—¿Es miembro de SkyMiles? —preguntó ella.

—No, ¿dónde me puedo inscribir? —respondió él.

—Bueno, señor Tabrizi, puedo darle el formulario para que lo llene, pero me temo que solamente nos queda un asiento en clase ejecutiva, y está reservado para los miembros que tienen la condición de Medallón Diamante.

—Eso no suena exactamente como un no —susurró.

—Bueno, en realidad yo no debería —dijo ella, echando un vistazo alrededor del salón.

—Claro que no debería —dijo él, sonriendo y manteniendo la voz baja—. Pero yo nunca diría nada.

Ella se mordió el labio.

Entonces a David se le ocurrió algo.

—¿Está trabajando en este vuelo? —preguntó.

—Sí, ¿por qué? —preguntó ella.

—¿En clase ejecutiva?

—De hecho, sí.

—Bueno, tal vez yo podría devolverle el favor cuando estemos en Dubai —ofreció él.

—¿A qué se refiere? —Estaba intrigada.

—¿Alguna vez ha estado en la parte más alta del Burj Khalifa? —preguntó David, refiriéndose al edificio más alto del mundo, el monumento glamoroso a la ingeniería del hombre que recientemente se había inaugurado en el corazón de la capital de negocios de los Emiratos Árabes Unidos.

—¿En la plataforma de observación? —preguntó ella, un poco decepcionada—. Claro; todos han estado allí.

—No, no, arriba de eso —dijo él—. Hay una suite privada que nadie sabe que existe. El dueño la usa para cenas exclusivas con sus mejores clientes.

—¿De veras? —preguntó Yasmeen, y abrió más sus bellos ojos café—. Nunca había oído de eso.

—En realidad, conozco al dueño —dijo David—. Su hijo y yo fuimos juntos a la universidad en Yale. Dijo que podría usarla la próxima vez que estuviera en la ciudad, y estaba pensado, ¿qué tal una cena allí arriba el miércoles en la noche, sólo usted y yo?

Y eso lo logró. David repentinamente tenía el boleto del asiento 5A, el último asiento disponible en clase ejecutiva. Pero su conciencia lo estaba matando. No conocía al dueño del Burj. No había ido a Yale. No tenía intención de llevar a Yasmeen a cenar en Dubai. Simplemente había hecho lo que le habían enseñado en la Granja, hacer amigos e influenciar a la gente y usarla para sus propósitos. Al principio se había sorprendido con lo fácil que había sido para él, convencer a la gente de que hiciera cosas que no quería hacer. Ahora estaba sorprendido de lo terrible que se sentía por mentirle a esta mujer. ¿Qué le estaba pasando?

Se sentó en el vestíbulo de la clase ejecutiva y esperó que llamaran a su vuelo. Estaba ansioso por su mamá. También estaba ansioso por lo que le esperaba en Irán. Había estudiado a al Qaeda, al Talibán y a los paquistaníes por dentro y por fuera. Conocía su historia. Conocía su cultura. Sabía el idioma y los protocolos. Pero aunque tenía sangre persa corriendo en sus venas, había hecho muy poca tarea para esta misión. No había tenido tiempo. Sabía que Zalinsky y Fischer harían lo mejor posible el resto de la semana para prepararlo, pero temía que no fuera suficiente. Necesitaba un mes, no una semana, y probablemente más.

Necesitando desesperadamente sacar de su mente a su madre, a Yasmeen y a Irán, David se dio cuenta de que sus pensamientos cambiaron hacia la carta de Portland y el resto de correspondencia que llevaba. No podía precisamente viajar a Dubai —mucho menos a Irán— con pasaporte alemán con el nombre de Reza Tabrizi, mientras llevaba correspondencia de Estados Unidos para David Shirazi. Lo cual significaba que tenía que tomar una decisión. ¿Debería leer todas las notas y cartas —mayormente tarjetas de Navidad y cumpleaños de viejos amigos del centro de Nueva York— y luego tirarlas todas aquí en el aeropuerto Hartfield-Jackson? ¿O debería buscar una oficina postal o tienda de UPS para enviar todo al departamento de Munich que la CIA alquilaba para él, el departamento donde sus padres pensaban que en realidad vivía?

Agonizando un poco más de lo debido ante el interrogante, David finalmente decidió enviar la correspondencia a Munich. Sólo guardaría la carta de Portland. ¿En realidad era tanto el riesgo de llevar solamente una carta con él a Dubai? Los protocolos de la CIA lo prohibían. Pero la Seguridad Nacional de Estados Unidos en realidad no iba a estar buscando una carta común en él. No iba a haber ningún registro de seguridad al *llegar* a Dubai. Y ciertamente podría desechar la carta, sin importar de quién fuera, antes de ir a Irán. Así que eso fue todo. Tenía su plan.

37

VUELO 8 DE DELTA

Ahora estaban a doce mil metros de altura, a medio camino sobre el Atlántico.

David no cenó y esperó que retiraran los platos y que atenuaran las luces de la cabina. Cuando eso ocurrió, echó un vistazo para asegurarse de que los auxiliares del vuelo estuvieran ocupados y que los pasajeros que lo rodeaban estuvieran durmiendo, viendo películas, escuchando sus iPod, o que estuvieran ocupados. Entonces sacó el sobre color crema de su portafolios.

No era una tarjeta de Navidad. Era un papel y sobre costosos. A juzgar por la letra cursiva delicada de su nombre y dirección, definitivamente era la escritura de una mujer. El sobre en efecto tenía un sello de Portland, con fecha 13 de diciembre, hacía casi dos meses. No tenía nombre ni dirección de remitente en la esquina superior izquierda, ni en la parte de atrás. Pero por la ciudad de origen, había poca duda de quién era. La única pregunta era qué contenía y por qué había sido enviada.

David no pudo evitar su sorpresa por la coincidencia. ¿Cuánto había pasado —un día, ni siquiera uno— desde que había comenzado a considerar por primera vez, en casi una década, olvidar sus recuerdos de Marseille y tantear si algo podría ocurrir entre él y Eva? Y ahora, precisamente, tenía en sus manos una carta de Marseille Harper. ¿Qué significaba esto? Estaba seguro de que era una señal. Pero ¿qué presagiaba?

A pesar de todo lo que había pasado y de todo el tiempo que había transcurrido, lo cierto era que David había extrañado a Marseille todos los días desde el funeral. Reconocer esto lo avergonzaba, pero era cierto.

Él la amaba, y no importaba lo que hubiera pasado, pensaba que siempre la amaría. Cada año para su cumpleaños, el 20 de junio, había tratado de imaginar cómo se vería un año mayor. Se había preguntado cómo estaría celebrando y con quién. ¿Cómo estaría su padre? ¿Se habría vuelto a casar? ¿Tendría Marseille ahora hermanastros y hermanastras? ¿Eran ahora una gran familia feliz? Se había preguntado cómo era crecer en Oregón sin su madre, sin su amada Jersey Shore de su juventud, sin sus amigos de la niñez, y eso siempre lo entristecía.

Pensó que Spring Lake en Nueva Jersey habría sido un lugar idílico para crecer. Había leído sobre eso en la biblioteca y lo había investigado en Internet, y hasta había conducido por el pueblo un día el verano pasado, sin decirle a Zalinsky ni a sus padres, claro. Con menos de cuatro mil residentes durante el año, la pequeña aldea pintoresca al lado del mar tenía más gaviotas que ciudadanos, aunque en el verano los turistas de Manhattan, Long Island, Filadelfia y lugares del occidente y del norte hacían que la población aumentara a siete u ocho mil.

Ella le había contado con alegría cuánto le gustaba levantarse temprano y montar su bicicleta en la playa antes del amanecer, mientras todavía estaba tranquilo y pacífico, para ver salir el sol sobre las olas que rompían, antes de que la gente llegara a tomar sol y a construir castillos de arena. Los domingos en las tardes de verano, le encantaba pescar desde el muelle con su papá y luego comprar helados con trozos de chocolate de Hoffman's en Church Street.

Pero en un instante le habían robado todo, y aunque David lo intentó, no pudo evitar preguntarse qué habían hecho en lugar de eso. ¿Vivían ella y su padre lo suficientemente cerca del Pacífico para que ella montara su bicicleta hacia la playa al amanecer, para ver la puesta del sol sobre las olas que retumbaban? ¿Todavía iba a pescar con su papá? ¿Habían encontrado un lugar donde comprar helados?

Cuidadosamente, David abrió el sobre y sacó la pequeña nota escrita a mano. Respiró profundamente, se preparó para lo que venía y comenzó a leer.

Querido David:

Hola, ¿cómo estás? Espero que estés bien y que tus padres y hermanos también. Me doy cuenta de que esta nota podría llegar como una sorpresa. Por favor perdóname por no escribir antes. Quería hacerlo. Comencé a escribir varias veces, pero nunca terminé o nunca las envié. Las cosas han sido difíciles y complicadas y, sinceramente, no estaba segura de qué decir. Pero dos cosas me han impulsado a escribir ahora.

Primero, sucede que voy a ser dama de honor en una boda cerca de Syracuse el primer fin de semana de marzo. ¿Por qué mi amiga Lexi decidió casarse en las nieves que enfrían los huesos de "Siberacuse"? (¿No era así como ustedes le decían?) No tengo idea. Tal vez realmente será bello, apacible y primaveral para entonces, pero con mi suerte, en serio lo dudo. Habiendo dicho esto, Lexi y yo hemos sido amigas desde nuestro primer año de la universidad y ella está locamente enamorada de este tipo, y creció allá en un pueblo llamado Fayetteville (tengo entendido que es muy bonito), así que no pude decir que no.

Claro, tan pronto como supe que la boda sería allá, no pude evitar pensar en ti. La única otra vez que estuve en Syracuse fue cuando mi familia visitó a la tuya y nos quedamos en tu casa. Creo que yo tenía siete u ocho años. ¿Te acuerdas de eso?

La segunda cosa que originó esta nota es que mi padre murió recientemente. Ha sido muy difícil y doloroso, de manera que preferiría no escribirlo en una carta. Preferiría decírtelo en persona.

De todas formas, la verdadera razón por la que escribo, creo, es que me preguntaba si te gustaría que tomáramos un café, o algo así, cuando esté allá. Ha pasado tanto tiempo, tanto ha sucedido y hay cosas por decir.

Llegaré el jueves, 3 de marzo, como a la hora de la cena. No tengo planes esa noche ni el viernes en la mañana, hasta las 10:00 a.m., cuando todas las damas se reunirán para almorzar con Lexi y su mamá. El ensayo es en la iglesia a las 4:00 p.m. Hay una comida a las 6:00, así que probablemente no voy a estar libre todo ese día. La boda es el sábado a las 2:00 p.m. por lo que estaré ocupada todo el día. El domingo en la mañana sería otra posibilidad, si quisieras ir a la iglesia conmigo. Lexi dice que es una iglesia impresionante. Me encantaría que vinieras. Después de eso, tengo que correr al aeropuerto para tomar el vuelo de la 1:00 p.m. de regreso a Portland.

Si no es posible que nos encontremos, o no quieres hacerlo, en realidad lo entiendo. Y siento mucho por hablar tanto. No era mi intención. Solamente quería decir que me gustaría verte otra vez, si fuera posible. Sería bueno ponernos al día y decirte cosas que tuve que haber dicho antes, si te parece bien. Gracias, y por favor saluda a tus padres de mi parte.

Terminó la carta con el número de su teléfono celular y su dirección de correo electrónico, luego la firmó con su nombre. No puso "Tu amiga, Marseille," ni "Atentamente, Marseille." Y definitivamente no: "Con cariño, Marseille."

Solamente: "Marseille."

Aun así, había escrito. Y su carta era en realidad amistosa. No parecía estar tratando de introducir el cuchillo más profundamente en su corazón, lo cual no le dio mucho alivio. Al contrario, ella quería verlo otra vez. David casi no podía creerlo.

Leyó la carta otra vez y luego una tercera, aunque la había memorizado después de la primera vez. Le alegraba saber que había ido a la universidad, que tenía una amiga querida a quien quería como para estar dispuesta a viajar al otro lado del país para estar con ella en su día especial. Pero se sintió mal por la pérdida de su padre. Marseille y el señor Harper habían sido muy unidos durante mucho tiempo. Ahora estaba sola en el mundo. No se oía amargada, aunque sí dijo que su vida había sido "difícil," "complicada" y "dolorosa" de maneras que le era difícil escribir. David se preguntaba qué otras tristezas le habían sucedido en esos años, desde que la había visto por última vez.

Era difícil describir sus propias emociones en ese momento. Se volteó y miró por la ventana la oscuridad de abajo, y sintió que se le formaba un nudo en la garganta. Había extrañado a Marseille por tanto tiempo, y finalmente había perdido las esperanzas de volver a saber de ella, mucho menos de verla otra vez. De repente, saber que estaba viva, que estaba tan bien como podría esperarse a pesar de las circunstancias, que pensaba en él afectuosamente y hasta que lo extrañaba significaba demasiado para él.

Todo estaba bien, extraordinariamente bien, excepto por un problema: Marseille llegaría a Syracuse en menos de un mes, y en lo que a ella concernía, él la había evitado completamente. Él no se había enterado de la carta, ni de la invitación, ni de la visita. Pero ella no lo sabía. Todo lo que sabía era que él ni siquiera había tenido la decencia de escribirle, llamarla o decirle por correo electrónico: "Qué bueno saber de ti, pero me temo que estaré en Irán ese fin de semana." O: "Gracias por la nota, pero no me gustaría verte otra vez aunque estuviera bajo amenaza." O: "Tienes que estar bromeando. Me evitaste ¿por cuánto tiempo?, ¿y ahora quieres ir a tomar un café?" O: "El jueves estaría bien para mí y, a propósito, ¿estás saliendo con alguien?"

Algo —*algo*— habría sido mejor que nada. Pero ella no había sabido de él en casi dos meses. Se sentía mal. Tenía que arreglar esto, y rápido.

38

DESIERTO DEL NÉGUEV, ISRAEL

El capitán Avi Yarón silenció su radio y cerró los ojos.

"Barukh atah Adonai Eloheinu melekh ha olam," oró, *"she hehiyanu v'kiy'manu v'higi'anu la z'man ha ze."*

Bendito seas, Señor nuestro Dios, Rey del universo, que nos has mantenido vivos, nos ha sustentado y nos ha permitido llegar a este momento.

Dicho eso, aceleró los motores, cuidadosamente giró su F-15 para salir de su bunker subterráneo, se deslizó sobre el asfalto y esperó la autorización. Detrás de él, otros treinta y siete F-15 y F-16 se abastecían, aceleraban y hacían fila. Había llegado el momento. La noche que habían estado esperando, para la cual habían estado preparándose y anhelando durante los últimos seis meses.

Yarón vio la incesante actividad en toda la Base de la Fuerza Aérea Hatzerim, no lejos de la antigua ciudad de Beerseba, en el corazón del Desierto del Néguev. La mayoría de la gente que sabía algo del lugar consideraba a Hatzerim como el hogar del Museo de la Fuerza Aérea Israelí. Solamente un puñado de personas, incluso en Israel, sabía que la Fuerza Aérea Israelí secretamente había estado reequipando las instalaciones para hospedar varias alas nuevas de ataque aéreo.

Las manos de Yarón temblaban. ¿Tenían razón los tipos de inteligencia? ¿Había en realidad una oportunidad breve en la que ni los satélites espías rusos ni los americanos estaban en condiciones de rastrearlos? ¿Cómo sabían en realidad y con precisión a qué hora ese período comenzaba y terminaba?

Odiaba tener que esperar. Estaba desesperado por volar, desesperado por combatir al enemigo, por dejar caer su artillería y por salvar a su pueblo. Pero la vida en la Fuerza Aérea Israelí estos días parecía abocada a esperar solamente. Los pilotos esperaban luz verde de los comandantes. Los comandantes esperaban a los generales. Los generales esperaban a su ministro de defensa. El ministro de defensa esperaba al primer ministro. El primer ministro esperaba al presidente de Estados Unidos.

¿Y si esperaban demasiado? ¿Qué pasaría si Irán tenía la Bomba y daba inicio a otro holocausto?

Yarón creía que el tiempo de espera había terminado. Era hora de atacar primero.

Revisó sus instrumentos. Todo estaba listo, al igual que él, y mientras esperaba el permiso para despergar, sus pensamientos se dirigieron hacia Yossi, su hermano gemelo. Revisó su reloj. Podía imaginar a Yossi en su F-16 en ese mismo momento, deslizándose por el asfalto en la Base de la Fuerza Aérea Ramat David en el norte, no lejos de Har Megiddo, de cuyo nombre venía el término *Armagedón*. Deseaba poder dirigirle un *shalom*, pero el silencio en la radio era la regla del día, y era inviolable.

Precisamente entonces la tripulación de tierra dio la señal. Era hora de partir.

Yarón no vaciló. Presionó el pedal hasta el fondo y llevó su Strike Eagle a catorce mil metros de altura en menos de un minuto. Detrás de él, los cielos se llenaron de aviones caza bombarderos de largo alcance y aviones cisterna de abastecimiento. Un ejército devastador acababa de ser desatado para el vuelo de mil doscientos kilómetros, la misión más larga en la que cualquiera de estos jóvenes pilotos, copilotos y oficiales de sistemas de armas se hubieran involucrado jamás.

39

TEHERÁN, IRÁN

El Bell 214 Huey despegó justo después de las oraciones de la tarde.

Mientras tomaba altitud, el helicóptero militar iraní se inclinó suavemente hacia el norte y se dirigió a las montañas Alborz, lugar sumamente custodiado de retiro del Líder Supremo, en el monte Tochal. A 3.965 metros de altura, Tochal era la segunda cumbre más alta de la cordillera, muy lejos del humo, del ruido, de la congestión de la capital y de todas las intrigas del palacio y maquinaciones políticas que, cada vez más, competían por su atención y drenaban su energía.

Perseguido por crecientes temores de un inminente ataque israelí, Hamid Hosseini, canoso y con lentes, ahora ya de setenta y seis años, miró hacia las luces intermitentes de Teherán, una ciudad de ocho millones y medio de almas. Nunca había imaginado llegar a la altura de su maestro. Nunca había buscado ser el Líder Supremo de la nación. Pero ahora una carga enorme pesaba sobre sus hombros. Deseaba poder sentarse con su maestro, orar y buscar el consejo de Alá juntos, como lo habían hecho tantas veces a lo largo de los años. Pero no sería así. Había un momento en la vida del hombre en el que ya no contaba con las bendiciones de la atención de su mentor, ni de su sabiduría, ni siquiera de su presencia, un momento en que el hombre tiene que tomar decisiones cruciales por sí mismo, fuera lo que fuese. Este era uno de esos momentos, y Hosseini se había armado de valor para lo que tenía por delante.

Al aterrizar en el lugar de retiro, un asistente le pasó una nota al Líder Supremo, informándole que sus invitados lo estaban esperando en el comedor. Hosseini leyó la nota, pero no se apresuró. Acompañado por su guardia de seguridad, se dirigió primero a su dormitorio, instruyó al asistente que le permitiera un tiempo a solas, cerró la puerta y se sentó en la cama.

Su mente estaba inundada de preguntas. Todas habían sido presentadas y respondidas antes, algunas de ellas miles de veces. Pero tenían que hacerse una vez más. ¿Estaban realmente listos? ¿Cuánto tardarían? ¿Estaban seguros de que tendrían éxito? ¿Podrían garantizar absoluta confidencialidad? Además, si los descubrían antes de que estuvieran listos, ¿podrían sobrevivir a las repercusiones?

Los principales asesores de Hosseini tenían confianza de que la victoria estaba a su alcance. Él no. Ellos creían que los beneficios sobrepasaban a los riesgos. Él temía que le estuvieran diciendo lo que creían que él quería oír, no la verdad, por lo menos no toda la verdad. Ellos podrían darse el lujo de equivocarse. Él no. Y eso, pensó, marcaba la diferencia.

Hosseini se levantó de la cama y se puso de rodillas. Miró hacia las ventanas y de esta manera con el rostro hacia la Meca, comenzó a orar.

"Oh, Señor poderoso," imploró, "te pido que aceleres el surgimiento de tu último depositario, el Prometido, ese ser humano perfecto y puro, el que llenará este mundo de justicia y de paz. Haznos dignos de preparar el camino para su llegada, y guíanos con tu mano justa. Anhelamos al Señor de la Época. Anhelamos al Esperado. Sin él —El Que Ha Sido Guiado Justamente— no puede haber victoria. Con él, no puede haber derrota. Enséñame tu camino, oh Señor poderoso, y úsame para preparar el camino para la llegada del Mahdi."

Esa era su oración normal, la que había hecho miles de veces, todos los años. También era un secreto, que él cuidadosamente mantenía escondido, incluso para los que estaban más cerca de él. Como "imamista" reservado, anhelaba ver que el Mahdi llegara mientras él estaba vivo. Y ahora percibía que el tiempo se acercaba.

Pasaron treinta minutos. Después una hora.

De repente alguien llamó a la puerta. Hosseini no respondió sino que siguió orando. Unos momentos después, volvieron a llamar.

Molesto, el Líder Supremo trató de ignorarlo y de seguir concentrado. Sin embargo, cuando llamaron por tercera vez se levantó, se dirigió a su cómoda, abrió la gaveta superior, sacó su revólver revestido de níquel y abrió la puerta de la habitación. Estaba tan furioso que casi no podía respirar.

—Todos lo están esperando, Su Excelencia —dijo su joven asistente.

—¿Acaso no pedí que no me molestaran? —dijo Hosseini iracundo.

El asistente se puso pálido y comenzó a retirarse.

—Lo pidió, pero pensé . . .

—*¡Hijo de judío perverso!* —gritó Hosseini—. *¡Cómo te atreves a molestarme cuando entro al lugar santo!*

Dicho esto, Hosseini le disparó al hombre en el rostro.

El ruido de la explosión hizo eco en todas las instalaciones del retiro. Hosseini miró al hombre muerto, mientras un charco de sangre se formaba en el piso de madera en el pasillo. Luego se arrodilló y metió sus manos en la sangre y comenzó a orar en voz alta.

"*Allahu Akbar*. Eres muy glorificado, oh Alá. El Profeta —la paz sea con él— nos enseñó que cuando encontremos a los que son infieles y desobedientes tenemos que 'matarlos donde sea que nos encontremos con ellos,' que debemos 'agarrarlos, encerrarlos, y estar al acecho en cualquier lugar concebible.' El Profeta —la paz sea con él— nos enseñó a 'luchar duro en contra de los incrédulos e hipócritas y que seamos severos con ellos' porque 'su refugio final es el infierno.' Por lo tanto, que este sacrificio sea aceptable a tus ojos."

Hosseini se levantó con sus manos goteando sangre, se volteó hacia su jefe de seguridad, que estaba parado, con el rostro petrificado, y temblando en el pasillo.

"Saldré pronto," dijo Hosseini tranquilamente. "Asegúrese de que no se me obstruya el camino."

El Líder Supremo entró a la habitación solo. El jefe de seguridad cerró la puerta detrás de él. Hosseini entonces regresó a su alfombra de oración, se volvió a arrodillar mirando hacia la Meca y se inclinó.

Sin advertencia, una luz resplandeciente, como si fuera el sol llenó la habitación. Hosseini se quedó atónito, preguntándose qué sería esto. Entonces una voz, que salía del centro de la luz, comenzó a hablar.

"Muy bien, hijo mío. Estoy complacido con tu sacrificio."

La habitación se puso fría.

"La hora de mi aparición está cerca. Con sangre y fuego seré revelado al mundo. Es hora de destruir, de matar y de aniquilar a los infieles: judíos y cristianos, jóvenes y viejos, hombres, mujeres y niños."

Hosseini sabía que este era el momento que había estado esperando, el momento por el que había orado toda su vida. Pero nunca lo había imaginado así. Estaba escuchando la voz real de *Sahab az-Zaman*, el Señor de la Época. El mismo Duodécimo Imán estaba hablando directamente con él, y cada fibra del cuerpo de Hosseini tembló de emoción y temor.

—Ahora, escucha bien lo que voy a decirte. Alístate; prepárate. Y no vaciles en ningún momento en llevar a cabo mis mandamientos.

—Sí, mi Señor —gritó Hosseini—. Gracias, maestro.

—Terminarás todas las armas y las probarás inmediatamente. Cuando termine de transitar por la tierra y todo esté en su lugar, procederemos a aniquilar al Pequeño Satanás primero y a todos los sionistas con él. Esta es tu obra de adoración a mí, buena y aceptable. Tienes que traerme la sangre de los judíos al altar del islam. Tienes que borrar la mancha fea y cancerosa de Israel del mapa y del corazón del califato islámico. Esto es recto y justo, pero es solamente el primer paso. No te distraigas ni te confundas. Este no es el objetivo final. Te he elegido entre todos los demás no simplemente para destruir al Pequeño Satanás, porque esto es algo muy pequeño. El objetivo principal es destruir al Gran Satanás, y me refiero a destruirlo totalmente. Aniquilarlo. Extinguirlo. Eliminarlo. Esfumarlo. En un abrir y cerrar de ojos. Antes de que sepan qué los ha atacado. Los estadounidenses son una torre que se desmorona. Un imperio moribundo. Un barco que se hunde. Y su hora ha llegado.

El Duodécimo Imán entonces instruyó a Hosseini para que se reuniera con su gabinete de seguridad, constituido por el presidente Ahmed Darazi, el ministro de defensa Faridzadeh y el general Mohsen Jazini, comandante del cuerpo de la Guardia Revolucionaria Iraní, que ya estaba reunido y esperándolo en el comedor principal del retiro.

—Cada uno de ustedes tiene que elegir a cuatro delegados para formar un grupo de veinte. Estos tienen que ser hombres de honor y valor, como ustedes. Tienen que ser hombres dispuestos a morir por mi nombre, por el nombre de Alá. Los veinte formarán mi círculo íntimo y serán mis asesores

más confiables. Se reunirán cada semana. Establecerán una comunicación segura. Entonces reclutarán a 293 discípulos adicionales: algunos mulás en los que confíen, pero mayormente comandantes militares y líderes de negocios e industrias. Tienen que buscar siervos extraordinariamente dotados en organización, administración y guerra. Reclutarán este grupo con apremio, pero nunca dejen que todo el Grupo de 313 se reúna en un lugar. Es demasiado peligroso. Hay mucho riesgo de infiltración o fugas. Forma una estructura de células. No dejes que las células se conozcan entre sí. Solamente ustedes cuatro pueden saber todos los detalles. ¿Está claro?

—Sí, Maestro. Haré todo lo que dices.

—Muy bien, Hamid. Alístate; prepárate. Que no haya errores; volveré pronto

40

MONTE TOCHAL, IRÁN

Hosseini presionó su rostro contra el suelo.

Las palabras del Duodécimo Imán sonaban en sus oídos. Quería hacer preguntas, suplicar sabiduría, decir algo, cualquier cosa, pero no le salían las palabras; ningún sonido.

Entonces, tan pronto como había aparecido, la luz se fue. Hosseini estaba postrado, incapaz de moverse. Parecieron como unos cuantos minutos, pero después, mientras su respiración se calmaba y su corazón se desaceleraba, se dio cuenta de que había pasado casi una hora. Ninguno de sus asistentes se atrevía a interrumpirlo, por supuesto. Tampoco sus invitados.

Lentamente, Hosseini comenzó a recobrar la compostura. Se lavó las manos y el rostro, se puso ropa limpia y salió de su habitación. Caminó por el pasillo recién trapeado, luego giró a la derecha y caminó por otro pasillo largo, pasando varios guardias que estaban apostados en lugares estratégicos y entró al comedor principal. Allí fue recibido por su gabinete de seguridad, quienes se pusieron de pie inmediatamente.

"Por favor, caballeros, siéntense," dijo el Líder Supremo, y tomó asiento en la cabecera de la mesa.

—Los conozco a los tres desde hace muchos años —comenzó—. He buscado su consejo y he confiado en ustedes muchas veces. Ahora necesito su mejor evaluación. Ali, comenzaremos con usted.

Hosseini hizo una pausa. Sabía que tenía que explicar a sus colegas lo que acababa de pasar. Pero primero tenía que ordenar sus pensamientos y procesarlos por sí mismo.

—Gracias, Su Excelencia —comenzó el ministro de defensa Ali Faridzadeh—. El mes pasado usted me pidió que volviera a mi equipo y que hiciera muchas preguntas, que presionara a los científicos para más claridad. Ya lo he hecho.

—¿Y qué averiguó?

—Estamos listos, Su Excelencia.

—¿Está seguro?

—Absolutamente.

—¿Está suficientemente enriquecido el uranio?

—La mayor parte del último lote estaba a 97,4 por ciento —dijo Faridzadeh—. Con una parte logramos 95,9 por ciento. Los dos son suficientes, y seguimos haciendo mejoras.

—¿Cuántas ojivas podría construir con eso?

—Ya terminamos nueve.

Hosseini se quedó atónito con el impresionante reporte del ministro de defensa.

—¿Ya están construidas?

—Sí, Su Excelencia, gracias a Alá, nueve ya están listas para ser detonadas. Mis hombres deberían tener otras seis hechas para fin de mes.

—Estas son, efectivamente, buenas noticias —dijo el Líder Supremo—. ¿Qué diseño usó? ¿El de Pyonyang?

—No, Su Excelencia. Al final, elegimos el diseño de A. Q. Khan.

—¿Por qué?

—La información de las pruebas de Corea del Norte fue decepcionante, Su Excelencia —explicó Faridzadeh—. Las ojivas que los coreanos del norte probaron efectivamente detonaron. Pero los resultados no fueron tan impresionantes.

—¿Y eso qué significa?

—Significa que la bomba de Pyonyang podría aniquilar varias manzanas de una ciudad, pero no creemos que podría eliminar toda una ciudad. Y este fue uno de sus objetivos explícitos, la capacidad de eliminar casi toda una ciudad con una sola ojiva.

—Sí, tenemos que lograr eso —presionó Hosseini—. ¿Está seguro de que los planos de Corea del Norte no son suficientes?

—No soy físico, como usted sabe, Su Excelencia —respondió el ministro de defensa—. Pero mi hombre más capacitado ha evaluado la información desde todos los ángulos y simplemente no está convencido de que el diseño coreano del norte haya sido perfeccionado al punto que valdría la pena arriesgar el futuro de nuestro país con él.

—Pero pagamos mucho por eso —dijo Hosseini.

—Sí, Su Excelencia. Pero lo que los coreanos del norte nos vendieron efectivamente no tenía valor en comparación con lo que le compramos a A. Q. Khan, el padre del programa de armas nucleares paquistaníes.

—Pero le pagamos muy poco al doctor Khan.

—Sin embargo —dijo el ministro—, Islamabad ha construido 162 ojivas a la fecha, basadas en el diseño de Khan. Han probado sus ojivas muchas veces. Los resultados son absolutamente gigantescos. Por lo que sabemos que el diseño funciona. Ahora simplemente tenemos que probar lo que hemos construido y asegurarnos de que hemos seguido su impresionante diseño al pie de la letra.

—¿Y está listo para probarlo?

—Casi, Su Excelencia —dijo el ministro de defensa.

—¿Qué tan pronto? —preguntó Hosseini, inclinándose hacia delante—. ¿Podría estar listo para el verano?

Faridzadeh no pudo contener una sonrisa.

—*Inshallah*, deberíamos estar listos el próximo mes.

El Líder Supremo estaba eufórico. Estaba tentado a caer de rodillas y a ofrecer a Alá una oración de gratitud allí y entonces. Pero no sonrió. No reaccionó visiblemente. Todavía había demasiados riesgos, demasiadas variables, demasiadas incógnitas, demasiadas cosas que podrían salir mal. Aun así, estaban casi listos. Después de tantos años y de tantos reveses, estaban casi listos. Y justo a tiempo, porque la llegada del Mahdi estaba cerca.

—¿Tengo autorización para proceder con la prueba? —preguntó el ministro de defensa.

Hosseini no respondió inmediatamente. Se levantó y caminó hacia la ventana, donde se paró para ver las luces de Teherán. Quería decir que sí, por supuesto. Pero los riesgos no podían ser más altos. La prueba de una ojiva nuclear iraní alertaría al mundo de que ya estaban listos. La farsa de que solamente estaban dirigiendo un programa de energía nuclear civil se terminaría. Las pláticas en la O.N.U. sobre la posibilidad de imponer nuevas sanciones internacionales ya estaban en camino. Por ahora, sus aliados en Moscú y en Beijing se mantenían firmes en contra de esas sanciones. Pero una prueba de armas nucleares podría cambiar radicalmente esa dinámica. Y, ¿qué pasaría si fallaba la primera ojiva? O, ¿qué pasaría si era menos impresionante de lo que querían o necesitaban? Podrían haber perdido el elemento crítico de la sorpresa. Pero a raíz de la visión que acababa de experimentar, ¿podría permitirse cualquier tardanza? ¿Acaso no se le había ordenado que "se alistara y se preparara"?

—¿Qué harían los estadounidenses como reacción a esa prueba? —preguntó al presidente Darazi mientras continuaba mirando las luces intermitentes en el valle.

—Nada, Su Excelencia —respondió el presidente.

Hosseini se volteó.

—¿Está dispuesto a arriesgar su vida por eso, Ahmed?

—Lo estoy, señor.

—¿Por qué?

—Su Excelencia, los estadounidenses son una amenaza débil —sostuvo Darazi—. Son un imperio que comienza a desplomarse. Su economía está sangrando. Su déficit se está disparando. Están peleando dos guerras en el Medio Oriente, a un costo de alrededor de $12 mil millones al mes, dos guerras que la mayoría de los estadounidenses no quiere. Su Congreso está enfocado en fomentar trabajo, servicios de salud y en revitalizar su economía. El presidente Jackson está comprometido en retirar a las fuerzas de Estados Unidos de la región tan rápido como sea posible. Y ha firmado una orden ejecutiva que declara que Estados Unidos nunca usará armas nucleares en contra de ninguna otra nación, aunque los ataquen primero. Créame, Su Excelencia, a pesar de lo que están diciendo de mantener su opción militar "en la mesa" en cuanto al "tema iraní," no tenemos que preocuparnos por un ataque preventivo de los estadounidenses. No va a suceder nunca. No con este presidente. No con este Congreso.

El Líder Supremo esperaba que el análisis de Darazi fuera exacto. Ciertamente era coherente con su propia perspectiva y con la visión que acababa de recibir. Pero los estadounidenses no eran la única amenaza.

—¿Y qué de los sionistas? ¿Qué harán ellos? —preguntó al presidente, mirándolo a los ojos.

—De eso, Su Excelencia, no estoy seguro —admitió Darazi—. Todos sabemos que el primer ministro Neftalí es un militarista. Está oprimiendo a los palestinos. Está aterrorizando al Líbano. Está humillando a los egipcios y a los jordanos. Les está tomando el pelo a los sirios. La buena noticia es que el gobierno de Neftalí se dirige a un desastre con la Casa Blanca. Las relaciones entre los dos países se están deteriorando rápidamente.

Sin embargo, el Líder Supremo presionó un poco más.

—¿Cómo puede decir eso, Ahmed? Sí, Jackson y Neftalí han tenido unas cuantas disputas. Pero, ¿y qué? Neftalí todavía tiene al Congreso en su bolsillo, ¿no? Todavía tiene al grupo judío de presión, ¿verdad? Israel todavía recibe $3 mil millones anuales en asistencia militar estadounidense, ¿no es cierto? Una riña de amantes no es el desastre total, Ahmed.

—Con el debido respeto, Su Excelencia —el presidente argumentó—, esta no es una riña de amantes. Creo que estamos presenciando una ruptura esencial entre estos dos gobiernos. ¿Podría cambiar? Sí. ¿Podría ser derrotado el presidente Jackson en las próximas elecciones? Por supuesto. Pero por ahora, la política exterior de Estados Unidos está dirigida por el presidente William Jackson, un hombre que fundamentalmente cree que tiene que negociar con nosotros, puede negociar con nosotros y que tendrá éxito en el proceso. No nos atacará militarmente mientras esté tratando de convencernos diplomáticamente. Y lo que es más, creo que hará todo lo posible para evitar que los israelíes nos ataquen.

El Líder Supremo lo consideró por un momento. Le agradaba Darazi. El presidente era un genuino imanista, consagrado en todo sentido a la llegada del Duodécimo Imán, y, por lo tanto, era útil de muchas maneras. Aun así, Hosseini no confiaba totalmente en los instintos geopolíticos del hombre.

En ese momento, un asistente del general Jazini entró corriendo al salón y le entregó una nota al comandante.

—¿Qué pasa? —preguntó el Líder Supremo, al ver que el rostro de Jazini se demacraba.

—Son los israelíes, Su Excelencia —dijo Jazini.

Hosseini cruzó los brazos.

—¿Qué hicieron?

—No va a creerlo. —Jazini procedió a leer todo el cable confidencial en voz alta.

> "La inteligencia rusa indica una masiva cuadrilla israelí de simulacro de guerra en camino. Stop. Cuatrocientos aviones de guerra han sido lanzados. Stop. A punto de llegar a las islas griegas para practicar bombardeo, carreras de bombardeos. Stop. Repetición de su práctica de 2008, pero cuatro veces mayor. Stop. FSB advierte que Jerusalén hace preparaciones finales para guerra. Stop. Por favor envíe instrucciones. Stop."

Faridzadeh y Darazi se quedaron con la boca abierta.

Hosseini no estaba sorprendido. Tampoco perdió la calma como los demás. Se dio cuenta de que era hora compartir con los hombres la visión que acababa de experimentar y el mensaje que había recibido.

"Caballeros, no tenemos que temer a los israelitas, y permítanme decirles por qué," comenzó el Ayatolá. "Justo antes de entrar a esta reunión, recibí un mensaje directo del Duodécimo Imán. En una visión, a unos cuarenta y cinco metros de este salón, me dijo que ha llegado el tiempo de su aparición. El tiempo del exterminio de los israelíes y de los estadounidenses también ha llegado. El Señor de la Época los ha elegido a ustedes y a mí para actuar, y tenemos que ser fieles. Así que saquen sus cuadernos y permítanme explicarles . . ."

41

HAMADÁN, IRÁN

Había llovido casi toda la noche.

Pero no era la tormenta lo que había mantenido despierto a Najjar, y aunque el aguacero ahora se había detenido, sabía que esta sería otra noche sin dormir.

Se levantó de la cama, se puso ropa informal y una chaqueta y salió a caminar. Las calles —solitarias y silenciosas— estaban resbaladizas y el aire estaba húmedo y fresco. Una neblina baja cubría la ciudad. Najjar cerró su chaqueta y metió las manos en los bolsillos para mantenerlas calientes. Mientras caminaba, trataba de reconstruir todo lo que lo había llevado a este punto.

Había sido reclutado por el doctor Mohammed Saddaji para trasladarse a Irán con tres metas específicas en mente, sin contar su matrimonio con Sheyda.

Primero, tenía que ser la mano derecha de su suegro en las instalaciones de investigación de Hamadán. Había sido un honor ayudar a uno de los físicos más dotados del mundo a crear una industria de energía nuclear civil para Irán, que sería la envidia del mundo y una reprimenda para sus críticos, especialmente los estadounidenses y los sionistas.

Segundo, tenía que ser el enlace principal entre Saddaji y el equipo de físicos que trabajaba en la ciudad de Bushehr, para poner a funcionar de manera segura y eficiente la primera planta de energía nuclear de Irán. Después de todo, no podía molestarse a un hombre con el intelecto e importancia de Saddaji con las constantes llamadas telefónicas y correos electrónicos ni con otras interrupciones del reactor de Bushehr.

Necesitaba a alguien que se encargara de todo eso, y para ello confiaba en Najjar de manera implícita. Era la combinación de estas dos funciones lo que había sido tan atractivo desde el principio y lo que le daba a Najjar un nivel de estímulo intelectual y satisfacción profesional que apreciaba profundamente.

Sin embargo, había una tercera función para Najjar, y el doctor Saddaji había implicado rotundamente que en el largo plazo esta sería su misión más importante: ayudar a entrenar a una nueva generación de científicos nucleares iraníes enseñándoles —en los próximos años— en una de las universidades de investigación más importantes del país. Esta era la verdadera pasión de Najjar. Anhelaba trasladarse con Sheyda y su hija recién nacida lejos de Hamadán, comprar una casa y labrarse una vida más estable para su familia. Sabía que tenía que saldar su cuenta, lo cual significaba trabajar fielmente con su suegro, pero ahora estaba comenzando a cuestionarlo todo.

Un auto solitario pasó y salpicó agua en la acera. Najjar se quitó del camino justo a tiempo, luego giró hacia una calle lateral y aligeró el paso. Mientras más pensaba en eso, más problemas tenía con la noción de que un experto en UD3 había estado trabajando en un complejo de investigación nuclear civil. No se trataba solamente de que el hombre fuera árabe, aunque eso ya era lo suficientemente malo. La verdadera preocupación era que el *Times* de Londres había publicado una historia muy controversial en diciembre de 2009, afirmando que Irán estaba empeñado en desarrollar un disparador para una bomba nuclear. El memo ultra secreto que se exponía en ese artículo era responsable, en parte, de una candente tormenta de críticas en contra del régimen iraní. Había ocasionado que el Consejo de Seguridad de las Naciones Unidas considerara imponer nuevas sanciones económicas en contra de Irán. Normalmente, Najjar y sus colegas tenían acceso limitado a los periódicos occidentales y a Internet, debido a sus delicados puestos. Pero copias de este artículo en particular —"Descubrimiento de UD3 Ocasiona Temores sobre las Intenciones Nucleares de Irán"— había sido circulado por el propio Saddaji como "prueba," según lo había dicho entonces, de una "campaña sionista de mentiras y calumnias" en contra del programa nuclear "pacífico" de Irán.

Najjar recordó una sección particular del artículo con claridad cristalina. *"Expertos independientes han confirmado que el único uso posible de UD3 es como fuente de neutrón, el activador de la reacción en cadena de una explosión nuclear. Fundamentalmente, mientras que otras fuentes de neutrón tienen posibles usos civiles, el UD3 tiene solamente una aplicación: ser el fósforo metafórico que enciende una bomba nuclear."*

Najjar sabía que eso era cierto. Y lo que es más, cualquier explosión de prueba utilizando el UD3 dejaría rastros que ciertamente serían considerados como una prueba de que Irán estaba desarrollando un arma nuclear. Estaba seguro de que no había forma de que su suegro corriera ese riesgo.

En ese entonces, Najjar se había puesto furioso porque todo el artículo se basaba en mentiras. El reportero del *Times* había citado una "fuente de inteligencia occidental." Najjar estaba convencido de que era alguien que tenía que ser del Mossad israelí. Era todo un complot de los judíos para subyugar al pueblo persa bajo el colonialismo e imperialismo occidental. Apasionadamente le había hecho eco a su suegro, no porque fuera de la línea del partido, sino porque Najjar creía que era cierto. Como jefe de personal del doctor Saddaji, personalmente conocía a cada científico nuclear del país, o sabía de ellos y conocía los archivos personales; de los 1.449. Había examinado los expedientes que acreditaban su seguridad. Conocía a todos sus supervisores y estaba en contacto directo con muchos de ellos. Por lo que sabía con seguridad que ninguno de ellos *—ni uno solo—* era especialista en uranio deuterio *ni* en titanio deuterio.

Entonces, ¿qué debía pensar? El doctor Saddaji le había ocultado a su propio yerno la presencia de un experto iraquí en UD3 en el programa nuclear iraní. El hombre entonces había procedido a ordenar la brutal ejecución de ese experto sin un juicio, sin siquiera una audiencia. *¿Por qué?* ¿Qué más estaba ocultando su suegro? ¿Estaba dirigiendo en realidad un programa nuclear civil, como pensaba Najjar desde el principio? ¿O en realidad estaba encabezando un programa clandestino para construir un arma nuclear, como lo afirmaban los israelíes y los estadounidenses? Empezaba a parecerle que era esto último. En ese caso, ¿era este el proyecto real para el cual Saddaji lo había reclutado, el que "cambiaría el curso de la historia"? ¿En realidad era este el proyecto que le "abriría el camino al Prometido"?

42

DUBAI, EMIRATOS ÁRABES UNIDOS

Ya era tarde cuando "Reza Tabrizi" aterrizó en Dubai.

Estaba ansioso por llegar al hotel a darse una ducha caliente, a comer una buena cena y acostarse en una cama de verdad. Para mantener la ficción que había puesto a funcionar, intercambió números con Yasmeen, dándole su número de Munich, y se dirigió al control de pasaportes, recordándose una y otra vez que ya no era David Shirazi. Era un exitoso hombre de negocios alemán, de ascendencia iraní. No venía de Syracuse sino de una exposición de negocios en Chicago que había sido una pérdida de tiempo. Se recordó a sí mismo que rara vez iba a Estados Unidos. En efecto, no le gustaba hacer negocios con los estadounidenses. Eran demasiado ruidosos, demasiado insistentes, demasiado ambiciosos y había demasiados judíos. Se repetía esto una y otra vez. Los protocolos de la CIA requerían que hubiera pasado el vuelo trasatlántico repasando su historia ficticia y metiéndose totalmente en su alias. Pero su mente había estado en otra parte durante el vuelo, y rápidamente estaba poniéndose al día.

Afortunadamente, pasó por el control de pasaportes sin que le hicieran preguntas. En ese momento, su primer instinto fue llamar a Marseille y explicar la tardanza en contestarle. Pero no podía usar su nuevo teléfono celular Nokia. Estaba monitoreado cuidadosamente por sus amigos de Langley, y esta no era una llamada que él querría que Jack Zalinsky, o cualquiera de la Agencia de Seguridad Nacional o de la CIA rastrearan. Cuando se dirigía a recoger su equipaje, pasó por filas de teléfonos públicos y se vio tentado a detenerse y usar uno de ellos. Pero esperaba que esta no fuera una llamada rápida, y Eva lo estaba esperando después de aduana.

Eva Fischer.

El nombre en sí de repente confundió a David. Para comenzar, por supuesto que Eva ni siquiera era su nombre verdadero. Era un alias. Se dio cuenta de que ni ella ni Zalinsky le habían dado su nombre real. ¿Quién era? ¿De dónde era en realidad? ¿Qué ambicionaba?

Veinticuatro horas antes, Eva había estado consumiendo una gran cantidad de sus pensamientos. Había anhelado ir a Starbucks con ella, asistir a una semana de información con ella, ir a Teherán con ella, conocerla mejor. Todavía le interesaba, pero ahora se había complicado. ¿Cómo podría pensar en una relación con ella si había una posibilidad de volver a conectarse con Marseille? Entonces, de nuevo, ¿había en realidad alguna posibilidad? No había sabido nada de Marseille en años. ¿Quién sabe de qué quería hablar ahora? Podría estar comprometida. Podría haberse casado. Podría tener hijos. ¿Y qué era todo eso acerca de la iglesia en su nota? ¿Se habría vuelto religiosa? ¿Sería por eso que quería que él fuera a la iglesia con ella en Syracuse? No tenía sentido, pero entonces, otra vez . . .

"Señor Tabrizi, señor Tabrizi, ¡aquí!"

David tardó un poco en escuchar el nombre y darse cuenta de que era el *suyo*. Se volteó y vio a Eva que le sonreía y agitaba su mano a través de la inmensa multitud en la Terminal Internacional de Dubai, todos esperando a sus seres amados del otro lado de las puertas de seguridad. Su primer pensamiento fue que a pesar de estar vestida mucho más modestamente que en Virginia, se veía muy bien, con una bella pañoleta verde en la cabeza y un vestido café largo que le cubría las piernas y los brazos. Su segundo pensamiento fue que se veía como una mujer que se preparaba para ir a Irán, no a Starbucks. Sin embargo, le sonrió, agitó su mano y se sorprendió al ver que sus ojos se iluminaron con anticipación al verlo.

—Bienvenido a Dubai, señor Tabrizi —dijo, teniendo el cuidado de no estrechar su mano ni tener ningún contacto físico ya que no estaban casados ni eran parientes.

—Gracias, señorita Fischer. Por favor, llámeme Reza —respondió él.

—Si tú insistes. Y llámame Eva —dijo ella—. ¿Cómo estuvo tu vuelo?

No podía comenzar a contarle.

—Demasiado largo. Pero es bueno estar aquí finalmente. ¿Tienes un auto para que me lleve al hotel?

—En realidad, me temo que tenemos un cambio de planes —explicó Eva, al recoger su propia maleta y portatrajes.

—¿Qué quieres decir?

—Recibiste mi mensaje de texto, ¿verdad? —preguntó y le entregó su nuevo itinerario—. Nos vamos para Teherán.

—¿Cuándo?

—En el próximo vuelo.

Atónito, David leyó el papel que tenía en sus manos. No estaba bromeando. Tenían una reservación para el vuelo 975 de Emirates Airlines, que salía de Dubai a las 12:10 a.m. y que aterrizaba en Teherán dos horas y diez minutos después. Miró su reloj. Ya eran las 10:56 p.m. Tenían que moverse rápidamente.

—No entiendo —dijo, recogió sus maletas y siguió a Eva a la fila de seguridad—. ¿Qué está pasando?

—Anoche los israelíes lanzaron más de cuatrocientos aviones de guerra en Grecia, en lo que parece una prueba masiva de un ataque aéreo en contra de Irán —susurró Eva.

—*¿Cuatrocientos?* —respondió David susurrando—. Eso es casi la mitad de su flota.

—Exactamente. Los iraníes están histéricos.

—¿Y es por eso que vamos?

—No del todo.

—Entonces ¿por qué?

—Llamaron de la oficina de Abdol Esfahani. Quiere reunirse con nosotros para el desayuno.

Esfahani era un ejecutivo clave de Telecom Irán y el hombre encargado de poner en marcha el nuevo contrato con Munich Digital Systems. No era una reunión de la que fácilmente pudieran desentenderse, pero David no estaba convencido de que él y Eva ya estuvieran listos para entrar a Irán. ¿Dónde estaba Zalinsky? ¿Cómo podía desconectarse con una salida tan rápida? Se suponía que trabajarían en Dubai por una semana. Se suponía que refinarían su plan, establecerían metas claras y contingencias en caso de que las cosas salieran mal, como ocurría muy frecuentemente. Pero ¿cuánta planificación podían haber hecho Jack y Eva sin él, considerando que todo el fin de semana ella había estado con . . . quién?

—Entonces —preguntó aparentando indiferencia—, ¿qué tal estuvo Berlín?

—Pues, excelente —dijo ella, vacilando—. Pero no alcanzó el tiempo.

Con eso, David se dio cuenta de que Eva en realidad no había estado en Berlín. Había llegado directamente a Dubai con Zalinsky. Eso estaba bien, por supuesto. Ella era su jefe. No tenía que darle cuentas a él. Pero ¿cómo y cuándo exactamente se suponía que le informaría del plan que ella y Jack habían preparado? En realidad no tendrían la libertad de hablar en el vuelo, y agentes de inteligencia los rastrearían desde que aterrizaran en Teherán. Esta era una operación demasiado grande como para apresurarse. Los riesgos eran enormes. Pero, de todas maneras, se estaban apresurando. ¿Por qué?

Luego sus pensamientos se dirigieron hacia Marseille y su ansiedad se volvió a disparar. No podía llamarla precisamente desde Teherán.

43

HAMADÁN, IRÁN

Najjar llegó a casa a eso de las 2:00 a.m. y encontró las luces encendidas.

Sheyda estaba dormida en el sofá con su pequeña hija acurrucada a su lado. Se quitó los zapatos, silenciosamente puso las llaves sobre la mesa de la cocina, puso una manta sobre su esposa e hija y se quedó mirándolas por un momento. Se veían tan pacíficas, tan inocentes. ¿Tendrían alguna idea del mal que estaba surgiendo a su alrededor?

Apagó las luces de la sala y la cocina, y entró a la habitación adicional que usaba de oficina y biblioteca en su casa. Encendió la lámpara de su escritorio, desocupó un lugar en el desorden y encontró una pila de libros que su suegro le había prestado hacía varios meses, pero como había estado muy ocupado no había tenido tiempo de leer. El que estaba encima se titulaba *El esperado salvador*. Había sido escrito por Baqir al-Sadr y Murtada Mutahhari, ambos ayatolás chiítas. Najjar tomó el volumen en sus manos, lo abrió en el prólogo y comenzó a leer.

> No se ha visto en la historia de la humanidad una figura más legendaria que la del Mahdi, el Salvador Esperado. Las amenazas de los sucesos del mundo han tejido muchos diseños de la vida humana, pero el patrón del Mahdi sobresale por encima de cualquier otro patrón. Ha sido la visión de los visionarios de la historia. Ha sido el sueño de todos los soñadores del mundo. Él es la Estrella Polar de esperanza para la salvación final de la humanidad, en la que se fija la mirada de la humanidad.

> La profecía del Corán de la victoria inevitable del islam se llevará a cabo después del advenimiento del Mahdi, quien combatirá el mal, sanará los males y establecerá un orden mundial basado en las enseñanzas islámicas de justicia y virtud. Después de eso, habrá una sola religión y un solo gobierno en el mundo.

Najjar continuó leyendo toda la noche. Mientras más leía, se convencía cada vez más de que la llegada del Duodécimo Imán y el establecimiento de su califato o reino era inminente. ¿No estaban ocurriendo día tras día las señales descritas por los sabios chiítas a través de los siglos? El mundo estaba cada día más corrupto. La economía global estaba en colapso. Una gran guerra se estaba luchando entre el Tigris y el Éufrates. La tierra de Taliqan —un nombre antiguo de la región de Afganistán— estaba consumida por la guerra y la pobreza. Terribles terremotos estaban ocurriendo en creciente cantidad e intensidad. La apostasía se estaba extendiendo dentro del islam. Las guerras civiles y las revueltas estaban de moda.

Najjar quedó electrificado cuando leyó: "El Mahdi está vivo. Visita distintos lugares y le presta interés inteligente a los sucesos del mundo. Frecuentemente asiste a las asambleas de los fieles, pero no revela su verdadera identidad. Reaparecerá en el día señalado, y entonces peleará en contra de las fuerzas del mal, dirigirá una revolución mundial y establecerá un nuevo orden mundial, basado en justicia, rectitud y virtud."

En lo más profundo de su ser, Najjar creía que estas palabras eran ciertas. Estaba totalmente convencido de que había visto al Prometido, por lo menos dos veces en su vida, primero como niño el día en que había muerto el Ayatolá Jomeini, y después en Bagdad, el día que vio que secuestraron al científico nuclear iraquí y que su familia fue asesinada en las calles. Najjar había orado todos los días desde entonces para tener la oportunidad de volver a ver al Prometido. Pero nunca se había atrevido a contarle a nadie de sus encuentros, ni siquiera a Sheyda, a quien amaba más que a la vida. Temía que ella pensara que estaba alardeando o mintiendo, que estaba alucinando o que se había vuelto loco.

Sin embargo, ¿era en realidad necesario preparar el camino para el Duodécimo Imán construyendo un arma nuclear, aniquilando a Israel y a Estados Unidos y a otros enemigos del islam? El doctor Saddaji obviamente creía que sí era necesario. Alguna vez Najjar también lo había creído, pero ahora no estaba tan seguro. Peor aún, ahora temía que al autorizar la decapitación de un hombre que había sido obligado a trabajar años antes en el programa nuclear iraní —un hombre a cuya esposa e hija Najjar mismo había visto asesinar—, el padre de Sheyda se había convertido en parte de las "fuerzas del mal" que el Prometido vendría a juzgar. Eso lo entristecía y enfermaba, pero ¿qué podría hacer? No podía decírselo a Sheyda. La destrozaría. ¿A quién, entonces, podía buscar?

44

TEHERÁN, IRÁN

Abdol Esfahani no era un pez gordo.

En el gran esquema del imperio de las comunicaciones de Telecom Irán, era un pecesito. Pero por lo menos estaba mordisqueando.

Como director adjunto de operaciones técnicas de Telecom Irán, Esfahani estaba a cargo del mecanismo diario de convertir de concepto a realidad el ambicioso reacondicionamiento estratégico de la compañía. Él no había negociado el enorme contrato entre Telecom Irán y Nokia Siemens Networks. Tampoco estaba involucrado en el subcontrato que NSN había firmado con Munich Digital Systems. Pero todos los consultores y equipos de apoyo técnico que NSN ya tenía en Irán, en última instancia se reportaban con él, al igual que los equipos de MDS que estaban por llegar en masa.

David no tenía idea de qué quería discutir Esfahani, y Eva tampoco. Suponía que el hombre simplemente quería verlos cara a cara, evaluarlos y establecer líneas claras de autoridad y responsabilidad antes de que llegaran los equipos de MDS. Después de todo, el papel de MDS era vital: instalar direccionadores de vanguardia para llamadas y sistemas exclusivos de software, capaces de manejar millones de llamadas por minuto, que también integrarían voz, información y servicios de video, a través de las nuevas redes de fibra óptica e inalámbricas que NSN estaba implementando. El alcance del trabajo era asombroso. Iba a ser complicado, requeriría de mucho tiempo y tendría un costo exorbitante. Esfahani, sin duda, quería asegurarse de que estaba tuteándose con los directores más altos del proyecto en el equipo de MDS que hablaban persa.

El desyuno de trabajo estaba programado para las siete y media, en el salón de conferencias del último piso de las instalaciones de Irán Telecom, en el centro de Teherán. Eva y David —que viajaba como Reza Tabrizi— aterrizaron en el Aeropuerto Internacional Imán Jomeini, pasaron por el extenso proceso de control de pasaporte y aduana, se registraron en habitaciones separadas en el Hotel Simorgh en la Avenida Vali-Assr, se ducharon, se cambiaron y volvieron a su auto rentado seguidos todo el tiempo por agentes de inteligencia iraníes; y tuvieron suerte de llegar a horario. Con menos de cinco minutos libres, entraron al vestíbulo principal y presentaron sus tarjetas de identificación y una carta de invitación enviada por fax. Solamente entonces fueron dirigidos al noveno piso. Allí fueron recibidos por una joven y encantadora recepcionista, un poco tímida, que tenía la tradicional túnica femenina larga y negra conocida como *chador* y una pañoleta verde oscura en la cabeza, que no solamente acentuaba sus tímidos ojos verdes, sino que casi encajaba con el color de la pañoleta de Eva.

—Bienvenidos a Telecom Irán —dijo, tartamudeando un poco e incapaz de hacer contacto visual, ni siquiera con Eva—. Mi nombre es Mina.

—Gracias, Mina —dijo Eva, tomando la iniciativa—. Es bueno estar aquí a pesar del tránsito.

—Sí, es muy complicado —dijo Mina, aun sin mirarlos, con los ojos en la carta de invitación—. Perdónenme, pero ¿quién es el señor Tabrizi?

A David le pareció una pregunta extraña, dado el hecho de que él era el único hombre que estaba parado allí.

—Ese soy yo —respondió.

Mina lo miró, luego retiró la vista rápidamente.

—¿Todavía estamos esperando al señor Fischer? —preguntó.

—En realidad —dijo Eva—, parece haber un error en la invitación. Se supone que es *señorita* Fischer, no *señor*. Y esa soy yo.

Extendió la mano para estrechar la de Mina. Pero Mina, sobresaltada, no la tomó.

—¿*Señorita* Fischer?

—Correcto —dijo Eva, todavía con su mano extendida.

—¿No hay un *señor* Fischer?

—No, sólo yo. —Eva retiró torpemente su mano rechazada, y ahora se veía tan perpleja como la recepcionista.

—¿*Usted* es la directora del proyecto de MDS? —preguntó Mina.

Eva forzó una sonrisa.

—Sí; ¿hay algún problema?

Mina levantó la mirada, miró a Eva por un momento, luego retiró la vista otra vez.

—Por favor, siéntense —dijo secamente; levantó su teléfono y marcó—. Tomará unos minutos.

Un momento después, Mina colgó el teléfono, se disculpó y entró a la oficina del señor Esfahani, dejando la puerta entreabierta al ingresar. David pudo escuchar susurros por unos momentos, y luego llegó la explosión.

"*¿Qué? ¿Está segura?,*" gritó un hombre; David dedujo que era Esfahani.

Podía escuchar a Mina, pero hablaba tan bajo que no podía descifrar lo que ella decía.

"*¿Una mujer?,*" gritó el hombre. "*¿Enviaron a una mujer? ¿Y usted lo permitió? ¿No sabe lo cerca que estamos, tonta? ¿No sabe lo piadosos que debemos ser? Él vendrá en cualquier momento. ¡Tenemos que estar listos!*" Algo de vidrio o cerámica chocó contra la pared y se hizo pedazos.

David se volteó para mirar a Eva. Esto no estaba bien. Esfahani estaba gritando a todo pulmón. Podían escuchar el puño del hombre que golpeaba el escritorio. Podían oír a su secretaria que lloraba silenciosamente. Escucharon que la maldijo por atreverse a pensar que alguna vez él podría tener a una mujer dirigiendo un proyecto tan importante. Amenazó con despedirla. "*¿Cómo pudo cometer un error tan estúpido?,*" gritó. "*¿Cómo pudo traer deshonra a esta oficina en estos precisos momentos?*" Comenzó a maldecir a NSN y a MDS por tener el descaro de pensar que aceptaría a una mujer como directora del proyecto. Y entonces Esfahani, un hombre delgado, casi huesudo, medio calvo y tan rojo como una remolacha, salió furioso de su oficina, sin detenerse para mirar a David ni a Eva. Pasó echando humo por el área de recepción, subió al elevador y, en un instante, desapareció.

David apenas podía creer lo que acababa de presenciar y se volteó hacia su colega. Eva estaba pálida. Estaba tan conmocionada que él quería abrazarla. Pero por supuesto que no podía hacerlo. Tocar a una mujer que no era su esposa, y hacerlo en público, era arriesgarse a transformar la crisis en una catástrofe cultural, hecha y derecha. No sabía qué hacer ni qué decirle a Eva, mucho menos a Mina. La secretaria estaba llorando, hablando entre dientes y tratando de limpiar lo que se había destruido en la oficina de Esfahani. No era para esto que uno se entrenaba en Langley. Pero David sabía que tenía que hacer algo para rescatar la situación. Había más en juego que los sentimientos de estas dos mujeres. Esta era la única puerta de la CIA a Telecom Irán, y se la acababan de cerrar en sus rostros.

—Vete al auto —le susurró a Eva cuando se aseguró de que Mina no estuviera mirando—. Haz que el chofer te lleve de regreso al hotel. Yo trataré de solucionar esto.

—No, estoy bien —dijo Eva con brusquedad, claramente perturbada, pero haciendo un esfuerzo por recuperar el control.

David no tenía tiempo para discutir. Por el tono de Eva y su lenguaje corporal tieso, se daba cuenta de que el impacto se estaba convirtiendo en ira. Pero no podía arriesgarse a que ella tratara de deshacer el daño y, que al hacerlo, terminara empeorando las cosas.

—No fue tu culpa, Eva —le volvió a susurrar—. Pero no puedes arreglarlo. Ahora no. Tampoco sé si yo podré hacerlo, pero ahora tienes que volver al hotel.

—¿Y luego qué?

—Sólo espera allí. No llames a nadie. No hagas nada. Yo te llamaré tan pronto como sepa algo, y luego nos reuniremos.

Los ojos de Eva lo decían todo. No le gustaba que un hombre la dirigiera, mucho menos alguien más joven, especialmente cuando Zalinsky la había puesto a cargo de esta misión. Se miraron uno al otro por un momento. David no retrocedió, y Eva finalmente cedió. Ella sabía que él tenía razón. No había nada que pudiera hacer. Pero no estaba satisfecha y quería que él lo supiera. Sesenta segundos después, el elevador llegó. Afortunadamente estaba vacío. Eva entró, con la mandíbula apretada y la mirada baja. Todavía estaba evitando resueltamente la mirada de David cuando la puerta se cerró.

David miró su reloj. Eran casi las ocho. En cualquier momento el piso se llenaría con docenas de otras secretarias y personal de operaciones. Se sorprendió de que todavía no estuvieran allí. Si había cualquier oportunidad de arreglar esto, tendría que ser ahora. Metió la cabeza en la impresionante y espaciosa oficina en la esquina del piso. Era mucho más grande y más decorada de lo que habría esperado para un "director adjunto de operaciones técnicas." Había una visión extensa del humo que se asentaba en el horizonte de Teherán. Mina estaba todavía sentada en el suelo, limpiándose los ojos y recogiendo los pedazos de lo que había sido una lámpara.

—¿Puedo ayudarla? —preguntó David amablemente.

No esperó una respuesta, sino se inclinó y recogió algunos de los pedazos pequeños de vidrio y los metió en el basurero que estaba al lado de Mina.

—Estaré bien —dijo ella sin entusiasmo, y todavía evitando mirarlo—. Probablemente sería mejor que se fuera.

David siguió recogiendo los pedazos pequeños.

—¿Volverá pronto el señor Esfahani? —preguntó, tratando de ganar tiempo y buena voluntad.

Mina no dijo nada, pero sacudió la cabeza.

—¿Tenía otra cita?

Volvió a sacudir la cabeza.

—Lo siento —dijo—. Mi colega y yo teníamos que haberlo sabido. Por lo menos yo. Con un nombre como Reza Tabrizi, obviamente mis parientes eran originarios de Tabriz. Pero mis padres crecieron aquí en Teherán. En realidad se conocieron a unas cuadras de aquí en 1975, no mucho después de que mi papá terminó en la escuela de medicina. Pero usted probablemente se dio cuenta de que la señorita Fischer no es de aquí. Es decir, ella en realidad habla persa muy bien para ser extranjera, pero es alemana, y es . . .

—Está bien —dijo Mina—. No tiene que explicarme nada más.

—Ella no tenía la intención de hacer daño —agregó David—. Ninguno de los dos.

—Lo sé.

—Al vivir en Europa, pues es . . .

—Distinto —dijo Mina.

—Muy distinto.

Mina asintió con la cabeza, pero apartó la mirada otra vez. Se quedaron callados por un momento. David pudo ver que ella estaba bajando sus defensas muy levemente. Pero precisamente entonces sonó el timbre del elevador, y varios compañeros salieron, conversando y riéndose. Ya no tenían tiempo. No era apropiado que los vieran juntos. David pensó rápidamente y se extendió para tomar otro pedazo de vidrio y a propósito se cortó el dedo.

—Ay —dijo Mina, al ver que él contrajo el rostro—, está sangrando.

—Está bien —dijo él, y dio un paso atrás hacia el área de recepción—. Voy a conseguir algo para esto en el hotel.

—No, no —dijo Mina y corrió hacia su escritorio y sacó un equipo de primeros auxilios—. Podría darle una infección. Tome, use esto.

Le entregó un tubo de ungüento antibiótico y mientras lo hacía, lo miró a los ojos, apenas por un instante. Él sonrió y le agradeció. Para sorpresa suya, ella le devolvió la sonrisa. La pobre mujer parecía que nunca salía de la oficina. Era pequeña, pálida y un poco frágil, pero era dulce y él se sintió mal por ella, atrapada en un trabajo que seguramente odiaba, abusada verbalmente por un jefe al que era imposible respetar.

—De nuevo, siento mucho el problema que le causamos hoy —dijo él, cuando terminó con el ungüento y se lo devolvió.

—El error fue mío —dijo ella suavemente—. Tenía que haber llamado para averiguar todos los detalles. Es que la reunión surgió tan rápidamente y, bueno . . . de todas maneras, fue mi culpa.

Ella lo miró otra vez y, cuando lo hizo, David sacudió la cabeza y susurró.

—No fue su culpa, Mina. Fue mía. Y probablemente me despedirán por esto.

—No —susurró ella, y se oía afligida por la posibilidad—. ¿En realidad lo despedirían? —Le entregó una banda adhesiva.

—Si echo a perder este contrato, lo harán —dijo—. A menos que . . .

—¿A menos que, qué?

—A menos que usted me ayude.

Mina apartó la mirada, aterrorizada de que la descubrieran haciendo otra cosa mala. David sospechaba que la castigarían severamente por sus transgresiones de hoy, y su corazón se identificó con ella.

El timbre del elevador volvió a sonar. Más personal salió y se dirigió a sus cubículos. Mina saludó a varios de ellos, distanciándose de David mientras saludaba. Él se puso la cinta cuidadosamente, tratando de ganar tanto tiempo como fuera posible, pero parecía que no importaba. Habían pasado del punto de no retorno. En realidad tenía que irse.

Con una señal de la cabeza se despidió, luego se dirigió al elevador, presionó el botón y silenciosamente le suplicó misericordia a Alá. La espera le pareció una eternidad. Trató de imaginar la conversación que sostendría con Zalinsky, tratando de explicar cómo él y Eva habían echado a perder una misión que ofrecía la última chispa de esperanza de evitar una guerra apocalíptica entre Israel, Irán y el resto de la región. Pero era demasiado doloroso.

El timbre sonó. La puerta se abrió. Más personal de Esfahani salió del elevador, y David ingresó. Presionó el botón para el primer piso y le sonrió a Mina por última vez. La puerta del elevador comenzó a cerrarse, pero justo antes de que se cerrara, la mano de una mujer se interpuso y la mantuvo abiertas por un momento. Era la mano de Mina, que sostenía una tarjeta de negocios. Sorprendido, David tomó la tarjeta y Mina retiró la mano. La puerta se cerró. El elevador comenzó a descender al primer piso.

David miró la tarjeta cuidadosamente. Era de Esfahani y tenía dos números celulares, además de la línea directa a su oficina, de la oficina general, el número de fax y de télex. Atrás había una nota escrita a mano.

Decía: *Mezquita Imán Jomeini, Avenida Naser Khosrow.*

David no podía creerlo. Tenía otra oportunidad.

45

Afuera del edificio de Telecom Irán, David trató de conseguir un taxi. Sin embargo, en el irritante tránsito de Teherán durante la hora pico matutina —parachoques con parachoques por cuadras interminables— era casi imposible. De repente, comprendió por qué uno de los alcaldes recientes de la ciudad había sido elegido después de alardear que tenía un doctorado en gestión de tránsito.

Una vez más, se encontró suplicándole misericordia a Alá. Estaba desesperado y consideró que no era una oración egoísta. Era una batalla del bien contra el mal. Estaba tratando de detener una guerra catastrófica y la muerte de millones, y necesitaba toda la ayuda que pudiera obtener, divina o no.

David no tenía idea qué tan lejos estaba la Avenida Naser Khosrow, pero estaba decidido a llegar a la mezquita antes de que Esfahani se fuera. El corazón le latía aceleradamente. Pero sabía que tenía que verse tranquilo, porque no estaba solo. Y llegó a la conclusión de que la tardanza para encontrar un taxi disponible era buena en el cuadro global de las cosas. Le daba al personal de vigilancia iraní que estaba asignado para seguirlo —la mitad de los cuales ya se habían visto obligados a seguir a Eva al Hotel Simorgh— tiempo suficiente para prepararse para su próxima maniobra.

En Langley, Zalinsky había sido muy claro en cuanto a este tema: las primeras semanas en Irán, él y Eva —al igual que todos los extranjeros— serían sospechosos, para los servicios de inteligencia iraní, de ser espías del Mossad, de la CIA o de la BND, el servicio federal de inteligencia de Alemania. Los seguirían a todas partes. A dondequiera que fueran, la policía secreta los monitorearía y les iniciarían un archivo. Observarían a todos con los que se reunieran y algunos serían entrevistados o interrogados. Sus teléfonos en el hotel serían intervenidos. Colocarían micrófonos en sus habitaciones. Sus teléfonos celulares serían monitoreados. Serían fotografiados constantemente y en secreto. Por lo tanto, su misión era actuar normalmente. Relajarse. Mezclarse. Hacer el papel de consultor de MDS y nada más. No era hora de hacer de James Bond ni Jason Bourne. No era hora de evadirlos ni de que sus vigilantes se pusieran curiosos, mucho menos preocupados. Ya estaban cruzando los límites cuando Eva salió antes y David trataba de tomar un taxi, en lugar del auto que habían contratado (cuyo conductor seguramente trabajaba para la policía secreta). No podían permitirse más irregularidades.

Cuando David finalmente pudo conseguir un taxi, estuvo seguro de que el conductor trabajaba para la policía. Era demasiado joven y se veía demasiado nervioso como para ser un simple conductor de taxi.

—Oiga, amigo. Necesito su ayuda —dijo David en persa, con un ligero acento alemán, más del normal—. ¿Cómo se llama?

—Behrouz —dijo el joven vacilando.

—*¿Behrouz?* —dijo David—. Eso significa afortunado, ¿verdad?

—Sí.

—Bien, escuche, Behrouz, hoy es su día de suerte.

—¿Y por qué?

—Si no llego a la Mezquita Imán Jomeini y encuentro a mi cliente antes de que termine de orar, el contrato de cincuenta millones de euros de mi compañía se irá por el inodoro, ¿sabe a lo que me refiero? —David sacó su billetera y lanzó un billete nuevo de cien euros en el asiento de enfrente.

El joven abrió bien los ojos cuando vio el dinero. Miró por el retrovisor y David le suplicó que lo ayudara. Entonces Behrouz miró su teléfono celular que estaba al lado del billete de cien euros. David asumió que se suponía que el chico tenía que avisar de algo como esto. Pero no era como que su sospechoso fuera a escaparse, ¿verdad? Él y Behrouz iban a estar juntos todo el camino.

—No hay problema —dijo el chico, y finalmente se armó de valor—. Pero sería bueno que se ponga el cinturón.

David lo hizo y partieron. Behrouz encendió el motor y aceleró a fondo, asustando a palomas y a peatones por igual y desatando una avalancha de maldiciones de varios clérigos que trataban de cruzar la calle. Al chico pareció no importarle en lo mínimo y se pasó un semáforo rojo, por poco da con un bus que venía en su dirección y giró intempestivamente a la derecha en la siguiente intersección. David pensó que este chico era bueno, y se preguntó si podría contratarlo como su chofer a tiempo completo.

En una recta, David recobró el aliento, sacó su teléfono e hizo su tarea. Hizo una búsqueda rápida en Internet de la Mezquita Imán Jomeini e inmediatamente encontró un mapa, una foto satelital del enorme complejo y una breve descripción del lugar, cortesía de Google. La Mezquita Imán Jomeini Gran Mosala era la más grande del mundo. Los dos minaretes eran de 136 metros y el complejo de la mezquita cubría 450.000 metros cuadrados.

Seis minutos después, Behrouz corría frente al Palacio Golestan y finalmente rechinó las llantas para detenerse en la entrada principal de la mezquita.

"Gracias, Behrouz," dijo David, ya afuera del taxi. "Hay otros cien para ti si me das tu número de teléfono celular y estás disponible cuando te necesite."

El joven, sin aliento, aceptó inmediatamente. Escribió su número celular en la parte de atrás de un recibo y se lo entregó a David, quien le agradeció, lo incorporó en su teléfono y entró corriendo por las puertas de la mezquita, esperando con toda su fuerza encontrar a Abdol Esfahani.

DUBAI, EMIRATOS ÁRABES UNIDOS

El teléfono de Zalinsky sonó.

Era el oficial de vigilancia del Centro de Operaciones Globales en Langley. Zalinsky, en el refugio de la CIA en Dubai, donde había establecido su campamento base, instantáneamente se puso en alerta.

—Centro de Operaciones; adelante seguro —dijo el oficial de vigilancia.

El canoso veterano de la CIA marcó su código de autorización.

—Seguro; adelante.

—Hace dos minutos, Zephyr ingresó su primer número de teléfono —explicó el oficial de seguridad.

Qué rápido, pensó Zalinsky.

—Es un agente joven que está con la policía secreta de Teherán —continuó el oficial de seguridad—. Ya está haciendo su primera llamada.

—¿A dónde? —preguntó Zalinsky, ya de pie y caminando.

—Es una llamada local . . . segura, pero la estamos decodificando; espere . . . NSA dice que es una línea directa a VEVAK.

Vaya, pensó Zalinsky, inesperadamente impresionado. No hablaba persa, pero sabía con certeza que *Vezarat-e Ettela'at va Amniat-e Keshvar* —conocida por sus siglas VEVAK— era el servicio central de inteligencia de Irán. *Después de todo, Themis y Zephyr podrían dar resultado.*

El oficial de .vigilancia ahora había conectado a Zalinsky con un administrador de datos en las instalaciones de la Agencia de Seguridad Nacional en Fort Meade, Maryland. Un especialista en persa tradujo la llamada en forma simultánea.

Llamador: *Base, este es el Auto 1902.*

Receptor: *¿Cuál es su posición?*

Llamador: *Estoy en la Mezquita Imán Jomeini. El sujeto acaba de entrar.*

Receptor: *¿Tiene visión?*

Llamador: *Negativo. Esta fue mi primera oportunidad de llamar.*

Receptor: *¿Por qué no lo siguió?*

Llamador: *Me pagó más para que lo espere aquí. ¿Debo seguirlo?*

Receptor: *Negativo. Espere como se le instruyó. ¿Dijo el sujeto qué va a hacer allí? La próxima llamada a la oración no se hará hasta dentro de cuatro horas.*

Llamador: *El sujeto se reunirá con alguien adentro.*

Receptor: *¿Con quién?*

Llamador: *No dijo. Pero parecía urgente.*

Receptor: *¿Por qué?*

Llamador: *El sujeto dijo que un trato de negocios colapsaría si no encontraba a este tipo a tiempo. Creo que es un ejecutivo de Telecom Irán. Allí fue donde lo recogí.*

Receptor: *Comprendido. Pensamos que es Esfahani. Le enviaremos agentes adicionales.*

Llamador: *¿Abdol Esfahani?*

Receptor: *Afirmativo.*

Llamador: *¿El sobrino del jefe?*

Receptor: *Afirmativo.*

Llamador: *¿Está en peligro? ¿Debo hacer algo?*

Receptor: *Negativo. Probablemente sea de verdad un asunto de negocios.*

Llamador: *Pero ¿está seguro de que Esfahani va a estar bien?*

Receptor: *Afirmativo. Tendremos más agentes que llegarán a la escena en cualquier momento. Sólo quédese donde está e infórmenos cuando el sujeto vuelva al taxi.*

Llamador: *Sí, señor.*

Así terminó la llamada. Pero el interés de Zalinsky se despertó. ¿Con quién exactamente estaba emparentado Abdol Esfahani, y por qué importaba tanto a estos agentes de inteligencia? No era posible que Esfahani estuviera emparentado con Ibrahim Asgari, el comandante de VEVAK, ¿o sí? Zalinsky no podía imaginarlo. Seguramente lo habría sabido desde antes. Rápidamente se conectó en la base de datos del servidor de Langley e hizo una búsqueda extensa.

Después de diez minutos no pudo encontrar ni una pizca de

información que lo confirmara. Pero por la llamada que acababa de escuchar, Zalinsky tenía claro que los agentes de inteligencia iraní suponían que Esfahani estaba conectado con alguien importante. Zalinsky no estaba seguro qué pensar exactamente de esto. Pero comenzó a preguntarse si tal vez Esfahani era un pez más gordo de lo que habían pensado.

46

TEHERÁN, IRÁN

Era peor de lo que David había temido.

Cientos de hombres estaban orando. Miles más estaban circulando en masa en los terrenos de la mezquita, hablando suavemente, haciendo negocios, intercambiando chismes.

"Assalam Alleikum" —la paz sea contigo— repitió una y otra vez mientras se abría camino entre la multitud, descartando sistemáticamente grupos pequeños de personas e intensificando sus oraciones para que Alá lo ayudara a encontrar esta aguja en el pajar. La buena noticia era que nadie parecía estar particularmente interesado en el hecho de que él estuviera allí. No parecía que le importara a nadie, y ni siquiera percibían que nunca antes había estado allí. El número total de la gente en el lugar le dio una medida de anonimato que lo ayudó a moverse en los alrededores sin llamar la atención. Pero sabía que eso no duraría mucho. Los agentes de civil llegarían pronto, y vigilarían todos sus movimientos.

Decidió cambiar de velocidad. En lugar de avanzar más en el interior de la mezquita, retrocedería y se escondería a plena vista. Esperaría afuera, donde la policía secreta pudiera verlo y en consecuencia respirar aliviados, y donde era menos posible pasar por alto a Esfahani cuando saliera de la oración.

Encontró una banca en el patio, se sentó, sacó su teléfono y comenzó a revisar sus correos electrónicos, y a revisar los titulares de Internet, como lo haría cualquier hombre de negocios europeo atareado. Varios titulares llamaron su atención.

El petróleo llega a alturas récord por temor de guerra en el Medio Oriente

El Pentágono traslada baterías de misiles Patriot a los Estados del Golfo para proteger las instalaciones de petróleo de posible ataque iraní

Clérigo iraní quiere la creación de un "Gran Irán"

La última, una historia de Prensa Asociada de Teherán, lo intrigó particularmente y la revisó con rapidez.

> Un clérigo radical ha hecho un llamado para la creación de un "Gran Irán" que gobernará en todo el Medio Oriente y Asia Central, en una acción que, dijo, señalaría la llegada del mesías esperado del islam. El Ayatolá Mohammad Bagher Kharrazi dijo que la creación de lo que llama los Estados Unidos Islámicos es una meta central del partido político que dirige, llamado Hezbolá, o Partido de Dios, y que él esperaba hacerlo realidad si ganaban la próxima elección presidencial.

Bajando un poco, otro párrafo atrajo la curiosidad de David.

> Kharrazi dijo que este Gran Irán se extendería desde Afganistán hasta Israel, provocando la destrucción del estado judío. También dijo que su formación sería un preludio para la reaparición del Mahdi, un santo venerado del siglo IX, conocido como el Imán Escondido, que los musulmanes creen que reaparecerá antes del día del juicio, para terminar con la tiranía y promover la justicia en el mundo.

Esta era la segunda vez en los últimos días que David había visto que el tema del Mahdi, o Imán Escondido o Duodécimo Imán, aparecía en un reporte noticioso. De nuevo, no estaba seguro qué pensar de eso, pero hizo una nota mental para analizarlo con Eva en la primera oportunidad que tuvieran.

Un rato después, se sintió aliviado al ver agentes de civil muy obviamente, y hasta un poco torpemente, tomando posiciones para monitorearlo. Uno hasta se acercó y le preguntó la hora. David no se pudo resistir a señalar que el hombre llevaba puesto un reloj. Avergonzado, el agente se escabulló, pero se había aclarado el punto. La policía secreta había dejado claro que estaban observando a Reza Tabrizi, y Reza Tabrizi, también conocido como David Shirazi, había dejado claro que no le importaba y que no tenía nada que esconder. Ambas partes parecieron relajarse.

Sin embargo, *parecieron* era la palabra correcta. Por dentro, David estaba hecho un desastre. Si no encontraba a Esfahani rápidamente, toda la operación terminaría antes de siquiera haber empezado.

Y entonces un nuevo correo electrónico entró a su casillero. Era un titular que Zalinsky le había reenviado por medio de una cuenta de AOL, bajo uno de sus muchos alias. Indicaba que el viceministro de defensa iraní acababa de reunirse en el Kremlin con su colega ruso. Moscú estaba prometiendo instalar el sistema S-300 en el verano, dentro de solamente seis meses.

Esto no era bueno. El S-300 era el altamente avanzado sistema ruso de defensa de misiles tierra aire. Los iraníes habían pagado más de $1 billón por el sistema hacía varios años, pero Moscú había retrasado repetidamente su entrega e implementación, invocando problemas técnicos.

En realidad, David sabía que no había fallas imprevistas. El sistema funcionaba perfectamente. Y una vez establecido en todas las instalaciones de energía e investigación nuclear, sería capaz de protegerlos de un primer ataque de Estados Unidos o de Israel. Pero la misma introducción del S-300 en el teatro iraní podría acelerar un ataque israelí preventivo, al convencer a los líderes de Jerusalén y Tel Aviv que si no atacaban primero a Irán, antes de que el S-300 estuviera en condiciones de funcionar, sus probabilidades de éxito repentinamente se verían enormemente reducidas. Probablemente era la razón por la que los israelíes acababan de lanzar un enorme simulacro de guerra con Grecia. Atenas, después de todo, estaba alrededor de mil doscientos kilómetros de Tel Aviv, casi a la misma distancia que estaba Teherán en dirección opuesta.

En pocas palabras, el S-300 cambiaba las reglas del juego. Si este reporte era acertado y Rusia realmente estaba planificando instalar el sistema en agosto, entonces el poco tiempo que Estados Unidos tenía para evitar que Irán adquiriera la Bomba, y de prevenir una horrenda guerra regional, de repente se había acortado mucho más.

Entonces, David vio a un hombre bajo, delgado y de poco cabello, que caminaba rápidamente hacia la puerta de enfrente para salir de la mezquita. El hombre estaba a muchos metros de distancia, pero sin duda se parecía a Abdol Esfahani. David se puso de pie de un salto y lo interceptó, no lejos de la puerta de enfrente del complejo.

—Señor Esfahani, por favor . . . ¿Tiene un momento? —dijo David en un persa perfecto, sin el acento alemán.

Estaba claro, por su expresión confusa, que Esfahani no tenía idea de quién era David.

—Por favor perdóneme por entrometerme en sus pensamientos piadosos, señor, pero acabo de terminar de orar, y al levantar mi vista no podía creer mi buena suerte —continuó David—. Le estaba suplicando a Alá que me diera una segunda oportunidad de verlo, para tener la ocasión de disculparme por el terrible desliz que mi compañía cometió esta mañana. Y aquí está usted, una respuesta rápida a mis fervientes oraciones.

Esfahani se veía escéptico.

—¿Y usted es . . . ?

—Señor, soy Reza Tabrizi —dijo David, y extendió su mano para estrechar la de Esfahani.

Esfahani no dijo nada y no devolvió el gesto.

—De MDS.

Ese nombre finalmente le sonó familiar. El hombre se puso sombrío.

—No tengo nada que decirle —dijo Esfahani, y se alejó enérgicamente.

No obstante, David corrió unos cuantos pasos adelante del hombre e interrumpió su salida.

—Por favor, señor Esfahani, se lo suplico. Escúcheme. Solamente un momento. En mi compañía, MDS, somos muy buenos en lo que hacemos. Podemos hacer el trabajo que usted necesita. Podemos hacerlo rápidamente. Y somos discretos. Podemos ayudarlo de otras maneras, lo que usted necesite. Por eso es que NSN nos buscó. Pero los ejecutivos de

MDS son . . . bueno . . . ¿Cómo puedo decirlo? Son imbéciles cuando se trata de Irán. Son alemanes. Son europeos. No tienen la intención de hacer ningún daño, pero no entienden nuestro bello país. No entienden el islam. Tratan, pero no tienen idea. Pero yo soy iraní. Soy musulmán. Quizás no sea tan puro como otros, pero lo intento. Les supliqué que no pusieran a la señorita Fischer como directora del proyecto. Les dije que era un insulto. Les dije que me ofendían y que a usted también. Pero no escucharon. Me dijeron que me callara, que hiciera mi trabajo y ayudara a la señorita Fischer con lo que ella necesitara. Sabía que esto sería un desastre. No había nada que yo pudiera hacer *entonces*. Pero ahora sí.

El mea culpa parecía estar funcionando. A veces, comportarse servilmente tenía sus ventajas. Esfahani estaba escuchando.

—¿Cómo así? —preguntó mirando su reloj.

—Ahora puedo volver a los directivos de MDS y decirles que poner a una mujer alemana en este proyecto va a costarle a nuestra compañía cincuenta millones de euros y que nos cerraría el mercado para siempre —continuó David—. Ahora me escucharán porque, créame, señor Esfahani, no pueden darse el lujo de perder este contrato. La economía global está muy frágil. El mercado de telecomunicaciones está muy débil. Nuestras acciones en la bolsa están bajas. Nuestros accionistas están tensos. Necesitamos su negocio, señor, y haremos todo lo que podamos para hacer que funcione. Y con el debido respeto, usted también nos necesita.

—¿Y por qué? —preguntó Esfahani.

—Porque sus jefes quieren que este reacondicionamiento de telecomunicaciones se haga para ayer. El tráfico de textos está explotando. Hace menos de una década, apenas había cuatro millones de teléfonos celulares en todo el país. Ahora hay más de cincuenta millones. Usted está tratando de ocuparse de cien millones de mensajes de texto al día. Pronto serán mil millones. Su software actual va a colapsar, a menos que lo ayudemos a actualizarlo rápidamente. Usted lo sabe. Por eso es que su jefe aprobó el trato de NSN con nosotros. Así que, por favor, no deje que todo este trabajo se vaya por el desagüe, señor Esfahani. Estamos a sus órdenes. Haremos todo lo que usted necesite. Y no tiene que trabajar con la señorita Fischer. La enviaré de vuelta a Dubai. Cielos, la enviaré a Munich, si usted quiere. Sólo, por favor —*por favor*— concédanos otra oportunidad. Le prometo que estaré aquí para asegurarme de que MDS haga todo lo que usted quiere, de una manera que honre a nuestra fe y nuestras tradiciones. Por favor, señor. Queremos ayudar. Yo quiero ayudar. Consideraría un gran honor ayudar a Irán a convertirse en la potencia líder de la región. Nuestros equipos están esperando. Diga la palabra y ellos pueden comenzar a instalar el software mañana.

Esfahani parecía haberse relajado un poco.

—Usted realmente quiere que esto suceda, ¿verdad, señor Tabrizi? —dijo, frotándose su bien recortada barba a medio encanecer.

—No se imagina cuánto —respondió David, preocupado de que lo estaba adulando demasiado, pero estaba seguro de que no tenía otra opción.

Esfahani lo miró otra vez por un momento.

—Debo decir que estoy impresionado con su humildad y tenacidad, joven —dijo finalmente—. Deme unos días. Lo pensaré y le responderé. ¿Tiene mi secretaria su información de contacto?

—La tiene —dijo David—. Pero aquí tiene mi tarjeta y el número de mi teléfono celular personal, en caso de que lo necesite.

Sacó una de las tarjetas recién impresas que Eva le había dado en el vuelo de Dubai. Escribió el número de su celular y la información de su hotel en la parte de atrás y se la entregó a Esfahani.

—Que Alá lo bendiga, señor —dijo, mientras Esfahani caminaba hacia la calle—. No lo lamentará.

Vio a Esfahani ingresar a un sedán negro que lo esperaba y desaparecer. Fue entonces que recordó que Mina le había dado también la tarjeta personal de Esfahani. Rápidamente la sacó de su billetera, metió la información de contacto en su Nokia y sonrió. Pero en lugar de llamar a Behrouz y de dirigirse directamente al hotel, sorprendió a sus vigilantes, dio la vuelta y volvió a entrar a la mezquita.

Tal vez Alá en realidad estaba escuchando sus oraciones. Tal vez David debería agradecérselo.

47

De regreso en el hotel, Eva abrió su puerta cuando tocó.

—Por favor, dime que lo encontraste —dijo ella, con aprehensión en sus ojos.

—Lo encontré.

—¿Y qué pasó?

—Encontrémonos en el vestíbulo en diez minutos —sugirió David—. Te lo diré tomando té.

No era lo ideal. Sabía que los seguirían. Pero también sabía muy bien que no podían verlo frente a la habitación de una mujer, mucho menos adentro. No podían hablar en los teléfonos del hotel, que seguramente tenían micrófonos. De alguna manera, tenían que actuar normalmente. Por lo tanto, por el momento, tomar té en público en el restaurante del vestíbulo tendría que ser suficiente.

Cuando volvía al elevador, David sacó otra vez su teléfono y revisó su correo electrónico. El primero era otro enviado por Zalinsky. Tenía el vínculo de una historia en un cable noticioso de Reuters, con fecha y origen en Beijing, describiendo pláticas en curso entre el presidente de Telecom Irán, Daryush Rashidi, y los directivos de Telecom China, el tercer proveedor de servicio de teléfonos celulares más grande de China continental. Mientras David revisaba la historia, se dio cuenta de que Zalinsky estaba recordándole, no tan sutilmente, lo importante que era fortalecer y profundizar la relación entre Munich Digital Systems y Telecom Irán. Los iraníes ahora estaban pescando en otras aguas. Si cualquier cosa del contrato con MDS fracasaba, Telecom Irán estaba buscando activamente otras opciones. David hizo una mueca de preocupación al pensar que tendría que informar a Zalinsky de los sucesos de las últimas horas. Ya estaban pendiendo de un hilo.

Pronto él y Eva estaban sentados uno frente a otro en una pequeña mesa para dos, tomando chai, cuidando de mantener la voz baja, y de verse profesionales, pero no como cómplices.

—Entonces, ¿en dónde estamos con Esfahani? —preguntó Eva.

—No está bien —dijo David—. Cometimos un error grave. Ambos teníamos que haberlo sabido.

—¿Puede rescatarse?

—Honestamente, es demasiado pronto para decirlo.

—¿Y qué recomiendas?

—Tenemos que reducir nuestras pérdidas.

—¿Qué quiere decir eso?

David eligió sus palabras cuidadosamente. A él le agradaba Eva. La respetaba. Y necesitaba mucho de su ayuda. Pero de repente se había convertido en un inconveniente en Irán.

—Tienes que entender —comenzó él—. Abdol Esfahani es un hombre muy religioso.

—Lo que significa que no cree que yo debería estar a cargo de este proyecto.

—Me temo que no.

—¿Y *tú* qué crees?

—Eso no lo decido yo.

—No fue eso lo que pregunté —dijo Eva—. ¿Crees que soy capaz de hacer este trabajo?

—Absolutamente, pero ese no es el punto.

—¿Y cuál es?

—Muchas cosas dependen de este contrato, Eva.

—¿Crees que no lo sé?

—Claro que lo sabes. Entonces, ¿por qué preocuparse? Simplemente hagamos lo que sea mejor para el proyecto y la compañía, y partamos de allí.

—¿Estás diciendo que quieres que vuelva a Dubai?

David respiró profundamente y tomó té.

—Creo que tenemos que darle a Esfahani y a Telecom Irán exactamente lo que ellos quieren.

—Tienes que estar bromeando —dijo Eva con incredulidad.

—Mira, tú y yo sabemos que este no es el tiempo ni el lugar para desafiar mil cuatrocientos años de cultura y religión por una actualización de software.

Eva contuvo su lengua por unos momentos, pero David podía ver que no le era fácil. Si no hubiera habido por lo menos dos agentes iraníes sentados en mesas cercanas, sospechaba que ella en realidad se habría desahogado con él.

—Si vuelvo a Dubai, ¿nos dejará Esfahani mantener el contrato? —preguntó.

—No lo sé.

Hubo otra pausa larga.

—Pero si me quedo aquí, con seguridad nos deja en el aire —dijo.

David asintió con la cabeza.

—Entonces no hay mucho que discutir, ¿verdad? —preguntó. Tomó su servilleta, se limpió la boca y se levantó de la mesa.

David se inclinó hacia ella y la miró a los ojos.

—Escúchame —dijo, hablándole de acuerdo a su personaje para el beneficio de los que escuchaban a su alrededor—. Tú y yo nos vamos a forrar con este trato, ¿está bien? Entonces volveremos a Europa y allá también haremos mucho dinero. Nuestros jefes van a adorarnos. Van a darnos grandes aumentos y bonos. Luego vamos a encontrar maneras de disfrutar todo nuestro dinero y pasarlo muy bien en realidad. Te lo prometo. Y sólo entre tú y yo: en realidad estoy ansioso de trabajar contigo en cada paso del camino. Así que, no dejes que esto te desanime, ¿está bien? Esto, también pasará.

La expresión de Eva de repente se suavizó. David hasta pensó que había detectado un poquito de gratitud, de alguna manera.

—Gracias —dijo ella.

—Ni lo menciones.

—Está bien. Voy a empacar, voy a salir del hotel y me iré al aeropuerto.

—Llámame cuando llegues a Dubai.

—Lo haré. Y gracias, Reza. Eres un joven impresionante. Espero que el señor Esfahani se dé cuenta de lo que tiene.

Y después de eso, se fue.

David se quedó, terminó su chai y se puso al día con otros correos electrónicos. No le había ido tan mal como había temido. Pero sólo el tiempo lo diría, porque estaba bastante confiado de que la transcripción de esta conversación estaría en manos de Esfahani al final del día.

48

DUBAI, EMIRATOS ÁRABES UNIDOS

Zalinsky estaba furioso.

Pero trató de no reflejarlo. Había sido su decisión enviar a Eva Fischer como líder del proyecto. No había tenido ninguna evidencia de que los altos ejecutivos de Telecom Irán fueran tan religiosos. Evidentemente, él y su equipo sabían muy poco de Abdol Esfahani, para comenzar. Aun así, le dijo a Eva que el viaje no había sido una pérdida total, mientras tomaban café en el refugio de Dubai. Gracias a Zephyr, ahora tenían el número del celular privado de Esfahani y ya estaba rindiendo fruto.

Le pasó la computadora portátil a Eva para que ella pudiera ver la más interesante de varias transcripciones.

>>>>>> 000017-43–NSATXTREF: INTERCEPTACIONZEPHYR–ULTRA SECRETO

LLAMADA COMENZÓ A LAS 0209/21:53:06

ESFAHANI *[98-21-2234-5684]: ¿Hola?*

LLAMADOR *[98-21-8876-5401]: ¿Estás despierto?*

ESFAHANI: *Ahora lo estoy.*

LLAMADOR: *Apunta esto.*

ESFAHANI: *Será mejor que sea algo importante.*

LLAMADOR: *Lo es.*

ESFAHANI: *Espera.*

LLAMADOR: *Apresúrate. Tengo que volver.*

ESFAHANI: *¿Dónde estás?*

LLAMADOR: *En el Qaleh.*

ESFAHANI: *¿Todavía?*

LLAMADOR: *Pasó algo.*

ESFAHANI: *¿Qué?*

LLAMADOR: *Quisiera poder decírtelo, pero no puedo. No en una línea abierta.*

ESFAHANI: *Dame un indicio.*

LLAMADOR: *No puedo . . . yo . . .*

ESFAHANI: *¿Qué? ¿Qué pasa?*

LLAMADOR: *No lo creerás. Es algo milagroso, pero . . .*

ESFAHANI: *¿Pero qué?*

LLAMADOR: *Te diré más cuando te vea. Pero en realidad tengo que irme. ¿Estás listo?*

ESFAHANI: *Sí. Estoy listo.*

LLAMADOR: *Necesitamos veinte TSS.*

ESFAHANI: *¿Dijiste veinte?*

LLAMADOR: *Sí; dos cero. Veinte.*

ESFAHANI: *¿Para cuándo?*

LLAMADOR: *Para ayer.*

ESFAHANI: *¿Por qué? ¿Qué está pasando?*

LLAMADOR: *Es algo grande, pero no puedo decirlo ahora mismo. Te llamaré otra vez cuando pueda.*

LLAMADA TERMINÓ A LAS 0209/21:56:23

—Interesante —dijo Eva—. No todos los días se lee la palabra *milagroso* en una llamada interceptada.

—Exactamente lo que pensé —dijo Zalinsky.

—¿Qué crees que significa?

—No tengo idea. Así que comencemos con lo de rutina. ¿Qué es un TSS?

—Pensé que lo sabías todo, Jack —dijo ella bromeando.

Zalinsky no estaba de buen humor.

—Sólo responde la pregunta.

—Creo que se están refiriendo a los teléfonos satelitales seguros. Pero ¿por qué veinte? Necesitan miles.

Zalinsky tomó otro trago de café negro y reflexionó en eso por un rato. Ambos sabían que los iraníes recientemente habían comprado miles de teléfonos satelitales a una compañía rusa. El alto comando iraní estaba desarrollando una alianza con Moscú y estaba comprando billones de dólares en armas y tecnología nuclear a los rusos. ¿Por qué no comprar también equipo de comunicación? Sólo había un problema. Con el tiempo, los iraníes descubrieron que los teléfonos habían sido alterados de una manera que permitía a la FSB, los servicios de inteligencia rusa, monitorear sus llamadas. Cuando se descubrieron los detectores, cada teléfono satelital en el país, hecho en Rusia, perteneciente a algún militar iraní o comandante de inteligencia, fue retirado y destruido.

Los iraníes todavía tenían comunicaciones bastante seguras con teléfonos fijos para sus organizaciones militares y de inteligencia, pero los funcionarios iraníes sabían que eran vulnerables debido a la falta de comunicaciones móviles, codificadas criptográficamente. Esta era justamente la razón por la que la Agencia de Seguridad Nacional tenía éxito al interceptar las llamadas del teléfono celular de Esfahani y de cualquier número telefónico que Zephyr pudiera conseguir. No duraría mucho. Los iraníes habían demostrado ser increíblemente ingeniosos en el pasado. Pero por el momento, la Agencia de Seguridad Nacional y la CIA habían logrado una oportunidad, e iban a explotarla de la mejor manera posible.

Eva tenía razón. Los iraníes necesitaban miles de teléfonos satelitales seguros, no veinte.

—Tal vez, simplemente quieren probar un nuevo proveedor y ver si pueden obtener un teléfono que los rusos no puedan intervenir —dijo Zalinsky reflexionando.

—O tal vez están configurando una unidad nueva de alguna clase —dijo Eva.

—¿Qué clase de unidad?

—Podría ser cualquier cosa —terroristas suicidas, operadores de misiles, algo de lo que deberíamos preocuparnos.

—Eso es alentador —dijo Zalinsky—. Está bien; entonces, ¿qué es el Qaleh?

—Está en persa —dijo Eva—. Significa fortificación o asentamiento amurallado. Pero la pregunta es, ¿a qué se refieren con eso?

—No tengo idea —admitió Zalinsky—. Pero será mejor que lo averigües.

TEHERÁN, IRÁN

Mientras esperaba noticias de Esfahani, David había estado yendo a orar cinco veces al día, frecuentemente a la Mezquita Imán Jomeini, aunque no siempre. Todavía no estaba seguro de qué era lo que creía, pero quería creer en un Dios que escuchara sus oraciones. Así que oraba por sus padres. Oraba por sus hermanos. Oraba por su país, por Zalinsky y por el presidente. Oraba más que nada por Marseille. Le pedía a Alá que la bendijera, que la cuidara, que sanara su corazón y aliviara su dolor. Pero dudaba que sus oraciones fueran oídas. A veces había "coincidencias" que parecían respuestas a sus oraciones. Pero la mayor parte del tiempo todavía sentía que estaba hablándole al techo.

Cuando no estaba en la mezquita manteniendo su identidad ficticia, iba a dar largas caminatas. Llegó a conocer la ciudad. Visitaba tiendas que vendían teléfonos celulares, hacía muchas preguntas y luego preguntaba más. De vuelta en el hotel, rastreaba titulares de negocios en su computadora. Enviaba correos electrónicos a colegas de MDS. Mayormente, revisaba su identidad ficticia, una y otra vez, y meditaba en cada detalle hasta hacerlo parte de sí.

Pero se estaba muriendo. La mayor parte del día estaba sentado, en una habitación de hotel, en la capital de un país que febrilmente estaba tratando de desarrollar, comprar o robar armas nucleares. Su misión era encontrar la manera de detenerlo, y estaba atascado. Solo y sin ideas, solamente podía esperar. No podía hablar con Zalinsky, no podía hablar con Eva.

Sin embargo, la peor parte no era el aislamiento. Ni el aburrimiento. Ni la sensación de impotencia y frustración de no poder hacer más —hacer nada— para continuar con su misión, para proteger a su país y cuidar de su familia y sus amigos. La peor parte era tratar de fingir que era un buen musulmán. Profundamente en su corazón, David Shirazi —también conocido como Reza Tabrizi— sabía que no lo era. Creía en Dios, o por lo menos en alguna forma de ser divino en el universo conocido como "Dios," o por lo menos en "un dios." Creía que este Dios era creador, que había creado los cielos, la tierra, la humanidad y a él personalmente. Sin embargo, más allá de eso, no estaba seguro de qué creía.

Sintió un escalofrío en su columna. Dejar que esos pensamientos se atravesaran en su mente —aunque no se dijeran— era equivalente a la apostasía para un musulmán. Eran una sentencia de muerte eterna, un pase rápido a la maldición eterna.

Pero ¿cómo podía ser cierto el islam? Razonó que los practicantes más puros de la religión, fueran chiítas o sunitas, eran los ayatolás y los mulás. Sus experiencias en Paquistán, Afganistán, Irán y en otros lugares le habían enseñado que estos "hombres santos" eran los hombres más perversos del planeta. Sus mentes estaban llenas de pensamientos de violencia y corrupción. Los líderes de Irán eran los peores. Negaban abiertamente el Holocausto, mientras planificaban otro. Estaban tratando de obtener armas capaces de incinerar a millones de millones de personas en un abrir y cerrar de ojos, y hacerlo en el nombre de su Dios. ¿Cómo podrían tener razón? ¿Cómo podría ser verdadera una religión que enseñaba tales cosas?

49

En la oscuridad, David se sentó en la cama.

Eran las 3:26 de la mañana. No había podido pegar un ojo. Ya habían pasado tres días y tres noches enteras y todavía no sabía nada de Abdol Esfahani. Pero no podía dejar de pensar en una línea en particular de su sermón a su secretaria el día en que David y Eva llegaron para el desayuno.

"*¿No sabe lo cerca que estamos, tonta?,*" había gritado Esfahani. "*¿No sabe lo piadosos que debemos ser? Él vendrá en cualquier momento. ¡Tenemos que estar listos!*"

¿A qué se refería Esfahani con eso? ¿Quién iba a llegar? ¿Cuándo? ¿Y por qué importaba? ¿Por qué tenían que estar listos? ¿Por qué tenían que ser más piadosos?

¿Podría referirse Esfahani a la llegada del mesías islámico? Aparentemente, no parecía probable, pensó David. Tal vez Esfahani había estado hablando de algún ejecutivo de Telecom Irán o de un miembro director; o quizás de un alto funcionario del Cuerpo de la Guardia Revolucionaria Iraní, una posibilidad, ya que acababan de hacer una inversión importante en la compañía.

Aun así, David acababa de recibir un correo electrónico de Amazon, que le decía que el libro del doctor Alireza Birjandi, *Los imanes de la historia y la llegada del mesías*, había sido enviado a su departamento de Alemania. Eso le recordó lo poco que sabía sobre teología islámica de los Tiempos Finales, pero percibía que estaba llegando a ser un asunto más grande en la dinámica de la región de lo que cualquiera pensara en Langley, incluso Zalinsky.

¿Cuántos musulmanes creían que el fin del mundo estaba cerca? Se preguntó. ¿Cuántos iraníes lo creían? ¿Cuántos iraníes en los niveles más altos del régimen lo creían?

Mientras David pensaba en eso, se le ocurrió que había un creciente sentido en las culturas alrededor del mundo de que el fin del tiempo se estaba acercando, y que con eso vendría una colisión final de gran impacto entre el bien y el mal. Los predicadores, los rabinos, los imanes y hasta los ambientalistas decían cada vez con más frecuencia e intensidad que "el fin está cerca." Pero en lugar de burlarse de ellos porque estaban locos, la gente parecía estar absorbiendo el mensaje. Hasta Hollywood estaba sacando partido, ganando millones con las películas apocalípticas.

¿Qué significaba todo eso? David no tenía idea. Pero en lo íntimo de sus pensamientos, él también temía que el mundo iba a toda velocidad, imprudentemente hacia la orilla del precipicio. Mientras más tiempo trabajaba en la Agencia Central de Inteligencia y mientras más acceso tenía a información clasificada, más aumentaban sus temores. Y si Irán obtenía la Bomba, o si —Dios no lo permita— Osama bin Laden la obtenía, algo le decía que las implicaciones serían peores que las predicciones más horrendas de Langley.

Lo cual lo indujo a otro pensamiento.

Él siempre se había dicho que se había unido a la CIA para destruir el islam radical, para vengar la muerte de casi tres mil estadounidenses del 11 de septiembre, para vengar la muerte de Claire Harper y hasta quizás para demostrarle a Marseille Harper cuánto la amaba. Todo era cierto, pero había llegado a ser más que eso. Había llegado a temer que los sucesos del 11 de septiembre de 2001 fueran insignificantes, en comparación con la muerte y destrucción que se generaría si los extremistas más peligrosos del mundo se posesionaban de las armas más peligrosas del planeta. Tenía que detenerlos. De alguna manera, tenía que intentarlo. La mayoría de estadounidenses no tenía idea de las amenazas que su país enfrentaba. Pero él sí, y nunca podría estar en paz consigo mismo si no hacía todo lo posible para salvar la vida de la gente.

David encendió la luz. Estaba cubierto de sudor. Lo que realmente necesitaba era un buen trago fuerte. Pero estaba en Teherán. Los minibares no estaban surtidos con Smirnoff o Jack Daniel's. Al pensar en eso, se dio cuenta de que su habitación ni siquiera tenía minibar.

Se levantó, entró al baño y abrió una botella de agua. Entonces abrió la ducha —bien fría— se quitó la ropa y se metió detrás de la cortina de plástico.

Mientras el agua caía sobre su cuerpo, casi esperaba que lo golpeara un rayo o que le diera un masivo ataque al corazón. Fuera el fin del mundo o no, si había un Dios, y si en realidad era el Dios del Corán, entonces sabía que estaba condenado. En la universidad, David había asistido fielmente a una mezquita chiíta en Munich, había estudiado el Corán y había llegado a ser parte de la comunidad musulmana, como lo había requerido Zalinsky. Sabía que se suponía que él creyera. Pero no creía. Así de sencillo.

Temblando David finalmente cerró el agua helada, se secó, se envolvió en una toalla y se paró frente al espejo. Sus lentes habían sido reemplazados por lentes de contacto hacía años. Hacía tiempo que no usaba frenillos. Ahora era más alto que sus hermanos, incluso más alto que su padre. Pero todo eso era superficial. ¿Quién era ahora, en realidad? ¿En qué se estaba convirtiendo? ¿Hacia dónde iba?

Salió del baño y caminó por la habitación del hotel. Abrió un poco las cortinas y miró las tranquilas calles de Teherán. Se preguntaba qué estaría haciendo Marseille en ese momento, qué estaría pensando. ¿Estaría molesta porque nunca le había respondido? ¿Estaría enojada con él? Esperaba que no. Deseaba poder llamarla en ese momento. Ella había tenido suficientes penas. No quería ser la causa de más dolor.

Pensó en la nota que ella le había enviado y volvió a leer mentalmente una línea en particular.

> Me preguntaba si te gustaría que tomáramos un café, o algo así . . . ha pasado tanto tiempo . . . y hay cosas por decir.

Él se preguntaba a qué se refería con "hay cosas por decir." Era un matiz interesante en la frase, casi antigua. Por supuesto que tenía razón, pero no sonaba como una persona que de modo informal estaba sugiriendo tomar café para simplemente ponerse al corriente de los viejos tiempos. Tenía algo específico que decirle o pedirle. Pero ¿qué? Mientras más pensaba en eso, se dio cuenta de que no había usado la frase sólo una vez. En realidad la había usado dos veces, o por lo menos otra versión de ella.

> Si no es posible que nos encontremos, o no quieres hacerlo, en realidad lo entiendo. Y siento mucho por hablar tanto. No era mi intención. Solamente quería decir . . . sería bueno ponernos al día y decirte cosas que tuve que haber dicho antes, si te parece bien.

Así que ella no tenía preguntas para él. Por lo menos, no era lo que estaba sugiriendo. Tenía cosas en su corazón que quería —necesitaba— decirle directamente, en persona, no en papel. ¿Por qué no le "parecería bien"?

¿Se refería a por qué nunca le había respondido? Tal vez había más razones por las que ella y su padre se habían mudado a Portland. ¿O era algo que tenía que ver con la religión? Ella le había dicho que la boda de su amiga iba a llevarse a cabo en una iglesia "impresionante." Hasta lo había invitado a ir con ella a la iglesia cuando estuviera en la ciudad, aunque ella tendría que recordar que él era un agnóstico profeso. Tal vez pensaba que él había cambiado. Sonaba como si ella hubiera cambiado. ¿Era de eso de lo que se trataba el asunto?

Tratando de aclarar su mente, David encendió el televisor y comenzó a cambiar canales. Noticias del estado. Fútbol. Más noticias del estado. Más fútbol. Alguna enseñanza del Corán por un clérigo. Alguna mala película en blanco y negro de la década de 1950. Todo era abrumadoramente aburrido. Apagó el televisor y se volvió a acostar en la cama, mirando el ventilador que zumbaba colgando del techo.

Dejó que su mente se trasladara a la pequeña cabaña en Canadá. Después de todos estos años todavía podía sentir los labios de ella sobre los suyos, el calor de su cuerpo contra el de él. Ella había estado tan nerviosa y a la vez confiada, y lo había abrazado tan fuertemente. Y ¿qué le había preguntado? Si creía en Dios. Si creía en Jesús. Si pensaba que Dios era real, amoroso y si respondía a las oraciones. Él no había sabido qué decir entonces. Y lo deprimía el hecho de que todavía no lo sabía. No tenía respuestas y dados los riesgos que estaba tomando —y la posibilidad muy real y creciente de que podía ser capturado y asesinado por ser un espía estadounidense en Teherán— lo aterraba pensar que no conocía la verdad de Dios y de la vida después de la muerte.

Si había algo que sí sabía por estudiar el Corán, era que el islam era una religión que se basaba en obras. Si sus buenas obras no superaban a sus malas obras cuando muriera, entonces estaba condenado por la eternidad.

Recordó leer Sura 23:102-104 en la universidad. El texto estaba muy claro en su memoria: "Aquéllos cuyas obras pesen mucho serán los que prosperen. Aquéllos cuyas obras pesen poco, serán los que se hayan perdido y estarán en la gehena eternamente. El fuego abrasará su rostro; tendrán allí los labios contraídos."

El problema, como David lo veía, era que el islam no daba una manera en que el musulmán pudiera evaluar cómo le iba a lo largo de su vida. No había ningún sitio en Internet para conectarse y revisar el punteo diario. No había tarjetas de calificación trimestral. No había revisiones anuales de rendimiento. ¿Cómo, entonces, podría alguien saber con seguridad si pasaría la eternidad en el paraíso o en el castigo? ¿Cómo podría alguien encontrar la seguridad de salvación que cada alma juiciosa busca antes de morir?

La verdad cruel era que nadie podía. Eso era lo que más aterrorizaba a David. Les había mentido a casi todos los que conocía. Había sido cruel con la gente que amaba. Había sido desagradecido con gente que lo había tratado bien. No permanecía en contacto con sus padres. No permanecía en contacto con sus hermanos. Su vida profesional requería que fuera un mentiroso y, más recientemente, un hipócrita: haciendo el papel de un hombre religioso, pero negando la verdad y el poder del islam. Y luego estaban sus pecados secretos, los que no se atrevía a confesar. Mientras más catalogaba sus malas obras, peor se sentía, y no tenía idea adónde ir.

No era de extrañar que los musulmanes devotos tomaran los versículos del Corán en cuanto a emprender el yihad tan en serio. ¿Por qué no iban a hacerlo? Desatender el mandato del yihad sería desobedecer, y tal desobediencia podría inclinar la balanza de justicia en contra de ellos en el ajuste final de cuentas.

Lo que lo llevaba al martirio.

Los mulás y los ayatolás enseñaban que la única seguridad verdadera o promesa segura de salvación eterna para un musulmán era morir como mártir, frecuentemente como un terrorista suicida, por la causa del yihad. El mismo Osama bin Laden una vez había dicho: "El llamado al yihad en el nombre de Dios . . . lleva finalmente a la vida eterna y es un alivio de tus cadenas terrestres."

David estaba seguro de que no había manera de que esto fuera cierto. Pero ¿qué era cierto?

50

SHAHRAK-E GHARB, IRÁN

La pequeña Roya estaba cumpliendo diez años.

Y sabía exactamente lo que quería. Por semanas, había estado escribiendo pequeñas notas a sus padres como recordatorios, colocándolas estratégicamente en el portafolios de su padre, en el cesto de costura de su madre, en las servilletas de la cena, o en otros lugares donde ellos regularmente las encontrarían, las leerían y pensarían en su petición una vez más. Ella les suplicaba que no le dieran dulces, una muñeca, un libro ni una bonita pañoleta nueva. Todo lo que quería era una cosa, y había estado pidiéndola durante los últimos tres años. Quería que la llevaran a la Mezquita Jamkaran para escribir su oración, dejarla caer en el pozo con todas las demás y hacer su petición al Duodécimo Imán.

Al crecer en un suburbio acomodado de Teherán, Roya tenía casi todo lo que podría desear. Su padre era un traductor importante en el Ministerio del Exterior y ocasionalmente viajaba al extranjero con altos funcionarios iraníes. Su madre era una botánica reconocida en el departamento de biología de la Universidad de Teherán que, con la ayuda entusiasta de Roya, estaba cultivando el jardín de rosas más bello en su patio de atrás. Sus abuelos eran exitosos en los negocios. Incluso era pariente lejana del Ayatolá Hosseini y lo había visto dos veces. Pero aunque Roya era dulce, devota y brillante en cada aspecto, era muda de nacimiento. Anhelaba poder hablar con sus padres y cantar con sus amigas. Odiaba el pensamiento de ser "especial." Quería ser normal. ¿Era mucho pedir?

Tal vez lo era.

La Mezquita de Jamkaran, ubicada cerca de seis kilómetros en las afueras de la ciudad santa de Qom, estaba a por lo menos tres horas de distancia en auto, tanto de ida como de vuelta, sin contar el tiempo que pudieran pasar allá en oración. Tomar un día libre del trabajo sería una imposición enorme para sus padres. Pero Roya simplemente no podía evitarlo. Había visto en la televisión una historia en las noticias acerca del pozo, y había capturado su imaginación completamente. Un hombre que fue entrevistado dijo: "Si pides de la manera correcta, tus oraciones serán respondidas." Otro dijo: "No vengo aquí solamente a orar por mí. También le pido al Mahdi que cuide de mi familia y sus necesidades."

Roya estaba particularmente impactada por una entrevista con un niñito que había llevado su linterna, convencido de que el Duodécimo Imán estaba escondido en el fondo del pozo, leyendo todas las peticiones de oración que la gente lanzaba abajo. "Estuve mirando el pozo con mi linterna, esperando ver al Mahdi," había dicho el niño. "Pero esta noche no estaba."

El reportero observó que según la tradición chiíta, "si vienes a Jamkaran cuarenta semanas seguidas, verás al Mahdi."

La mañana de su cumpleaños, Roya se despertó temprano. La casa estaba tranquila —sus padres probablemente seguían durmiendo.

De repente Roya escuchó pasos en el pasillo, afuera de su dormitorio. Tal vez sus padres se habían levantado, después de todo. Miró el reloj en su mesa de noche. Todavía no eran las seis de la mañana. Entonces la puerta se abrió lentamente, sus padres entraron y se sentaron en la cama.

—Feliz cumpleaños, cariño —susurró su padre—. Nos vamos en cinco minutos. ¿Crees que puedes estar lista para entonces?

Eufórica, Roya saltó y abrazó a su padre, luego a su madre y los besó efusivamente.

El viaje era más especial de lo que ella hubiera imaginado. No condujeron como familia a Qom. Volaron en primera clase. No corrieron al pozo y luego al aeropuerto. Pasaron la noche en un hotel de cinco estrellas y salieron a cenar elegantemente. Tomaron mil fotos de todo lo que vieron e hicieron, de Roya mientras escribía su oración en un papel especial que su madre le había dado ese día como regalo, hasta cuando Roya señaló con su propia linterna —otro regalo inesperado de su padre— hacia abajo el pozo.

Pero tan especial como todo eso fue, no preparó a la niñita para lo que sucedió cuando todos llegaron a casa la noche siguiente. Roya estaba arriba, cepillándose los dientes y preparándose para acostarse, cuando escuchó que llamaron a la puerta. Parecía un poco tarde para visitas y Roya se sorprendió cuando escuchó a su padre hablando con un hombre al que luego invitó a entrar. No reconoció la voz del hombre y cuando ella miró hacia abajo, solamente pudo ver la parte de atrás de su cabeza, pero estaba muy segura de que nunca antes lo había visto.

"Sería un honor que me permitiera orar una bendición para usted y su hogar," dijo el extraño, que estaba vestido como un clérigo o un mulá.

Roya, escondida en las gradas y con cuidado de que no la vieran, escuchó que su padre accedió y el hombre hizo una oración muy bella, pidiéndole a Alá que: "traigas paz y tranquilidad a este lindo hogar" y que "bendigas a todos los que viven aquí ahora y a todos los que vivirán aquí en el futuro, siempre y cuando se sometan a ti, oh Señor."

Como no quería arriesgarse a que sus padres la descubrieran Roya estaba a punto de irse a su habitación y de meterse en la cama, cuando escuchó al hombre preguntar si podía ver a su niñita y orar también por ella. Roya se quedó helada. ¿Cómo sabía de ella el hombre?

—Lo siento. ¿Cómo sabe que tenemos una hija? —preguntó su padre—. No hay fotos de ella en este salón. No la he mencionado y nunca nos hemos conocido.

—No tema ni se alarme de ninguna manera —dijo el extraño—. La respuesta es simple. Alá me ha enviado a su hogar para sanar a la pequeña Roya.

El corazón de Roya comenzó a latir rápidamente, pero ella podía ver que su padre estaba tenso.

—¿Cómo sabe su nombre?

—Sé todo acerca de su hija —dijo el extraño—. Ella nació con afonía, que le impide hablar. En su caso, fue ocasionada por un desorden genético que dañó sus cuerdas vocales. Ha estado con nueve doctores en ocho años y ha tenido tres cirugías. Ninguna de ellas ha funcionado.

Atónita, Roya esperó que su padre respondiera, pero no lo hizo. O no pudo hacerlo. La habitación se quedó en silencio por un momento, y luego el hombre continuó.

—Ayer ustedes volaron a Qom. Fueron a la Mezquita de Jamkaran y juntos escribieron una oración y la lanzaron al pozo.

—¿Quién es usted? —dijo finalmente su padre abruptamente—. ¿Y cómo sabe todo esto?

—Roya le pidió al Mahdi que la sanara.

—Sí . . . sí, lo hizo, pero . . .

—Se le ha concedido su petición. Por eso es que estoy aquí.

Roya temía que su padre pudiera echar al hombre de la casa. Pero, ¿y si el extraño en realidad había sido enviado por Alá? ¿Y si él era . . . ?

De repente, se encontró bajando las escaleras hacia la sala, donde se quedó parada al lado de su padre y lo tomó de la mano.

Señaló al extraño, encantada por su impresionante buena apariencia y sus ojos negros penetrantes. Ahora creía reconocerlo por un sueño que había tenido hacía algunas semanas.

El hombre comenzó a orar en un idioma que Roya no conocía y que nunca antes había escuchado. Cuando terminó, Roya cayó de espaldas y comenzó a retorcerse en el suelo. Su madre gritó. Su padre estaba a su lado, pero no podía ayudarla. Su cuerpo temblaba frenéticamente. Sentía como si se estuviera ahogando. Por un momento pensó que estaba perdiendo la conciencia. Luego, el extraño comenzó a orar otra vez, todavía en un idioma irreconocible. Inmediatamente las convulsiones cesaron.

Ella abrió los ojos otra vez y miró el techo. Los rostros de sus padres estaban pálidos. Ella vio al hombre que se acercó y se arrodilló al lado de ella. La tomó de la mano y la jaló suavemente para que se pusiera de pie. Ella sintió una onda fría en su cuerpo y, luego, para sorpresa de todos, comenzó a hablar. Después comenzó a cantar. Pronto comenzó a gritar alabanzas a Alá. Estaba delirante de felicidad. Daba vueltas y remolineaba, abrazó a sus padres y lloró de alegría.

Entonces todos se voltearon para agradecer al extraño, pero ya se había ido.

51

TEHERÁN, IRÁN

Habían pasado cinco días completos y aún no ocurría nada.

Fuera de sí y con frustración, David se levantó temprano. Se duchó, pero no se volvió a afeitar. Estaba tratando de dejarse crecer la barba para encajar mejor, y le estaba quedando mejor ahora. Se dirigió a la mezquita para la oración de la mañana.

Había un mensaje para él en el mostrador cuando volvió al hotel. Lo llevó arriba, se encerró en su habitación, abrió el sobre y respiró con alivio. Era una invitación a cenar en la casa de Daryush Rashidi, el presidente de Telecom Irán. La nota decía que un auto lo recogería frente a su hotel, a las siete en punto de esa noche y se le daba un número telefónico para confirmar su asistencia. David introdujo inmediatamente el número en su directorio celular y llamó para confirmar su asistencia. Esperaba que el sistema de NSA le permitiera a Zalinsky y a Fischer recopilar un listado de los demás invitados que estarían allí.

Fischer.

Esperaba que Zalinsky no hubiera sido muy duro con ella. Nada de esto en realidad había sido su culpa. Había sido decisión de Zalinsky —no de ella— designarla directora del proyecto y enviarla a Teherán. Al hacerlo, había puesto toda la misión en peligro. Pero tomando en cuenta todas las cosas, Eva lo había manejado todo bastante bien. David apenas la conocía, pero lo que conocía de ella le gustaba. Era inteligente. Era fuerte. Era leal a la Agencia. Su persa era impecable. No era Marseille, pero a decir verdad, se veía atractiva con pañoleta en la cabeza.

A las siete, un sedán negro se detuvo frente del Hotel Simorgh.

David entró y lo llevaron a un ostentoso edificio de departamentos, en un área de lujo de Teherán, donde un guardia de seguridad lo acompañó a una suite del último piso. Pero no era la clase de evento que David se había imaginado. No había sirvientes con esmoquin y fuentes de comida. No había centros de mesa con flores ni música. No había más invitados. Solamente Daryush Rashidi y Abdol Esfahani.

—Señor Tabrizi, bienvenido —dijo el director ejecutivo, alto y canoso, estrechando la mano de David—. Es un honor conocerlo finalmente. Abdol me ha dicho cosas buenas de usted.

—Por favor, señor Rashidi, llámeme Reza, y el honor es mío —respondió David, sorprendido y aliviado—. Es muy amable en reunirse conmigo dados los sucesos de los últimos días, ya no digamos invitarme a su hogar. Muchas gracias, a los dos. Su hospitalidad es muy gentil.

—Por nada, Reza —dijo el director ejecutivo—. Pasemos.

Rashidi, a quien David le calculó como sesenta años, hizo señas para que sus invitados lo siguieran desde el vestíbulo. Al entrar a lo que resultó ser un bellísimo departamento de ático, David se dio cuenta de que tenía que ocupar por lo menos la mitad del último piso de este alto edificio. La vista de la capital y las montañas de Alborz a la distancia era absolutamente impresionante, y David lo dijo.

"A veces me da vergüenza traer gente aquí arriba, pero las vistas son espectaculares," dijo Rashidi. "Debo decir que crecí siendo muy pobre. Nunca imaginé nada de esto cuando era niño, y ciertamente no lo necesito ahora. Pero Telecom Irán quiere que lo use para atender clientes, ¿y quién soy yo para decir que no?"

Se rió y chasqueó sus dedos. El sirviente, un hombre como de la edad de Rashidi vestido elegantemente pero sin esmoquin, salió de la cocina.

—Bebidas —dijo el director ejecutivo—, y unos bocadillos.

—Muy bien, señor —dijo el hombre.

Rashidi se sentó en una silla decorada y tapizada, que traía a la memoria el trono que uno de los shas podría haber usado en tiempos antiguos. Luego se volteó hacia David, que se sentó en el sofá, al lado de Esfahani.

"Primero que nada, Reza, permíteme disculparme por Abdol," comenzó. "Es un amigo querido y un asesor de confianza. Pero tal vez no siempre es tan diplomático como debería ser un alto ejecutivo de Telecom Irán."

David miró rápidamente de reojo a Esfahani, que estaba contemplando el horizonte de Teherán, estoico e impenitente.

—Quería que lo oyeras directamente de mí —continuó Rashidi—. Estoy agradecido por tu conducta profesional en todo este asunto. Personalmente, yo no le habría pedido a la señorita Fischer que se fuera del país. Somos una nación libre. Guardamos gran respeto por toda la gente, sin importar su raza, género o condición en la vida. No queremos amedrentar a los que han venido genuinamente a ayudarnos. Ese no es nuestro procedimiento normal y en realidad no es el mío. Pero respeto tu decisión y espero que todo esto no haya desalentado tu deseo de trabajar con nosotros.

—En absoluto, señor Rashidi —respondió David—. La señorita Fischer es muy capaz. Es valiosa para nuestra compañía. Pero creo que será mucho más útil para MDS y Telecom Irán en Dubai y en Munich que aquí. Teníamos que habernos dado cuenta antes. Por favor perdónenos.

—Todo está perdonado —dijo Rashidi, y se veía complacido—. Ya no pensemos en eso. Tenemos muchas cosas más importantes que discutir.

David respiró con alivio y estaba ansioso por informarle a Zalinsky que estaban de vuelta en el juego.

El sirviente volvió a entrar a la habitación, empujando un carrito que tenía toda clase de delicias, como un gran tazón de cerámica lleno de una variedad de bananos, naranjas, manzanas, fresas y moras, que puso en la gran mesa de centro de vidrio que estaba enfrente de ellos. También puso un plato con pequeños pepinos y un salero al lado, junto con pequeños platos de pistachos, anacardos y nueces. Llevó una variedad de jugos frescos, junto con humeantes tazas de té y café desde un pequeño mostrador.

David se sintió en casa inmediatamente. Sus padres habían tenido innumerables cenas, a lo largo de los años, que habían comenzado precisamente de la misma manera. En el verano, habría esperado jugo de cereza dulce así como uvas, melones, moras endulzadas y sandías. Sin embargo, debido a que apenas era febrero, las opciones eran un poco más limitadas.

"¿Manzana, naranja o granada, señor?," preguntó el sirviente.

Rashidi eligió manzana, así como Esfahani. David se preguntaba si el protocolo era seguir la guía del jefe, pero se arriesgó y pidió jugo de granada. No lo había tomado en años y le traía recuerdos de su niñez.

"Tres veces más antioxidantes que el vino tinto," dijo David con una sonrisa, mientras le servían un vaso.

Una mirada entre Rashidi y Esfahani hizo que David inmediatamente se diera cuenta de su desliz.

—Lo cual está bien —agregó rápidamente—, ya que no bebo vino.

—Qué bueno —dijo Rashidi, visiblemente aliviado—. Usted me impacta como un joven piadoso y fervoroso. ¿Eran sus padres chiítas devotos?

Y así comenzó el interrogatorio. No se sintió áspero. Al contrario, a David le pareció que los dos hombres —pero Rashidi en particular— eran más afectuosos y simpáticos de lo que había esperado. Pero estaba claro que querían saberlo todo sobre él. Era un ritual social, sin duda, un rito de admisión. También era otra prueba que David estaba decidido a pasar. Se sirvió un puñado de pistachos y se lanzó a su historia ficticia, de repente agradecido por todo el tiempo que había tenido para practicar durante los últimos días.

Contó la historia de que había crecido en Alberta, Canadá, mientras su padre trabajaba en la industria de arena bituminosa y su madre le suplicaba que los llevara de vuelta a Irán. Sus ojos se humedecieron mientras compartía cómo sus padres murieron cuando su Cessna perdió altura y colisionó en las afueras de Victoria, Columbia Británica, cuando apenas tenía diecisiete años, y cómo un policía había llegado a su escuela secundaria a darle la noticia. Se dio cuenta de que había sido la primera vez que en realidad había dicho la historia ficticia en voz alta, y quedó impactado por la manera en que el dolor que sentía por el cáncer de su madre le había ayudado a sacar las emociones que necesitaba para hacer que sus mentiras sonaran reales.

Ambos hombres le dieron el pésame por su pérdida.

—Fue hace mucho tiempo —respondió, usando una servilleta de la mesa del centro como pañuelo para secarse los ojos.

—Obviamente todavía te afecta mucho —dijo Rashidi con una

ternura que David no habría esperado—. Yo también perdí a mis padres cuando era muy joven. Fue un accidente en una embarcación. Apenas tenía siete años, pero sé por lo que estás pasando.

David movió la cabeza identificándose con él.

Esfahani entonces le preguntó si tenía hermanos. David miró hacia abajo y dijo que no. Él era el niño "milagro" de la familia, explicó, el único que había nacido después de varias pérdidas y múltiples tratamientos de fertilidad. Cuando Rashidi preguntó por qué fue a la universidad en Alemania, David le explicó que nunca se había sentido cómodo en Canadá, que estaba muy influenciada con la inmoralidad e impiedad de los estadounidenses.

—Lo que en realidad quería hacer era venir a Irán.

—¿Y por qué no lo hiciste? —preguntó Rashidi.

—No conocía a nadie —dijo David—. Todos mis abuelos murieron antes de que yo naciera. Y me ofrecieron una beca en una escuela en Alemania.

—En su familia, ¿eran todos de Tabriz? —preguntó Esfahani.

—Sí —confirmó David—. Pero nunca antes había estado aquí. No tenía dinero. Solamente parecía que primero debía tener educación, desarrollar algunas habilidades y ganar un poco de dinero. Luego esperaba encontrar la manera de volver aquí y reconectarme con la tierra de mis padres y ver si había algo que pudiera hacer para . . . ya sabe, ayudar.

Rashidi miró a Esfahani y luego volvió a mirar a David.

—Espero no ser el primero en decirlo, pero bienvenido a casa, joven.

—En realidad, señor Rashidi, lo es, y muchas gracias —dijo David—. No puedo explicar qué alegría es finalmente estar aquí y qué dolor de cabeza han sido para mí los últimos días al pensar que en lugar de ser una bendición para usted y esta gran compañía, de alguna manera, yo habría traído deshonra.

—No, no —dijo Rashidi—. Olvídelo. Fue un simple error, y ahora quedó atrás. Tenemos que seguir adelante.

—Gracias, señor —dijo David—. Eso me gustaría mucho.

No pasó mucho tiempo para que a David se le hiciera agua la boca con los aromas de todas las clases de platos que comenzaron a salir de la cocina. Afortunadamente, en unos minutos, se anunció que se serviría la cena. Rashidi acompañó a David a un comedor bellamente arreglado, con una gran mesa con vajilla de porcelana fina y mantelería para tres. A un lado del salón había otra mesa, tal vez de tres o cuatro metros de largo, llena de una gran variedad de platos; muchísimo más de lo que podrían comer en una noche. Había un cordero asado entero, sobre una bandeja de plata en el centro de la mesa, rodeado de cazuelas de todas clases de guisos —de granada, berenjena, hierbas, quingombó y apio— y un plato de arroz de haba con pierna de carnero.

Pero lo mejor de todo, y para sorpresa de David, había un gran tazón con *Shirin Polo*, uno de sus favoritos y la especialidad de su madre. Era un plato bello y colorido de humeante arroz basmati, adornado con rodajas de zanahorias endulzadas, almendras, pistachos, cáscara de naranja y azafrán. David estaba ansioso por empezar a comer.

52

Cada uno de los hombres se sirvió en un plato y se sentó.

Pero cuando David comenzó con un bocado, las preguntas comenzaron a llegar cada vez más rápido. La fase de interrogación había terminado. Rashidi y Esfahani se estaban sintiendo cómodos con él, pero de ninguna manera habían terminado. Ahora habían pasado a la fase de la prestación de servicios.

—¿Qué tan rápido puede MDS tener equipos de técnicos en Teherán? —preguntó Esfahani.

David reiteró lo que le había prometido a Esfahani afuera de la Mezquita Imán Jomeini. Los equipos podrían estar allí en uno o dos días si llamaba pronto y los ponía en movimiento. Todos estaban esperando.

—¿Cuánto tardarán en hacer su trabajo? —preguntó Rashidi.

—Para la primera fase, con pruebas, yo diría que alrededor de un mes —dijo David—. Pero como sabe por nuestras propuestas, la segunda, tercera y cuarta fases tardarán, en conjunto, casi un año.

¿Estaba al tanto de que a cada técnico le asignarían dos traductores, cada uno trabajando turnos de seis horas, así como un equipo de seguridad?

David dijo que lo estaba. Pero agregó que varios de ellos ya hablaban persa. Y lo que es más, MDS estaba en el proceso de contratar y de entrenar a una docena de técnicos que hablaban persa, aunque probablemente no estarían listos hasta finales de la primavera. A Rashidi le gustó mucho eso.

Esfahani quería saber qué tan rápido el centro de monitoreo podría estar listo y funcionando.

David sabía que el ejecutivo se refería al centro de operaciones de alta tecnología que MDS se había comprometido a equipar y que permitiría que los servicios de seguridad de Irán interceptaran, monitorearan, rastrearan y grabaran cualquier llamada en su nuevo sistema inalámbrico. Respondió que sus equipos necesitaban tener el software instalado primero en los servidores de Telecom Irán y después se enfocarían en configurar el centro de monitoreo.

—No —dijo Esfahani—, eso no servirá. Queremos que el software sea instalado y que el centro sea equipado simultáneamente.

—Eso no es parte del contrato —dijo David.

—Hemos cambiado de opinión —dijo Rashidi—. Usted nos agrada. Confiamos en usted. Queremos que haga esto para nosotros. ¿Sería un problema?

—Costará más y necesitaremos tres o cuatro días para armar ese equipo, pero seguramente podemos hacerlo si ustedes quieren.

—El costo no es una objeción —le aseguró Rashidi—. El tiempo es la cuestión. ¿Puede hacerse todo en un mes?

—Eso es realmente decisión de la señorita Fischer.

El estado de ánimo de Esfahani de repente se ensombreció al mencionar a Fischer.

—Eso no es lo que preguntamos —dijo cortante—. ¿Pueden el software y centro de monitoreo estar instalados y listos en el lapso de un mes?

—Pueden —dijo David—. De nuevo, necesito la aprobación de la señorita Fischer, pero no veo que eso sea un problema.

—Pensé que usted era el nuevo director del proyecto —dijo Esfahani.

—Aquí, sí, pero aún tengo que reportarme con la señorita Fischer en Dubai —explicó David—. ¿Es eso un problema? Usted no tendrá ninguna interacción con ella en absoluto, se lo aseguro.

—Estoy seguro de que eso es cierto —dijo Rashidi—. Pero creo que lo que mi colega quiere dar a entender es que en vista de todo lo que ha sucedido, ¿hay alguna razón para preocuparnos de que esta señorita Fischer rehúse agilizar el proyecto porque quizás se haya ofendido de su estadía aquí?

Por supuesto que eso no era lo que Esfahani quería dar a entender,

David lo sabía. El hombre simplemente estaba usando la religión para ocultar su discriminación en contra de una colega altamente calificada y nueva amiga. Pero no iba a señalar eso y echar a perder su contrato, no cuando parecía ir tan bien.

—Créanme, señor Rashidi y señor Esfahani, todos en nuestra compañía saben lo importante que es este proyecto —les aseguró David—. La señorita Fischer sabe esto mejor que nadie. Puedo asegurarles que ella es una profesional consumada. No dejará que sus sentimientos personales afecten su desempeño. El único asunto aquí es conseguirles un presupuesto, que podría tenerlo listo mañana antes de finalizar el día. Una vez que ustedes aprueben el estimado, sólo quedaría que la señorita Fischer reúna todo el equipo para el centro de monitoreo y arme un segundo grupo que pueda llegar a finales de esta semana o a principios de la próxima.

—¿Podría presionar para que se haga esto? —preguntó Esfahani.

—Absolutamente.

—Contamos con usted, señor Tabrizi —Esfahani subrayó.

—Gracias, señor —respondió—. Aprecio su confianza.

Ahora Rashidi volvió a tomar el liderazgo.

—Sabe que acabo de volver de Beijing, ¿verdad? —dijo el director ejecutivo.

—Sí, señor —dijo David—. Lo leí en el periódico.

—Los chinos nos están suplicando que les demos este contrato.

—Lo entiendo, señor. Pero, créame, podemos encargarnos de esto y queremos hacerlo. Le conseguiremos el mejor precio y la mejor gente. Tiene mi palabra.

—Eso es suficientemente para mí —dijo Rashidi.

Esfahani asintió con la cabeza para decir que estaba de acuerdo.

—Ahora tenemos otro requerimiento.

53

HAMADÁN, IRÁN

Najjar llegó a casa tarde y exhausto.

El departamento estaba oscuro y en silencio. En la mesa de la cocina había una nota que decía: *Estoy en casa de mis padres para cenar. Llegaré tarde a casa. No me esperes despierto. ¿Te has enterado de los rumores? Alguien lo ha visto. Dicen que vendrá pronto. ¿No es emocionante? Con cariño y besos, Sheyda.*

Najjar estaba furioso. Se sintió tentado a volver al auto, conducir a casa de sus suegros y solucionar el problema con su suegro allí y en ese momento. Claro que había oído la noticia. El doctor Saddaji le había informado a todo su personal acerca de la visión del Ayatolá Hosseini del Duodécimo Imán y la noticia había alegrado a Najjar. Había estado esperando al Mahdi la mayor parte de su vida. Finalmente habría justicia. Finalmente habría paz. Pero cada vez estaba más convencido de que su suegro creía que una guerra nuclear en contra de Estados Unidos e Israel tenía que preceder la llegada del Mahdi. Najjar se resistía a esta idea con cada fibra de su ser. Sí, había jurado servir a Alá con todo lo que era. Sí, había jurado dedicarse y prepararse para la llegada del Duodécimo Imán. Pero no podía participar en un genocidio. No era posible que eso fuera lo que el Mahdi en realidad quería para él y su familia.

Pero a Najjar le estaba quedando claro que esto era precisamente lo que su suegro creía, que la humanidad en general —y el gobierno iraní en particular— era responsable de desatar proactiva e intencionalmente "la sangre y el fuego" que serían la última señal, antes de la llegada del Duodécimo Imán a la tierra. Era por eso que estaba desarrollando en secreto la Bomba Islámica. ¿Sabía esto Farah, la esposa del doctor Saddaji? ¿Lo sabía Sheyda? ¿Sabían que su esposo y padre era un asesino a sangre fría? Najjar no podía creer que lo supieran. Y ¿cómo podía decírselos? ¿Qué harían si supieran la verdad? Además, ¿qué debería hacer? ¿Renunciar como protesta? ¿Irse a otra ciudad? ¿Irse a otro país?

Para Najjar, supervisar la versión Iraní del Proyecto Manhattan y mentirle al mundo en cuanto a eso todos los días era moralmente repugnante. Pero, ¿ordenar que asesinaran a un hombre —nada menos que decapitado— sin el beneficio de un juicio, o un juez, y hacerlo en presencia de otros físicos importantes que trabajaban bajo su dirección? Esto era totalmente inaceptable. Pero esta era la vida que su suegro estaba viviendo, y el mensaje para Najjar, para su equipo y, a la larga, para su familia también era claro: Traiciónenme y serán infieles. Conviértanse en infieles y morirán.

La verdad estaba apareciendo lentamente en el centro de atención de Najjar, pero mientras eso sucedía, quedaba claro que no podía decirle nada a su esposa. Ni a su suegra. Ni a nadie. No podía llevarse a su familia. No podía sacarla del país. Estaba atrapado en una familia dirigida por un hombre sin conciencia, un hombre que cometería cualquier atrocidad en nombre del yihad.

Najjar se derrumbó en una silla de la sala y tomó el control remoto del televisor. Desesperadamente necesitaba escapar, aunque fuera sólo con su mente.

Las antenas parabólicas eran ilegales en Irán; por eso todos tenían una. En realidad había sido Sheyda la que le había suplicado a Najjar que comprara una, siempre y cuando prometiera no decírselo a sus padres. Najjar, ansioso de ver noticias del mundo exterior, estuvo de acuerdo con gusto. Habían ahorrado casi un año para comprar un buen sistema, y un amigo lo había instalado la semana anterior.

Najjar encendió el televisor y comenzó a buscar en los cientos de canales que ahora tenía disponibles. Inmediatamente pasó por alto cualquier programa producido por el gobierno y los eventos deportivos, de los que nunca había sido gran fanático. Al encontrar a la BBC, se detuvo por un momento para ver una historia de última hora, acerca de dos submarinos israelíes clase Dolphin —cada uno equipado con misiles balísticos y ojivas nucleares— que pasaban por el Canal de Suez. Un analista de inteligencia británica especuló que los submarinos muy probablemente se dirigían al Océano Índico o al Golfo Pérsico, supuestamente para estacionarse en la costa de Irán y esperar órdenes de Jerusalén.

Deprimido aún más por esa posibilidad, Najjar siguió buscando. De repente se topó con una red de la que nunca antes había escuchado y un personaje que nunca antes había visto. En la pantalla había un anciano sacerdote de alguna clase, que tenía una túnica negra, un gorro negro y una gran cruz de metal. Pero no fue la apariencia del hombre lo que obligó a Najjar a detenerse para observarlo por un momento. Era lo que el hombre estaba diciendo.

"A los niños les lavan el cerebro diciéndoles que el islam es la verdad," declaró el sacerdote mirando directamente a la cámara. "A los niños les lavan el cerebro diciéndoles que Mahoma es el último profeta, que los cristianos son infieles y que los judíos son infieles. Lo repiten constantemente."

Temiendo que lo escucharan sus vecinos, Najjar bajó el volumen instantáneamente, pero no cambió el canal. No podía apartar la mirada. Estaba asombrado por la intensidad de la voz del hombre y lo descarado de sus palabras. El sacerdote hablaba en árabe egipcio, pero Najjar podía entenderlo muy bien, debido a que había crecido en Irak.

"El islam, como se presenta en el Corán, en el Hadiz y en *La enciclopedia del islam*, se extendió por medio de la espada," explicó el sacerdote. "La espada jugó un papel importante al extender el islam en el pasado, y es la espada lo que preserva el islam ahora. El islam depende del yihad para expandir la religión. Esto está muy claro en la enciclopedia. Esto aparece en la sección 11, página 3.245. Dice: 'Expandir el islam por medio de la espada es tarea que le incumbe a todos los musulmanes.' De esta manera, el islam se extiende por medio de la espada."

Entonces el sacerdote se inclinó hacia delante y habló con gran pasión. "Es hora de que la iglesia se levante con valor y convicción y diga en el poder del Espíritu Santo: 'El islam no es la respuesta; el yihad no es el camino. Jesús es el camino. Jesús es la verdad. Jesús es la vida. Y ningún hombre ni mujer puede llegar al Padre, si no es por la fe en Jesucristo.' Este es el mensaje de Juan 14:6. Este es el mensaje de todo el Nuevo Testamento. Y este mensaje de fe está lleno de amor, no de espadas."

Fue como si la electricidad estuviera circulando por el sistema de Najjar. Ya no estaba desplomado en su silla. Estaba sentado derecho, furioso con este hombre, con ganas de lanzar su zapato al televisor, pero simultáneamente intrigado más allá de lo que podía imaginar. ¿Cómo podía el gobierno permitir que esas cosas se transmitieran en la televisión? ¿No iba alguien a detener a este hombre? Hipnotizado, Najjar siguió mirando.

"Ahora no es momento de esconderse por miedo al mundo musulmán," declaró el sacerdote. "Es hora de llevar el evangelio de Jesucristo a todo hombre, mujer y niño en el planeta y de proclamarlo como la esperanza de la humanidad, la única esperanza para el mundo atribulado. He estado haciendo esto la mayor parte de mi vida, compartiendo la buena noticia de salvación por medio de Jesucristo con la gente del Medio Oriente. Por esto fui exilado de Egipto, mi país natal. Por esto me han llamado 'el enemigo número uno del islam.' Por esto ahora mi cabeza tiene un precio. Pero amo a Jesús más que a mi vida. Y porque Jesús ama a los musulmanes, porque vino y dio su vida para salvarlos, yo también los amo. Y estoy dispuesto a dar mi vida, si es necesario, para alcanzarlos para mi amado Jesús."

Nunca antes Najjar había oído a alguien hablar así.

"El Dios de la Biblia se está moviendo poderosamente en el mundo musulmán ahora," continuó el sacerdote. "Está sacando a los musulmanes del islam y los está llevando a la fe en Jesucristo en cantidades récord. Sí, hay muchas malas noticias en el mundo musulmán ahora. Pero también hay muchas buenas noticias; más musulmanes se han acercado a la fe en Jesucristo en las últimas tres décadas que en los últimos catorce siglos del islam juntos. Esta es la grandeza de nuestro gran Dios."

¿Era eso cierto?, se preguntaba Najjar. ¿Estaban en realidad dejando el islam los musulmanes y convirtiéndose en seguidores de Jesucristo? ¿Estaba ocurriendo en grandes cantidades? De repente sintió miedo de ver más. Apagó el televisor, apagó las luces y se metió a la cama, temblando. Estaba agradecido de que Sheyda no estaba en casa. Estaba avergonzado de lo que acababa de ver. ¿Y si alguien lo había escuchado? Debería tener más cuidado, se dijo a sí mismo.

Sin embargo, solo en la oscuridad, no podía sacarse de encima lo que acababa de ver y oír, y una frase hacía eco en su corazón, una y otra vez.

"Jesús es el camino. Jesús es la verdad. Jesús es la vida. Y ningún hombre ni mujer puede venir al Padre si no es por la fe en Jesucristo."

54

TEHERÁN, IRÁN

El teléfono celular de Rashidi sonó.

Se disculpó y salió de la habitación. Entonces Esfahani se inclinó cerca de David y susurró.

—Lo que le diga ahora tiene que mantenerse en secreto. ¿Entendido? No tiene que decírselo a nadie.

—Por supuesto —dijo David.

—Necesitamos comprar veinte teléfonos satelitales —explicó Esfahani—. De vanguardia. Codificados criptográficamente. Absolutamente impenetrables. Ustedes los hacen, ¿verdad?

—Pues no los hacemos nosotros mismos —respondió David—. Nokia tiene una empresa comercial con alguien que los hace. Pero están fabricados para funcionarios europeos de gobierno. No están disponibles para exportación.

—Los sauditas los tienen.

—Eso no lo sabría yo.

—Los paquistaníes los tienen.

—Insisto, esa no es mi área.

—Los marroquíes los tienen. ¿Puede ver a dónde voy con esto?

—Creo que sí.

—Entonces, ¿puede conseguirlos para nosotros?

—Puedo preguntarle a la señorita Fischer.

—No —dijo Esfahani—. Eso no es lo que pregunté. Le estoy preguntando a usted, *a usted personalmente*, ¿puede *usted* conseguirlos para nosotros?

—No sé. La señorita Fischer es la verdadera experta en esas cosas, señor, pero creo que ni ella podría conseguir una licencia para exportarlos, en vista del enfoque internacional en . . . bueno, ya sabe . . . la situación aquí. No sé cómo obtener las licencias, mucho menos los teléfonos.

Esfahani no dijo nada. Hubo una pausa larga e incómoda. Se quedaron en silencio. Demasiado silencio. Todo lo que David podía escuchar era un reloj que hacía tic-tac en la sala y el ruido apenas perceptible de platos en la cocina.

—Puedo intentarlo —dijo David finalmente.

—¿Sin involucrar a la señorita Fischer? —insistió Esfahani.

David fingió pensar en eso un poco más. Sabía que podía conseguir los teléfonos en un abrir y cerrar de ojos. Zalinsky gustosamente los fabricaría con sus manos si pensaba que eso ayudaría a la misión. Pero David sabía que no podía parecer demasiado dispuesto ni demasiado complaciente.

Volvió a mirar a Esfahani y le aseguró al hombre que haría lo mejor posible, y sin la participación de Fischer. Era mentira, por supuesto. Fischer estaría muy involucrada. Pero eso era lo que el hombre quería oír, y pareció funcionar.

—Bien, porque sabe que hay más contratos de infraestructura de telecomunicaciones para los próximos meses —le recordó Esfahani—. Cada uno vale cientos de millones de euros y el señor Rashidi y yo en realidad quisiéramos favorecer sus propuestas.

—Eso es también lo que yo quiero —dijo David—. MDS valora mucho su negocio.

—Muy bien. ¿Qué tan pronto podría tenerlos?

—¿Qué tan pronto los necesita?

—Dentro de cinco días hábiles.

—*¿Cinco?* Eso es muy rápido.

—Tal vez deberíamos buscar a los chinos.

—No, no, encontraré la manera —prometió David; de repente sintió miedo de parecer demasiado tímido—. ¿Necesita veinte?

—Sí.

—Hecho —dijo David—. Después de todo, no podemos dejar que

los sauditas ni los sionistas tengan algo que usted no tiene. Me ocuparé de eso inmediatamente.

—Asegúrese de eso —dijo Esfahani—. Puedo asegurarle que el éxito será recompensado magníficamente.

—Será un honor bendecir a Irán de cualquier manera posible —dijo David—. Lo cual me recuerda. Tengo que llamar a Dubai para que nuestros equipos técnicos vengan mañana. ¿Podría su personal recogerlos en el aeropuerto, orientarlos y mostrarles dónde pueden comenzar? Yo tendré que volver a Munich para encargarme de este otro pedido.

—Sí, nos encargaremos de todo —le aseguró Esfahani—. Sólo dígale a mi secretaria quién viene y cuándo.

—Lo haré, pero ¿podría hacerle una pregunta?

—¿De qué se trata?

—Si es inapropiado, por favor perdóneme.

—No se preocupe. ¿Cuál es su pregunta?

—Pues tengo curiosidad. ¿Por qué tanta urgencia?

Al momento en que las palabras salieron de la boca de David, Rashidi entró a la habitación. David percibió que había terminado su llamada telefónica un poco antes y que había estado escuchando la mayor parte de la conversación, supuestamente aprobando el curso que había tomado.

—Me gustaría responder a eso —dijo el director ejecutivo—. Señor Tabrizi, ¿ha oído hablar alguna vez del Duodécimo Imán?

55

DUBAI, EMIRATOS ÁRABES UNIDOS

David aterrizó a las 11:40 a.m. y Eva lo recibió.

Se sorprendió por lo contenta que ella estaba de verlo. Era profesional, sin duda, pero su sonrisa fue afectuosa y parecía genuinamente complacida de que él estuviera fuera de Irán por el momento, sano y salvo.

—¿Cómo estuvo todo? —preguntó mientras salían del estacionamiento.

—Mejor de lo que esperaba —dijo—. ¿Está el equipo técnico preparado?

—Absolutamente. Tienen reservaciones en el primer vuelo, mañana en la mañana, a las seis.

—Bien. ¿Dónde están ahora?

—Todos están esperándote en la oficina, como lo pediste.

—Gracias —dijo David—. ¿Pudiste reservarme una habitación en Le Meridien?

—Lo hice —Eva sonrió complacida—. Hasta te conseguí una suite de mejor calidad.

—Vaya, gracias. Pero no era necesario.

—¿Para qué son los amigos? —preguntó ella.

David se rio al comprenderlo.

—Jack te dijo que me hicieras ver como un hombre de negocios adinerado.

—En efecto, lo hizo.

La sesión informativa de David duró como una hora.

La ironía era que mientras cada uno de los miembros del equipo técnico trabajaba para la CIA, ninguno de ellos sabía que los demás también. Tampoco sabían que David era también un agente secreto extraoficial. Cada uno de ellos había sido contratado por Eva como contratista independiente y el juego se llamaba compartimentación. Mientras menos supieran de la operación total, y de los demás, mejor.

Cuando terminaron una ronda relámpago de preguntas y respuestas, Eva despidió al equipo. Luego, cuando ya no había moros en la costa, llevó a David afuera del salón de conferencias pasando por varios pasillos hacia una oficina tranquila y privada, en la parte posterior de las instalaciones regionales de MDS. Ingresaron rápidamente y cerraron la puerta al entrar, y allí encontraron a Jack Zalinsky, que los estaba esperando.

—Sobreviviste —dijo al poner los ojos en su protegido.

—Mejor que eso —respondió David—. Traigo presentes desde lejos.

—Ese es mi chico —dijo Zalinsky y le dio una palmada en la espalda, riéndose de verdad por primera vez en lo que David podía recordar.

—Déjame adivinar —comenzó Eva mientras se sentaban—. Necesitas veinte teléfonos satelitales seguros.

—Estoy impresionado.

—Bueno, *mein freund*, puedes haber estado holgazaneando en tu habitación del hotel, viendo televisión y yendo a orar cinco veces al día —dijo Eva bromeando—, pero tu teléfono ha estado trabajando duro y ha sido una mina de oro.

Eva explicó la llamada de media noche de un alto funcionario iraní —que todavía no había sido identificado— a Esfahani, que le pedía los teléfonos satelitales. Y lo que es más, le aseguró que los veinte estarían listos para que los recogiera en Munich en setenta y dos horas. También le dio un archivo con las transcripciones de cada llamada que NSA había interceptado hasta aquí, basados en los nuevos contactos que él había agregado a su teléfono.

Al agradecerles, David rápidamente hizo un cambio.

—Han escuchado del Duodécimo Imán, ¿verdad? —preguntó.

—Por supuesto —dijo Eva—. Te envié ese artículo del líder de la secta en Yemen que dice que está preparando el camino para que vuelva.

—Exactamente —dijo David.

—¿Estás hablando del presunto mesías islámico? —preguntó Zalinsky—. ¿El que se supone que ocasionará el fin del mundo, y esa clase de cosas?

—Correcto.

—¿Qué pasa con él?

—Realmente podría estar en la tierra, en Irán.

Hubo silencio absoluto por un momento.

—Vamos —dijo Zalinsky—. Se trata de una fantasía de fanáticos, de un mito.

—Jack, no se trata de lo que tú y yo estemos dispuestos a creer —argumentó David—. Se trata de lo que creen los líderes iraníes, y te lo digo, creen que está aquí, algunos de ellos, en todo caso.

—¿Y qué? —dijo Zalinsky—. Eso no tiene nada que ver con nuestra misión.

—En realidad, sí tiene que ver.

—¿De qué manera?

—A dondequiera que voy, la gente habla de él —dijo David—. Está apareciendo en las historias noticiosas. Los expertos religiosos están teniendo conferencias acerca de él. Y estoy escuchando tipos de rumores de que está vivo y que se le aparece a la gente.

—Eso no importa —dijo Zalinsky—. Es un montón de superstición religiosa. No te distraigas.

—No, no, estás equivocado, Jack —insistió David—. Escúchame. Hace dos noches, un clérigo misterioso aparece en el hogar de una niñita que era muda de nacimiento. Llama a la puerta y pregunta si puede decir una bención para la casa. Parece lo suficientemente inofensivo, por lo que los padres dicen que sí. Entonces pregunta si puede ver a su hijita y orar por ella. Ellos le preguntan cómo es que sabe que tienen una niña. Ahora, oigan esto, el extraño dice que Alá lo ha enviado a su casa para sanar a su niña. En ese momento, el padre cree que está un poco, ya saben, fuera de este mundo. Pero entonces, la niña entra al salón. El hombre ora por ella; ella se desploma y le dan convulsiones. Los padres se asustan. Pero un momento después, la niñita se levanta y comienza a hablar por primera vez en su vida.

—¿Y quién era el hombre? —preguntó Eva.

—Bueno, ese es el asunto; nadie lo había visto antes —dijo David—. No tienen idea de dónde es ni quién es, y en la conmoción de la sanidad de la niñita, el hombre simplemente desaparece. Pero la niña está convencida de que fue el Duodécimo Imán. Los padres también. Les cuentan a todos lo que pasó y la historia salió en la primera página de los periódicos de Teherán esta mañana.

—Es una locura —dijo Zalinsky.

—Tal vez, pero eso no es todo —dijo David—. Me dijeron que recientemente el Ayatolá Hosseini estaba en un centro de retiro en una montaña que se llama el Qaleh.

—¿El Qaleh? —preguntó Eva, mirando a Zalinsky.

—Correcto —dijo David—. ¿Por qué?

—Nada; continúa —dijo ella.

—Bueno, aparentemente Hosseini estaba orando cuando de repente vio una luz brillante y escuchó una voz que le hablaba. La voz le dice que el Mahdi va a ser revelado pronto y que se supone que Hosseini y sus asesores tienen que "alistarse y prepararse" para su llegada. Hosseini le está diciendo a la gente que lo rodea que fue el Duodécimo Imán el que le habló. Rumores así se están extendiendo como fuego en todo Teherán. La gente está diciendo que el Mahdi ha llegado y que está a punto de revelarse al mundo islámico —y a toda la humanidad— y que iniciará el fin del tiempo.

—¿Oíste todo esto en la calle? —preguntó Zalinsky.

—Todos hablan de eso. Hasta Rashidi —dijo David.

—¿Cuándo?

—Anoche en su departamento.

—¿Daryush Rashidi? —aclaró Zalinsky—. ¿El presidente de Telecom Irán habló contigo del Duodécimo Imán?

—Extraño, lo sé. Resulta que es un imanista secreto. Aparentemente, sus padres estaban verdaderamente convencidos de la profecía islámica chiíta del Fin de los Tiempos cuando él era niño, pero lo hicieron jurar que mantendría el secreto.

—Por supuesto que lo hicieron. Esta gente es lunática. Están locos. Jomeini hasta los prohibió en 1983 porque pensaba que eran muy peligrosos.

—Bueno, Jack, están gobernando el país ahora. Ese es mi punto.

—Allí es donde te equivocas —dijo Zalinsky—. Hosseini en realidad no cree todo eso. Tampoco el presidente Darazi. Solamente lo usan para amedrentar a las masas.

—Sólo te estoy diciendo lo que vi y oí. Y puedo garantizarte que Rashidi y Esfahani son creyentes genuinos. Creen que el Duodécimo Imán está aquí. Rashidi me dijo que habló personalmente con alguien que estuvo con Hosseini poco después de la visión. Todos creen que es real. Deberías haberlos visto, Jack. Por eso es que quieren veinte teléfonos satelitales seguros inmediatamente. Alguien de la oficina de Hosseini los pidió. Pero no son para Hosseini. Son para la gente que rodea al Duodécimo Imán, y Rashidi dijo que con el tiempo van a necesitar 293 más.

—¿Y por qué necesitan 293 teléfonos satelitales? —preguntó Eva.

—No, 293 *más* —dijo David corrigiéndola—. Necesitan un total de 313. Aparentemente, es parte de alguna profecía chiíta de que el Duodécimo Imán tendrá 313 seguidores.

—¿Qué tan pronto necesitan el resto de los teléfonos? —preguntó Zalinsky.

—Rashidi me ofreció un bono de 200.000 euros, que serían transferidos a cualquier cuenta que yo quisiera si puedo conseguírselos para finales de este mes.

—Eso es como, qué, ¿un cuarto de millón de dólares? —preguntó Eva, con incredulidad.

—Lo sé, es una locura. Pero eso es lo que estoy tratando de decirles. Esta gente habla en serio y está muy entusiasmada.

—¿Por qué te están diciendo todo esto tan rápido? —preguntó Zalinsky.

—Porque también están desesperados —dijo David—. Ven que los eventos están ocurriendo rápidamente, y están luchando para mantener el paso.

—No, no, me doy cuenta de que todos están locos; lo acepto —dijo Zalinsky—. Pero ¿por qué *tú*? ¿Por qué te tienen confianza tan rápidamente?

David pensó en eso por un momento.

—Bueno, para comenzar, creen que soy uno de ellos —respondió—. Creyeron mi historia ficticia. De verdad creen que quiero bendecir a mi país natal así como ganar dinero. Han estado viéndome ir a la mezquita cinco veces al día. Me vieron sacar a Eva del país. Creen que soy sincero, fervoroso.

—Eso no puede ser todo —dijo Zalinsky.

—No, no lo es —reconoció David—. Creo que hay otra dinámica en función aquí.

—¿Cuál?

—Creo que están tratando de convertirme.

—¿De qué a qué?

—De un musulmán chiíta común a un imanista.

—¿Por qué?

—¿Por qué otra cosa? —dijo David—. Porque eso es lo que son. Sinceramente creen que el mesías ha venido. El fin está aquí. Y quieren que sea parte de eso. Además, honestamente, necesitan un montón de teléfonos satelitales, y creen que yo podría ser lo suficientemente joven y lo suficientemente tonto y estar bien conectado como para conseguirlos. Creo que es así de sencillo.

—Esto es ridículo —dijo Zalinsky, se levantó y caminó hacia la ventana—. Todo este asunto del "Duodécimo Imán" es un desvío. Es una distracción. Lo hemos sabido por años, y solamente son un montón de sueños religiosos. Tu trabajo es ayudarnos a identificar los lugares nucleares para que nuestros equipos puedan entrar y sabotearlos. Eso es todo. No tenemos tiempo para que hagas nada más.

—Con el debido respeto, señor, creo que está pasando por alto el punto —dijo David—. Este es el camino más rápido. Si les hago preguntas acerca de armas nucleares, van a tener sospechas. ¿No sospecharías tú? Pero te digo, puedo hacerles millones de preguntas sobre el Mahdi y responderán cada una de ellas. ¿Por qué? Porque en eso están interesados. En eso está enfocado el Ayatolá Hosseini. En eso está enfocado el presidente Darazi. En eso está enfocado Rashidi. ¿No deberíamos enfocarnos en eso nosotros también?

Zalinsky se volteó para mirar a Eva.

—¿Qué te parece?

—Honestamente, Jack, creo que David ha encontrado algo.

—¿Cómo qué?

—Mira, no puedo decir que sepa mucho de escatología chiíta. Tampoco puedo encontrar a nadie en Langley que sepa y, créeme, lo he intentado. Pero he estado rastreando los reportajes de prensa y de blogs de esta gran conferencia que se llevó a cabo en Teherán la semana pasada acerca del mahdismo. Asistieron dos mil personas. Tuvieron una docena de destacados eruditos islámicos que hablaron del inminente regreso del Duodécimo Imán. El discurso que dio la pauta fue pronunciado nada menos que por el presidente Darazi, quien afirmó categóricamente que el Mahdi aparecerá este año y que su autenticidad será confirmada por la voz del ángel Gabriel, que aparecerá en el cielo sobre la cabeza del Mahdi y que llamará a los fieles a que se reúnan a su alrededor. Ese no es un discurso político normal, Jack. Este es un régimen que cree que el mesías viene y está basando sus acciones en esa creencia. No podemos contraatacar a Irán de manera efectiva si no sabemos por qué sus líderes están haciendo lo que hacen.

David pensó que era un argumento sólido. El asunto del ángel Gabriel lo intrigaba. No lo había oído antes y quería hablar más con Eva acerca de eso.

Sin embargo, Zalinsky no estaba convencido.

"Escucha," dijo firmemente y se volteó para mirar a David. "Te quiero en el próximo avión a Munich. Recoge los teléfonos satelitales. Van a tardar unos días. Pero cuando los tengas, vuelve directo a Irán. Demuéstrales que puedes entregarlos, antes de lo programado. Luego consíguenos lugares de armas nucleares. Esa es la misión. Lugares de armas nucleares. Punto. No te distraigas."

56

David se registró en Le Méridien.

El siguiente vuelo directo y sin escalas a Munich era en Lufthansa, pero no saldría hasta las 7:35 de la mañana siguiente. Eso significaba que tenía que estar en el aeropuerto a las 4:30, por lo que tenía que salir hacia el aeropuerto a las 4:00 y levantarse a las 3:00, lo cual implicaba que ahora realmente tenía que dormir un poco. Pero no podía. Estaba demasiado enojado. Por lo que se puso unos shorts, una camiseta y un par de Nikes, y salió a correr.

Estaba seguro de que Zalinsky cometía un grave error. David sabía que su mentor tenía mucha más experiencia en la región que él. Pero eso lo hacía mucho más frustrante. ¿Por qué Zalinsky no tomaba en serio la creciente importancia de la escatología chiíta ni consideraba sus implicaciones? David no necesitaba que nadie le dijera que no tenía una fracción del entrenamiento ni de la sabiduría que Zalinsky tenía. No obstante, David confiaba en su instinto, y su instinto le decía que siguiera la pista del Duodécimo Imán.

Mientras tanto, le debía una llamada a Marseille Harper. Sólo que no sabía qué decir. David se dirigió al norte por el Camino Sheikh Rashid y pasó corriendo por el Club de Golf Dubai Creek, giró al este por el puente y rodeó varios negocios hasta que llegó al estadio de fútbol, entre la Décima Calle y el Camino Oud Metha. Allí compró una botella de agua a un vendedor callejero y encontró un teléfono de monedas en los campos del estadio. No era exactamente el lugar más tranquilo para hacer la llamada, pero era el teléfono menos rastreable que pudo encontrar y, por ahora, eso le tendría que servir.

Se sorprendió por el mariposeo de su estómago y el sudor en las palmas de sus manos. Le molestaba que esta chica todavía tuviera control sobre él, después de tanto tiempo, pero lo tenía. Mientras marcaba lentamente, trató de imaginar el sonido de su voz y se preguntaba si todavía lo reconocería. Entonces la línea comenzó a sonar, y se vio tentado a colgar. Volvió a sonar sin respuesta. Mientras más tiempo pasaba, se ponía más nervioso. David se limpió el sudor de su frente y tomó otro trago de agua. Todavía no había respuesta. Pero cuando estaba a punto de colgar, la línea conectó, con interferencia por la estática.

—¿Hola? —dijo David—. ¿Hola?

—Hola —dijo una voz de mujer. Reconoció la voz instantáneamente; el pulso se le aceleró—. Habla Marseille. No estoy en casa ahora, pero si me deja su nombre, número y un breve mensaje, le responderé tan pronto como pueda. Gracias.

David vaciló.

—Mmm, hola, soy, eh . . . hola, Marseille, soy Rez . . . perdón, hay estática en la línea . . . soy David . . . David Shirazi. . . . Te estoy llamando desde el extranjero, así que siento mucho la mala conexión. De todas formas, visité a mis padres recientemente y ellos me acaban de dar tu carta de diciembre cuando salía para otro viaje de negocios, y me temo que esta es la primera vez que puedo llamarte. Siento mucho lo de tu padre, de veras, pero me alegra saber de ti y, sí, me encantaría verte en Syracuse dentro de unas semanas. Una cena, café o lo que sea ese jueves sería excelente.

Rápidamente le dio una dirección de correo electrónico y dijo que era la mejor manera de comunicarse con él en las próximas semanas para hacer planes definitivos. Y entonces, colgó, preguntándose por qué estaba actuando como un perfecto tonto.

57

TEHERÁN, IRÁN

"Yo soy Muhammad Ibn Hasan Ibn Ali, el Señor de la Época."

Todos los que estaban reunidos en la oficina del Líder Supremo —el mismo Hosseini, el presidente, el ministro de defensa y el comandante del Cuerpo de la Guardia Revolucionaria Iraní— se quedaron helados. ¿Estaba realmente ante ellos el Duodécimo Imán? Habían esperado verlo pronto, pero no tan pronto. Para no arriesgarse, inmediatamente cayeron al suelo, se inclinaron para hacerle reverencia al impresionante joven que acababa de entrar a la reunión sin anunciarse.

Hosseini percibió el impacto de sus asesores cuando se arrodilló ante el recién llegado. Nunca antes sus asesores habían visto al Líder Supremo inclinarse ante nadie. Pero Hosseini no tenía dudas de quién era. La túnica negra larga y suelta. El turbante negro. El rostro atractivo y radiante. Los ojos penetrantes. La frente amplia. El pecho ancho. El aura de luz que parecía empapar la habitación. Por sobre todo, fue la voz lo que se lo confirmó a Hosseini. Era la voz que había escuchado en el Qaleh, la voz que resonaba desde la visión de luz.

—Hamid —dijo el hombre, que parecía tener como máximo unos cuarenta años, y que, sin embargo, tenía una presencia tan hipnotizante, de tanta autoridad—. ¿Te acuerdas de lo que ocurrió en la montaña?

Nunca nadie se había dirigido a Hosseini de manera tan informal, mucho menos un hombre que tenía la mitad de su edad. Pero era un honor que el Duodécimo Imán se dirigiera a él directamente.

—Sí, mi Señor —dijo Hosseini, con su rostro todavía postrado en el suelo—. Me mostraste las glorias de los reinos del mundo.

—¿Y qué te dije?

—Dijiste: "Todas estas cosas te daré, si caes ante mí y haces mi voluntad," y me he esforzado en hacerlo desde entonces, mi Señor.

—Has hecho bien —dijo el Duodécimo Imán—. Ahora tú y los demás pueden levantarse y tomar sus asientos.

Los hombres hicieron lo que se les ordenó.

"Caballeros, como se lo dije a su Líder Supremo cuando me aparecí a él, el tiempo para establecer el califato global ha llegado. Ustedes han anhelado que el mundo sea gobernado por los musulmanes y para Alá. Han orado fielmente por el restablecimiento del califato desde que llegaron al poder. Yo estoy aquí ahora para decirles que ya no tienen que esperar más. Siempre y cuando me obedezcan sin disentir, sin cuestionar ni vacilar, gobernarán esta tierra, todos ustedes, a mi lado."

El Imán pasó cuatro hojas de papel escritas a máquina a espacio sencillo, una para cada uno de los hombres que estaban sentados a la mesa. Le pidió a cada uno que leyera el documento y que luego lo firmara si su conciencia lo permitía.

> Yo, ______________________________, prometo toda mi fidelidad, devoción y lealtad al Imán al-Mahdi. Viviré para él. Moriré por él. Llevaré a cabo sus órdenes rápida, completamente y sin quejarme, y que Alá me ayude.

Hosseini le dio un vistazo al documento y declaró sin vacilación: "Imán al-Mahdi, yo te seguiré hasta lo último de la tierra y hasta el fin del tiempo." Tomó un cuchillo de carne del plato que tenía enfrente y se cortó la palma de su mano izquierda. Metió su dedo índice derecho en la sangre que se derramaba en su brazo y puso su firma.

Los otros rápidamente siguieron la iniciativa de Hosseini. Devolvieron sus documentos, luego envolvieron sus manos ensangrentadas con las servilletas blancas de lino.

"Bien hecho, mis siervos," dijo el Mahdi. "Ahora, escuchen cuidadosamente."

Mientras Hosseini y los demás permanecían sentados, cautivados, el Duodécimo Imán confió en ellos y expuso sus planes. Explicó que una vez que el Grupo de 313 se formara, tenían que reclutar un ejército élite de diez mil *mujahideen*.

—No todos tienen que ser chiítas —dijo el Mahdi—, pero tienen que ser leales a mí, y sólo a mí. Y cincuenta tienen que ser mujeres.

Dijo que pronto tenía que poder anunciar una prueba exitosa de armas nucleares iraníes. Tenía que anunciar una alianza militar entre Irán y Paquistán. Tenía que anunciar que Irán ha colocado preventivamente armas nucleares, bajo control iraní, en Líbano y Siria, y dejar en claro a los judíos que cualquier ataque a los palestinos —o a cualquier vecino de la entidad sionista— resultaría en una Guerra de Aniquilación. Cuando se logre esto, explicó, anunciaría planes para establecer la sede de su gobierno islámico global en la ciudad de Kufa, en el corazón de Irak. Tenían que trabajar para hacer realidad todas estas cosas tal como lo exponía.

Hamid Hosseini estaba decepcionado con la última parte, y supuso que los demás hombres también. Anhelaba que la base del califato estuviera ubicada en Irán, no en Irak, por razones históricas obvias. Pero no se atrevió a decir ni una palabra. En efecto, temía que el Mahdi leyera sus pensamientos, y expusiera sus dudas y disensiones. Afortunadamente, el Mahdi tenía más que decir.

—Muy pronto les daré autorización para hacer una declaración formal de mi llegada a este mundo oscuro y para anunciar de que viajaré a la Meca para hacer mi primera aparición pública.

—Oh Señor, no te enojes con mi pregunta, pero ¿tienes que ir primero a los sauditas? —preguntó el presidente Darazi, sorprendiendo a Hosseini por su audacia—. ¿No podrías bendecir al pueblo persa primero apareciendo aquí en Teherán o en la ciudad santa de Qom?

—No olviden, hijos míos —dijo el Mahdi—, que soy árabe, no persa. Soy un descendiente directo del Profeta, el Duodécimo en su linaje directo de sucesión. Está escrito que primero tengo que aparecer públicamente en la Meca, por lo que tengo que hacerlo. Pero no tomes esto como un desaire, hijo mío. Los líderes del mundo sunita son corruptos y enfrentan juicio. Nunca han creído en mí. No creen que esté por llegar ni que ya haya venido. Pero pronto verán con sus propios ojos. Escucharán con sus propios oídos. Y me adorarán, o enfrentarán un gran juicio. Y tampoco olvides que vine a ustedes primero. Con la ayuda del Príncipe de Persia, he aparecido en todo su país: en Jamkaran, en el pozo; en el Qaleh, la semana pasada; y aquí con ustedes ahora. Los he elegido a ustedes, no a los árabes, para formar mi consejo de gobierno, porque a pesar de que han cometido muchos errores, no me han traicionado. No firmaron un tratado de paz con los sionistas, como lo hicieron los egipcios y los jordanos. No invitaron a los estadounidenses a ocupar su tierra, como lo hicieron los sauditas. No pidieron a los estadounidenses que los ayudaran a formar una democracia demoníaca, como lo hicieron los iraquíes. Los líderes árabes enfrentarán un día de ajuste de cuentas por sus crímenes, pero el pueblo árabe no es el enemigo. Los estadounidenses y los israelíes son el enemigo. Son ellos los que pagarán el precio más alto. Sus líderes no entienden lo que vendrá, pero experimentarán a su tiempo la ira de Alá. Tenemos que unirnos, persas, árabes, turcos y africanos, todos los que se someten a Alá, como un solo hombre.

Explicó que su aparición en la Meca tenía que ser cuidadosamente planificada, con su llegada y transmisión del mensaje en vivo a las naciones.

—¿Cuándo iremos, exactamente? —preguntó Hosseini.

—Ustedes no irán —les dijo el Mahdi.

—¿Ninguno de nosotros, Señor? —preguntó Hosseini, sorprendido y avergonzado en frente de sus colegas.

—Ninguno de ustedes —dijo el Mahdi—. Su presencia sería demasiado provocativa para los sauditas. Es suficiente que vaya yo. Es demasiado pronto para que vayan todos ustedes. Para lograr el éxito que necesitamos, tenemos que convencer al rey y a la familia real —junto con los líderes de los emiratos— para que asistan a mi llegada.

—Oh, Señor, trabajaremos en esto inmediatamente —dijo Hosseini.

—Bien —respondió el Mahdi—. Quiero que trabajes en eso personalmente, Hamid. Llama a los sauditas directamente, antes de que anunciemos la noticia en público. Sé respetuoso y fraternal. Sé discreto. Pero sé claro. Diles que no veré con bondad su rechazo a recibirme con toda la honra digna de su mesías.

—Haré lo que dices, Imán al-Mahdi —dijo Hosseini—. Pero ¿y si no escuchan? ¿Y si no me creen?

—Te creerán, hijo mío —fue la respuesta—. Después de que vean el despliegue de mi poder y mi gloria, te creerán. De esto no tienes que tener dudas.

58

MUNICH, ALEMANIA

David llegó a Munich pero estaba desesperado por volver a Teherán.

No tenía interés en ver televisión, pagar sus cuentas ni en leer todas las tarjetas de Navidad ni el otro correo surtido que se había enviado por FedEx desde el aeropuerto de Atlanta, sin mencionar todo el correo basura y revistas que había acumulado desde la última vez que había estado allí. El tiempo era tan corto. Irán estaba fuera de control. No podía demostrarlo todavía, pero sabía que estaban cerca de tener capacidad nuclear y estaba decidido a volver a la acción.

Se preguntaba por qué el paquete de Amazon todavía no había llegado. Había estado esperando leer el libro del doctor Alireza Birjandi sobre escatología chiíta y lo había encargado para que se lo enviaran a Alemania. Pero no estaba en ninguna parte.

Llamó a Zalinsky para reportarse, pero le informaron que su jefe estaba en una conferencia telefónica segura con Langley. Llamó a Eva para quejarse, pero en lugar de eso recibió su mensaje de voz. Se conectó al sistema seguro de intranet de la CIA para revisar las últimas transcripciones de llamadas interceptadas en Irán. Pero de las docenas de llamadas, ninguna dio información útil. Limpió su Beretta 92FS de 9mm y se preguntó cómo introducirla clandestinamente en su próximo viaje a Irán. Pero todo era trabajo sin resultado y eso lo estaba matando. No se había unido a la CIA para perder tiempo en Alemania. Tenían que moverse.

Revisó su cuenta de AOL, esperando por lo menos tener noticias de Marseille, pero no encontró nada. Se le ocurrió hacer una búsqueda en

Facebook. Esperaba encontrar una foto reciente o alguna información de ella y se preguntaba por qué no había pensado en eso antes. Pero no había ninguna Marseille Harper. En realidad, él tampoco estaba. Revisó MySpace, Classmates.com y Twitter, pero no encontró señal de ella en absoluto. Sin embargo, cuando simplemente tecleó su nombre en Google, encontró un vínculo: una historia publicada el 12 de septiembre del año anterior por el diario de Portland, *Oregonian*, que se titulaba: "Charles D. Harper Se Suicida."

Sin creer que podría ser la misma persona, abrió el vínculo y leyó el obituario.

> Charles David Harper, experto en Irán que trabajó como funcionario político en la Embajada de Estados Unidos en Teherán durante la Revolución Islámica de 1979, en diversas embajadas como oficial del Servicio Exterior para el Departamento de Estado de Estados Unidos, y más tarde como profesor de historia del Medio Oriente en la Universidad de Princeton, fue encontrado muerto el sábado en la tarde, en el bosque cerca de su granja en la isla Sauvie. Blake Morris, de la Oficina del Sheriff del Condado de Multnomah, dijo que el señor Harper murió de una herida de bala por un disparo autoinfligido. Deja a su única hija, Marseille Harper, maestra en el distrito de escuelas públicas de Portland, quien encontró su cuerpo; y a su madre, Mildred, quien vive en un hogar de ancianos en la zona de Portland. Fuentes cercanas a la familia dicen que sufre de un estado avanzado de Alzheimer. La esposa del señor Harper, Claire, murió en los ataques del World Trade Center el 11 de septiembre de 2001.

Paralizado, David se quedó mirando la pantalla, deseando simplemente poder apagar la computadora y hacer que la historia desapareciera, pero no podía quitar la vista de las palabras.

¿Por qué lo había hecho? La fecha de su muerte decía parte de la historia, pero no toda. No importaba cuánto dolor tuviera el hombre, ¿cómo había podido el señor Harper hacerle esto a Marseille? Ella lo necesitaba. Lo amaba. Él era todo lo que ella tenía en este mundo. ¿Cómo había podido abandonarla? Y ¿cómo podría ella alguna vez borrar la imagen de haber encontrado a su padre en ese bosque?

No sabía que Marseille era maestra, pero no tenía duda que sería excelente, y esperaba que de alguna manera ella pudiera seguir enseñando, a pesar de todo lo que había pasado. No sabía que los Harper vivían en la isla Sauvie. Nunca había oído de la isla Sauvie. Una revisión rápida en Wikipedia reveló que era la isla más grande el el curso del río Columbia y que quedaba aproximadamente a dieciséis kilómetros al noroeste del centro del Portland. La isla estaba formada principalmente de granjas y contaba con apenas mil residentes durante el año. "Los ciclistas se agrupan en la isla por su topografía plana y sus caminos largos de poco tránsito hacen que el ciclismo sea ideal," leyó. No era la Jersey Shore, pero sonaba como un lugar bello para vivir.

Se había enterado de otra cosa por el artículo, algo que no esperaba. No sabía que el segundo nombre del señor Harper era David. Su padre nunca se lo había dicho. Ni su madre. Marseille nunca dijo nada, y él sólo había tenido una breve conversación con el señor Harper. Se enteró por el obituario, pero en ese momento, se dio cuenta que sus padres le habían puesto el nombre del hombre que había salvado sus vidas. No había otro David en el árbol genealógico de la familia Shirazi. Le habían puesto el nombre por Charles David Harper, y ahora este hombre estaba muerto.

HAMADÁN, IRÁN

Najjar Malik estaba acostado en la cama, sin poder moverse.

Se había despertado con fiebre de cuarenta grados y sentía que la cabeza le iba a explotar. Sheyda hizo lo mejor que pudo para cuidarlo toda la mañana. Le llevó paños húmedos para el rostro, el estómago y el pecho. Lo alimentó con cucharadas de trozos de hielo y yogurt frío. También se comunicó con su médico y le pidió que viniera a su departamento para verlo, lo que hizo rápidamente. Para el mediodía, el médico ya había llegado y se había ido, y le había dado a Najjar antibióticos para combatir cualquier infección que estuviera atacando su cuerpo.

—Cariño —dijo Sheyda en un susurro—. Voy a llevar a la bebé donde mamá para que no haya riesgo de que ella se enferme, ¿está bien?

—¿Vas a dejarme? —dijo Najjar quejándose.

—Sólo por un ratito —prometió ella—. Sólo para dejar a la bebé y almorzar con papi. Luego volveré. ¿Hay algo que pueda comprarte en la tienda?

Najjar le pidió un poco de helado, cerró los ojos y se volvió a quedar dormido. Sabía por qué estaba pasando esto, pero no se atrevía a decírselo. Era porque había visto el programa de los cristianos. Sabía que Alá lo estaba castigando, y que lo merecía.

59

Había pasado demasiado tiempo desde el último almuerzo con su hija.

Así que, a pesar de las enormes responsabilidades que pesaban sobre él y su equipo, el doctor Mohammed Saddaji llevó a su preciosa Sheyda a su restaurante favorito en Hamadán. Era un lugar muy acogedor en la Calle Eshqi, mejor conocido por su pollo sazonado *biryani* y su ambiente íntimo. Era el primer restaurante al que había llevado a su esposa Farah cuando se habían mudado a Hamadán hacía unos años, y desde entonces a Saddaji le encantaba.

—Muchas gracias por almorzar conmigo, papi —dijo Sheyda al sentarse en gruesos cojines para tomar té—. Sé que no es fácil para ti con tu importante agenda.

—Vamos, vamos, cariño —respondió Saddaji—. Yo haría cualquier cosa por ti. Lo sabes, ¿verdad?

—Por supuesto, papi. Gracias.

—De nada —dijo Saddaji y entonces sus ojos cansados y ojerosos se iluminaron—. Ahora, ¿adivina qué?

—¿Qué?

—Tengo una sorpresa para ti.

—¿De qué se trata?

—No puedo decírtelo así simplemente —insistió—. ¿Qué gracia tendría?

—¿Puedes darme una pista?

—Para ti, claro —sonrió ampliamente—. Como sabes, me va muy bien en el trabajo. El Líder está muy satisfecho con lo que estoy haciendo, y estamos a punto de alcanzar una meta importante, más o menos en la próxima semana.

Se detuvo por un momento para dejar que se manifestara la expectación, y funcionó. Podía verlo en los ojos de su hija.

—Cuando esto ocurra —continuó—, tu padre será promovido, y entonces, me han dicho que voy a tener el honor de conocer a alguien que siempre he querido conocer.

Sheyda abrió bien los ojos.

—*Papi* —susurró con una emoción tremenda—, *no te refieres a . . .*

Pero él la interrumpió antes de que ella pudiera terminar la oración.

—Sí, querida, pero no puedes decirlo en voz alta, ni siquiera con un susurro.

—Lo prometo —dijo ella, tapándose la boca con sus manos—. Lo siento.

—No hay por qué sentirlo, pero tienes que ser discreta. Después de todo, tú vendrás conmigo.

—¿Voy a ir yo?

—Por supuesto —dijo Saddaji—. ¿Cómo podría guardarme este honor sólo para mí?

—¿Y puede ir mamá también? ¿Y Najjar? —preguntó Sheyda que apenas podía contenerse.

—Sí, sí, tengo autorización para todos. Pero será solamente para los cuatro. Me han dicho que será una reunión privada. Ni siquiera sabremos dónde será hasta último momento.

Sheyda casi no podía contenerse.

—*¿Está aquí?* —susurró—. *¿De verdad está aquí?*

—Eso me han dicho —respondió—. Pronto lo sabrá todo el mundo. Pero no deben saberlo por medio de nosotros.

—Mis labios están sellados; tienes mi palabra —prometió Sheyda—. Y tú tienes que perdonarme. Ni siquiera sé en qué clase de proyecto has estado trabajando. Casi ni te veo, y cuando te veo, sólo hablamos de la bebé. Así que, ¿de qué se trata para que te estén compensando con ese honor tan increíble?

—No puedo decírtelo, cariño. Todavía no. Pero cuando él sea revelado, todo será claro. Ahora, ¿cómo te está tratando la maternidad?

★ ★ ★ ★ ★

MUNICH, ALEMANIA

David revisó sus mensajes telefónicos.

Tal vez Marseille había llamado. Quería volver a oír su voz. Quería llamarla y decirle cuánto le había dolido su pérdida. Pero solamente había un mensaje de voz, y no era de ella.

"Hola, David, es papá," comenzó el mensaje. "Espero que estés bien. Espero que no estés trabajando mucho, aunque me doy cuenta de que podría ser mucho pedir. Pero escucha, me temo que tengo malas noticias. La salud de tu madre ha empeorado. La han internado en el hospital para hacerle pruebas. Llámame para que te dé más información. Te quiero, hijo. Entonces; adiós."

El mensaje era de hacía algunos días. Una ola de culpa invadió a David al marcar el teléfono celular de su padre. El doctor Shirazi contestó al primer timbrazo. Todavía estaba en el hospital, pero se alegró al oír a David y rápidamente perdonó a su hijo por no devolver la llamada antes. Le dijo a David que su madre estaba descansando en ese momento y que todavía tardarían algunos días en recibir los resultados.

—Van a dejarla aquí en Upstate Medical hasta que sepamos más —dijo—. Pero podría significar mucho para ella si pudieras tomar un descanso de todo tu trabajo y de todos tus viajes para venir a verla.

—Papá, acabo de estar allá.

—Lo sé, David, pero . . . —La voz del doctor Shirazi reflejó sus emociones—. Tu madre es una mujer muy fuerte, pero . . .

—¿Pero qué, papá?

—Uno nunca sabe —dijo el doctor Shirazi—. Por favor, hijo. Necesitamos que vengas a casa por algunos días. Es importante.

David le explicó que se iría de Munich a Moscú, a Budapest y a Yerevan al día siguiente. Dijo que estaba trabajando con negocios importantes y que no podía cancelar esos viajes con tan poca anticipación. Cuando quedó claro que su padre se estaba molestando con él, David le preguntó si Azad o Saeed podrían ir a casa a visitarla hasta que él pudiera liberarse de sus compromisos y volver a Syracuse.

—No —dijo su padre, más triste de lo que David lo había escuchado antes.

—¿Y por qué no?

—Están demasiado ocupados —respondió secamente—. Y tu madre no está preguntando por ellos. Está preguntando por ti.

Lamentándose por su madre, David prometió que buscaría el tiempo para ir a casa tan pronto como le fuera posible. Entonces le habló a su padre de la carta de Marseille y de la boda a la que iba a ir.

—Entonces creo que es un doble incentivo para que vuelvas en las próximas semanas —dijo su padre.

—Mamá es todo el incentivo que necesito, papá —respondió David—. Pero sí, sería bueno ver a Marseille después de todo este tiempo.

—Estoy seguro que sí —dijo su padre—. ¿Te mencionó algo de su padre? Nunca ha respondido a mis llamadas ni a mis cartas. No he sabido de él en años.

David vaciló. No sabía que Charlie Harper había cortado la comunicación con su padre, así como Marseille lo había hecho con él. Eran noticias decepcionantes y, por el tono de su voz, estaba claro que su padre estaba herido. ¿Y por qué no habría de estarlo? Los dos hombres habían sido amigos por mucho más tiempo de lo que él y Marseille lo habían sido. Dicho esto, no estaba totalmente seguro de que fuera el tiempo apropiado para contarle a su padre de la muerte del señor Harper. Pero el hombre había hecho una pregunta directa y David pensó que merecía una respuesta honesta. Le dijo a su padre tan suave como pudo que el señor Harper había muerto recientemente. No mencionó cómo.

La noticia fue un golpe emocional. Su padre se quedó callado por un buen rato.

"Aparte de tu madre, Charlie era el mejor amigo que he tenido," dijo su padre finalmente, conteniendo las lágrimas. "Nunca entendí por qué dejó de hablarme después del funeral de Claire. Creo que nunca lo sabré."

Escuchar el dolor en la voz de su padre hizo que David quisiera volver a conectarse con Marseille aun más urgentemente. Tenía tantas preguntas que hacerle. Y ahora tenía más.

60

HAMADÁN, IRÁN

Mohammed Saddaji terminó de comer y pagó la cuenta.

Atesoraba cada momento con su hija, pero era hora de llevarla a casa y de volver a la oficina. Su personal estaba esperando y la hora de la verdad se acercaba rápidamente.

—¿Estás lista para que nos vayamos? —preguntó. Firmó el papel de la tarjeta de crédito y bebió un último trago de agua.

—¿Tenemos un segundo para pueda asearme? —preguntó Sheyda.

La respuesta era no, pero Saddaji no podía rehusar las peticiones de su hija.

—Claro —dijo—. Voy por el auto y lo detendré enfrente.

—Gracias, papi. Te encuentro allí en un momento.

Saddaji asintió con la cabeza y suspiró, luego revisó su reloj cuando Sheyda se dirigió al baño de damas. Sacó su teléfono celular y revisó sus mensajes. Había uno de su cuñado. Tendría que esperar, pensó, mientras marcaba el número de su secretaria. "Estaré allí en veinte minutos," dijo. "Avísales a todos que estén listos para reunirse conmigo en el salón de conferencias. Revisaremos la última lista de cosas pendientes y repartiremos asignaciones." Entonces lanzó algunas monedas extra en la mesa como propina y se dirigió hacia afuera.

Para ser febrero, en realidad era un día muy bello. El sol estaba brillante. Sólo se podían ver unas cuantas nubes aisladas. El aire estaba más cálido de lo normal para esta época del año, como quince grados, especuló Saddaji. Pero no le importaban las nubes, el cielo ni la temperatura. Tenía la mente fija en los honores que estaban a punto de otorgarle.

Mientras se dirigía a su auto, meditaba en la ironía de que en realidad Irán había lanzado su programa de investigación nuclear con la ayuda de Estados Unidos de América, en los años cincuenta. No había sido el Ayatolá Jomeini el que primero había fomentado la noción de un Irán con energía nuclear. Había sido el presidente Eisenhower y su programa de "Átomos por la Paz." Sin embargo, había sido Jomeini el que más tarde había autorizado clandestinamente una vía militar que corriera paralelamente con la vía civil. Desde entonces, Teherán había gastado muchos miles de millones de *rials* para comprar gente, componentes y planes que necesitaba de los franceses, alemanes, rusos, coreanos del norte y de A. Q. Khan de Paquistán, en un esfuerzo por establecer un programa de armas nucleares viable. Irán había gastado una fortuna aún más grande al construir instalaciones de investigación y producción en todo el país. Muchas de ellas estaban profundamente bajo tierra o debajo de las montañas, con la esperanza de esconderlas de los ojos curiosos de los satélites espías de Estados Unidos e Israel, así como de protegerlas de un primer ataque de cualquiera de ellos o de ambos.

El tesoro más valioso de la versión pública del programa —la que permitieron que la Agencia Internacional de Energía Atómica inspeccionara— fue el reactor de energía nuclear civil y las instalaciones de investigación ubicadas en la ciudad de Bushehr, no lejos de la línea costera oriental del Golfo Pérsico. Pero había muchas otras instalaciones, desde las diez minas de uranio regadas en todo el país hasta la Organización de Energía Atómica del Centro de Física y Matemáticas Teóricas de Irán, en Teherán; a las instalaciones de enriquecimiento de uranio, en la ciudad de Natanz; a las instalaciones de enriquecimiento de plutonio, en la ciudad de Arak; a las recién construidas instalaciones —pero todavía sin funcionar— de enriquecimiento de uranio, en una base militar cerca de Qom; a las instalaciones de Esfahān que convierten el óxido de uranio en hexafluoruro de uranio, un componente crítico en el ciclo del combustible nuclear; sólo para nombrar unas cuantas.

Saddaji estaba a cargo de todas ellas, incluyendo las instalaciones ultrasecretas, en donde las armas en realidad se estaban construyendo. No lo hacía por dinero; no le pagaban mucho. No lo hacía por fama;

casi nadie en el país sabía quién era. Lo estaba haciendo, sin duda, por el desafío intelectual que representaba; este era con seguridad el programa de ingeniería más complejo en el que alguna vez hubiera estado involucrado. Pero más que nada, lo estaba haciendo para ayudar a que Persia volviera a ser otra vez un imperio grande y poderoso y para prepararle el camino al Mahdi.

No obstante, a pesar de todo su sacrificio y duro trabajo, era difícil imaginar que en realidad estuviera viviendo en la generación que vería llegar al mesías, mucho menos que estaba a punto de ser honrado con una reunión personal con el Prometido. Mientras hacía ruido con las llaves en su mano, sabía que no tenía que haberle dicho nada a Sheyda, ciertamente no en un restaurante público, pero sencillamente no pudo evitarlo. Se sentía en las nubes. Se moría por contarle a más gente, incluso a su personal. Por supuesto que no lo haría. Conocía los riesgos, y estaba orgulloso por el control que había ejercido sobre sí mismo hasta aquí. Pero podía confiar en Sheyda. Siempre lo había hecho.

Saddaji rodeó la esquina y vio su amado Mercedes-Benz CL63 AMG, negro de dos puertas. Nunca podría haberlo comprado con su salario de director, por supuesto. Después de todo, el auto se vendía en Europa a más de 100.000 euros. Nunca había soñado con tener un tesoro tan espléndido, pero había sido un regalo, y ¿quién era él para decir que no? El Líder Supremo se lo había dado personalmente el año anterior, después de que Saddaji y su equipo pusieron en funcionamiento con éxito cincuenta mil centrífugas. Mientras más rápido se enriquecía el uranio y más puro se volvía, más contento y más generoso se ponía el Ayatolá. Saddaji todavía podía recordar a Hosseini cuando puso las llaves en sus manos y lo alentó a conducirlo. Había temblado de sólo pensarlo, y todavía sacudía la cabeza de asombro cada vez que encendía el motor. El auto era un símbolo, de muchas maneras, de lo acertado que había sido irse de Irak y volver a casa, y un símbolo del éxito que había tenido desde entonces. Y nadie merecía ese regalo tanto como él, se dijo Saddaji a sí mismo.

Quitó el seguro al auto, entró y cerró la puerta al ingresar. Cuando se sentó en el asiento suave de cuero y pasó su mano por el tablero, disfrutando toda la experiencia —la apariencia, la sensación, el aroma de este Mercedes— hizo una oración en silencio, agradeciéndole a Alá por darle el gran privilegio y alegría de ayudar a su pueblo, los chiítas, a construir la Bomba.

Se quedó en la luz del sol por un momento y cerró sus ojos. Trató de imaginar la ceremonia que estaba a una semana o dos de distancia. Trató de imaginar cómo sería cuando sus ojos vieran a su Mahdi. Pero cuando puso la llave y encendió el motor esta vez, no pasó nada. El auto no encendió ni hizo explosiones. Pensó que era algo extraño. Bombeó el acelerador unas cuantas veces y cuando volteó la llave otra vez, el auto estalló con una explosión masiva de fuego y humo que pudo escucharse hasta el otro lado de Hamadán.

61

El teléfono sonaba y no se detenía.

La fiebre de Najjar todavía estaba en treinta y nueve. Su cabeza le palpitaba. Estaba con dolor agudo y no tenía intenciones de levantarse de la cama para contestar el teléfono. Pero el timbrado constante lo estaba volviendo loco. El teléfono sonaba siete u ocho veces, se detenía por un momento, luego volvía a sonar otras ocho o diez veces, otra pausa, y se repetía el ciclo. Alguien estaba tratando desesperadamente de comunicarse, pero apenas podía moverse. Finalmente, Najjar se armó de cada gramo de energía en su cuerpo, se sentó y se movió hacia la orilla de la cama. El teléfono seguía sonando. Se levantó, se envolvió en una de las frazadas de la cama y caminó por la habitación hacia el teléfono que estaba en el tocador de Sheyda.

—¿Hola? —dijo con un gemido, haciendo todo lo posible para suprimir una ola de náusea.

—¿Habla Najjar Malik? —dijo una voz al otro lado.

—Sí.

—¿El yerno del doctor Mohammed Saddaji?

—Sí. ¿Por qué? ¿Quién habla?

—Queda advertido —dijo la voz en persa, pero con un curioso acento extranjero—. Usted es el próximo.

El teléfono quedó mudo.

De repente, Najjar escuchó golpes en la puerta del departamento. Sintió una fuerte presión en su cabeza. Los golpes de la puerta no ayudaban. Hizo un esfuerzo por levantarse, se tropezó en el pasillo de la sala y luego revisó la mirilla. Era un oficial de policía. No era de la seguridad del centro de investigación, ni de la policía secreta. Parecía ser un oficial de la policía municipal, por lo que Najjar quitó varios seguros y abrió la puerta.

—¿El doctor Malik? —preguntó el oficial.

—Sí, soy yo.

—Me temo que tengo noticias terribles.

—¿Qué? —preguntó Najjar, con sus rodillas que se negaban a sostenerlo.

—Se trata de su suegro —dijo el oficial.

—¿El doctor Saddaji? ¿Qué pasa con él?

—Me temo que lo han matado.

—*¿Qué?* ¿Cómo?

—Sé que esto será difícil de creer . . .

—Dígamelo.

—En este momento, hasta que terminemos nuestra investigación, no podemos repetirlo —continuó el oficial.

—Sólo dígamelo, por favor.

—Doctor Malik, siento mucho ser el que le diga esto, pero me temo que su suegro fue asesinado por un coche bomba.

Najjar se tambaleó hacia atrás y tuvo que agarrarse de una silla para mantener el equilibrio.

—*Mi esposa* —gritó—. *Ella estaba con él. ¿Está bien? Querido Alá, por favor dime que está bien.*

—Físicamente está bien —le aseguró el oficial.

—¿Dónde está?

—La llevaron al hospital para que la trataran por la conmoción. Si quiere, puedo llevarlo con ella.

Una corriente de adrenalina atravesó el cuerpo frágil de Najjar. De repente alerta y significativamente más fuerte de lo que había estado un momento antes, corrió a su dormitorio, se vistió rápidamente, se lavó el rostro, se cepilló los dientes y salió por la puerta con el oficial. Quince minutos después, la patrulla estaba girando a la izquierda en la calle Mardom y deteniéndose en el Hospital Bouali. Najjar entró corriendo y encontró a Sheyda y a su madre, Farah; ambas se veían pequeñas y perdidas.

Un destacamento de seguridad del centro de investigación ya estaba protegiendo a la familia y había establecido un perímetro alrededor del hospital.

El resto del día fue una imagen borrosa de lágrimas e investigadores de policía, de simpatizantes y detalles del funeral. Según la tradición, el entierro tenía que terminar al atardecer, pero no había cuerpo, le dijo el oficial a Najjar en privado, lejos de Sheyda y Farah. Solamente se habían encontrado unos pedazos, junto con algunas piezas de ropa y zapatos. Eso, le dijeron a Najjar, lo recogerían, lo meterían en una caja y lo envolverían en una mortaja blanca.

La secretaria del doctor Saddaji llegó en seguida al hospital y comenzó a ayudar a Najjar a enviar correos electrónicos y mensajes de texto a los familiares, amigos y compañeros de trabajo, informándoles de la muerte y solicitando su presencia en el funeral. El líder del destacamento de protección de Najjar tenía solamente una exigencia: por razones de seguridad del estado, no podía mencionarse cómo había muerto el doctor Saddaji en ninguna de sus conversaciones privadas y comunicaciones públicas. Ahora no. Ni en el funeral. A menos que el director de la agencia de investigación y de energía nuclear de Irán lo autorizara, e incluso entonces, a Najjar le informaron que a Ali Faridzadeh probablemente vetaría esa autorización.

¿El ministro de defensa?, pensó Najjar. Hasta hacía poco, la mención de alguien tan alto en la jerarquía lo habría impactado como algo raro y fuera de lugar. Pero ahora las piezas del rompecabezas estaban encajando. Najjar ya no tenía dudas de que su suegro había sido uno de los científicos más importantes de armas nucleares en Irán, y había dado su vida en esta intención espantosa de matar a millones.

¿Lo habrían asesinado los israelíes? ¿Los estadounidenses o los iraquíes? Probablemente nunca lo llegaría a saber. Pero mientras lloraba por fuera, por dentro tenía una gran sensación de alivio. Se daba cuenta de que esto solucionaba muchos problemas. Tal vez esto detendría todo el programa de armas y evitaría una guerra, que de otra manera seguramente llegaría pronto.

62

MUNICH, ALEMANIA

Mientras esperaba los teléfonos, David se volvió a meter de lleno en su trabajo.

Estaba acongojado por sus padres y por Marseille. Pero no había nada que pudiera hacer por ninguno de ellos en ese momento. Tenía que dejar de ser David y volver a ser Reza Tabrizi. Tenía que prepararse para volver a entrar en Irán, y estaba convencido de que eso implicaba convertirse en un experto en el Duodécimo Imán.

Zalinsky le había dicho que no se distrajera, pero David no podía evitarlo. Simplemente no podía volver a Irán sin entender mejor quién era este presunto mesías islámico, y por qué la gente en los niveles más altos del gobierno iraní parecía tan enfocada en su aparición. Algo estaba ocurriendo. Algo dramático e histórico. Zalinsky no lo entendía, pero los instintos de David le decían que esto era real.

Se puso a buscar cada obra académica y análisis serio que pudiera encontrar en Internet, ya que su búsqueda en la base de datos de Langley había resultado ser de poco valor. Tres días después, David se encontraba leyendo atentamente un estudio publicado por un grupo de expertos en enero de 2008. Era un poco desactualizado, pero le dio un contexto importante que seguramente no habría recibido de nadie en Langley.

> La política apocalíptica de Irán se origina del fracaso de la visión inicial de la República Islámica. La Revolución Islámica de 1979 comenzó con una promesa utópica de crear el cielo en la tierra, a través de la ley islámica y de

> un gobierno teocrático, pero en la última década, estas promesas dejaron de atraer a las masas. En vista de este fracaso, el gobierno islámico ha dado un giro hacia la visión apocalíptica, que da esperanza a los oprimidos y se describe como un antídoto para el comportamiento inmoral e irreligioso. Esta visión, que se considera una cura para la desintegración individual y social, aparece en un período en que la República Islámica no satisface a ningún estrato de la sociedad, ya sea religioso o secular.

David estaba intrigado por la noción de que "cuando el gobierno iraní fracasó en cumplir sus promesas, muchos iraníes buscaron alternativas y encontraron el culto del Mahdi —el Mesías o Imán Escondido— y su promesa de establecer un gobierno mundial." El número de personas que afirmaban estar en contacto directo con el Duodécimo Imán, o incluso ser el mismo Mahdi, observó el autor, había aumentado notablemente en años recientes tanto en las regiones urbanas como en las rurales.

Eso verdaderamente le sonaba convincente a David. Sus padres habían hablado por años de lo desesperados que estaban los iraníes por un rescate del fracaso de la Revolución Islámica de 1979. Su padre siempre había hecho énfasis desde el ángulo médico. Los suicidios en Irán, decía, eran insuperablemente numerosos, no solamente entre los jóvenes sino entre las personas de todas las edades. El abuso de drogas era una epidemia nacional, así como el alcoholismo. La prostitución y el tráfico sexual también se estaban disparando, incluso entre los clérigos religiosos.

Dado que la madre de David era en el fondo una educadora, le parecía terriblemente triste y profundamente irónico que las altas tasas de alfabetización de Irán, y el cada vez más creciente acceso a la televisión satelital e Internet, parecían agravar la desesperación de la gente. ¿Por qué? Porque ahora, por primera vez en catorce siglos —y ciertamente por primera vez desde que Jomeini había llegado al poder— los iraníes podían ver, oír y prácticamente probar la libertad intelectual, económica y espiritual y las oportunidades que la gente en otros lugares del mundo estaba experimentando. Hambrientos, los iraníes estaban buscando desesperadamente esa libertad y oportunidades para sí mismos. De hecho, necesitaban tanto de la esperanza que se engañaban pensando que podrían encontrarla en una botella, en una píldora o en una aguja. ¿Era el creer en un falso mesías otro mecanismo solamente para sobrellevar las cosas?, se preguntaba David.

La monografía estaba escrita por un periodista iraní exilado con el nombre de Mehdi Khalaji, un profesor visitante del Instituto de Política del Cercano Oriente de Washington. Mientras David seguía leyendo, estaba intrigado por la afirmación de Khalaji, de que "el regreso del Imán Escondido significa el final de la institución del clero, porque los clérigos se consideran los representantes del Imán en su ausencia. Consecuentemente, no propagan la idea de que el Imán Escondido vendrá pronto."

En contraste, según escribió Khalaji, "en las fuerzas militares . . . la visión apocalíptica tiene muchísimos seguidores." Escribió que un grupo influyente dentro del Cuerpo de la Guardia Revolucionaria, con responsabilidad sobre el programa nuclear de Irán, parecía especialmente atraído a este fervor por el mesías venidero.

Eso era lo que más le preocupaba a David, no que todos en Irán creyeran que el Duodécimo Imán llegaría, sino que los altos líderes políticos y militares del país, incluso los que dirigían el programa de armas nucleares, así lo creyeran.

Dicho eso, había algo en la evaluación de Khalaji que no le sonaba convincente. En el artículo estaba implícita la noción de que el Líder Supremo de Irán no era un verdadero creyente de la pronta llegada del Duodécimo Imán, sino que era un operador político sagaz que buscaba manipular la opinión pública. Pero esto en realidad no encajaba con la descripción que hacían Daryush Rashidi y Abdol Esfahani del Líder Supremo. Tal vez, Hosseini alguna vez había sido escéptico, pero ya no lo era. En lo que a David concernía, Hosseini y su círculo íntimo ahora parecían ver su papel como el de preparar los corazones y las mentes del pueblo —y del ejército— para la llegada del Duodécimo Imán.

Estas creencias parecían estar impulsando el desarrollo de las armas nucleares de Irán a un ritmo febril, y David se preguntaba cómo podría persuadir a Zalinsky de que no eran una atracción secundaria. Todo el acercamiento de Washington hacia Irán, hasta el momento, se había desarrollado en tratar de involucrar al Ayatolá Hosseini, al presidente Darazi y a su régimen en negociaciones directas, mientras que aplicaban crecientes sanciones económicas y aislamiento internacional. Había funcionado con los soviéticos, sostuvo la administración de Jackson. Ronald Reagan había vinculado a Gorbachev en negociaciones directas, y la Guerra Fría había terminado sin una guerra nuclear y, efectivamente, sin un solo disparo entre Estados Unidos y la Unión Soviética. Ahora, la administración quería aplicar el mismo acercamiento con el régimen de Teherán, pero estaban equivocados. Muy equivocados. Estaban siguiendo el modelo histórico equivocado, y los resultados podrían ser desastrosos.

David abrió un documento nuevo en su computadora portátil y comenzó a escribir un memo para Zalinsky. Observó que Gorbachev —así como todos los líderes soviéticos de su época— era ateo. Los ateos, por definición, no creían en Dios ni en la vida después de la muerte. Así que Reagan buscó convencer a Gorbachev de que cualquier ataque nuclear sobre Estados Unidos resultaría en la aniquilación personal de la familia de Gorbachev: que Mikhail, su esposa, Raisa, y su hija, Irina, personalmente tendrían una muerte horrorosa, que se apagarían como una candela y dejarían de existir, sin poder llevarse su poder, su dinero y sus juguetes. La teoría de Reagan era que si podía convencer a Gorbachev de que la política de Estados Unidos de una "segura destrucción mutua" era real y viable, entonces podría persuadir a Gorvachev y al politburó soviético de que renunciaran a sus ambiciones nucleares y que sinceramente negociaran la paz. Funcionó. Al darse cuenta de que no había manera en que la USSR pudiera ganar una guerra nuclear con el tecnológicamente avanzado Occidente, Gorbachev lanzó una política de *glasnost* (apertura y transparencia) y de *perestroika* (reestructuración). Finalmente, el Muro de Berlín cayó, la Europa Oriental fue liberada y la Unión Soviética se desenmarañó y se desintegró.

En contraste, Hamid Hosseini no era Mikhail Gorbachev, observó David, tecleando furiosamente. Hosseini no era comunista. No era ateo. Era un musulmán chiíta. Creía en la vida después de la muerte. Creía que cuando muriera iba a terminar en los brazos de setenta y dos vírgenes, no exactamente una disuasión para la muerte. Por otra parte, Hosseini era un imanista. Era miembro de un culto apocalíptico. El hombre quería que el Mahdi llegara. Creía que había sido elegido para ayudar a introducir la era del mesías islámico. Estaba convencido de que tenía que desarrollar armas nucleares, ya sea para destruir él mismo a la civilización judeo-cristiana o para darle al Duodécimo Imán la capacidad de hacerlo. ¿Cómo podría Estados Unidos negociar con éxito con un hombre así? ¿Cómo podría Occidente disuadirlo o contenerlo con éxito? ¿Qué podría ofrecer el presidente de Estados Unidos o cómo podría amenazarlo para convencer a Hosseini de que renunciara a su búsqueda febril de armas nucleares? El hecho de que el Líder Supremo negociara con Estados Unidos, en su mentalidad, sería equivalente a desobedecer a su mesías y a ser sentenciado a una eternidad en el lago de fuego. ¿Por qué Washington no entendía eso? ¿Por qué estaban tan consumidos y distraídos con otros asuntos? ¿No entendían los riesgos?

David terminó el memo, le dirigió una copia oculta a Eva y lo envió, e inmediatamente se preguntó si había hecho lo correcto.

HAMADÁN, IRÁN

Najjar necesitaba ver los archivos del doctor Saddaji.

Se sentía agotado y exhausto después del funeral. También estaba muy enfermo todavía. Llevó a Sheyda, a Farah y a la bebé al departamento, y las acomodó para la noche. Su suegra aún estaba casi inconsolable, y Sheyda no quería que estuviera sola esa noche. Pero Najjar les explicó que no podía quedarse. Era necesario que volviera a la oficina, donde tenía que ocuparse de los papeles y de las cosas personales del doctor Saddaji y protegerlos.

"¿No puede hacerse todo eso mañana, Najjar?," preguntó Sheyda, implorándole que se quedara con su familia.

Él le dijo que eso no podía esperar. Pero la verdad era también que él no quería estar en casa en ese momento. No sentía pena por la muerte de su suegro, y no tenía la capacidad de fingir por mucho tiempo más, por cierto que no frente a dos mujeres a las que de verdad amaba. Más importante aún, sabía que tenía que llegar a la computadora del doctor Saddaji, penetrar en ella y averiguar todo lo que pudiera. Pero Najjar no dijo nada de estas cosas a su frágil esposa. Simplemente la besó y le prometió conducir a salvo y volver a casa tan pronto como le fuera posible.

A regañadientes, lo dejó ir, aunque no sin más lágrimas.

Sin embargo, para sorpresa suya, cuando llegó a la oficina del doctor Saddaji, la encontró bien protegida por la seguridad de la planta. Unas cajas llenas de archivos estaban siendo retiradas por guardias armados. La computadora del doctor Saddaji ya había sido retirada, junto con su disco duro externo. Najjar insistió en que le permitieran revisar los archivos y las posesiones de su suegro, para asegurarse de que su familia se quedara con lo que les pertenecía, pero rápidamente lo presentaron con el director adjunto de la seguridad interna iraní y se le dijo que simplemente tendría que esperar.

"Doctor Malik, como usted sabe, su suegro era un hombre muy poderoso y muy influyente," dijo el oficial de inteligencia, quien le explicó que había llegado de Teherán bajo órdenes directas del ministro de defensa Faridzadeh. "Él tenía muchos secretos de estado que a los sionistas, a los estadounidenses, a los británicos y francamente a todos nuestros enemigos les encantaría tener en sus manos. Yo sé que usted y su familia están acongojados. Pero, por favor, denos unos días y le enviaremos todo lo que legítimamente les pertenece."

Najjar estaba ofendido y enojado, pero no tenía la energía ni la voluntad de discutir con nadie. Allí no y tampoco en ese momento. Todavía no se había repuesto de los sucesos del día y estaba débil por la fiebre, que no se le había quitado. No había comido nada en todo el día. Apenas había podido retener un poco de agua; el doctor le había dado unas inyecciones porque seguía vomitando los antibióticos que estaba tomando.

Se disculpó con el oficial de inteligencia, fue al baño de varones, se lavó el sudor del rostro y trató de decidir qué hacer. Necesitaba saber qué había estado haciendo el doctor Saddaji, no en teoría, sino en la práctica. Necesitaba pruebas. Pero no tenía nada, y cualquier pizca de motivación que hubiera tenido para poder pasar ese día ahora se le había acabado.

63

Durante más de una hora, Najjar había estado experimentando náuseas.

Ahora, física y emocionalmente agotado, salió del edificio, pasó por seguridad, entró a su auto y comenzó el camino de cuarenta y cinco minutos de regreso a casa.

Hamadán es una ciudad de círculos concéntricos. En el centro hay una calle de una vía que corre en contra de las agujas del reloj y que rodea la Plaza del Imán Jomeini. Hay seis avenidas conectadas a esta calle que se extienden como rayos de una rueda. Cada una comunica a un camino que rodea el corazón del distrito comercial y cultural. Finalmente, se comunican con una autopista que rodea a toda la ciudad, similar al *Boulevard Périphérique* que rodea París o el *Beltway* que rodea a Washington, D.C.

El aeropuerto de Hamadán está más allá de esta autopista exterior, a lo largo de las planicies hacia el noreste. Al occidente están las faldas de la cordillera de Zagros, los picos más grandes y escarpados de todo Irán.

El complejo 278, un centro de investigación nuclear premeditadamente modesto y discreto que el doctor Saddaji había dirigido durante tantos años, estaba ubicado alrededor de cuarenta kilómetros al occidente del centro de la ciudad. No estaba en las faldas de las montañas sino profundamente ubicado dentro de ellas. Construido a principios de la década de 1990, las instalaciones fueron levantadas dentro de la ladera de una montaña de 3.350 metros, conocida como cumbre de Alvand.

A Najjar siempre le había gustado la ubicación remota. Le encantaba el largo viaje de ida y vuelta al trabajo todos los días. Le daba tiempo para sí mismo, tiempo para pensar, para orar, para disfrutar las vistas maravillosas de las montañas y de los valles abajo. Sin embargo, ahora, mientras bajaba por la vía de acceso nevada y con hielo, y al sentir que el viento aumentaba y que una nueva ráfaga de nieve comenzaba a descender de la montaña, se sintió atrapado. No tenía amigos ni familiares a los que pudiera buscar para hablar de la situación en la que ahora se encontraba. Necesitaba sabiduría. Necesitaba a alguien a quien preguntarle qué hacer y cómo hacerlo.

De repente, al llegar a una curva muy cerrada, quedó prácticamente ciego. Fue como si un gran camión, con sus luces altas encendidas, se acercara directamente a él, pero algo de la luz no parecía normal. Najjar frenó violentamente. Sus llantas posteriores comenzaron a patinar. Frenéticamente giró el volante y bombeó los frenos en lugar de apretarlos, tratando desesperadamente de recuperar el control. En lugar de eso, el carro colisionó en la montaña, luego patinó hacia el terraplén y finalmente se detuvo con un ruido sordo en la baranda de seguridad.

A Najjar le latía fuertemente el corazón. Apenas podía respirar. La luz era intensa. Entrecerró los ojos para mirar atrás y adelante, esperando que no hubiera ningún otro automóvil de ida o de vuelta. Cautelosamente, salió del auto para evaluar el daño y recuperar el equilibrio.

No obstante, en el momento en que sus pies tocaron el suelo helado, lo vio. Alguien estaba parado adelante en el camino.

Mientras sus ojos comenzaban a enfocarse, Najjar vio más claramente al hombre.

En lugar de ropa de invierno, el hombre tenía una túnica que le llegaba a los pies. En el pecho tenía una banda dorada. Su pelo era blanco como la nieve que los rodeaba. Sus ojos eran ardientes. Su rostro resplandecía.

Najjar cayó al suelo como hombre muerto, pero la figura dijo:

—No tengas miedo.

—¿Quién eres? —preguntó Najjar temblando.

Pero la respuesta impactó a Najjar aún más.

—Soy Jesús el Nazareno.

★ ★ ★ ★ ★

MUNICH, ALEMANIA

David se sobresaltó al oír que llamaban a su puerta.

Se frotó los ojos y revisó su reloj. Eran casi las 9:00 p.m. No estaba esperando a nadie. No conocía casi a nadie en la ciudad. Sacó su Beretta, de la gaveta de la mesita de noche que estaba al lado de su cama, le quitó el seguro con su pulgar y se movió cautelosa y silenciosamente por el pasillo, al comedor, hacia la puerta de enfrente.

Salvo haberla limpiado, habían pasado semanas desde que había tenido la pistola en sus manos, y sus palmas estaban sudando. Se apoyó en la pared, al lado de la puerta, y rápidamente miró por la mirilla. Un momento después, volvió a ponerle el seguro, aunque quedó más confundido que aliviado.

¿Qué está Eva haciendo en Munich?

Entreabrió la puerta.

—La chica repartidora —ella sonrió.

—No esperaba verte —respondió él.

—No pude resistirme —dijo ella—. ¿Puedo entrar?

—Por supuesto.

Estaba acarreando varias cajas grandes. Esperaba que fueran teléfonos satelitales. Sin embargo, la primera caja que le entregó al entrar ya estaba abierta. Era de Amazon y tenía el libro del doctor Birjandi. Ya bien despierto, lo hojeó rápidamente y observó que ya estaba bastante marcado con resaltador amarillo y notas con bolígrafo en los márgenes.

—Me robé tu libro por unas cuantas horas —confesó Eva—. Es fascinante. Tienes que leerlo.

David se rió.

—Esperaba hacerlo.

—Estoy haciendo una investigación acerca de Birjandi y estoy desarrollando un perfil de él —dijo Eva—. Es un tipo interesante. Profesor, erudito y autor notable. En los medios de comunicación iraníes se lo describe ampliamente como mentor o asesor espiritual de varios de los líderes supremos del régimen iraní, incluso del Ayatolá Hosseini. Cenan juntos una vez al mes. Pero a los ochenta y tres años, el tipo es muy solitario; casi no se oye nada de él en público. No había dado un sermón ni conferencia en años, hasta ese discurso hace un par de semanas.

—¿Y por qué surge de nuevo? —preguntó David.

—Mira la página 237 —respondió Eva.

David lo hizo y comenzó a leer en voz alta el pasaje subrayado.

> "El Mahdi regresará cuando las últimas páginas de la historia se estén escribiendo con sangre y fuego. Será un tiempo de caos, matanza y confusión, una época en que los musulmanes tienen que tener fe y valor como nunca antes. Algunos dicen que todos los infieles —especialmente los cristianos y los judíos— tienen que convertirse o serán destruidos antes de que sea revelado e introduzca un reino caracterizado por rectitud, justicia y paz. Otros dicen que los musulmanes tienen que preparar las condiciones para la destrucción de los cristianos y los judíos, pero que el mismo Mahdi terminará el trabajo."

David levantó la vista, con el corazón que le latía fuertemente.

—Birjandi piensa que ya está aquí.

—Eso creo.

—Tenemos que llevarle esto a Zalinsky.

—No es suficiente —dijo Eva—. Necesitamos más.

—Tú misma lo dijiste: Birjandi es el asesor de Hosseini. Si esto es lo que Birjandi cree, será lo que Hosseini crea, y Darazi también.

—Estoy de acuerdo —dijo Eva—. Esto es lo que los está impulsando a conseguir la Bomba. Pero eso es solamente lo que nosotros deducimos. Necesitamos pruebas.

—¿Qué clase de pruebas?

—No sé —admitió ella—. Pero más que esto.

David suspiró. Ella tenía razón. Miró las cajas.

—Dime que esos son teléfonos satelitales —dijo.

—Lo son. Veinte. Enviados por el gobierno. De categoría militar.

—Y nuestros amigos de Langley ¿han jugado un poco con ellos?

—En realidad, no. A Jack le preocupaba que los iraníes encontraran cualquier chip que pusiéramos en los teléfonos. Estos teléfonos satelitales en particular son producto de una aventura conjunta entre Nokia y Thuraya.

—Thuraya, ¿el consorcio árabe?

—Con base en Abu Dhabi, correcto. Para resumirlo, tengo gente dentro de Thuraya. Ellos me dieron la codificación criptográfica y toda la información satelital. Les dí una gran cantidad de dinero.

—¿Y estás segura de que todos los teléfonos funcionan?

—Mi equipo y yo los probamos personalmente esta tarde —dijo ella—. Langley lo escuchó todo, muy claramente. Estamos listos.

—Eres extraordinaria.

—Es cierto —dijo Eva sonriendo—. Pero eso no es todo. Tengo otro regalo para ti.

—¿Y de qué se trata?

—Te hice reservaciones para el próximo vuelo a Teherán —dijo ella—. Acabo de enviar por correo electrónico el itinerario a tu teléfono. Es hora de empacar. Estás de nuevo en acción.

64

HAMADÁN, IRÁN

—Yo soy Jesús el Nazareno —dijo la voz profunda del hombre.

Najjar sintió que el sonido de ella vibraba en su pecho, como si las palabras pasaran a través de él.

—¿Has venido? —gritó Najjar—. ¿Se me ha revelado el lugarteniente del Duodécimo Imán en realidad?

Sin embargo, con esas palabras, el suelo donde Najjar estaba parado tembló tan violentamente que temió que se abriera y se lo tragara. Las piedras saltaban en el camino desde las salientes de arriba. El viento tomó fuerza. Najjar se tiró al suelo y se cubrió la cabeza con sus manos.

—*YO SOY* el primero y el último y el que vive —dijo Jesús—. Yo soy el Alfa y la Omega, el que es y que era y que ha de venir, el Todopoderoso. Estuve muerto y he aquí, estoy vivo por los siglos de los siglos, y tengo las llaves de la muerte y del hades. Ven y sígueme.

Las primeras oraciones fueron emitidas con una autoridad que nunca antes Najjar había escuchado de ningún mulá, ni clérigo ni líder político en toda su vida. Pero las últimas tres palabras fueron emitidas con tanta suavidad, tanta ternura, que no podía imaginarse rechazando el requerimiento.

Temblando, Najjar levantó la vista cautelosamente. Aunque tenía puesto un grueso chaquetón sobre sus jeans azules y suéter, se sentía totalmente desnudo, como si todos sus pecados íntimos estuvieran expuestos a la luz y a los elementos. Desde que tenía memoria, había tenido una profunda reverencia hacia Jesús. Como su padre, su abuelo y bisabuelo, remontándose a catorce siglos, Najjar creía que Jesús había nacido de una virgen. Creía que Jesús hacía milagros y que hablaba con gran sabiduría y, por lo tanto, era un profeta. Pero no el mismísimo Dios. Nunca. Aun así . . .

Jesús extendió sus manos y le hizo señas a Najjar para que se acercara. Parte de él quería correr y esconderse, pero antes de darse cuenta, estaba dando varios pasos hacia delante.

Al acercarse más, Najjar se quedó atónito al ver los agujeros en las manos de Jesús, donde le habían metido los clavos. Apartó la mirada por un momento, pero entonces, sin poder mantener la cabeza volteada, volvió a mirar esas manos. Como un musulmán devoto, Najjar nunca en su vida había pensado en la posibilidad de que Jesús hubiera sido crucificado, en absoluto, mucho menos para pagar el precio de todos los pecados humanos, como lo enseñaban los cristianos. Nunca antes había creído que Jesús en realidad hubiera muerto en una cruz. Ningún musulmán lo creía. Era un sacrilegio. Al contrario, Najjar (y todos los que él conocía) creían que al último momento, Alá había reemplazado a Jesús, de una manera sobrenatural, con Judas Iscariote y Judas había sido colgado y crucificado en su lugar.

Su mente se inundó de preguntas.

¿Cómo podía Jesús aparecérsele como un Mesías crucificado?

Si el Corán era cierto, ¿no era imposible que Jesús tuviera manos con cicatrices de clavos?

Si los antiguos escritos islámicos acerca del Duodécimo Imán eran ciertos, entonces ¿cómo podía Jesús, que se suponía que era el lugarteniente del Mahdi, tener las manos con cicatrices de los clavos de la crucifixión?

Najjar seguía mirando esas manos. No tenía sentido. Entonces miró a Jesús a los ojos. No estaban llenos de ira ni de condenación. Hablaban de amor, de una manera que Najjar no podía siquiera comprender, mucho menos expresar. Y las palabras de Jesús hacían eco en su corazón. No declaraba ser el segundo en el mando con el Mahdi. Afirmaba ser el Dios Todopoderoso.

—Perdóname; por favor perdóname —dijo Najjar inclinándose profundamente—. Pero ¿cómo puedo reconocer la diferencia entre Mahoma y tú?

—Se te ha dicho: "Ama a tu prójimo y odia a tu enemigo" —respondió Jesús—. Pero yo te digo: Ama a tus enemigos y ora por los que te persiguen.

Las palabras penetraron en el corazón de Najjar como un cuchillo. Esta era una enorme diferencia entre los dos.

—No te enojes conmigo, oh Señor —dijo Najjar tartamudeando— pero estoy tan confundido. Toda mi vida me crié como musulmán. ¿Cómo puedo saber qué camino elegir?

—Yo soy el Camino, y la Verdad, y la Vida —respondió Jesús—. Nadie viene al Padre sino por mí.

—Pero mi corazón está lleno de pecado —dijo Najjar—. Mis ojos están llenos de oscuridad. ¿Cómo podría seguirte alguna vez?

—Yo soy la Luz del Mundo —respondió Jesús—. El que me sigue no andará en tinieblas sino que tendrá la luz de la vida.

Najjar sabía que estaba experimentando algo extraordinario. Al mismo tiempo, estaba genuinamente en agonía. ¿Estaba Jesús diciéndole que todo lo que le habían enseñado era erróneo? ¿Qué su vida había estado en el camino equivocado hasta este momento? ¿Que todo había sido completamente inútil? Era demasiado para soportar. Comenzó a formular oraciones, pero no encontraba la manera de terminarlas.

No obstante, cuando Najjar miró a Jesús a los ojos sintió profundamente en su espíritu que Jesús conocía todos sus pensamientos, sus temores, sus preguntas y de todos modos lo amaba. Quiso acercarse a Jesús, pero no pudo. Sin embargo, en ese momento, Jesús caminó hacia donde él estaba.

—Porque de tal manera amó Dios al mundo, que dio a su Hijo unigénito —dijo Jesús—, para que todo aquel que cree en él no se pierda sino tenga vida eterna. Dios no envió a su Hijo al mundo para juzgar al mundo, sino para que el mundo sea salvo por él. El que cree en él no es condenado, pero el que no cree ya ha sido condenado porque no ha creído en el nombre del unigénito Hijo de Dios.

Najjar sólo se quedó parado allí en la nieve. Nunca había leído nada de esto en el Corán, pero sabía que era cierto. Y de repente, irresistiblemente, Najjar cayó al suelo y besó los pies con cicatrices de Jesús.

—*¡Oh Señor, abre mis ojos!* —dijo Najjar llorando—. *¡Ayúdame! Soy* *un hombre malo y pecador, y estoy deshecho, perdido en la oscuridad, perdido y solo. Abre mis ojos para que pueda ver.*

—¿Crees que yo puedo hacerlo? —preguntó Jesús.

—Sí, Señor.

—Entonces, sígueme —dijo Jesús.

En ese momento, algo dentro de Najjar se quebrantó. Lloró con remordimiento por todos los pecados que había cometido. Lloró con un alivio indescriptible que sintió al saber, más allá de toda sombra de duda, que Dios en realidad lo amaba, y que había enviado a Jesús a morir en la cruz y a resucitar de los muertos y, de esta manera, había demostrado que en realidad él era la verdad, la vida y el único camino al Padre en el cielo. Lloró con gratitud ya que, por la promesa de Jesús, estaba *seguro* de que pasaría la eternidad con él.

Se inclinó ante su Salvador y Señor, llorando y regocijándose al mismo tiempo, por lo que parecía haber tomado horas. ¿Cuánto en realidad había pasado? No tenía idea. Pero entonces escuchó que Jesús le volvía a hablar.

—Si me amas, guardarás mis mandamientos. Aún tengo muchas cosas que decirte, pero ahora no lo puedes soportar. Recuerda, ¡vendré pronto!

Y después de eso, se fue.

De repente, todo estaba como antes: oscuro, con viento y frío. Pero no todo era igual. En ese momento, Najjar Malik se dio cuenta de que no era el mismo hombre que cuando se despertó esa mañana. Misteriosamente, milagrosamente, algo dentro de él había cambiado. No tenía idea de cómo se lo explicaría a Sheyda o a su suegra. Pero sentía una paz que emanaba muy profundamente dentro de él, que no tenía sentido lógico.

Najjar volvió a su auto, encendió el motor y cuidadosamente bajó la montaña en la nieve y el hielo. Solamente entonces se dio cuenta de que se le había quitado la fiebre.

Su teléfono celular sonó. Era Sheyda. Se había levantado a alimentar a la bebé. Quería preguntarle si estaba bien, si podría pasar por el departamento de sus padres a recoger algunas cosas para su madre.

Najjar se alegró tanto de oír la voz de Sheyda que le habría dicho que sí a cualquier cosa que le pidiera.

Entonces se le ocurrió un pensamiento. Se preguntó si la computadora portátil del doctor Saddaji todavía estaría en la oficina de su casa y si tenía algo de la información que esperaba encontrar. Y lo que era más, se preguntaba si las autoridades ya habían estado en el departamento de su suegro.

Najjar presionó el acelerador y oró por primera vez en su vida a un Mesías que tenía las cicatrices que le habían dejado los clavos.

65

Najjar dio con una mina de oro.

En el escritorio de la oficina de la casa de su suegro estaba la computadora portátil Sony VAIO de Saddaji. Junto a ella, había un disco duro externo de cien giga bytes. Al lado de eso, había una fila de DVD-ROM que el doctor Saddaji aparentemente usaba para hacer copias de seguridad de su computadora.

Najjar tomó rápidamente el cepillo de dientes, el maquillaje y otros cosméticos que su suegra le había pedido, junto con todos los componentes electrónicos de su suegro y se dirigió a su auto. No se atrevió a examinarlos, porque estaba totalmente seguro de que los oficiales de seguridad e inteligencia de la planta llegarían en cualquier momento al departamento.

Justo antes de encender el motor, Najjar recordó lo que la policía le había dicho sobre cómo había muerto el doctor Saddaji. Entonces recordó las palabras del hombre misterioso que había llamado: *Usted es el próximo.* De repente se sintió asustado otra vez. ¿Lo estaban siguiendo? ¿Su propia fuerza de seguridad? ¿Los israelíes? ¿O incluso los estadounidenses? ¿Acababan de poner una bomba en su auto? Comenzó a temblar otra vez.

Pero entonces escuchó una voz y la reconoció inmediatamente.

"No les tengas miedo. No hay nada encubierto que no vaya a ser revelado, nada oculto que no se vaya a saber. Lo que te digo en la oscuridad, dilo en la luz; y lo que escuches con susurros en tu oído, proclama desde las azoteas."

Najjar no estaba seguro de si había escuchado una voz audible, o si el Señor simplemente le había hablado en su espíritu. Pero una vez más, inmediatamente sintió una paz que no podía explicar, y Najjar ya no tuvo miedo. Encendió el motor sin vacilar. El auto arrancó sin problemas.

Mientras conducía, Najjar volvió a escuchar la voz del Señor.

"Ahora tienes que salir de esta ciudad. El Señor te rescatará. Él te redimirá de las garras de tus enemigos."

Mientras se apresuraba hacia su casa, Najjar se sentía preocupado con este mensaje. *¿Dejar esta ciudad? ¿Por qué? ¿A dónde?* Había sido seguidor de Jesús por menos de una hora, pero conocía la voz de su Pastor, y estaba decidido a seguirlo a donde él indicara. Claramente, Jesús quería que se llevara a su familia y que se fuera de Hamadán. Pero ¿de qué manera podía explicarle todo esto a Sheyda y a Farah? No tenía idea, pero Najjar se aferró apasionadamente a la orden de Jesús. No iba a sucumbir por el miedo. Tenía que vivir por fe en el que había conquistado la tumba y que tenía las llaves de la muerte y del hades en sus manos. *Todo saldrá bien*, se dijo a sí mismo. *De alguna manera, todo estará bien.*

Eran casi las cuatro de la mañana cuando Najjar finalmente llegó a casa. Decidió que llevaría a su familia a Teherán; era tan buen destino como cualquier otro, supuso. Podrían encontrar un hotel fácilmente. Sabía que la distancia de Hamadán a Teherán era como de trescientos cincuenta kilómetros, un viaje de cinco horas. Había conducido allá mil veces. Podrían estar para el desayuno si se iban rápidamente. Esa era la parte fácil. La parte difícil sería convencer a las mujeres.

Najjar entró al departamento tan silenciosamente como pudo. Esperaba que las luces estuvieran apagadas, pero estaban encendidas. Esperaba que su esposa y su suegra estuvieran profundamente dormidas, pero para sorpresa suya, estaban postradas en el suelo de la sala.

Al oír que se abría la puerta, Sheyda se levantó de un salto, corrió hacia él y lo abrazó como nunca antes. Sus ojos estaban rojos. Su maquillaje se había corrido. Obviamente había estado llorando, pero eso era de esperarse. Lo que no esperaba eran las palabras que le dijo después.

"Se nos apareció también, Najjar," le susurró en el oído. "Ya empacamos y estamos listas para irnos. Voy por la bebé. Te esperamos en el auto."

★ ★ ★ ★ ★

Eran las 7:00 a.m. y Esfahani maldijo a Mina en voz baja.

Mientras el chofer que había contratado serpenteaba con el Mercedes por las calles de Hamadán, llenas de comerciantes que comenzaban su día, Esfahani se preguntaba por qué ella le había hecho estos arreglos para viajar. ¿Ni siquiera pensaba en la dificultad de dirigirse al aeropuerto en medio del tránsito de la mañana? ¿Acaso no le pagaba para que anticipara estos detalles e hiciera su vida tan cómoda como fuera posible?

Si ella hubiera sido inteligente y le hubiera reservado un vuelo más tarde, él podría haber dormido más y esperado hasta que los caminos se despejaran. En lugar de eso, el chofer lo había recogido en su casa, al sureste de la Universidad Bu-Ali Sina, a las 6:30. Ahora estaba rodeando la orilla del Parque Lona dirigiéndose hacia el anillo periférico que llevaba al norte, luego al este hacia el aeropuerto. Deseaba haberle puesto atención al itinerario el día anterior para exigirle que cambiara el boleto. *¡Mujer tonta!* Tal vez era hora de despedirla.

Había ocupado todo el día anterior con su gran familia extendida y el asunto del funeral del doctor Saddaji, que era cuñado de su amigo y jefe, Daryush Rashidi, y sus familias se conocían por generaciones. Dada la prominencia del hombre en el mundo de la ciencia y la energía había sido un funeral muy elaborado, a pesar del hecho de que no había cuerpo para enterrar, por así decirlo. Esfahani había ido al funeral por deferencia a Rashidi, pero ahora estaba ansioso por volver a Teherán y a su trabajo. No se quedaría para *haftek*, la visitación de siete días a la tumba. Aunque había sido una muerte trágica, él no era tan cercano al hombre.

El auto se detuvo al acercarse a las afueras del norte de la ciudad y Esfahani se arrimó a la ventana para ver por qué.

"Hay un problema adelante, señor," explicó el conductor. "Tal vez un accidente. Tardaré unos minutos para llegar al desvío, pero podemos tomar una ruta alterna. Por favor, perdóneme, señor; no tuve ninguna advertencia de esta tardanza."

Diez minutos después giraron hacia un camino lateral y se dirigieron al centro de la ciudad. Esfahani esperaba que el chofer supiera lo que estaba haciendo.

Como si le hubiera leído la mente, el hombre le dio explicaciones.

—Voy al anillo periférico interno y luego trataré de rodear la ciudad hacia el norte. El tránsito debería mejorar, señor. Le pido disculpas.

—No me importa cómo llegue —dijo Esfahani bruscamente—. Sólo que no quiero perder este vuelo. —No estaba muy despierto y lo último que quería era una descripción detallada de su ruta.

Miró hacia fuera y suspiró fuertemente. Estaba orgulloso de su lugar de nacimiento, la ciudad más antigua de Irán y cuna de poesía, filosofía y ciencias. Pero ahora mismo, deseaba estar dormido. Habían sido unos días muy ajetreados y el tiempo con su familia nunca era pacífico. Anhelaba la soledad de su departamento en Teherán, lejos del drama doméstico de su madre y de sus muchos hermanos.

Cerró los ojos y trató de recordar la poesía que había memorizado de joven. El gran científico y poeta Ibn Sina, cuya tumba era una de las posesiones de más orgullo de su ciudad tenía escrito: "Desde el Centro de la Tierra, a través de la Séptima Puerta, me levanté, y del Trono de Saturno me sacié, y muchos Nudos desenredé en el Camino, pero no el Nudo-principal del Destino Humano."

Acababa de comenzar a dormirse cuando sintió un profundo estremecimiento por debajo y que el carro se elevaba y tambaleaba hacia delante. Esfahani abrió bien los ojos y vio por su ventana la tierra que se movía como las olas del mar. Vio que un edificio de departamentos a su izquierda se balanceó, se inclinó y luego se derrumbó frente a él.

"¡Agárrese, señor! ¡No sé qué está pasando! ¡Ay, sálvanos, Alá!," gritó el conductor, al mismo tiempo clamando al cielo y tratando de tranquilizar a su acaudalado pasajero.

El Mercedes osciló, se elevó en el pavimento que se retorcía y luego cayó violentamente de un golpe contra un poste telefónico. Como en cámara lenta, Esfahani vio que el poste se partió en dos y que comenzó a caer hacia el auto. No tenían tiempo de correr ni dónde esconderse. Esfahani se cubrió la cabeza y el rostro con los brazos y un momento después, el poste cayó encima de la parte delantera del auto, aplastando al conductor y salpicando vidrios y sangre por todos lados.

Aterrorizado, Esfahani salió gateando del asiento de atrás, sólo para escuchar el rugido del enorme terremoto que se intensificaba. El camino temblaba violentamente. La gente corría y gritaba por todos lados. Esfahani buscaba un lugar dónde protegerse, pero no encontró nada. Miró a su izquierda y vio más casas y edificios de oficinas que se derrumbaban. A su derecha vio una gran pared de cemento, de aproximadamente dos metros de alto, que se balanceaba a diestra y siniestra como si estuviera viva. Y entonces, mientras miraba horrorizado, sin poder hacer nada, vio que la pared cayó encima de una mujer y su bebé.

Finalmente, después de lo que pareció varios minutos, la tierra dejó de temblar. Pero los gritos de todas partes aumentaban frenéticamente. El aire rápidamente se llenó de restos y de nubes de polvo. La gente corría por las calles, enloquecida por el pánico. Parecían fantasmas, cubiertos de polvo blanco. Esfahani sacó su teléfono celular, pero no había señal. ¿Qué se suponía que tenía que hacer?

Se sintió mareado al caminar lentamente hacia el lado del camino y de la pared derrumbada, ahogándose con el polvo. Se desplomó en el suelo y cerró los ojos fuertemente para esconderse del caos que lo rodeaba.

"¡Sálvame, Alá, sumamente misericordioso!," gritó. "¡Muéstrame qué hacer, a dónde ir!"

Cuando volvió a abrir los ojos, vio a varios hombres de un lugar de construcción cercano que desesperadamente trataban de quitar los enormes bloques de concreto de la mujer y de su niño que gritaba. Estaban pidiendo ayuda a cualquiera que pudiera escucharlos, llamaban a la gente para que ayudara a mover los escombros y a tratar de salvar la vida de esta gente.

En ese momento, Esfahani sintió una mano fuerte en su hombro. Oró para que fuera un trabajador de salud, un policía, alguien que le fuera útil, pero cuando levantó la vista, vio los ojos de un joven mulá. El hombre tenía una gran urgencia en su expresión, pero no miedo ni confusión.

"Aquí estoy," dijo.

El mulá rápidamente se unió a los trabajadores para levantar pedazos de cemento y barras de acero de la vereda y, al hacerlo, pudieron jalar primero al bebé y luego a la madre. Asombrosamente, el niño estaba relativamente ileso, pero Esfahani volteó el rostro con asco cuando vio las piernas de la mujer, torcidas grotescamente detrás de ella y cubiertas en sangre. No obstante, el joven santo no volteó el rostro. Más bien, Esfahani vio pasmado cómo el mulá se arrodilló al lado de la mujer, mientras ella lloraba desesperadamente.

—Eres una hija piadosa —dijo.

—¡Ayúdeme! —gritó ella—. ¡No me puedo mover! ¡No puedo sentir nada debajo de la cintura!

El mulá comenzó a hablar en lo que a Esfahani le pareció un idioma antiguo, con un tono fascinante que parecía casi poesía. Entonces el mulá tomó las manos de la mujer con las suyas y la levantó. Se había formado una multitud para entonces, pero ahora la gente —atónita— comenzó a retirarse.

"*¡Está caminando!,*" exclamó alguien.

"*¡Él la sanó!,*" gritó otro.

Dándose cuenta de que era cierto, que sus piernas aplastadas de repente habían sido restauradas a lo normal y que hasta la sangre se había detenido y que las feas cortaduras habían desaparecido, la mujer comenzó a gritar aun más. Cayó a los pies del hombre, alabándolo y agradeciéndole por salvarla.

—Camina en justicia, hija —dijo el joven, le dio un beso al bebé en la frente y se lo devolvió a la mujer—. Y diles a todos que he venido, el Esperado, el Milagroso.

—*¡Alabado sea el Príncipe de Misericordia!* —gritó la mujer con éxtasis—. *¡Es nuestro Imán! ¡El Duodécimo Imán! ¡El Mahdi ha llegado, bendito sea!*

Esfahani miró la escena con asombro. Él *había* llegado. Estaba parado enfrente de ellos. Esfahani comenzó a gritar alabanzas también, y entonces el Mahdi, inesperadamente, se volteó hacia donde él estaba, sonrió y colocó su mano en la cabeza de Esfahani, haciendo que él se inclinara en oración. Pero cuando Esfahani levantó la cabeza otra vez, el Duodécimo Imán se había ido.

66

MUNICH, ALEMANIA

Poco antes del amanecer, el teléfono celular de David sonó.

Todavía estaba despierto, leyendo el libro del doctor Birjandi, de tapa a tapa. Respondió la llamada y encontró a Eva en la línea, que le preguntaba si se había enterado del terremoto masivo que acababa de ocurrir en el noroeste de Irán. David no lo sabía, pero inmediatamente encendió su televisor.

Después se enteró que el epicentro del terremoto no estaba lejos de la ciudad de Hamadán, en el norte del país. Ya los oficiales de los servicios de emergencia de la Media Luna Roja estimaban que por lo menos tres mil personas habían muerto y que más de veinte mil estaban heridas. Pero con sólo ver la devastación, las primeras imágenes que transmitían de la antigua ciudad, para David estaba claro que el número de víctimas iba a aumentar a lo largo del día. Eva dijo que ya estaba en contacto con el equipo técnico de MDS en Teherán. Ninguno de ellos había sido afectado, y su equipo en el centro de operaciones de MDS en Dubai estaba en el proceso de contactar a sus familias para asegurarles que estaban bien.

—Tengo una idea —dijo David.

—¿Qué idea?

—Averiguar si los engreídos de allá arriba estarían dispuestos a establecer un fondo para ayudar a las familias de los sobrevivientes en Hamadán. Tal vez si Telecom Irán hace algo, podríamos aportar lo mismo que ellos.

—Es una idea excelente —dijo Eva.

Pero David no había terminado.

—¿Y si les informamos a Rashidi y Esfahani que si están dispuestos a administrar el fondo: establecerlo, decidir quién recibe el dinero, esa clase de cosas, pueden quedarse con 10 por ciento como una cuota administrativa?

—Eso podría ser cientos de miles de dólares —dijo Eva.

—Exactamente.

—¿Se pueden comprar así de fácil?

—Creo que sí, siempre y cuando no crean que están siendo comprados —dijo David—. Tienen que pensar que es simplemente dinero que merecen por un trabajo bien hecho. ¿Qué piensas?

—Es brillante —dijo Eva y colgó.

Una hora después, volvió a llamar por teléfono. Se había comunicado con el Director Ejecutivo de Munich Digital Systems en una conferencia en Singapur. A él le encantó la idea y ya se había comprometido a depositar cinco millones de euros en la cuenta. David quedó impresionado por su capacidad de persuasión.

Entonces fue el turno de David. Tuvo que hacer varios intentos, pero después de unas horas se comunicó con Esfahani a su teléfono celular. Parecía sin aliento, con lo que David percibió como entusiasmo, en lugar de la tensión que había esperado.

—La mayoría de los sistemas no funciona —explicó Esfahani—. Tenemos equipos que ya están trabajando, pero todavía estoy sorprendido de que haya podido comunicarse. Tiene que venir a Hamadán inmediatamente. Lo he visto . . . ¡está aquí!

—¿Quién está allá? —preguntó David cautelosamente.

—¡El Mahdi, por supuesto! ¿Quién más? Reza, le digo que lo vi con mis propios ojos. Me tocó; habló conmigo. ¡Lo vi hacer un milagro! ¿Dónde está usted ahora?

David le explicó que salía de Alemania para Irán esa tarde. También le explicó que MDS había establecido un fondo para ayudar a los sobrevivientes del terremoto en Hamadán.

Esfahani estaba muy conmovido y quedó atónito cuando David sugirió la generosa oferta de la compensación. Inmediatamente estuvo de acuerdo, pero con una condición.

—¿Qué condición? —preguntó David.

—El señor Rashidi no necesita tener la carga de este proyecto, aunque sea tan honorable —dijo Esfahani—. No creo que deberíamos pedirle que administre el fondo. Sería demasiado. Sería un honor hacerlo yo mismo.

David nunca dejaba de sorprenderse de lo bien que funciona el dinero en efectivo en el mundo de la inteligencia.

—Por mí está bien —dijo.

—Haré que establezcan una cuenta bancaria en Teherán hoy mismo —ofreció Esfahani—, luego le doy el código SWIFT para que pueda transferir el dinero.

—Excelente —dijo David—. En cuanto a los regalos que me pidió que recogiera, ¿a dónde quiere que los lleve, y cómo los ingreso al país sin llamar la atención?

—¿Ya tiene los veinte? —preguntó Esfahani sorprendido.

—Dijo que era importante.

—Oiga, no debe esperar más para venir —dijo Esfahani—. Mina se reunirá con usted en la zona de reclamo de equipaje en Teherán. Ella lo pasará por aduana y lo llevará con la persona que tiene que recibir los regalos. Ahora mismo la llamo.

CAMINO A TEHERÁN

Najjar no sabía nada del terremoto.

Para que la bebé durmiera, él y Sheyda no habían encendido la radio mientras iban por la Ruta 48 hacia Teherán. En lugar de eso, Sheyda habló sin parar acerca de lo que les había sucedido a su madre y a ella cuando Najjar había salido esa noche.

Comenzó explicándole que se habían obligado a hacer sus oraciones de la tarde, aunque solamente estaban haciendo los ademanes. Dijo que con todo lo que había sucedido, habían perdido la fe en Alá y en el islam. Entonces Jesús se les apareció en la sala, y casi se mueren del susto. Intercambiaron ideas con Najjar de cómo se veía Jesús, cómo se oía y de lo que les había dicho, y era sorprendente lo similar que habían sido sus experiencias.

—Lo primero que dijo fue: "No tengan miedo, hijas mías" —recordó Sheyda—. Luego dijo: "Con amor eterno las he amado, por eso las he atraído con misericordia. Porque yo sé los planes que tengo para ustedes, planes de bienestar y no de calamidad, para darles un futuro y una esperanza. Vengan y síganme."

—¿Y tú qué le dijiste? —preguntó Najjar.

—¿Qué podía decirle? —respondió Sheyda—. ¡Le dije que sí!

—¿No estabas asustada?

—Jesús me dijo que no me asustara.

—¿No te preocupaste por lo que yo pudiera decir?

—Un poco, pero ¿qué podía hacer? De repente tuve una visión de cuánto me amaba Jesús, y no me pude resistir.

Najjar se volteó hacia su suegra.

—¿Y tú? Tu esposo estaba esperando al Mahdi.

—Yo también —respondió Farah.

—Entonces, ¿qué le dijiste a Jesús?

—¡Le dije que sí!

—¿Pero por qué?

—¿Por qué lo hiciste tú? —preguntó ella.

Najjar pensó en eso.

—Sabía que me estaba diciendo la verdad.

—Yo también —dijo Farah—. Lo sabía en mi alma.

—¿Por qué crees que vino a nosotros, entre toda la gente?

—No sé —dijo Sheyda—. Pero Jesús sí dijo: "Ustedes no me eligieron a mí, sino que yo los elegí a ustedes y los designé para que vayan y den fruto, y que su fruto permanezca; para que todo lo que pidan al Padre en mi nombre se les conceda."

—Yo le pregunté: "¿Qué tenemos que hacer?" —dijo Farah, sonriendo al recordarlo y saboreando cada preciosa palabra—. Él dijo: "¡Sean fuertes y valientes! Tengan cuidado de hacer tal como les he mandado. Mis palabras no se apartarán de su boca sino que meditarán en ellas de día y de noche, para que cuiden de hacer todo lo que les he dicho; entonces harán prosperar su camino y tendrán éxito. No tengan miedo ni se acobarden, porque el Señor su Dios estará con ustedes dondequiera que vayan."

Durante la siguiente media hora, discutieron el significado de estas palabras. ¿Estaba Jesús pidiéndoles que hablaran públicamente de lo que habían visto y oído? Sabían muy bien los riesgos que eso implicaba. Decirle a alguien en Irán que habían dejado el islam y que se habían convertido en seguidores de Jesucristo como el Único Dios Verdadero —el *único* camino al cielo— provocaría su arresto, tortura y posible ejecución. Eso no lo dudaban. Pero Farah les recordó que Jesús les había dicho que no tuvieran miedo de seguir sus palabras cuidadosamente.

—Necesitamos una Biblia —dijo Sheyda.

Najjar estuvo de acuerdo, pero se preguntó en voz alta dónde podrían encontrar una, especialmente en Teherán. Las dos mujeres no tenían idea, pero inmediatamente inclinaron sus cabezas y le pidieron al Señor que les diera una Biblia, en persa si fuera posible. Entonces terminaron diciendo: "Te pedimos estas cosas, Oh, Padre, en el nombre de Jesucristo, nuestro Salvador y nuestro gran Dios y Rey." Casi esperaban que una Biblia —o el mismo Jesús— apareciera de inmediato, pero nada ocurrió. Aun así, todos tuvieron paz porque él les proveería una pronto.

Sin embargo, por ahora Najjar tenía una pregunta algo desconcertante.

—¿Qué debemos creer en cuanto al Duodécimo Imán? —preguntó—. Yo mismo lo he visto. He estado con él por lo menos dos veces. Me predijo el futuro. Me dijo que me casaría contigo, Sheyda, cuando absolutamente no había posibilidad de que eso sucediera. Me dijo otras cosas que han sido ciertas. ¿Cómo podía el Mahdi decir el futuro si no era el mesías? ¿Cómo podía el Mahdi hacer milagros si no es de Dios? No estoy diciendo que no creo en Jesús. Sí creo. Pero admito que estoy confundido, y si alguna vez dijéramos esto en público . . .

—Te refieres a *cuando* hablemos de esto en público —lo corrigió Sheyda tiernamente.

Najjar estaba sorprendido de lo profunda que había llegado a ser la fe de su esposa tan rápidamente.

—Correcto, *cuando* hablemos de esto públicamente, la gente me preguntará acerca del Duodécimo Imán, y no sé cómo responderé.

—Jesús nos dijo algo de eso —dijo Sheyda.

—¿A qué te refieres? —preguntó Najjar.

—Dijo algo de eso —repitió Sheyda—. ¿Cómo era, madre? Lo escribiste, ¿verdad?

—Sí —dijo Farah y sacó un pequeño bloc de su bolso y lo pasó del asiento de atrás, adonde estaba sentada al lado de la bebé, a su hija, que estaba sentada en frente, al lado de Najjar—. Allí, en la tercera página.

Sheyda leyó la escritura de su madre para buscar la línea en la que estaba pensando.

—Correcto. Jesús nos dijo que leyéramos Éxodo capítulo 7 y Deuteronomio capítulo 13.

—¿Qué son esos? —preguntó Najjar.

—Todavía no estamos seguras —admitió Sheyda—. Suponemos que están en la Biblia.

Los tres siguieron hablando de su encuentro con Jesús hasta que llegaron a las afueras de Teherán. Sin saber adónde quería el Señor que fueran y cuánto tiempo deberían estar allí o qué se suponía que tenían que hacer, oraron por sabiduría, luego se detuvieron en un pequeño motel, cerca del Aeropuerto Mehrabad. Sheyda necesitaba alimentar a la bebé. Najjar decidió usar el tiempo para ducharse. Farah necesitaba descansar un poco.

Tan pronto como Najjar entró a la ducha caliente y comenzó a agradecerle al Señor por su bondad y sus misericordias, oyó que Sheyda gritó. Rápidamente cerró el agua caliente, se envolvió en una toalla y salió corriendo del baño. Encontró a su esposa sentada en una silla, alimentando a la bebé y debidamente cubierta, pero había encendido la televisión y había descubierto la noticia de un terremoto que había ocurrido en su ciudad, no mucho después de que ellos se habían ido. Las imágenes eran impresionantes. Vecindarios y edificios enteros se habían derrumbado. Los puentes y carreteras principales se habían desmoronado y caído como castillos de arena. Los noticieros decían que el número de muertes ya ascendía a más de seis mil. Incontables personas estaban heridas y los socorristas estaban respondiendo de todo el noroeste de Irán.

Najjar comprendió que por eso Jesús les había ordenado que salieran de la ciudad inmediatamente. Los estaba guiando como familia, como lo había prometido.

Sheyda tomó su teléfono celular y llamó a su vecina, a su edificio de departamentos, pero no respondió. Llamó a otra vecina. De nuevo, sin respuesta. Llamó a seis vecinos más. Ninguno respondió.

Farah llamó a la secretaria del doctor Saddaji, que vivía en un edificio de departamentos en la esquina de ellos. Tardó varios timbrazos, pero la mujer finalmente llegó al teléfono. Farah puso el teléfono en altavoz para que Najjar y Sheyda pudieran escuchar las noticias de la mujer. Ella estaba a salvo, pero se lamentaba por los que habían sido menos afortunados. Y ahora se alegraba al saber que Farah estaba con vida. Sabía que Farah había decidido pasar la noche con Najjar y Sheyda y le dijo a Farah que el edificio de departamentos de los Malik había colapsado completamente durante el terremoto. Se creía que ni un solo residente de los que estaban en el edificio había sobrevivido.

—¿Por qué no estaban durmiendo en sus camas como todos los demás cuando ocurrió el terremoto? —preguntó la secretaria.

Farah le explicó que la familia se había ido a Teherán por algunos días para hacer luto en privado. No era mentira, aunque tampoco era toda la verdad.

—¿Tuviste un presentimiento? —preguntó la secretaria.

Farah no estaba segura qué contestarle.

—Sólo queríamos estar solos —dijo finalmente.

—Verdaderamente Alá estaba cuidando de ustedes. Tú y tu familia estarían muertos ahora.

MUNICH, ALEMANIA

David se paseaba en el área de espera en el aeropuerto de Munich.

Había registrado su equipaje y había pasado por control de seguridad y pasaporte; ahora veía las noticias continuas del terremoto en Hamadán, mientras esperaba su vuelo a Teherán. Cuando comenzó el abordaje, sacó su teléfono y decidió revisarlo una vez más para ver si había algún mensaje en el teléfono de su departamento. No había nada.

Pero cuando revisó su cuenta de AOL, encontró un correo electrónico de Marseille.

Hola, David:

Muchas gracias por tu mensaje de voz y por tus amables palabras acerca de mi padre. Pensé que no sabría nada de ti en absoluto, por lo que tengo que decir que sentí alivio al saber que simplemente no habías recibido mi carta hasta hacía poco. Me preocupaba que estuvieras enojado conmigo por no comunicarme contigo y tu familia en todos estos años. Habrá parecido como que hubiéramos dejado de existir. En alguna manera, así fue.

Nunca he estado muy segura de cómo disculparme, pero he llegado a la conclusión de que frente a frente sería mejor que un correo electrónico, o una nota o una llamada telefónica. Así que gracias por estar dispuesto a encontrarte conmigo. Siento que esta boda sea en Syracuse y la insistencia de mi amiga de que esté allí son parte del plan de Dios para que tú y yo nos encontremos de nuevo.

¿Alguna vez piensas en esos días en Canadá, antes de que el mundo se saliera de control? A veces creo que fueron solamente un bello sueño que tuve, pero entonces recuerdo que fueron muy reales. De hecho, creo que fueron algunos de los días más reales de mi vida. ¿Cómo es que el tiempo pasó tan rápidamente? ¿En qué te has convertido ahora?

Bueno, supongo que te has convertido en un exitoso hombre de negocios, para empezar. Felicitaciones. Aun cuando era niña, creo que siempre supe que ibas a ser muy exitoso en cualquier cosa que hicieras. Gracias por tomar el tiempo para llamarme desde el extranjero. Sé que debes estar muy ocupado, pero significó mucho para mí que llamaras. Me ha dado un poco más de valor.

Escríbeme, si quieres. Extraño tu amistad, y sé que es mi culpa. Estaré allí en Syracuse. Seré a la que le temblarán las piernas un poco. :)

Tu amiga,
Marseille

P.S. A menos que quisieras ir a otra parte, juntémonos en el Starbucks del centro en M Street. Estaré allí a las 8:00 p.m. ese jueves. Hasta entonces.

67

TEHERÁN, IRÁN

David aterrizó en Teherán poco después de las 6:00 a.m.

Había pasado demasiado tiempo en el vuelo pensando en el correo electrónico de Marseille. Había querido una distracción, cualquier distracción, del enorme estrés que tenía. Pero esto era más que una distracción. Era una reconexión, y revolvía emociones profundas que por mucho tiempo había suprimido.

Por supuesto que le alegraba volver a saber de ella. No estaba seguro de qué pensar de la idea de que Dios tenía "un plan" para que los dos se volvieran a reunir, pero le gustaba el tono afectuoso, y hasta a veces embarazoso, de su correo electrónico. Le agradaba que ella extrañara su amistad y estaba dispuesto a decir lo mismo. También estaba sorprendido, pero complacido, al saber cuánto deseaba volver a verlo. Sin embargo, más que nada apreciaba profundamente su disculpa y el indicio de que había más para cuando se encontraran personalmente. Eso significaba más para él que cualquier otra cosa. La carita sonriente del final lo hizo sonreír; parecía tan infantil, como si la Marseille adolescente le estuviera escribiendo desde el pasado.

Por cualquier razón, y en la época menos esperada, el hielo se estaba derritiendo entre ellos. Y resultó que ella sí pensaba en el tiempo que compartieron en Canadá. Él sabía que habían cometido un terrible error. Nunca debían haber ido tan lejos como lo hicieron. Siempre había esperado que ella no lo tomara en su contra. Pero hasta ahora, nunca había tenido ni una pizca de evidencia de que hubiera apreciado el tiempo que compartieron, así como lo había hecho él. Al contrario, los años de silencio habían sembrado años de duda en su mente y en su corazón. ¿Acaso no era evidente que ella lamentaba su amistad? ¿No era evidente que ella estaba avergonzada porque él le había gustado, incluso por un tiempo tan breve, y había decidido sacarlo de su mente y seguir adelante con su vida? ¿Por qué otra razón ella se había puesto tan fría en tan poco tiempo? Él había estado convencido de esas cosas por mucho tiempo. Pero se había equivocado. En un abrir y cerrar de ojos se había enterado de que ella nunca había lamentado su amistad, sino que en realidad la había apreciado en todos estos años.

David trató de poner en orden sus emociones mientras el avión se dirigía hacia la puerta. Deseaba estar en Munich para poder llamarla otra vez. Pero eso no iba a suceder, en todo caso, todavía no. Y no tenía idea de cuándo tendría la oportunidad.

Aunque quería muchísimo reunirse con Marseille en Syracuse, la verdad era que se le hacía difícil imaginar algo que permitiera que eso sucediera. Le había dado su vida a la Agencia Central de Inteligencia. Lo habían enviado a Irán. Los riesgos para su país y para el mundo no podían ser más altos. No había garantía de que lograría sobrevivir ese día, mucho menos hasta el primer fin de semana de marzo. Y si lo lograba, ¿cómo se suponía que iba a decirles a Jack Zalinsky y a Eva Fischer que necesitaba tomar un fin de semana largo para ver a su primer amor?

Una vez más, se dijo a sí mismo que tenía que cambiar la marcha. Su vida dependía de eso. Ya no podía permitirse pensar como David Shirazi, o pondría en riesgo todo lo que había logrado con tanto trabajo y esfuerzo. Y de esta manera, por difícil que fuera, se obligó a dejar de pensar en Marseille y, en lugar de eso, a pensar en la madre de ella. Los islámicos radicales muyahidines habían asesinado a Claire Harper y a otras 2.973 personas mientras la CIA dormía.

Se armó de valor.

68

Mina lo recibió en el área de reclamo de equipaje, como le habían prometido.

Después de que David pasó por aduana, Mina se lo presentó al conductor, un joven aburrido que tomó el bolso de David y lo llevó al auto.

—¿Has tenido noticias del señor Esfahani? —preguntó David mientras se dirigían al estacionamiento—. Él y su equipo deben tener sus manos ocupadas, tratando de lograr que el servicio celular vuelva a funcionar.

—Ha sido una pesadilla; eso es cierto —dijo Mina—. Por lo menos estaba allá cuando sucedió.

—¿Quién? —preguntó David.

—El señor Esfahani.

—¿Ya estaba en Hamadán?

—Sí.

—¿Se fue antes de que sucediera?

—Raro, ¿no?

—Lo es —dijo David—. ¿Y por qué se había ido?

—Estaba allá para asistir al funeral del cuñado del señor Rashidi.

—Podría haber muerto.

—En realidad, varios miembros del grupo del funeral murieron cuando su hotel se derrumbó parcialmente.

—Pero ¿está bien el señor Rashidi?

—Sí, alabado sea Alá que él está bien —dijo ella—. Pero todos están devastados. Es demasiado para absorberlo todo junto.

Mina entró al asiento de atrás y le hizo señas a David para que se sentara adelante con el conductor, luego le explicó que iban a reunirse con un joven llamado Javad Nouri, a quien le entregarían quince de los teléfonos. Sin embargo, cuando David le preguntó quién era Nouri, y a dónde irían los cinco restantes, Mina se puso notablemente incómoda.

—En realidad no puedo decirle —dijo disculpándose.

Cuarenta minutos después, se detuvieron en una cafetería.

—Estaciónese aquí, en la calle lateral —instruyó David al conductor—. Lo traeré para darle los teléfonos.

—¿No debería ir con usted? —preguntó Mina.

—¿Por qué? ¿Sabes cómo es este tipo Nouri? —le preguntó.

—Bueno, no, pero . . .

David la interrumpió.

—Sólo espera aquí. Tardaré unos minutos.

Salió del auto con las manos vacías, entró a la cafetería y se fue a la parte de atrás, a los baños. Allí encontró a un joven de unos veintitantos años, que fumaba un cigarrillo y caminaba nerviosamente. Ese era Nouri, pensó David, pero decidió no apresurar las cosas. Se sentó en una de las mesas con la espalda contra la pared. Detrás del mostrador había un televisor encendido, con las noticias de la crisis en Hamadán.

"Los socorristas siguen luchando por retirar escombros y cuerpos de las calles de Hamadán, donde un funcionario del gobierno dijo que la cantidad de muertos, debido a este terremoto de 8,7 de magnitud, podría superar a los diez mil, con más de treinta y cinco mil heridos," dijo un reportero iraní desde el epicentro de la ciudad destrozada. "Miles de personas heridas todavía están esperando ser atendidas afuera de los muy dañados hospitales, mientras que un número desconocido sigue atrapado dentro de los edificios que se derrumbaron. No hay servicios básicos como agua y electricidad, y el alcalde dice que su gobierno necesita ayuda para despejar las calles, para que los socorristas puedan llegar a las áreas más dañadas."

"¡Ayúdennos!," gritó una mujer, sosteniendo a su bebé muerto en sus brazos. *"¡No tenemos agua! ¡No tenemos comida! ¡Ayúdennos! ¡Por favor, que alguien nos ayude!"*

"Los socorristas están cavando en los escombros de edificios derrumbados con sus manos, buscando sobrevivientes o cuerpos," continuó el reportero. "Pero debo decirles, nunca he visto una devastación así. Cuadras enteras de edificios destruidos. Cuerpos en las calles. Y los funcionarios dicen que esperan que el número de muertos aumente con seguridad en los días siguientes. Las expresiones internacionales de simpatía están llegando a raudales."

La transmisión iraní se interrumpió por un mensaje del secretario de prensa de la Casa Blanca.

"El presidente Jackson y su familia están muy conmovidos por las imágenes de sufrimiento que llegan de la ciudad iraní de Hamadán, así como muchos estadounidenses y personas de buena voluntad," dijo el vocero. "A la administración Jackson le gustaría extender su mano de amistad al pueblo iraní. En este momento tenemos dos aviones estadounidenses llenos de comida, ropa de invierno, frazadas y otra clase de ayuda en la pista de Incirlik, Turquía. Con el permiso del gobierno iraní, podemos tener esos aviones en Hamadán en cuestión de horas."

El joven del cigarrillo maldijo la oferta de Estados Unidos.

—Nuestra gente es mártir —dijo a nadie en particular—. Son mártires de la causa. Alá tendrá misericordia de sus almas. No necesitamos la ayuda del Gran Satanás. Maldigo a Jackson. Los maldigo a todos.

David sintió repugnancia, pero no iba a defender al gobierno estadounidense en una cafetería del centro de Teherán.

—Bueno, no sé nada de los mártires —le dijo al joven—, pero tiene razón en cuanto al Gran Satanás. Que los estadounidenses se quemen en el infierno.

—Pero *son* mártires —dijo el joven.

—No todo el que muere trágicamente es un mártir —dijo David.

—Pero estos lo son. Murieron preparando el camino para el Señor de la Época, la paz sea con él.

David se puso de pie y se acercó al joven. El Kolbeh Café era popular y comenzaba a llenarse con la gente para desayunar.

—¿Es usted Javad Nouri?

—¿Es usted Reza Tabrizi?

—Lo soy.

—¿Tiene los regalos que nuestro amigo le pidió?

—Los tengo.

—¿Dónde están?

—En el auto, en el callejón.

—Adelante —dijo Nouri.

David accedió y llevó al hombre al auto. Instruyó al conductor para que abriera la maletera y se quedara en el auto.

—¿Están limpios? —preguntó Nouri.

David le aseguró de que no tenían detectores secretos.

—Bien. Eso es todo —dijo Nouri.

Un momento después, un auto se detuvo detrás de ellos. Dos hombres salieron, tomaron varias cajas de teléfonos satelitales, los metieron en la maletera y se fueron, Javad Nouri se fue con ellos. David memorizó el número de la placa. Volvió a su auto, se volteó hacia donde estaba Mina.

—¿Y ahora qué? —le preguntó.

Mina le explicó que Esfahani había dejado un sobre grande de efectivo por los teléfonos en su caja fuerte y dio instrucciones al chofer para que los llevara a las oficinas de Telecom Irán.

Cuando llegaron, se dirigieron a la oficina de Esfahani y David esperó que Mina abriera la caja fuerte.

—Aquí tiene —dijo, y le entregó una bolsa de tela con cremallera, con un sobre de manila metido adentro—. Puede contarlo si quiere.

—Está bien —dijo sonriendo—. Confío en ti.

Mina se ajustó su pañoleta y apartó la mirada.

Los teléfonos estaban sonando como locos, no solamente en la oficina de Esfahani sino en todo el departamento de apoyo técnico. Todos estaban alborotados con el terremoto en Hamadán y con los enormes esfuerzos que la compañía estaba haciendo para lograr que el servicio inalámbrico en el cuadrante noroeste del país volviera a funcionar.

El teléfono celular de Mina sonó.

"¿Sí?," dijo. "Sí, pero . . . Sí, lo haré. . . . ¿Quiere hablar con él? Está aquí. . . . Está bien, lo haré. . . . Adiós."

—¿El jefe? —preguntó David.

Mina asintió con la cabeza.

—Quiere que usted vaya ahora mismo a Hamadán y se reúna con él y que le lleve los otros cinco teléfonos personalmente.

—Seguro, como él quiera.

—Le haré reservaciones en un vuelo y le alquilaré un auto —dijo Mina, dirigiéndose hacia su escritorio—. No sé si hay hoteles funcionando en este momento, pero buscaré algo.

De repente, David se encontró solo en la oficina de Esfahani. Rápidamente le dio un vistazo a la caja fuerte, pero Mina ya la había cerrado con llave. Revisó el pasillo: despejado. Miró a Mina, que ya estaba en el teléfono con la compañía de viajes. Entonces vio que la computadora de escritorio de Esfahani todavía estaba encendida.

David recordó la transcripción que había leído de la llamada interceptada de su chofer, el día de la primera reunión desastrosa de David y Eva con Esfahani. El hombre había hablado de Esfahani como el "sobrino del jefe." Preguntándose con quién era que Esfahani estaba emparentado, David sacó rápidamente el directorio telefónico de Esfahani y buscó en él. Comenzó buscando el nombre de Ibrahim Asgari, comandante de la VEVAK, la policía secreta, pero salió vacío. Después buscó al Líder Supremo Hosseini. Pensó que tenía pocas probabilidades, pero valía la pena intentarlo. Otra vez, salió vacío. Intentó con el Presidente Ahmed Darazi. Esto también fue poco productivo. El ministro de defensa Ali Faridzadeh fue su próxima búsqueda. Pero, de nuevo, resultó en blanco.

Esfahani todavía tenía 837 contactos. David pensó que tenía que haber alguien útil allí. Volvió a mirar a Mina de reojo. Todavía estaba en el teléfono y tecleando en la computadora. Sabiendo que solamente tenía unos momentos antes de que ella volviera, sacó una tarjeta de memoria de su bolsillo, la insertó en el puerto USB del disco duro de Esfahani y descargó todo el directorio, así como la agenda de Esfahani.

"Bien," exclamó Mina y se levantó de su asiento volviendo a entrar a la oficina de Esfahani. "Le conseguí el último asiento en el próximo vuelo a Hamadán."

Entonces vio que David estaba sentado en el escritorio de su jefe.

Primero, se quedó estupefacta, pero rápidamente se enojó. "¿Qué está haciendo?" dijo bruscamente. "Salga de allí."

Mientras se acercaba para ver lo que estaba haciendo en la computadora, a David se le aceleró el pulso. Pero cuando ella llegó, lo encontró mirando el lugar de noticias en persa y un titular abrumador que decía:

"El Duodécimo Imán se aparece en Hamadán, sana a una mujer con las piernas aplastadas."

Mina se quedó con la boca abierta y se olvidó de la impertinencia de David.

69

David llegó al aeropuerto menos de media hora antes de que saliera su vuelo.

Se registró, pasó por seguridad, encontró un rincón tranquilo cerca de su puerta y conectó su computadora portátil. Con tantos contactos del directorio de Esfahani, estaba indeciso en cuanto a transferirlos todos a su teléfono celular. Los de NSA se quedarían pasmados y la mayoría de los números no producirían nada de valor. Así que, a unos cuantos minutos de salir comenzó a buscar nombres específicos.

Comenzó con Javad Nouri. ¿Quién era este tipo, y por qué estaba conectado con el Duodécimo Imán? Lamentablemente, encontró solamente el número del celular del joven y ninguna otra información. Aun así, introdujo el número en su Nokia y siguió buscando.

Después David buscó Daryush Rashidi y encontró sus varios números telefónicos, su dirección de correo electrónica privada, su cumpleaños y los nombres de sus hijos. También encontró información de contacto de la esposa del tipo, Navaz Birjandi Rashidi.

¿Birjandi? Tenía que ser una coincidencia, pensó. No era posible que fuera pariente de . . .

David buscó rápidamente en el directorio telefónico y dio en el blanco. No solamente estaba allí el número de teléfono de la casa de Birjandi, también la dirección de su casa. El hombre era el suegro de Daryush Rashidi.

Sin embargo, antes de que pudiera absorber completamente estos datos, la auxiliar de vuelo anunció de repente el último llamado para que los pasajeros abordaran el vuelo 224 a Hamadán. David se dio cuenta de que había estado tan concentrado que había perdido completamente la noción del tiempo. Era hora de guardar su computadora portátil y de abordar inmediatamente. Aun así, tenía algo más que revisar. Estaba decidido a encontrar la identidad del "jefe" con el que estaba emparentado Esfahani. Ya había descartado más de una docena de altos funcionarios iraníes, incluso al Líder Supremo y al líder de la seguridad del estado, pero David no quería rendirse. Comenzó a buscar en los contactos de Esfahani, pero levantó la mirada y se dio cuenta que la auxiliar de vuelo se estaba preparando para cerrar la puerta y sellar el vuelo para el despegue. La llamó y le dijo que esperara dos minutos más.

"No, señor," contestó bruscamente. "Tiene que abordar ahora mismo o tomar el próximo vuelo."

Le suplicó que tuviera paciencia sólo un momento más, cerró el directorio telefónico de Esfahani y abrió el archivo que tenía el calendario del hombre. Hizo una búsqueda en la palabra *cumpleaños* y le salieron veintisiete resultados. Volvió a mirar a la aeromoza, que se ponía más molesta a cada segundo. Tenía que irse. Ya no tenía tiempo. Pero sus instintos lo presionaron aun más. Buscó en cada cumpleaños. La madre de Esfahani. Su padre. Su esposa. Sus hijas. Sus suegros. Sus abuelos. Un primo. Otro primo. Una docena más de primos. Y entonces: *Cumpleaños del tío Mohsen, 5 de noviembre.*

A David se le aceleró el corazón. No podía ser así de sencillo ¿o sí? ¿Por qué no había pensado en eso antes? Cerró el archivo del calendario y volvió a abrir el directorio telefónico.

—Señor, verdaderamente —dijo la auxiliar de vuelo, que ahora estaba enfrente de él—. Debo insistir.

—Lo sé, lo sé —dijo—. Sólo un minuto más, por favor.

A ella no le pareció divertido.

—No, señor. *Ahora.*

David presionó la función de búsqueda y tecleó *Mohsen*. En una fracción de segundo, el nombre Mohsen Jazini salió en la pantalla, junto con toda su información personal de contacto. David tuvo una reacción tardía. ¿El tío de Esfahani era el comandante del Cuerpo de la Guardia Revolucionaria Iraní?

Copió la información de Jazini —junto con la de Birjandi— en su Nokia esperando que NSA la recibiera y que pudiera usarla rápidamente. Entonces cerró su computadora y abordó el vuelo, justo antes de que la auxiliar de vuelo cerrara de un golpe y asegurara la puerta del avión detrás de él.

No obstante, aunque estuviera tan intrigado por estos dos descubrimientos, sus pensamientos cambiaron mientras se ponía el cinturón, en el último lugar de la última fila. Se encontró pensando en el titular que había visto en la oficina de Esfahani: *"El Duodécimo Imán aparece en Hamadán, sana a una mujer con las piernas aplastadas."* ¿Cómo era esto posible? Si el Islam era falso, de lo cual él estaba cada vez más convencido, ¿cómo podría su presunto mesías estar apareciéndose en visiones y sanando gente? ¿No era sólo Dios quien tenía el poder de hacer grandes señales y maravillas como esas?

70

TEHERÁN, IRÁN

La noticia se supo al mediodía del 22 de febrero.

El Líder Supremo Hosseini dio el discurso en vivo en la televisión iraní. Tardó solamente seis minutos, pero fue una explosión que se escuchó en todo el mundo. En su discurso, anunció la noticia que el mundo chiíta había anhelado por siglos y la que el mundo sunita había temido durante el mismo tiempo.

"Tengo mucho gusto de anunciarles que el Duodécimo Imán, el Señor de la Época, la paz sea con él, finalmente ha llegado," declaró el Gran Ayatolá, leyendo de un texto preparado. "Esto no es rumor ni especulación. He sido bendecido con el honor de reunirme con él y de hablar con él en persona varias veces. Mi gabinete de seguridad se ha reunido con él también. Pronto, todo el mundo lo verá y quedará atónito. El Imán al-Mahdi tiene un mensaje poderoso que compartir con la humanidad. Se está preparando para establecer su reino de justicia y de paz. Me ha ordenado que les informe que hará su primera aparición oficial al mundo en la Meca, el jueves en ocho días. Invita a todos los que buscan la paz a que vengan y estén con él para este sermón inaugural."

No era de sorprender que las evidencias apuntaran hacia los israelíes.

El Duodécimo Imán y su círculo íntimo escucharon cuidadosamente el reporte del ministro de defensa Faridzadeh. El asesinato del doctor Saddaji, el mejor científico nuclear del país, representaba un golpe serio para la búsqueda de armas nucleares de Irán. Todos estaban furiosos. Pero el Mahdi les aconsejó paciencia.

—Todos sabemos que los sionistas son descendientes de los monos y los cerdos —comenzó—. Tuvieron suerte esta vez, pero recordemos todos que están destinados a ser borrados de la faz de la tierra de una vez por todas, y es nuestro destino hacer que esto suceda. Pero no nos distraigamos de nuestro llamado supremo. Los sionistas no tendrían poder en contra de los musulmanes si no fuera por las rameras y los leprosos de los estadounidenses. Es el momento de que la ola del yihad les caiga encima a ambos. El día del imperio judeo-cristiano se acabó. El reino de Alá y su siervo ha llegado. Díganme, entonces, ¿cuándo estarán listos para lanzar la Guerra de Aniquilación?

—Pronto, mi Señor —le aseguró el Ministro Faridzadeh—. Pero necesitamos reemplazar al doctor Saddaji, y eso no será fácil.

—Saddaji era el director adjunto de su programa nuclear —dijo el Mahdi—. ¿Por qué no lo reemplazan con el director?

—El director es un funcionario político, mi Señor —dijo Faridzadeh, eligiendo sus palabras cuidadosamente—. Es un hombre bueno, y estamos profundamente agradecidos por su servicio, pero . . .

—Pero no tiene las habilidades técnicas que necesitamos para dirigir el programa de armas —dijo el Mahdi.

—No, mi Señor. Me temo que no. En realidad es el rostro del programa cívico y trabaja con la Agencia Internacional de Energía Atómica y otros organismos internacionales.

—Pero obviamente ustedes saben cómo salir adelante sin Saddaji.

—Eso es cierto, mi Señor —dijo el ministro de defensa—. Pero eso es porque Saddaji puso en su lugar todas las piezas antes de morir y porque el Líder Supremo quería enviar un mensaje a sus asesinos de que no podían detener nuestros planes.

—¿Quién era la mano derecha del doctor Saddaji? —preguntó finalmente el Mahdi.

—El doctor Najjar Malik.

—¿Najjar Malik de Irak?

—Sí, mi Señor.

—¿De Samarra?

—Sí, sí, es él.

El Mahdi sonrió.

—Conozco a Najjar; es un siervo fiel. Está casado con la hija de Saddaji, Sheyda, ¿verdad?

—Efectivamente, mi Señor.

—¿Conoce todos los detalles del programa de armas?

—Desgraciadamente no —dijo el ministro de defensa—. Es un físico muy capaz, mi Señor. También es un administrador de primera clase y fue reclutado y entrenado por el doctor Saddaji. Pero por razones de seguridad, y por órdenes mías, el doctor Saddaji mantenía todo compartimentalizado. El doctor Malik conoce el resto del programa nuclear civil de Irán mejor que cualquiera en el país, pero le ocultamos lo del programa de armas. Administramos eso en forma separada.

—¿Podría aprender? —dijo el Mahdi.

—Creo que podría. Definitivamente es alguien en quien podemos confiar. Necesitaríamos tiempo para entrenarlo. Pero creo que él sería ideal. Y por supuesto, contaría con la ayuda de todos los científicos y el personal del equipo de armas, los que se reportaban directamente con Saddaji.

El Duodécimo Imán volvió a sonreír.

—Tráiganmelo inmediatamente.

71

HAMADÁN, IRÁN

De camino al alquiler de vehículos, David intentó llamar a Mina.

Sin embargo, debido a que gran parte de la red en la región no funcionaba, le fue imposible obtener señal. Así que llamó de un teléfono público y finalmente la encontró. Mina le dio instrucciones de dónde ubicar a Esfahani, pero se disculpó porque todavía no le había encontrado un hotel que estuviera disponible. Le pidió que fuera paciente y le prometió tener algo en las próximas horas.

—No hay problema —dijo David, pensando que siempre podía volar de regreso a Teherán si ella no podía encontrarle ningún hospedaje—. Pero tengo que hacerte una pregunta.

—¿De qué se trata?

—Sólo me preguntaba, ¿sería apropiado que llamara al señor Rashidi y le diera mis condolencias por la muerte de su cuñado?

—Por supuesto —dijo Mina—. Creo que eso sería muy amable. Permítame darle el número.

—Mientras esperaba, David le preguntó si el cuñado del doctor Rashidi era anciano o si estaba enfermo.

—Ninguna de las dos cosas —dijo Mina.

—No murió en un accidente automovilístico ¿verdad?

—No precisamente —respondió Mina.

—Entonces ¿cómo?

—Murió por una bomba en su coche.

—¿*Qué?* —preguntó David, sin poder creer que había escuchado correctamente—. ¿En Hamadán? ¿Cuándo?

—Hace unos cuantos días —dijo Mina—. Y lo extraño es que uno pensaría que algo como eso saldría en las noticias. Pero no salió.

Eso era extraño, pensó David. Si el servicio de su teléfono celular hubiera estado funcionando, inmediatamente habría hecho una búsqueda de la historia en Internet. En lugar de eso, preguntó quién era el hombre.

—¿Se refiere al cuñado del señor Rashidi?

—Sí, ¿quién era?

—Su nombre era Mohammed —dijo Mina—. Mohammed Saddaji.

David quedó atónito, aunque trató de que su voz no lo delatara.

—¿Te refieres al doctor Mohammed Saddaji? ¿El director adjunto de la agencia nuclear de Irán?

—Sí. Era un científico brillante, y él y el señor Rashidi eran cercanos. Es muy triste.

—Por cierto que lo es. ¿Por qué estaba visitando Hamadán el doctor Saddaji?

—No estaba visitando —dijo Mina inocentemente—. Vivía allí.

David tenía muchas preguntas más, pero no quería arriesgar que surgieran sospechas. Así que le agradeció a Mina y prometió volver a llamarla en unas horas por lo del hotel. Entonces colgó el teléfono y procedió a recoger su auto rentado, mientras trataba de procesar esta nueva información. No había instalaciones nucleares iraníes en Hamadán, ninguna de la que a él le hubieran informado, en todo caso. Así que, ¿por qué un funcionario de tan alto rango del programa nuclear iraní vivía allí? ¿Se habría equivocado Mina? ¿O era posible que hubiera instalaciones más grandes en el área, de las que la inteligencia de Estados Unidos no tenía conocimiento?

David encontró su auto, salió de las instalaciones del aeropuerto y comenzó a conducir hacia el sur, por la Ruta 5, hacia el centro de la ciudad. Durante los primeros diez minutos no vio ninguna evidencia seria de daño, lo cual confirmaba los reportes noticiosos que indicaban que el impacto más severo había ocurrido en el centro de la ciudad y en el oeste. Pronto pasó por la Universidad Payam Noor a su derecha, luego llegó a una rotonda hacia la carretera principal de circunvalación de la ciudad, que tenía el nombre del Ayatolá Jomeini. Cuando se acercó al vecindario del Centro Médico Besat, en el lado sur de la ciudad, comenzó a ver los resultados de la devastación.

Las ambulancias pasaban constantemente con luces intermitentes y sirenas. Los helicópteros del ejército aterrizaban en el techo del hospital, llevando más víctimas. En todas partes, David podía ver viviendas familiares partidas en dos y departamentos de edificios altos que estaban derribados sobre sus lados o ardiendo, y apilados en montones de ruinas.

Encendió la radio y las noticias empeoraron. El número confirmado de muertes ahora ascendía a 35.000, con más de 110.000 heridos. Los aviones Jumbo de la Media Luna Roja llegarían pronto, dijo un reportero, portando decenas de miles de frazadas y carpas, junto con el agua y la comida que necesitaban desesperadamente. Sin embargo, explicó el reportero, el movimiento en los caminos destrozados era lento y los esfuerzos de rescate se veían entorpecidos por la falta de comunicaciones confiables.

"No es sólo que las torres celulares no funcionen," reportó el noticiero. "Los técnicos de Telecom Irán están luchando para restablecer el servicio inalámbrico, en particular, para ayudar a los equipos de emergencia de socorristas a rescatar a los heridos y atender a los que sufren. Pero miles de líneas fijas no funcionan, las líneas de fibra óptica están rotas y hasta los servicios emisores y receptores de radio están obstaculizados por niveles de estática y zonas sin energía eléctrica, y los oficiales no tienen explicación inmediata para eso."

David giró hacia una calle de una vía, luego hacia otra y luego hacia una tercera. Dio vueltas en el estacionamiento de una escuela, después zigzagueó por otro vecindario residencial, tratando de determinar si alguien lo estaba siguiendo. Satisfecho porque no lo hacían, se detuvo al lado del camino y encendió su computadora portátil. Abrió el archivo con todos los contactos de Esfahani y buscó al doctor Mohammed Saddaji.

La búsqueda resultó en blanco. La información de Saddaji no estaba allí.

Aun así, sabía que debía tener esa información para Zalinsky tan rápido como fuera posible. Esto no era Bagdad, Mosul ni Kabul.

No había coches bomba todos los días en Irán. Ciertamente no en Hamadán. David llegó a la conclusión de que los israelíes estaban allí. Tenían que estar. Lo cual significaba que sabían más que Langley acerca de lo que estaba ocurriendo en el programa nuclear de Irán. No habrían asesinado a Saddaji, a menos que tuvieran razón para creer que él estaba en el corazón de la iniciativa de producción de armas y que esta iniciativa estaba a punto de producir resultados.

David revisó su teléfono. La buena noticia era que ahora tenía algo de recepción. La mala noticia era que sólo tenía una barra. Era un riesgo demasiado alto. No podía arriesgarse y hacer una llamada internacional cuando tantas torres celulares no funcionaban. Aunque lograra comunicarse, una llamada a Dubai posiblemente sería detectada por la inteligencia iraní, ya que el volumen de llamadas en el área tenía que ser muy bajo en ese momento. Pero luego, David recordó que tenía cinco teléfonos satelitales en el asiento a su lado.

Abrió uno, llamó a Zalinsky y usó el código de Zephyr.

La conversación no transcurrió como David esperaba.

—Tu memo no fue apropiado —comenzó Zalinsky.

—¿Por qué?

—Porque tu trabajo es recabar y enviarnos información procesable acerca del gobierno iraní, no un análisis político del nuestro. También porque te dije que no te desviaras con todo este asunto de los tiempos finales chiítas. Esa no es la cuestión. Las armas lo son. Y aunque el análisis de tu memo fuera correcto —y dudo mucho que lo fuera, pero si lo fuera— no nos diste hechos claros que respalden todas esas afirmaciones dudosas. Es una pieza de editorial periodístico para el *Post* y particularmente no muy buena en eso.

David apretó los dientes, pero no se retractó. Insistió en que estaba enviando cada pizca de información que podía. Pero creía firmemente en que sería descuidado en su trabajo si no reportara sus impresiones de la dinámica religiosa y política que estaba observando en Irán, y su sensación de que Estados Unidos no estaba haciendo lo suficiente para detener a los iraníes a tiempo. Solamente cuando se desahogó le dijo a Zalinsky que el director adjunto del programa nuclear de Irán recientemente había sido asesinado por un coche bomba, y que sospechaba que los israelíes estaban haciendo lo que Estados Unidos no hacía: combatir el fuego con fuego.

Zalinsky se sorprendió por la muerte de Saddaji. También quedó sorprendido por el hecho de que Saddaji hubiera estado viviendo durante varios años en Hamadán. No lo sabía. Nadie en la Agencia lo sabía. Y David probablemente tenía razón: tenían que ser los israelíes los que habían matado a Saddaji. Sin duda no había sido alguien de Langley.

—El Mossad está encarando esto como una guerra de verdad —sostuvo David.

—Nosotros también —dijo Zalinsky.

—No, nosotros no —respondió David presionando—. Los israelíes han estado saboteando las instalaciones, secuestrando o asesinando a científicos clave y a funcionarios militares durante los últimos años. ¿Qué hemos hecho nosotros? ¿Suplicarle a Hosseini y a Darazi que se sienten a negociar con nosotros? ¿Amenazar con consecuencias económicas "devastadoras" y en lugar de eso imponer sanciones poco convincentes e ineficaces? No es de extrañar que los israelíes estén perdiendo confianza en nosotros. *Yo* estoy perdiendo la confianza.

—Ya es suficiente —dijo Zalinsky—. Sólo haz tu trabajo y déjame hacer el mío.

—Estoy haciendo mi trabajo, pero no es suficiente —respondió David, tratando de controlarse, pero frustrándose y enojándose más a cada minuto—. Te estoy enviando todo lo que tengo, pero ¿a dónde nos está llevando? A ninguna parte.

—Tienes que ser paciente —le aconsejó Zalinsky.

—¿Por qué?

—Estas cosas toman tiempo.

—No tenemos más tiempo —insistió David—. Los israelíes acaban de ejecutar el simulacro de combate más grande de su historia. Acaban de asesinar al científico nuclear más destacado del país. El primer ministro Neftalí está advirtiendo al presidente Jackson y al mundo que si nosotros no actuamos, Israel lo hará. ¿Qué estamos haciendo? En serio, ¿qué estamos haciendo *en realidad* para evitar que Irán obtenga la Bomba? Porque desde mi perspectiva en el campo, señor, las cosas se están saliendo de control.

—Créeme que entiendo —dijo Zalinsky—, pero tenemos que desarrollar nuestro argumento con hechos, no con conjeturas, especulaciones ni rumores. Lo echamos a perder en Irak. Te lo dije. No totalmente, pero cuando se trató de armas de destrucción masiva, no teníamos los datos, o por lo menos no los suficientes. No teníamos el caso de "pan comido" que dijimos tener. Así que sería mejor que lo tengamos esta vez. Tenemos que poder documentar cuidadosamente las respuestas a cada pregunta que el presidente o sus asesores nos hagan. Los riesgos son demasiado altos. Así que dame un objetivo. Dame algo justificable y actuaremos.

—¿Y cómo actuaremos? —preguntó David—. ¿Crees que el presidente va a ordenar que asesinen a alguien? ¿En realidad crees que vamos a hacer estallar algunas instalaciones? Ya sabemos de una docena o más de ellas aquí. ¿Ya atacamos alguna?

—Primero que nada, eso no te toca a ti —dijo Zalinsky—. Tu trabajo es obtener información que nosotros no tengamos. Lo que ocurra después es trabajo mío. Pero no te olvides de la orden ejecutiva del presidente. Estamos autorizados a usar "todos los medios necesarios" para detener o retardar el programa de armas nucleares de Irán. Cuando sea el tiempo apropiado, haremos precisamente eso. Pero no podemos permitirnos equivocaciones. ¿Lo entiendes?

David quería creerle a Zalinsky, pero en secreto admiraba el valor que los israelíes tenían para defender al pueblo judío de otro Holocausto, y le preocupaba que su propio gobierno hubiera perdido su audacia o se hubiera resignado a la posibilidad de un Irán con armas nucleares.

Cambiando de tema, David le preguntó a Zalinsky si él y Fischer habían sacado algo útil de las llamadas telefónicas de Rashidi o Esfahani. Lamentablemente, la respuesta fue no.

—Nos enteramos que el cuñado de Rashidi había muerto trágicamente —respondió Zalinsky—. Supimos que su nombre era Mohammed y que el funeral iba a ser en Hamadán. En ninguna de las llamadas se mencionó una bomba en el auto, ni su apellido. Por lo que esto es un buen trabajo, hijo. Pondré al resto del equipo a trabajar en esto, verificándolo todo. Pero esto es exactamente lo que quiero que hagas, darme información que pueda usar. No estoy diciendo que no puedas tener tu propia opinión, pero no te estoy pidiendo un análisis. Tengo a veinte tipos haciendo análisis. Lo que necesitamos son datos que nadie más tenga en el mundo. Cosas así. Sólo consígueme más.

David prometió que lo haría. Se despidió con su clave, colgó y limpió la memoria del teléfono satelital para borrar cualquier rastro de la llamada. Pero su frustración aumentaba. Una cosa era que la Casa Blanca no entendiera lo que en realidad estaba pasando en el campo en Irán, pero temía que su mentor tampoco lo entendiera.

72

David llegó a una estación de conmutación de Telecom Irán, en las afueras de la ciudad.

Las instalaciones en sí y el equipo que había adentro se habían dañado mucho con el terremoto, y el estacionamiento estaba lleno de camiones del personal de Telecom Irán y de contratistas que habían llegado para poner el lugar en condiciones de funcionamiento.

David encontró a Esfahani en el segundo piso, con un casco protector, evaluando la extensión del daño con un grupo de técnicos. Atrajo la mirada del ejecutivo y levantó su mano derecha, indicando que tenía los cinco teléfonos satelitales restantes. Esfahani se disculpó con sus colegas y llevó a David a otro lugar.

—¿Dónde están? —preguntó Esfahani.

—Están en la maletera de mi auto.

—¿Qué tan pronto puedes tener aquí el resto de ellos?

—¿Los 313?

—Efectivamente.

—En realidad no sé si es posible.

—Mira, Reza, no tenemos mucho tiempo —dijo Esfahani—. Las cosas se están moviendo muy rápido ahora. Recurriré a los chinos si tengo que hacerlo, pero quiero trabajar contigo, siempre y cuando entiendas que tenemos que movernos rápidamente.

—Lo entiendo muy bien —dijo David—. Sé que está bajo grandes limitaciones de tiempo. Sólo estoy diciendo que debemos ser cuidadosos. ¿Sabe lo difícil que fue conseguir estos veinte sin atraer sospechas dentro de mi compañía, mucho menos de todas las agencias internacionales de inteligencia que observan como halcones todo lo que entra y sale de este país?

—A los chinos no les importaría para nada las agencias internacionales de inteligencia —dijo Esfahani.

—Pero a usted sí debe importarle —dijo David, arriesgándose—. Mire, estos teléfonos no son para cualquiera. Son para el Señor de la Época, ¿verdad? ¿No debería tener lo mejor?

—Por supuesto.

—Entonces seré franco. Los teléfonos chinos no sirven. Es decir, sirven si usted es un negociante tratando de vender acero, autos, juguetes o cualquier otra cosa. Pero usted me dijo que necesitaba lo último en tecnología de punta, ¿verdad?

—Sí, lo dije.

—Entonces me necesita a mí, no a los chinos —le aseguró David—. Solamente tenemos que asegurarnos de hacerlo correctamente para que usted no sea detectado y para que mi compañía no me descubra. Tenemos que hacerlo de una manera que le proporcione al Imán al-Mahdi y a su equipo exactamente lo que necesitan para que puedan hablar sin que Beijing, los rusos o, no lo quiera Alá, los estadounidenses ni los sionistas escuchen.

—Tienes razón —dijo Esfahani—. Tenemos que ser cuidadosos.

—Usted está tratando de ayudar al Mahdi, la paz sea con él, a desarrollar un ejército —continuó David—. Yo quiero ayudarlo. Quiero participar en el cambio de la historia. Sólo dígame lo que tengo que hacer y obtendré lo que necesite. Tiene mi palabra.

—Lo aprecio. Ahora, déjame ver lo que me trajiste —dijo Esfahani.

David lo llevó al auto, abrió la maletera y le dio las cinco cajas.

Esfahani abrió una y sonrió.

—Son preciosos.

—Los mejores en el mundo.

—Mi gente en Teherán revisó los que les dio esta mañana —dijo Esfahani, hojeando uno de los manuales de instrucciones—. Dicen que todos están limpios.

—Lo están. Yo mismo los revisé antes de traerlos desde Munich. Este es el mismo teléfono satelital que usa el canciller de Alemania, el presidente de Francia, el primer ministro de Italia y todos sus altos funcionarios. Y créame, los europeos tampoco quieren que los estadounidenses o los israelíes intercepten sus llamadas.

—Bien hecho, Reza. Estoy muy agradecido.

—Es un honor ayudar a mi país —dijo David—. Sólo quiero lo mejor para mi pueblo.

—Creo que eso es cierto —dijo Esfahani llevando las cinco cajas a su auto, y asegurándolas en su maletera—. Por eso es que quiero decirle algo.

Entonces Esfahani le explicó rápidamente qué era el Grupo de 313 y por qué él y Rashidi estaban buscando musulmanes chiítas devotos que tuvieran fuertes habilidades administrativas y técnicas, y que le fueran totalmente leales al Mahdi.

—Estamos reclutando un ejército de diez mil *mujahideen*, listos a dar sus vidas para aniquilar Tel Aviv, Washington, Nueva York y Los Ángeles, e iniciar el reino del Prometido.

David no se atrevió a decir nada que pudiera levantar sospechas en Esfahani.

—¿Cómo puedo unirme? —preguntó un rato después.

—Nadie se une —dijo Esfahani—. Tienes que ser elegido.

—Pero usted podría recomendarme.

—Te estamos considerando. El señor Rashidi lo decidirá. Pero si puedes entregar todos estos teléfonos rápidamente, creo que te ganarás su confianza y su recomendación.

David no podía creer lo que estaba escuchando y se preguntaba qué diría Zalinsky.

—Haré lo mejor que pueda para ganarme ese honor.

—Sé que lo harás. Mientras tanto, quiero que aprendas de un maestro. Él es uno de nuestros eruditos más grandes y vive cerca de aquí. Pasarás la noche allí; de todas maneras, no hay hoteles disponibles. Espero que mañana comiences a trabajar en el resto de los teléfonos que necesitamos. Pero esta noche te sentarás a los pies de un maestro y aprenderás sobre nuestro amado Imán.

—¿Y quién es él?

—Es un gran maestro. Resulta que también está emparentado con Daryush.

David supo inmediatamente a quién se refería, pero no dijo nada.

—¿Has escuchado del doctor Alireza Birjandi? —preguntó Esfahani.

—Por supuesto —dijo David—. Recientemente leí uno de sus libros, pero ¿no estaba recluído voluntariamente?

—Creo que a él le gustaría conocerte. Es profesor de corazón y le gustan las mentes brillantes, jóvenes y entusiastas.

—No me gustaría abusar de él.

—Ya está todo preparado. Debes llevarle un poco de comida al hombre. Nunca es aceptable visitar con las manos vacías.

—Eso es muy amable —dijo David—. Que Alá lo bendiga a usted y a su familia. ¿Puedo hacerle otra pregunta antes de irme?

—Por supuesto —dijo Esfahani—. ¿De qué se trata?

—¿De verdad se reveló el Imán al-Mahdi aquí en Hamadán?

—Sí, lo hizo —dijo Esfahani—. ¡Fue asombroso!

—¿De verdad sanó a una mujer que tenía sus piernas aplastadas por el terremoto?

—Sí, lo hizo. Todos han estado hablando de eso.

—Pero, ¿cómo sabe que verdaderamente es cierto? —preguntó David—. Siempre soy un poco escéptico con lo que oigo en las noticias.

—Eres un joven muy sabio y juicioso —respondió Esfahani—. Pero no lo escuché en las noticias.

—¿Cómo entonces?

—Yo estuve allí.

73

Una hora después David llegó a la casa de Alireza Birjandi.

Era una casa modesta de un piso y dos dormitorios, que en Estados Unidos podría considerarse un chalet. Construida de concreto y madera en las afueras de la ciudad, a David le pareció como si fuera de los años cuarenta o cincuenta y que desde entonces no se había modificado.

Con una bolsa de pan y queso, un costal de papas y una caja de agua embotellada que Esfahani le había dado de las existencias de la subestación regional de Telecom Irán, David se dirigió a la puerta de enfrente y llamó varias veces. Tardó unos minutos, pero el clérigo anciano finalmente llegó a la puerta con un bastón blanco y lentes oscuros.

Esfahani no le había mencionado que el hombre era ciego.

—¿Es usted, señor Tabrizi? —dijo el anciano, con la voz triste; su cuerpo era frágil y delgado—. Lo estaba esperando.

—Sí, soy yo, pero por favor, llámeme Reza.

—¿Así le dicen ahora? Muy bien; por favor entre.

David estaba un poco sorprendido por esa respuesta, pero se alegró de que Birjandi no pudiera ver su reacción. ¿Qué quería decir el hombre? ¿De qué otra forma podrían llamarlo?

—Perdóneme por llegar tarde —dijo David—. Me perdí un poco.

—Está bien —dijo Birjandi—. No puedo imaginar conducir allá afuera ahora mismo. Por supuesto que nunca he conducido, pero aun así . .

Su voz se arrastraba un poco y David se sintió apenado por el anciano.

—El señor Esfahani habla muy bien de usted —dijo—. Es un gran honor conocerlo. Gracias por apartar tiempo para verme con tan poca anticipación.

—No es nada —Birjandi suspiró—. Daryush y Abdol hablan muy bien de usted también. Parece que los ha impresionado mucho.

—Bueno, ellos han sido muy amables conmigo. Ah, y el señor Esfahani me pidió que le trajera estos abarrotes y dijo que enviaría más provisiones pronto.

—Es un buen chico —dijo Birjandi—. Lo conozco desde que tenía ocho años. Él y Daryush eran los mejores amigos cuando estaban creciendo. ¿Le contó eso?

—No, señor —dijo David, observando esta nueva pista—. Nunca lo mencionó.

—Bueno, eran chicos muy competitivos —dijo Birjandi con un toque de más ánimo en su voz—. Estoy seguro de que Abdol no puede soportar el hecho de que Daryush sea el jefe. Siempre fue al revés cuando eran niños. Abdol era más inteligente, más rápido, más fuerte; aprendió todo el Corán cuando tenía diez años. Daryush no. No sé si alguna vez lo memorizó. Pero Daryush . . . bueno, sólo digamos que era más diplomático, más vivo que Abdol. Eso ha marcado la diferencia. Ahora, venga, guardemos la comida; y luego iremos a mi estudio a charlar.

Al entrar en la casa de Birjandi, David quedó impresionado inmediatamente por la gran cantidad de libros que había sólo en la sala. Cada pared estaba cubierta de estantes y cada uno estaba tan lleno de tomos que los estantes estaban arqueados y parecía que iban a quebrarse en cualquier momento. Había libros amontonados en el piso y en sillas, junto con cajas de revistas académicas y otras publicaciones. David no pudo evitar preguntarse qué hacía con todo esto un hombre ciego que vivía solo. Nada parecía empolvado ni sucio, por lo que se preguntaba si alguien venía a limpiar regularmente. No podía imaginar a este pobre anciano cuidando de esta casa por sí solo. Afortunadamente, aparte de una ventana rota y de algunas rajaduras en las paredes y en el techo, lo notable era que la casa se había dañado poco con el terremoto.

David llevó las provisiones a la cocina, que era estrecha, pero limpia. No había platos sucios en el fregadero. No había basura en el basurero.

Pero tampoco había nada de comida en la despensa ni en el refrigerador. No era de sorprender que el anciano estuviera tan delgado.

Después de darle instrucciones a David sobre dónde poner los abarrotes, Birjandi caminó suavemente por el pasillo y David lo siguió. Terminaron en el estudio del anciano, en realidad un comedor acondicionado. Este también tenía estantes que cubrían las paredes, arqueados por el peso de los libros, muchos de los cuales parecían tener cincuenta, cien años, o más. En una esquina había un escritorio lleno de libros grabados en casetes, junto con un gran reproductor de los años ochenta, unos audífonos gigantes y una cantidad de correo sin abrir. En otra esquina había un televisor encendido, pero cuya pantalla estaba llena de nieve y la estática siseaba tan fuertemente que hizo que a David le dolieran los oídos. Aparentemente sin incomodarse por el ruido, Birjandi encontró un sillón bastante desgastado, que sin duda era su favorito, y se dejó caer en él. Entonces, para alivio de David, el anciano encontró el control remoto en una mesita y apagó el televisor.

—Por favor, siéntese.

—Gracias, señor —dijo David y cuidadosamente quitó de otro sillón un grupo de periódicos amarillentos de los años noventa—. Tengo muchas preguntas, y el señor Esfahani dijo que usted sería la mejor persona a quien podría preguntarle.

Hubo un silencio largo e incómodo, tan largo que David no estaba seguro de que el anciano lo hubiera escuchado.

—Estamos viviendo en tiempos extraordinarios, ¿no le parece? —propuso finalmente David, buscando una manera de comenzar la conversación.

—Yo veo días de gran lamentación —dijo Birjandi, con un suspiro pesado.

—Pero por lo menos el Imán al-Mahdi ha llegado, ¿verdad? —dijo David, con voz optimista y esperanzada—. Estoy seguro de que ha escuchado las noticias.

—Yo no tengo alegría en mi corazón —dijo Birjandi.

—¿Nada?

—Joven, un día muy oscuro ha amanecido en la tierra.

David se quedó atónito. ¿No había sido el trabajo de toda la vida de este hombre estudiar y enseñar acerca de la llegada del Duodécimo Imán? ¿Por qué no se permitía un poco de alegría? Sí, el día había llegado con muerte y destrucción. Pero, ¿acaso no se había profetizado todo eso? ¿No creía el anciano que todo este sufrimiento era la voluntad de Alá?

—El que no sabe, y no sabe que no sabe, es un tonto; evítalo —dijo Birjandi, aparentemente de la nada—. El que no sabe, y sabe que no sabe, es un niño; enséñale. El que sabe, y no sabe que sabe, está dormido; despiértalo. El que sabe, y sabe que sabe, es un sabio; síguelo.

—¿Es eso del Corán? —preguntó David.

Birjandi sonrió un poco y sacudió la cabeza.

—¿De los hadices?

De nuevo, el hombre sacudió la cabeza.

—¿Algo que dijo Zoroastro?

—No, es un antiguo proverbio persa.

—Bueno, suena muy sabio.

—¿Y cuál de esos es usted?

—¿Yo?

—Sí.

—No sé.

—Piénselo.

David pensó en eso por un momento, recitando silenciosamente el proverbio varias veces para entender su significado.

—Supongo que soy el niño —dijo finalmente.

—¿Por qué?

—Porque no sé, y sé que no sé. Por eso es que estoy aquí, porque creo que usted sabe.

—Muy bien —dijo Birjandi—. Entonces comience con esto. Lo que Hamadán acaba de experimentar no fue un terremoto natural.

—¿Qué quiere decir? —preguntó David.

—El tamaño. El alcance. La precisión. Piense, señor Tabrizi. ¿Qué provocó todo esto? ¿Cree que en realidad fue la llegada del Imán al-Mahdi?

¿De qué estaba hablando el hombre? La confusión de David aumentó aun más cuando Birjandi se levantó de repente, se disculpó y dijo que era el momento de sus oraciones.

"Podemos hablar un poco más dentro de seis horas," explicó Birjandi sencillamente, sin disculparse.

¿Seis horas? David miró su reloj. Eran apenas las tres de la tarde. ¿Qué iba a hacer en las siguientes seis horas?

"Gracias por los abarrotes," dijo Birjandi antes de irse a su habitación. "Siéntase en libertad de comer lo que quiera. Yo no tengo hambre. No tengo una habitación para visitas, pero espero que esté cómodo en el sillón. Hay más frazadas en el armario. Tome una siesta, señor Tabrizi. Necesita descansar. Parece cansado. Y sospecho que también le haría bien orar un poco."

Entonces se volteó y se fue. La puerta de su habitación se cerró suavemente cuando él entró. David quedó un poco sorprendido y molesto. No quería hacer siesta. No quería orar. Tenía preguntas. Había venido por respuestas. Y no estaba recibiendo ninguna. Por lo menos hasta dentro de las siguientes seis horas.

74

Mientras pasaban las horas, hubo una buena noticia.

El servicio inalámbrico fue restablecido en las secciones cercanas al aeropuerto, lo que significaba que el teléfono de David ya funcionaba y que podía usarlo para entrar a Internet. Tomó su computadora portátil y esperó que arrancara.

Mientras lo hacía, seguía pensando en las palabras de Birjandi. ¿Qué quería decir con que el terremoto no había sido un suceso natural? Solamente había dos posibilidades. Una, que había sido un suceso *sobrenatural*, quizás conectado con la llegada del Duodécimo Imán. Pero Birjandi parecía haber desechado esa idea, lo cual era extraño, dada la especialidad del hombre. La única otra posibilidad era que había sido un suceso provocado por el hombre. Pero la única manera de que el hombre ocasionara un terremoto era . . .

No, pensó David, seguramente eso no era posible. Birjandi no estaba sugiriendo que el terremoto había sido provocado por una prueba nuclear subterránea, ¿o sí?

Una vez conectado a Internet, David hizo una búsqueda rápida. Lo que encontró lo puso nervioso.

El 28 de mayo de 1998, Paquistán realizó cinco pruebas de armas nucleares, provocando un terremoto que alcanzó 5,0 en la escala de Richter.

El 9 de octubre de 2006, Corea del Norte realizó una prueba nuclear en la provincia de Hamgyong del Norte, resultando en un suceso sísmico de 4,3.

El 25 de mayo de 2009, Corea del Norte realizó otra prueba nuclear, que resultó en un terremoto con una magnitud de 4,7.

David no era geólogo ni físico. No tenía manera de saberlo con seguridad. Pero, a primera vista, sí parecía posible que un terremoto pudiera ser provocado por una prueba nuclear o una serie de pruebas. ¿Era eso lo que acababa de suceder? Si así era, ¿qué tan grande tendría que haber sido la ojiva para ocasionar un terremoto de 8,7 en la escala de Richter?

Como estaba bloqueado para acceder a la base de datos de Langley desde un país hostil, David continuó buscando en todos los sitios los artículos de código abierto sobre pruebas nucleares previas, comparando similitudes y diferencias. El artículo que más lo preocupó fue uno de octubre de 2006 por David Sanger, del *New York Times*.

> Corea del Norte dijo el domingo en la noche que había activado su primera prueba nuclear, convirtiéndose en el octavo país de la historia, y posiblemente el más inestable y más peligroso, en proclamar que se había unido al club de estados con armas nucleares.
>
> La prueba se originó apenas dos días después de que el Consejo de Seguridad de las Naciones Unidas advirtiera al país de que la acción podría llevar a consecuencias severas.

¿Desde cuándo una advertencia del Consejo de Seguridad de la ONU ha evitado que un país construyera la Bomba?, se preguntó David.

La Casa Blanca y el Departamento de Estado se estaban engañando a sí mismos. El presidente, el secretario de estado y todos sus engreídos altos funcionarios podrían quejarse todo lo que quisieran, pero al final, las negociaciones, la diplomacia y las pláticas de alto nivel y reuniones del Consejo de Seguridad eran solamente palabras, y las palabras no iban a derribar la casa del Lobo Malo.

David siguió leyendo.

> La decisión de Corea del Norte de realizar la prueba demostró lo que el mundo ha sospechado por años: el país se ha unido a India, Paquistán e Israel como una de las potencias nucleares "no declaradas." India y Paquistán

> realizaron pruebas en 1998; Israel nunca ha reconocido que ha realizado una prueba ni que posee un arma. Pero si se comprueba que efectivamente han activado un arma, entonces el Norte ha decidido terminar con años de ambigüedad cuidadosamente engendrada y diplomáticamente ventajosa sobre su capacidad.

"Creo que mantenían su plan militar solamente para demostrar que nadie podía meterse con ellos, y que no iban a ser disuadidos, ni siquiera por los chinos," dijo un funcionario estadounidense que trata con los coreanos del norte. "Al final, simplemente no se les pudo detener."

¿Se podría detener a Irán? Así no, pensó David. La CIA sabía muy poco. Estaban haciendo muy poco. Y estaba pasando demasiado tiempo.

Hizo una búsqueda rápida de los titulares de las últimas veinticuatro horas. ¿Había alguna indicación por parte de los iraníes de que estaban probando una bomba? No encontró ninguna. Si acababan de hacer la prueba, podría tratarse de una lección clave que habían aprendido de los coreanos del norte: ¿Por qué anunciar la prueba? ¿Por qué confirmarla? ¿Por qué hacer saber al mundo que tenían la Bomba? En este caso, ¿por qué hacer saber a los israelíes? Entonces, de nuevo, David pensó que tal vez los iraníes todavía iban a anunciarlo. Tal vez solamente estaban ganando tiempo, revisando la información técnica, asegurándose de que en realidad tenían un arma que funcionaba —o varias— antes de darle al mundo las noticias apocalípticas.

David indagó un poco más en Internet para corroborar su memoria acerca del Tratado de Prohibición Completa de Ensayos Nucleares. Con seguridad, Irán era uno de los 182 signatarios del pacto. Al firmarlo, había acordado con todos los demás estados signatarios dos provisiones centrales.

Primero: "Cada Estado Parte se compromete a no realizar ninguna explosión de prueba de arma nuclear, y a prohibir y evitar cualquier explosión nuclear en cualquier lugar sometido a su jurisdicción o control."

Segundo: "Cada Estado Parte se compromete, adicionalmente, a privarse de ocasionar, estimular o participar de alguna manera en la realización de cualquier explosión de prueba de arma nuclear o cualquier explosión nuclear."

David sabía que por imperativo legal se habían creado el Sistema de Monitoreo Internacional (IMS) y el Centro de Datos Internacional (IDC). Estas redes incluían más de cien estaciones de monitoreo sísmico, primarias y auxiliares en todo el mundo, que específicamente rastreaban todos los sucesos sísmicos y determinaban si eran naturales o provocados por una explosión nuclear. La diferencia era muy sencilla de discernir para los expertos. En un terremoto, la actividad sísmica es lenta al principio y luego se intensifica sin parar, a medida que las placas tectónicas rozan unas contra otras. Pero en una explosión nuclear, la actividad sísmica es increíblemente intensa al principio y luego baja de intensidad en unos cuantos minutos.

¿Cuál de las dos acababa de ocurrir en Hamadán? David no lo sabía, pero tenía que hacer que Langley lo revisara. Arriesgándose, decidió usar su Nokia para enviar un mensaje codificado a Zalinsky y a Fischer. Había una leve posibilidad de que el mensaje codificado lo captara la inteligencia iraní —no que lo leyera, pero que reparara en él— ya que estaba siendo enviado desde un área tan cercana al epicentro del terremoto. Pero era un riesgo que debía correr. Tecleó rápidamente.

> FLASH TRAFFIC—PRIORIDAD ALFA: Solicito enfoque inmediato en terremoto de Hamadán. Stop. Posible prueba nuclear. Stop. Revisar datos IMS/IDC. Solicito paso CP inmediato. Stop. Posible vínculo con muerte de Saddaji. Stop. También: indicaciones de que EDI recluta un ejército de 10.000 *mujahideen*. Stop. Fuente cercana a EDI dice que el plan es "aniquilar" Tel Aviv, DC, Nueva York y LA. Stop. Trabajo para tener más detalles. Stop. Llamaré cuando pueda. Stop. Fuera.

DUBAI, EMIRATOS ÁRABES UNIDOS

Zalinsky se estaba frustrando otra vez.

La noticia de Saddaji había sido útil. Pero ¿en realidad estaba David Shirazi sugiriendo que los iraníes acababan de realizar una prueba nuclear

—la primera en la historia del país— específicamente en Hamadán? La noción era ridícula. Los iraníes tenían su Base Aérea de Shahrokhi como a cuarenta y ocho kilómetros al norte de la ciudad. Pero con certeza no tenían instalaciones nucleares en o alrededor de Hamadán.

Entonces llegó la audaz sugerencia de Zephyr, de que la Fuerza Aérea de Estados Unidos enviara a su "avión que olfateaba prueba nucleares," el WC-135 de alta tecnología —código CP, que significaba Constant Phoenix—, a Irán. ¿De verdad pensaba que el secretario de defensa y el comando conjunto iban a autorizar un vuelo costoso, a un país hostil, en medio del delicado baile diplomático con los iraníes? ¿Basado en qué? ¿En especulación? ¿En suposiciones? ¿En instintos? Zalinsky solamente podía imaginar la regañada que recibiría del alto mando de la CIA, del Pentágono y de la Casa Blanca cuando la información aérea de muestra, enviada por el Constant Phoenix al Centro de Aplicaciones Técnicas de la Fuerza Aérea, en la Base Patrick de la Florida, diera negativo. Nada de radiación. Ninguna evidencia de prueba nuclear en absoluto. Él se convertiría en un hazmerreír.

Y lo que es más, el interés de "Reza Tabrizi" en EDI, supuestamente el Duodécimo Imán, era una distracción. Preocupaba a Zalinsky y desestabilizaba el tono controlado y cuidadoso con el que quería llevar a cabo esta operación. El chico parecía pensar que este fervor religioso iba a desbordarse en eventos drásticos en cualquier momento, pero Zalinsky no estaba convencido de que algo nuevo estuviera ocurriendo en los corazones de estos hombres dementes. Estaban en una trayectoria constante para desarrollar armas nucleares, y su equipo tenía que permanecer en una trayectoria constante para detenerlos, no para actuar compulsivamente.

75

Eran casi las 10:00 p.m. cuando la puerta de Birjandi finalmente se abrió.

David, quien devoraba su tercer libro sobre escatología chiíta de los estantes del anciano, vio que se dirigía lentamente hacia la cocina.

—¿Puedo ayudarlo? —le preguntó y puso el pesado tomo a un lado.

—Sí, hijo, eso sería muy amable.

Juntos hicieron una taza de té y pusieron un plato de pan *naan* iraní, que era el favorito de David. Estaba ansioso de preguntarle a su anfitrión acerca del Duodécimo Imán, del terremoto, del programa de armas de Irán y otras mil cosas. Pero cuando David llevó el azafate al estudio y los dos se sentaron, sintió que el hombre todavía no estaba listo para hablar de esas cosas. Tenía que ser paciente, se recordó a sí mismo. Tenía que tranquilizarse. Esta era una fuente y potencialmente una de mucho valor. Tenía que desarrollar una relación, algo de camaradería, algo de confianza. Después de todo, tenía que ser cuidadoso de no ofender al señor Birjandi, quien había sido descrito por muchos como un recluso. David tenía que encontrar la manera de hacer que se abriera.

Sonrió cuando el doctor Birjandi se metió un cubo de azúcar a la boca y después comenzó a beber su té. Era la misma forma en que su padre solía tomar té. No había visto a su padre hacerlo en muchos años pero, de alguna manera, el ver a Birjandi hacerlo hizo que David se sintiera nostálgico. Extrañaba a su padre, se preocupaba por su madre y sintió un hambre repentina de su hogar que lo sorprendió. Miró por la ventana la calle tranquila suburbana y vio a una joven familia que pasaba caminando, el hombre, unos pasos adelante de la mujer y varios niños corriendo alrededor de ellos. Se sentaron en silencio por un rato, y parecía que Birjandi disfrutaba de la tranquilidad. Y entonces, cuando David tomó un pedazo de pan y comenzó a masticarlo lentamente, se le ocurrió una idea.

—¿Puedo hacerle una pregunta, señor? —comenzó.

—Por supuesto —dijo el anciano—. ¿Qué tiene en mente?

—¿Alguna vez se enamoró?

El doctor Birjandi carraspeó sorprendido.

—Esa no era la pregunta que esperaba cuando Abdol dijo que quería venir a conocerme.

—Lo siento. Es que . . .

—No, no, es una buena pregunta —interrumpió Birjandi—, y honesta. Aprecio a un joven que no se ocupa sólo de sus intereses comerciales.

A David le habían enseñado en la Granja a no lanzar bolas rápidas directo al centro de la base. Las bolas en curva y el deslizamiento ocasional tendían a funcionar mejor, despistando un poco al bateador. No siempre funcionaba. Pero esta vez, sintió que podría funcionar.

—Le diré la verdad, hijo —dijo el anciano entre sorbos de té—. Estuve enamorado de la misma chica por sesenta y siete años, y todavía estoy enamorado de ella. Murió hace seis meses, pero pienso en ella cada momento de cada día. Tengo un dolor en mi corazón que no se me quitará.

—Lo siento mucho —dijo David.

—Está bien —respondió Birjandi—. Duele ahora, pero pronto caminaremos de la mano en el paraíso, reunidos para siempre. Lo ansío.

David se conmovió con la devoción del hombre por su novia.

—¿Cuál era su nombre?

—Souri.

—Rosa roja —dijo David—. Es un nombre bello.

—Y ella también lo era —dijo Birjandi—. Su corazón. Su voz. El contacto de sus manos. El aroma de las flores que cortaba en la mañana. Nunca tuve la alegría de verla. Pero por otro lado, no necesitaba verla para conocerla. Todo lo que podía hacer era oírla hablar, pero mientras más la oía, más la conocía y mientras más la conocía, más la amaba. Algún día, cuando nos juntemos en el paraíso, finalmente veré lo bella que en realidad es. Eso será grandioso, ¿verdad?

—Efectivamente lo será —dijo David—. ¿Puedo preguntarle qué edad tenía cuando la conoció?

—Yo tenía dieciséis; ella, diecisiete. Mi madre la contrató para que me enseñara árabe, porque su familia era originaria de Najaf, en Irak. Nos casamos al año siguiente.

—¿Fue un matrimonio arreglado?

—Por supuesto, aunque hicimos lo mejor que pudimos para no demostrar que estábamos felices por eso.

—¿Y por qué?

—Teníamos miedo de que si nuestros padres se enteraban de lo enamorados que estábamos, ¡nos obligarían a casarnos con otra persona!

David comenzó a reírse, pero rápidamente se tapó la boca.

—Está bien, hijo. Yo mismo me río por eso todavía. Todavía disfruto cada recuerdo de esa mujer. Puedo recordar toda nuestra primera conversación, el día que nos conocimos. Y puedo recordar la última. Puedo decirle cómo se sentía su mano cuando la sostuve sentado a su lado en el hospital, su cuerpo consumido por el cáncer. Puedo decirle cómo se sintió el momento en que dio su último respiro y pasó a la eternidad, dejándome solo. No voy a hacerlo, pero podría. —La voz del anciano se había quebrantado, abrumado por la emoción.

El tiempo pasaba lentamente en silencio. Entonces el doctor Birjandi le hizo una pregunta inesperada.

—Su nombre es Marseille, ¿verdad?

A David se le detuvo el corazón.

—¿Perdón? —dijo, esperando no haber escuchado bien al hombre.

—La chica a la que ama —continuó el anciano—. Su nombre es Marseille; ¿o me equivoco?

Pasmado, David no sabía qué decir.

—Su verdadero nombre es David —agregó Birjandi—. David Shirazi

—Me temo que no sé de qué está hablando —dijo David tartamudeando—. Tiene que haberme confundido con otra persona.

—¿Entonces no eres el David Shirazi que se enamoró de Marseille Harper en un viaje de pesca en Canadá, que fue arrestado por golpear a un chico que pensó que eras árabe? ¿No fuiste reclutado por un señor Zalinsky para ser agente de la Agencia Central de Inteligencia?

Atónito, David se levantó sin pensar.

—*¿Quién es usted?* —le exigió—. *¿Por qué me está acusando con esas mentiras?*

—Usted sabe que no son mentiras —dijo Birjandi suavemente—. Y no lo estoy acusando de nada. Solamente le estoy diciendo lo que Dios me dijo que le dijera.

La mente de David giraba velozmente.

—¿El Duodécimo Imán le dijo todo esto?

—No.

—Entonces, no lo entiendo.

—Yo no sigo al Duodécimo Imán —dijo el anciano.

David estaba más confundido que nunca.

—¿De qué está hablando? Nadie lo conoce mejor que usted.

—Por eso no lo sigo.

David le dio un vistazo al salón vacío, de lado a lado, y escuchó cuidadosamente para ver si había alguna señal de que no estaban solos. ¿Qué estaba pasando? Su mente se batía pensando en cómo manejar de la mejor manera esta brecha de identidad tan extraña y peligrosa. ¿Qué opciones tenía? Si se había comprometido a niveles tan altos y estaba a punto de ser apresado por la inteligencia iraní, no había mucho que pudiera hacer. No tenía arma y el hombre no parecía un rehén prometedor. Era poco probable que pudiera huir con éxito. En ausencia de otra alternativa viable, tal vez debería averiguar tanto como pudiera y tratar de controlar sus emociones. Tenía que pensar claramente para lo que sucediera después.

"Ahora, sólo siéntese," dijo Birjandi. "Respire profundamente. Sea paciente. No está en peligro conmigo. Le explicaré todo. Tardaré un poco, pero es muy importante que escuche hasta el final. Le daré la información que busca y le indicaré la dirección correcta. Pero primero tengo que contarle una historia."

76

—Soy ciego de nacimiento —comenzó Birjandi—. Pero siempre fui un musulmán devoto. Mi padre era un mulá. Y también la mayoría de mis antepasados, remontándonos a varios siglos. Por lo que fui criado en un ambiente muy devoto. Pero mis padres no me obligaron a creer. Yo *quise* hacerlo. Cuando estaba creciendo, me encantaba oír a mis padres enseñarme el Corán, especialmente a mi madre. Me leía por horas y luego se detenía, entonces yo le suplicaba que leyera más para responder todas mis preguntas. Ella insistió en que estudiara árabe porque quería que escuchara, entendiera y memorizara el Corán como el idioma de mi corazón.

»Cuando tenía nueve o diez años, a menudo iba a la mezquita solo, oraba y meditaba por horas. No podía ver los árboles, las flores ni los colores del mundo. Todo lo que tenía era mi mundo interior. Pero sabía que Alá estaba allí, y quería conocerlo y hacerlo feliz.

»Souri, mi esposa, era aún más devota que yo. Memorizaba el Corán más rápidamente. Oraba más. Era más inteligente. Cuando nos graduamos de la secundaria, ella hablaba cinco idiomas con fluidez. Yo solamente hablaba tres.

»Nos casamos después de la secundaria. Yo fui a la universidad y después al seminario. Iba a ser un mulá, por supuesto. Nada me obligaba a serlo. Yo quería pasar mis días y noches aprendiendo de Dios, enseñando de Dios. Y Souri estaba a mi lado en cada paso del camino. Ella me leía los libros de texto. Yo le dictaba mis tareas. Ella tecleaba mis ensayos. Caminaba conmigo a la clase. Todo lo hacíamos juntos.

»Con su ayuda, siempre tuve notas altas en mis exámenes y ensayos. Cuando me gradué del seminario, fui el primero de mi clase.

Los latidos del corazón de David lentamente volvieron casi a la normalidad. Trató de sonar tranquilo.

—¿Fue la escatología su enfoque principal?

—Lo fue, y con la ayuda de Souri escribí una tesis que más tarde fue publicada en 1978 como mi primer libro: *Los imanes de la historia y la llegada del mesías*.

—Se convirtió en un gran éxito editorial.

—No, al principio no.

—¿De veras? —preguntó David perplejo—. En la portada de mi copia dice: "Más de un millón de copias impresas."

—¿Lo ha leído?

—Absolutamente; fue fascinante.

—Bueno, es muy amable —dijo Birjandi—. Sí, el libro llegó a ser popular en Irán y en todo el mundo, pero eso ocurrió mucho después. La primera impresión fue de solamente cinco mil copias en Teherán y otras tantas miles de copias en Irak, porque había muchos chiítas allí. Pero tiene que entender que Jomeini llegó al poder en 1979, justo un año después de que el libro fuera publicado. Y desde entonces, era ilegal discutir acerca del Duodécimo Imán. Bueno, no iba en contra de la ley propiamente dicha, pero se veía con malos ojos, especialmente en Qom y particularmente en el ámbito académico.

—¿Por qué? —preguntó David.

—Muy sencillo. Jomeini se sentía amenazado por él. Quería que la gente creyera que *él* era el Duodécimo Imán. Nunca afirmó serlo, a decir verdad, no directamente, pero tampoco disuadía a la gente que lo creía. Por eso es que insistía en que todos lo llamaran Imán Jomeini. Antes de él, nadie se atrevió nunca a llamar *imán* a un hombre religioso. Entre los chiítas, ese título estaba reservado para los primeros once descendientes especiales de Mahoma y, por su puesto, para el Duodécimo y último. A los líderes religiosos se les llamaba clérigos, mulás, jerifes, ayatolás; pero *nunca* imanes.

Debido a la prohibición concreta de Jomeini de hablar o enseñar acerca de la llegada del mesías islámico, Birjandi explicó que su libro había sido prohibido en Irán en 1981. Sin embargo, durante ese tiempo, él y su esposa habían desarrollado una fascinación mayor —y un amor— por la escatología chiíta. Mientras más se prohibía, dijo, más intrigante se volvía.

—Estábamos decididos a entender cómo y cuándo vendría el fin, cuáles serían las señales de los Tiempos Finales, y cómo debería vivir un musulmán devoto en el tiempo final. Más que nada, queríamos entender qué pasaría el Día del Juicio y cómo salvarnos de las llamas. Después de que murió Jomeini, una nueva era de libertad intelectual y religiosa comenzó a surgir. No para los judíos, ni para los cristianos, ni para los de la doctrina de Zoroastro y otras religiones minoritarias. Pero sin duda sí lo era para los eruditos y clérigos chiítas. Y con seguridad para Souri y para mí. Allí fue cuando comenzamos a acelerar abierta y activamente nuestros estudios sobre todo lo relacionado con el Duodécimo Imán.

—¿Y cuándo se quitó la prohibición?

—En 1996. Y allí fue cuando el asunto despegó, durante más o menos el año siguiente. Honestamente nunca pensé en eso como un libro para el público en general. Originalmente lo escribí para que fuera un libro de texto para una clase de seminario que esperaba enseñar. Pero de alguna manera llegó a ser inmensamente popular, casi de la noche a la mañana, y pronto yo estaba hablando y enseñando en todo Irán.

—Y como resultado, se disparó el interés en el Duodécimo Imán.

—Bueno, el interés en el tema aumentó exponencialmente, pero no por mi libro —insistió humildemente Birjandi—. Solamente ocurrió que mi libro se relanzó en el momento ideal. Un milenio estaba por terminar. Otro comenzaba. La conversación de los Tiempos Finales estaba en el aire. De repente, parecía como que todos estaban escribiendo y hablando de la llegada del Mahdi. Entonces Hamid Hosseini leyó mi libro. Se lo dio al presidente Darazi para que lo leyera. Entonces los dos me invitaron a comenzar a reunirme con ellos una vez al mes para discutir mis hallazgos y hablar de este y otros asuntos espirituales y políticos. Cuando el público se enteró de nuestras reuniones, a través de la prensa nacional, el interés creció de una manera que nos sorprendió.

—Lo impulsó al estatus de experto mundial en escatología chiíta y asesor cercano de los líderes nacionales —dijo David.

—Extraño pero cierto —admitió Birjandi, sacudiendo la cabeza—. Pero en el camino, algo cambió para mí.

—¿Qué?

—Bueno, primero que nada, tiene que entender que durante esta época mis padres ancianos murieron. Después, nuestra única hija murió en un accidente automovilístico en 2007. Souri estaba devastada. Yo estaba devastado. No podía trabajar. No podía enseñar. Mis colegas profesores fueron muy comprensivos. Me dieron un sabático para que hiciera luto y me recuperara. Pero yo seguía hundiéndome. Estaba seguro de que yo sería el próximo, o Souri. Pensaba en la muerte constantemente. Llegué a ser un esclavo del temor. ¿Qué pasa en realidad cuando deja de respirar? ¿Late ese corazón otra vez en el paraíso? Estaba seguro de que ese lugar existía, pero dudaba de la certidumbre de llegar allá alguna vez. Después de toda una vida de estudio, me di cuenta de que no tenía respuestas. Se me acabó la alegría de vivir. No tenía voluntad para enseñar, ni para ser un buen esposo. Apenas deseaba levantarme en la mañana.

—¿Y qué hizo? —preguntó David.

—Tomé la decisión de no renunciar a Alá —dijo Birjandi—. Mucha gente lo hace en situaciones similares, y entiendo por qué. Están lastimados. Están deprimidos. Culpan a Dios. Pero déjeme ser honesto con usted, hijo, y no estoy siendo piadoso cuando digo esto: sólo sabía en mi corazón que, de alguna manera, Alá era la única respuesta. Sabía que estaba allí, aunque yo me sintiera tan lejos de él. A pesar de todo mi entrenamiento religioso, de toda mi historia familiar, de todo mi conocimiento del Corán, me sentía separado de Dios y eso me obsesionó.

David no dijo nada, esperando que el anciano siguiera a su propio ritmo.

"Pensé en eso por mucho tiempo," continuó Birjandi después de un momento, "y llegué a la conclusión de que el problema era que yo sólo conocía a Alá intelectualmente, y eso no era suficiente. Lo que en realidad necesitaba era experimentarlo. El islam chiíta, como sabe, es una religión muy mística. Enseñamos a los estudiantes que hay niveles cada vez más altos de conciencia espiritual, que necesitan descubrir y ayudar a los demás a descubrir. Pero como probablemente también sabe, la doctrina chiíta enseña que el amor de Dios no está disponible para todos. Solamente es para los que pasan por un viaje espiritual muy específico.

Así que en mis clases enseñaba a mis estudiantes a que meditaran hasta entrar en trance. En ese trance, si eran verdaderamente devotos, con el tiempo tendrían visiones de antiguos imanes, de los diversos profetas y de otras figuras históricas. La meta es llegar más alto, más profundo, más cerca de Alá. Pero yo verdaderamente nunca lo había tomado tan en serio para mí mismo. Me encantaba aprender *acerca* de Alá, pero en realidad nunca traté de *conocerlo* personalmente.

"Entonces, un día fui a dar una larga caminata en nuestro vecindario, solo, con mi bastón. Sabía que me estaba hundiendo cada vez más en la desesperación. Pensé en terminar con mi vida, pero no estaba listo para morir. Creía que cometer suicidio de seguro me condenaría al infierno. Estaba perdido. Pero había muchos que me veían como si yo tuviera todas las respuestas. Finalmente llegué a casa y fui a mi habitación. Le supliqué a Alá que se me revelara. Le supliqué que se mostrara. Le dije que había hecho todo lo que me había pedido, pero no era suficiente. Estaba dispuesto a hacer más, pero primero le pedí que viniera y me hablara directamente. Pero no pasó nada. Los meses pasaron y no pasó nada."

David escuchaba, extasiado.

"Llegué a estar más deprimido. No le hablaba a mi esposa. Me quedaba despierto toda la noche, sin poder dormir. Encendía la televisión satelital y pasaba los canales sin pensar, escuchando lo que fuera que hubiera. Y un día me topé con un programa que me llamó la atención. Era un iraní que había estado en las calles de Teherán durante la Revolución de 1979, gritando: '¡Muerte a Estados Unidos!'. Por alguna razón, él y su esposa solicitaron hacer un postgrado en California y fueron aceptados. Pero luego su matrimonio comenzó a fallar y sus vidas comenzaron a derrumbarse, y cuestionaron el islam. Les prometía paz, pero él dijo que no les daba paz.

"Y allí fue cuando comencé a escuchar más atentamente. Hasta que el hombre dijo que había hecho un estudio cuidadoso del Corán y de la Biblia, que había llegado a la conclusión de que la Biblia era verdadera y que el Corán era falso y que Jesús era el Único Dios Verdadero. Entonces maldije la televisión y la apagué, furioso como nunca antes había estado.

"Pero después de unas cuantas noches, cuando mi esposa estaba haciendo mandados, no pude evitarlo. Me dio curiosidad y volví a encontrar ese programa y seguí escuchando. Y la próxima vez que ella salió por la tarde, volví a escuchar. Quería poder demostrar que este hombre estaba demente. Quería poder escribir un artículo o un libro refutando todo lo que decía.

"Entonces, algo muy extraño ocurrió."

77

—¿Qué? —preguntó David.

—Simplemente lo supe.

—¿Supo qué?

—Supe que este hombre en la televisión era la respuesta del Creador para mi hambre. Que no podía refutarlo. A través de este hombre, Dios me estaba diciendo la simple verdad acerca de sí mismo. De su Hijo, Jesús. La ira de mi corazón hacia este hombre había desplazado el desaliento. Ahora esa ira de repente se había ido, y solamente quedaba paz. Paz y el conocimiento más sólido e inconfundible de que era Jesús a quien debía seguir el resto de mis días.

David sintió como si se hubiera quedado mudo. Escuchó las palabras de Birjandi, pero no podía creer que salían de la boca de un líder y consejero islámico tan reverenciado. ¿Era todo esto una trampa? Pero el hombre parecía estar lleno de una energía que aumentaba mientras contaba la historia.

—Entonces tuve esta hambre y sed intensas, no de comida y agua sino de saber más de Jesús.

—¿Y qué hizo? —preguntó finalmente David.

—¿Y qué podía hacer? —respondió Birjandi—. Ya sabía que el Corán no tenía respuestas verdaderas acerca de Jesús. Sin duda unas cuantas cositas, pero nada sólido. Así que un fin de semana, cuando mi esposa fue a Qom a visitar a su hermana, salí de la casa y tomé un bus a Teherán. Tuve que pedirle indicaciones a una docena de personas y finalmente alguien me ayudó a encontrar una iglesia armenia. Fui y les supliqué que me dieran una Biblia. No me la querían dar. Temían que pudiera ser un espía. Les dije: "No sean ridículos. Mírenme. Soy un anciano, no un espía." Les supliqué por una hora que me leyeran acerca de Jesús, aunque fuera por unos minutos. Me preguntaron si era cristiano. Les dije la verdad, que era musulmán. Pero dijeron que solamente podían dar Biblias a los cristianos, nunca a los musulmanes. Les dije que quería saber más de Jesús. Pero me expulsaron y yo me sentí muy acongojado.

»Tardé ocho meses en conseguir una Biblia. Fui a todas las librerías que pude encontrar, preguntando por una. Fui a todas las bibliotecas. Finalmente, para sorpresa mía, me volví a comunicar con un colega jubilado del seminario. Supe que le habían dado una Biblia en una clase de religión comparativa, en una universidad de Inglaterra, en los días del sha. Le dije que la necesitaba para un proyecto de investigación que estaba haciendo y me dijo que podía dármela; no la usaba.

El doctor Birjandi se inclinó hacia delante en su silla, haciendo que David también se acercara.

—David —continuó—, nunca había estado tan emocionado en mi vida. Mis manos temblaban cuando mi colega puso ese libro en ellas, volví a mi casa y me di cuenta de que tenía un problema. Obviamente no podía leer la Biblia por mí mismo, porque no podía verla. Y me moría de miedo de decirle a mi esposa lo que estaba pasando conmigo. Así que mentí un poco.

—¿Mintió?

—Sí, y todavía me siento terrible por eso. Pero no sabía qué otra cosa hacer.

—¿Y qué le dijo?

—Le dije a Souri que el seminario quería que considerara escribir un capítulo de un libro que iban a publicar en cuanto a las falacias de la escatología judía y cristiana, y que eso me intrigaba —dijo Birjandi—. Para alivio mío, a ella también la interesó. Así que nos encerramos en este estudio por varias semanas y leímos y estudiamos la Biblia nosotros mismos, desde la mañana hasta la noche, desde el primer versículo del Génesis, el primer libro de la Biblia, hasta el último capítulo del último libro, Apocalipsis. La estudiamos. La discutimos. Llenamos cuadernos enteros con notas, y cuando nuestros cuadernos estaban llenos, Souri salía a conseguir más, y también los llenamos. Y mientras lo hacíamos, tengo que admitir, yo estaba sorprendido por la vida y enseñanzas de Jesús. Me enamoré del Sermón del Monte, por ejemplo. ¿Lo has leído alguna vez?

—No, no lo he hecho —admitió David. Nada de esto aclaraba sus preguntas. Se preguntaba cuánto tiempo más tendría que escucharlo, sin importar lo interesante que fuera, antes de obtener la información por la que había venido.

El anciano se recostó en su silla, reclinó su cabeza en el cojín descolorido y sonrió. Una apariencia de deleite apacible atravesó su rostro. Unió sus manos en su pecho y recitó con una voz firme y melódica:

—"Bienaventurados los pobres en espíritu, pues de ellos es el reino de los cielos. Bienaventurados los que lloran, pues ellos serán consolados. Bienaventurados los mansos, pues ellos heredarán la tierra. Bienaventurados los que tienen hambre y sed de justicia, pues ellos serán saciados. Bienaventurados los misericordiosos, pues ellos recibirán misericordia. Bienaventurados los de limpio corazón, pues ellos verán a Dios. Bienaventurados los que procuran la paz, pues ellos serán llamados hijos de Dios."

»En toda mi vida, nunca había leído palabras más poderosas. Sabía que no eran palabras de hombres. Eran las palabras de Dios. Y comenzamos a estudiar las advertencias de Jesús.

—¿Advertencias? —preguntó David.

—En todo el Nuevo Testamento, Jesús advirtió una y otra vez de los falsos maestros y falsos mesías que vendrían para engañar al mundo después de su muerte y resurrección. "Cuídense de los falsos profetas, que vienen a ustedes con vestidos de ovejas, pero por dentro son lobos rapaces," advirtió Jesús a sus discípulos en Mateo capítulo 7. "Por sus frutos los conocerán," dijo. "¿Acaso se recogen uvas de los espinos o higos de los abrojos? Así, todo árbol bueno da frutos buenos, pero el árbol malo da frutos malos."

»Pensé por mucho tiempo y arduamente en esos versículos y en muchos otros así. Y pensé en el fruto de la vida de Mahoma, en la violencia. Mahoma vivió por la espada y enseñó a otros que lo hicieran, mientras que Jesús enseñó exactamente lo opuesto.

Birjandi entonces le pidió a David que fuera al estante a su izquierda y que sacara los dos primeros libros a la derecha del estante de arriba; detrás de ellos encontraría una copia del *Injil*—el Nuevo Testamento— en persa. David hizo lo que le dijo e inmediatamente lo encontró.

"Busque el Evangelio según Mateo, capítulo 24," dijo Birjandi. "Mateo es el primer libro del *Injil*, por lo que no será difícil encontrarlo."

David lo hizo.

—Está bien, comencemos con el versículo 3 —dijo Birjandi, y comenzó a recitar las Escrituras en voz alta, de memoria, mientras David seguía en silencio en el texto. "Y estando él," Jesús, "sentado en el monte de los Olivos," que está cerca de Jerusalén, "se le acercaron los discípulos en privado, diciendo: 'Dinos, ¿cuándo sucederá esto, y cuál será la señal de tu venida y de la consumación de este siglo?'" Verá, los discípulos de Jesús querían entender cuándo su Señor volvería a la tierra para establecer su reino y reinar en la tierra. Querían una señal, sólo una, que indicara cuándo su regreso estaría cerca. Pero Jesús no les dio solamente una señal. Les dio muchas. Terremotos. Hambrunas. Desastres naturales. Guerras. Rumores de guerras. Apostasía. Persecución de los creyentes. Expansión del mensaje del evangelio cristiano en todo el mundo. Jesús advirtió que todo eso sucedería en los últimos días, justo antes de que regrese.

—Todo eso está sucediendo ahora mismo —dijo David.

—Eso es cierto —dijo Birjandi—. Pero mire la primera señal de la que Jesús advirtió a sus discípulos, que comienza en el versículo 4. "Respondiendo Jesús, les dijo: 'Miren que nadie los engañe. Porque muchos vendrán en mi nombre, diciendo: "Yo soy el Mesías," y engañarán a muchos.'"

David leyó el versículo para sí mismo. Birjandi tenía razón.

—Ahora, mire el versículo 11 —dijo Birjandi—. ¿Qué dice?

—"Se levantarán muchos profetas falsos, y a muchos engañarán" —leyó David, curioso de por qué Jesús se estaba repitiendo.

—¿Dijo Jesús que los mesías falsos y los falsos profetas se *podrían* levantar en los últimos días? —preguntó Birjandi.

—No —dijo David—. Dijo que *se levantarán*.

—¿Dijo que *podrían* engañar a muchos? —insistió Birjandi.

—No, dijo que *engañarán* a muchos.

—Bien, ahora lea los versículos 23 a 27.

David volteó la página y siguió leyendo.

—"Entonces si alguno les dice: 'Miren, aquí está el Cristo,' o 'Allí está,' no le crean. Porque se levantarán falsos Cristos y falsos profetas, y mostrarán grandes señales y prodigios, para así engañar, de ser posible, aun a los escogidos. Vean que se los he dicho de antemano. Por tanto, si les dicen: 'Miren, él está en el desierto,' no vayan; o 'Miren, él está en las habitaciones interiores,' no les crean. Porque así como el relámpago sale del oriente y resplandece hasta el occidente, así será la venida del Hijo del Hombre."

»Esa es la tercera vez en el mismo capítulo que Jesús está advirtiendo de falsos profetas y falsos mesías —observó David.

—Correcto —dijo Birjandi—. Y mientras más pensaba en ello, más cuenta me daba de que el trabajo de mi vida se había construido en base a mentiras.

78

—Así que, permítame entender esto correctamente —dijo David—. ¿Usted ya no es musulmán?

—No, no lo soy.

—¿Y qué es entonces?

—Soy seguidor de Jesús.

—¿Y no cree que Mahoma es un profeta?

—No.

—¿No cree que el Duodécimo Imán es el mesías?

—No.

—¿Hace cuánto sucedió esto? —preguntó David, atónito.

—Hace como un año y medio.

—¿Y se lo dijo a su esposa?

—Iba a decírselo —dijo Birjandi.

—¿Y qué pasó?

—Cuando nos enteramos de que ella tenía cáncer, comencé a orar para que sus ojos se abrieran a la verdad de Jesús. No oré cinco veces al día por ella. Oré *veinticinco* veces al día. Y un día, cuando estaba dormida, soñó con Jesús. Le dijo: "No se turbe tu corazón; cree en Dios, cree también en mí. En la casa de mi Padre hay muchas moradas; si no fuera así, te lo hubiera dicho; porque voy a preparar un lugar para ti. Y si me voy y preparo un lugar para ti, vendré otra vez y te tomaré conmigo; para que donde yo estoy, allí estés también. Y conoces el camino adonde voy." Y en su sueño Souri le dijo: "Señor, si no sé adónde vas, ¿cómo voy a conocer el camino?". Y Jesús le dijo: "Yo soy el camino, y la verdad, y la vida; nadie viene al Padre sino por mí."

»Entonces ella se despertó, y allí y en ese momento, Souri se dio cuenta de que lo que le habían enseñado toda su vida, incluso yo, estaba equivocado. No estaba enojada con el islam. No estaba enojada conmigo. Sólo supo en ese momento que Jesús era el Único Dios Verdadero, renunció al islam y se convirtió en una seguidora de Jesús.

—¿Y usted cómo lo supo? —preguntó David.

—Ella me lo dijo inmediatamente —dijo Birjandi.

—¿De veras?

—Sí.

—¿No estaba asustada?

—Estaba asustada —dijo Birjandi—. Pero me dijo que me amaba demasiado como para no decirme la verdad.

—Usted tuvo que haberse sentido muy feliz —dijo David.

—En realidad —dijo Birjandi—, me sentí avergonzado.

—¿Por qué?

—Porque hasta ese momento había sido demasiado cobarde como para decirle a mi amada esposa que Jesús me había salvado. Cuando ella me contó su historia, me desmoroné y lloré, y le pedí que me perdonara por no haberle dicho nada antes. Pude haberla perdido. Ella pudo haber muerto e ido al infierno, y habría sido mi culpa por no darle las buenas noticias del amor de Cristo. Pero ¿sabe qué?

—¿Qué? —preguntó David.

—Souri me perdonó inmediatamente —dijo Birjandi—. He tardado mucho tiempo en perdonarme a mí mismo, pero mi Souri me perdonó inmediatamente. Así era ella.

Hubo otra pausa larga, mientras David trataba de absorber todo esto y que tuviera sentido.

—Así que, para aclararlo, ¿usted no cree que el Duodécimo Imán sea real? —preguntó finalmente.

—Oh, no. Él es real sin duda. Sólo que no es de Dios. Es de Satanás.

—Pero ¿cree usted que existe? —preguntó David.

—Por supuesto —dijo Birjandi—. Está aquí ahora. Estuvo aquí mismo en Hamadán. ¿No ha oído las noticias?

—He escuchado los rumores, pero yo . . .

—No son rumores, hijo. En realidad está aquí, y está haciendo milagros para atraer la atención y un séquito. Pero como dijo Jesús, y usted mismo lo leyó, son señales y maravillas diseñadas para engañar a la gente, no para salvarla. Lo cual nos lleva a usted.

—¿A mí?

—Sí, a usted —dijo Birjandi—. Verá, hace una semana, el Señor me dijo que vendría a verme.

—¿Hace una semana?

—Sí. Me dijo todo acerca de usted, y me dio instrucciones para que le dijera cosas que se supone que no debo decirle a nadie. Cosas acerca de las armas nucleares de Irán.

David casi no podía respirar. Había ido a buscar a Birjandi, esperando que le enseñara acerca de la escatología chiíta y del Duodécimo Imán. En lugar de eso, había recibido una historia disparatada acerca de Jesús. ¿Y ahora el anciano estaba a punto de hablarle acerca del programa nuclear de Irán? Nada de esto parecía posible. Pero Birjandi siguió hablando.

—Hosseini y Darazi construyeron nueve ojivas. Acaban de probar una. Eso fue lo que ocasionó el terremoto. Hay ocho restantes. Y son bombas grandes. Cada una de ellas podría destruir Tel Aviv, Nueva York, Washington, Los Ángeles, Londres, lo que quiera. Pero Irán todavía no sabe cómo acoplarlas a un sistema de expulsión de largo alcance, por lo que no pueden disparar los misiles balísticos con las ojivas en ellos. Todavía no. Cuando las usen, tendrán que transportarlas en barco o camión y detonarlas en el lugar o por control remoto.

David estaba temblando. En su cabeza todavía estaba escéptico. Pero en su corazón lo creía todo.

—¿Cómo sabe esto?

—Hosseini me lo dijo la semana pasada en nuestro almuerzo mensual.

—¿Y por qué le dijo Hosseini todo esto?

—Yo soy su asesor personal más cercano y un viejo amigo en quien confía. Está emocionado porque cree lo que siempre le enseñé: que cuando tengamos la habilidad de borrar a los judíos y a los cristianos, entonces el Mahdi vendrá. Pero también me pidió que orara para que Alá le dé la sabiduría para saber cómo proceder mejor. No me había confiado esto antes de la semana pasada, guardando sus secretos cuidadosamente, como es usual.

—¿Y usted sabe dónde están estas ojivas? —preguntó David.

—Todas estaban en Hamadán la semana pasada, pero ahora están dispersas en todo el país —dijo Birjandi—. La última oportunidad de eliminarlas todas de una vez tendría que haber sido atacando el centro de investigación de Saddaji en Hamadán. Pero nadie lo hizo. Los israelitas asesinaron a Saddaji, pero esa fue la maniobra equivocada. Tendrían que haber atacado el centro de investigación. Ahora ya es demasiado tarde.

—¿Tiene alguna prueba de todo esto? —preguntó David.

—No estoy seguro de que sea importante —dijo Birjandi.

—¿Qué quiere decir?

—Quiero decir que estamos en los últimos días —el anciano lo dijo con un suspiro—. La llegada del Duodécimo Imán significa que una guerra apocalíptica entre Irán, Estados Unidos e Israel es inminente. Honestamente no sé por qué Dios lo ha traído aquí a usted, pero sus caminos no son nuestros caminos. Sus pensamientos son superiores a nuestros pensamientos.

—Yo quiero que se detenga este programa nuclear —respondió David—. Estos hombres están locos, y creo que están decididos a matar a millones.

—No sé si esto pueda detenerse —dijo Birjandi—. En realidad no se pueden detener todas las guerras, la devastación y la muerte. Se han predicho. Lo mismo es cierto del surgimiento de los falsos mesías, de los falsos profetas y de los falsos maestros. Está escrito que vendrán. Ahora están aquí. Esas cosas son determinadas por Dios y nada puede frustrar ni cambiar su voluntad.

—Pero ¿dice la Biblia que estos engañadores ganan? —dijo David, presionando. Claramente Birjandi había elegido la Biblia como fundamento, así como Hosseini y los líderes de Irán eligieron el Corán. Tendría que apelar a esta brújula interna del anciano, sin importar lo descabellado que esto pareciera.

—No —dijo Birjandi—. Hacen mucho daño, pero finalmente no ganan.

—Entonces tal vez Dios usará simples mortales como usted y yo para detenerlos —dijo David.

—Eso no lo sé, pero espero que así sea.

David no estaba seguro de qué pensar en cuanto a la historia de Birjandi, de cómo se convirtió al cristianismo. Tal vez el hombre estaba loco. Era obvio que no había compartido esta historia con los líderes de este país durante sus reuniones mensuales. Si estaban compartiendo secretos de estado con él, creían que todavía le era fiel al islam. Birjandi era sabio al mantener sus experiencias para sí mismo y tratar de vivir sus últimos pocos años en paz.

David no creía que el hombre estuviera intentando engañarlo. Tal vez Birjandi sería una clave, una fuente que cambiaría las reglas del juego para él, pero tendría que andar con cuidado.

—Necesito verificar las cosas que me ha dicho. ¿Hay alguna pista que pueda seguir, alguna persona que también quisiera que este programa se detuviera, tal vez alguien de adentro?

Birjandi hizo una pausa.

—Antes de preocuparse por el mundo, hijo, debería asegurar su propia alma en Dios. Él lo tejió en el vientre de su madre. Él lo ama. Pero debe elegir sin tardanza. Las fuerzas del mal se están reuniendo, están surgiendo y, créame, David, nunca podrá estar firme en medio de la tempestad si no ha sido perdonado, si no ha sido lavado con la sangre de Cristo, si no está lleno de su Espíritu Santo y si no está equipado con su armadura completa y poderosa.

Eso no era lo que David quería oír.

—Aprecio mucho eso, doctor Birjandi —respondió—. Pero no me preocupo por mí.

—Debería.

—¿Y qué de las almas de los inocentes? ¿De los millones de personas que morirán si el Duodécimo Imán le ordena a Irán que detone las armas nucleares en mi país o en Israel?

—Tiene que pensar primero en usted.

—Eso es egoísta.

—No, eso es sabiduría —dijo Birjandi—. No sabe con quién se está enfrentando. A Satanás no hay que tomarlo a la ligera. Él es el que le da poder al Duodécimo Imán, el mismo Lucifer. No es posible que pueda combatirlo usted solo.

—No estoy solo —dijo David—. Soy un agente de Estados Unidos de América. Somos la nación más rica y poderosa de la faz del planeta, en la historia de la humanidad. Si alguien puede detener al Duodécimo Imán, si hay alguien que pueda detener a Irán, es Estados Unidos. Tenemos este país rodeado. Tenemos fuerzas en Irak y en los estados del Golfo. Estamos en Afganistán. Estamos en Turquía. Tenemos submarinos y portaviones estacionados en sus litorales. Tenemos aviones Predator radiocontrolados y satélites espías que sobrevuelan arriba, pero necesitamos pruebas. Necesitamos objetivos específicos. Y los necesitamos ahora.

Pasaron varios minutos. Birjandi no dijo nada. David miró su reloj.

—Najjar Malik —dijo finalmente Birjandi.

—¿Quién es él?

—Vive en Hamadán. Es el yerno de Saddaji y el próximo en línea para dirigir el programa nuclear. Me han dicho que él y su joven familia han desaparecido desde el asesinato de Saddaji y que hay mucha gente buscándolo.

—¿Y él hablaría conmigo?

—No sé.

—¿Dónde puedo encontrarlo?

—Tampoco sé eso, pero permítame ser claro, David, será mejor que lo encuentre antes que el Mahdi.

79

CAMINO A TEHERÁN, IRÁN

A cada musulmán se le exige hacer *hajj*.

Como David lo había aprendido durante sus años de universidad en Munich, *hajj* era el quinto de los cinco pilares a los que todo seguidor del islam debía someterse.

El primer pilar era decir el *shahada*, la profesión de fe básica en Alá y Mahoma como su profeta. El segundo era realizar *salat*, orar cinco veces al día en las horas reglamentarias. El tercero era *zakat*, dar limosna al pobre. El cuarto era *sawm*, abstenerse de comida, bebida y relaciones sexuales durante las horas de luz del mes de Ramadan y en otras oportunidades del calendario islámico. Pero el *hajj* era el más difícil y, por lo tanto, el acto más honorable de los cinco.

David nunca lo había hecho, pero cada año, a pesar de la enorme pobreza y privaciones en todo el mundo islámico, más de 1,5 millones de musulmanes extranjeros se unían aproximadamente a un número igual de musulmanes sauditas para hacer su peregrinaje a la ciudad de la Meca. Considerada una ciudad santa, la Meca era el epicentro del islam, la ciudad donde Mahoma nació en 570 d.C., la ciudad donde afirmaba haber comenzado a recibir revelaciones de Alá, una ciudad cuya gente trató de resistirse y de aplastar el islam en sus inicios, después de que Mahoma trasladó su campamento base a la cercana Medina, pero la ciudad finalmente fue conquistada por Mahoma y su ejército de diez mil *mujahideen* en 630 d.C.

Después de la conquista, Mahoma declaró que ningún infiel podía entrar a la Meca, pero cada año los musulmanes entraban en oleada tras oleada, con lo que duplicaban la población de la ciudad, que una vez tuvo poca importancia histórica, si es que la tuvo. Algunos llegaban en tren. Otros llegaban en bus o automóvil. Otros caminaban por el desierto. Cuando los hoteles se llenaban, acampaban en las miles de miles carpas blancas que el gobierno saudita colocaba. Cuando las tiendas se llenaban, dormían en el suelo o bajo las estrellas. La mayoría ahorraba toda su vida por una oportunidad de orar en el Kaaba, el edificio negro, de granito y en forma de cubo que está en el corazón de Al-Masjid Al-Haram, la Mezquita Sagrada, conocida también como la Gran Mezquita.

Pero todo musulmán sabía que el *hajj* se llevaba a cabo en el otoño. Era finales de febrero y nadie había visto antes algo así.

El mundo islámico había quedado electrificado con el anuncio de que el Duodécimo Imán había vuelto y que pronto aparecería en público. Con los rumores que se extendían de las grandes señales y maravillas que estaba haciendo, los musulmanes se estaban reuniendo en la Meca, de una manera que amenazaba con colapsar todos los sistemas normales.

Todavía era media noche, pero David decidió utilizar su auto rentado y conducir en lugar de volar de Hamadán a Teherán. En lugar de que le impidieran el acceso al flujo de noticias y de información, por entrar a aeropuertos y o estar en un avión, quería poder escuchar en la radio la información continua desde la Meca. También quería poder transportar la Biblia en persa que el doctor Birjandi le había dado, sin que un guardia de seguridad en el aeropuerto la encontrara en su equipaje e hiciera un escándalo.

Un reporte que atrajo su atención en el camino era de la agencia oficial saudita de noticias. Todos los asientos en cada vuelo por llegar al reino en las siguientes setenta y dos horas estaban ocupados. Un vocero de Saudi Arabian Airlines dijo que estaban haciendo todo lo que podían para agregar vuelos alquilados, pero suplicó paciencia y comprensión.

Hasta este momento, observó David, el palacio en Riad no había dado ninguna declaración oficial, ya fuera positiva o negativa, comentando acerca de la llegada del Duodécimo Imán a la Meca. Pero interpretó los esfuerzos del gobierno saudita de moverse tan rápidamente para trasladar cientos de miles de toneladas de comida, millones de galones de agua y decenas de miles de carpas adicionales, como una señal de aceptación del gobierno sunita, por muy renuente que estuviera, de que el inminente viaje a la Meca del líder chiíta era un hecho consumado.

La pregunta era: ¿Por qué?

No tenía sentido en absoluto que los líderes sunitas de Arabia Saudita vieran con buenos ojos esta visita del Duodécimo Imán a su país, mucho menos que la permitieran. ¿Por qué estaba el rey prácticamente desenrollando la alfombra roja para una figura religiosa en quien no creía, un líder político que en un solo sermón podría robarle el reino a la Casa de Saud? ¿Estaba alguien torciéndoles el brazo? ¿Los estaban chantajeando?

TEHERÁN, IRÁN

—*¿Qué quiere decir con que no pueden encontrarlo?*

El ministro de defensa Faridzadeh había estado levantado toda la noche, y estaba enfurecido. Habían pasado horas desde que había ordenado a su personal que rastreara a Najjar Malik. Despues de emitir la orden, Faridzadeh se había encerrado en su oficina, consumido en el estudio detallado de los resultados finales de la prueba de la ojiva nuclear. Nunca se le había ocurrido que sus asistentes serían tan ineptos como para no poder encontrar al hombre que ahora era la figura más importante del programa nuclear iraní.

—Ni siquiera sabemos si está vivo —explicó el jefe del personal de Faridzadeh, parado en el centro de la espaciosa oficina de su jefe en el Ministerio de Defensa.

—¿Por qué no?

—Hamadán todavía está en caos, señor. No hay suficiente comida ni agua. Los caminos son un desastre. El sistema telefónico recién está comenzando a funcionar. Decenas de miles han muerto. Más de cien mil están heridos, y muchos de los que están recibiendo tratamiento médico no tienen consigo su identificación personal.

—¿Ha ido alguien personalmente al departamento del doctor Malik y ha llamado a su puerta?

—Lo intentamos, pero el departamento se destruyó completamente con el terremoto.

—¿No hay sobrevivientes?

—Ninguno, señor.

—¿Entonces podría estar en el fondo de esos escombros?

—Es posible, señor.

—¿Y qué del personal en el complejo 278? ¿Ha sabido alguien del doctor Malik?

—Estuvo en la planta la noche del funeral del doctor Saddaji, pero desde entonces ninguna de las personas con las que hablamos lo ha visto ni ha sabido nada de él.

Faridzadeh miró a su jefe de personal y le dio un ultimátum.

—Tiene seis horas para encontrarlo y traérmelo. No me pida ni un minuto más.

DUBAI, EMIRATOS ÁRABES UNIDOS

Zalinsky revisó la identificación del llamador y se puso tenso.

—Zalinsky —dijo, al levantar el teléfono al tercer timbrazo.

—Jack, es Tom Murray. Te estoy llamando desde Langley.

—Hola, Tom.

—Tenemos un problema —dijo el director adjunto de operaciones de la CIA.

—¿De qué se trata?

—Recibí una llamada muy incómoda del director.

—¿Acerca de qué?

—Aparentemente el presidente Jackson acaba de hablar por teléfono con el primer ministro Neftalí. Neftalí no quiere decir si los israelitas mataron a Mohammed Saddaji. Pero sí dijo que la inteligencia israelí está detectando radiación significativa desde una montaña al oeste de Hamadán. ¿Qué sabes de esto?

—Nada en concreto, señor —respondió Zalinsky, sin mentir exactamente, pero tampoco le dijo toda la verdad.

—Tienes a un hombre en Hamadán ahora, ¿verdad?

—Sí, señor.

—¿Tiene indicaciones de que los iraníes podrían haber realizado una prueba nuclear allí?

—Ha escuchado rumores.

—¿Rumores?

—Especulaciones —dijo Zalinsky—. Habladurías. Pero no hay nada que lo respalde.

—Los israelitas están pidiendo que un Constant Phoenix sobrevuele la ciudad —dijo Murray—. Al presidente lo tomaron por sorpresa con la solicitud. Está furioso porque nadie le dio una advertencia de que hubiera alguna posibilidad de que el terremoto podría haber sido provocado por una prueba de armas nucleares. Ni nosotros, ni la Agencia de Inteligencia de la Defensa, ni el Pentágono.

—Estamos trabajando en eso, señor —le aseguró Zalinsky al director adjunto de operaciones.

—Eso no es suficiente —dijo Murray furioso—. Tienes que hacerlo mejor, Jack. El presidente ha ordenado que un Constant Phoenix se dirija a Irán, pero no tendremos información concreta hasta dentro de veinticuatro horas. Tienes que conseguir algo más, y rápido.

—Estamos en eso, señor.

Pero Murray no había terminado.

—¿Y qué es toda esa conmoción por la llegada del Duodécimo Imán? —exigió saber—. Neftalí dijo que la llegada del Duodécimo Imán podría significar que los iraníes están próximos a lanzar un ataque en contra de Israel. El embajador saudita acaba de estar en la Casa Blanca y le dijo al presidente que los iraníes dicen que el Duodécimo Imán va a dar un discurso importante en la Meca, y el rey teme que los iraníes estén planificando derrocar su régimen al inundar el país con chiítas de Irán. Francamente, hasta hoy, ni el presidente ni yo habíamos oído del Duodécimo Imán, aparte de que es un ambiguo concepto musulmán.

—Mi gente está trabajando en eso también, señor —dijo Zalinsky—. Pero necesitamos más tiempo.

Con eso, Murray perdió el control.

—No tenemos más tiempo. Se supone que tienes que mantenerme

delante del juego. Necesito algo para ayer. Te di todo el dinero que pediste: caja negra, sin supervisión del congreso, ¿y qué me das a cambio? Nada, Jack. Nada que pueda usar.

Murray tenía razón y eso hacía que Zalinsky se sintiera mal. Le estaba fallando a su jefe y a su país en un momento crucial, algo que nunca le había pasado en su vida. Trató de permanecer con calma. Lo único nuevo que tenía sobre el Duodécimo Imán era el memo de Zephyr. Se estremeció al pensar en enviarlo a la cadena de comando, pero no estaba seguro de qué otra cosa hacer.

—Le conseguiré algo pronto —prometió Zalinsky.

—Tienes seis horas —dijo Murray—. Quiero en mi escritorio un informe sobre el Duodécimo Imán e información nueva concluyente sobre lo que está ocurriendo en Hamadán. Y quiero una actualización cada seis horas después de eso. Tienes que presionar a tu gente, Jack. A todos. El director dijo que nunca había visto al presidente tan furioso. Teme que los israelíes se lancen en cualquier momento. Tienes que estar adelante de todo esto, o alguien lo va a pasar muy mal.

80

Zalinsky llamó a Eva a su oficina.

—¿Qué pasó? —preguntó ella, sorprendida por su rostro demacrado.

—Dime que tenemos algo nuevo, *cualquier cosa*, sobre el programa de armas iraníes y del Duodécimo Imán —exigió.

—Tenemos, Jack —dijo Eva—. Estaba por traerte todo esto, pero estabas en el teléfono.

—¿Qué es lo que tienes?

—La información está comenzando a entrar desde los lugares de monitoreo internacional, cerca de Irán.

—¿Y?

—Parece que Zephyr tenía razón. La actividad sísmica de Hamadán es consecuente con una prueba de armas nucleares, no con un terremoto natural, increíblemente intenso al principio, pero que luego disminuye en lugar de aumentar.

Si hubiera tenido esta información una hora antes.

—¿Algo más? —preguntó Zalinsky, armándose de valor para más "buenas noticias."

—En realidad, hay, aunque todavía no estoy segura de qué —dijo Eva, mostrándole a Zalinsky las últimas transcripciones de las llamadas interceptadas de NSA—. Zephyr ha entregado los teléfonos satelitales, y los teléfonos, a su vez, fueron entregados a altos funcionarios iraníes. Aparentemente ya revisaron que no estuvieran interceptados y les han dado el sello de aprobación, porque están comenzando a sonar.

—¿Hemos recibido algo sobre Hamadán? —preguntó Zalinsky.

—Indirectamente —dijo Eva—. Nadie está hablando de la prueba nuclear en sí. Parece que están muy cautelosos con lo que dicen en los teléfonos, aunque no hayan detectado que estén interceptados. Pero hay una tormenta de interés en un tipo que se llama Najjar Malik. El Duodécimo Imán está preguntando por él personalmente, pero parece que no pueden encontrarlo.

—¿Este Duodécimo Imán es una persona real, no una fábula o un mito de alguna clase?

—Están hablando de él como que es de carne y hueso, jefe.

—Increíble.

—Lo sé.

—¿Tienes antecedentes sobre quién dicen los eruditos que es este tipo y qué se supone que hará cuando aparezca?

—En realidad, sí.

—Bien; necesito que escribas un reporte rápido sobre todo esto para el presidente —dijo Zalinsky.

—Seguro. ¿Para cuándo?

—Lo necesito en cuatro horas. Murray lo necesita en seis.

—Hecho.

—Bien. Ahora, ¿quién es Najjar Malik?

—No sabemos —admitió Eva—. Estamos pasando el nombre en todas nuestras bases de datos y no hemos encontrado nada todavía. Pero la oficina del ministerio de defensa está dirigiendo esta búsqueda. Mira estas transcripciones.

Zalinsky revisó los documentos que ella le entregó.

—Ambos mencionan a Malik en conexión con Saddaji —observó Eva—. Y mira, en ambos se refieren a él como el *doctor* Malik. Mi mejor conjetura en este momento es que es un científico nuclear. Probablemente trabajó para Saddaji en el programa de armas, muy posiblemente como director adjunto o en algún otro nivel superior. Lo curioso es que cuando miras todas las llamadas, queda claro que están buscando al doctor Malik en Hamadán. Tienen miedo de que pudiera estar muerto, porque su departamento se destruyó con el terremoto y nadie sobrevivió en el edificio.

Allí está otra vez, pensó Zalinsky, *la ciudad de Hamadán.*

Se dio cuenta de que ahora no había dudas de eso. Zephyr *tenía* razón. Había instalaciones secretas en Hamadán, y la CIA lo había pasado totalmente por alto. Y lo que es más, Zephyr y los israelíes también tenían razón en el hecho de que el terremoto en el oeste de la ciudad había sido provocado por una explosión nuclear subterránea. Lo que significaba que Eva tenía que tener razón también. El doctor Najjar Malik tenía que ser un científico nuclear, probablemente el mejor del programa si trabajaba con Saddaji. El ministro de defensa quería verlo urgentemente. El Duodécimo Imán, quienquiera que fuera, estaba pidiendo verlo. La evidencia era circunstancial, pero para Zalinsky, el paso siguiente estaba claro. Si Najjar Malik todavía estaba vivo, ahora era un objetivo de alta prioridad. La Agencia tenía que hacer todo lo posible para encontrarlo y capturarlo antes de que los iraníes o los israelíes lo encontraran.

Zalinsky levantó la mirada de las transcripciones.

"Llama a Zephyr por teléfono; necesito hablar con él, *ahora*."

TEHERÁN, IRÁN

Alguien llamó a la puerta.

—Adelante —dijo el ministro de defensa Faridzadeh, exhausto y cada vez más ansioso.

—Encontramos a su secretaria —dijo un asistente.

—¿De quién?

—Del doctor Saddaji.

—¿Dónde ha estado todo este tiempo?

—Ha estado yendo de hospital en hospital y a la morgue, tratando de identificar a empleados del Complejo 278.

—¿Sabe algo del doctor Malik?

—Sí, sabe que está vivo, señor. Habló con la señora Saddaji por teléfono. Dice que se fueron como familia a Teherán para hacer duelo en privado.

—Bien —dijo el ministro—. Tráelo acá para que pueda ver al Imán al-Mahdi.

—Bueno, eso es todo, señor. Ella no sabe exactamente dónde está.

—¿Qué?

—Ella sólo sabe que está en alguna parte de la capital.

—¿Y no puede llamarlo?

—Lo ha hecho, señor, muchas veces. Pero no contesta. Como le dije, están de luto con su familia. Probablemente apagó su teléfono.

El ministro de defensa maldijo y con el puño golpeó el escritorio.

—No me importa —gritó—. ¡Sólo encuéntralo!

David estaba entrando a Teherán cuando su teléfono sonó.

Vio la identificación de quien llamaba y reconoció el número como uno que usaba Eva Fischer en Dubai.

—¿Hola?

—Hola, Reza, soy yo —dijo—. El jefe necesita que lo llames.

—Estoy un poco ocupado en este momento, Eva. ¿Puede esperar?

—Me temo que no —dijo Eva—. Se trata de los reportes de gastos de tu equipo. Ya han acumulado una gran factura allá.

David suspiró. "Reportes de gastos" era el código de Eva. Cuando ella los mencionaba en una llamada sin codificar, sabía que tenía que llamar a Zalinsky inmediatamente desde una línea segura.

—No hay problema; lo llamaré tan pronto como llegue al hotel —dijo para el beneficio de la inteligencia iraní, que seguramente estaba grabando esto, así como todas las llamadas internacionales.

—Se lo haré saber.

—Gracias —dijo David—. ¿Cómo van los negocios?

—Están mejorando —dijo ella de manera enigmática—. Vamos a tener un buen trimestre, siempre y cuando tú y los chicos de allá no gasten inconscientemente.

—Trataremos de ser más cuidadosos.

—Sabemos que lo serán —dijo Eva—. Ahora, ve a dormir un poco. Adiós.

David colgó el teléfono y examinó su retrovisor al salirse de la Carretera Saidi dirigiéndose hacia el norte por los vecindarios occidentales de la ciudad. No había visto a nadie siguiéndolo en ningún momento durante el viaje desde la casa del doctor Birjandi, pero ahora que estaba de vuelta en Teherán, tuvo más cuidado. Se unió a los cientos de autos que llenaban la Plaza Azadi, que rodeaba la Torre Azadi, también llamada Torre de la Libertad, construida en 1971 para celebrar los 2.500 años de la fundación del Imperio Persa. David tomó la salida hacia la Avenida Meraj, pasó el Centro Cartográfico Nacional y la Organización Meteorológica Iraní, antes de girar a la izquierda en Forudgah, justo después de los campos del aeropuerto. Satisfecho de estar solo, se detuvo en un pequeño vecindario tranquilo de casas familiares individuales y estacionó en la Calle Hasanpur. Allí volvió a sacar su teléfono, se conectó al sistema codificado y marcó la línea privada de Zalinsky de memoria.

Esto tiene que ser grande, pensó. Estaba arriesgándose al hacer esta llamada desde la capital. Era imposible que los servicios de inteligencia de Irán escucharan lo que iba a decir o lo que le dijeran. Pero si lo estaban vigilando de cerca, estaba destinado a despertar sospechas.

Zalinsky levantó al primer timbrazo.

—¿Has oído de un doctor Najjar Malik? —preguntó inmediatamente.

Y hola para ti también, Jack.

—¿Por qué lo preguntas? —dijo David, sorprendido.

—Acabo de decidir que es el objetivo de más valor en el país en este momento —dijo Zalinsky. Le dio explicaciones de las llamadas interceptadas y de la creciente urgencia dentro del Ministerio de Defensa y del círculo íntimo del Duodécimo Imán de encontrar a Malik—. Sabemos que es un hombre buscado, pero casi no sabemos nada de él.

—Yo sí —dijo David—. Podría ser la clave para ayudarnos a quitarle el seguro a todo el programa de armas nucleares de Irán.

—Cuéntame —insistió Zalinsky.

—Malik nació el 1 de febrero de 1979 —dijo David, partiendo del perfil que Birjandi le había esbozado hacía apenas unas horas—. Es persa, pero creció en Samarra, Irak. Habla árabe, persa e inglés con fluidez. Hizo su trabajo doctoral sobre física nuclear en la Universidad de Bagdad. El doctor Saddaji lo reclutó para que viniera a Irán un poco después del 11 de septiembre, aunque no estoy seguro exactamente cuándo.

Malik se casó con la hija de Saddaji y se convirtió en la mano derecha de Saddaji. Trabajaban en un lugar llamado Complejo 278. Según me informaron, es la base del equipo de desarrollo de armas nucleares. Saddaji supervisaba todo el programa de energía nuclear civil de Irán. Pero esa era su identidad ficticia. La mayor parte del trabajo diario en el campo civil estaba dirigida por Malik. Saddaji se enfocaba principalmente en desarrollar armas, pero usaba muy pocos iraníes. La mayor parte de su equipo se compone de paquistaníes, a quienes Saddaji contrató de A. Q. Khan. Aparentemente, Saddaji también reclutó a un destacado científico nuclear iraquí. En definitiva: Najjar Malik no sólo estaba adentro; era pariente. Y por lo que sé, conoce todo lo del programa, y sabe dónde están enterrados los cuerpos. Creo que por eso es que el Duodécimo Imán quiere reunirse con él desesperadamente. Necesitan a alguien que dirija el programa de armas, ahora que Saddaji está muerto.

—¿Quién es tu fuente?

David le explicó quién era Alireza Birjandi, su relación con los líderes del régimen y el tiempo que acababan de pasar juntos.

—¿Estás diciendo que este Birjandi es un asesor importante del Líder Supremo? —preguntó Zalinsky.

—No está en la planilla, pero de todo lo que he recabado, poca gente está más cerca de Hosseini o Darazi. Deberías preguntarle a Eva. Ella es la que al principio me habló de él y ha estado desarrollando un perfil del tipo.

—¿Y tú le crees? —dijo Zalinsky presionando.

—Le creo.

—¿Hasta la historia de su conversión?

—Es extraño, lo sé, pero creo que él la cree sinceramente.

—¿Por qué?

—¿Por qué otra razón me la contaría? Es decir, es una ofensa capital aquí convertirse al cristianismo. Especialmente si eres un asesor espiritual del Líder Supremo. ¿Por qué contárselo a un total extraño? Es una declaración en contra de sus intereses.

—¿Y por qué *está* hablando contigo?

Era una buena pregunta, que David había estado considerando desde el momento en que había salido de la casa del hombre.

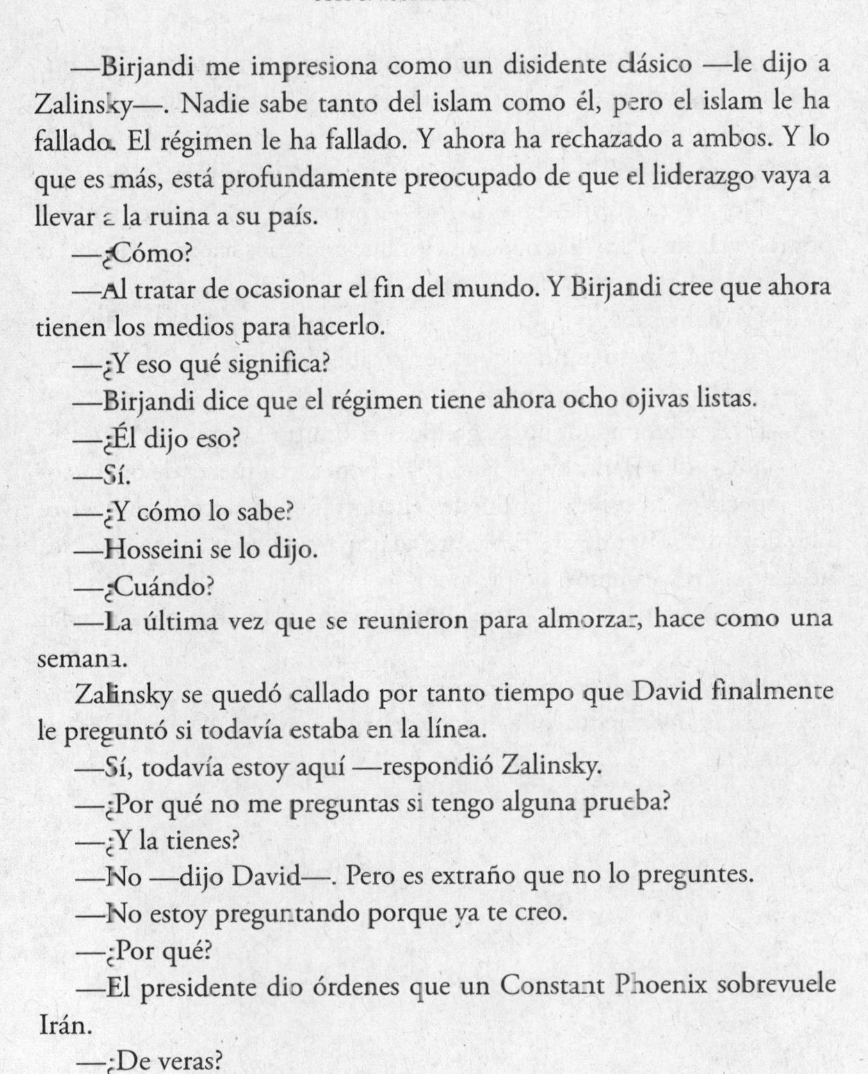

—Birjandi me impresiona como un disidente clásico —le dijo a Zalinsky—. Nadie sabe tanto del islam como él, pero el islam le ha fallado. El régimen le ha fallado. Y ahora ha rechazado a ambos. Y lo que es más, está profundamente preocupado de que el liderazgo vaya a llevar a la ruina a su país.

—¿Cómo?

—Al tratar de ocasionar el fin del mundo. Y Birjandi cree que ahora tienen los medios para hacerlo.

—¿Y eso qué significa?

—Birjandi dice que el régimen tiene ahora ocho ojivas listas.

—¿Él dijo eso?

—Sí.

—¿Y cómo lo sabe?

—Hosseini se lo dijo.

—¿Cuándo?

—La última vez que se reunieron para almorzar, hace como una semana.

Zalinsky se quedó callado por tanto tiempo que David finalmente le preguntó si todavía estaba en la línea.

—Sí, todavía estoy aquí —respondió Zalinsky.

—¿Por qué no me preguntas si tengo alguna prueba?

—¿Y la tienes?

—No —dijo David—. Pero es extraño que no lo preguntes.

—No estoy preguntando porque ya te creo.

—¿Por qué?

—El presidente dio órdenes que un Constant Phoenix sobrevuele Irán.

—¿De veras?

—Sí.

—¿Y?

—Tenemos el reporte sísmico. Tenías razón. Hubo una explosión nuclear en una cadena de montañas, precisamente al oeste de Hamadán. Eso es lo que produjo el terremoto. Así que eso es todo. Irán tiene la Bomba. Los israelíes están a punto de lanzar un ataque preventivo. Y ya no tenemos tiempo.

David se quedó callado por unos momentos. La magnitud de lo que se estaba desarrollando era casi más de lo que podía sobrellevar.

—Y este tipo Birjandi ¿sabe dónde están esas ojivas ahora? —preguntó Zalinsky—. No es posible que todavía estén en Hamadán.

—No, tienes razón —dijo David—. Dice que han sido esparcidas por todo el país. Pero dice que lo mejor que podemos hacer es encontrar a Najjar Malik antes que los iraníes.

—¿Y Malik sabe?

—Veremos, pero es nuestra mejor posibilidad.

—¿Y cómo lo encontramos?

—En este momento, no tengo idea —admitió David—. ¿Y tú?

—No —dijo Zalinsky—. Pero voy a poner una fuerza de operaciones especiales en espera. Si puedes encontrarlo, lo necesitamos vivo. Llévalo a una pista de aterrizaje privada; usa cualquier medio que sea necesario. Lo sacaremos. Lo prometo.

—¿Cualquier medio? —preguntó David, solamente para quedar claro.

Zalinsky no correría ningún riesgo.

—*Cualquier* medio que sea necesario —repitió, y la línea se desconectó.

81

Najjar estaba preocupado al entrar a la pequeña habitación del hostal.

Bajó la bolsa de abarrotes que llevaba, luego aseguró rápidamente la puerta al entrar y cerró las cortinas. Seguía diciéndose que se suponía que tenía que ser "fuerte y valiente," pero la verdad era que el miedo se estaba apoderando de él. Si los israelíes pudieron llegar al doctor Saddaji, ciertamente podían llegar a él. Los estadounidenses no estarían muy lejos. ¿Y qué tan pronto la inteligencia iraní comenzaría a sospechar de que estaba huyendo? Tal vez ya lo sabían.

Habían pasado cuatro días desde que llegaron a Teherán. Najjar había estado atravesando la ciudad, buscando una Biblia para leer con su esposa y su suegra. Dondequiera que iba, oía pasos detrás de él. Temía que alguien estuviera esperándolo en cada esquina. Imaginaba que en cualquier momento, llegaría un auto rechinando las llantas al detenerse, que hombres con armas y máscaras saldrían de un salto, lo agarrarían y le dispararían una bala en el cráneo o lo meterían a la fuerza en la maletera, para llevárselo a alguna parte y decapitarlo. Había visto cuando le ocurrió a otros. No tenía dudas de que también lo harían con él. Cada vez que volvía a la habitación del hostal, temía que Sheyda, Farah y la bebé estuvieran ya muertas en el piso con sus asesinos aguardándolo, o atadas y esperando que las mataran enfrente de él.

Najjar estaba obsesionado por la verdad, grave y amarga, de que era un objetivo y, por lo tanto, su familia también. Las dos mujeres que amaba todavía estaban atormentadas por la repentina y horrorosa muerte del doctor Saddaji, el hombre que ellas prácticamente consideraban un santo. En cierto momento, Najjar tendría que decirles la verdad, pero no podía hacerlo ahora. Sheyda y Farah estaban de luto. Era natural. No las culpaba por ello. Difícilmente podría ser de otra manera. Sin embargo, Najjar estaba preocupado de que sólo fuera cuestión de tiempo antes de que le preguntaran por qué no derramaba lágrimas por la pérdida.

Sheyda todavía no tenía idea de que su padre hubiera sido el líder del programa de armas nucleares de Irán. Farah no tenía la mínima noción de que su esposo hubiera estado planificando un segundo holocausto, mientras trabajaba para un régimen que negaba que el primero hubiera siquiera sucedido. Ninguna de las mujeres tenía idea de que la computadora portátil del doctor Saddaji —la que Najjar había robado de la oficina de su casa y que ahora había escondido en el armario del hostal— tuviera detalles de las armas iraníes. ¿En realidad iba a decírselos? No podía imaginar cómo.

—¿Encontraste un cargador para tu teléfono? —preguntó Sheyda mientras Najjar desempacaba pan recién horneado, queso, granadas y unas botellas de agua.

—Sí —le dijo, y se acercó a darle un beso en la frente—. Pero eso no es todo, mira.

Sacó una copia de la Biblia en persa y su esposa se alegró instantáneamente.

De inmediato tomó la Biblia de sus manos, la besó y la examinó con gran reverencia. Después de un rato, miró a Najjar.

—¿Dónde la conseguiste?

Sonrió.

—Nunca me lo creerás.

—Cuéntanos —dijo Sheyda, con su rostro lleno de alegría.

—Volvía al hostal después de visitar cinco librerías distintas. Nadie admitió tener una Biblia, y estaba convenciéndome de que nunca encontraría una. Estaba orando y pidiéndole a Jesús que me ayudara, pero cada vez me desanimaba más. Sin embargo, después me detuve en una tienda de electrónicos para comprar un cargador para el teléfono. El dueño me miró y dijo: "Tengo lo que quiere." Yo le dije: "¿A qué se refiere?" Y él dijo: "Tengo lo que está buscando." Yo le dije que estaba buscando un cargador de teléfono celular, y él dijo: "Sí, sí, pero tengo su otro artículo también." Para entonces yo estaba totalmente confundido. Me dejó allí parado y se fue a la parte de atrás, pero cuando volvió tenía esta Biblia. Les digo, ¡casi me volteo y salgo corriendo de la tienda! Él me dijo que en su familia eran seguidores de Jesús desde hacía varios años, pero que nunca habían tenido una Biblia propia hasta hacía unas semanas, cuando recibió un embarque de aparatos electrónicos para la tienda. En el fondo de la caja había dos Biblias escondidas. Se llevó una a casa y había estado orando sobre qué hacer con la otra. Justo antes de que yo entrara a la tienda, sintió que el Señor le decía en su corazón que el próximo cliente estaría buscando una Biblia. Y un segundo después, entré yo.

—¡Gracias, Jesús! —dijo Sheyda, con lágrimas en sus ojos—. ¡Casi no lo puedo creer!

—Dije que no lo creerías —dijo Najjar.

—¿Quieres leernos, madre? —preguntó Sheyda cuando la bebé comenzó a llorar. Sheyda la levantó de la cama para volver a alimentarla.

—Sí, por supuesto —dijo Farah—. Déjame encontrar esos pasajes que Jesús nos dijo que leyéramos. Deuteronomio 14 era uno de ellos, ¿verdad?

—En realidad, era el capítulo 13 —dijo Sheyda.

Najjar estaba dispuesto a escuchar las palabras de la Biblia, pero tomó un momento para conectar su teléfono, pensando que podía revisar sus mensajes de voz. Entonces partió varias de las granadas en la pequeña cocina y las compartió con Sheyda y Farah. Ninguno había tenido mucho apetito en los últimos días, pero la fruta estaba deliciosa y les levantó el espíritu.

Mientras tanto, Farah miró la tabla de contenido. En toda su vida, nunca había visto una Biblia y ciertamente nunca había tenido una en sus manos. Ninguno de ellos. No obstante, después de unos minutos de hojearla, Farah encontró el capítulo y comenzó a leer.

> "Si se levanta en medio de ti un profeta o soñador de sueños, y te anuncia una señal o un prodigio, y la señal o el prodigio se cumple, acerca del cual él te había hablado, diciendo: 'Vamos en pos de otros dioses (a los cuales no

has conocido) y sirvámosles,' no darás oído a las palabras de ese profeta o de ese soñador de sueños; porque el Señor tu Dios te está probando para ver si amas al Señor tu Dios con todo tu corazón y con toda tu alma. En pos del Señor tu Dios andarás y a él temerás; guardarás sus mandamientos, escucharás su voz, le servirás y a él te unirás."

Sheyda escuchó las palabras y se volteó hacia su esposo.

—Esos versículos están hablándote a ti, ¿no crees?

—Podría ser —respondió.

—Por supuesto que sí. Cuando el Duodécimo Imán se te apareció en aquellos días que eras niño, estaba prediciendo tu futuro, ¿verdad?

Najjar asintió con la cabeza.

—Y esas predicciones fueron una realidad.

Najjar volvió a asentir con la cabeza.

—Pero eso no quiere decir que el Duodécimo Imán estuviera hablando de parte de Dios, ¿verdad? —continuó Sheyda—. Precisamente lo opuesto: el Duodécimo Imán estaba tratando de apartarte de la Biblia, del Único Dios Verdadero. Sin embargo, Jesús fue misericordioso contigo. Se te apareció para que te opusieras al Duodécimo Imán, y ahora te está explicando que te estuvo probando en aquel entonces.

—Pero fracasé en la prueba —dijo Najjar—. Seguí el islam todos esos años. Creía en el Duodécimo Imán todos esos años.

—Pero ahora ya no, amor mío —dijo Sheyda, consolándolo—. Ahora sabes que el Duodécimo Imán es un falso profeta, porque Dios te ha abierto los ojos. Y creo que te está llamando para algo muy importante.

—¿De qué se trata?

—Creo que se supone que tienes que ayudar a la gente a entender lo que es verdadero y lo que no lo es, para que también tengan la oportunidad de ser libres.

Najjar no estaba seguro de eso. Esperaba que ella tuviera razón. No obstante, en ese momento estaba tan lleno de remordimiento por la vida que había vivido durante tantos años —tantos años desperdiciados, perdidos— que le era difícil pensar en otra cosa.

Farah sugirió que leyeran el siguiente pasaje que había apuntado en su cuaderno. Le entregó la Biblia a Najjar, que encontró el libro de Éxodo y buscó el capítulo 7.

> "Entonces el Señor dijo a Moisés: 'Mira, yo te hago como Dios para Faraón, y tu hermano Aarón será tu profeta. Tú hablarás todo lo que yo te mande, y Aarón tu hermano hablará a Faraón, para que deje salir de su tierra a los hijos de Israel. Pero yo endureceré el corazón de Faraón para multiplicar mis señales y mis prodigios en la tierra de Egipto. Y Faraón no os escuchará; entonces pondré mi mano sobre Egipto y sacaré de la tierra de Egipto a mis ejércitos, a mi pueblo los hijos de Israel, con grandes juicios. Y sabrán los egipcios que yo soy el Señor, cuando yo extienda mi mano sobre Egipto y saque de en medio de ellos a los hijos de Israel.'
>
> "E hicieron Moisés y Aarón como el Señor les mandó; así lo hicieron. Moisés tenía ochenta años y Aarón ochenta y tres cuando hablaron a Faraón.
>
> "Y habló el Señor a Moisés y a Aarón, diciendo: 'Cuando os hable Faraón, y diga: "Haced un milagro," entonces dirás a Aarón: "Toma tu vara y échala delante de Faraón para que se convierta en serpiente."'
>
> "Vinieron, pues, Moisés y Aarón a Faraón e hicieron tal como el Señor les había mandado; y Aarón echó su vara delante de Faraón y de sus siervos, y esta se convirtió en serpiente.
>
> "Entonces Faraón llamó también a los sabios y a los hechiceros, y también ellos, los magos de Egipto, hicieron lo mismo con sus encantamientos; pues cada uno echó su vara, las cuales se convirtieron en serpientes. Pero la vara de Aarón devoró las varas de ellos. Pero el corazón de Faraón se endureció y no los escuchó, tal como el Señor había dicho."

—Es un patrón —dijo Sheyda suavemente cuando Najjar terminó de leer.

—¿A qué te refieres? —preguntó Najjar.

—A veces los falsos profetas y gobernadores impíos pueden hacer señales y maravillas. A veces pueden hacer trucos que parecen milagros de Dios, pero en realidad están recurriendo al poder del diablo. Pero no debemos temer porque Dios es más grande, y cuando sea tiempo, él se tragará al enemigo y frustrará sus planes.

—Eso tiene sentido —dijo Farah—. Pero ¿crees que el Señor está diciendo que el Duodécimo Imán es como el faraón?

—Tal vez sí —dijo Sheyda—, pero sigamos leyendo.

Tomaron turnos para leer un capítulo a la vez, volvieron al capítulo 1 de Éxodo, leyeron los cuarenta capítulos y los discutieron por horas. ¿Iba el Señor a levantar a un Moisés para que sacara al pueblo iraní del islam?

Eran casi las dos de la mañana cuando finalmente apagaron las luces. Sin embargo, cuando Najjar puso la cabeza en la almohada, al lado de su esposa, y escuchó que ella comenzó a roncar suavemente casi de inmediato, se dio cuenta de que no podía dormir. Su mente giraba con los nuevos pensamientos e ideas que nunca antes había escuchado, mucho menos considerado en serio.

Estaba completamente cautivado por la persona de Moisés. En el islam, Moisés era considerado un profeta, pero Najjar estaba fascinado por la riqueza de los detalles bíblicos de la vida de Moisés y por la interacción con el Único Dios Verdadero. Moisés había sido elegido por Dios desde el nacimiento. Había sido sacado de su casa cuando era bebé, pero por la gracia de Dios se le había dado una excelente educación. Su carácter había sido formado en los pasillos del poder del imperio más fuerte de ese tiempo, hasta que un día el Señor lo llamó a salir. No tenía sentido al principio. Dios le pidió a Moisés que dejara todo lo que tenía, todo lo que le era importante. No obstante, Najjar se daba cuenta de que Dios tenía un plan para el hombre de Dios, y eso atrapaba sus pensamientos.

Mientras el reloj seguía marcando las horas de la madrugada, Najjar comenzó a preguntarse qué plan tenía Dios para él. Amaba la nueva pasión de Sheyda y su convicción de que tal vez Dios estaba llamando a

Najjar, nada menos, para que hablara en su nombre, y para alcanzar al pueblo iraní con el mensaje del amor y perdón de Cristo. De ninguna manera estaba convencido de que ella tuviera razón. Parecía un papel demasiado elevado. Pero había una pregunta más inmediata: ¿Qué se suponía que debían hacer ahora? No podían quedarse en un hostal, en las afueras de Teherán, por muchos días más. No podían volver a Hamadán.

¿A dónde, entonces? ¿Iba el Señor a sacar a Najjar y a su familia de Irán de la manera en que sacó a Moisés de Egipto para prepararlo para su futura función? Esperaba que así fuera. No podía imaginar quedarse a vivir bajo este régimen sediento de sangre y ahora bajo un falso mesías. Sin embargo, lo único más difícil de imaginar que quedarse en Irán era salir de allí con vida. Millones de iraníes se dirigían a la Meca. Los embotellamientos del tránsito que los rodeaba, tan cerca del aeropuerto, eran prueba de eso, así como los constantes reportes en la radio y en la televisión. ¿Tal vez deberían unírseles? Tal vez deberían dirigirse a Arabia Saudita, simulando que iban a la Meca, y luego buscar la manera de entrar a Jordania, o incluso a Egipto.

Najjar tuvo sed de repente y fue por un vaso de agua a la cocina. Mientras lo hacía, observó su teléfono y se dio cuenta de que había olvidado revisar sus mensajes. Encendió el teléfono y quedó impactado al ver veintitrés mensajes de voz, todos de la secretaria del doctor Saddaji.

El primer mensaje sembró instantáneamente terror en su corazón. ¿El ministro de defensa estaba buscándolo? ¿Por qué Faridzadeh querría verlo inmediatamente? Era una trampa, pensó Najjar. ¿Qué otra cosa podría ser? Pero ¿qué podría hacer él? Cada mensaje era más inquietante que el anterior, pero el último mensaje de voz fue el más aterrador de todos. Se suponía que Najjar tenía que haberse reportado con el ministro de defensa hacía varios días. Desde allí, tenía que haber sido llevado a una reunión privada en el palacio con el Duodécimo Imán. A Najjar se le ordenaba no decirle a nadie de la invitación y no llevar a nadie, sólo su identificación. Sin portafolios. Sin cámara. Sin cuaderno. Nada. El Mahdi y el ministro estaban ansiosos de verlo, dijo la secretaria de Saddaji, y estaban ansiosos de darle "buenas noticias" que prometían "lo animarían a él y a su familia." Najjar no tenía idea de qué significaba eso, ni quería averiguarlo. Rápidamente apagó el teléfono y lo volvió a poner sobre la mesa.

¿Qué se suponía que debía hacer? Moisés había vuelto a Egipto y había confrontado al Faraón y a sus magos directamente, ¿verdad? Entonces, ¿no había dicho Jesús específicamente que cuando llegara un falso mesías —especialmente uno que hace "grandes señales y prodigios, para así engañar, de ser posible, aun a los escogidos"— y si alguien le dijera: "Miren, él está en las habitaciones interiores," que *no* debería ir?

Najjar estaba helado de miedo. Sheyda y la bebé estaban dormidas. Y Farah también. No tenía amigos a quienes llamar. No tenía familiares a quienes recurrir. Por lo que hizo lo único que sabía hacer. Se puso de rodillas y le suplicó misericordia al Señor.

82

David recorría su pequeña habitación del hotel.

Miró por la ventana que el tránsito comenzaba a aumentar y trató de no entrar en pánico. Era martes 1 de marzo. Había pasado la mayoría de los últimos días buscando a Najjar Malik en Internet, en los directorios iraníes, en los registros de transacciones de bienes raíces y en las bases de datos de los periódicos y revistas iraníes, pero todo fue en vano. Tenía docenas de analistas en Langley buscando en cada una de las bases de datos de inteligencia que podían y extrayendo datos de todos los demás materiales, con el mismo fin, pero sin resultados. Tenía a los de NSA traduciendo y transcribiendo febrilmente las llamadas interceptadas, cuya frecuencia estaba creciendo a un nivel exponencial, superando la capacidad de la Agencia para mantener el ritmo.

Ninguna de las transcripciones indicaba que Faridzadeh, o sus hombres, hubieran encontrado a Najjar todavía, pero definitivamente se estaban acercando. Según lo poco que Eva había transmitido, los iraníes sabían ahora que Najjar estaba en Teherán. Hasta habían recibido una señal de su teléfono celular a media noche, desde alguna parte del oeste de la ciudad.

Con desesperación, David pensó en llamar a Mina y decirle que tenía negocios urgentes en Telecom Irán. ¿Podría persuadirla de dejarlo entrar al edificio a estas horas de la mañana? Aunque la respuesta fuera sí, ¿podría persuadirla de dejarlo ingresar a las bases de datos de la compañía para buscar los registros del teléfono de Malik y ver a quién había llamado en las últimas cuarenta y ocho horas? ¿Había tal vez alguien en Teherán, alguien con dirección, algún lugar en el que David pudiera enfocar su atención? Sin embargo, rápidamente desechó la idea. Faridzadeh y el jefe de la VEVAK seguramente ya tenían esa información, y habría agentes en cualquiera de esos lugares. El hecho de que David llegara a cualquiera de ellos haría surgir sospechas que no podía permitirse. Y, de todas formas, no estaba seguro de que Mina lo ayudara. No era fanática de su jefe, Esfahani, pero parecía leal a la compañía. David creía que con el tiempo podría convertirla en un recurso. Pero todavía no, y llegó a la conclusión de que ahora no le sería de ayuda.

Pensó llamar al líder del equipo técnico de MDS en Teherán. Tal vez él podría ayudar a David a entrar a la base de datos de Telecom Irán y por lo menos obtener el número celular de Najjar Malik. Sin eso, Langley y NSA no podrían escuchar las llamadas de Najjar en tiempo real cuando volviera a encender su teléfono. Pero cuando el hombre lo encendiera, ¿cuánto tiempo tendría antes de que la VEVAK triangulara su posición, hiciera una redada y lo capturaran? ¿Diez minutos? ¿Quince, al máximo? Aunque NSA estuviera escuchando, no habría suficiente tiempo para encontrarlo, antes de que lo hicieran las autoridades iraníes.

David se frotó los ojos y se miró el espejo. Se preguntaba si debería llamar al doctor Birjandi. El hombre había sido sumamente colaborador de muchas maneras. No obstante, hablar en una línea abierta era demasiado arriesgado. ¿Y qué exactamente le preguntaría? El anciano no tenía una bola de cristal, aunque David deseaba desesperadamente que la tuviera.

Miró su reloj. Eran casi las seis menos cuarto. La llamada del almuecín comenzaría pronto, y las oraciones del amanecer comenzarían antes de que saliera el sol. Todavía no tenía ganas de orar, ciertamente no al dios del islam. Pero una vez más, no tenía opción. Tenía que mantener su personalidad ficticia, por muy inútil que pareciera en este momento.

Cuando David llegó en taxi a la mezquita del Imán Jomeini, miles de hombres ya estaban de rodillas, inclinándose hacia la Meca. Pagó al chofer, entró corriendo, hizo su lavado ritual y encontró un lugar atrás. Se arrodilló, se inclinó hacia la Meca y se unió a las oraciones de la mañana que estaban en curso.

"Gloria a mi Señor, el Altísimo," comenzó David, cantando al unísono

con los demás. *"Gloria a mi Señor, el Altísimo. Gloria a mi Señor, el Altísimo. Alá es grande. Todo lo bueno, ya sea en forma de discurso, oración, obra o adoración, solamente es para Alá. La paz sea contigo, oh Profeta, y la misericordia y bendiciones de Alá. La paz sea con nosotros y con los justos siervos de Alá."*

Sin embargo, en la línea siguiente, se quedó helado. Sabía lo que vendría. Pero no podía decirlo.

"Soy testigo de que no hay Dios sino Alá, y que Mahoma es su esclavo y Mensajero."

Todos los demás repitieron las palabras, pero David no lo hizo. Las había dicho miles de veces. Pero esta vez no pudo. Siguió con los movimientos, esperando que nadie se diera cuenta de que había dejado de hablar.

Alguien se dio cuenta.

—¿Qué pasó? —le susurró el hombre que tenía al lado, mientras en el salón seguían repitiendo.

—¿A qué se refiere? —respondió David susurrando.

—Dejó de orar —dijo el hombre, inclinándose junto con David y los demás.

—No dejé de orar —respondió David, con el corazón que se le aceleró—. Solamente tuve que . . . aclarar mi garganta.

David se inclinó otra vez y terminó esta oración en particular más fuerte de lo usual, asegurando a los que lo rodeaban que podían oírlo claramente.

"Como alabaste y veneraste a Abraham y a los seguidores de Abraham, en los mundos, seguramente Tú eres alabado y magnificado," repitió. *"Amén. La paz sea contigo y la misericordia de Alá. La paz sea contigo y la misericordia de Alá."*

Sin embargo, el extraño de su derecha no lo dejaba en paz. Cuando comenzaron otra oración, volvió a hacerle preguntas a David.

—¿Es nuevo aquí? Nunca antes lo había visto.

David se preocupó más.

—Soy de Dubai —susurró entre las salmodias—. En realidad de Alemania, pero . . .

El hombre lo interrumpió.

—¿De Munich?

David se quedó callado.

—¿Usted se llama Reza? —preguntó el hombre.

David estaba asombrado, pero trató de mantener la calma y siguió orando. Tal vez era uno de los hombres de Esfahani. Se había reunido con Esfahani allí una vez. O tal vez era uno de los hombres de Rashidi. Tal vez Javad Nouri había enviado a un colega a llamarlo, aunque no podía imaginar para qué.

—¿Por qué lo pregunta?

Hubo una pausa larga mientras los dos hombres siguieron orando, en sincronización con los miles de otros en la gran mezquita.

—Porque mi nombre es Najjar Malik —dijo el extraño—. Apenas termine esta oración, levántese y sígame.

83

El llanto de la bebé despertó a Sheyda antes del amanecer.

Y el llamado a la oración de un minarete cercano no estaba muy lejos.

Sheyda se frotó los ojos e hizo el esfuerzo de levantarse, sorprendida al darse cuenta de que Najjar no estaba a su lado. Suponiendo que estaba en el baño, se dio la vuelta, levantó a la bebé y trató de alimentarla. Fue entonces que se advirtió que Najjar había dejado en la mesa de noche una nota que decía que había salido y que volvería pronto. Algo de eso la inquietó, pero no estaba segura qué era.

Ansiosa por saber si él estaba bien, Sheyda le pidió a su madre, que también acababa de despertarse, que sacara su teléfono celular de su bolso y que se lo alcanzara, para poder llamar a Najjar sin mover a la bebé. Farah todavía estaba medio dormida, pero con gusto se levantó a buscar el teléfono de Sheyda y lo encendió.

—No creo que te vaya a servir de algo, cariño —dijo.

—¿Y por qué no?

—Mira —respondió Farah y le señaló el mostrador de la pequeña cocina.

Najjar había olvidado llevarse su teléfono celular. Sheyda suspiró con decepción y su ansiedad aumentó. Le pidió a su madre que lo encendiera y revisara los mensajes. Farah le dijo que no había ninguno, mientras ponía el teléfono otra vez sobre el mostrador e iba a lavarse para orar.

La bebé se estaba quejando. No quería comer, por lo que Sheyda se levantó y la paseó por la habitación, dándole palmaditas en la espalda y meciéndola suavemente en sus brazos. Farah terminó de lavarse y se inclinó en la alfombra, pero no hacia la Meca. Después de discutirlo mucho en los últimos días, los tres habían decidido, como familia, orar más bien hacia Jerusalén y hacerlo en el nombre de Jesús. Farah oró por unos minutos, pero la bebé no se tranquilizaba. De hecho, parecía estar llorando más fuerte.

—Lo siento, mamá —dijo Sheyda—. Deja que la saque a caminar y volveré cuando hayas terminado.

—No seas tonta, cariño —dijo Farah—. Yo iré contigo. Nos hará bien un poco de aire fresco. Ella se dormirá y entonces las dos podremos volver, acostarla y orar juntas.

La cabeza de David se estaba llenando de preguntas.

No obstante, su única esperanza de respuestas estaba como a diez pasos adelante de él, y se movía rápidamente hacia la puerta oriental.

David se abrió camino rápidamente en la densa multitud, tratando de no perder de vista al hombre que afirmaba ser Najjar Malik. ¿Era una trampa? ¿Cómo podía no serlo? ¿Cómo podría ser él en realidad Najjar Malik? Si así era, ¿por qué Najjar habría llegado a él? ¿Y por qué allí? La mezquita estaba llena de policías secretos y de agentes de inteligencia.

Un anciano que cojeaba se interpuso en su camino y David casi hace caer al pobre hombre en su intento de seguir al extraño. Por un momento, perdió el contacto visual. Se volteó hacia la derecha, pero no vio nada. Se volteó hacia la izquierda y observó que el hombre giraba en una esquina. Se aseguró de que el anciano estuviera bien, luego se abrió camino con los codos entre la multitud, caminando tan rápido como pudo, pero sin atreverse a correr para no llamar demasiada atención —lo cual significaba ninguna.

Un momento después, David alcanzó al extraño, que estaba entrando a un auto estacionado en una calle lateral. El hombre le hizo señas a David para que entrara rápidamente. David miró a un extremo de la calle y luego al otro. Había mucha gente que todavía salía de la mezquita y que caminaba por los vecindarios de los alrededores, pero nadie se veía particularmente inquieto. Además, aunque alguien hubiera parecido amenazante, David estaba demasiado intrigado como para no entrar al auto y averiguar quién era.

En el momento en que David cerró la puerta, el hombre presionó el acelerador y entró al bulevar Panzdah e-Khordad.

—¿Quién es usted, en realidad? —preguntó David.

—Soy el doctor Najjar Malik —dijo el hombre, y sacó su pasaporte iraní del bolsillo de su pantalón y se lo entregó.

David miró cuidadosamente el documento. Si era falso, era uno tremendamente bueno, y se preguntaba por qué alguien se molestaría en hacerlo. Nunca antes había visto a Najjar Malik. No tenía idea de cómo era el hombre. Cualquiera podría decir que era Najjar y llamar su atención. Pero, ¿por qué lo haría y por qué ahora?

—¿Qué quiere de mí? —preguntó David.

—Quiero irme de Irán.

—¿Qué?

—Me escuchó bien —continuó el hombre—. Tengo información que a su gobierno le interesa. Se la daré a cambio de asilo político.

—Tiene al hombre equivocado —dijo cautelosamente David—. Sólo soy un hombre de negocios. No sé de qué está hablando.

—No —dijo el hombre—. Usted me ha estado buscando y ahora estoy aquí. Le estoy ofreciendo mi ayuda, pero usted también tiene que ayudarme.

—Está loco —dijo David—. Detenga el auto.

—¿Por qué?

—Porque usted es un lunático. Yo soy un hombre de negocios. Vendo teléfonos. Ahora deténgase y déjeme salir.

David no sabía con quién estaba tratando, pero si era alguna prueba de Esfahani o Rashidi, o de alguien más, estaba decidido a aprobarla. Pero podía ver que el extraño se puso blanco. El hombre estaba sudando y estaba aferrado al volante con todas sus fuerzas. Si estaba actuando, era bueno. David se preguntó por un momento si esto podría ser un trato verdadero, pero rápidamente desechó el pensamiento en su mente. Era imposible. No había manera que . . .

—Tengo una computadora portátil —dijo el extraño abruptamente.

—Tiene que detenerse ahora —insistió David.

—Tengo una computadora que usted va a querer —dijo otra vez el extraño—. Era la computadora portátil del doctor Saddaji. Estoy seguro de que sabe quién era.

David pensó que si esta era una trampa, se estaba poniendo irresistible.

—Los israelíes lo mataron —continuó el hombre—. O tal vez ustedes. No lo sé. De cualquier manera, no lo lamento. El hombre era . . . En todo caso, yo tengo su computadora.

Hubo un largo silencio mientras el hombre seguía conduciendo por las calles de la ciudad, que cada vez estaban más congestionadas. David no dijo nada. No se atrevía a decir nada. Lo que el hombre estaba ofreciendo era el crimen de traición.

—No he tenido tiempo de revisar todo el material de su disco duro —dijo el extraño—, pero sí he revisado algo. Su gobierno tiene que verla inmediatamente.

—Yo no trabajo para el gobierno alemán —dijo David—. Ya se lo dije, soy un hombre de negocios. Trabajo para Munich Digital Systems. Vendemos . . .

—*Señor Tabrizi, por favor* —dijo el extraño—. No estoy interesado en hablar con el gobierno alemán. Quiero que los estadounidenses, *su* gobierno, reciban esta computadora y la información que tengo. Sé que usted trabaja para los estadounidenses, y sé que quiere lo que le estoy ofreciendo. Así que, por favor, no tengo tiempo para jugar. Estoy arriesgando mi vida. Estoy arriesgando la vida de mi familia. Me dijeron que usted podría ayudarme. ¿Puede hacerlo?

El hombre de repente dio un giro brusco en la Calle Vahdat e-Islami, y luego otro a la derecha hacia el Parque Shahr, un oasis tranquilo y boscoso en medio de la jungla de concreto de Teherán. Cuando encontró un lugar para estacionarse sin que hubiera nadie por ahí, detuvo el auto, pero lo mantuvo encendido.

—Permítame ser muy claro, señor Tabrizi —continuó el extraño, obviamente tratando de mantener sus emociones bajo control—. He estudiado los reportes de la computadora de mi suegro. Irán ahora posee ocho ojivas nucleares. Para finales de marzo tendrán catorce. Para finales de abril, tendrán veinte. Las armas funcionan. Nuestros científicos todavía no saben cómo dispararlas por un misil, pero eso no va a evitar que este régimen las utilice pronto. El Ayatolá Hosseini le dio órdenes a mi suegro, el doctor Saddaji, que escribiera un plan detallado de cómo una de estas ojivas podría ser enviada a Egipto, pasarla clandestinamente por el desierto de Sinaí, hacia el interior de Gaza, por los túneles de Hamas, y luego hacia Israel para que sea detonada en Tel Aviv. Tengo el memo. Está en la computadora, junto con docenas de correos electrónicos de y para los principales colaboradores de Hosseini, en especial el general Jazini, para perfeccionar el plan y mejorarlo significativamente. Pero eso no es todo, señor Tabrizi.

David finalmente se vio persuadido.

—¿Qué más tiene?

—Tengo docenas de correos electrónicos entre Jazini y mi suegro, en los que analizan los desafíos técnicos de transportar varias de estas ojivas primero a Venezuela, luego a Cuba y México, y finalmente a Estados Unidos. Como le dije, no he tenido tiempo de revisar lo que hay en la computadora, pero puedo decirle que hay análisis detallados de cómo embarcar las ojivas de manera segura, cómo evadir la detección internacional, cómo mantener el control operativo sobre los mecanismos de disparo y así sucesivamente. Estoy dispuesto a entregarle todo a su gobierno. Pero mi familia quiere asilo y protección.

DUBAI, EMIRATOS ÁRABES UNIDOS

Eva irrumpió en la oficina de Zalinsky.

—Tenemos un problema —dijo.

—¿Qué pasa?

—Estamos recibiendo toda clase de conversaciones en los teléfonos satelitales. Los iraníes acaban de encontrar a Najjar Malik. En este momento, están enviando agentes a buscarlo.

84

TEHERÁN, IRÁN

Estaban sentados en el parque con el auto todavía funcionando.

—¿Por qué me está diciendo todo esto? —preguntó David.

Cada vez estaba más convencido de que en realidad estaba hablando con el verdadero yerno del doctor Mohammed Saddaji. Sin embargo, para estar seguro de que no era una trampa, tenía que entender mejor el móvil del hombre.

—No quiero que muera gente inocente —explicó Najjar.

—¿Y de repente tiene conciencia? —dijo David rebatiéndolo—. Ha estado trabajando por años con su suegro construyendo armas nucleares.

—No, eso no es cierto —dijo Najjar—. Él me contrató para ayudarlo a desarrollar plantas de energía nuclear civiles, no para construir la Bomba.

—Ahora puede decir eso fácilmente.

—Es la verdad —insistió Najjar—. Nunca siquiera sospeché lo que mi suegro pretendía hasta hace poco. Pero incluso entonces no tenía pruebas.

David todavía estaba escéptico.

—¿Y qué fue lo que cambió?

—Todo ha cambiado —respondió Najjar—. El doctor Saddaji fue asesinado por un coche bomba. Leí lo que estaba en su computadora. Luego ocurrió el terremoto, que usted debe saber no fue un fenómeno natural. Fue ocasionado por una prueba nuclear. Hay muchos correos electrónicos en los que mi suegro estaba programando la prueba y asignaba tareas para los detalles finales. Todo está en la computadora.

David escuchó cuidadosamente. Todo era lógico. Todo lo que Najjar decía era coherente con la evidencia que él y su equipo habían recabado hasta aquí, pero mucho más detallada y mucho más peligrosa. Si todo esto era cierto, sin duda explicaba por qué el régimen iraní estaba trabajando tan duro para encontrar a este hombre.

—¿Y por qué a mí? —preguntó David.

—¿A qué se refiere?

—Entre toda la gente, ¿por qué me buscó a mí? ¿Y cómo supo quién soy y cómo soy?

David pudo ver vacilación en los ojos del hombre.

—Preferiría no decirlo.

—Entonces no hay trato —dijo David.

—¿Qué quiere decir?

—Me escuchó. No haré ningún trato a menos que me explique cómo me encontró y por qué.

—¿Y qué importa eso?

David ignoró la pregunta.

—¿Cómo podría haber sabido que yo estaría en la mezquita esta mañana? —exigió—. Ni siquiera estaba seguro de ir, hasta un poco antes de que empezara el servicio de oración.

Estaba claro que Najjar no quería responder a su pregunta, pero David no se iba a dar por vencido. Tenía que recurrir a Zalinsky, pero sólo si estaba seguro, y en ese momento todavía tenía dudas.

—Tenemos que irnos —dijo Najjar mirando su reloj—. Ya no estamos a salvo aquí.

Pero David sacó su teléfono.

—Puedo ayudarlo, Najjar —dijo tranquilamente—. Una llamada telefónica y puedo sacarlo a usted y a su familia de este país para siempre. Puedo hacer que se establezca en Estados Unidos con una nueva vida, a salvo de sus enemigos de aquí. Pero primero tiene que responder a todas mis preguntas.

—Le estoy diciendo lo que sé. Le diré más. Pero no aquí.

—Najjar, usted me buscó —le recordó David—. Obviamente cree que lo ayudaré, y lo haré. Pero tengo que saber, ¿quién lo envió?

—Por favor, señor Tabrizi —imploró Najjar—. Mi familia no está a salvo. Tengo que volver a ellas.

—Le pagaremos. Más dinero del que alguna vez haya visto.

—¡No estoy haciendo esto por dinero! Lo estoy haciendo por mi familia.

—Entonces sólo dígame. ¿Quién lo envió? Es una pregunta simple. Deme un nombre.

—No es así de simple —dijo Najjar.

—El nombre, Najjar; sólo dígame el nombre.

DUBAI, EMIRATOS ÁRABES UNIDOS

El teléfono de Zalinsky sonó.

Era Tom Murray desde el Centro de Operaciones Globales de la CIA.

—Dime, Jack. ¿Qué tienes?

—No es bueno —dijo Zalinsky—. Lo mejor que podemos decir es que los iraníes han localizado a Najjar Malik. Han enviado como una docena de policías y unidades de inteligencia a buscarlo. Llegarán en cualquier momento.

—¿Y qué hacemos ahora?

—Estoy trabajando en eso, señor.

—¿Y qué de tu hombre en Teherán? —preguntó Murray.

—Ha estado trabajando en esto sin parar —explicó Zalinsky—. Pero hasta este momento no creo que haya algo más que podamos hacer.

—Llámalo —ordenó Murray—. No podemos permitir que este tipo se escabulla. Los israelíes están con los nervios de punta. Están cien por ciento seguros de que el terremoto de Hamadán fue ocasionado por una prueba nuclear, y el presidente teme que Neftalí vaya a lanzar un ataque preventivo. Si los iraníes atrapan a Malik . . .

Murray no terminó su oración, pero no necesitaba hacerlo. Zalinsky prometió volver a hablar con él en unos minutos, entonces colgó y pulsó un marcado rápido para hablar con Eva.

"Comunícame con Zephyr."

★ ★ ★ ★ ★

TEHERÁN, IRÁN

David no estaba seguro de cómo reaccionar.

Había pedido un nombre y Najjar le había dado un nombre. Solamente que no era uno que él posiblemente hubiera esperado. En cualquier otro país, en cualquier otro tiempo, toda la noción habría sido ridícula. Pero con todo lo que había estado ocurriendo en las últimas semanas . . .

—Permítame asegurarme de que entendí bien —dijo David—. Usted era imanista. Pero se ha convertido al cristianismo porque tuvo una visión de Jesús. ¿Y ahora dice que Jesús le dijo que viniera y se reuniera conmigo? ¿No le parece eso espectacularmente extraño?

—No tan extraño. En el Nuevo Testamento pasaba todo el tiempo —dijo Najjar.

—¿Qué se supone que significa eso?

—Jesús le decía a la gente las cosas que iban a ocurrir, y ocurrían.

—No me diga.

—Jesús enviaba a la gente a ciertos lugares y ellos iban. Jesús le dijo a Ananías que fuera a la Calle Derecha en Damasco y que sanara a un hombre ciego que se llamaba Saulo de Tarso, en la casa de Judas, y Ananías lo hizo. No conocía a Saulo. Nunca había visto a Saulo. El Señor simplemente lo guió y él obedeció.

—¿Y se supone que tengo que creer que Jesús lo envió a buscarme? —preguntó David.

—Aunque no lo crea, estoy sentado aquí, ¿verdad?

En efecto allí estaba, y David se dio cuenta de que había entrado a una dimensión totalmente distinta. Había ido a Irán a involucrarse en una guerra geopolítica clandestina, pero se había encontrado cara a cara con algo totalmente distinto. Había una batalla espiritual en este país, como nada que él hubiera escuchado o se hubiera imaginado antes, y no estaba preparado para nada de eso. La gente hablaba de visiones del Duodécimo Imán y visiones de Jesús, como si esos eventos fueran algo común y corriente. Y lo que es más, estaba quedando claro que a la gente de Irán se le estaba exigiendo decidir en cuál de los dos lados quería estar.

Se le ocurrió a David que ni siquiera habría sabido el nombre de Najjar Malik, ni su importancia para el programa nuclear iraní, si no hubiera sido por el doctor Birjandi, un brillante erudito octogenario, ex musulmán chiíta, que en alguna etapa de los últimos años había renunciado al islam y se había convertido en seguidor de Jesús. Y lo que es más, según Birjandi, más de un millón de musulmanes chiítas de Irán se habían convertido al cristianismo en las últimas tres décadas. Dijo que muchos de ellos se habían convertido después de tener sueños y visiones, y más se estaban convirtiendo cada día. De una manera extraña, aunque la historia de Najjar Malik era muy ajena a lo que David alguna vez hubiera experimentado, sí tenía cierta lógica.

Quizás la prueba final estaba en la computadora, y David estaba ansioso por verla. Pero entonces, el teléfono sonó. No era una llamada de bienvenida. No en este momento.

—Hola, realmente no puedo hablar ahora —le dijo a Eva—. Te llamo de vuelta.

—En realidad, esto no puede esperar —dijo Eva.

—No es un buen momento, de veras.

—Qué mal.

—¿Por qué? ¿Cuál es el problema?

—Son tus reportes de gastos, Reza. Todavía no están en orden. El jefe quiere hablar contigo de ellos antes de irse a una reunión de presupuesto.

—Está bien —dijo—. Dile que lo llamaré en unos minutos.

Colgó el teléfono y se volteó para ver a un trotador que corría en el parque. Siguió al hombre por un momento y revisó el bosque para ver si había alguien alrededor. Por ahora, todavía estaban solos. Pero Najjar tenía razón; no podían quedarse mucho más allí. Tenían que seguir moviéndose o el próximo auto de patrulla que llegara al parque los interrogaría. No obstante, había algo que tenía que hacer primero.

—¿Dónde está la computadora ahora? —preguntó David.

—En la maletera.

—¿Puedo verla?

—¿Tenemos un trato?

—Si tiene lo que dice que tiene, entonces sí, tenemos un trato.

Salieron del auto y Najjar abrió la maletera. Como lo esperaba, envuelta en una frazada del hostal, había una computadora portátil Sony VAIO, un disco duro externo y una bolsa de plástico llena de DVDs. Najjar encendió la computadora y brevemente le enseñó a David algunos de los archivos y correos electrónicos que le había descrito.

Atónito por lo que tenía enfrente, David le dijo a Najjar que recogiera todo y lo llevara al asiento frontal del acompañante.

—Yo voy a conducir —dijo—. Usted va a leer para mí.

—¿A dónde vamos? —preguntó Najjar.

—¿Dónde está su familia?

—En un hostal cerca del aeropuerto.

—Tenemos que ir por ellas, y rápido.

85

DUBAI, EMIRATOS ÁRABES UNIDOS

Para el gusto de Eva, la información no fluía lo suficientemente rápido.

NSA estaba demorando demasiado en transcribir e interpretar las llamadas interceptadas y enviárselas a ella y a Zalinsky. Por lo que Eva llamó a su colega en NSA e insistió en que ella y Jack pudieran escuchar cualquiera de las llamadas interceptadas en tiempo real, pero le dijeron que esa solicitud no podía hacerla alguien de su nivel, sino que tenía que llegar por lo menos del director adjunto de operaciones de la CIA.

Furiosa, Eva colgó el teléfono de un golpe e hizo un memo sobre el asunto a Tom Murray. Se lo envió por correo electrónico a Zalinsky para aprobación, después fue a su oficina para discutirlo, preguntándose mientras caminaba cómo exactamente se suponía que deberían luchar y ganar la guerra contra el terror con esas lunáticas limitaciones burocráticas. Llamó a la puerta y metió la cabeza cuando Zalinsky estaba levantando el teléfono.

"Código adelante," dijo.

"¿Es Zephyr?," susurró ella.

Zalinsky le hizo señas para que entrara rápidamente y cerrara la puerta al entrar. Pero en lugar de responder la pregunta, puso la llamada en el altavoz. Zalinsky confirmó la contraseña de Zephyr y luego fue al grano.

—Tenemos un problema —le dijo a David—. Los iraníes tienen a Malik.

—No, señor; ¡yo lo tengo!

—¿Qué quieres decir con que lo tienes?

—Está conmigo ahora mismo.

—Eso es imposible —dijo Zalinsky—. Las fuerzas de VEVAK acaban de irrumpir en la habitación del hostal de Malik, cerca del aeropuerto.

—No, señor —dijo David—. Le estoy diciendo que está sentado a mi lado. Nos dirigimos al hostal ahora mismo.

Zalinsky hizo una pausa.

—Hijo, ¿puede él escuchar lo que te estoy diciendo? —le preguntó tranquilamente.

—No, señor.

—¿Estás seguro?

—Estoy seguro —confirmó David.

—Entonces escúchame con mucho cuidado —dijo Zalinsky, y se puso de pie—. Tienes al tipo equivocado. El equipo de VEVAK rastreó el teléfono celular de Malik en un hostal cerca del aeropuerto. Asaltaron el lugar hace unos minutos.

Hubo una pausa.

—Espere.

Eva pudo escuchar que David le preguntaba a la persona que tenía al lado si tenía su celular con él.

—No —escucharon que respondió el hombre—. Lo dejé en el hostal.

—Señor —dijo David—. Es posible que tengamos un problema.

—Tienes al tipo equivocado —dijo Zalinsky.

—No. Tengo al doctor Najjar Malik; estoy seguro. Tengo su pasaporte. Tengo la computadora portátil de su suegro. Tengo el disco duro externo de Saddaji. Tengo los memos y correos electrónicos de Saddaji. Hasta tengo sus discos de respaldo. Es real, señor. Es todo lo que habíamos estado buscando. Pero el doctor Malik dejó su teléfono celular en el hostal. La inteligencia iraní tuvo que haber triangulado la señal y lo rastreó. Si acaban de irrumpir en su habitación de hostal, entonces tenemos otro problema.

—¿Y cuál es?

—Ahora tienen a su esposa, a su hija y a su suegra.

★ ★ ★ ★ ★

El Ayatolá Hosseini levantó el teléfono.

Encontró al Duodécimo Imán al otro lado de la línea.

—¿Ya tienes a Malik? —exigió saber el Mahdi.

—No, mi Señor —dijo Hosseini—. Todavía no.

—Pensé que lo tenías en un hostal.

—Nosotros también lo pensamos, mi Señor. Su teléfono celular estaba allí, pero él no estaba. Pensamos que . . . —Hosseini vaciló.

—¿Qué?

—No sé si decirlo porque todavía estamos . . .

—Está bien, Hamid —dijo el Mahdi tranquilamente—. Sólo dime lo que sabes.

—Mi gente cree que él ha desertado, mi Señor.

—¿Y qué te hace decir eso?

—El general Jazini dice que la computadora portátil del doctor Saddaji no está en su departamento. Sabemos que el doctor Malik fue a la oficina del doctor Saddaji la otra noche, aparentemente a recoger sus cosas personales. Pero el general cree que Malik en realidad podía haber ido a recoger evidencias del programa nuclear. Ahora podría tener lo que necesita.

—¿Para hacer qué?

—No sabemos, mi Señor. Sólo podríamos estar conjeturando en este momento.

—Entonces conjetura.

—¿El peor de los casos? —preguntó Hosseini—. Podría estar tratando de venderla a los estadounidenses, o quizás a los israelíes. Quizás tengamos que acelerar nuestros planes de ataque, antes de que cualquiera pueda lanzar un ataque preventivo. Pero por el momento, hay un asunto más urgente. Tenemos que evitar que el doctor Malik salga del país.

—¿Y qué recomiendas?

—Para comenzar, tenemos que cerrar los aeropuertos, las estaciones de bus, las de tren. También tenemos que poner control policial en las principales carreteras que llevan a la entrada y salida de Irán.

—No, eso es un error —dijo el Mahdi, y tomó a Hosseini desprevenido—. Eso detendría el flujo de los peregrinos iraníes que se dirigen a la Meca para verme revelado al mundo. Y crearía una historia noticiosa negativa justo en el momento en que estoy recibiendo una cobertura mundial excelente acerca de mi inminente llegada. No, debes mantener todo esto en secreto. No dejes que los medios de comunicación se enteren de la búsqueda ni que lo reporten en forma alguna.

Sorprendido, Hosseini no dijo nada por el momento.

Pero entonces el Duodécimo Imán dijo algo más.

—No te equivoques: quiero que encuentres a Najjar Malik. Quiero que lo encuentres y quiero que me lo traigas para que pueda separar la cabeza de este infiel de su cuello y arrancarle el corazón de su cuerpo.

Najjar Malik estaba nervioso.

—Señor Tabrizi, estos monstruos tienen a mi familia. Tenemos que encontrarlas —insistió.

—Estamos haciendo todo lo que podemos —le prometió David mientras conducía—. Estamos poniendo a nuestra mejor gente de la CIA en eso ahora mismo.

—No puedo irme sin ellas. Lo entiende, ¿verdad? No me iré de este país sin mi familia.

Najjar no parecía tener pánico, pero no había duda en la mente de David de que tenía el peso del mundo sobre sus hombros.

—Lo entiendo —le aseguró David—, pero por el momento tenemos que enfocarnos. Tenemos que llevarlo a un lugar seguro. No será de beneficio para su familia que lo capturen o lo maten, ¿me entiende?

Najjar asintió con la cabeza y se tranquilizó.

—Ustedes están en el Camino Azadi, dirigiéndose al oeste, ¿correcto? —dijo Eva.

David se sorprendió al escuchar la voz de ella. Por un momento se había olvidado que todavía tenía a Fischer y a Zalinsky en la línea y que lo estaban siguiendo con el rastreador GPS de su teléfono.

—Afirmativo —dijo David—. Acabamos de pasar la estación del metro y estaremos en la Plaza Azadi en unos minutos.

—¿Cómo está el tránsito? —preguntó Zalinsky.

—No está bien, y está empeorando —dijo David—. Estamos en un bulevar de ocho carriles. Estoy avanzando de diez a veinte kilómetros por hora, pero medio kilómetro más adelante sólo hay luces de frenos.

—Necesitamos un plan para sacarlos de allí —dijo Eva.

David ya tenía uno.

—Cuando salgamos de este lío, me dirigiré al Refugio Seis —dijo, refiriéndose a un departamento en un sótano que la CIA tenía en las afueras de la ciudad de Karaj, como a veinte kilómetros al oeste de Teherán, en las faldas de las montañas Alborz—. Deberíamos llegar como en una hora.

—Eso está bien —dijo Zalinsky—. ¿Y entonces qué?

—Si el régimen cierra todos los aeropuertos, nos refugiaremos allí, subiremos todo el contenido de la computadora y lo enviaremos, y esperaremos hasta que las cosas se tranquilicen un poco. Pero asumamos por un momento que dejan los aeropuertos abiertos.

—¿Y por qué lo harían? —preguntó Eva.

—Es posible que no quieran impedir que todos estos iraníes puedan llegar a la Meca a ver al Duodécimo Imán. Eso es muy importante para este régimen.

—Creo que te equivocas en eso —dijo Eva.

—Tal vez —admitió David—. Pero si por alguna razón no lo estoy, yo diría que usemos este peregrinaje en masa para nuestra ventaja.

—¿Cómo? —preguntó Zalinsky.

—Envía un avión privado a Karaj, con el pretexto de que es un vuelo alquilado —dijo David—. Reporta el vuelo como un grupo de peregrinos adinerados que se dirigen a la Meca para ver al Imán al-Mahdi. Con un poco de suerte, nos perderemos en el éxodo. No es posible que puedan chequear a todos. La radio del estado dice que están esperando que otro medio millón de iraníes salga hacia Arabia Saudita en las próximas veinticuatro horas.

—No tengo un avión privado para enviar —dijo Zalinsky—. Tengo un equipo de operaciones especiales de la CIA esperando en Bahrain para sacarlos desde un lugar en el desierto.

—No, no quiero llevar al doctor Malik al desierto; es demasiado arriesgado —dijo David—. Necesitamos contratar un avión en Dubai y tratar de llevarlo a Karaj en la noche, antes de que lo piensen dos veces y en realidad cierren los aeropuertos. Es nuestra mejor opción, Jack. Podría ser la única.

86

De repente David se preguntó si lograrían llegar a Karaj.

Mientras avanzaban lentamente hacia la Plaza Azadi con una gran congestión de tránsito, vieron las luces intermitentes de autos de policías adelante de ellos. Parecía que venían más de todas las direcciones y, a pesar del zumbido de los *jumbo jet* y de los aviones de carga que aterrizaban en el Aeropuerto Internacional de Mehrabad, los dos hombres podían escuchar las sirenas que se acercaban.

—Estamos sólo a unas cuantas cuadras del hostal —dijo Najjar—. Mire allá, a la izquierda: está a unas pocas cuadras.

—Eso lo explica —dijo David.

—¿A qué se refiere?

—Toda la policía.

—Eso es por el tránsito, toda la gente que está intentando ir a la Meca, ¿verdad?

—No —dijo David— están instalando un control de carretera.

Najjar se puso tenso.

—Entonces tenemos que salir de este camino.

David estuvo de acuerdo. Sí, necesitaban salir de la arteria y evitar el control de carretera. El problema era que cada calle lateral de allí a la plaza estaba llena de cientos de conductores, que también trataban de salir del atascamiento vehicular.

—¿Es este su auto? —preguntó David.

—¿Qué quiere decir?

—Es decir, ¿es suyo? ¿Está registrado a su nombre?

—Sí, sí, es mío.

—Vamos a tener que deshacernos de él.

—¿Por qué? ¿Para qué?

—En el momento en que un oficial de policía ingrese estas placas, va a aparecer su nombre. No vamos a querer estar en el auto cuando esto ocurra.

—¿Y qué recomienda?

—Agárrese —respondió David.

Entonces, sin ninguna otra advertencia, David giró el volante fuertemente hacia la derecha. Atravesó velozmente por dos filas de tránsito, ocasionando que una ola de conductores enojados sonaran sus bocinas, antes de salir de Azadi hacia una calle llamada Nurshahr, y comenzó a dirigirse al norte. Por desgracia, esa vía también era prácticamente un estacionamiento, aunque no estaba totalmente detenida. Se movían, pero el avance era lento y David se estaba poniendo nervioso.

Tenía que sacar a Najjar de Teherán. Estaba demasiado expuesto. Los dos lo estaban. David sabía que en cualquier momento la policía iraní, con seguridad, estaría emitiendo un boletín al público. Cada estación de policía de la ciudad estaba a punto de recibir por fax un afiche con el rostro de Najjar y su información, lo que sería muy malo. Pero David tenía otras preocupaciones también. Bajo ninguna circunstancia podía permitirse que lo atraparan, o que lo implicaran en la extracción de Najjar del país. Cualquiera de las dos cosas echaría a perder su identidad ficticia y comprometería todo el trabajo que había hecho. El círculo íntimo del Duodécimo Imán dejaría de usar sus nuevos teléfonos satelitales. Los equipos de MDS serían expulsados del país. El esfuerzo multimillonario de la CIA para penetrar en el comando y control del régimen de Irán se echaría a perder. Y dado que Irán ya tenía la Bomba, y que ahora la guerra parecía inevitable e inminente, la CIA necesitaba cualquier ventaja que pudiera obtener.

De repente oyeron una sirena detrás de ellos. David maldijo cuando miró por el retrovisor y vio las luces intermitentes, como diez autos atrás. Pensó que una patrulla de la policía había observado su salida rápida y descuidada del Camino Azadi y habían sospechado de él.

Najjar, más tranquilo de lo que David habría esperado bajo las circunstancias, inclinó la cabeza y comenzó a orar. David admiraba el valor del hombre. Estaba tratando de hacer lo correcto para sí mismo, para su familia y para su país. Sin embargo, ya estaba pagando un enorme precio. David no podía imaginar el dolor que él y su familia estaban experimentando. Su esposa seguramente había sido capturada por sus enemigos, al igual que su madre y su bebé. ¿Quién sabía dónde estaban ahora mismo? ¿Quién sabía a qué clase de tortura las habían sometido? No obstante, la ansiedad inicial de Najjar parecía estar desapareciendo y mientras las cosas se ponían peor, más calmado estaba.

La sirena y las luces intermitentes se acercaban. David supo lo que tenía que hacer. Giró el volante, saltó el bordillo, sacó el auto de Najjar de la calle congestionada y, sobre la acera, presionó el acelerador. Los ojos de Najjar se abrieron de inmediato cuando bruscamente fue lanzado hacia atrás en el asiento. Los peatones comenzaron a gritar y a quitarse del camino, a medida que David se abría paso por los basureros y sobre los hidrantes. Todos los conductores de la calle lo maldecían. Todas las bocinas estaban sonando, pero la patrulla de policía quedó atrás, y David se permitió sonreír. No había tenido tanta diversión en un auto desde su entrenamiento en la Granja.

Sin embargo, el escape fue momentáneo. Cuando David llegó a la Calle Qalani y giró bruscamente a la izquierda, otra patrulla de policía lo esperaba y comenzó a perseguirlo.

David zigzagueó en el tránsito, y pasó volando por los semáforos. El tráfico en Qalani no estaba tan malo como en las otras calles en las que habían estado, pero David estaba perdiendo terreno continuamente. Najjar ya no estaba orando. Estaba estirando el cuello para ver qué pasaba detrás de ellos y apremiaba a David simultáneamente para que fuera más rápido y para que tuviera más cuidado.

Pasaron una cuadra. Dos. Tres. El auto de la policía los seguía de cerca y avanzaba. Pero el camino adelante estaba llegando a su fin. Estaban llegando a una T. David le sugirió a Najjar que se agarrara de la manija de la puerta y que se preparara para el impacto.

"¿Por qué?," preguntó Najjar en el último momento. "¿Qué va a hacer?"

David no respondió la pregunta. Estaba claro que no iba a poder girar a la derecha ni a la izquierda con éxito, sin volcar el auto. En lugar de eso, frenó bruscamente y giró el volante fuertemente hacia la derecha, lo que envió el auto rechinando y girando entre cuatro filas de tránsito.

Chocaron dos veces. Primero con la patrulla de policía, ya que estaba muy cerca detrás de ellos y el oficial no esperaba que David frenara bruscamente. Después con un camión de entrega que iba hacia el sur y que no los vio venir. Las bolsas de aire dentro del auto de Najjar explotaron con el impacto y les salvaron la vida, pero llenaron el auto de humo y de gases. Sin embargo, la de ellos no fue la única colisión. En menos de seis segundos, David había ocasionado una colisión múltiple de diecisiete autos en el Bulevar Azizi, paralizando el tránsito en todas las direcciones. De arriba abajo en el bulevar David y Najjar podían escuchar el choque de metal retorcido y abollado junto con el olor de cubiertas y motores incendiados.

David se quitó el cinturón rápidamente.

—¿Está bien? —preguntó.

—¿Todavía estamos vivos?

—Sí —dijo David y examinó a su nuevo amigo para ver si tenía alguna herida seria—. Lo logramos.

—¿Está loco?

—Necesitábamos una distracción.

—¿Y eso fue una distracción?

—Lo fue —dijo David—. Ahora, escuche, ¿está bien?

—Los brazos me arden.

—Eso es por las bolsas de aire. Vivirá. ¿Tiene algún hueso roto?

—Creo que no.

—Examínese. Revise la computadora y quédese aquí. Volveré enseguida.

David no pudo salir por la puerta del conductor. Se había dañado mucho por el impacto contra el camión de entrega. Por lo que trepó al asiento de atrás, que estaba lleno de fragmentos de vidrio roto, y de una patada abrió la puerta del pasajero de atrás. Sus manos estaban cubiertas de sangre, sentía sangre en su rostro y sus brazos también estaban muy quemados por las bolsas de aire. Aparte de eso, estaba bien. Salió de un salto del auto y examinó la escena. Era un lío tremendo en ambas direcciones, pero vio lo que quería ver —la patrulla de policía— y se abrió camino hacia ella tan pronto como pudo.

El auto era un montón de escombros que ardían. La gasolina goteaba por todos lados. David temía que una sola chispa pudiera hacer estallar todo el asunto hacia arriba. Adentro, el oficial solitario estaba inconsciente. No podía haber tenido tiempo para reaccionar cuando David frenó bruscamente, y ese había sido el propósito. David había necesitado el elemento de sorpresa, y había obtenido precisamente eso.

Usando todas sus fuerzas, David abrió la puerta del conductor y examinó el pulso del hombre. Afortunadamente, todavía estaba vivo, pero tenía un feo corte en la frente, su rostro estaba cubierto de sangre y David se dio cuenta, para pena suya, que ninguna bolsa de aire se había desplegado. Pero vio lo que necesitaba y se metió en el bolsillo el revólver calibre .38 del oficial y una radio portátil. Entonces sacó al oficial de los escombros, lo trasladó una buena distancia, lejos del vidrio y la gasolina, dejándolo en la acera.

David regresó cojeando al auto de Najjar, y de repente se dio cuenta de que se había golpeado su rodilla derecha peor de lo que había creído. Miró hacia abajo y observó que sus pantalones estaban rasgados y que le salía sangre de la rodilla. Pero no tenía tiempo para preocuparse de eso. Tenían que salir de allí antes de que el lugar se llenara de policías.

—¿Está listo para moverse? —preguntó David, acercándose hacia el lado del pasajero.

—Creo que sí —dijo Najjar, con sus brazos ocupados con la computadora portátil y los accesorios.

—¿Es eso todo?

—¿Sí?

—Bien. Sígame.

—¿A dónde vamos? —preguntó Najjar.

—Ya verá.

Caminaron hacia el norte, como unos cien metros antes de que David se volteara, sacara el revólver calibre .38, apuntara hacia el tanque de gas del Fiat retorcido de Najjar y tirara del gatillo. El auto explotó en una bola de fuego, que no solamente arrasó el vehículo, sino también todos los rastros de sus huellas digitales y ADN. La fuerza de la explosión lanzó a Najjar hacia atrás. David, todavía de pie, le dio una mano y lo ayudó a levantarse.

—¿Por qué hizo eso? —preguntó Najjar atónito, protegiéndose los ojos del intenso calor de las llamas.

David sonrió.

—Prevención.

87

David caminó hacia el norte, por el centro del Bulevar Azizi.

Mientras Najjar lo seguía de cerca, cojeaba mientras pasaban por autos destrozados y automovilistas perturbados, obsesionados con el fuego y el humo. Sujetó la radio del policía a su cinturón, se colocó el audífono y se aseguró de que estuviera conectado en la radio para que nadie más escuchara las transmisiones.

Su teléfono vibró. Era un mensaje de texto de Eva, diciéndole que llamara a Zalinsky en la forma segura. Lo hizo inmediatamente e introdujo el código, pero fue Eva la que en realidad levantó el teléfono.

—¿Qué acaba de pasar allá? —preguntó, con la voz que reflejaba su preocupación.

—Tuvimos un pequeño accidente.

—¿Un *pequeño* accidente? ¿Te has vuelto loco? Todo el centro de Operaciones Globales, y todos en nuestro refugio, están viéndote por un satélite Keyhole. ¿Qué estás haciendo?

La conversación en la radio de la policía se intensificó de repente. Llegaban informes del accidente y de la explosión por parte de ciudadanos preocupados y de conductores desde sus teléfonos celulares. Se enviaban unidades de policía, ambulancias y motobombas. David sabía que solamente tenían unos minutos antes de que las primeras unidades llegaran a la escena.

—En realidad no puedo hablar ahora —dijo—. Tengo que robarme un auto que todavía esté funcionando. ¿Necesitas algo o solamente estás interfiriendo en mi operación?

—Te encontré un avión —dijo, sin morder el anzuelo—. Estará en

Karaj esta noche. Y tenemos más intercepciones acerca del hostal. Pensé que al doctor Malik le gustaría saberlo.

—¿Y?

—No había nadie allí.

—¿Qué quieres decir?

—Estoy diciendo que cuando los iraníes irrumpieron en la habitación, no había nadie allí —dijo Eva—. Sólo el teléfono celular del doctor Malik, un poco de ropa y unos maletines.

—¿Dónde está su familia?

—Esa es la cosa —dijo Eva—. No tenemos idea.

David se volteó para darle la buena noticia a Najjar, pero precisamente entonces unos disparos sonaron e hicieron pedazos un parabrisas al lado de ellos. Instintivamente, David se lanzó al suelo y jaló a Najjar junto con él, entre un Peugeot y un Chevy, dejando caer su teléfono al hacerlo. La gente comenzó a gritar y a correr para protegerse. Pudo escuchar a Eva que gritaba: "*¿Qué es eso? ¿Qué está pasando?,*" pero él no tuvo tiempo de responder. Tomó el teléfono y lo metió en su bolsillo. Le ordenó a Najjar que se quedara en el suelo, sacó el revólver y trató de obtener un ángulo de la persona que les estuviera disparando. ¿Era un oficial o dos? ¿Sabían quién era? ¿Lo habían identificado a él y a Najjar? No podía arriesgarse.

Se oyeron dos disparos más, que destrozaron el parabrisas del Peugeot. David se volvió a lanzar al suelo y se cubrió la cabeza para protegerse de los vidrios que volaban. Su rodilla lo estaba matando mientras trozos de vidrio se le incrustaban en la herida, pero no podía hacer nada por ahora. Cuando volvió a abrir los ojos, pudo ver por debajo de los autos que alguien se dirigía hacia él. Se acuclilló y echó un vistazo. Otro disparo le pasó zumbando y penetró en la puerta del Chevy.

Exactamente enfrente, tal vez a nueve metros de distancia, había un camión de basura. David volvió a revisar para asegurarse de que Najjar estuviera bien, luego corrió hacia la parte posterior del camión. Con su rodilla herida, estaba más lento de lo normal. Su movimiento también atrajo más fuego. Pero también le dio la oportunidad de ver quién estaba disparando. La chaqueta y gorro azules fueron reveladores. Era un oficial de policía de la ciudad de Teherán y no se veía mucho mayor que él, pensó David.

Entonces la voz del oficial hizo ruido en la radio.

—*Base, esta es la Unidad 116. Estoy en el lugar de la colisión. Un oficial herido. Repito, un oficial herido con múltiples lesiones. Testigos dicen que alguien se robó el revólver de servicio del oficial. Actualmente estoy persiguiendo a dos sospechosos a pie. Se han hecho disparos. Pido apoyo inmediato y de helicóptero.*

—*Unidad 116, esta es la Base, entendido. Apoyo en camino. Espere.*

Esto no era bueno. David tenía que defenderse, y a su acompañante, lo que significaba que tenía que moverse rápidamente. Gateó a un lado del camión de basura esperando flanquear al oficial por la derecha, luego se detuvo, cuando oyó el ruido de vidrio que era triturado a unos metros de distancia.

David estaba confundido. ¿Cómo había podido acercarse tan rápidamente este tipo? No era lógico. Un momento antes, había estado por lo menos a cuatro autos de distancia. Secándose rápidamente el sudor de una mano, y luego de la otra, David trató de controlar su respiración y cuidadosamente eligió su próximo movimiento, mientras los pasos se acercaban cada vez más. ¿Debía esperar que el oficial llegara por la esquina, o aprovechar la iniciativa y dar el primer disparo?

Moverse primero era arriesgado. Solamente habia visto un oficial, pero podría haber más. Podía escuchar más sirenas que se acercaban rápidamente. No podía esperar. Ya no tenía tiempo. Dio tres pasos y giró cerca del frente del camión, apuntó con la .38 y se preparó para jalar del gatillo. Pero no era el oficial. Era una niñita, de no más de seis años, que temblaba y estaba asustada. David, a una milésima de segundo de disparar, se sintió horrorizado por lo cerca que había estado de matar a una niña.

¿Cómo llegó aquí? ¿Dónde está su madre?

Se oyeron otros tres disparos. Por lo menos uno rebotó en la rejilla del camión. David se lanzó al suelo y cubrió a la niña con su cuerpo. El dolor en su rodilla era ahora insoportable, pero su prioridad número uno tenía que ser la niña. Rápidamente la examinó para asegurarse de que no le hubieran dado. Estaba ilesa, pero entrando a un estado de shock. Sus ojos estaban dilatados y se veía ausente. Su piel estaba pegajosa y fría. David se quitó su chaqueta y la envolvió en ella, luego se volvió a acuclillar y trató de volver a tener al oficial en la mira.

Pero ahora había dos.

David tenía una buena oportunidad con uno de ellos, pero no se atrevía a disparar encima de la niña. Por lo que se lanzó a la derecha, cojeando lo mejor que pudo, hacia un sedán azul que estaba adelante. Una vez más, disparos brotaron violentamente a su alrededor, así como gritos de automovilistas aterrorizados que no tenían idea de lo que estaba pasando ni por qué. David apenas pudo ponerse a salvo detrás del sedán. Apretó los dientes y contuvo la respiración, entonces sacó otra vez la cabeza para evaluar la situación.

Para su sorpresa, uno de los oficiales había decidido emboscarlo. Estaba corriendo directamente hacia David, mientras el otro comenzó a correr hacia Najjar. David no vaciló. Levantó el revólver y disparó dos veces. Un disparo le dio en el estómago al oficial que se acercaba hacia él. El otro le dio en el rostro. El hombre cayó al suelo a no más de cinco metros de la posición de David, que giró rápidamente a su izquierda y disparó dos veces más sin alcanzar al segundo oficial, pero obligándolo a protegerse detrás del camión de basura.

David pudo escuchar un helicóptero que se acercaba desde el suroeste. No tenía tiempo que perder. La adrenalina corría por su cuerpo y David se abrió camino hacia el primer oficial, le quitó el revólver de la mano y corrió hacia el segundo. Se impulsó a toda prisa por el laberinto de autos, se acercó al camión de basura y se detuvo rápidamente para ver por un costado. El segundo oficial lo estaba esperando y disparó un tiro. David se hizo hacia atrás, esperó un segundo, luego miró otra vez y disparó.

La bala le dio al oficial en el hombro. Gritando de dolor, el hombre giró, pero no cayó. En lugar de eso, comenzó a dispararle a David a diestra y siniestra cayendo hacia atrás mientras lo hacía.

El primer revolver .38 de David ya no tenía balas. Usando su camisa, le limpió las huellas digitales y lo lanzó a un lado. Entonces, con el segundo .38 en la mano, rodeó la parte posterior, al otro lado del camión de basura. Usando el camión como escudo, corrió hacia donde había dejado a Najjar.

Pero para su sorpresa, Najjar no estaba allí, sólo el segundo oficial. El hombre disparó tres veces más. David pudo escuchar las balas zumbando y pasando por sobre su cabeza. Se lanzó a la izquierda, detrás del Chevy y luego se tiró al suelo y disparó por debajo del auto, a los pies del oficial. Uno de los disparos le dio directamente. El hombre cayó al suelo, pero rehusó rendirse. David podía oír que pedía ayuda por radio y que daba la descripción física de David a sus superiores. Entonces, antes de que David se diera cuenta de lo que estaba ocurriendo, el oficial gateó por el frente del Chevy, le apuntó a David en el pecho y volvió a disparar.

Instintivamente David se inclinó a la derecha, pero el disparo le pasó rozando el brazo izquierdo. Aun así, con toda la adrenalina en su cuerpo, no sintió nada. Todavía no, en todo caso. En lugar de eso, se enderezó, apuntó y disparó dos balas más a la cabeza del oficial, matándolo instantáneamente.

El teléfono celular de David sonó, pero lo ignoró. Había sangre por todos lados. Más sirenas se acercaban, así como un helicóptero. Tenían que salir de allí. No podían dejarse capturar. Pero no podía encontrar a Najjar en ninguna parte.

El teléfono volvió a sonar, pero David lo volvió a ignorar. Frenético, buscó a Najjar adentro, atrás y alrededor de un auto tras otro. Buscó arriba y abajo en la cuadra, sin éxito. Ahora su teléfono vibró. Furioso, revisó el mensaje de texto. Era de Eva.

EF: 3er edfc drch.

De repente David lo entendió. Miró al cielo, agradecido por Eva y su equipo que le cuidaban la espalda desde arriba, a 320 kilómetros de distancia. Se abrió camino en la calle, hacia el tercer edificio de departamentos a la derecha, un edificio de cuatro pisos en mal estado. Unos cuantos geranios anaranjados, en macetas de cerámica, le daban al lugar una imagen de orgullo y hasta un poco de alegría, a pesar de que su gloria se había desvanecido. ¿Por qué estaba Najjar allí dentro? ¿Quién lo había llevado? No había nadie parado afuera del edificio.

David no tenía tiempo. ¿Cómo podía buscar en cada departamento antes de que toda el área se llenara de policías? Pero ¿qué otra opción tenía? Se apoyó en las sucias ventanas, agradecido de que el polvo endurecido de las calles de la ciudad obscurecía cualquier visión desde adentro. Con el revólver en la mano, lentamente avanzó hacia la entrada, preguntándose qué había pasado con el portero. Cada edificio de departamentos tenía uno en esta ciudad; supuestamente estaban allí por seguridad, pero en realidad pasaban el tiempo fumando cigarrillos y metiéndose en los asuntos ajenos. Pero no había portero allí, sólo una silla vacía en las escaleras de enfrente.

David echó un vistazo en el vestíbulo, temiendo lo peor.

Najjar estaba allí, pero no estaba solo. En el piso de mármol, al lado de él estaban la computadora y los accesorios. Y en los brazos de Najjar estaba la niñita de seis años de la calle. Él trataba de mantenerla con calor y le decía que todo saldría bien.

David comenzó a respirar otra vez.

—¿No le dije que no se moviera?

—No quería que le diera un disparo —dijo Najjar.

David limpió la sangre de su boca.

—Tenemos que irnos.

—Hay un Renault enfrente y está encendido —dijo Najjar.

—¿Dónde está el dueño?

—Ella salió de un salto para ayudarme con la niña. Le pedí que buscara una frazada y fue arriba a llamar en las puertas.

David asintió con la cabeza.

—Entonces será mejor que nos movamos ahora, antes de que vuelva.

88

Era hermoso, y estaba disponible para ellos.

Al ver que nadie los estaba mirando, David y Najjar atravesaron la calle corriendo y se metieron en el Renault cupé plateado. David hizo un cambio de sentido en tres movimientos, le dio vuelta al Renault y se pusieron en marcha.

Con excepción de las ambulancias que se les acercaban, la pista hacia el norte de la Calle Azizi estaba bastante despejada. El desastre que habían dejado atrás había evitado que cualquier vehículo se dirigiera al norte y, sin duda, había paralizado el tránsito en muchos kilómetros. David se dirigió al oeste en Salehi, luego giró a la derecha en la Autopista Jenah. Su camino hacia Karaj iba a ser un poco tortuoso, tardando más de lo que esperaban, pero por lo menos finalmente iban en camino, mientras que Eva —utilizando imágenes en vivo desde un satélite Keyhole KH-12— los ayudaba a desplazarse alrededor de puestos de control de policía, de obstáculos y de más tránsito.

Sin embargo David no tenía ninguna sensación de alivio. Estaban lejos de estar a salvo, y no se hacía ilusiones. Su táctica de distracción no había funcionado como debía. Había esperado ocasionar una colisión que impidiera que la patrulla de la policía los siguiera, que paralizara el tránsito que tenía atrás, que le permitiera robar un auto que todavía funcionara y que le permitiera irse con Najjar, sin que los vieran. No había planeado convertirse en un asesino de policías en el proceso, y el pensamiento lo acosaba. Todo se había salido de control. No había tenido otra opción. Solamente había disparado en defensa propia. Pero su misión ahora estaba en peligro.

Si alguien podía dar una descripción exacta de él a la policía de Teherán . . .

David no podía soportar las implicaciones de a dónde lo llevaría este pensamiento, y temía su próxima conversación con Zalinsky, que, por supuesto, lo había visto todo en tiempo real. Tenía que enfocarse en otra cosa. Así que, mientras salían de los límites de la ciudad de Teherán, David se volteó hacia donde iba su pasajero que estaba sentado en silencio, con la cabeza inclinada en oración.

—Najjar, tengo buenas noticias.

Najjar levantó la mirada.

—Estaba a punto de decírselo antes, pero entonces todo comenzó a enloquecer.

—¿Qué?

—Mi equipo me dice que su familia no estaba en la habitación del hostal cuando la policía llegó allí.

Najjar se enderezó.

—¿Está seguro?

—Absolutamente. Hemos interceptado los mensajes telefónicos de la policía local, diciendo que el lugar estaba vacío cuando lo invadieron.

—Gracias a Dios —dijo Najjar—. ¿Y dónde están?

—No sabemos —dijo David—. Pero le dije que mi gente haría todo lo posible por encontrarlas, y lo están haciendo.

—Gracias. —El rostro de Najjar se iluminó en un instante—. Muchas gracias, señor Tabrizi. ¿Cómo podré pagárselo?

—Su información es más que suficiente.

—Pero usted está arriesgando su vida para ayudarme, para protegerme. Estoy muy agradecido.

—Usted también está arriesgando su vida, Najjar. —David siguió conduciendo por un rato—. Pero por nada —agregó en voz baja.

Najjar miró por la ventana, luego se volteó para mirar a David otra vez.

—¿Podría prestarme su teléfono? —dijo—. Se me acaba de ocurrir una idea. Quiero intentar llamar a mi esposa.

—¿Y cómo?

—Ella tiene un teléfono celular.

—¿De veras? Nunca dijo eso.

—Pensamos que la habían capturado —dijo Najjar—. No había razón para hacerlo. Pero ahora . . .

David no estaba autorizado a permitir que un extraño usara su teléfono de la Agencia. Sin embargo, había un teléfono celular conectado en el encendedor de cigarrillos, justo enfrente de ellos.

—Tome, use este —dijo.

Najjar tecleó el número y luego *Send*, y diez segundos después estaba hablando con su esposa, diciéndole cuánto la amaba, preguntándole dónde estaba y dándole las indicaciones crípticas de David de cómo tenían que llegar a Karaj y dónde deberían reunirse.

David pensó que nunca había visto a un hombre tan feliz.

KARAJ, IRÁN

En el refugio, David vendó las heridas de Najjar.

Después curó sus propias heridas y buscó ropa que se aproximara a sus tallas para cambiarse.

Najjar comió un poco y se durmió profundamente. David le quitó el seguro a una caja fuerte llena de equipos de comunicaciones y cargó todo lo de la computadora portátil del doctor Saddaji, lo del disco duro externo y lo de los DVD-ROM y lo envió a Langley, con copias codificadas para Zalinsky y Fischer en Dubai. Luego tecleó su reporte de todo lo que había pasado hasta entonces y envió ese archivo codificado por correo electrónico a Zalinsky y también a Fischer.

A las seis de la mañana siguiente, recibieron noticias de que el avión había llegado. David despertó a Najjar, metió el equipo de computación en una mochila de lona y llevó la bolsa y a Najjar al garaje de abajo, donde había estacionado el Renault. Diez minutos después, llegaron a la orilla del aeropuerto privado.

David señaló el avión de negocios Falcon 200 en el asfalto.

—Allí está su transporte —dijo.

—Está bromeando —dijo Najjar.

—¿Alguna vez ha volado en un avión privado? —preguntó David.

—No, nunca.

—Bueno, ya era hora. Su familia ya está a bordo. En este momento mi gente los están atendiendo. Todos lo están esperando. Será mejor que se apresure.

—¿Y usted? —preguntó Najjar—. También viene, ¿verdad?

—No.

—¿Por qué? No puede quedarse aquí.

—Es mi trabajo y hay más qué hacer —dijo David.

—Pero si averiguan que usted está conectado conmigo, lo matarán.

—Por eso es que tengo que quedarme.

—No lo entiendo.

—Najjar, podría decírselo, pero entonces *yo* tendría que matarlo —dijo David sonriendo—. Las cosas que no sabe de mí tendrán que seguir siendo desconocidas. Pero créame, usted y su familia serán muy felices en Estados Unidos.

Najjar se quedó callado por un momento.

—A Sheyda le habría gustado conocerlo —dijo finalmente.

—También a mí me habría gustado.

—¿Algún día? —preguntó Najjar.

—Tal vez.

Najjar estrechó la mano de David y la sostuvo por un momento, luego salió del auto, con la mochila en la mano y corrió hacia el avión.

David lo vio irse. Deseaba poder quedarse y ver el avión despegar mientras el sol salía brillante. Pero no podía permitirse el riesgo. Tenía que deshacerse del Renault, robarse otro auto, y volver a Teherán antes de que Esfahani, Rashidi o su equipo se dieran cuenta de que no estaba.

89

TEHERÁN, IRÁN

El teléfono de David sonó cuando se acercaba a las afueras de Teherán.

Era Esfahani, finalmente.

—Ha sido una pesadilla aquí. ¿Te has enterado de la caza de este traidor Malik?

—He estado pegado a las noticias. Sólo espero que lo atrapen.

—Y al hombre que estaba con él —agregó Esfahani—. Ambos merecen que los cuelguen.

David se estremeció, pero siguió fingiendo.

—Exactamente.

—Es despreciable lo que han hecho. Pero no es por eso que llamé. Las cosas se están moviendo muy rápidamente ahora, como puedes ver. El avión del Duodécimo Imán acaba de despegar hacia Riyadh hace unos minutos.

—Pensé que iba a la Meca.

—Sí, pero me han dicho que va a reunirse con el rey primero. Luego los dos irán a la ciudad santa, mañana en la mañana, para el discurso del Mahdi al mundo.

—Me gustaría estar allá —dijo David.

—A mí también —dijo Esfahani—. Pero tenemos mucho trabajo por hacer. Por eso es que te llamé.

—¿Qué necesita?

—El Mahdi quiere una información sobre los teléfonos satelitales. Rashidi dijo que había preguntado por ellos antes de que su vuelo despegara. Quieren saber qué tan rápido puedes conseguirlos.

David vaciló. De nuevo, sabía que Zalinsky y Eva podían tenerle los teléfonos en unos días, pero no podía dejar que pareciera tan fácil, o podría ocasionar sospechas.

—Señor Esfahani, haré todo lo que pueda —dijo—. Pero no puedo hacer ninguna promesa. Fue lo suficientemente difícil conseguir veinte, pero me está pidiendo casi trescientos más.

—No soy yo quien los pide —le recordó Esfahani.

—Lo sé, lo sé, y le prometo que haré todo lo que pueda. Pero voy a necesitar un poco de tiempo. Y va a costar mucho dinero.

—No te preocupes por el dinero, jovencito. Sólo consigue los teléfonos y yo me aseguraré de que recibas el dinero, además de un generoso bono por tus molestias.

David sabía que la CIA no le dejaría quedarse con nada de dinero, pero vio una oportunidad y la aprovechó.

—No, no puedo aceptar más —dijo—. Ya fue muy generoso antes y yo no debería haber aceptado dinero.

—No seas ridículo. Te lo ganaste.

—Pero no lo quiero —insistió—. Por favor, quiero que sea un acto puro de adoración al Prometido, la paz sea con él. Nada más.

Esfahani hizo una pausa, claramente atónito por el desprendimiento de David, que ascendía a un soborno de un cuarto de millón de dólares.

—Alá lo recompensará, amigo mío.

—Ya lo ha hecho.

Después de eso, Esfahani le explicó que Mina ya le había hecho reservaciones en un vuelo de Emirates a las 6:45 p.m. a Dubai, y luego a las 7:45 a.m., en un vuelo directo a Munich, a la mañana siguiente en Lufthansa.

—Es lo mejor que pudo hacer con poca anticipación —dijo Esfahani disculpándose—. Todo lo demás ya estaba reservado. No obstante, por lo menos lo pusimos en primera clase.

—En realidad eso no es necesario. Yo podría haber hecho mis propios arreglos.

—Créame, lo sé —dijo Esfahani—. Pero fue idea del señor Rashidi. De hecho, él insistió.

David le agradeció a Esfahani y le pidió que le agradeciera a Rashidi.

Luego colgó el teléfono y encontró un lugar seguro dónde dejar el auto robado que estaba conduciendo. Caminó unas cuantas cuadras para alejarse del auto, luego tomó un taxi para el Hotel Simorgh para empacar. No parecía estar bajo ninguna sospecha de Esfahani.

Mientras tanto, sabía que Eva y su equipo estaban rastreando los teléfonos satelitales, así como el tráfico de la radio policial de Teherán. Tampoco estaban recibiendo indicaciones de que él estuviera en peligro. Si todo seguía según lo planificado, estaría sentado con Zalinsky y Fischer dándoles un reporte a las diez de la noche.

Esa era la buena noticia. La mala: ya era miércoles, 2 de marzo. Se hacía dolorosamente obvio que no había manera de que David pudiera llegar a Syracuse para ver a Marseille ese fin de semana, mucho menos la noche siguiente. Aunque pudiera llegar físicamente antes de que se acabara la boda, Zalinsky nunca dejaría que fuera. Había mucho en riesgo. Tenía que estar en Alemania para recibir los teléfonos y luego regresar directamente a Teherán. No había otra manera. Era su trabajo. Era a lo que había dedicado su vida.

No obstante, algo en él se lamentaba.

DUBAI, EMIRATOS ÁRABES UNIDOS

En cuanto aterrizó en Dubai, David buscó un teléfono público.

Era deprimente tener que llamar a Marseille para decirle que no podría ir. Pero sería imperdonable dejarla plantada, por lo que decidió contactarla ahora, antes de que fuera imposible.

Lamentablemente, contestó su correo de voz. Quería hablar con ella, oír su voz, hacerle saber cuánto lo sentía. Pero probablemente estaba dando una clase y él no sabía cuándo podría tener otra oportunidad de llamar. No tenía opción. Dejó un mensaje.

"¿Marseille? Hola, es David. Mira, solamente tengo un minuto, pero llamo para disculparme. Me siento terrible por esto, pero no voy a volver a Syracuse a tiempo para verte. Lo siento mucho. Estoy en Budapest, trabajando en un contrato que es crucial para mi compañía, y digamos simplemente que no está saliendo bien. El cliente está pidiendo revisiones extensas al contrato. Lo hemos revisado un millón de veces, pero mi jefe me está presionando para que termine con esto. Mi compañía necesita desesperadamente el negocio, así que, de todas maneras, habiendo dicho todo esto, voy a tener que quedarme hasta que se termine. Me siento muy mal, de veras. He estado deseando verte otra vez para ponerme al día contigo y decirte en persona cuánto lamento todo lo que has estado pasando. Pero me temo que no podrá ser este fin de semana. Tengo que cortar, pero prometo llamarte en cuanto pueda. Espero que estés bien. Adiós."

David colgó el teléfono y se estremeció por todas las mentiras que acababa de decir. Sin embargo, en ese momento, honestamente, no tenía idea cómo hacerlo de mejor manera. Mientras esperaba su equipaje, revisó los correos electrónicos en su teléfono. El primero que abrió era de su padre. Su madre estaba empeorando rápidamente.

Veinte minutos después, David bajó de un taxi en la oficina regional de Munich Digital Systems. El lugar estaba oscuro. Todo el personal se había ido a casa ese día. Pero en una oficina de atrás Zalinsky y Fischer lo estaban esperando. Eva lo recibió con un abrazo. Para su sorpresa, Zalinsky también lo abrazó. Les esperaba una larga noche de reportes, pero Zalinsky le dejó claro que estaban orgullosos de él y que se alegraban que una vez más estuviera fuera de Irán, sano y salvo.

—¿Están bien Najjar y su familia? —preguntó David mientras Eva servía una taza de café para cada uno.

—Todos están bien —dijo Zalinsky y miró su reloj—. De hecho, deberían aterrizar en Estados Unidos dentro de unos minutos.

—¿Recibieron todos los archivos de la computadora de Saddaji?

—Absolutamente —dijo Eva y bebió su primer sorbo—. Era una mina de oro. Los revisaremos en unos minutos.

David suspiró y se dejó caer en una silla. Sentía los ojos arenosos y definitivamente había perdido un poco de peso.

—Debes estar exhausto —dijo Zalinsky.

—No . . . bueno, sí, pero no es eso —dijo David—. Es que . . .

—¿Qué?

—Nada.

—Desembucha —ordenó Zalinsky.

—No, no es nada; sólo empecemos. Tenemos mucho que analizar.

—David, ¿qué ocurre?

David dio un suspiro profundo y confesó.

—Es mi mamá.

—¿Nasreen? —preguntó Zalinsky—. ¿Por qué? ¿Qué pasó?

—Tiene cáncer. Está grave. Hace un tiempo que lo tiene.

Zalinsky y Fischer quedaron en silencio. David nunca hablaba de su vida personal. No tenían idea. No obstante, la relación de Zalinsky con los Shirazi se remontaba a más de treinta años.

—Lo siento —dijo—. ¿Desde cuándo lo sabes?

—Desde hace unas semanas —dijo David—. Decidieron decírmelo cuando fui a visitarlos. Pero acabo de recibir un correo electrónico de mi papá. Dice que ha empeorado, y no saben cuánto tiempo podrá resistir.

Eva extendió su mano para tomar la de David.

—Tienes que ir a casa —dijo Zalinsky.

—Sí, claro.

—No, tienes que hacerlo, David.

—Jack, ¿cómo puedo? Mira lo que está ocurriendo.

—Es tu madre, David. Solamente tienes una. Vete. Está bien.

90

MUNICH, ALEMANIA

David aterrizó en Munich como al medio día del jueves.

Tenía una reservación en un vuelo a Newark, con una conexión a Syracuse esa tarde. Pero por ahora estaba sentado en el salón ejecutivo de Lufthansa, enviando correos electrónicos a su padre y a Marseille, mientras miraba las noticias en vivo del discurso del Duodécimo Imán en la Meca.

Las imágenes eran abrumadoras. La policía saudita estimaba que más de 14 millones de peregrinos habían llegado a una ciudad cuya población normal era de menos de dos millones. Los comentaristas estaban describiendo el evento como la reunión de musulmanes más grande de la historia, más numerosa que el funeral del Ayatolá Jomeini, que había atraído a casi 12 millones a Teherán, en junio de 1989. Para mantener el orden, un cuarto de millón de soldados sauditas y oficiales de policía estaban presentes, y aproximadamente cinco mil reporteros y productores estaban allí para capturar el momento y transmitirlo al mundo.

El rey saudita llegó primero, vestido con su túnica blanca normal, pero sin nada de la pompa y protocolo que habitualmente acompañaba al monarca. A los ojos de David, el hombre se veía demacrado. Sus manos temblaban levemente mientras leía un texto preparado, de una sola hoja de papel.

La introducción fue corta y poco memorable. David estaba seguro de que lo que se recordaría y se discutiría por bastante tiempo era la imagen del rey de la Casa de Saud, terminando sus observaciones, retirándose del micrófono y luego inclinándose al punto de quedarse postrado, junto con dos docenas de otros emires sunitas y chiítas, clérigos y mulás.

Entonces el Duodécimo Imán surgió y tomó el primer plano. Era más joven de lo que David había esperado —parecía como de cuarenta años— y en contraste con los otros hombres en el estrado, tenía una túnica negra y un turbante negro, indicando que era un descendiente de Mahoma.

La multitud en la Meca estalló con una intensidad que David nunca antes había presenciado en ningún evento público. El rugido del aplauso, los vítores y los llantos no reprimidos eran sorprendentemente intensos, incluso a través de la televisión. No podía imaginar cómo sonaría en persona.

Y seguía sin parar. Sky News interrumpió después de varios minutos y transmitió una mesa redonda de tres comentaristas en su estudio de Londres, que discutían la trascendencia del resurgimiento del Mahdi. Pero incluso entonces, pasaron otros diez o doce minutos para que la gente se calmara lo suficiente como para que el Mahdi hablara, y cuando lo hizo, la gente se veía extasiada.

"Llegó la hora," dijo el Duodécimo Imán con una voz fuerte y muy profunda, que instantáneamente parecía infundir tanto reverencia como respeto. "La época de arrogancia, corrupción y avaricia ha terminado. Una nueva era de justicia, paz y hermandad ha llegado. Es hora de que el islam se una."

De nuevo, la multitud se volvió frenética.

"Los musulmanes ya no pueden darse el lujo de luchas y divisiones internas e insignificantes. Los sunitas y los chiítas deben unirse. Es hora de crear un pueblo islámico, una nación islámica, un gobierno islámico. Es hora de mostrarle al mundo que el islam está listo para gobernar. No estaremos limitados a fronteras geográficas, grupos étnicos y naciones. Nuestro mensaje es un mensaje universal, que llevará al mundo a la unidad y a la paz que las naciones, hasta ahora, no han podido lograr."

David sacó un bloc y una pluma de su portafolios e hizo notas. El Mahdi estaba llamando a la recreación del califato, un imperio islámico gobernado por un hombre, que se extendía desde Paquistán en el este hasta Marruecos en el oeste. Nunca sucedería, pero creaba un buen efecto.

"Abundan los cínicos y escépticos," dijo el Mahdi. "Pero a ellos les digo, es hora. Hora de que abran sus ojos, de que abran sus oídos y de que abran sus corazones. Es hora de que vean, oigan y entiendan el poder del islam, la gloria del islam. Y ahora, que comience este proceso de educación. He venido a iniciar un nuevo reino, y les anuncio que los gobiernos de Irán, Arabia Saudita y los Estados del Golfo se están uniendo como una nación. Esto formará el corazón del califato. Mis agentes están realizando negociaciones pacíficas y respetuosas con todos los demás gobiernos de la región, y en poco tiempo estaremos anunciando nuestra expansión."

David estaba atónito. Tanto los sauditas como los emiratos odiaban y temían a los iraníes. Pero mientras se preguntaba cómo era posible que unieran fuerzas, el Duodécimo Imán explicó.

"A los que quisieran oponérsenos, simplemente les diría esto: el califato controlará la mitad de la provisión mundial de petróleo y gas natural, así como el Golfo y las líneas de embarque a través del Estrecho de Hormuz. El califato tendrá el ejército militar más poderoso, dirigido por la mano de Alá. Además, el califato estará cubierto con una sombrilla nuclear que protegerá al pueblo de todo mal. La República Islámica de Irán realizó con éxito una prueba de armas nucleares. Sus armas ahora pueden funcionar. Me acaban de entregar el mando y el control de esas armas. Solamente buscamos la paz. No le deseamos ningún daño a ninguna nación. Pero no se equivoquen: cualquier ataque, de cualquier estado a cualquier porción del califato, desatará la furia de Alá y desencadenará la Guerra de Aniquilación."

91

SYRACUSE, NUEVA YORK

David tuvo que caminar un poco para aclarar su mente.

Había pasado el viernes y el sábado con sus padres en el hospital y le había prometido a su padre que volvería cuando comenzara la hora de visita del medio día. Pero ahora, para su asombro, estaba a punto de encontrarse frente a frente con Marseille. El pensamiento lo emocionaba y lo aterrorizaba al mismo tiempo.

Ansioso por llegar a tiempo, se levantó temprano y condujo su auto rentado a la colina donde estaba situada Syracuse University, encontrando que el campus estaba todavía mayormente dormido en esta fría y tranquila mañana de domingo. Inmediatamente encontró un espacio en el estacionamiento de la Avenida Crouse, salió del auto y comenzó una caminata enérgica por las calles cuyos recuerdos hacían eco de su pasado. Marseille se reuniría con él en unos cuarenta y cinco minutos para desayunar, a las 8:00 a.m. en el University Sheraton, donde estaba alojada. Luego ella se iría para juntarse con unas amigas de la boda, en un servicio de la iglesia a las 9:30 a.m., en el suburbio este de Manlius. Su vuelo de regreso a la Costa Oeste salía a la 1:00 p.m. Eso les daba como una hora para hablar.

Había pasado mucho tiempo desde que David había estado en el campus de una universidad estadounidense. La Calle Marshall, la calle principal de los estudiantes, no era exactamente encantadora, pero de alguna manera transmitía una sensación familiar, que en este momento le resultó reconfortante. Era una parte del mundo conocido que había dejado hacía mucho tiempo, aunque en realidad ya no era un mundo que le perteneciera.

Al pasar por un hueco en la acera, y rodear un montón de basura —botellas de cerveza y envolturas de comida rápida, aparentemente de la noche anterior— recordó escenas del frenético caos en Syracuse, cuando el equipo de básquetbol de Syracuse University ganaba un campeonato clave. Recordó cuando la escuela llegó una o dos veces a los cuartos de final y sus hermanos lo llevaron a comer pizza al Varsity, y compraron sudaderas en uno de los muchos negocios en la Calle M. Le solía gustar estar allí con Azad y Saeed. Lo hacía sentir mayor y más popular de lo que era.

Mientras caminaba unas cuantas cuadras hacia el Sheraton, trató de saborear esos recuerdos, en parte porque no quería pensar en un mundo que estaba al borde de la guerra. Deseaba poder hacer retroceder el reloj a una época más sencilla y más feliz. Tal vez por eso era que se dirigía a desayunar con una mujer, cuyo recuerdo tenía una influencia decisiva en él, una mujer con la que él había anhelado volver a conectarse desde que era apenas un adolescente.

David todavía tenía quince minutos antes del desayuno, así que entró al Starbucks de la esquina. El lugar estaba tranquilo, aparte de la música de jazz de Wynton Marsalis de fondo. Pidió un *latte* triple y se sentó en una mesa de la esquina, agradecido de que era muy temprano para que el lugar estuviera lleno de estudiantes. Se encontró deseando haber llevado un libro o algo para estar ocupado mientras esperaba. En realidad no quería llegar temprano.

Finalmente, llegó el momento. Respiró profundamente, atravesó la calle, entró al vestíbulo del Sheraton y pronto estaba sentado solo en una mesa del Restaurante Rachel, con una nueva taza de café. Estaba comenzando a preocuparse de que podría ponerse un poco nervioso con toda esta cafeína.

De repente, allí estaba ella, con una bufanda roja, abrigo negro de lana y con un suéter con cuello de tortuga para protegerse del frío de finales del invierno. Con jeans descoloridos y una mochila de cuero al hombro, podría haber sido una estudiante de posgrado. Era aun más bella de lo que él recordaba, especialmente con esos grandes ojos verdes.

Entró, lo vio y le dio una sonrisa tímida. Él se levantó para saludarla y se sintió agradecido por el rápido abrazo que ella le dio.

—¡David, de verdad eres tú!

—Hola, Marseille —respondió con una sonrisa afectuosa.

En otros pocos minutos ordenaron: huevos benedictinos para él, panqueques de arándano para ella. Se había sentado en frente de él con su taza de café y, de repente, se veía indecisa. Él le dio un vistazo al salón cálidamente iluminado, observó a los meseros que comenzaban a arreglar las mesas para el desayuno-almuerzo del domingo y se alegró de estar en una esquina tranquila, lejos de los preparativos.

Él habló primero.

—Qué bueno verte, Marseille. Sentí mucho lo de tu padre.

—Ha sido un año difícil. Pero como sabes, las cosas han sido difíciles por mucho tiempo. ¿Cómo está tu mamá?

—Es una luchadora, pero no estoy seguro de cuánto tiempo le queda. A propósito, gracias por enviarle flores. Significó mucho para ella, y para mi papá también.

Ninguno de los dos habló por un rato.

—Tuvo que haber sido duro para ti perder a tu padre. ¿Qué pasó? —dijo entonces David.

Ella sonrió con tristeza y apartó la mirada por un momento, antes de mirar a David a los ojos otra vez.

—Creo que realmente nunca se recuperó de la muerte de mi mamá. Sabes que nos trasladamos a Oregón inmediatamente. Él creía que nunca podría criarme solo. Quería que por lo menos tuviera una abuela en mi vida, y fue sabio en eso. Una niña necesita el vínculo de una mujer mientras pasa por la vida. Mi abuelita me ayudó en muchas . . .

Su voz comenzó a apagarse y David recordó leer que su abuela padecía de Alzheimer y que vivía en una clínica particular.

Él volvió a hablar de su padre.

—¿Y tu padre terminó enseñando allá? Era tan brillante. Había sido catedrático en Princeton, ¿verdad?

—Así fue, pero no, nunca enseñó en Portland. Trató de escribir artículos para algunos periódicos y revistas del Medio Oriente, pero nunca podía cumplir con los plazos. Pasaba meses investigando y luego se daba por vencido, después de escribir la mitad de un artículo. Parecía estar obsesionado. Me decía que era un hombre con una maldición, que todos, de alguna manera, estaban en su contra. En los últimos años, vivió en otro mundo. Emitía palabras en persa, y me miraba como si se preguntara quién era yo.

—Tuvo que haber sido horrible para ti.

—A veces lo era. Pero otros días, mi papá parecía ser el mismo de antes y salíamos a dar largas caminatas y paseos en bicicleta. Esos fueron días maravillosos, pero él era impredecible. Muchos días simplemente se quedaba en su habitación. Sin embargo, no quería hablar de mi padre. Quería disculparme primero y tratar de explicar.

—No tienes que disculparte, Marseille. Ha pasado mucho tiempo. Solamente éramos chicos.

—Lo sé, pero teníamos una conexión genuina; siempre lo he creído.

Hizo una pausa y lo miró como si esperara que no la contradijera. Él no lo hizo, y cuando ella volvió a hablar, parecía tener un poco más de fortaleza en su voz.

—Quería comunicarme contigo. No tienes idea de cuánto quería hablar contigo y verte otra vez. Pero mi padre lo prohibió absolutamente. Estaba furioso contigo, David.

—¿Por qué?

—Por lo que pasó entre tú y yo en Canadá. Él vociferaba en contra de los iraníes —todos los iraníes— que sólo le habían ocasionado congoja toda su vida. Lo que tú y yo hicimos . . . no debimos habernos permitido llegar tan lejos. Yo no te culpo, pero mi padre sí. Él te culpaba por haber arruinado mi vida.

—¿Y por qué se lo dijiste? Es decir, estoy de acuerdo. No estuvo bien. Pero ¿no es eso algo difícil para compartir con un padre?

Marseille bajó la mirada hacia sus manos, que estaban en la mesa. Parecía estar armándose de valor otra vez.

—Yo no le dije nada de nosotros, David. Al principio no. No tuve que hacerlo. Después de unos meses, llegó a ser bastante obvio.

92

—Quedé embarazada.

David no podía creer lo que estaba escuchando.

—¿Tienes un hijo?

Ella sacudió la cabeza.

—El embarazo fue difícil desde el principio. Yo era tan joven . . . De todas maneras, perdí al bebé cuando tenía tres meses de embarazo.

David se quedó callado.

—Sé que esto debe ser impactante para ti. Y sé que decir que lo siento por no decírtelo, por no estar en contacto para nada, no puede compensarlo. Pero es que mi mundo se desmoronó, ¿sabes? Estaba viviendo al otro lado del país con un padre que se estaba saliendo de control. Había perdido a mi mamá y te había perdido a ti, y luego, estaba enferma todo el tiempo. Entonces, cuando perdí al bebé, también . . . Estas son solamente excusas, lo sé. Pero para entonces había pasado tanto tiempo que tenía miedo de buscarte. Me dije a mí misma que no era tan importante, como en realidad lo era.

David no se movió mientras las palabras salían de Marseille. No estaba seguro de qué decir. Observó que ella tenía lágrimas en sus ojos y que su rostro tenía un indicio de temor. Él no quería eso.

—No estoy molesto contigo, Marseille. Sólo es que . . . no puedo creer que hayas pasado por todo esto sola. Quisiera haber podido ayudarte de alguna manera.

—Gracias. Eso significa mucho. Pero no espero que me perdones tan fácilmente. No fue correcto dejarte sin noticias. También tuviste que estar sufriendo, preguntándote por qué no respondía. Pero eres muy amable.

Parecía que algo de luz había vuelto a sus ojos. Él todavía estaba muy desconcertado, pero por lo menos ahora podía entender por qué ella había cortado todo contacto. Tuvo que hacerlo porque su padre lo había incluido, a él y a su familia, en la creciente lista de iraníes que supuestamente le habían envenenado la vida. No obstante, se preguntaba qué quería Marseille de él ahora. ¿Solamente volver a conectarse? ¿Que la perdonara?

La comida llegó, pero él no podía comer, y ella tampoco.

—¿Hay alguna manera en que pueda ayudarte ahora, Marseille? ¿Hay algo que necesites?

Ella se quedó callada un momento, picoteando su comida.

—Cuando papá murió, tardé un poco en revisar sus cosas —dijo finalmente—. Su oficina era un desastre y estuve tentada de recoger todo y botarlo a la basura. Pero, de alguna manera, sabía que tenía que revisarlo todo lenta y cuidadosamente. Había tanto de mis padres que no sabía. Papá nunca habló de mi mamá después del 11 de septiembre, y ni siquiera tuve la oportunidad de decirle de lo que me había enterado contigo, de su escape de Irán con tus padres.

David se dio cuenta de que ella todavía no le había dicho cómo había muerto su padre, aunque en realidad no la culpaba.

Marseille se extendió hacia su bolso y sacó un sobre, quitó la cuerda que lo rodeaba y lo puso sobre la mesa.

—Mi papá escribía un diario. . . . ¿Te lo dije alguna vez? Escribió muchos con los años. Aunque había grandes lapsos vacíos a través del tiempo, me enteré de mucho. Mis padres eran colectores compulsivos y sus archivos se remontan a los años sesenta. Mira, este es un registro médico de su época en Irán. Puedes ver que fue emitido por la Embajada de Canadá. Mi mamá perdió a su primer hijo durante la Revolución.

—Eso no lo sabía —dijo David.

—Los registros están incompletos, pero creo que fue gravemente herida antes de escapar. No parece que haya sido una pérdida normal. Creo que por eso ellos nunca quisieron hablarme de Irán. Era demasiado doloroso para ellos.

David recordó el hogar tranquilo y normal de Jersey Shore que había visitado hacía tanto tiempo. Qué diferencia tuvo que haber sido para los Harper después de la locura de Teherán.

—Ahora tiene sentido —continuó ella—. Por eso es que se quedaron en la Embajada de Canadá durante tanto tiempo. No era solamente para idear un plan de escape. Mi mamá tuvo que sanar lo suficiente como para viajar. Me gustaría haber podido hablar con ellos de todo eso. Quisiera poder abrazar a mi madre. ¿Sabes? Siento como que, de muchas maneras, nunca los conocí de verdad.

Marseille se veía tan pensativa y parecía tan frágil; David quería abrazarla, protegerla. Pero no tenía el derecho de hacerlo. Y, de todas formas, no podía volver a esos días cuando la vida era normal. Las cosas ya no eran normales. No para él. Y pronto, tal vez para nadie más. Ahora mismo, aquí en este lugar con Marseille, casi podía olvidar lo que en realidad era su trabajo. Entonces ella interrumpió sus pensamientos y se dio cuenta de que él se había quedado callado durante demasiado tiempo.

—¿David? ¿Estás bien? Esto es extraño, ¿verdad? El hecho de aparecerme y descargar toda esta información contigo. Lo siento. Es que mi amiga insistió en que viniera aquí para estar en su boda. Es tan . . . no sé, es tan fortuito el que ella hubiera crecido cerca de Syracuse. No podía imaginar venir a tu ciudad sin buscarte. Y con la muerte de mi padre y todo lo que he estado leyendo en sus archivos . . . sólo . . . necesitaba verte.

—Me alegra —dijo él—. He pensado en ti frecuentemente, aunque no quisiera. Siempre deseé que las cosas hubieran sido distintas entre nosotros. Pero pensé que todo se había acabado. Esos pocos días fueron tan maravillosos, y luego todo simplemente se derrumbó. Fui a casa, volví aquí, a la secundaria, y tú te fuiste y el mundo era un lugar distinto. Nunca ha vuelto a ser lo mismo.

—Lo sé —respondió ella suavemente. Ahora era su turno para parecer perdida en sus pensamientos, perdida en los viejos recuerdos.

David no estaba seguro de qué más decir ni de qué hacer. Sus platos de comida estaban fríos y ya casi era hora de que ella se fuera. Pero no quería que ella se fuera. Quería encontrar la manera de pedirle que se quedara más tiempo en Syracuse. Quería volver a empezar desde donde se habían quedado y fingir que todo lo que había pasado desde entonces no había ocurrido en absoluto. Quería olvidarse de Irán, de MDS, de Eva Fischer y Jack Zalinsky, olvidarse de Esfahani, del Duodécimo Imán y de la amenaza de una guerra mundial. Quería llamar a su madre y decirle que estaba listo para establecerse, para quedarse en el centro de Nueva York, casarse con Marseille y darle unos nietos. Ella estaría encantada. Tal vez le daría otra razón para luchar por la vida y para sobrevivir. ¿Era todo eso tan imposible?

De repente, Marseille volvió de sus sueños e interrumpió los suyos.

—¿David?

—¿Sí?

—Hay algo más que quería decirte de mi padre. Creo que está bien decírtelo. Todavía no he hablado con nadie acerca de esto, y de alguna manera parece que eres el único en el mundo al que podría importarle.

—¿De qué se trata? —preguntó David. Estaba medio escuchándola y medio desesperado, luchando por encontrar la manera de huir con ella. ¿Se iría con él si se lo pidiera?

—Siempre pensé que mi papá trabajaba para el Departamento de Estado, sabes, analista político o algo así. Hablaba persa y yo creía que traducía y analizaba reportes noticiosos para nuestro gobierno. Pero encontré algo en sus papeles que me hace creer que nunca trabajó para el Departamento de Estado en absoluto. Creo que ni siquiera mi mamá lo sabía. David, él estuvo en la CIA todo el tiempo. Mira esto.

Ella puso su silla al lado de la de él y le mostró un documento con membrete de la CIA. Era una carta de recomendación para Charles Harper, por su valor bajo el fuego en Irán. Mencionaba la crisis de 1979 y le agradecía por su trabajo crucial para la Agencia. Y estaba firmada por *Tom Murray, Director de la División del Cercano Oriente.*

—Vaya, esto sí que es extraordinario —dijo David.

—Lo es, ¿verdad? —dijo Marseille—. Ha pasado tanto tiempo y ahora que se ha ido, supongo que está bien que la gente lo sepa. Nadie en Oregón en realidad conoció a mi padre. No hay nadie con quien compartir esto. Pero tú lo conocías. Tu familia era parte de nuestro pasado, una parte importante, por eso quería decírtelo. No sé si él continuó en la CIA cuando llegó a Estados Unidos. Me encuentro tratando de recordar viajes largos que él hizo cuando yo estaba creciendo. "Viajes de investigación," les decía. Pensaba que eran para sus libros y conferencias de la universidad. Sólo me pregunto cómo en realidad era la vida de papá.

David también se lo preguntó, intrigado por esta nueva y pasmosa conexión entre los dos y sintiéndose terrible por no poder decirle lo que estaba haciendo y por qué. Pero en ese momento su teléfono zumbó en su bolsillo. Lo sacó y reconoció el número de Zalinsky en la identificación del llamador.

—Lo siento, es mi jefe —dijo y tomó la llamada—. Hola, soy yo. ¿Puedo llamarte de enseguida? Estoy en medio de algo.

La voz de Zalinsky era sombría.

—David, tienes que irte a algún lugar privado y llamarme en los próximos cinco minutos. ¿Lo entiendes?

—Absolutamente, así lo haré.

David apagó el teléfono y miró a Marseille disculpándose. Odiaba mentirle, pero no tenía opción.

—Era mi jefe; las cosas no están bien. Me temo que tengo que irme.

—Parece un trabajo muy estresante —le dijo ella sonriendo—. Creo que me quedaré con mis alumnos de primer grado.

—Sí, bueno, no siempre es así. Sólo que ahora es un momento particularmente urgente para nosotros. No puedo creer que sea tan inoportuno. —David se pasó los dedos entre el pelo con frustración—. Marseille, tengo que arriesgarme aquí. Quiero que sepas que nada me gustaría más que sentarme aquí contigo por horas, dar una larga caminata contigo, e incluso volver a Oregón contigo. No quiero estar desconectado de ti otra vez. No estoy seguro de cómo decirlo con las palabras correctas. Pero, créeme, voy a terminar este negocio en Europa, y luego, si está bien contigo, me gustaría ir a donde tú estés. Hay mucho más de qué hablar. ¿No crees?

—Me gustaría —dijo Marseille, claramente conmovida por sus palabras sinceras. Extendió su mano y tocó la mano de él, y los dedos de él se cerraron alrededor de los de ella.

—Ni siquiera he preguntado nada de ti —dijo ella—. Me temo que solamente he hablado sin parar. Hay tantas preguntas que tengo sobre ti, tu trabajo y tu familia.

Él sostuvo su mano firmemente por un momento, luego le dio un pequeño apretón y la soltó. Se puso de pie y ella también.

—Tengo que irme.

—Lo sé. Está bien.

Él deslizó algunos billetes debajo de su vaso de agua para pagar por los alimentos y ella le agradeció el desayuno.

—No estoy seguro cuánto tiempo necesitaré estar allá. Va a ser un poco absorbente por un tiempo. Pero estaré en contacto tan pronto como pueda. Lo prometo.

—Lo estaré esperando.

Entonces le dio un largo abrazo, se apartó de Marseille Harper, salió del restaurante, pasó por el vestíbulo y salió al aire frío de la mañana.

Zalinsky fue directamente al grano.

—Acabo de volver a Washington. Te necesitamos de vuelta en el juego. Los israelíes quieren hablar y yo te quiero en esa reunión. Además, Najjar Malik nos ha dado unas pistas cruciales que necesitan seguimiento rápidamente. ¿Cómo está tu madre?

—Jack, mi madre se está muriendo. Necesito estar con ella, por lo menos unos días más y entonces tal vez haya un funeral. Se lo debo. Tú mismo lo dijiste.

—Oye, probablemente puedas volver en uno o dos días. Pero ahora mismo, te necesitamos aquí para algunas cosas.

—¿Qué cosas?

—No puedo hablar de eso por teléfono. Tienes que estar en Washington mañana al medio día.

—Jack, por favor, no hagas esto más difícil de lo que ya es.

—David, esto no es una solicitud. Es una orden.

—¿De quién? ¿De Tom Murray?

—No.

—¿Del director?

—No.

—¿De quién, entonces?

—Del presidente.

NOTA DEL AUTOR

En un esfuerzo por crear un ambiente realista para esta historia, he tomado prestado de muchas fuentes del mundo real para que la gente, lugares y eventos que mis personajes ficticios experimentan puedan estar tan cerca de la realidad como sea posible. A continuación, hay un listado de estas fuentes.

El diálogo del capítulo 2, entre un locutor de Radio Teherán y una vocera de los estudiantes iraníes que tomaron la Embajada de Estados Unidos en Teherán, se basa en el diálogo real del 4 de noviembre de 1979, el día del asalto. Los comunicados de los estudiantes al mundo que se usan en este capítulo, son extractos de comunicados reales que se emitieron ese día. Ver: *Takeover in Tehran: The Inside Story of the 1979 U.S. Embassy Capture* (Invasión en Teherán: La verdad sobre la toma de la embajada estadounidense en 1979), de Massoumeh Ebtekar (como se lo dijo a Fred A. Reed), páginas 69–71.

El artículo del *U.S. News & World Report* que se cita en el capítulo 25 es real. Fue escrito por David E. Kaplan y se titula "Not Your Father's CIA (No es la CIA de tu padre)." El artículo apareció en la edición del 20 de noviembre de 2006 de la revista, aunque lo he usado como si hubiera aparecido en una edición de enero de 2002.

En el capítulo 32 menciono una historia real del *Wall Street Journal*: "Iran's Web Spying Aided by Western Technology (Irán usa tecnología occidental para espiar en Internet)," escrito por Christopher Rhoades y Loretta Chao. La historia se publicó el 22 de junio de 2009.

En el mismo capítulo, cito una historia real del *New York Times*: "Revolutionary Guard Buys Stake in Iran Telecom (La Guardia Revolucionaria compra acciones)," publicada en la sección "Deal Book

(Libro de transacciones)," editada por Andrew Ross Sorkin. La historia se publicó en la edición del 28 de septiembre de 2009.

La historia del *Times* de Londres titulada: "Discovery of UD3 Raises Fears over Iran's Nuclear Intentions (Descubrimiento de UD3 aumenta temores sobre las intenciones nucleares de Irán)," que se menciona en el capítulo 41, fue escrita por Catherine Philip y se publicó el 14 de diciembre de 2009.

En el capítulo 43, cito de un libro real, *The Awaited Saviour* (El esperado salvador), de Baqir al-Sadr y Murtada Mutahhari. Fue publicado por Publicaciones del Seminario Islámico de Karachi, Paquistán, y puede encontrarse en Internet, en http://www.al-islam.org/awaited/index.htm.

Las descripciones físicas del Duodécimo Imán, y las descripciones de las señales que se dice precederán a su llegada, se tomaron de varias tradiciones y hadices. Numerosas fuentes describen estas señales, como el sitio Internet www.awaitedmahdi.com.

En el capítulo 62, saqué extractos de una monografía escrita por Mehdi Khalaji y publicada por el Instituto de Política del Medio Oriente de Washington. Se titula *Apocalyptic Politics: On the Rationality of Iranian Policy* (Política apocalíptica: Sobre la racionalidad de la política iraní). Puede encontrarlo en: http://www.washingtoninstitute.org/pubPDFs/PolicyFocus79Final.pdf.

Los teléfonos satelitales Thuraya que se mencionan en los capítulos 54 y 63 son reales: los detalles y especificaciones se tomaron directamente del sitio Internet de la compañía, http://www.ts2.pl/en/News/1/24.

El reporte noticioso de televisión sobre el terremoto de Hamadán del capítulo 68 fue adaptado de un reporte de CNN, durante el terremoto de Haití. Ver: "Haiti appeals for aid; official fears 100,000 dead after earthquake (Haití pide auxilio; un oficial teme que 100.000 murieron en el terremoto)," 13 de enero de 2010, http://www.cnn.com/2010/WORLD/americas/01/13/haiti.earthquake/index.html.

Las palabras que el Duodécimo Imán usa cuando describe a los judíos como descendientes de los "monos y cerdos" (capítulo 70), y cuando da instrucciones acerca de las decapitaciones y de arrancar del pecho los corazones de sus enemigos (capítulo 84), se basan en un comunicado real de un grupo yihadista islámico radical, con base en Gaza, conocido como Jama'al Al-Tawhid wa'l-Jihad. El mensaje fue emitido el 20 de marzo de 2010. Fue captado, traducido y reportado por el Instituto de Investigación de Medios de Información en Medio Oriente, con base en Jerusalén. Ver: http://www.memri.org/report/en/0/0/0/0/0/0/4060.htm.

En el capítulo 74, cito un artículo real del *New York Times*: "North Koreans Say They Tested a Nuclear Device (Los coreanos del norte dicen haber probado un dispositivo nuclear)," escrito por David Sanger. La historia se publicó el 9 de octubre de 2006.

Los lectores que están familiarizados con el diseño geográfico y linderos de Teherán pueden observar que me he tomado algunas libertades con la ubicación de ciertos edificios, como la Mezquita Imán Jomeini Gran Mosala. Todas las demás descripciones físicas de edificios, diseño de calles y áreas aledañas se basan en investigaciones y en hechos reales dentro de lo posible.

RECONOCIMIENTOS

Gracias, Señor, por permitirme vivir y escribir, y gracias por toda la gente que me has dado como amigos y aliados en la vida y en la publicación. No los merezco, pero estoy profundamente agradecido por todos y cada uno de ellos. Por favor, bendícelos más allá de lo que ellos puedan esperar, soñar o imaginar.

Gracias, Lynn, por ser mi estupenda y maravillosa esposa durante veinte años y mi mejor amiga por aún más tiempo. Muchas gracias por amarme, animarme, por orar por mí y por compartir tu vida conmigo todos estos años. No te merezco, pero ¡estoy tan agradecido por ti! Te amo tanto.

Gracias, Caleb, Jacob, Jonah y Noah por su buen humor, comprensión, ánimo y fortaleza, y por toda la alegría que le dan a su mamá y a mí con sus personalidades individuales.

Gracias a nuestras maravillosas familias —a mi mamá y papá, Len y Mary Jo Rosenberg; a June "Bubbe" Meyers; a la familia Rebeiz; a la familia Scoma; a la familia Meyers y a la familia Urbanski— por todo su amor y oraciones.

Gracias a Edward y Kailea Hunt, a Tim y Carolyn Lugbill, a Steve y Barb Klemke, a Fred y Sue Schwien, a Tom y Sue Yancy, a John y Cheryl Moser, a Jeremy y Angie Grafman, a Nancy Pierce, a Dave y Barb Olsson, a Jeff y Naomi Cuozzo, a Lance y Angie Emma, a Lucas y Erin Edwards, a Chung y Farah Woo, al doctor T. E. Koshy y familia, y a todos los demás amigos y aliados del Joshua Fund y November Communications, Inc., por todo su sabio consejo, arduo trabajo y leal amistad.

Gracias al General Boykin, a Hormoz Shariat y a Tom Doyle por toda la investigación, experiencia y consejo que me han proporcionado para este y otros libros.

Gracias a Mark Taylor, a Jeff Johnson, a Ron Beers, a Karen Watson, a Jeremy Taylor, a Jan Stob, a Cheryl Kerwin, a Dean Renninger, a Beverly Rykerd y a toda la gente estupenda y talentosa del equipo de publicación de Tyndale House, por ayudarme a lanzar esta nueva serie.

Gracias a Scott Miller, mi agente de confianza de Trident Media Group, por tu consejo constante y grandioso y por tu valiosa amistad.

ACERCA DEL AUTOR

Joel C. Rosenberg es autor de éxito del *New York Times* de cinco novelas —*La última cruzada*, *The Last Days*, *The Ezekiel Option*, *The Copper Scroll* y *Dead Heat*— y de dos libros de literatura de no ficción: *Epicentro* y *Dentro de la Revolución*, con un total de unos dos millones de copias impresas. *The Ezequiel Option* recibió una Medalla de Oro como "Mejor Novela de 2006" de la Asociación de Publicadores Cristianos Evangélicos. Joel es productor de dos películas documentales que se basan en sus libros de no ficción. También es fundador del Joshua Fund, una organización no lucrativa, educativa y benéfica que moviliza cristianos para que "bendigan a Israel y a sus vecinos en el nombre de Jesús" con comida, ropa, medicinas y toda clase de ayuda humanitaria.

Como asesor de comunicaciones, Joel ha trabajado con algunos líderes de Estados Unidos e Israel, incluyendo a Steve Forbes, Rush Limbaugh, Natan Sharansky y Benjamin Netanyahu. Como autor, ha sido entrevistado en cientos de programas de radio y televisión incluyendo *Nightline* de la ABC, *CNN Headline News,* el Canal Noticioso de FOX, el *History Channel,* MSNBC, *The Rush Limbaugh Show, The Sean Hannity Show* y *The Glenn Beck Show*. Se han hecho reseñas de él en el *New York Times,* en el *Washington Times,* en el *Jerusalem Post* y en la revista *World*. Ha dado conferencias en todo el mundo, como en Israel, Irak, Jordania, Egipto, Turquía, Rusia y las Filipinas. También ha hablado en la Casa Blanca, en el Pentágono y a los miembros del Congreso.

En 2008, Joel diseñó y fue anfitrión de la primera Conferencia Epicentro en Jerusalén. El evento atrajo a dos mil cristianos que querían "aprender, orar, dar e ir" a la obra de Dios en Israel y en el Medio Oriente. Posteriormente, se han llevado a cabo Conferencias Epicentro en San Diego (2009); en Manila y Filipinas (2010); y en Filadelfia (2010). La transmisión en vivo de la conferencia de Filadelfia atrajo a unas treinta y cuatro mil personas, de más de noventa países, para escuchar a conferencistas como el viceprimer ministro israelí Moshe Yaalon; pastores de Estados Unidos, Israel e Irán; el Teniente General (jubilado) Jerry Boykin; Kay Arthur; Janet Parshall; Tony Perkins; y Mosab Hassan Yousef, hijo de uno de los fundadores de Hamas, que ha renunciado al islam y al terrorismo y se ha convertido en un seguidor de Jesucristo y amigo de los israelíes y palestinos.

Joel es hijo de padre judío y madre gentil y es cristiano evangélico, con la pasión de hacer discípulos en todas las naciones y de enseñar la profecía bíblica. Es graduado de la Universidad de Syracuse, con un título en producción de películas; está casado, tiene cuatro hijos y vive cerca de Washington, D.C.

Para visitar la página de Joel o para inscribirse en sus correos semanales "Flash Traffic," por favor visite: www.joelrosenberg.com.

También puede visitar estos otros sitios en Internet:

www.joshuafund.net
www.epicenterconference.com

y al "Equipo Epicentro" de Joel y la página del perfil público de Joel C. Rosenberg en Facebook.